David Lodges moderner Ritterroman steht in großen Traditionszusammenhängen: Parzival, Ariost, Keats, die Marx Brothers. Die Marx Brothers?? Lesen Sie mal.

Der Autor:
David Lodge, geboren 1935 in London, ist seit 1960 Professor für Moderne Englische Literatur in Birmingham. Seine Romane haben ihm verschiedene Literaturpreise eingebracht. »Schnitzeljagd«, in England und den USA ein großer Erfolg, ist sein erstes Buch, das in deutscher Sprache erscheint.

David Lodge

# Schnitzeljagd

Ein satirischer Roman

List Verlag

Aus dem Englischen von Renate Orth-Guttmann

Die Originalausgabe »Small World. An academic Romance« erschien 1984 im Verlag Secker & Warburg, London.

Umschlagentwurf: Design Team, München
Umschlagmotiv: Wendy Edelson

ISBN 3-471-78032-7


Satz: Fotosatz Leingärtner, Nabburg
Druck und Bindung: Franz Spiegel Buch GmbH, Ulm

Für Mary

# Vorbemerkung des Autors

Dieses Buch hat Ähnlichkeit mit dem, was zuweilen die reale Welt genannt wird, ohne dieser doch genau zu entsprechen. Bevölkert ist es mit Phantasiegebilden. Rummidge ist nicht Birmingham, auch wenn es gewissen verbreiteten Vorurteilen über diese Örtlichkeit verpflichtet ist. Eine unterirdische Kapelle in Heathrow und ein James Joyce Pub in Zürich gibt es wirklich, nicht aber Hochschulen in Limerick, Darlington oder Baden-Baden. Auch hat es, soweit ich weiß, nie einen in Genua wohnhaften Vertreter des British Council gegeben. Die MLA-Konferenz von 1979 fand nicht in New York statt, allerdings habe ich das Programm für die Konferenz von 1978, die dort abgehalten wurde, in Anspruch genommen. Und so weiter.

Besonderen Dank für zur Verfügung gestellte Informationen (ganz zu schweigen von vielen anderen Gefälligkeiten) schulde ich Donald und Margot Fanger und Susumu Takagi. Die meisten Werke, denen ich Hinweise, Gedanken und Anregungen für dieses Buch entnommen habe, sind im Text genannt, zwei jedoch, die nicht erwähnt werden, seien hier noch anerkennend herausgestellt: *Inescapable Romance: Studies in the Poetics of a Mode* von Patricia A. Parker (Princeton University Press, 1979) und *Airport International* von Brian Moynahan (Pan Books 1978).

Caelum, non animum mutant, qui trans mare currunt. HORAZ

Wenn ein Schriftsteller sein Werk als Romanze bezeichnet, braucht man kaum darauf hinzuweisen, daß er damit – sowohl hinsichtlich der Machart als auch des Materials – Anspruch auf einen gewissen Spielraum erhebt, auf den er sich wohl nicht das Recht genommen hätte, wäre es seine erklärte Absicht gewesen, einen Roman zu schreiben. NATHANIEL HAWTHORNE

Hush! Caution! Echoland! JAMES JOYCE

# Prolog

Wenn der April mit seinem milden Regen des Märzes Dürre bis zur Wurzel tränkt und süßen Saft in alle Poren gießt, durch dessen Wunderkraft die Blume sprießt, und wenn der Zephyr mit süßem Hauch neues Grün in zarten Schossen überall in Wald und Flur zum Leben erweckt, wenn die junge Sonne im Widder halb den Lauf vollzogen hat und die kleinen Vögel, die offnen Augs die ganze Nacht verbringen, ihre Lieder trillern (weil die Natur sie übermütig macht), dann ist, wie der Dichter Geoffrey Chaucer vor vielen Jahren bemerkte, auf Wallfahrt jedermann bedacht. Nur mit dem Unterschied, daß unsere Akademiker von heute dazu Tagung sagen.

Die moderne Tagung ähnelt der Pilgerfahrt des christlichen Mittelalters insofern, als sie den Teilnehmern Gelegenheit bietet, alle Freuden und Zerstreuungen des Reisens zu genießen, während sie allem Anschein nach strikt auf Weiterbildung erpicht sind. Gewiß, bestimmte Bußübungen sind zu absolvieren, so muß vielleicht ein Vortrag gehalten, müssen ganz gewiß Vorträge angehört werden. Doch unter diesem Vorwand reist du zu neuen und interessanten Orten, lernst neue und interessante Leute kennen, knüpfst neue und interessante Kontakte, tauschst Klatsch und Vertraulichkeiten aus (denn deine abgegriffenen Histörchen sind für die anderen Tagungsteilnehmer neu und reizvoll und vice versa), ißt, trinkst und vergnügst dich Abend für Abend in ihrer Gesellschaft – und gerätst trotzdem, wenn alles vorbei ist und du wieder zu Hause bist, in den Geruch, ein ganz besonders seriöser Zeitgenosse zu sein. Die Konferenzler von heute sind in der Beziehung besser dran als die Pilger von früher, daß ihre Spesen meist von der Institution, der sie angehören – sei es nun eine Regierungsstelle, eine Firma oder (wohl der häufigste Fall) eine Hochschule – bezahlt oder zumindest bezuschußt werden. Für fast alles gibt es heutzutage Konferenzen – unter anderem auch für Geoffrey Chaucers Werke. Wenn er, wie sein Held Troilus am Schluß von *Troilus and Criseyde,* aus der achten Sphäre des Himmels herunterblickt auf

Dies kleine Fleckchen Erde, das die See umarmt

und die hektische Reisetätigkeit rund um den Erdball beobachtet, die er und andere große Schriftsteller ausgelöst haben – die Kondensstreifen, die sich über den Meeren kreuzen und den Zug der Gelehrten von Kontinent zu Kontinent bezeichnen, deren Pfade einander näherkommen, sich begegnen und trennen, indessen die studierten Herren ins Hotel, auf den Landsitz oder zu einer alten Stätte der Gelehrsamkeit eilen, um dort zu tagen und zu bechern, auf daß die Anglistik und andere akademische Fächer nicht untergehen – was mag wohl Geoffrey Chaucer denken?

Vermutlich wird er, wie der Geist des Troilus, dieses chevaleresken Ritters und desillusionierten Liebhabers, herzlich über das Schauspiel lachen und froh sein, daß er damit nichts mehr zu tun hat. Denn nicht alle Konferenzen sind heiter-hedonistische Veranstaltungen, nicht alle Konferenzorte sind aufwendig oder malerisch. Und nicht jeder April ist durch milden Regen und süßen Hauch gekennzeichnet.

# TEIL I

## Eins

»April is the cruellest month«, zitierte Persse McGarrigle unhörbar, während er durch schmutzige Fensterscheiben auf den unzeitigen Schnee blickte, der die Rasenflächen und Blumenbeete des Campus von Rummidge bedeckte. Er hatte kürzlich eine Magisterarbeit über die Dichtung von T. S. Eliot abgeschlossen, aber ebensogut hätte die Anfangszeile des *Waste Land* seinen etwa fünfzig männlichen und weiblichen Mitzuhörern durch den Kopf gehen können, die in den Stuhlreihen eines Hörsaals saßen oder lagen. Ihnen allen war jenes Poem wohlbekannt, da sie als Hochschullehrer für Englische Sprache und Literatur (HESL) hier in den englischen Midlands zu ihrer Jahrestagung zusammengekommen waren und die wenigsten Spaß an der Sache hatten.

Bestürzung war bereits deutlich auf vielen Gesichtern erkennbar gewesen, als sie sich am Vorabend zu dem herkömmlichen Sherry-Empfang versammelt hatten. Vorher hatten sie sich mit ihren Zimmern in einem der Wohnheime der Universität vertraut gemacht, einer Baulichkeit, die 1969, auf dem Höhepunkt des Studentenbooms, in aller Eile hochgezogen war und jetzt, erst zehn Jahre danach, unübersehbare Abnutzungserscheinungen zeigte. Verdrießlich hatten sie ihre Koffer in Wohnschlafräumen ausgepackt, an deren fleckig-geborstenen Wänden ein Muster ausgeblichener Rechtecke verriet, wo zu Beginn der Osterferien in fliegender Hast (und hie und da unter Mitnahme von Putzbrocken) Poster von ihren jugendlichen Besitzern entfernt worden waren. Sie hatten das schmutzige, schadhafte Mobiliar zur Kenntnis genommen, vergebens in verstaubten Innenräumen von Schränken nach Kleiderbügeln gefahndet und die schmalen Betten ausprobiert, deren Federn nach einem Dezennium der Beanspruchung durch Blödsinnmachen und Kopulation alle Sprungkraft verloren hatten. Jedes Zimmer verfügte über ein Waschbecken, nicht aber jedes Waschbecken über einen Stöpsel oder jeder Stöpsel über eine Kette. Einige Hähne ließen sich nicht öffnen, andere sich nicht abstellen. Für ausführlichere Waschungen oder zur Befriedigung eines natürlichen Bedürfnisses mußte man sich auf die zugig-labyrinthischen Gänge hinauswagen und sich auf die Suche nach einem der Gemeinschaftswaschräume begeben, wo sich zwar Bäder, Duschen und Toiletten fanden, aber wenig Abgeschiedenheit und eine unzuverlässige Warmwasserversorgung.

Für Konferenzler, die bereits Erfahrungen mit Tagungen in britischen Provinzhochschulen gesammelt hatten, waren das vertraute und bis zu einem gewissen Grad stoisch ertragene Widrigkeiten. Das galt auch für den ziemlich minderwertigen Sherry, den es beim Empfang gab (eine wenig bekannte Marke, die durch die grausige Darstellung eines Stierkampfes *und* einer Flamencotänzerin auf dem Etikett ein wenig zu laut ihren spanischen Ursprung betonte). Das galt auch für das Dinner, das sie im Anschluß an den Empfang erwartete – Tomatensuppe, Roastbeef mit zweierlei Gemüsen, Marmeladetörtchen mit Vanillesoße –, aus dem durch längeres Kochen bei hohen Temperaturen gewissenhaft jede Spur von Geschmack getilgt worden war. Ein über das übliche Maß hinausgehender Ärger kam auf, als sich herausstellte, daß die Konferenzler in einem Gebäude essen, in einem anderen schlafen und sich zu Vorträgen und Diskussionen ins Hauptgebäude begeben mußten, was alle Beteiligten zu ausgedehnten Wanderungen über Fuß- und Plattenwege nötigte, die durch den Schnee gefährlich und unerquicklich waren. Doch der eigentliche Grund für die gedrückte Stimmung, die sich breitmachte, als die Konferenzler sich zum Sherry sammelten und auf die weißen Pappschildchen schielten, auf denen in sauberen Druckbuchstaben Name und Universität der einzelnen Gäste stand, war die geringe Zahl und – ja, es muß gesagt werden – die eher bescheidene Qualität der Teilnehmer. Sie hatten sehr schnell festgestellt, daß kein einziger Star der Branche sich hatte blicken lassen, ja, daß es sich nicht um einen einzigen gelohnt hätte, auch nur zehn Meilen zu reisen, ganz zu schweigen von den vielen hunderten, die zahlreiche Teilnehmer zurückgelegt hatten. Aber nun mußten sie drei Tage miteinander aushalten – drei Mahlzeiten täglich, drei Bartreffs täglich, eine Exkursion mit dem Bus, ein Theaterbesuch – lange Stunden erzwungener Geselligkeit, ganz zu schweigen von den sieben Vorträgen mit anschließenden Fragen und Diskussionen. Lange vor Ende der Veranstaltung würden sie einander herzlich satt haben, würden sämtliche Gesprächsthemen erschöpft, alle kongenialen Sitzmöglichkeiten bei Tisch ausprobiert und das vertraute Tagungssyndrom schlechten Atems, belegter Zunge und ständiger Kopfschmerzen (weil sie fünfmal soviel wie sonst rauchten, tranken und redeten) bei sich und anderen festgestellt haben. Das Vorwissen um die Langeweile und üble Laune, zu der sie sich selbst verdonnert hatten, lag wie ein kaltes, drückendes Gewicht auf ihren Gedärmen (die auch bald durcheinander sein würden), auch wenn sie das mit fröhlichem Geplauder und herzhafter Jovialität, mit Händeschütteln und Rückenschlagen zu bemänteln versuchten, während sie ihren Sherry schluckten wie Medizin. Hier und da sah man jemanden verstohlen die Namen auf der Tagungsliste zusammenzählen. Siebenundfünfzig, einschließlich des hiesigen Kontingents, das nicht auf dem Campus wohnte – eine überaus enttäuschende Beteiligung.

Das erfuhr Persse McGarrigle auf der Sherryparty von einem melancholisch dreinblickenden älteren Mann, der an einem Glas Orangensaft nippte, in dem jeden Augenblick seine Brille zu landen drohte. Auf seinem Schild stand »Dr. Rupert Sutcliffe«, und das Schild war gelb. Demnach gehörte er zu dem gastgebenden Fachbereich.

»Ach, wirklich?« sagte Persse. »Ich wußte nicht, was ich erwarten sollte. Das ist meine allererste Tagung.«

»Die HESL-Tagungen sind sehr unterschiedlich. Es kommt ganz auf den Tagungsort an. In Oxford oder Cambridge würde man mit mindestens hundertfünfzig rechnen. Ich habe Swallow gesagt, daß kein Mensch nach Rummidge kommen würde, aber er wollte ja nicht hören.«

»Swallow?«

»Unser Fachbereichsleiter.« Dr. Sutcliffe schien einige Mühe zu haben, diese Worte durch das Gehege seiner Zähne zu bekommen. »Gute Reklame für Rummidge, hat er behauptet, wenn wir die Tagung ausrichten. Typischer Fall von Größenwahn.«

»War das Professor Swallow, der die Schildchen ausgegeben hat?«

»Nein, das ist Bob Busby, der ist genauso schlimm. Wenn nicht noch schlimmer. Seit Wochen total überdreht mit seinen Exkursionsvorbereitungen und so weiter. Schätze, daß wir bei der Geschichte ganz schön Verlust machen«, schloß Dr. Sutcliffe zufrieden und betrachtete über seine Brillengläser hinweg den nur halb gefüllten Raum.

»Hallo, Rupert, alter Junge. Nicht gerade brechend voll, wie?« Ein Mann um die vierzig in einem Anzug von sehr lautem Blau schlug Sutcliffe herzhaft zwischen die Schulterblätter, so daß diesem die Brille von der Nasenspitze flog. Persse fing sie geschickt auf und retournierte sie ihrem Besitzer.

»Ach, Sie sind's, Dempsey«, sagte Sutcliffe und wandte sich zu seinem Angreifer um.

»Nur siebenundfünfzig auf der Liste, und von denen scheinen nicht mal alle gekommen zu sein«, sagte der Neuankömmling, dessen Schildchen ihn als Professor Robin Dempsey von einer der neuen Universitäten in Englands Norden auswies. Er war ein breitschultriger, untersetzter Mann mit starkem, aggressiv vorgerecktem Kinn, aber die kleinen, zu nah beieinanderstehenden Augen schienen zu einem schüchterneren, verletzlicheren Wesen zu gehören, das in diesem kraftvollen Körper gefangen saß. Rupert Sutcliffe war offenbar nicht gerade begeistert, Professor Dempsey zu sehen, und schien auch nicht bereit, ihm von seiner pessimistischen Einschätzung der Tagung Kenntnis zu geben.

»Etliche Teilnehmer sind bestimmt durch den Schnee aufgehalten worden«, sagte er kalt. »Furchtbares Wetter für April. Aber ich sehe da gerade Busby winken, er ist ganz aufgeregt, wahrscheinlich eine Kartoffelchip-Krise oder eine ähnliche Katastrophe. Entschuldigen Sie mich.« Er machte sich davon.

»Himmel, was für Typen«, sagte Dempsey und sah sich um. »Warum bin ich eigentlich gekommen?« Die Frage klang rhetorisch, doch Dempsey setzte sogleich zu einer ausführlichen, scheinbar von keiner Atempause unterbrochenen Antwort an. »Ich will Ihnen sagen, warum ich gekommen bin. Weil ich Angehörige hier habe und fand, daß es ein guter Aufhänger für einen Besuch ist. Meine Kinder, genau genommen. Ich bin nämlich geschieden. Ich habe hier gearbeitet, in diesem Fachbereich, ob Sie's glauben oder nicht. Herrgott, was war das für ein rückständiges Volk. Scheint sich inzwischen nicht geändert zu haben. Dieselben alten Gesichter. Hier rührt sich offenbar nie jemand vom Fleck. Der alte Sutcliffe zum Beispiel, der ist seit vierzig Jahren hier, von klein auf gewissermaßen. Klar, daß ich sobald wie möglich weggegangen bin. So was ist doch nicht für jemand, der ein bißchen Ehrgeiz hat. Endgültig gereicht hat's mir dann, als sie nicht mir, sondern Philip Swallow eine Assistenzprofessur gegeben haben, dabei hatte ich da schon drei Bücher veröffentlicht und er praktisch überhaupt noch nichts. Und jetzt – stellen Sie sich das mal vor – hat er den Lehrstuhl hier gekriegt, und seine Veröffentlichungen sind praktisch immer noch gleich Null. Angeblich soll's da ein Buch über Hazlitt geben – *Hazlitt,* was sagen Sie dazu –, es ist letztes Jahr angekündigt worden, aber ich habe keine einzige Rezension gesehen. Kann nicht viel taugen. Jedenfalls, nachdem sie Swallow die Stelle gegeben hatten, sagte ich zu Janet, jetzt ist Schluß, wir gehen weg, verkauf das Haus, wir gehen nach Darlington, die hatten mich schon eine Weile umworben. Sofort eine Professur, und freie Hand zum Ausbau meiner Spezialgebiete – Linguistik und Stilistik –, das war denen hier immer ein Dorn im Auge, ständig haben sie mir Knüppel zwischen die Beine geworfen, haben hinter meinem Rücken die Studenten aufgehetzt, bis die meine Seminare aufgaben, also ich kann Ihnen sagen, ich war heilfroh, daß ich Rummidge den Rücken kehren konnte. Das war vor zehn Jahren, damals war Darlington klein, na ja, ist es wohl noch, aber es war eine Herausforderung, und die Studenten sind sehr ordentlich. Sie würden staunen. Ich fühle mich da ganz wohl, aber leider hat es Janet nicht gefallen, sie hat es auf den ersten Blick abgelehnt. Schön, der Campus ist im Winter ein bißchen öde, vor der Stadt, wissen Sie, dahinter gleich das Sumpfland, und damals waren es meist Fertigbaubaracken, jetzt ist es besser geworden, wir sind die Schafe los, und unser Fachbereich Metallurgie hat neulich einen Preis bekommen, aber damals, na ja, jedenfalls, wir kriegten das Haus hier nicht los, die Hypotheken waren gerade eingefroren, und da meinte Janet, sie würde erst mal in Rummidge bleiben, für die Kinder, dachten wir uns, wäre es sowieso besser. Desmond war im letzten Grundschuljahr, also bin ich gependelt, bin jedes Wochenende heimgekommen, na ja, fast jedes Wochenende, ein bißchen hart war es schon für Janet, für mich natürlich auch, und dann lernte ich diese Frau kennen, eine Doktorandin von mir, na, Sie können sich ja vorstellen, daß ich da oben verdammt allein war, wenn man sich's recht überlegt, war es eigentlich unvermeidlich, das habe ich auch zu Janet gesagt, unvermeidlich... Sie hat das mit der Frau rausgekriegt...«

Er unterbrach sich und blickte stirnrunzelnd in sein Sherryglas. »Ich weiß gar nicht, wieso ich Ihnen das alles erzähle.« Er warf Persse, der sich eben dies seit einigen Minuten vergeblich fragte, einen leicht beleidigten Blick zu. »Ich weiß ja nicht mal, wer Sie sind.« Er beugte sich vor, um Persses Schild lesen zu können. »University College Limerick.« Er griente. *»Da war ein Assistent aus Limerick*... Das kriegen Sie wahrscheinlich von allen zu hören.«

»Von fast allen«, räumte Persse ein. »Aber über die erste Zeile kommen die wenigsten hinaus. Es gibt nicht viele Reime auf Limerick.«

Dempsey überlegte einen Augenblick. »Wie wär's mit ›macht den Fick‹? Da gäb's doch Möglichkeiten...«

»Und was soll das heißen?«

Dempsey sah ihn überrascht an. »Na, bumsen eben. Vögeln.«

Persse errötete. »Ganz falsches Metrum. ›Limerick‹ ist ein Daktylus.«

»So? Und was ist ›macht den Fick‹?«

»Ein katalektischer Trochäus, würde ich sagen.«

»Würden Sie sagen. Hm. Interessieren Sie sich für Prosodik?«

»Ja, doch, das könnte man so sehen.«

»Hab' ich mir gedacht. Sie sehen ganz danach aus. Finanziell lohnt sich das nicht, wissen Sie.«

»Das habe ich auch schon gemerkt«, sagte Persse. »Haben Sie die Frau geheiratet?«

»Wie meinen Sie?«

»Die Doktorandin. Haben Sie sie geheiratet?«

»Ach so. Nein, nein, sie ging ihrer Wege. Wie alle, früher oder später.« Dempsey ließ den Bodensatz seines Sherrys am Grund des Glases kreisen.

»Und Ihre Frau will Sie nicht zurückhaben?«

»Geht schlecht. Sie hat einen anderen.«

»Das tut mir sehr leid«, sagte Persse.

»Ach, ich mach mir nichts draus«, sagte Dempsey wenig überzeugend. »Ich bedauere den Schritt nicht. Fühl mich wohl in Darlington. Sie haben gerade eigens für mich einen neuen Computer gekauft.«

»Und Sie sind jetzt Professor«, sagte Persse achtungsvoll.

»Ja, ich bin jetzt Professor«, sagte Dempsey zustimmend. Sein Gesicht verdüsterte sich. »Swallow natürlich auch«, fügte er an.

»Welcher ist denn nun eigentlich Professor Swallow?« fragte Persse und sah sich um.

»Irgendwo muß er stecken.« Dempsey ließ ziemlich widerwillig seinen Blick auf der Suche nach Professor Swallow über die Sherrytrinker wandern.

In diesem Augenblick schienen sich die Knäuel der plaudernden Konferenzler wie durch Zauberkraft zu lockern und zu lösen, so daß sich eine Gasse zwischen Persse und der Tür bildete. Und auf der Schwelle stand, ein wenig zögernd, das schönste Mädchen, das er je erblickt hatte. Sie war hochgewachsen und anmutig, mit einer vollen, fraulichen Figur und samtweicher, brünetter Haut. Schwarzes Haar fiel ihr in schimmernden Wellen bis auf die Schultern, schwarz war auch das schlichte Wollkleid, das über dem Busen tief ausgeschnitten war. Sie tat ein paar Schritte in den Raum hinein und nahm ein Glas Sherry von dem Tablett, das eine vorüberkommende Bedienung ihr hinhielt. Sie trank nicht gleich, sondern hob das Glas ans Gesicht, als sei es eine Blume. Ihre rechte Hand hielt den Stiel zwischen Zeigefinger und Daumen. Die Linke, waagerecht über die Taille gelegt, stützte den rechten Ellbogen. Über den Glasrand hinweg sah sie mit pechschwarzen Augen Persse gerade an und schien ihn mit einem leichten Lächeln zu grüßen. Sie hob das Glas an die feuchtroten Lippen, die Unterlippe war leicht geschwollen wie von einem Stich. Sie trank, und er sah, wie beim Schlucken die Halsmuskeln unter der Haut spielten. »Himmlischer Gott«, flüsterte Persse. Es war wieder ein Zitat, diesmal von Joyce.

Dann eilte zu seinem größten Ärger ein großer, schlanker, distinguiert wirkender Mann mittleren Alters mit einem recht flotten Silberbart und üppigem Haar an Hinterkopf und Schläfen – auf dem Schädel sproß es dürftiger – auf die junge Frau zu, um sie zu begrüßen, und nahm Persse die Sicht.

»Da ist ja Swallow«, sagte Dempsey.

»Wie?« fragte Persse, langsam aus seiner Trance erwachend.

»Der da, jetzt macht er die flotte Mieze an, die gerade reingekommen ist, die das schwarze Kleid an hat – oder halb aus hat, sollte ich vielleicht besser sagen. Swallow hängen ganz schön die Augen raus, was?«

Persse errötete und straffte sich in dem ritterlichen Drang, die Frau vor Kränkung zu bewahren. Professor Swallow schien, während er sich vorbeugte, um ihr Schildchen zu beäugen, tatsächlich rüde in ihr Dekolleté zu starren.

»Tolles Euter, wie?« bemerkte Dempsey.

Persse fuhr wütend auf ihn los. »Euter? *Euter?* Was fällt Ihnen eigentlich ein?«

Dempsey wich ein Stück zurück. »Bloß keine Aufregung. Wie würden Sie denn zu so was sagen?«

»Ich würde... ich würde sagen: Zwillingsdome an dem Tempel ihres Leibes«, erklärte Persse.

»Herrje, Sie sind wirklich ein Poet. Nichts für ungut, aber ich will mir schnell noch einen Sherry schnappen, ehe er alle ist.« Und Dempsey drängelte sich zur nächsten Bedienung durch und ließ Persse allein.

Nein, nicht allein. Wunderbarerweise tauchte das Mädchen neben ihm auf.

»Hallo, wie heißen denn Sie?« Sie sah auf sein Schild. »Ohne Brille kann ich diese kleinen Dinger nicht lesen.« Ihre Stimme war kräftig, aber melodisch, mit leichtem amerikanischem Akzent und noch einem Beiklang, den er nicht lokalisieren konnte.

»Persse McGarrigle – aus Limerick«, gab er eifrig Bescheid.

»Perce? Ist das eine Abkürzung für Percival?«

»Könnte es sein – wenn Sie wollen.«

Das Mädchen lachte und zeigte vollkommen ebenmäßige, vollkommen weiße Zähne. »Was soll das heißen – wenn ich will?«

»Es ist eine Variante von ›Pearce‹.« Er buchstabierte es.

»Ach, wie in *Finnegans Wake*, The Ballad of Persse O'Reilly.«

»Ganz genau. Persse, Pearce, Pierce – es würde mich nicht wundern, wenn das alles auf Percival zurückginge. Percival, *per se*, wie Joyce gesagt haben könnte«, fügte er hinzu und wurde durch ein weiteres strahlendes Lächeln belohnt.

»Und was heißt McGarrigle?«

»Ein alter irischer Name. Er bedeutet ›Sohn höchster Kühnheit.‹ «.

»Das verpflichtet aber ganz schön.«

»Ich tue, was ich kann«, sagte Persse. »Und Ihr Name?« Er neigte seinen Kopf dem prachtvollen Busen entgegen und begriff jetzt, warum es so ausgesehen hatte, als wühle Professor Swallow fast darin, als er versucht hatte, das dort angebrachte Schildchen zu lesen, denn der Name stand nicht in großen Druckbuchstaben darauf wie bei den anderen, sondern in einer winzigen Kursivschrift. »A. L. Pabst« hieß es karg. Kein Hinweis darauf, zu welcher Hochschule sie gehörte.

»Angelica«, ergänzte sie freiwillig.

»Angelica«, hauchte Persse. »Ein wunderschöner Name.«

»Dagegen ist Pabst ziemlich enttäuschend, was? Nicht zu vergleichen mit dem Sohn höchster Tapferkeit.«

»Sollte das ein deutscher Name sein?«

»War es wohl ursprünglich, aber Daddy ist Holländer.«

»Sie machen weder einen deutschen noch einen holländischen Eindruck.«

Sie lächelte. »Sondern?«

»Irisch. Sie erinnern mich an die Frauen im Südwesten Irlands, deren Vorfahren Matrosen der spanischen Armada geheiratet haben, die in dem großen Sturm von 1588 an der Küste von Munster gesunken war. Die sehen genauso aus wie Sie.«

»Eine romantische Vorstellung. Könnte sogar stimmen. Ich habe nämlich keine Ahnung, woher ich eigentlich stamme.«

»Wieso das?«

»Ich bin ein Adoptivkind.«

»Wofür steht das ›L‹?«

»Ein alberner Name, den möchte ich Ihnen lieber nicht sagen.«

»Und warum schreiben Sie ihn dann hin?«

»Wenn man in der akademischen Welt Initialen verwendet, halten die Leute einen für einen Mann und nehmen einen ernster.«

»Niemand könnte Sie für einen Mann halten, Angelica«, versicherte Persse.

»Ich meine bei Briefen. Oder Veröffentlichungen.«

»Haben Sie viel veröffentlicht?«

»Nein, nicht viel. Also eigentlich überhaupt noch nichts, ich schreibe noch an meiner Dissertation. Und Sie lehren in Limerick, sagen Sie? Ist das ein großer Fachbereich?«

»Nicht sehr. Also – wir sind nur drei. Eigentlich ist es eine Landwirtschaftliche Hochschule. Wir bieten erst seit kurzem einen philologischen Abschluß an. Habe ich das richtig verstanden – Sie wissen nicht, wer Ihre Eltern waren?«

»Keinen Schimmer. Ich bin ein Findling.«

»Und wo hat man Sie gefunden – falls die Frage nicht indiskret ist?«

»Ein bißchen persönlich ist sie schon, wenn man bedenkt, daß wir uns eben erst kennengelernt haben«, sagte Angelica. »Aber lassen Sie nur. Ich wurde in der Toilette eines KLM-Stratocruisers gefunden, auf der Strecke New York-Amsterdam. Ich war sechs Wochen alt. Niemand weiß, wie ich dort hingeraten bin.«

»Hat Mr. Pabst Sie gefunden?«

»Nein, Daddy war damals leitender Angestellter bei KLM. Er und Mummy haben mich adoptiert, weil sie keine eigenen Kinder hatten. Sind Sie wirklich nur zu dritt in Ihrem Fachbereich?«

»Ja. Professor McCreedy für Altenglisch, Dr. Quinlan für Mittelenglisch, und ich für Modernes Englisch.«

»Alles? Von Shakespeare bis –«

»T.S. Eliot. Ich habe meine Magisterarbeit über Shakespeares Einfluß auf T.S. Eliot geschrieben.«

»Da müssen Sie ja total überarbeitet sein.«

»Also wenn ich ehrlich bin – wir haben nicht sehr viele Studenten. Die meisten wissen gar nicht, daß es uns gibt. Professor McCreedy hält viel von Selbstbescheidung... Und Sie, Angelica, wo unterrichten Sie?«

»Einen richtigen Job habe ich im Augenblick nicht.« Angelica runzelte die Stirn und sah sich leicht zerstreut um, als hielte sie nach einer Arbeitsstelle Ausschau, so daß Persse das entscheidende Wort im nächsten Satz überhörte. »Ich habe einen Teilzeitjob in...«, sagte sie. »Aber jetzt versuche ich, mit meiner Doktorarbeit fertigzuwerden.«

»Worüber schreiben Sie denn?« fragte Persse.

Angelica sah ihn aus ihren pechschwarzen Augen an. »Romanzen«, sagte sie.

In diesem Augenblick rief der Gong zum Dinner, und ein allgemeiner Ansturm auf die Türen setzte ein, bei dem Persse von Angelica getrennt wurde. Zu seinem Kummer war er genötigt, sich zwischen zwei Mediävisten zu setzen, einen aus Oxford und einen aus

Aberystwyth, die, ihre Stühle in gefährlichem Neigungswinkel kippend, hinter seinem Rücken lebhaft über Chaucers Metrik diskutierten, während Persse sich über seine gebratene Schuhsohle beugte und sehnsüchtige Blicke zum anderen Tischende warf, wo Philip Swallow und Robin Dempsey wetteiferten, Angelica Pabst zu unterhalten.

»Wenn Sie die Soße suchen, junger Mann, die steht direkt vor ihrer Nase.«

Die Bemerkung kam von einer älteren Dame, die Persse gegenüber saß. Ihr Ton war scharf, doch ihr Gesicht war freundlich, und sie gestattete sich ein komplizenhaftes Lächeln, als Persse äußerte, das Fleisch sei auch durch Soße nicht zu retten. Sie trug ein schwarzes Seidenkleid von altertümelndem Schnitt, das weiße Haar war ordentlich in einem mit kleinen Jettperlen geschmückten Dutt zusammengefaßt. Ihr Namensschildchen wies sie als Miss Sybil Maiden, Girton College, Cambridge, aus. »Schon längst emeritiert«, erläuterte sie. »Aber soweit wie möglich nehme ich nach wie vor an den Tagungen teil. Das hält mich jung.«

Persse fragte nach ihrem Spezialgebiet.

»Sie würden mich wohl Folkloristin nennen«, sagte sie. »Ich war Schülerin bei Jessie Weston. Und auf welchem Gebiet arbeiten Sie?«

»Ich habe meine Magisterarbeit über Shakespeare und T.S. Eliot geschrieben.«

»Dann kennen Sie bestimmt Miss Westons Buch *From Ritual to Romance,* dem Mr. Eliot so viele Bilder und Anspielungen für *The Waste Land* entnommen hat.«

»Und ob«, sagte Persse.

»Sie argumentierte«, fuhr Miss Maiden fort, ohne sich von dieser Erwiderung abschrecken zu lassen, »daß die Suche nach dem Gral im Hinblick auf die Ritter der Artusrunde nur oberflächlich eine christliche Legende sei und ihre wahre Bedeutung in heidnischen Fruchtbarkeitsriten gesehen werden müsse. Hätte Mr. Eliot sich ihre Erkenntnisse zu Herzen genommen, wäre uns vielleicht die weinerliche Religiosität seiner späteren Lyrik erspart geblieben.«

»Wahrscheinlich sucht jeder sich seinen eigenen Gral«, meinte Persse versöhnlich. »Für Eliot war es der Glaube, für einen anderen könnte es der Ruhm sein oder die Liebe einer tugendhaften Frau.«

»Darf ich mal um die Soße bitten?« sagte der Oxforder Mediävist. Persse reichte sie ihm.

»Letztlich läuft alles auf Sex hinaus«, erklärte Miss Maiden sehr energisch. »Die Lebenskraft, die sich unaufhörlich erneuert.« Sie fixierte die Sauciere in der Hand des Professors mit gestrengem Blick.

»Der Gralskelch zum Beispiel ist ein sehr altes und universell verbreitetes Weiblichkeitssymbol.«

Der Oxforder Mediävist schien es sich mit der Soße anders überlegt zu haben. »Und der Gralsspeer, der angeblich die Seite Christi durchstoßen hat, ist offensichtlich phallisch. *The Waste Land* ist in Wirklichkeit eine Aufarbeitung von Eliots Impotenz- und Unfruchtbarkeitsängsten.«

»Die Theorie höre ich nicht zum erstenmal«, sagte Persse, »aber ich finde, damit macht man es sich zu leicht.«

»Ganz meine Meinung«, sagte der Oxforder Mediävist. »Dieses Gerede von phallischem Symbolismus ist ganz großer Quatsch.« Er spießte wie zur Bekräftigung sein Messer in die Luft.

Über dieser Diskussion war es Persse entgangen, daß Angelica den Speisesaal verlassen hatte. Er suchte sie in der Bar, aber sie war den ganzen Abend über weder dort noch anderswo zu sehen. Persse ging früh zu Bett, warf sich ruhelos auf seiner schmalen, klumpigen Matratze herum, horchte auf das Gurgeln der Rohrleitungen in den Wänden, auf Schritte in dem Gang vor seinem Zimmer, auf Türenschlagen und das Aufheulen von Motoren auf dem Parkplatz unter seinem Fenster. Einmal meinte er Angelicas Stimme »Gute Nacht« rufen zu hören, aber als er zum Fenster kam, war nichts mehr zu sehen außer den rötlich glimmenden Rücklichtern eines sich entfernenden Wagens. Ehe er sich wieder hinlegte, knipste er die Lampe über dem Waschbecken an und betrachtete sich kritisch im Spiegel. Er sah ein weißes, rundes, sommersprossiges Gesicht, Stupsnase, hellblaue Augen, einen Schopf roter, lockiger Haare. »Eine Schönheit bist du ja nicht gerade«, sagte er halblaut, »aber ich hab' schon häßlichere Visagen gesehen.«

Angelica war bei der ersten Fachsitzung der Tagung am nächsten Morgen nicht anwesend, und auch aus diesem Grund murmelte Persse im Hörsaal sein »April is the cruellest month« vor sich hin. Zusätzliche Gründe waren das weiterhin kalte, feuchte Wetter, mit dem die Heizungsingenieure von Rummidge nicht gerechnet hatten, die Ungenießbarkeit der Speckscheiben und Tomaten zum Frühstück und die Fadheit des Vortrags, den er über sich ergehen ließ. Er wurde von dem Oxforder Mediävisten gehalten und behandelte Chaucers Metrik. Persse hatte das Wesentliche schon gestern beim Dinner mitbekommen, und es wurde vom Wiederhören nicht besser.

Persse gähnte und verlagerte auf seinem Stuhl in einer der hinteren Hörsaalreihen sein Gewicht von einer Gesäßbacke auf die andere.

Die Gesichter vieler seiner Kollegen konnte er nicht erkennen, aber ihre Haltung ließ darauf schließen, daß die meisten sich von dem Erguß des Redners ebenso weit entfernt hatten wie er. Manche lehnten sich so weit zurück, wie die Rückenlehnen es erlaubten, und starrten mit leerem Blick zur Decke, andere lagen, das Kinn auf gekreuzte Arme gestützt, über den Pulten, wieder andere räkelten sich mit übereinandergeschlagenen Beinen auf zwei oder drei Sitzen und ließen die Arme baumeln. In der dritten Reihe knobelte einer verstohlen am Kreuzworträtsel der *Times* herum, und mindestens drei Zuhörer schienen zu schlafen. Jemand – vermutlich ein Student – hatte tief und kräftig, wie einer, dem endgültig der Geduldsfaden gerissen ist, das Wort »Doof« in das Pult geschnitzt, an dem Persse saß. Ein anderer hatte die Mitteilung *Swallow ist ein Wichser* eingekratzt. Persse sah keine Veranlassung, einem dieser Urteile zu widersprechen.

Doch plötzlich kam wieder etwas Leben ins Publikum. Der Vortragende war bei der Zusammenfassung angelangt und hatte dabei das Wort Strukturalismus erwähnt.

»Für unsere Freunde jenseits des Kanals«, sagte er mit leicht gekräuselten Lippen, »ist natürlich alles, was ich ausgeführt habe, eitel und illusionär. Für den Strukturalisten ist Metrum – wie die Sprache selbst – nur ein System von Unterschieden. Die Vorstellung, Betonungsmustern könne etwas Expressives oder Mimetisches innewohnen, wäre indiskutabel...«

Einige, vielleicht die meisten Zuhörer, lächelten und nickten und stießen sich an. Andere runzelten die Stirn, bissen sich auf die Lippen und begannen hastig mitzuschreiben. Die von dem Mediävisten aus Aberystwyth moderierte Fragestunde gestaltete sich lebhaft.

Es folgte eine Kaffeepause in einem Gemeinschaftsraum in der Nähe. Zu seinem Entzücken fand Persse dort Angelica vor, die sich, sehr flott anzusehen in einem Rollkragenpullover, Tweedrock und hohen Lederstiefeln, dort schon häuslich niedergelassen hatte. Auf ihren Wangen lag ein gesundes Rot. Sie war spazieren gewesen. »Das Frühstück habe ich verschlafen«, erklärte sie, »und für den Vortrag war ich zu spät dran.«

»Viel haben Sie nicht versäumt«, meinte Persse. »Beides war unverdaulich. Wo sind Sie denn gestern abend abgeblieben? Ich habe Sie überall gesucht.«

»Professor Swallow hatte ein paar Leute auf einen Drink zu sich nach Hause eingeladen.« »Sind Sie mit ihm befreundet?«

»Nein. Das heißt, ich kannte ihn vorher nicht persönlich. Aber er ist wirklich sehr nett.«

»Hm«, machte Persse.

»Worüber war denn der Vortrag?« fragte Angelica.

»Eigentlich über Chaucers Metrik, aber bei der Diskussion ging es hauptsächlich um Strukturalismus.«

»Wie dumm, daß ich das versäumt habe«, sagte Angelica verärgert. »Ich interessiere mich sehr für Strukturalismus.«

»Was ist das eigentlich genau?«

Angelica lachte.

»Nein, im Ernst«, sagte Persse. »Was ist Strukturalismus? Etwas Gutes oder etwas Schlechtes?«

Angelica sah ihn leicht verdattert an, sie hatte offenbar den Verdacht, daß er sie auf den Arm nehmen wollte. »Aber irgendwas müssen Sie doch darüber wissen, Persse, Sie müssen zumindest schon mal davon gehört haben. Selbst in... Wo haben Sie Ihren Abschluß gemacht?«

»University College, Dublin. Aber ich war nicht oft da, ich hatte nämlich TB. Sie waren sehr anständig, ich durfte im Sanatorium an meiner Arbeit schreiben. Ab und zu hat mich mein Prof besucht, aber meist habe ich allein gearbeitet. Meinen Bachelor of Arts habe ich in Galway gemacht, da hat uns niemand was von Strukturalismus erzählt. Nach dem Magister bin ich auf zwei Jahre nach Hause gefahren, auf die Farm. Meine Leute sind Farmer, in der Grafschaft Mayo.«

»Wollten Sie auch Farmer werden?«

»Nein, ich sollte nach der TB wieder zu Kräften kommen, und mein Arzt hat gemeint, ein Leben in frischer Luft wäre dafür gerade recht.«

»Und sind Sie... wieder zu Kräften gekommen?«

»Aber ja, ich bin jetzt kerngesund.« Er schlug sich kräftig an die Brust. »Und dann habe ich die Stellung in Limerick bekommen.«

»Da haben Sie Glück gehabt, so einfach ist das heute nicht mit den Jobs.«

»Stimmt, da habe ich wirklich Glück gehabt«, bestätigte Persse. »Später hat sich herausgestellt, daß ich aus Versehen zu dem Vorstellungsgespräch eingeladen wurde. Eigentlich wollten sie mit einem anderen McGarrigle sprechen, einem preisgekrönten Knaben von Trinity. Aber der Brief ging an mich – da hat wohl im Sekretariat jemand geschlafen –, und das war ihnen so peinlich, daß sie die Einladung nicht rückgängig gemacht haben.«

»Na, jedenfalls haben Sie Ihre Chance genutzt«, sagte Angelica. »Die hätten ja einen anderen Bewerber nehmen können.«

»Nein, das war auch wieder Glück«, sagte Persse.« Es gab keine anderen Bewerber – jedenfalls keinen, der zur Vorstellung eingeladen worden war. Sie wußten schon, daß es eben dieser McGarrigle sein sollte, und haben Spesen sparen wollen. Aber was ich damit eigentlich sagen will: Intellektuell war ich nie so recht auf dem laufenden. Deshalb bin ich ja hier. Um mich weiterzubilden. Um mitzukriegen, was sich in der großen weiten Welt der Ideen tut. Wer in ist und wer out und so weiter. Wie ist das nun mit dem Strukturalismus?«

Angelica holte tief Luft und stieß sie kräftig wieder aus. »Ich weiß nicht recht, wo ich anfangen soll«, sagte sie. Eine Glocke rief sie zurück in den Hörsaal. »Gerade nochmal davongekommen«, lachte sie.

»Dann später«, drängte Persse.

»Mal sehen«, sagte Angelica.

Während sich die Konferenzler in den Hörsaal zurückschoben, um sich den zweiten Vortrag des Vormittags anzutun, sahen sie sich neidisch nach dem Oxforder Mediävisten um, der Philip Swallow die Hand schüttelte. Er war im Mantel und hatte seine Aktentasche bei sich. »Das ist das Ärgerliche an diesen Tagungen«, hörte Persse jemanden sagen. »Die großen Tiere hauen meist ab, sobald sie ihr Sprüchlein aufgesagt haben. Man kommt sich vor wie in einer belagerten Armee, wenn der General sich im Hubschrauber ausfliegen läßt.«

»Kommen Sie, Persse?« fragte Angelica.

Persse sah in sein Programm. »Tierbilder in Drydens Heroischen Tragödien«, las er vor.

»Könnte interessant sein«, sagte Angelica ernsthaft.

»Ich glaube, den schenke ich mir«, meinte Persse. »Ich werde stattdessen ein Gedicht schreiben.«

»Ach, Sie schreiben Gedichte? Was für welche?«

»Kurze«, sagte Persse. »Sehr kurze Gedichte.«

»Wie Haikus?«

»Manchmal noch kürzer.«

»Na so was. Und worüber werden Sie schreiben?«

»Sie dürfen es lesen, wenn es fertig ist.«

»Schön. Ich freu mich schon. Aber jetzt muß ich wohl gehen.« Ein vage lächelnder Philip Swallow stand herum wie ein Schäferhund, der die irrenden Schäflein zusammentreibt.

»Gut, dann sehen wir uns vor dem Mittagessen in der Bar«, sagte Persse. Er begab sich schnellen Schrittes zur Herrentoilette in der Absicht, dort zu warten, bis der Vortrag über Dryden angefangen hatte. Doch zu seiner Bestürzung folgte ihm Philip Swallow, Bob Busby im Schlepptau. Persse schloß sich in eine Kabine ein und nahm auf dem Toilettensitz Platz. Die beiden stellten sich ans Pissoir. Bei ihrem Gespräch schien es sich um einen fehlenden Vortragenden zu handeln. »Wann hat er angerufen?« fragte Philip Swallow, und Busby antwortete: »Vor etwa zwei Stunden. Er wollte sein Möglichstes tun, um bis heute nachmittag hier zu sein. Ich habe ihm gesagt, er sollte keine Kosten scheuen.« »Ob das sehr klug war, Bob?« fragte Swallow.

Persse hörte, wie ein Wasserstrahl in die Becken plätscherte, hörte das Rattern des Handtuchspenders und das Zuschlagen der Tür. Nach ein, zwei Minuten kam er aus seinem Versteck hervor und näherte sich leise dem Vortragssaal. Er spähte durch das Guckloch in der Tür. Er sah Angelica im Profil, sie saß allein in der vordersten Reihe, in anmutig-wacher Haltung, einen Kugelschreiber aus Edelstahl in einer Hand, bereit zum Mitschreiben. Sie trug eine Brille mit dickem schwarzem Rand und wirkte damit beängstigend tüchtig, wie eine erstklassige Chefsekretärin. Die übrigen Zuhörer stellten das gleiche lebende Bild versteinerter Langeweile wie vorhin. Persse entfernte sich auf Zehenspitzen und trat ins Freie. Er überquerte den Campus und schlug den Weg ein, der zu den Wohnheimen führte.

Der schmelzende Schnee tropfte von den Bäumen und lief ihm in den Hals, aber es störte ihn nicht, ja, er merkte es nicht einmal. Er versuchte, ein Gedicht über Angelica Pabst zu komponieren. Zu seinem Leidwesen drängten sich ein paar Zeilen von W.B. Yeats zwischen ihn und seine Muse, und er konnte nicht mehr tun, als sie auf seinen persönlichen Fall zuzuschneiden.

*Wie kann ich, wenn jenes Mädchen dort steht,*
*meine Aufmerksamkeit richten*
Auf Chaucer oder auf Dryden
Oder strukturalistische Poetik?«

Während er diese Worte vor sich hinsprach, kam Persse McGarrigle der Gedanke, daß er möglicherweise verliebt sei. »Ich bin verliebt«, sagte er laut zu den tröpfelnden Bäumen, zu einem weiß behaubten Briefkasten, zu einem triefenden Köter, der sein Hinterbein am Torpfosten des Wohnheimgeländes hob. »Ich bin verliebt!« rief er einer langen Reihe deprimiert dreinschauender Spatzen zu, die auf dem Geländer entlang der matschigen Auffahrt hockten. »ICH BIN VERLIEBT!« schrie er und erschreckte eine Gänseherde hinter dem künstlichen See, während er in dem unberührten Schnee auf und nieder und im Kreis herumlief und eine Spur tiefer Fußabdrücke hinterließ.

Noch japsend von dieser Übung kam er vor der Lucas Hall an, dem Hochhausblock, in dem die Tagungsteilnehmer untergebracht waren. Martineau Hall hingegen, wo sie aßen und tranken, war ein niedriges, zylindrisches Bauwerk, das Miss Maidens Ansichten über die Universalität sexueller Symbole bestätigte.

Vor Lucas Hall stand ein Taxi mit laufendem Motor, dem gerade ein untersetzter Mann mit einer dicken Zigarre zwischen den Lippen und einer Jagdmütze mit heruntergeklappten Ohrenteilen entstieg. Als er Persse sah, rief er: »Hey!« und winkte ihm. »Sagen Sie mal, wo ist denn hier die Tagung?« fragte er mit amerikanischem Akzent. »Die HESL-Tagung. Es ist der richtige Name, aber es scheint nicht das richtige Haus zu sein.«

»Das sind die Unterkünfte«, erläuterte Persse. »Die Sitzungen sind im Hauptgebäude, ein Stück weiter vorn.«

»Na also«, sagte der Mann. »Okay, Fahrer, wir haben's geschafft. Was macht's?«

»Sechsundvierzig Pfund achtzig, Meister«, sagte der Mann – oder so verstand es Persse jedenfalls – und sah auf seinen Taxameter.

»Okay, stimmt so«, sagte der Neuankömmling. Er schälte zehn knisternd-neue Fünf-Pfund-Noten von einer dicken Rolle und schob sie durch das Taxifenster. Der Fahrer sah Persse und lehnte sich heraus. »Sie brauchen nicht zufällig 'n Taxi zurück nach London, was?« fragte er.

»Nein, danke.«

»Na, dann wolln wir mal wieder. Besten Dank, Meister.«

Beeindruckt von diesem sichtbaren Zeichen des Wohlstands griff Persse nach dem Koffer des Neuankömmlings, ein schönes Stück aus Leder mit Resten vieler Kofferaufkleber, und trug ihn in die Halle. »Sind Sie wahrhaftig von London mit dem Taxi gekommen?« fragte er.

»Was blieb mir übrig? Wie ich heute früh in Heathrow lande, heißt es: Anschlußflug gestrichen, der Flughafen von Rummidge ist eingeschneit. Ich bekomme eine Eisenbahnfahrkarte in die Hand gedrückt, fahre zum Bahnhof in London, und was höre ich? Die elektrische Leitung auf der Strecke nach Rummidge ist kaputt. Großes Drama, das Land gelähmt, Rummidge von der Kapitale abgeschnitten, Riesenspaß für alle, die Träger konnten sich kaum fassen vor Freude. Als ich sagte, dann würde ich eben mit dem Taxi hinfahren, haben sie mich für verrückt erklärt und haben versucht, es mir auszureden. ›Sie kommen nie durch‹, haben sie gesagt. ›Die Autobahnen sind voller Schneewehen, manche Leute mußten die ganze Nacht dort im Wagen verbringen.‹ Also gehe ich die Reihe der Taxis ab, bis ich einen Fahrer finde, der Mumm genug hat, es zu versuchen, und was finden wir, als wir hier ankommen? Fünf Zentimeter Schneematsch. Was für ein Land.« Er nahm seine Mütze ab und hielt sie auf Armeslänge von sich weg. Sie war aus langfilzigem Tweed mit auffallenden roten Karos auf gelblichbraunem Untergrund. »Hab' ich heute früh in Heathrow erstanden. Komisch, wenn ich nach England komme, ist meine erste Tat immer, mir einen Hut zu kaufen.«

»Hübsche Mütze«, sagte Persse.

»Gefällt sie Ihnen? Erinnern Sie mich daran, daß ich Ihnen das Ding schenke, wenn ich abreise. Ich fahre nämlich weiter in wärmere Gefilde.«

»Sehr nett von Ihnen.«

»Keine Ursache. So, und wo meldet man sich an?«

»Hier drüben ist eine Zimmerliste«, sagte Persse. »Wie ist Ihr Name?«

»Morris Zapp.«

»Den Namen hab' ich doch schon mal gehört?«

»Will ich schwer hoffen. Und wie heißen Sie?«

»Persse McGarrigle aus Limerick. Halten Sie nicht heute nachmittag einen Vortrag? ›Thema wird noch bekanntgegeben...‹«

»Sehr richtig, Percy. Deshalb habe ich ja auch alles getan, um herzukommen. Schauen Sie mal ganz nach unten. Unter Z stehen nie viele.«

Persse sah hin. »Hier steht, daß Sie nicht auf dem Campus wohnen.«

»Richtig, Philip Swallow hat was davon gesagt, daß ich bei ihm übernachten soll. Wie läuft denn die Tagung so?«

»Darüber kann ich eigentlich nicht viel sagen, ich war noch nie auf einer Tagung, habe also keine Vergleichsmöglichkeiten.«

»Ach nee!« Morris Zapp betrachtete ihn verwundert. »Eine Tagungsjungfrau gewissermaßen, wie? Wo stecken übrigens die anderen?«

»Bei einem Vortrag.«

»Und Sie haben geschwänzt, was? Damit haben Sie schon die erste Tagungsregel gelernt, mein Junge. Man schenke sich sämtliche Vorträge. Sofern man sie nicht selber hält, natürlich. Oder sofern nicht *ich* sie halte«, fügte er sinnend hinzu. »Ich möchte Sie nicht davon abhalten, sich heute nachmittag meinen Beitrag anzuhören. Heute nacht im Flugzeug, als der Film lief, bin ich nochmal drübergegangen, und bin recht zufrieden. Der Film war auch okay. Wieviele Zuhörer werde ich denn haben?«

»Alles in allem sind siebenundfünfzig Teilnehmer gemeldet«, sagte Persse.

Es fehlte nicht viel, und Professor Zapp hätte seine Zigarre verschluckt. »Siebenundfünfzig? Machen Sie Witze? Nein? Kein Witz? Sie meinen, ich bin sechstausend Meilen geflogen, um vor siebenundfünfzig Figuren zu sprechen?«

»Natürlich geht nicht jeder zu jedem Vortrag«, sagte Persse. »Wie Sie an mir sehen...«

»Wissen Sie, wieviele Teilnehmer das amerikanische Gegenstück dieser Tagung hatte? Zehntausend. Letzten Dezember waren zehntausend Leute bei der MLA.«

»Ich glaube, bei uns gibt's nicht mal so viele Hochschullehrer«, sagte Persse entschuldigend.

»Na, mehr als siebenundfünfzig muß es doch geben«, maulte Morris Zapp. »Wo sind die denn alle? Ich will es Ihnen sagen. Die meisten hocken zu Hause, tapezieren das Wohnzimmer oder zupfen Unkraut im Garten, und die wenigen, die einen originellen Gedanken austauschen könnten, schwirren auf irgendwelchen Tagungen an Orten herum, in denen es wärmer und hübscher ist als hier.« Er besah sich mißfällig die Eingangslobby von Lucas Hall mit ihren geborstenen, schmutzigen Bodenfliesen und den Wänden aus verdrecktem, unbehandeltem Beton. »Kriegt man hier wenigstens irgendwo was zu trinken?«

»Die Bar in Martineau Hall macht bald auf«, sagte Persse.

»Nichts wie hin.« »Sind Sie wirklich extra zu dieser Tagung aus Amerika gekommen, Professor Zapp?« erkundigte sich Persse, während sie durch den Matsch stapften.

»Nicht direkt. Ich wollte sowieso nach Europa, ich hab' ein Forschungssemester. Philip Swallow hörte, daß ich rüberkomme, und bat mich, seine Tagung mitzunehmen. Einem alten Freund tut man schließlich gern einen Gefallen, also hab' ich zugesagt.«

In der Bar von Martineau Hall sah ihnen der Barkeeper hinter einer Art verchromtem Fallgatter entgegen, das vom Tresen bis zur Decke reichte.

»Ist das für Sie, damit Sie nicht rauskommen, oder für uns, damit wir nicht reinkommen?« ulkte Morris Zapp und tippte an das Metall. »Was nehmen Sie, Percy? Guinness? Halbe Guinness, Charlie, und einen großen Scotch on the rocks.«

»Wir haben noch nicht geöffnet. Erst um halb eins.«

»Und einen für Sie. Was Sie wollen.«

»Ja, Sir, danke, Sir«, sagte der Barkeeper und kurbelte eilfertig das Fallgatter hoch. »Zu einer Halben Bitter sag ich nicht Nein.«

Während er das Guinness zapfte, kamen nach und nach die anderen Konferenzler von ihrer zweiten Vormittagsveranstaltung herein. Philip Swallow machte die Vorhut. Er kam auf Morris Zapp zu und drückte ihm fest die Hand.

»Morris. Wie schön, dich zu sehen nach – Wie lange ist das her?«

»Zehn Jahre, Philip, so ungern ich das zugebe. Aber du siehst gut aus. Toll, der Bart. Hatte dein Haar immer diese Farbe?«

Philip Swallow wurde rot. »Ich glaube, 1969 begann es grau zu werden. Wie hast du es doch noch bis zu uns geschafft?«

»Macht ein Pfund fünfzig, Sir«, sagte der Barkeeper.

»Per Taxi«, sagte Morris Zapp. »Daß ich es nicht vergesse: Du schuldest mir fünzig Pfund für die Fahrt. Was ist denn, Philip? Du wirst ja ganz blaß.«

»Und die Tagung ist gerade in die roten Zahlen gerutscht«, sagte Rupert Sutcliffe mit lustvollem Bedauern. »Tag, Zapp, vermutlich erinnern Sie sich nicht mehr an mich.«

»Rupert! Wie könnte ich je das muntere Gesicht vergessen. Und hier kommt Bob Busby, genau aufs Stichwort«, sagte Morris Zapp, als ein Mann, dessen Bart entschieden weniger imposant war als der von Swallow, in die Bar getrabt kam, Klemmbrett unter dem Arm, klappernde Schlüssel und Münzen in den Taschen. Philip Swallow nahm ihn beiseite, und sie flüsterten aufgeregt miteinander.

»Leider werden Sie heute nachmittag mit mir als Moderator vorliebnehmen müssen«, sagte Rupert Sutcliffe.

»Ist mir eine Ehre, Rupert.«

»Haben Sie sich schon – äh – für einen Titel entschieden?«

»Hab' ich. ›Textualität als Striptease.‹«

»Ja so«, sagte Rupert Sutcliffe.

»Kennen alle diesen jungen Mann, der sich freundlicherweise nach meiner Ankunft um mich gekümmert hat?« fragte Morris Zapp. »Percy McGarrigle aus Limerick.«

Philip Swallow nickte flüchtig und wandte sich wieder dem Amerikaner zu. »Wir müssen dir ein Namenschild beschaffen, Morris, damit jeder weiß, wer du bist.«

»Keine Bange, wer's noch nicht weiß, dem erklär' ich's schon.«

»Als ich sagte: ›Nehmen Sie ein Taxi!‹, hab' ich von Heathrow nach Euston gemeint, nicht von London nach Rummidge«, sagte Bob Busby vorwurfsvoll zu Morris Zapp.

»Laß das doch jetzt«, sagte Philip Swallow ungeduldig. »Das Kind ist nun mal in den Brunnen gefallen. Wo ist dein Gepäck, Morris? Ich habe mir gedacht, daß du bei uns bestimmt besser aufgehoben bist als im Wohnheim.«

»Nachdem ich das Wohnheim gesehen habe, bin ich ganz deiner Meinung«, sagte Zapp.

»Hilary freut sich schon wahnsinnig auf dich.« Swallow zog ihn mit sich fort.

»Dürfte ein interessantes Wiedersehen werden«, sagte Rupert Sutcliffe halblaut und sah dem Paar über seine Brille hinweg nach.

»Wie?« fragte Persse abwesend. Er suchte Angelica.

»Ja, wissen Sie, vor etwa zehn Jahren sind die beiden für unseren Austausch mit Euphoria in den Staaten vorgeschlagen worden. Zapp kam ein halbes Jahr zu uns, und Swallow ging an die Euphoric State. Man munkelte, daß Zapp ein Verhältnis mit Hilary Swallow und Swallow eins mit Mrs. Zapp hatte.«

»Na so was«, sagte Persse, gefesselt von der Geschichte, obgleich er in diesem Moment sah, wie Angelica mit Robin Dempsey an die Bar trat. Er redete voller Schwung auf sie ein. Ihr Lächeln wirkte leicht gefroren, wie bei Leuten, die in einer Operette angesungen werden.

»Genau. ›Schöne Sippschaft‹, wie Matthew Arnold von der Shelley-Clique sagte. Na ja, gleichzeitig setzte sich Gordon Masters, unser Fachbereichsvorsitzender, vorzeitig zur Ruhe, nach einem Nervenzusammenbruch, 1969 war das, im Jahr der Studentenrevolution, eine schwere Zeit für alle, und einige brachten Zapp als Nachfolger ins Spiel. Aber eines schönen Tages, als die Sache gerade spruchreif wurde, flogen Hilary Swallow und er plötzlich zusammen nach Amerika, und wir wußten nicht, welches Paar wir zurückerwarten sollten: Zapp und Hilary, Philip und Hilary, Philip und Mrs. Zapp oder die beiden Zapps.«

»Wie hieß Mrs. Zapp mit Vornamen?« fragte Persse.

»Hab' ich vergessen«, sagte Sutcliffe. »Ist es wichtig?«

»Ich weiß gern die Namen. Ohne Namen kann ich einer Geschichte nicht folgen.«

»Wir haben sie nie zu Gesicht gekriegt. Die Swallows kamen zusammen zurück. Sie wollten wohl der Ehe noch eine Chance geben.«

»Das hat ja offenbar funktioniert.«

»Hm. Aber meiner Meinung nach«, sagte Sutcliffe düster, »hat diese Episode einen bedauerlichen Einfluß auf Swallows Charakter gehabt.«

»Ach ja?«

Sutcliffe nickte, schien aber nicht geneigt, sich näher darüber auszulassen. »Und dann hat Philip Swallow den Lehrstuhl bekommen?« fragte Persse.

»Nein, nein, da noch nicht. Nein, dann hatten wir Dalton, der kam aus Oxford. Bis vor drei Jahren. Er ist bei einem Verkehrsunfall ums Leben gekommen. Danach haben sie dann Swallow ernannt. Manche hätten wohl lieber mich auf dem Posten gesehen, aber ich werde allmählich zu alt für so was.«

»Aber nein«, beteuerte Persse, weil Sutcliffe das offenbar von ihm erwartete.

»Eins muß ich ja sagen«, fing Sutcliffe noch einmal an. »Hätten sie mich genommen, hätten sie einen Chef gehabt, der gewußt hätte, wohin er gehört und nicht ständig in der Weltgeschichte herumgondelt.«

»Professor Swallow reist demnach viel?«

»In letzter Zeit ist er mehr unterwegs als in Rummidge.«

Persse entschuldigte sich und drängelte sich zur Bar durch, wo Angelica darauf wartete, daß Dempsey ihr einen Drink brachte. »Wie war der Vortrag?« fragte er.

»Langweilig. Aber hinterher gab es eine interessante Diskussion über Strukturalismus.«

»Schon wieder? Jetzt müssen Sie mir aber unbedingt erklären, worum es beim Strukturalismus geht.«

»Strukturalismus?« Dempsey, der einen Sherry für Angelica brachte, hatte Persses Appell mitbekommen und war nur zu gern bereit, sich mit seinem Fachwissen zu spreizen. »Angefangen hat es mit der Linguistik von Saussure. Die Arbitrarität der Zeichen. Sprache als System von Unterschieden ohne positive Begriffe.«

»Ein Beispiel, bitte«, sagte Persse. »Ohne Beispiele kann ich theoretischen Ausführungen nicht folgen.«

»Nehmen Sie die Worte *dog* und *cat*. Es gibt keinen wirklichen Grund dafür, warum die kombinierten Phoneme d-o-g einen Vierbeiner bezeichnen, der ›wauwau‹ macht und nicht einen, der ›miau‹ macht. Es ist ein rein willkürlicher Bezug, und es ist nicht einzusehen, warum der Englisch sprechende Teil der Menschheit nicht beschließen sollte, daß von morgen an d-o-g für ›cat‹ steht und c-a-t für ›dog‹.«

»Würden da nicht die Tiere durcheinanderkommen?« fragte Persse.

»Die würden sich im Lauf der Zeit umstellen, wie alle anderen auch«, sagte Dempsey. »Wir wissen das, weil das gleiche Tier in verschiedenen natürlichen Sprachen durch unterschiedliche akustische Bilder bezeichnet wird. Zum Beispiel ist ›dog‹ chien auf Französisch, Hund auf Deutsch, cane auf Italienisch und so weiter. ›Cat‹ ist chat, Katze, gatto – je nachdem, in welchem Teil des Gemeinsamen

Marktes man gerade ist. Und wenn wir statt unserer Ohren der Sprache glauben, machen englische Hunde ›*woof-woof*‹, französische Hunde ›*wuah-wuah*‹, deutsche Hunde ›wauwau‹ und italienische ›*baau-baau*‹.«

»Hört sich an wie im Tierheim«, sagte Philip Swallow, der mit dem inzwischen beschilderten Morris Zapp zur Bar zurückgekommen war. »Sie erinnern sich noch an Morris, nicht wahr, Dempsey?«

»Ich habe diesem jungen Mann gerade den Strukturalismus erklärt«, sagte Dempsey nach der Begrüßung. »Aber mit Linguistik hatten Sie ja nie viel am Hut, Swallow, wenn ich mich recht erinnere.«

»Da haben Sie ein wahres Wort gesprochen. Ich kann mir nie merken, was zuerst kommt, die Morpheme oder die Phoneme. Und nach einem Blick auf einen Strukturbaum ist mein Kopf total leer.«

»Oder noch leerer«, sagte Dempsey mit höhnischem Grinsen.

Es gab eine verlegene Pause. Angelica warf sich in die Bresche. »Tatsächlich«, sagte sie bescheiden, »führt Jakobson die Abstufung Positiv, Komparativ und Superlativ der Adjektive als Beweis dafür an, daß die Sprache kein ganz arbiträres System ist. Zum Beispiel: Leer, leerer, am leersten. Je mehr Phoneme, desto mehr Nachdruck. Dasselbe gilt für andere indo-europäische Sprachen, zum Beispiel Latein: vacuus, vacuior, vacuissimus. Es scheint eine ikonische Korrelation zwischen Klang und Sinn über die Grenzen natürlicher Sprachen hinweg zu geben.« Die vier Männer glotzten.

»Wer ist dieses Wunderkind?« fragte Zapp. »Möchte mich nicht jemand bekanntmachen?«

»Entschuldige«, sagte Philip Swallow. »Miss Pabst – Professor Zapp.«

»Morris, wenn ich bitten darf.« Der amerikanische Professor streckte die Hand aus und warf einen Blick auf Angelicas Schildchen. »Freut mich, Sie kennenzulernen, Al.«

»Großartig war das«, sagte Persse später beim Mittagessen zu Angelica. »Wie Sie diesem Dempsey die Meinung gegeigt haben.«

»Hoffentlich war ich nicht unhöflich«, sagte Angelica. »Im Grunde hat er natürlich recht. Verschiedene Sprachen unterteilen die Welt auf unterschiedliche Art. Nehmen Sie das Hammelfleisch, das wir gerade essen. Im englischen heißt das Tier *sheep,* sein Fleisch *mutton.* Auf Französisch gibt es für Tier und Fleisch nur ein Wort – *mouton.* Unser Ausdruck ›dead as mutton‹ hieße also auf Französisch ›tot wie ein Schaf‹, was einfach absurd klingt.«

»Ob nun Hammel oder *mouton* – tot kommt mir das Zeug auf jeden Fall vor«, sagte Persse und schob den Teller beiseite. Eine gelbgelockte, bekittelte Dame hinter einem Wagen, auf dem halbgeleerte Teller standen, nahm die Portion vom Tisch. »Fertig, Schätzchen?« fragte sie. »War nicht besonders, was?«

»Haben Sie Ihr Gedicht geschrieben?« fragte Angelica.

»Heute abend dürfen Sie es lesen. Sie müssen in den obersten Stock von Lucas Hall kommen.«

»Weil da Ihr Zimmer ist?«

»Nein.«

»Warum dann?«

»Sie werden schon sehen.«

»Ein Geheimnis.« Angelica lächelte und krauste die Nase. »Ich mag Geheimnisse.«

»Zehn Uhr im obersten Stockwerk. Dann ist der Mond aufgegangen.«

»Und es ist bestimmt kein Vorwand für ein romantisches Stelldichein?«

»Sie haben doch gesagt, daß Sie über Romanzen arbeiten...«

»Und da wollten Sie mir weiteres Material liefern? Bedaure, ich habe jetzt schon zu viel. Ich habe Hunderte von Romanzen gelesen. Klassische und mittelalterliche, Renaissance-Romanzen und moderne Romanzen. Heliodor und Apuleius, Chrétien de Troyes und Mallory, Ariost und Spenser, Keats und Barbara Cartland. Ich brauche keine zusätzlichen Daten. Was ich brauche, ist eine Theorie, um alles zu erklären.«

»Theorie?« Philip Swallow spitzte unter der silbrigen Haarfülle die Ohren. »Das Wort lockt den Göring in mir hervor. Wenn ich es höre, greife ich nach dem Revolver.«

»Dann wird dir mein Vortrag nicht gefallen, Philip«, sagte Morris Zapp.

Tatsächlich fand denn auch kaum jemand Gefallen an Morris Zapps Vortrag, und etliche Zuhörer verließen den Saal, ehe er geendet hatte. Rupert Sutcliffe, der als Moderator genötigt war, den Zuhörern Auge in Auge gegenüberzusitzen, gab sich den Anschein versteinerten Gleichmuts, aber seine Mundwinkel senkten sich fast unmerklich immer tiefer, und seine Brille rutschte im Verlauf des Vortrags immer weiter in Richtung Nasenspitze. Morris Zapp ging beim Sprechen auf dem Podium hin und her, seine Notizen in der einen, eine dicke Zigarre in der anderen Hand.

»Sie sehen vor sich«, begann er, »einen Mann, der einstmals an die

Machbarkeit der Interpretation glaubte. Das heißt, ich glaubte, Ziel des Lesens sei es, die Bedeutung von Texten festzustellen. Früher war ich Jane-Austen-Experte, ja, ich darf wohl in aller Bescheidenheit sagen, ich war *der* Jane-Austen-Experte. Ich habe fünf Bücher über Jane Austen geschrieben, und in jedem habe ich versucht, die Bedeutung ihrer Romane darzulegen und – das versteht sich von selbst – zu beweisen, daß bisher niemand sie richtig verstanden hatte. Dann begann ich einen Kommentar über Jane Austens Werke mit dem Ziel, sie so erschöpfend wie möglich zu behandeln, sie unter jedem nur vorstellbaren Aspekt zu untersuchen – historisch, biographisch, rhetorisch, mythisch, strukturell, freudianisch, jungianisch, marxistisch, existenzialistisch, christlich, allegorisch, ethisch, phänomenologisch, archetypisch, was Sie wollen. Nach Fertigstellung meines Kommentars, das hatte ich mir vorgenommen, sollte nichts mehr über die einzelnen Romane zu sagen übrig bleiben.

Natürlich habe ich dieses Vorhaben nie beendet. Das Projekt war nicht so sehr utopisch als in sich hoffnungslos. Damit meine ich nicht nur, daß ein erfolgreicher Abschluß uns alle früher oder später arbeitslos gemacht hätte, sondern daß es nicht gelingen konnte, weil es nicht möglich ist, und es ist nicht möglich wegen des Wesens der Sprache als solcher, in der die Bedeutung ständig von einem *Signifikanten* auf den anderen übergeht und nie absolut sein kann.

Eine Botschaft zu verstehen heißt, sie zu dekodieren. Sprache ist ein Kode. Aber jede Dekodierung bedeutet eine Neukodierung. Wenn Sie etwas zu mir sagen, überprüfe ich, ob ich Ihre Botschaft verstanden habe, indem ich sie in meinen eigenen Worten wiederhole, das heißt in Worten, die sich von den Ihren unterscheiden, denn wenn ich Ihre eigenen Worte getreulich wiederhole, werden Sie daran zweifeln, daß ich Sie wirklich verstanden habe. Wenn ich aber *meine* Worte gebrauche, verändere ich damit notwendigerweise Ihre Bedeutung, und sei es auch noch so geringfügig. Selbst wenn ich mein Verständnis signalisiere, indem ich Ihre eigenen Worte unverändert wiederhole, ist das keine Garantie dafür, daß ich Ihre Bedeutung für mich übernommen habe, denn ich bringe in diese Worte eine unterschiedliche Erfahrung von Sprache, Literatur und nichtverbaler Realität ein. Deshalb bedeuten sie für mich etwas anderes als für Sie. Und wenn Sie glauben, daß ich die Bedeutung Ihrer Botschaft nicht verstanden habe, wiederholen Sie die Botschaft nicht einfach mit denselben Worten, sondern Sie versuchen, die Wiederholung in andere als die ursprünglich benutzten Worte zu kleiden. Aber dann ist es nicht mehr die Botschaft, von der Sie ursprünglich ausgegangen sind. Und auch Sie sind sich nicht gleich geblieben. Es ist Zeit verstrichen, seit Sie den Mund zum Sprechen aufgemacht haben, die Moleküle Ihres Körpers haben sich verändert, was Sie zu sagen beabsichtigten, ist von dem, was Sie tatsächlich gesagt haben, verdrängt worden, und das ist bereits Teil Ihrer persönlichen Geschichte geworden, die Erinnerung daran ist unscharf. Ein Gespräch, das ist wie Tennisspielen mit einem Ball aus Knetgummi, der in immer wieder veränderter Form übers Netz geflogen kommt.

Nun unterscheidet sich Lesen natürlich vom Gespräch, es ist passiver in dem Sinne, daß wir nicht auf den Text einwirken, die Entwicklung des Textes nicht durch unsere eigenen Worte beeinflussen können, da der Text bereits vorgegeben ist. Vielleicht ist es das, was uns zur Interpretation treibt. Wenn die Worte ein für allemal auf der Seite fixiert sind, kann dann nicht auch ihre Bedeutung fixiert sein? Keineswegs, denn das gleiche Axiom – *jede Dekodierung ist eine Neukodierung* – gilt für die Literaturkritik noch stringenter als für gewöhnliche gesprochene Rede. Bei der gewöhnlichen gesprochenen Rede läßt sich der endlose Zyklus von Kodierung-Dekodierung-Neukodierung durch eine Handlung beenden. Wenn ich etwa sage: ›Die Tür ist offen‹, und Sie sagen: ›Meinen Sie, daß ich sie schließen soll?‹, und ich sage: ›Wenn es Ihnen nichts ausmacht‹, – und wenn Sie dann die Tür schließen, können wir davon überzeugt sein, daß auf einer gewissen Ebene meine Bedeutung verstanden worden ist. Wenn es aber in einem literarischen Text heißt: ›Die Tür war offen‹, kann ich den Text nicht fragen, was er damit meint. Ich kann nur über die Signifikanz dieser Tür spekulieren – durch welche Kraft geöffnet, zu welcher Entdeckung, zu welchem Geheimnis, welchem Ziel führend? Die Tennisanalogie ist auf die Tätigkeit des Lesens nicht anwendbar – es ist nicht ein Hin und Her, sondern ein nie endender, peinigender Lockprozeß, ein Flirt ohne oder allenfalls einen masturbatorischen Vollzug im stillen Kämmerlein. (Unruhe im Publikum). Der Leser spielt mit sich selbst, so wie der Text mit ihm spielt, mit seiner Neugier, seiner Begierde, so wie eine Striptease-Tänzerin mit der Neugier und Begierde ihrer Zuschauer spielt.

Nun komme ich, wie etlichen in diesem Kreis wohl bekannt ist, aus einer Stadt, die wegen ihrer Bars und Nachtklubs mit busen- und pofreien Tänzerinnen berüchtigt ist. Ich selbst war nie dort, aber ich habe mir sagen lassen – und zwar von keinem Geringerem als dem Ausrichter dieser Tagung, meinem alten Freund Philip Swallow, der aus persönlicher Erfahrung spricht – (hier drehten sich einige Zuhörer um und glotzten Philip Swallow grinsend an, der bis an die Wurzel seiner silbergrauen Haare errötete), daß die Mädchen sich völlig entkleiden, ehe sie anfangen, vor den Gästen zu tanzen. Es handelt sich daher nicht um einen Striptease, sondern um Strip ohne Tease, das terpsichorische Äquivalent zu dem hermeneutischen Irrtum einer wiedergewinnbaren Bedeutung, dem Irrtum nämlich, wir brauchten einen literarischen Text nur seiner Rhetorik zu entkleiden, um an die nackten Tatsachen zu gelangen, die er zu transportieren trachtet. Die klassische Tradition des Striptease hingegen, die auf Salomes Tanz der Sieben Schleier und in noch frühere Zeiten zurückgeht und die in heruntergekommener Form in den Kaschemmen Ihres Soho überlebt, gibt uns eine brauchbare Metapher für die Tätigkeit des Lesens an die Hand. Die Tänzerin lockt das Publikum – wie der Text seine Leser – mit der Aussicht auf eine letzte Enthüllung, die fortgesetzt verschoben wird. Schleier auf Schleier, Kleidungsstück auf Kleidungsstück fällt, aber das Erregende ist das *Hinausschieben* der Entblößung, nicht die Entblößung selbst, denn kaum ist ein Geheimnis enthüllt, verlieren wir das Interesse und gieren nach dem nächsten. Wenn wir die Unterwäsche des Mädchens gesehen haben, wollen wir ihren Körper sehen, haben wir ihre Brüste gesehen, wollen wir ihr Gesäß sehen, haben wir ihr Gesäß gesehen, wollen wir ihre Scham sehen, und haben wir ihre Scham gesehen, ist der Tanz zu Ende – aber ist unsere Neugier, unsere Begierde befriedigt? Natürlich nicht. Die Vagina bleibt weiterhin im Körper des Mädchens verborgen, umschattet von ihrem Schamhaar, und selbst wenn sie vor uns die Beine spreizen würde (an dieser Stelle verließen mehrere Damen geräuschvoll den Saal) würde damit noch immer nicht die durch die Entblößung ausgelöste Neugier und Begierde befriedigt. In diese Öffnung blickend, stellen wir fest, daß wir irgendwie über das Ziel unserer Suche hinausgeschossen sind, die Freude an der Betrachtung des Schönen transzendiert haben. Der Blick in den Leib führt uns zurück zu dem Mysterium unseres Ursprungs. So geht es auch beim Lesen. Der Versuch, bis in den Kern eines Textes zu blicken, ein für allemal seine Bedeutung in Besitz zu nehmen, ist eitel – wir werden dort nur uns selbst finden, nicht das Werk. Freud hat gesagt, daß obsessives Lesen (und ich möchte annehmen, daß man die meisten der hier Anwesenden als zwanghafte Leser bezeichnen könnte), daß obsessives Lesen der verdrängte Ausdruck des Wunsches ist, die Genitalien der Mutter zu sehen (an dieser Stelle fiel ein junger Mann in Ohnmacht und wurde aus dem Saal getragen), aber der springende Punkt dieser Bemerkung, den möglicherweise Freud selbst nicht in vollem Umfang gewürdigt hat, liegt eben in dem Konzept der Verdrängung. Lesen bedeutet, sich einer nie endenden Verdrängung der Neugier und der Begierde zu überantworten – von einem Satz zum anderen, von einer Handlung zur anderen, von einer Textebene zur anderen. Der Text entschleiert sich vor uns, aber er läßt sich nie in Besitz nehmen, und statt danach zu streben, ihn zu besitzen, sollten wir uns der Freude an seiner Lockung hingeben.«

Morris Zapp illustrierte seine These mit einigen Auszügen aus klassischer englischer und amerikanischer Literatur. Als er sich setzte, klang schütterer, uneinheitlicher Beifall auf.

»Ich bitte um Diskussionsbeiträge«, sagte Rupert Sutcliffe und besah sich die Zuhörer besorgt über den Rand seiner Brille hinweg. »Gibt es Fragen oder Bemerkungen?«

Lange Zeit geschah nichts. Dann erhob sich Philip Swallow. »Ich habe mir deinen Vortrag mit großem Interesse angehört, Morris«, sagte er. »Mit großem Interesse. An deiner geistigen Beweglichkeit hat sich seit unserer ersten Begegnung nichts geändert. Aber ich stelle mit Bedauern fest, daß du inzwischen dem Virus des Strukturalismus zum Opfer gefallen bist.«

»Einen Strukturalisten würde ich mich nicht nennen«, warf Morris Zapp ein. »Poststrukturalist vielleicht...«

Philip Swallow machte eine Handbewegung, die eine gewisse Unduldsamkeit gegenüber so subtilen Unterschieden andeutete. »Ich meine jene skeptische Grundeinstellung zu der Möglichkeit, sich über irgendwas Gewißheit zu verschaffen, die ich mit dem schädlichen Einfluß kontinentaler Theorienklopfer verbinde. Früher mal war das Lesen eine relativ einfache Sache, etwas, was man in der Grundschule lernte. Jetzt scheint es eine Art erhabenes Mysterium zu sein, in das nur eine kleine Elite eingeweiht ist. Ich lese von jeher Bücher um ihrer Bedeutung willen – oder zumindest habe ich mir das immer eingebildet. Offenbar war das mein Fehler.«

»Es war kein Fehler, daß du dir das eingebildet hast«, sagte Morris und zündete seine Zigarre wieder an. »Es war ein Fehler, es zu tun.«

»Ich habe nur eine Frage«, sagte Philip Swallow. »Was hat es, mit Verlaub, für einen Sinn, über deinen Vortrag zu diskutieren, wenn wir nach deiner eigenen Theorie gar nicht über das diskutieren, was du tatsächlich gesagt hast, sondern über eine unscharfe Erinnerung oder eine subjektive Interpretation dessen, was du gesagt hast?«

»Überhaupt keinen«, sagte Morris Zapp heiter. »Falls du dir Hoffnungen auf die Erlangung einer absoluten Wahrheit gemacht hattest. Aber hat es das je bei einer Diskussionsrunde gegeben? Sei mal ehrlich: Hast du schon mal einen Vortrag oder ein Seminar erlebt, in dem zum Schluß auch nur zwei Leute sich über die simpelste Zusammenfassung des Gesagten hätten einigen können?«

»Ja, aber um Himmels willen, was hat denn das alles dann überhaupt für einen Sinn?« rief Philip Swallow und warf die Hände hoch.

»Es hat natürlich den Sinn, Literatur als akademisches Studienfach hochzuhalten. Wir behaupten unsere Stellung in der Gesellschaft, indem wir öffentlich ein bestimmtes Ritual zelebrieren – wie jede andere Gruppe von Leuten, die auf dem Gebiet des Wortes tätig sind, wie Anwälte, Politiker und Journalisten. Und da es so aussieht, als hätten wir für heute unsere Schuldigkeit getan, würde ich vorschlagen, daß wir den Saal räumen und auf einen Drink gehen.«

»Tja, es wird Zeit, leider.« Erleichtert folgte Rupert Sutcliffe der Aufforderung, die Veranstaltung zu einem schnellen Ende zu bringen. »Haben Sie herzlichen Dank für einen äh – stimulierenden und äh – reizvollen Vortrag.«

»Reizvoll und stimulierend – der alte Knabe hat den Nagel auf den Kopf getroffen«, sagte Persse zu Angelica, während sie in langer Reihe aus dem Hörsaal zogen. »Weiß Ihre Mutter, daß Sie hier solche Ausdrücke zu hören bekommen?«

»Ich fand es sehr interessant«, sagte Angelica. »Natürlich geht das alles auf Peirce zurück.«

»Auf mich?«

»Peirce. Noch eine Variante Ihres Namens. Ein amerikanischer Philosoph. Irgendwo hat er über die Unmöglichkeit geschrieben, die Schleier der Vorstellung von der Repräsentation abzustreifen. Und zwar schon vor dem Ersten Weltkrieg.«

»Sie sind erstaunlich belesen, junge Dame. Wo haben Sie das gelernt?« »Hier und da«, sagte sie unbestimmt. »Hauptsächlich in England und Amerika.«

Auf dem Gang kamen sie an Rupert Sutcliffe und Philip Swallow vorbei, die ernsthaft mit Bob Busby über irgend etwas beratschlagten. Es ging offenbar um Theaterkarten. »Gehen Sie heute abend ins Repertory Theatre?« fragte Angelica.

»Angemeldet habe ich mich nicht. Auf dem Formular stand nicht, was sie spielen.«

»Lear, glaube ich.«

»Gehen Sie denn hin?« fragte Persse beunruhigt. »Und was wird aus meinem Gedicht?«

»O je, das hatte ich ganz vergessen. Zehn Uhr im obersten Stockwerk, nicht? Ich werde versuchen, gleich nach der Vorstellung zurückzukommen. Professor Dempsey nimmt mich in seinem Wagen mit, da spare ich Zeit.«

»Dempsey? Bei dem müssen Sie sich vorsehen, er steht auf junge Frauen wie Sie, das hat er mir selber erzählt.«

Angelica lachte. »Ich kann schon auf mich achtgeben.«

Morris Zapp trank seinen Tee im Gemeinschaftsraum allein. Die anderen hatten eine Art *cordon sanitaire* um ihn gezogen. Angelica ging unerschrocken auf den Amerikaner zu.

»Ihr Vortrag hat mir große Freude gemacht, Professor Zapp«, sagte sie mit größerer Begeisterung, als Persse erwartet hatte oder billigen konnte.

»Schönen Dank, Al. Und mir hat's Spaß gemacht, ihn zu halten. Aber offenbar habe ich den Eingeborenen auf die Zehen getreten.«

»Für meine Dissertation befasse ich mich mit dem Thema der Romanze«, sagte Angelica. »Und ich hatte den Eindruck, daß vieles von dem, was Sie gesagt haben, auch auf Romanzen zutrifft.«

»Selbstverständlich«, sagte Zapp. »Es trifft auf alles zu.«

»Ich meine – die Vorstellung der Romanze als narrativer Striptease, die nie endende Lockung des Lesers, die fortgesetzte Verschiebung einer letzten Enthüllung, die nie eintrifft oder, wenn sie eintrifft, die Freude am Text zerstört...«

»Genau«, sagte Morris Zapp.

»Und außerdem enthalten Romanzen sogar eine hübsche Portion echten Striptease.«

»Ach ja? Doch, kann ich mir schon vorstellen.«

»Ariosts Heldinnen zum Beispiel verlieren ständig ihre Sachen und werden von den Helden, die sie retten, angestiert.«

»Ich hab' schon lange keinen Ariost mehr gelesen«, sagte Morris Zapp.

»Und natürlich die *Faerie Queene* – die beiden Mädchen im Brunnen im *Bower of Blisse...«*

»Muß ich direkt noch mal reinschauen«, sagte Morris Zapp.«

»Und Madeline, die sich im St. Agnes-Abend unter Porphyros Augen auszieht.«

»Richtig, St. Agnes.«

»Geraldine in *Christabel...*«

» – *Christabel* – «

Doch da erschien Philip Swallow mit wichtiger Miene. »Hoffentlich hast du es nicht krummgenommen, Morris, daß ich dich ein bißchen angeschossen habe.«

»Aber nein, Philip. *Vive le sport.«*

»Weißt du, ich hatte so das Gefühl, daß sonst niemand Lust hatte, den Mund aufzumachen, und mir liegen diese Dinge sehr am Herzen, ich finde wirklich, das Fach steckt in einer Krise –« Er unterbrach sich, als Angelica höflich Anstalten machte, sich zurückzuziehen. »Tut mir leid, habe ich Sie unterbrochen?«

»Nein, nein, wir sind fertig«, sagte Angelica. »Herzlichen Dank, Professor Zapp, Sie haben mir sehr geholfen.«

»Gern geschehen, Al.«

Sie lächelte. »Eigentlich heiße ich Angelica.«

»Hab' mir schon gedacht, daß Al eine Abkürzung ist. Wenn ich sonst noch was für Sie tun kann, brauchen Sie's nur zu sagen.«

»Er hat Ihnen überhaupt nicht geholfen«, sagte Persse empört, während sie sich Tee und Kekse nahmen. »Die Ideen und Beispiele haben doch Sie geliefert.«

»Und sein Vortrag hat die Anregung geliefert.«

»Haben Sie nicht vorhin gesagt, daß er das alles von dem anderen Typ geklaut hat, von meinem Namensvetter?«

»Nicht geklaut. Ich habe nur gesagt, daß Peirce den gleichen Gedankengang hatte.«

»Und warum haben Sie das Zapp nicht erzählt?«

»Professoren muß man mit Samthandschuhen anfassen, Persse«, sagte Angelica mit einem durchtriebenen Lächeln. »Die wollen immer ein bißchen gestreichelt werden.«

»Ach, hier bist du, Angelica.« Ein Anzug von sehr lautem Blau schob sich zwischen sie. »Ich würde gern mit dir über diese hochinteressante Idee von Jakobson sprechen, die du heute vormittag erwähnt hast«, sagte Robin Dempsey. »Wo kommen wir denn hin, wenn McGarrigle dich die ganze Tagung über mit Beschlag belegt?«

»Ich wollte sowieso zu Dr. Busby.« Persse trat im Vollbesitz seiner Würde den Rückzug an.

Bob Busby war im Tagungsbüro. Ein junger Mann von der London University, dessen Bemerkung über die Generäle, die ihre Armeen im Stich lassen, Persse am Vormittag bei der Kaffeepause aufgeschnappt hatte, fuchtelte mit einer Theaterkarte vor Busbys Nase herum.

»Wollen Sie behaupten, daß die Karte doch nicht für *Lear* ist?«

»Leider hat das Rep die Premiere von *King Lear* verschoben«, sagte Busby entschuldigend. »Und dafür die Weihnachtspantomime verlängert.«

»Pantomime? Das darf doch nicht wahr sein!«

»Es ist die einzige Produktion des Jahres, die Gewinn einspielt, man kann es ihnen im Grunde nicht übelnehmen«, sagte Busby. »Der Gestiefelte Kater. Soll sehr gut sein.«

»Na dann gute Nacht«, sagte der junge Mann. »Krieg ich wenigstens mein Geld zurück?«

»Dazu ist es leider jetzt zu spät.«

»Ich kauf Ihnen die Karte ab«, sagte Persse.

Der junge Mann wandte sich um. »Ist ja toll. Mich hat sie zwei Pfund fünfzig gekostet, ich geb' sie Ihnen für zwei.«

»Danke.« Persse drückte ihm das Geld in die Hand.

»Erzählen Sie bloß nicht überall herum, daß es der Gestiefelte Kater ist«, flehte Busby. »Ich hab' ausgegeben, daß es so eine Art Überraschungstour sein soll.«

»Mich überrascht bloß«, sagte der junge Mann, »wieso wir überhaupt in dieses trostlose Kaff gekommen sind.«

»So schlimm ist es doch auch wieder nicht«, meinte Busby. »Es liegt sehr zentral.«

»Zentral zu was?«

Bob Busby krauste nachdenklich die Stirn. »Jetzt, wo die M 50 fertig ist, bin ich in fünfundneunzig Minuten in Tintern Abbey – von Tür zu Tür.«

»Na ja, wenn man da oft hin muß...« Der junge Mann spielte nachdenklich mit den Scheinen, die er von Persse bekommen hatte. »Gibt's hier irgendwo 'nen guten Imbiß? Ich bin am Verhungern. Hier hab' ich noch keinen Bissen runterbringen können.«

»An der zweiten Kreuzung auf der London Road ist ein Chinese, der hat auch alles zum Mitnehmen«, sagte Bob Busby. »Tut mir leid, wenn Ihnen das Essen nicht schmeckt. Aber dafür können wir uns auf morgen abend freuen.«

»Was ist denn morgen abend?«

Busby erstrahlte vor Stolz. »Ein mittelalterliches Bankett.«

»Ich kann's kaum erwarten«, sagte der junge Mann und machte sich davon.

»Ein schöner Höhepunkt der Tagung, habe ich mir gedacht«, sagte Bob Busby zu Persse. »Ein Betrieb von draußen sorgt für das Essen und für ein Unterhaltungsprogramm. Es gibt Met und einen Bänkelsänger und...« Er rieb sich in freudiger Erwartung die Hände – »... und dralle Maiden.«

»Donnerwetter. High Life in Rummidge«, sagte Persse. »Sagen Sie, haben Sie einen Stadtplan? Eine Tante von mir wohnt hier, bei der müßte ich wohl mal vorbeigehen. Gittings Road.«

»Das ist nicht weit von hier«, erklärte Busby. »Gut zu Fuß zu erreichen. Ich mach' Ihnen eine Skizze.«

Busbys Plan folgend verließ Persse den Campus und ging durch stille, von großen, schönen Häusern flankierte Wohnstraßen, auf deren beschneiten Einfahrten sich die Reifenspuren von Rovers und Jaguars abzeichneten. Er überquerte eine belebte Durchgangsstraße, in der Busse und Laster den Schnee zu schwarzen Matschfurchen zusammengeschoben hatten, und kam dann in ein Viertel mit älteren, weniger gepflegten Grundstücken. Nach ein paar Minuten sah er in einiger Entfernung eine Gestalt über den Gehsteig schlittern und gleiten, die eine vertraute Jagdmütze auf dem Kopf hatte.

»Hallo, Professor Zapp«, sagte er, als er ihn eingeholt hatte. »Gehen Sie spazieren?«

»Hi, Percy. Nein, ich bin auf dem Weg zu meinem früheren Hauswirt. Ich war nämlich vor zehn Jahren mal sechs Monate hier, hab' mir ernsthaft überlegt, ganz dazubleiben. Ich muß was am Kopf gehabt haben. Kennen Sie sich hier gut aus?«

»Ich bin zum erstenmal hier, aber eine Tante von mir wohnt am Ort. Keine richtige Tante, mehr so um drei Ecken. Meine Mutter hat mir ans Herz gelegt, sie zu besuchen, und das will ich jetzt tun.«

»Ein Pflichtbesuch, wie? Ich muß hier rechts abbiegen.«

Persse sah auf seinen Plan. »Ich auch.«

»Na, und wie gefällt Ihnen Rummidge?«

»Es hat zu viele Straßenlaternen.«

»Wie bitte?«

»Man kann nachts vor lauter Beleuchtung die Sterne nicht richtig sehen.«

»Ich wüßte da noch das eine oder andere Manko«, sagte Morris Zapp. »Zum Beispiel Lokale, in die man nicht mal seinen schlimmsten Feind führen würde, vier verschiedene Steckdosenarten in jedem Raum, Hotelzimmer, in denen einem die Augenbrauen am Kissenbezug festfrieren, und Diskjockeys, denen die Gurgel durchgeschnitten gehört. Das Fehlen von Sternen hat mich eigentlich nicht übermäßig gestört.«

»Sogar der Mond kommt mir blasser vor als zu Hause«, sagte Persse.«

»Wissen Sie was, Percy? Sie sind ein Romantiker, Sie müßten Gedichte schreiben. Na, da wären wir ja. Gittings Road.«

»Hier wohnt meine Tante«, sagte Persse.

Morris Zapp blieb mitten auf dem Gehsteig stehen. »So ein Zufall. Und wie heißt die liebe Tante?«

»Mrs. O'Shea. Nuala O'Shea«, sagte Persse. »Ihr Mann heißt Dr. Milo O'Shea.«

Morris Zapp vollführte ein paar aufgeregte Zuckungen. »Der nämliche, der nämliche«, rief er in pseudoirischem Tonfall. »Mein Hauswirt in eigener Person. Heilige Mutter Gottes, der wird staunen, wenn er uns zwei sieht.«

»Heilige Mutter Gottes«, sagte Dr. O'Shea, als er die Tür seines großen, düsteren Hauses öffnete. »Tatsächlich, Professor Zapp.«

»Und Ihr Neffe von der Grünen Insel, Percy McGarrigle, der Tantchen besuchen will«, sagte Morris Zapp.

Dr. O'Shea machte ein langes Gesicht. »Stimmt, deine Mammy hat geschrieben, Persse, aber Mrs. O'Shea hast du leider verfehlt, sie ist gestern weg nach Irland. Aber nur herein in die gute Stube, anbieten kann ich euch nichts, und in zwanzig Minuten fängt die Sprechstunde an, aber kommt nur herein.« Er führte sie in ein frostiges Wohnzimmer, in dem es leicht nach Schimmel und Mottenkugeln roch, und schaltete einen Elektroofen im Kamin an. Simulierte Kohlen leuchteten auf, nicht aber das Heizelement. »Gemütlich, nicht? Da wird einem schon vom Zusehen warm«, sagte der Doktor.

»Ich hab' Ihnen eine Portion zollfreies Zielwasser mitgebracht.« Morris Zapp holte eine halbe Flasche Scotch aus seiner Regenmanteltasche.

»Himmlischer Vater, wie in alten Zeiten«, freute sich Dr. O'Shea. Er hockte sich vor dem Büffet hin und suchte nach Gläsern. »Der Whisky floß wie Wasser, als Professor Zapp hier gewohnt hat«, erläuterte er, zu Persse gewandt.

»Das brauchst du nicht wörtlich zu nehmen, Percy«, sagte Zapp. »Milo will damit nur sagen, daß ich meist ein, zwei Flaschen Old Grandad im Schrank hatte. Prösterchen, Milo.«

»Wo ist denn Tante Nuala hingefahren?« wollte Persse wissen, als der Whisky unten war und O'Shea nachgeschenkt hatte.

»Sie ist rüber nach Sligo. Familiengeschichten.« Dr. O'Shea schüttelte bedenklich den Kopf. »Ihrer Schwester geht's schlecht. Sehr schlecht. Und alles wegen dieser Bernadette. Das ist ihre Tochter.«

»Bernadette?« fragte Morris Zapp. »Du meinst die kleine Schwarzhaarige, die bei euch gewohnt hat, als ich oben die Zimmer hatte?«

»Die nämliche. Kennst du deine Cousine Bernadette, Persse?«

»Ich hab' sie nicht mehr gesehen, seit wir Kinder waren. Aber ich hab' was von einem Skandal läuten hören.«

»Du sagst es. Ein richtiger Skandal. Nachdem sie von uns weg ist, hat sie sich Arbeit in Sligo gesucht, als Zimmermädchen in einem Hotel, und einer der Gäste hat sie... ausgenutzt. Um's kurz zu machen, sie wurde schwanger und flog raus.«

»Wer war der Mann?« fragte Zapp. »Das weiß keiner, Bernadette ist nicht damit herausgerückt. Klar, daß ihre Eltern sehr schockiert, sehr aufgebracht waren, als sie zu Hause ankam.«

»Und ihr verboten haben, je wieder einen Fuß über die Schwelle ihres Hauses zu setzen?« mutmaßte Zapp.

»Nicht mit diesen Worten, aber sinngemäß«, meinte Dr. O'Shea. »Bernadette hat ihre Koffer gepackt und mitten in der Nacht das Haus verlassen.« Er machte eine eindrucksvolle Pause, leerte sein Glas und wischte sich mit der Hand über den Mund, wobei der Fünf-Uhr-Bartschatten leise knisterte. »Und seither – kein Wort von ihr. Ihre Mutter siecht dahin vor lauter Sorge. Natürlich ist unsere große Angst, daß Bernadette vielleicht nach London gegangen ist, um sich das Baby in einer dieser Abtreibungskliniken wegmachen zu lassen. Wer weiß, vielleicht ist sie sogar dabei gestorben, im Stand der Todsünde.« Etwas vorschnell zu diesem betrüblichen Schluß gelangend, schlug Dr. O'Shea ein Kreuz und seufzte. »Hoffen wir, daß der liebe Gott ihr zum Schluß noch die Gnade der Reue geschenkt hat.«

In der Diele läutete das Telefon.

»Das ist die Praxis, die fragen sich bestimmt, wo ich abgeblieben bin.« Dr. Shea stand auf und bückte sich, um die künstliche Kohlenglut zu löschen.

»Tja, dann werden wir uns mal wieder auf den Weg machen«, sagte Morris Zapp. »War nett, dich zu sehen, Milo.«

Vor dem Haus drehte er sich noch einmal um und sah seufzend zum Obergeschoß hoch. »Ich hatte die Räume da oben, Bernadette kam immer zum Putzen. Niedliches Ding, die arme Kleine, auch wenn sie keine Zähne mehr hatte. Ich werde wild, wenn ich höre, daß sich heutzutage noch ein Mädchen einen dicken Bauch machen läßt. Warum konnte der Kerl sich nicht vorsehen?«

»Man bekommt in Irland keine Verhütungsmittel«, sagte Persse. »Der Verkauf ist verboten.«

»Nicht zu glauben. Na, dann packen Sie sich bestimmt den Koffer mit Kondomen voll, wie heißen die Dinger hier gleich... Durex, nicht?«

»Nein«, sagte Persse. »Ich bin für voreheliche Keuschheit bei Mann und Frau.«

»Eine hübsche Idee, Percy, aber nicht sehr zukunftsträchtig, wenn Sie mich fragen.«

Sie trennten sich an der Ecke. Morris wollte zu den Swallows, die in der Nähe wohnten, und Persse mußte ins Wohnheim zurück. »Gehen Sie heute abend ins Theater?« fragte Persse.

»Nein, Philip Swallow hat mir abgeraten. Ich will versuchen, früh ins Bett zu kommen, ich hab' den Zeitunterschied noch nicht verdaut. Seien Sie brav.«

Perrse beeilte sich, zur Martineau Hall zu kommen, war aber trotzdem zu spät zum Abendessen dran, das wegen des Theaterbesuchs vorverlegt worden war. »Nicht so schlimm, Schätzchen, war nicht besonders«, sagte die gelblockige Dame, die in dem verlassenen Speisesaal zum Frühstück deckte. »So'ne Art Auflauf. Mit Resten vom Mittag. Cracker gibt's noch, und Käse, wenn Sie damit was anfangen können«.

Dankbar stopfte sich Persse Cream Crackers und Cheddarbrokken in den Mund und lief zur Lucas Hall. An der Tür wartete ein flott aufgemotzter Dempsey in dunkelbraunem Blazer und grauen Flanellhosen.

»Gehen Sie ins Theater?« fragte Persse. »Ich suche jemanden, der mich mitnimmt.«

»Tut mir leid, alter Junge, mein Wagen ist voll. Vom Tor soll ein Bus abgehen. Wenn Sie die Beine in die Hand nehmen, müßten Sie ihn noch kriegen.«

Persse nahm die Beine in die Hand, kriegte ihn aber nicht. Während er noch dastand und sich überlegte, was er jetzt machen sollte, brauste Dempsey am Steuer eines VW-Golf an ihm vorbei und bespritzte ihn mit Schneematsch. Auf dem Beifahrersitz saß Angelica. Sie lächelte und winkte ihm zu. Die Rückbank war leer.

Es war kalt und dunkelte schon. Persse schlug den Kragen seines Anoraks hoch, steckte die Hände tief in die Taschen und machte sich auf den Weg in die Stadt. Bis er das Repertory Theatre gefunden hatte, einen großen futuristischen Betonklotz neben dem Rathaus, war der Gestiefelte Kater schon in vollem Gange, und während er zu seinem Platz geführt wurde, instruierte ein Mann in Robin Hood-Kostüm das Publikum, laut zu zischen, wenn der böse Baron Blunderbuss sich sehen ließ. Es folgten ein Duett für den Müllerssohn und die Prinzessin, in die er verliebt war; eine Slapstick-Einlage, bei der sich zwei Tapezierer, die das Zimmer des Königs renovieren sollten, gegenseitig Tapetenkleister über den Kopf kippten und wiederholt ihr Werkzeug auf dem gichtigen Fuß des Königs landen ließen; und – als Finale zum ersten Akt – eine spektakuläre Gesangs- und Tanznummer für das ganze Ensemble mit dem Titel »Caturday Night Fever«, die dem Gestiefelten Kater Gelegenheit gab, bei einem Wettbewerb in Royal Disco Dancing im Schloß zu brillieren.

Dann ging die Pausenbeleuchtung an, und Persse erblickte die bedepperten Mienen seiner Mitkonferenzler. Manche verkündeten grollend ihren Rückzug und ihre Absicht, sich nach einem guten Film umzusehen, andere versuchten, das Beste daraus zu machen. »Immerhin ist es heute in England die einzige wirkliche volkstümliche Theaterform, man kommt gar nicht drum herum, da auch mal eigene Erfahrungen zu machen...«, und einigen hatte das Zischen und Klatschen und Mitsingen offenbar einen Heidenspaß gemacht, sie wollten es nur nicht zugeben. Angelica und Dempsey waren nicht zu sehen.

Während er sich im Gedränge des Foyers umsah, lief Persse Miss Maiden in die Arme, eine unter dem hausbackenen Provinzpublikum ins Auge fallende Erscheinung mit Fuchsstola, Abendkleid und Opernglas an langem Stiel. Sie mußte in der Blüte ihrer Jahre bemerkenswert hübsch gewesen sein. »Guten Abend, junger Mann«, sagte sie. »Wie gefällt Ihnen das Stück?«

»Ich habe gewisse Verständnisschwierigkeiten. Was hat Robin Hood darin zu suchen? Ich denke, der Gestiefelte Kater ist ein ursprünglich französisches Märchen?«

»Wer wird denn das alles so wörtlich nehmen.« Miss Maiden gab ihm einen leichten Klaps mit ihrem zusammengerollten Programm. »Jessie Weston beschreibt ein Stück, das bei Rugby in Warwickshire aufgeführt wurde, in dem der Weihnachtsmann, der Heilige Georg, ein türkischer Ritter, dessen Mutter – sie hieß Moll Finney –, ein Arzt, Humpty Jack, Beelzebub und *Big-Head-and-Little-Wit* vorkommen. Was fällt Ihnen dazu ein?«

»Leider nicht sehr viel.«

»Ist doch ganz einfach«, sagte Miss Maiden triumphierend. »Der Heilige Georg tötet den Ritter, die Mutter trauert, der Arzt erweckt ihn zu neuem Leben. Ein Symbol von Tod und Wiedergeburt der Früchte des Feldes in Winter und Sommer. Alles kommt letztlich immer auf eins heraus – auf die sich unaufhörlich erneuernde Lebenskraft. Bekanntlich steht Robin Hood im Zusammenhang mit dem Grünen Mann der mittelalterlichen Legende, der ursprünglich ein Baumgott oder Naturgeist war.«

»Ja, aber bei dieser Aufführung –«

»Der gichtgeplagte Monarch ist offensichtlich der Fischerkönig, der über ein unfruchtbares Land herrscht, und der Müllerssohn ist der Held, der seinem Reich durch die Zauberkraft des Gestiefelten Katers die Fruchtbarkeit zurückgibt und zum Lohn die Königstochter zur Frau bekommt.«

»Dann wäre also der Gestiefelte Kater ein Äquivalent des Grals«, witzelte Persse.

Miss Maiden war nicht aus der Fassung zu bringen. »Aber gewiß. Stiefel sind phallisch, und der Vulgärausdruck ›Muschi‹ dürfte Ihnen geläufig sein.«

»Ja, doch«, sagte Persse matt.

»Es ist eine sehr alte und weit verbreitete Metapher. Und demnach verkörpert die Figur des Gestiefelten Katers die gleiche Mixtur aus männlichen und weiblichen Elementen wie Kelch und Speer in der Gralslegende.«

»Erstaunlich«, sagte Persse. »Da muß man sich direkt wundern, daß Kinder diese Pantomimen sehen dürfen. Sagen Sie, Miss Maiden, haben Sie heute abend Angelica Pabst und Professor Dempsey gesehen?«

»Sie sind kurz vor Beginn wieder gegangen. Es wird ihnen leid tun, wenn sie hören, was ihnen entgangen ist. Es klingelt, wir müssen wieder auf unsere Plätze.«

Persse ging nicht wieder auf seinen Platz, sondern hinaus auf die Straße und stiefelte zurück zur Lucas Hall. Er fuhr mit dem Aufzug zum obersten Stockwerk, das dunkel und verlassen dalag, da es nicht nötig gewesen war, so hoch oben noch Tagungsteilnehmer unterzubringen. Lucas Hall bestand aus zwei Hochhaustürmen, die in jeder zweiten Etage durch verglaste Übergänge miteinander verbunden waren. Von dem Gang im obersten Stock hatte man, wie Persse festgestellt hatte, einen weiten Blick auf das Gelände der beiden Wohnheime, den künstlichen See dazwischen und die südwestlichen Vororte von Rummidge. Er sah zum Himmel auf. Wolkenfetzen zogen darüber hin, aber sonst war es klar, und allmählich kam der Mond.

Fast eine Stunde war verstrichen, da hörte Persse einen Aufzug im Schacht hochsurren. Er lief hin und nahm erwartungsvoll lächelnd davor Aufstellung. Die Aufzugtür öffnete sich, und ein stirnrunzelnder Dempsey erschien. Persse zog schnell ein anderes Gesicht.

»Was machen Sie denn hier?« fragte Dempsey.

»Ich denke nach.«

Dempsey stieg aus. »Ich suche Angelica.«

»Hier ist sie nicht.«

Die Türen schlossen sich automatisch hinter Dempsey.

»Bestimmt nicht?« fragte er. »Es ist sehr dunkel hier oben. Warum haben Sie kein Licht gemacht?«

»Im Dunkeln denkt sich's besser«, sagte Persse.

Dempsey schaltete das Licht ein und sah sich mißtrauisch um. »Und worüber denken Sie nach?«

»Über ein Gedicht.«

Dempsey griente. »Ich hab' mich mit diesem Limerick beschäftigt. Wie finden Sie das für den Anfang:

> Da war mal ein Knabe aus Limerick,
> der machte mit seinem Pimmel Musik.«

»Das Metrum ist besser als beim ersten Versuch«, sagte Persse, »ansonsten kann ich eigentlich nichts Besonderes daran finden.«

Dempsey drückte den Aufzugsknopf. »Wenn Sie Angelica sehen, sagen Sie ihr, daß ich in der Bar bin.«

Während der Aufzug abwärts schwebte, öffnete sich die Tür zum Notausgang, und Angelica erschien. Ihre Schönheit wirkte leicht ramponiert, und sie war außer Atem, ja, ihr Busen hob und senkte sich äußerst stürmisch unter der weißen Seidenbluse mit dem hohen Kragen. Persse hatte den Eindruck, als fehle ein Knopf.

»Hat der Bursche Sie belästigt?« fragte er voller Grimm.

»Wer?«

»Dieser Dempsey. *Big-Head-and-Little-Wit.*«

Angelica lächelte. »Ich hab' Ihnen doch gesagt, daß ich auf mich achtgeben kann«, keuchte sie und legte eine Hand an den Busen. »Ich bin vom Treppensteigen außer Atem.«

»Warum haben Sie Dempsey nicht halten lassen, als Sie in der Auffahrt an mir vorbeigekommen sind?« fragte er vorwurfsvoll.

»Sie haben mir doch gesagt, daß Sie nicht ins Theater gehen.«

»Ich hab's mir anders überlegt. Und Sie offenbar auch. Ich habe Sie nicht gesehen.«

»Nein, als wir hörten, daß es den Gestiefelten Kater gab und nicht König Lear, sind wir statt dessen in ein Pub gegangen. Robin wollte noch weiter in eine Disko, aber ich habe gesagt, daß ich hier verabredet bin. Ich bin da. Wo ist das Gedicht?«

»Es besteht nur aus einem Wort«, sagte Persse, ein wenig besänftigt durch diese Erklärung. »Aber es ist das schönste Wort der Welt. Und man kann es nur im Dunkeln lesen.« Er schaltete die Beleuchtung aus. »Geben Sie mir Ihre Hand.« Er führte Angelica auf den verglasten Durchgang und zeigte ihr die Aussicht. »Da unten«, sagte er. »Am See.«

Blendend warf die schneebedeckte Landschaft das Licht des fast vollen Mondes zurück, der jetzt hoch am Himmel stand. Der Rasen, der vom Rand des künstlichen Sees aus leicht anstieg, war eine weite, weiße Fläche, auf der Fußspuren, die tagsüber langsam angetaut waren, in riesengroßer, zittriger Schrift einen Namen bildeten:

»O Persse«, flüsterte sie. »Was für ein wunderschöner Einfall. Ein Erdgedicht.«

»Ich hätte es eher ein Schneegedicht genannt.«

»Ich dachte an Erdkunst, diese meilenlangen Zeichnungen, die man nur vom Flugzeug aus richtig würdigen kann.«

»Im Grunde ist es auch ein Sonnengedicht und ein Mondgedicht, denn die Sonne hat den Schnee in meinen Fußspuren geschmolzen, und der Mond hat sie beleuchtet, damit du sie sehen kannst.«

»Wie hell der Mond heute nacht scheint«, sagte Angelica halblaut. Sie hatte ihm ihre Hand nicht entzogen.

»Hast du schon mal überlegt, Angelica, wie merkwürdig es ist, daß Mond und Sonne in unseren Augen fast gleich groß erscheinen?«

»Nein«, sagte Angelica. »Daran habe ich noch nie gedacht.«

»So viel Mythisches und Symbolisches verbindet sich mit der Gleichwertigkeit dieser beiden runden Scheiben an unserem Himmel, von denen eine über den Tag und die andere über die Nacht herrscht, als seien sie Zwillinge. Dabei ist es nur ein perspektivischer Trick, das Produkt der relativen Größe von Mond und Sonne, ihrer Entfernung von uns und voneinander. Daß sich das zufällig so ergeben hat – dafür stehen die Chancen Billionen zu eins.«

»Du meinst, es ist kein Zufall?«

»Ich meine, daß es einer der großen Beweise eines göttlichen Schöpfers ist«, sagte Persse. »Er hat wohl einen Blick für Symmetrie gehabt.«

»Wie Blake.« Angelica lächelte.

»Ich mag nicht über Literatur reden.« Persse drückte ihre Hand und rückte näher an sie heran. »Nicht jetzt, wo ich mit dir allein bin, im Mondlicht. Ich möchte über uns sprechen.«

»Über uns?«

»Willst du mich heiraten, Angelica?«

»Natürlich nicht.« Sie nahm ihm ihre Hand weg und lachte ungläubig.

»Warum nicht?«

»Da gibt es hundert Gründe. Ich habe dich gerade erst kennengelernt. Und ich will überhaupt nicht heiraten.«

»Nie?«

»Das will ich nicht sagen, aber erst will ich selber einen Beruf haben, und dazu muß ich mobil bleiben.«

»Das würde mich nicht stören«, sagte Persse. »Ich würde mitgehen.«

»Und deinen eigenen Job aufgeben?«

»Auch das, wenn es sein muß.«

Angelica schüttelte den Kopf. »Du bist ein hoffnungsloser Romantiker, Persse. Weshalb willst du mich überhaupt heiraten?«

»Weil ich dich liebe und an voreheliche Keuschheit glaube.«

»Aber ich vielleicht nicht«, sagte sie schelmisch.

»Bitte quäl mich nicht, Angelica. Wenn du schon Liebhaber hattest, will ich nichts von ihnen hören.« – »Das habe ich nicht gemeint.«

»Es stört mich nicht, wenn du keine Jungfrau mehr bist«, sagte Persse und fügte hinzu: »Natürlich wäre es mir anders lieber.«

»Keuschheit, was ist das eigentlich?« überlegte Angelica laut. »Präsenz oder Absenz? Das Vorhandensein eines Hymens, das Nichtvorhandensein eines Penis?«

»Hoffentlich weder das eine noch das andere«, sagte Persse errötend. »Ich bin nämlich auch noch unberührt.«

»Wirklich?« Angelica musterte ihn interessiert. »Aber heutzutage schläft man üblicherweise vor der Heirat miteinander. Habe ich mir jedenfalls sagen lassen.«

»Es ist gegen meine Grundsätze«, sagte Persse. »Aber wenn du versprechen würdest, mich früher oder später zu heiraten, wäre ich bereit, ein Auge zuzudrücken.«

Angelica prustete. »Vergiß nicht, daß es deine Idee war.« Sie tippte an die Scheibe. »Schau, da unten bewegt sich was. Ein Kaninchen? Oder ein Hase?«

»›Der Hase hinkte durchs gefrorne Gras‹« zitierte er.

»Wie meinst du? Ja, richtig, St. Agnes-Abend. ›Und lautlos lag die Herde in dem woll'gen Pferch.‹ Findest du diesen Ausdruck auch so schön? Woll'ger Pferch – man sieht sich richtig in eine Decke eingekuschelt. Aber es könnte auch eine Metapher für eine Schneewehe sein, das Zusammenzwingen der Extreme Hitze und Kälte, Sinnlichkeit und Askese, Leben und Tod, das sich durch das ganze Gedicht zieht, sozusagen auf den Punkt gebracht.«

»Bitte laß jetzt mal die Wortstrukturen, Angelica«, sagte Persse. Denk lieber an das Ende des Gedichts:

> Und sie sind fort. In Zeiten längst vorbei
> die Liebenden flohn in den Sturm hinaus.

Sei meine Madeline, und laß mich dein Porphyro sein.«

»Und auf den Rest der Tagung sollen wir verzichten, ja?«

»Ich kann bis morgen abend warten:

> Erwach! auf! Liebe, sei ohn Angst davor;
> ich hab ein Heim für dich wohl überm Mittagsmoor.«

Angelica kicherte. »Eine Neuinszenierung des Gedichts könnte morgen abend wirklich ganz lustig sein. Da wird uns nämlich ein mittelalterliches Bankett geboten.«

»Ich weiß.«

»Du könntest dich in meinem Zimmer verstecken und zusehen, wie ich mich zur Ruhe lege. Und dann könnte ich dich in meinen Träumen als künftigen Gemahl vor mir sehen.«

»Und wenn du nicht mich siehst?«

»Das müßtest du schon riskieren. Porphyro hat sich, wenn ich mich recht erinnere, recht wirksam rückversichert.« Angelica sah verträumt auf das mondbeglänzte Schneefeld hinaus.

Persse betrachtete, von Zweifeln geplagt, das herrliche Profil – die ganz gerade Nase, das Betörende der leicht gesenkten Unterlippe, das feste, aber sanft gerundete Kinn. »Angelica –« setzte er an. Doch da hörten sie den Aufzug surren. »Wenn das wieder Dempsey ist«, drohte Persse, »werf ich ihn in den Aufzugschacht.« Er lief zurück und stellte sich in Positur. Als die Tür aufging, erblickte er Philip Swallow.

»Ach, Sie sind's, McGarrigle. Ich suche Miss Pabst. Robin Dempsey meinte, sie könnte hier oben sein.«

»Ist sie aber nicht«, sagte Persse.

»Aha«, sagte Philip Swallow. Er überlegte offenbar, ob er sich an Persse vorbeidrängen und selbst nachsehen sollte, ließ es aber dann bleiben. »Wollen Sie nach unten?« fragte er.

»Nein, danke.«

»Ja, also dann... Gute Nacht.« Philip Swallow nahm den Finger vom Halteknopf, und die Tür ging wieder zu.

Persse ging eilig in den Durchgang zurück. »Das war Philip Swallow«, sagte er. »Was, zum Teufel, wollen diese alten Böcke von dir?«

Aber niemand antwortete. Nur das Mondlicht stand in dem gläsernen Raum. Angelica war fort.

Fort war bis zum nächsten Morgen auch ihr Name, den Persse in die Landschaft geschrieben hatte. In der Nacht war der Wind umgeschlagen und hatte einen warmen Regen gebracht, der den Schnee schmolz und wegspülte. Als Persse die Vorhänge zurückzog, sah er feuchte grüne Rasenflächen und matschige Blumenbeete unter tiefhängenden Wolken.

Und eine erstaunliche Erscheinung, die durch die Pfützen auf dem Parkplatz platschte – Morris Zapp in knallrotem Jogginganzug und Laufschuhen, eine kalte Zigarre zwischen den Zähnen. Persse zog sich rasch Pullover, Jeans und die Tennislatschen an, die er als Hausschuhe mitgenommen hatte, lief hinaus in die milde Morgenluft und hatte bald den Amerikaner überholt, dessen Tempo eher langsamer als ein normaler Fußgängerschritt war.

»Guten Morgen, Professor Zapp.«

»Hey, Percy«, nuschelte Morris Zapp. Er nahm den Zigarrenstummel heraus, besah ihn sich leicht verwundert und warf ihn in ein Lorbeerdickicht. »Sie joggen auch? Lassen Sie sich von mir nicht aufhalten.«

»Daß Sie ein Läufer sind, hätte ich nie gedacht.«

»Ich jogge, Percy, ich laufe nicht. Laufen ist Sport, Jogging ist Strafe.«

»Dann macht es Ihnen keinen Spaß?«

»Spaß? Es darf gelacht werden. Ich mach' das nur wegen der Gesundheit. Und fühle mich dabei so schauderhaft, daß es wohl gut für mich sein muß. Außerdem ist es heute in Amerika in Hochschulkreisen die große Mode. Erfolg bemißt sich nicht nur daran, wie viele Artikel Sie letztes Jahr veröffentlicht, sondern wie viele Meilen Sie heute früh gemacht haben.«

»Hier scheint es auch schon loszugehen«, sagt Persse. »Vor uns läuft noch jemand. Aber um den Erfolg brauchen Sie sich wohl keine Gedanken zu machen, Professor Zapp. Sie sind doch schon berühmt.«

»Wichtig ist nicht nur, Erfolg zu haben, sondern ihn zu bewahren, Percy. Man darf nie die jungen Männer vergessen, die es eilig haben.«

»Was sind denn das für welche?«

»Haben Sie nie Cornfords *Microcosmographia Academica* gelesen? Ich kann ganze Absätze auswendig. ›Von tief unten wirst du des Tobens einer Meute skrupelloser junger Männer gewahr werden, die es eilig haben. Und früher oder später magst du ihre Eile begreifen. Sie haben es eilig, dich aus dem Weg zu räumen.‹«

»Wer war Cornford?«

»Ein Altphilologe aus Cambridge, der um die Jahrhundertwende gelebt hat und im Bann von Freud und Frazer stand. Sie kennen Freuds Idee von der primitiven Gesellschaft als einem Stamm, in dem der Sohn den Vater tötet, wenn er alt und impotent geworden ist, und ihm seine Frauen wegnimmt. In der modernen Hochschulgesellschaft nehmen sie einem die Forschungsstipendien weg. Und die Frauen natürlich auch.«

»Sehr interessant«, sagte Persse. »Es erinnert mich an Jessie Westons *Ritual and Romance.*«

»Genau, es ist im Grunde die gleiche Vorstellung. Nur heilt in der Gralslegende der Held den König von seiner Unfruchtbarkeit. In der Freudschen Version wird der Alte von seinen Kids gekillt. Was mir realistischer zu sein scheint.«

»Und deshalb joggen Sie weiter?«

»Deshalb jogge ich weiter. Um zu zeigen, daß ich noch nicht zum alten Eisen gehöre. Außerdem habe ich mein Ziel noch nicht erreicht. Ehe ich mich zur Ruhe setze, möchte ich der Welt höchstbezahlter Professor für Englisch werden.«

»Und welche Summe schwebt Ihnen vor?«

»Das weiß ich nicht, deshalb bleibe ich ja am Ball. Die Topleute unserer Zunft sind in Gehaltsfragen ziemlich zugeknöpft. Vielleicht bin ich schon der Welt höchstbezahlter Professor für Englisch und weiß es bloß noch nicht. Immer, wenn ich bei Euphoric State mit der Kündigung drohe, legen sie mir fünftausend Dollar drauf.«

»Wollen Sie denn dort weg, Professor Zapp?«

»Ich will nur nicht, daß sie mich als selbstverständlich betrachten. Heutzutage bringt es nichts mehr, von einer Universität an eine andere zu wechseln. Früher, ja, da hat man mit dieser Masche Karriere gemacht. Es gab eine genau definierte Hochschul-Hackordnung, und Erfolg wurde nach dem Platz auf der Leiter gemessen. Man ging davon aus, daß die interessantesten Leute alle in einigen wenigen Universitäten saßen, Harvard, Yale, Princeton und so weiter, und wenn man da ins Spiel kommen wollte, mußte man auch dorthin. Das stimmt heute nicht mehr.«

»Nein?«

»Nein. Die Zeit der individuellen Hochschule ist dahin, ist Teil einer veralteten Technik – wie die Eisenbahn und die Druckmaschine. Sie brauchen sich nur mal hier umzusehen, dieser Campus ist das beste Beispiel für das, was ich meine. Schwerindustrie des Geistes.«

Sie waren auf einer Höhe angekommen, die einen Rundblick auf das Universitätsgelände von Rummidge bot. Es wurde beherrscht von dem Campanile (einer vergrößerten Nachbildung des Schiefen Turms von Pisa aus rotem Backstein), und war auf einer Seite begrenzt von den baumgesäumten Wohnstraßen, durch die Persse gestern abend gegangen war, auf der anderen von Fabriken und beengten grauen Reihenhäuschen. Eine Eisenbahnlinie und ein Kanal durchschnitten das Areal, auf dem ein Sammelsurium klotziger Gebäude äußerst heterogenen Stils aus Backstein und Beton stand. Moris Zapp war offenbar froh über den Vorwand, der Aussicht wegen einen Augenblick anzuhalten. »Verstehen Sie, was ich meine?« japste er mit einer umfassenden und gleichzeitig wegwerfenden Armbewegung. »Das Ganze ist riesenwüchsig, schwer, monolithisch. Ein Gewicht von Megatonnen. Man spürt förmlich, wie die Bauten das Erdreich niederdrücken. Sehen Sie mal die Bibliothek – sieht sie nicht aus wie ein riesiges Lagerhaus? Es schreit uns förmlich an: ›Hier ist Wissen magaziniert. Wenn ihr es wollt, kommt und holt es euch.‹ Und das gilt eben heute nicht mehr.«

»Warum nicht?« Persse setzte sich wieder in sanften Trab.

Morris Zapp folgte ihm widerwillig. »Weil Information in der modernen Welt sehr viel transportabler geworden ist. Genau wie Menschen. Ergo braucht man Information nicht mehr in einem Gebäude zu horten oder die besten Wissenschaftler in einem Campus einzupferchen. Drei Dinge – allerdings haben das bisher nur die wenigsten kapiert – haben in den letzten zwanzig Jahren das akademische Leben revolutioniert: das Düsenflugzeug, die telefonische Direktwahl und der Fotokopierer. Wenn Wissenschaftler Anregungen austauschen wollen, brauchen sie nicht mehr im gleichen Haus zu arbeiten. Sie rufen sich an oder treffen sich bei internationalen Tagungen. Und sie brauchen, um sich ihre Unterlagen zu beschaffen, nicht mehr in den Bibliotheken herumzuhocken. Wenn ein Buch oder ein Artikel sie interessiert, lassen sie ihn fotokopieren und lesen ihn zu Hause. Oder in der Maschine, mit der sie zur nächsten Tagung fliegen. Ich arbeite heutzutage meist zu Hause oder im Flugzeug. An der Universität bin ich eigentlich nur zu meinen Seminaren.«

»Eine sehr interessante Theorie«, sagte Persse. »Und recht beruhigend, denn meine Universität hat wenige Baulichkeiten und kaum Bücher.«

»Eben. Hauptsache, Sie haben Zugang zu einem Telefon, einem Kopierer und einem Tagungsfonds, dann sind Sie an die einzige Hochschule angeschlossen, auf die's wirklich ankommt – den globalen Campus. Wenn ein junger Mann, der's eilig hat, die Welt sehen will, braucht er nur von einer Tagung zur anderen zu jetten.«

»Ich hab's nicht eilig«, sagte Persse.

»Aber Sie müssen doch ein Ziel haben.«

»Ich würde gern meine Gedichte veröffentlicht sehen«, sagte Persse. »Ja, und dann habe ich noch ein Ziel, aber das ist zu persönlich, darüber spreche ich nicht.«

»Al Papps«, erklärte Morris Zapp.

»Wie sind Sie darauf gekommen?« fragte Persse verdattert.

»Auf was gekommen? Das ist Al Papps, die da vor uns läuft.«

»Wahrhaftig.« Die Gestalt, die Persse vorhin flüchtig gesehen hatte, war in der Tat Angelica. Sie mußte einen Umweg gemacht haben und lief jetzt, kaum hundert Meter vor ihnen, wieder auf dem Weg.

»Tolles Mädchen. Sieht Klasse aus, hat sämtliche Literatur im Kopf, und laufen kann sie auch, was?«

»Wie Atalanta«, sagte Persse halblaut. »Holen wir sie ein.«

»Das überlaß ich Ihnen, Percy. Ich bin fix und fertig.«

Morris Zapp fiel zurück, während Persse Tempo zulegte, aber die Entfernung zwischen ihm und Angelica blieb konstant. Dann warf sie einen raschen Blick über die Schulter, und ihm wurde klar, daß sie ihren Verfolger bemerkt hatte. Sie liefen einen langen abfallenden Weg hinunter, der zu den Wohnheimen führte. Schneller und schneller wurde das Tempo, bis beide sprinteten. Persse holte auf. Angelica warf den Kopf zurück, ihr schwarzes Haar wehte im Wind. Die geschmeidigen Schenkel in den aufreizend engen orangefarbenen Jogginghosen stießen den Asphalt unter ihren fliegenden Füßen weg. Schulter an Schulter erreichten sie Lucas Hall und lehnten sich keuchend und lachend an die Wand. Der Fahrer eines Taxis, das draußen wartete, applaudierte feixend.

»Wo bist du denn gestern abend abgeblieben?« japste Persse.

»Ich bin natürlich ins Bett gegangen«, sagte Angelica. »In meinem Zimmer. Nummer 231.«

Röchelnd und schnaufend war jetzt auch Morris Zapp angekommen. »Wer hat gewonnen?«

»Unentschieden«, verkündete der Taxifahrer aus dem geöffneten Fenster heraus. »Sehr diplomatisch, der Mann. Zurück zur St. John's Road.« Morris Zapp stieg ein. »Bis später, Kinder.«

»Joggen Sie immer per Taxi, Professor Zapp?« wollte Persse wissen.

»Ach, ich wohne doch bei den Swallows, und ich hatte keine Lust, durch die Straßen von Rummidge zu laufen und die Rushhour zu inhalieren. *Ciao.*« Morris Zapp ließ sich zurücksinken, holte aus einer Tasche seines Jogginganzugs eine dicke Zigarre, einen Zigarrenabschneider und ein Feuerzeug und widmete sich diesen Utensilien, während das Taxi anfuhr.

Persse wandte sich zu Angelica um, aber sie war verschwunden. »Hat man so was schon erlebt«, murrte er verärgert. »Das ist ja fast, als ob sie einen Zauberring hat, mit dem sie sich unsichtbar machen kann.«

Angelica entschlüpfte Persse den ganzen Vormittag. Als er, geduscht und umgezogen, in den Speisesaal von Martineau Hall zum

Frühstück kam, saß sie bereits an einem besetzten Tisch neben Dempsey. Sie war nicht unter der kleinen Konferenzlerkarawane, die mit merklich gedämpftem Enthusiasmus und gegen gelegentliche Regenschauer ankämpfend vom Wohnheimgelände zum Hauptgebäude zog, um sich den ersten Vortrag des Vormittags zu Gemüte zu führen. Persse sah der Gruppe nach, wartete noch ein paar Minuten vergeblich und lief dann hinterher, nur um von Dempsey in seinem Wagen überholt zu werden. Neben ihm saß Angelica. Dennoch brachten die beiden es fertig, zu spät zu dem Vortrag zu kommen. Sie kamen auf Zehenspitzen herein, als er schon angefangen hatte. Persse schenkte dem Vortrag, einer Auslassung über die Identifikation der authentischen Shakespeare-Stellen im *Pericles,* nur geringe Aufmerksamkeit. Ihn beschäftigte vielmehr die Frage, was wohl Angelica mit ihrem Vorschlag einer Neuinszenierung des »St. Agnes-Abend« gemeint haben könnte. Ihm schien, als habe sie dadurch, daß sie ihm heute früh so betont ihre Zimmernummer genannt hatte, die Verabredung bestätigt. Nur wußte er nicht recht, wie sie das Gedicht auffaßte. Nachdem es ihm nicht gelungen war, sie im Gedränge der Kaffeepause ausfindig zu machen, eilte Persse in die Universitätsbibliothek, um den Text zu konsultieren.

Er überflog hastig die ersten Stanzen über die bittere Kälte, die Tradition, daß Jungfrauen, die am St. Agnes-Abend »ohne Spätmahl« zu Bett gingen, ihren künftigen Ehemann im Schlaf zu sehen bekamen, Madeline, die, im Begriff, eben dies zu tun, inmitten des Feierns und Zechens in tiefem Sinnen dasitzt, die geheime Ankunft Porphyros, der sein Leben im feindlich gesinnten Schloß aufs Spiel setzt, um einen Blick auf seine Geliebte zu erhaschen, sein Bemühen, die alte Angela zu überreden, ihn in Madelines Schlafgemach zu verstecken, Madelines Eintritt und die Vorbereitungen für die Nacht. Persse verweilte einen Augenblick bei der 26. Stanze:

> Sie hakt den warmgetragnen Schmuck los, macht
> Vom Perlennetz ihr Haar frei – wie das fließt!
> Löst ihre duftige Schnürbrust, sacht und sacht
> Kriecht zu den Knien raschelnd ihr reicher Staat

– und las mit gerötetem Gesicht weiter, wie Porphyro vielerlei Köstlichkeiten für Madeline bereitstellt, wie er versucht, sie mit Lautenmusik zu wecken, über ihrer schlafenden Gestalt verharrt. Wie Madelines Augen sich öffnen und sie ihr Traumbild erblickt, wie sie, nur halb erwacht, Porphyro anspricht. Dann kam die entscheidende Stanze:

Auf dies inbrünstige Stammeln hin erhob
Er sich, weit über sterblich Maß erregt,
Ätherisch, glühend wie ein Stern, der drob
Am still saphirnen Himmel sich bewegt.
In ihren Traum verschmolz er wie die Ros
Mit der Viole den Geruch vereint,
Süß aufgelöst...

Daß Morris Zapp auf der Unbestimmbarkeit literarischer Texte herumritt, war gut und schön – aber Persse McGarrigle mußte wissen, ob es an dieser Stelle zum Geschlechtsverkehr kam. Die Entscheidung wurde ihm insofern erschwert, als er nicht auf persönliche Erfahrungen zurückgreifen konnte. Alles in allem neigte er dazu, die Frage zu bejahen, und Porphyros späterer Hinweis auf Madeline als seine »Braut« schien den Ausschlag zu geben.

Doch diese Folgerung trieb Persse sogleich in ein neues Dilemma. Angelica mochte ihn auffordern, ihr Liebhaber zu werden, aber sie würde ihm nicht gestatten, sie zu seiner Braut zu machen, jedenfalls nicht in nächster Zukunft. Und deshalb mußten – auch wenn das abstoßend und bar jeder Romantik war – gewisse Möglichkeiten in Betracht gezogen werden. Wahrscheinlich wäre Persse McGarrigle nie darauf gekommen, hätte er nicht die traurige Geschichte seiner Cousine Bernadette und Morris Zapps mißbilligende Bemerkung noch im Ohr gehabt: »Ich werde wild, wenn ich höre, daß sich heutzutage noch ein Mädchen einen dicken Bauch machen läßt.«

Und so setzte er denn, auch wenn sich alles in ihm dagegen sträubte, eine entschlossene Miene auf und begab sich auf die Suche nach einer Apotheke.

Er ging lange, um nicht irgendwelchen versprengten Tagungsteilnehmern in die Arme zu laufen, und fand – oder vielmehr verlor – sich schließlich in der Stadtmitte, einem verwirrenden Labyrinth schmutziger, übelriechender Treppen, Fußgängerüberwege und Unterführungen, über die das Heer der Einheimischen zwecks Über- und Unterquerung der breiten Autobahnen, die von dem Donner der vorüberfahrenden Schwertransporter vibrierten, aufwärts und abwärts geschleust wurde. Er kam an vielen Apotheken vorbei. Manche waren für seinen Geschmack zu leer, manche zu voll. Schließlich gab er sich, seiner Hasenherzigkeit überdrüssig, einen Ruck und betrat aufs Geratewohl und todesmutig eins der einschlägigen Geschäfte.

Der Laden schien leer zu sein, und er sah sich rasch um in der Hoffnung, er könne, wenn der Apotheker auftauchte, einfach mit dem Finger auf das Gewünschte deuten. Aber er fand nicht, was er suchte, und zu seiner Bestürzung erschien hinter einer Barrikade von Regalen ein junges Mädchen in weißem Overall.

»Ja-a?« sagte sie lustlos.

Persse hatte vor Verlegenheit einen Kloß im Hals. Am liebsten hätte er die Flucht ergriffen, aber die Glieder versagten ihm den Dienst.

»Wasdarfssein?« sagte das Mädchen ungeduldig.

Persse sah auf seine Stiefelspitzen. »Ich hätte gern Durex, bitte«, brachte er mit erstickter Stimme heraus.

»Kleinmittelgroß?« sagte die junge Frau kühl.

Diese Wendung der Dinge hatte Persse nicht vorausgesehen. »Ich dachte, es gibt nur eine Größe«, flüsterte er heiser.

»Nei-ein. Kleinmittelgroß«, nölte das Mädchen und besah sich seine Fingernägel.

»Ja, also dann mittel«, sagte Persse.

Das Mädchen verschwand kurz und kam mit einem überraschend großen Karton in einer Papiertüte wieder, für den sie 75 Pence verlangte. Persse entriß ihr den Karton – der zudem noch überraschend schwer war –, schob eine Pfundnote über den Ladentisch und verließ fluchtartig das Lokal, ohne sich herausgeben zu lassen.

In einer eklig-düsteren Unterführung mit Fußballgraffiti an der Wand, in der es nach Urin und Zwiebel roch, blieb er unter einer Glühbirne stehen, um seinen Kauf zu besichtigen. Er entnahm der Tüte einen Karton, auf dem ein fettes, fröhliches Baby in einer Windel abgebildet war, das mit einer wie Porridge aussehenden Masse geatzt wurde. Der in großen Lettern prangende Markenname dieses Produktes lautete »Farex«.

Tief in Gedanken ging Persse zur Universität zurück. Er verspürte keinerlei Neigung, den Irrtum aufzuklären oder es in einer zweiten Apotheke zu versuchen. Er sah die Vereitelung seines Plans als einen Wink des Schicksals, als Ausdruck göttlichen Mißfallens über seine sündhaften Absichten. Auf einer breiten Straße voller Autosalons kam er an einer katholischen Kirche vorbei und blieb einen Augenblick vor einem Schild stehen, auf dem stand: »Beichte jederzeit.« Doch er kam zu dem Schluß, daß er nicht guten Glaubens würde versprechen können, aus der Verabredung mit Angelica auszusteigen. Er überquerte die Straße – mit der gebotenen Vorsicht, denn er befand sich jetzt zweifellos im Stand der Sünde – und ging weiter, indes er seiner Phantasie gestattete, sich wollüstige Bilder von Angelica auszumalen. Wie sie in ihr Zimmer kam, in dem er sich verborgen hielt, wie sie sich unter seinen Augen entkleidete, wie sie nackt in seinen Armen lag. Aber was dann? Er hatte Angst davor, daß am Ende seine Unerfahrenheit die Verzückung dieses Augenblicks zunichte machen könnte, waren doch seine Kenntnisse des Geschlechtlichen rein literarischer Art und im Hinblick auf die Technik recht vage.

Dann fiel sein Blick wieder auf ein Schild. Es war, als hätte es der Teufel selbst hingehängt. In dicken schwarzen Buchstaben auf flammfarbenem Leuchtpapier stand da:

DIESES KINO IST EIN CLUB, DER FILME FÜR ERWACHSENE ZEIGT, DIE AUCH DIE FREIMÜTIGE UND UNZENSIERTE DARSTELLUNG GESCHLECHTLICHER HANDLUNGEN BEINHALTEN. SOFORTIGE MITGLIEDSCHAFT MÖGLICH. ERMÄSSIGUNG FÜR RENTNER.

Persse trat ein – schnell, ehe sein Gewissen sich melden konnte. Er stand in einem diskret beleuchteten, mit Teppichboden ausgelegten Vestibül. Ein Mann an einem Schreibtisch begrüßte ihn zuvorkommend. »Mitgliedsformular, Sir? Drei Pfund alles in allem.«

Persse trug sich als Philip Swallow ein.

»So ein Zufall, Sir«, sagte der Mann mit geschmeidigem Lächeln. »Wir haben schon einen Mr. Philip Swallow in unserer Kartei. Durch die Tür dort drüben.«

Persse stieß eine gepolsterte Tür auf. Tiefe Finsternis umfing ihn. Er stieß sich an einer Wand und blieb einen Augenblick dort stehen, bis sich seine Augen an die Dunkelheit gewöhnt hatten. Durch die Luft schwirrten seltsame Geräusche, ein lautsprecherverstärktes Gemisch aus schwerem Atmen, erstickten Schreien, Keuchen, Stöhnen und Jammern wie von Seelen im Fegefeuer. Ein mattes Glimmen führte ihn voran, durch einen Vorhang, um eine Ecke, und dann stand er am hinteren Ende eines kleinen Zuschauerraums. Hier waren die Geräusche noch lauter, und es war noch immer sehr dunkel. Außer den zuckenden Bildern auf der Leinwand war nichts zu erkennen. Persse brauchte eine Weile, bis er begriffen hatte, daß das, was er sah, ein vielfach vergrößerter Penis war, der in eine vielfach vergrößerte Vagina stieß. Das Blut stieg ihm ins Gesicht und in einen anderen Körperteil. Gebückt ging er durch den Mittelgang, vergeblich rechts und links nach einem freien Platz Ausschau haltend. Die Bilder auf der Leinwand wechselten, statt einer Nahaufnahme gab es jetzt eine Totale, und es zeigte sich, daß die Besitzerin der Vagina einen zweiten Penis im Mund hatte, und der Besitzer des ersten Penis die Zunge in einer anderen Vagina, deren Besitzerin wiederum den Finger in einem Anus hatte, während der dazugehörige Penis in ihrer Vagina steckte, und all das befand sich in wahnwitziger Bewegung wie das Kolbengestänge einer teuflischen Maschine. Keats war es nicht. Keine Rede vom Verschmelzen der Rose mit der Viole.

»Hinsetzen«, zischte jemand in der allumfassenden Dunkelheit. Persse tastete nach einem Sitz, aber seine Hand traf eine gepolsterte Schulter und wurde mit einem Fluch abgeschüttelt. Das Stöhnen und Jammern steigerte sich noch, die Kolben stießen immer schneller, und Persse merkte beschämt, daß er einen Erguß gehabt hatte. Schweiß lief ihm über die Stirn und trübte seine Sicht. Als er ein Gesicht sah, das ihm einen halluzinatorischen Moment lang wie das Gesicht Angelicas erschien, wandte Persse sich um und floh wie von Höllenhunden gehetzt.

Der Mann am Empfang sah verstört auf, als Persse ins Vestibül stürzte. »Zu zahm für Sie?« fragte er. »Rückerstattung ist leider nicht möglich. Probieren Sie's nächste Woche nochmal, wir erwarten ein paar neue dänische Streifen.«

Persse packte den Mann an den Jackenaufschlägen und zerrte ihn halb über den Tisch. »Ihretwegen habe ich das Bild der Frau, die ich liebe, entweiht«, zischte er. Der Mann erbleichte und hob in einer Geste der Kapitulation die Hände. Persse stieß ihn in seinen Sessel zurück, rannte aus dem Kino, über die Straße und hinein in die katholische Kirche.

An einem Beichtstuhl mit dem Schild »Pater Finbar O'Malley« brannte Licht, und wenige Minuten später hatte Persse sein Gewissen erleichtert und Absolution bekommen. »Gott segne dich, mein Sohn«, schloß der Priester.

»Danke, Pater.«

»Kommst du übrigens aus Mayo?«

»Ja, das stimmt.«

»Dacht ich doch, daß ich den Akzent kenne. Ich bin selber aus dem Westen.« Er seufzte hinter seinem Maschendraht.

»Das ist eine schlimme, sündhafte Stadt für einen jungen Iren. Würdest du dich gern repatriieren lassen?«

»Repatriieren?« wiederholte Persse verständnislos.

»Ja. Ich leite eine Hilfsorganisation zur Unterstützung junger Iren, die auf der Suche nach Arbeit hergekommen sind und wieder nach Hause wollen. Sie heißt ›Reemigrationsfonds unserer Lieben Frau von Knock.‹«

»Ich bin nur auf Besuch hier, Pater, ich fahre morgen wieder nach Irland zurück.«

»Dein Ticket hast du?« – »Ja, Pater.«

»Dann viel Glück und Gott mit dir. Du kannst es dort nur besser treffen.«

Bis Persse zur Universität zurückkam, war es Nachmittag geworden, und die Tagung hatte sich aufgemacht, literarische Sehenswürdigkeiten der Region zu besichtigen. Persse nahm ein Bad und schlief ein paar Stunden. Als er aufwachte, fühlte er sich heiter und geläutert. Es war Zeit für einen Drink vor dem Abendessen.

Die Konferenzler waren von ihrem Ausflug zurück, der sich als Reinfall erwiesen hatte. Die Besitzerin des Hauses, in dem George Eliot ihre Kindheit verbracht hatte, war vorher nicht verständigt worden und ließ sie nicht hinein, sie konnten nur im Garten herumlaufen und sich die Nase an den Fensterscheiben plattdrücken. Ann Hathaways Haus war wegen Renovierung geschlossen, und zu allem Überfluß hatte der Bus noch vor Kenilworth, auf dem Weg zum Schloß, eine Panne gehabt, und das Ersatzfahrzeug war erst eine Stunde später eingetroffen.

»Macht nichts«, sagte Bob Busby, der sich unter die verärgerten Tagungsteilnehmer in der Bar gemischt hatte. »Das Bankett reißt alles wieder raus.«

Persse hörte, wie Philip Swallow sagte: »Hoffentlich hat Busby die Sache im Griff. Noch eine Pleite können wir uns nicht leisten.« Sein Gesprächspartner war ein Mann in einem ziemlich abgewetzten anthrazitfarbenen Anzug, den Persse bisher noch nicht gesehen hatte.

»Worum geht's denn?« Der Mann hatte eine glimmende Gauloise in der einen, einen großen Gin and Tonic in der anderen Hand. »Es gibt da eine Pinte in der Stadt, ›Ye Merrie Olde Round Table‹, in der sie sogenannte mittelalterliche Banketts veranstalten«, erläuterte Philip Swallow. »Ich selbst war noch nie da, aber Busby behauptet, daß es ganz lustig ist. Jedenfalls hat er die Leute für heute abend hierher beordert. Es soll Bänkelsänger geben und Met und –«

»– und dralle Maiden«, ergänzte Persse.

Der Mann im anthrazitfarbenen Anzug betrachtete Persse aus rauchgetrübten Augen und fletschte freundlich die gelben Zähne. »Kann doch ganz amüsant werden.«

Philipp Swallow begrüßte Persse ohne besondere Herzlichkeit. »Kennen Sie Felix Skinner von Lecky, Windrush and Bernstein? Meine Verleger. Allerdings für beide Seiten keine besonders profitable Verbindung«, witzelte er etwas gezwungen.

»Na ja, eine klitzekleine Enttäuschung war es schon«, räumte Skinner seufzend ein.

»Ein Jahr nach Erscheinen erst hundertfünfundsechzig Exemplare verkauft«, sagte Philip Swallow vorwurfsvoll. »Und keine einzige Besprechung.«

»Wir fanden das Buch alle absolut super, Philip, das weißt du«, sagte Skinner. »Es ist eben leider so, daß sich Hazlitt heutzutage auf dem Bildungssektor nicht absetzen läßt. Und die Besprechungen in den Fachzeitschriften kommen bestimmt noch. Die Sonntagsblätter und Wochenzeitschriften machen ja leider nicht mehr so viel in Literaturkritik.«

»Weil die meisten Besprechungen unlesbar sind«, sagte Philip Swallow. »Wenn ich sie schon nicht verstehe, wie soll sie da der Mann auf der Straße begreifen? Genau das steht nämlich in meinem Buch. Deshalb habe ich es ja geschrieben.«

»Ich weiß, Philip, es ist wirklich unfair«, sagte Skinner. »Was ist Ihr Fachgebiet, Mr. McGarrigle?«

»Ja, also, ich habe über Shakespeare und T.S. Eliot gearbeitet.«

»Da hätte ich Ihnen unter die Arme greifen können«, mischte sich Dempsey ein. Er war gerade hereingekommen, in Begleitung von Angelica, die aufregend schön aussah in einem Kaftan aus schwerer weinroter Baumwolle, in die ein dunkleres Muster in satten Farben eingewebt war.

»Würde sich gut zur Computerisierung eignen«, fuhr Dempsey fort. »Man braucht bloß die Texte auf Band zu nehmen, und dann kann der Computer sämtliche Worte, Phrasen und syntaktische Konstruktionen ausdrucken, die beiden Autoren gemeinsam sind. So könnte man den Einfluß von Shakespeare auf T.S. Eliot präzise quantifizieren.«

»Aber darum geht es bei meiner Arbeit gar nicht«, sagte Persse. »Sie behandelt den Einfluß von T.S. Eliot auf Shakespeare.«

Dempsey wieherte kurz. »Klingt ziemlich irisch – aber nichts für ungut.« Seine kleinen Augen suchten besorgt nach Beistand.

»Mir ging es darum aufzuzeigen«, erläuterte Persse, »daß wir gar nicht drum herum kommen, Shakespeare durch die Brille von Eliots Lyrik zu lesen. Ich meine – wer kann heute *Hamlet* lesen, ohne an ›Prufrock‹ zu denken? Wer kann die Reden Ferdinands im Sturm hören, ohne daß ihm die Feuerpredigt aus dem *Wüsten Land* einfällt?«

»Hören Sie, das klingt aber sehr interessant«, sagte Skinner. »Philip, alter Junge, könntest du mir vielleicht noch so was besorgen?« Er drückte Philip Swallow sein leeres Glas in die Hand und nahm Persse beiseite. »Wenn Sie wegen der Veröffentlichung Ihrer Arbeit noch nicht festgelegt sind, würde ich sie mir gern mal ansehen.«

»Es ist nur eine Magisterarbeit«, sagte Persse, dem von Skinners Zigarette die Augen tränten.

»Macht nichts, über Shakespeare oder T.S. Eliot kaufen die Bibliotheken praktisch alles. Und beide in einem Titel – das ist nahezu unwiderstehlich. Hier ist meine Karte. Danke, Philip, auf dein besonderes Wohl… Tut mir ehrlich leid mit dem Hazlitt, aber ich glaube, es ist das beste, wenn du die ganze Sache als Erfahrung abbuchst und dich auf ein gängigeres Thema wirfst.«

»Aber ich habe acht Jahre für das Buch gebraucht«, sagte Philip Swallow. Skinner klopfte ihm tröstend auf die Schulter, so daß ein grauer Aschenregen an seinem Anzug herunterrieselte. In der Bar drängten sich jetzt die Konferenzler, die so rasch wie möglich tranken, um sich in die richtige Stimmung für das Bankett zu versetzen. Persse schob und knuffte sich zu Angelica durch.

»Mir hast du erzählt, daß deine Arbeit über den Einfluß von Shakespeare auf T.S. Eliot ist«, sagte sie.

»Ist sie auch. Daß ich es umgedreht habe, ist mir gerade so eingefallen. Ich wollte Dempsey einen Dämpfer verpassen.«

»Eigentlich ist es so rum auch viel interessanter.«

»So wie's aussieht, hab' ich mich jetzt darauf eingelassen, wirklich etwas darüber zu schreiben. Ein wunderschönes Kleid, Angelica.«

»Das Mittelalterlichste, was ich im Koffer hatte.« In den dunklen Augen blitzte es auf. »Allerdings kann ich nicht versprechen, daß der reiche Staat tatsächlich raschelnd zu den Knien kriecht.«

Die Anspielung ließ ihn wollüstig erschauern und machte all seine guten Vorsätze zunichte. Er wußte, daß nichts ihn davon abhalten konnte, an diesem Abend in Angelicas Zimmer Wache zu halten.

Persse hatte nicht vor, sich beim Essen neben Angelica zu setzen, er fand, daß es mehr im Sinne ihres romantischen Scenarios war, wenn er sie aus der Ferne betrachtete. Aber daß Robin Dempsey sich neben sie setzte, wollte er auch nicht. Deshalb hielt er ihn mit eifrigen Fragen über strukturelle Linguistik in der Bar zurück, während die anderen in den Speisesaal gingen.

»Es ist im Grunde ganz einfach«, sagte Dempsey ungeduldig. »Nach Saussure ist es nicht die Beziehung der Wörter zu den Dingen, die sie zu Signifikanten macht, sondern ihre Beziehung zueinander, kurzum, die Unterschiede zwischen ihnen. *Cat* bedeutet *cat*, weil es anders klingt als *cot* oder *fat*.

»Wie bei Durex und Farex und Exlax?« fragte Persse.

In Dempseys eng zusammenstehenden Äuglein glomm leichter Argwohn auf. »Ja – wenn es auch nicht gerade das nächstliegende Beispiel ist.« »Vergessen Sie da nicht die Abweichungen bei regionalen Dialekten?« fragte Persse.

»Ich habe jetzt keine Zeit, Ihnen das zu erklären«, gab Dempsey gereizt zurück und strebte der Tür zu. »Es hat zum Essen geläutet.«

Persse suchte sich im Speisesaal einen unauffälligen Platz, der von Angelicas Blick halb durch eine Säule verborgen war. Es war kein Opfer, bei diesem Schmaus Randfigur zu sein. Der Met schmeckte wie lauwarmes Zuckerwasser, das mittelalterliche Mahl bestand aus Brathähnchen und Folienkartoffeln, die aus der Hand gegessen werden mußten, und die drallen Maiden waren die Kellnerinnen der Martineau Hall, die durch Bestechung oder Druck dazu bewegt worden waren, sich in lange Kleider mit tiefem Ausschnitt zu werfen. »Mich dürfen Sie heute nicht ansehn, Sir«, sagte die gelbhaarige Dame, während sie Persse seine Hähnchenkeulen vorlegte. »Wenn die im Mittelalter wirklich so rumgelaufen sind, hatten sie bestimmt ständig 'nen ekligen Brustkatarrh.« Die Unterhaltung betrieben zwei Entertainer aus Ye Merrie Olde Round Table, der eine als König, der andere als Hofnarr verkleidet, die auf einem Podium an einer Schmalseite des Saals saßen. Der König hatte ein Akkordeon, der Hofnarr ein Schlagzeug, jeweils mit Mikrophon und Lautsprecher bestückt. Während das Essen aufgetragen wurde, erheiterten sie die Schmausenden mit Scherzen über Throne und stille Örtchen, sangen schlüpfrige Balladen und ermunterten die Gäste, sich mit Brötchen zu bewerfen. Eine Hofregel lautete, daß jeder, der den Raum zu verlassen wünschte, sich vor dem König zu verneigen oder zu knicksen hatte, und dazu blies der Hofnarr in ein Instrument, das einen lauten Furzton von sich gab. Persse verdrückte sich, während der Mediävist aus Aberystwyth auf diese Weise gedemütigt wurde. Angelica, die am anderen Ende zwischen Felix Skinner und Philip Swallow saß, lächelte ihm rasch zu und ließ kurz die Finger flattern. Sie hatte das Essen, das auf ihrem Teller lag, nicht angerührt.

Persse schlich sich aus der Martineau Hall und ging zur Lucas Hall hinüber. Er atmete in tiefen Zügen die kühle Nachtluft und betrachtete das gewellte Bild des Mondes in dem künstlichen See. Die Klänge eines neuen Liedes, das König und Hofnarr soeben mit heiser-durchdringender, elektronisch verstärkter Stimme begonnen hatten, verfolgten ihn:

> König Arthur war ein Ritter dumm,
> ja, schrecklich dumm war der,
> in den Keuschheitsgürtel sein Weib er einschloß
> und fand den Schlüssel nicht mehr.

In Lucas Hall rührte sich nichts. Persse ging leise über Treppen und Gänge und suchte nach Zimmer 231. Die Tür war unverschlossen, und er trat ein. Er machte kein Licht, denn ein Oberlicht über der

Tür und der Mond, der durch das offene Flügelfenster schien, lieferten genug Helligkeit. Der Nachtwind trug noch immer Liedfetzen zu ihm.

Die Kön'gin schnellstens zu befrein
Sir Lancelot ist bereit.
Die Zange nimmt er, doch: »Hör auf,
du kitzelst mich!« sie schreit.

Persse sah sich in dem schmalen, kleinen Zimmer nach einem Versteck um. Die einzige Möglichkeit war der Einbauschrank. Der Karton Farex zog seine Anoraktasche herunter. Er nahm ihn heraus und stellte ihn auf den Nachttisch. Ein recht dürftiger Ersatz für Säfte, milder noch als Rahm und goldner Sirup, reich mit Zimmet noch versehn, dachte er, auch wenn das Zeug ein bißchen nach Babykost klingt.

Von weitem hörte er das dumpfe Haltegeräusch des Aufzugs und retirierte eilig in den Schrank, wobei er die Kleider, die er darin ertastete, zur Seite schob. Dann zog er die Tür hinter sich zu, bis auf einen kleinen Spalt, durch den er Luft bekam und sehen konnte.

Die Aufzugtüren am Ende des Ganges öffneten sich, Schritte kamen näher. Der Türknauf bewegte sich, die Tür ging auf, und herein kam Robin Dempsey. Er machte Licht, schloß die Tür und ging zum Fenster, um die Vorhänge vorzuziehen. Während er seinen Blazer auszog und über eine Stuhllehne hängte, fiel sein Blick auf den Farex-Karton, den er sichtlich rätselnd inspizierte. Er streifte die Schuhe ab und zog die Hose aus, unter der gestreifte Boxershorts und Sockenhalter zum Vorschein kamen. Eine Hülle nach der anderen fiel und wurde ordentlich zusammengefaltet über den Stuhl gelegt, bis er völlig nackt war. Dies war nicht der Anblick, dem Persse entgegengefiebert hatte. Dempsey beroch sich unter beiden Achselhöhlen, dann schob er einen Finger zwischen die Beine, an dem er ebenfalls roch. Persse verlor ihn kurz aus den Augen, man hörte ihn am Waschbecken plätschern, Zähne putzen und gurgeln. Dann kehrte er, leicht schlotternd, wieder in Persses Blickwinkel zurück und stieg ins Bett. Er griff nach einem Schalter am Bett, und es wurde dunkel, aber durch das Oberlicht kam gerade so viel Helligkeit, daß man ihn noch erkennen konnte. Er lag auf dem Rücken, schaute mit geöffneten Augen zur Decke und sah ab und zu auf eine kleine Digitaluhr, deren Zahlen grünlich auf dem Nachttisch leuchteten. Tiefe Stille senkte sich herab.

Persse hustete.

Robin Dempsey schnellte hoch wie eine Feder. Noch in der Senkrechten schien sein Oberkörper ein paar Sekunden nachzuwippen. »Wer ist da?« fragte er mit zittriger Stimme und tastete nach dem Schalter. Als das Licht anging, verbreitete sich ein zärtlich-neckisches Lächeln über seine Züge. »Angelica! Hast du dich die ganze Zeit im Schrank versteckt? Du Racker.«

Persse stieß die Schranktür auf und stieg heraus.

»McGarrigle! Verdammt nochmal, was tun Sie denn hier?«

»Die gleiche Frage könnte ich Ihnen stellen«, sagte Persse.

»Aber nicht mit dem gleichen Recht. Das ist mein Zimmer.«

»*Ihr* Zimmer?« Persse sah sich um. Bei Licht erkannte er Anzeichen maskuliner Okkupation – einen Elektrorasierer und eine Flasche Old Spice Aftershave auf dem Bord über dem Waschbecken, ein Paar ziemlich groß geratene Lederpantoffeln unter dem Bett. Als er sich zum Schrank umwandte, sah er einen Anzug von sehr lautem Blau auf dem einsamen Kleiderbügel hängen. »Oh«, sagte er matt. Dann, schon kräftiger: »Warum haben Sie gemeint, daß Angelica sich im Schrank versteckt?«

»Es geht Sie zwar nichts an, aber zufällig bin ich mit Angelica verabredet. Ich erwarte sie jeden Augenblick, wäre Ihnen also sehr verbunden, wenn Sie sich verpissen würden. Was hatten Sie übrigens in meinem Kleiderschrank zu suchen?«

»Ich war auch mit Angelica verabredet. Sie hat mir gesagt, daß dies ihr Zimmer ist. Ich sollte mich verstecken und ihr zusehen, wie sie ins Bett geht. Wie im St. Agnes-Abend.« Er fand jetzt selbst, daß es ziemlich albern klang.

»Ich sollte zu Bett gehen und auf sie warten«, sagte Dempsey. »Wie Ruggiero und Alcina, hat sie gesagt. Müssen zwei Typen aus einem dieser langen Itaker-Gedichte sein. Sie hat mir den Inhalt erzählt. Hörte sich ganz schön sexy an.«

Sie schwiegen beide einen Augenblick.

»Sieht so aus, als ob sie sich einen Spaß gemacht hat«, sagte Persse schließlich.

»Ja, so sieht's aus«, bestätigte Dempsey tonlos. Er stieg aus dem Bett und holte einen Pyjama unter dem Kissen hervor. Als er ihn angezogen hatte, legte er sich wieder hin und zog sich die Decke über den Kopf. »Vergessen Sie nicht, das Licht auszumachen, wenn Sie gehen«, tönte es gedämpft darunter hervor.

»Ja, natürlich. Also dann gute Nacht.«

Persse lief nach unten in die Halle und stellte sich vor die Zimmerliste, die er wegen Morris Zapp konsultiert hatte. Angelicas Name war nicht darauf. Er ging zur Martineau Hall zurück. Hatten die Konferenzler vorher heftig getrunken, um sich für das mittelalterliche Bankett in Stimmung zu bringen, tranken sie jetzt noch heftiger, um es so schnell wie möglich zu vergessen. Bob Busby saß allein mit einem Whisky in einer Ecke. Sein festgefrorenes Lächeln signalisierte, es sei seine eigene Entscheidung, daß niemand mit ihm sprach. »Hallo«, sagte er dankbar, als Persse sich zu ihm setzte.

»Können Sie mir Angelica Pabsts Zimmernummer sagen?« fragte Persse.

»Komisch, daß Sie mich das fragen. Jemand hat mir gerade erzählt, daß sie in einem Taxi weggefahren ist. Mit ihrem Koffer.«

»Was?« Persse sprang auf. »Wann? Wie lange ist das her?«

»Mindestens eine halbe Stunde. Aber soweit ich weiß, hatte sie gar kein Zimmer. Ich habe ihr keins zugeteilt, und ich glaube, sie hat auch nicht dafür bezahlt. Ich kann mir sowieso nicht erklären, wie sie in diese Tagung hineingeraten ist. Zu einer Hochschule scheint sie nicht zu gehören.«

Persse lief die Auffahrt hinunter zum Tor – nicht weil er hoffte, Angelicas Taxi noch einzuholen, sondern nur, um Frust und Verzweiflung abzureagieren. Unten blieb er stehen und sah nach rechts und nach links die leere Straße entlang. Der Mond hatte sich hinter eine Wolke verzogen. In der Ferne ratterte ein Zug über einen Eisenbahndamm. Er lief die Auffahrt wieder hinauf, an den beiden Wohnheimen vorbei, um den künstlichen See herum – dieselbe Strecke wie am Morgen mit Morris Zapp – und bis zu der Höhe mit dem Rundblick auf Stadt und Universität. Ein gelblicher Glast von einer Million Straßenlaternen erhellte den Himmel und trübte das Licht der Sterne. Leises Brummen schwang in der Nachtluft. Das war der Verkehrsstrom, der Tag und Nacht über die breiten Bänder der Autobahn rollte. »Angelica!« rief er trostlos der ungerührten Stadt zu. »Angelica, wo bist du?«

# Zwei

Morris Zapp hatte indessen einen beschaulichen Abend allein mit Hilary Swallow verbracht. Philip war in der Martineau Hall und machte auf Mittelalter. Die beiden älteren Swallow-Kinder studierten außerhalb, und Matthew, der Jüngste, spielte an diesem Abend Rhythmusgitarre in einer Schulband. »In seiner Oberstufe gibt es vier Rockgruppen«, seufzte Hilary, als die Haustür hinter ihm zugeknallt war, »und keinen Diskussionsklub. Weit haben wir's gebracht mit unserem Bildungssystem. Aber wahrscheinlich findest du das ganz in Ordnung, Morris, früher hat dir ja diese grauenhafte Musik sogar gefallen.«

»Aber nicht Punk, Hilary, worauf dein Sohn zu stehen scheint.«

»Für mich klingt das alles gleich.«

Sie aßen in der Küche, die seit seinem letzten Besuch vergrößert worden war und eine neue, teure Einrichtung – Schränke mit Teakholzfurnier, Einbauherd und Bodenfliesen aus Kork – bekommen hatte. Hilary machte ihnen ein schmackhaftes *steak au poivre* mit zartem Kürbisgemüse und neuen Kartoffeln, hinterher gab es ihren berühmten Obstauflauf mit dem dick eingekochten Kompott, das sich unter und teilweise – aber eben nur teilweise – in einer hohen Schicht von federleichtem Biskuitteig mit glänzend-goldbrauner, von Rissen durchzogener Kruste verbarg.

»Du kochst noch besser als vor zehn Jahren, Hilary, und das will was heißen«, erklärte Morris ehrlich, während er die zweite Portion Auflauf vertilgte.

Sie schob ihm einen reifen Brie zu. »Essen ist eine der wenigen Freuden, die mir geblieben sind, leider. Mit traurigen Folgen für meine Figur, wie du siehst. Schenk dir Wein nach.« Es war die zweite Flasche.

»Du bist prima in Form, Hilary«, sagte Morris, was nicht stimmte. Ihr schwerer Busen hätte durchaus einen guten altmodischen Büstenhalter vertragen können, und um die Taille und bis in die Hüften hinein lagerten dicke Rettungsringe. Das mattbraune, mit Grau durchzogene Haar war straff zu einem Knoten zurückgenommen, eine Frisur, die nicht geeignet war, die Falten, Runzeln und geplatzten Äderchen zu verbergen oder zu mildern. »Du solltest es mal mit Jogging versuchen«, sagte er.

Hilary schnaubte höhnisch. »Matthew sagt, wenn ich renne, seh' ich aus wie ein Wackelpudding in Todesangst.«

»Matthew sollte sich schämen.«

»So ist das, wenn man zwei Männer um sich hat, die halten immer zusammen. Als Amanda noch zu Hause war, ging's mir besser. Und was macht deine Familie, Morris?«

»Die Zwillinge kommen im Herbst ins College. Natürlich muß ich das Schulgeld blechen, obgleich Désirée mit ihren Tantiemen der reinste Krösus ist. Ich bin natürlich sauer, aber ihre Anwälte haben alle Trümpfe in der Hand, und darauf hat sie nur gewartet.«

»Und was macht Désirée?«

»Versucht, ihr zweites Buch unter Dach und Fach zu bringen, schätze ich. Das erste ist fünf Jahre her. Sie muß ganz schön blokkiert sein. Geschieht ihr recht. Warum versucht sie auch, den letzten Cent aus mir rauszuquetschen.«

»Ich habe ihren Roman gelesen, wie hieß er noch gleich?«

*»Schwere Tage.* Klassetitel, was? Die Ehe als ein einziger langer Menstruationsschmerz. Anderthalb Millionen als Taschenbuch verkauft. Wie fandest du es?« – »Wie fandest *du* es, Morris?«

»Du meinst, weil der Ehemann so ein Monstrum ist? Irgendwie fand ich es gar nicht so schlecht. Du glaubst nicht, wie viele Frauen mir einen Antrag gemacht haben, als das Buch raus war. Wahrscheinlich wollten die mal einen echten Chauvi erleben, ehe die Gattung ausstirbt.«

»Und? Warst du zu Diensten?«

»Nein, das Bumsen habe ich schon lange aufgegeben. Ich bin zu dem Schluß gekommen, daß Sex eine Sublimation des Arbeitsinstinkts ist.« Hilary kicherte. Dergestalt ermutigt, erläuterte Morris: »Das neunzehnte Jahrhundert hatte die Prioritäten schon richtig gesetzt. Worauf wir eigentlich geil sind, das ist Macht, und die erreichen wir durch Arbeit. Wenn ich mir heute meine lieben Kolleginnen und Kollegen anschaue, was sehe ich? Alle bumsen wie besessen, entweder ihre Studenten oder untereinander, Ehen gehen ruckzuck wieder in die Brüche, aber glücklich sind sie dabei nicht. Es ist offensichtlich, daß sie viel lieber arbeiten würden, aber sie genieren sich, es zuzugeben.«

»Mag sein, daß da Philips Problem liegt, obgleich ich es mir eigentlich nicht so recht vorstellen kann.«

»Willst du mir erzählen, daß Philip fremdgegangen ist?«

»Es war nichts Ernstes, glaube ich. Aber er hat eine Schwäche für hübsche Studentinnen. Und komischerweise haben sie eine Schwäche für ihn. Ich weiß wirklich nicht wieso.«

»Macht, Hilary. Sie kriegen feuchte Höschen, wenn sie sich seine Macht vorstellen. Ich wette, das hat mit dem Lehrstuhl angefangen.« – »Kann schon sein.«

»Wie bist du ihm draufgekommen?«

»Eine Studentin hat versucht, den Fachbereich zu erpressen. Ich zeig's dir.«

Sie schloß eine lederne Schreibmappe auf und holte eine Fotokopie heraus, einen Prüfungsbogen, den sie Morris reichte.

*Frage 5. Auf welche Weise versuchte Milton im Verlorenen Paradies, den Menschen Gottes Wege klarzumachen?«*

»An so was erkennt man den schwachen Prüfling«, bemerkte Morris. »Erst vertrödelt sie ihre Zeit damit, die Frage abzuschreiben, dann holen sie ihr blödes Lineal heraus und unterstreichen den Mist auch noch.«

»Ich finde, Milton, ist es sehr gut gelungen, dem Menschen die Wege Gottes klarzumachen, indem er aus Satan so ein Ekel gemacht hat, wenn auch Shelley sagt, daß Milton auf der Seite des Teufels stand, ohne es zu wissen. Andererseits ist es wahrscheinlich sowieso unmöglich, den Menschen die Wege Gottes klarzumachen, denn wenn man an Gott glaubt, kann er sowieso machen, was er will, und wenn nicht, braucht man auch gar nicht zu versuchen, ihn jemandem klarzumachen. Das Verlorene Paradies ist ein episches Gedicht in Blankversen, und das ist auch eine schlaue Masche, den Menschen die Wege Gottes klarzumachen, denn wenn es sich reimt, klingt so was viel zu glatt. Mein Tutor Professor Swallow hat mich im Februar in seinem Büro verführt, und wenn ich bei der Prüfung nicht durchkomme, erzähle ich es überall herum. John Milton war der größte englische Dichter nach Shakespeare. Er sprach viele Sprachen und hätte das Verlorene Paradies beinah lateinisch geschrieben, und dann könnte es heute kein Mensch mehr lesen. Er hat abgeschlossen und mich gezwungen, mich auf den Boden zu legen, damit uns niemand durchs Fenster sieht. Ich habe mir den Kopf am Papierkorb gestoßen. Er hat sich auch überlegt, ob er sein episches Gedicht über König Arthur und die Ritter der Tafelrunde schreiben sollte, und es ist schade, daß er das nicht gemacht hat, weil das viel spannender gewesen wäre.«

»Woher hast du das?« fragte Morris.

»Jemand aus dem Fachbereich hat es mir geschickt. Anonym. Ich vermute, daß es Rupert Sutcliffe war. Er hatte die erste Korrektur. Es war eine Wiederholungsprüfung, vor zwei Jahren. Das Mädchen war im Juni durchgefallen. Sutcliffe und ein paar andere Kollegen sprachen Philip darauf an.«

»Und?«

»Er hat zugegeben, daß er mit ihr in seinem Büro Sex gehabt hat, auf dem Teppich. Diesem hübschen indischen, in den du damals mit deiner Zigarre ein Loch gebrannt hast, weiß du noch?« Hilarys Ton war beiläufig, ja, flapsig, aber Morris hatte den Eindruck, daß sich dahinter eine tiefe Kränkung verbarg. »Sie hätte ihn verführt, hat er behauptet. Hätte aus heiterem Himmel die Bluse aufgeknöpft. Er hätte ihr ja nur zu sagen brauchen, sie soll sich wieder zuknöpfen. Zum Glück hat sie es nicht zu Weiterungen kommen lassen. Sie hat kurz danach die Uni verlassen, ihre Familie ging ins Ausland.«

»War das alles?«

»Wie meinst du?«

»Ich meine, war es das einzige Mal, daß Philip dich betrogen hat?«

»Frag mich was Leichteres. Er hat sich nur ein Mal dabei erwischen lassen. Aber die Leute, mit denen ich darüber gesprochen habe, sind nicht besonders überrascht. Und wenn ich zu Veranstaltungen vom Fachbereich gehe, kann ich die Blicke der anderen nur als mitleidig bezeichnen.«

Sie schwiegen beide eine Weile. Dann sagte Morris: »Soll das heißen, daß du unglücklich bist, Hilary?«

»Ja, ich denke, so kann man es sagen.«

Wieder eine Pause. Dann sagte Morris: »Wenn Désirée hier wäre, würde sie dir raten, Philip zu vergessen und dir ein eigenes Leben aufzubauen. Dir einen Job zu suchen und einen neuen Freund.«

»Dazu ist es zu spät.«

»Es ist nie zu spät.«

»Ich habe vor ein paar Jahren ein Ergänzungsstudium in Pädagogik gemacht«, sagte Hilary. »Und als ich fertig war, hat es in der Stadt mit den Schulschließungen angefangen. Wegen der sinkenden Geburtenraten. Es gibt also keine Jobs. Ich mache gelegentlich mal ein Tutorium an der Uni, aber ein Beruf ist das nicht. Und für Liebhaber ist es definitiv zu spät. Du warst der erste und letzte, Morris.«

»Hey«, sagte er leise.

»Keine Angst, ich habe nicht die Absicht, dich nach oben zu schleppen und mit dir in Erinnerungen zu schwelgen.«

»Wie schade«, sagte Morris galant, aber einigermaßen erleichtert.

»Schon deshalb nicht, weil Philip bald wieder hier sein kann. Nein, so wie ich mich vor zehn Jahren gebettet habe, muß ich wohl liegen, auch wenn's mir manchmal verdammt kalt und hart vorkommt.«

»Wie meinst du das?«

»Du weißt schon, damals, als wir vier es... miteinander hatten. Philip wollte eine Trennung, aber ich habe ihn angefleht, wieder nach Hause zu kommen, unserer Ehe noch eine Chance zu geben, damit wir wieder das werden konnten, was wir vorher gewesen waren – ein einigermaßen zufriedenes Ehepaar. Ich war schwach. Hätte ich gesagt, geh zum Teufel, mach, was du willst, wäre er wahrscheinlich innerhalb eines Jahres mit eingezogenem Schwanz angekommen. Aber weil ich ihn *gebeten* habe zurückzukommen, ohne Vorbedingung, hat er jetzt alle Trümpfe in der Hand, wie du sagen würdest.«

»Macht ihr es noch – äh – miteinander?«

»Gelegentlich. Aber vermutlich befriedigt es ihn nicht. Neulich stand in der Zeitung was von einem Mann, der einen Herzinfarkt gehabt hatte und einen Arzt fragte, ob er es riskieren könnte, Geschlechtsverkehr zu haben, und der Arzt sagt: ›Natürlich, Bewegung ist immer gut, aber nichts Aufregendes, nur mit Ihrer Frau.‹«

Morris lachte.

»Ich fand's auch komisch«, sagte Hilary. »Aber als ich es Philip vorlas, hat er sich kaum ein Lächeln abgequält. Offenbar sah er darin eine Geschichte mit tiefem Sinn.«

Morris schüttelte den Kopf und schnitt sich noch eine Scheibe Brie ab. »Ich kann nur staunen, Hilary. Offen gesagt habe ich dich immer für den dominanten Partner in dieser Ehe gehalten. Jetzt scheint Philip Oberwasser zu haben.«

»Ja, weiß du, für ihn ist in letzter Zeit alles recht gut gelaufen. Er hat sich endlich so was wie einen Namen gemacht. Und er hat noch nie so gut ausgesehen wie jetzt.«

»Ist mir auch aufgefallen. Der Bart ist das Größte.«

»Er kaschiert sein fliehendes Kinn.«

»Das Silbergrau wirkt sehr distinguiert.«

»Er läßt es beim Friseur tönen«, sagte Hilary. »Aber die Mitte des Lebens steht ihm irgendwie. Man hat das oft bei Männern, während Frauen gleichzeitig mit der Menopause und den Langzeitwirkungen des Kinderkriegens fertig werden müssen. Eigentlich ungerecht. Jedenfalls hat Philip jetzt endlich das Hazlitt-Buch fertig.«

»Das wußte ich noch gar nicht«, sagte Morris.

»Es hat kaum Beachtung gefunden, was Philip natürlich wurmt.

Aber immerhin – es war ein Buch, und Lecky, Windrush and Bernstein hatte es gerade angenommen, als der Lehrstuhl hier vakant wurde, und das war natürlich Glück. Er hatte den Fachbereich schon jahrelang mit Erfolg geleitet, und da haben sie ihn eben berufen. Sofort erweiterte sich sein Horizont. Du hast ja keine Ahnung, was für einen Prestigewert so ein Professorentitel hierzulande hat.«

»O doch«, sagte Moris Zapp.

»Er wurde zu Tagungen eingeladen, wurde als externer Prüfer an andere Universitäten berufen, er steht auf der Liste des British Council für Vortragsreisen im Ausland. Ständig schwirrt er irgendwo herum. In ein paar Wochen reist er in die Türkei, letzten Monat war er in Norwegen.«

»So ist das heute in der akademischen Welt«, sagte Morris Zapp. »Erst heute vormittag habe ich das zu einem jungen Mann von der Tagung gesagt. Die Zeit des eigenständigen, statischen Campus ist vorbei.«

»Und damit auch der eigenständige, statische Campusroman?«

»Genau. Selbst zwei Campusse wären nicht genug. Heutzutage machen es die Wissenschaftler wie früher die fahrenden Ritter – ziehen auf der Suche nach Ruhm und Abenteuer durch die Welt.«

»Und ihre Frauen sperren sie zu Hause ein.«

»Es sind heute eine Menge Frauen unter den Rittern. Bei der Tafelrunde gibt es schon umgekehrte Diskriminierung.«

»Die haben's gut«, sagte Hilary bitter. »Ich gehöre zu der Generation von Frauen, die ihren Männern die Karriere geopfert haben. Meine Magisterarbeit habe ich nie zu Ende gebracht, und jetzt sitze ich zu Hause und setze Fett an, während mein silberhaariger Gemahl um die Welt jettet, verfolgt von akademischen Groupies wie dieser Angelica Sowieso, die er neulich mitgebracht hat.«

»Al Pabst? Nettes Mädchen. Und smart.«

»Aber sie sucht einen Job, und Philip könnte ihr irgendwann einen beschaffen. Ich hab's ihr angesehen, während sie an seinen Lippen hing.«

»Die meiste Zeit steckte sie während der Tagung mit unserem alten Freund Dempsey zusammen.«

»Robin Dempsey? Da muß ich aber lachen. Kein Wunder, daß Philip beim Frühstück giftige Bemerkungen über ihn gemacht hat, wahrscheinlich ist er eifersüchtig. Vielleicht hat Dempsey in Darlington eine Stelle frei. Soll ich Kaffee machen?«

Morris half ihr beim Einräumen der Spülmaschine, und dann gingen sie mit ihrem Kaffee ins Wohnzimmer. Sie waren noch nicht fertig damit, als Philip zurückkam.

»Wie war's?« fragte Morris.

»Grauenhaft.« Philip sank stöhnend in einen Sessel und schlug die Hände vors Gesicht. »Fragt mich nicht. Busby sollte man an die Wand stellen und erschießen. Oder in Ketten in der Martineau Hall aufhängen, das wäre passender.«

»Ich hätte dir sagen können, daß es grauenhaft werden würde«, sagte Hilary.

»Warum hast du's nicht gesagt?« fragte Philip gereizt.

»Ich wollte mich nicht einmischen. Es ist deine Tagung.«

»*War* meine Tagung. Gottseidank ist jetzt Schluß. Es war eine einzige Katastrophe, von Anfang bis zu Ende.«

»Sag das nicht, Philip«, meinte Morris. »Denk an meinen Vortrag.«

»Du hast gut reden, Morris, du hast einen gemütlichen Abend am heimischen Herd verbracht. Ich habe mir zwei Stunden anhören müssen, wie entartete Kretins unanständige Lieder ins Mikrophon grölten und mußte so tun, als ob ich mich köstlich amüsiere. Dann haben sie mich in den Stock gelegt und die anderen aufgefordert, mit Brötchen nach mir zu werfen. Und ich mußte so tun, als ob ich das rasend komisch finde.«

Hilary wollte sich ausschütten vor Lachen und klatschte in die Hände. »Jetzt tut's mir richtig leid, daß ich nicht mitgekommen bin. Haben sie wirklich mit Brötchen nach dir geworfen?«

»Ja, und ich hatte den Eindruck, daß etliche Würfe ausgesprochen bösartig waren. Aber ich mag nicht mehr darüber reden. Trinken wir was.«

Er holte eine Flasche Whisky und drei Gläser, aber Hilary gähnte und verkündete, sie würde schlafengehen. Morris sagte, er müsse am nächsten Morgen früh raus, um die Maschine nach London nicht zu verpassen, und wolle sich lieber gleich von ihr verabschieden.

»Wohin willst du jetzt?« fragte Hilary.

»Rockefeller Villa, Bellagio. So eine Art Refugium für Wissenschaftler. Aber ich hab' für den Sommer auch schon etliche Tagungen auf der Platte. Zürich, Wien, vielleicht Amsterdam, Jerusalem...«

»Na, ich danke... Jetzt verstehe ich auch das, was du vorhin von den fahrenden Rittern gesagt hast.«

»Manche treiben's eben bunter als andere.«

»Du sagst es«, bestätigte Hilary vielsagend.

Sie schüttelten sich die Hand, und Morris gab ihr einen ungeschickten Kuß auf die Wange. »Paß schön auf dich auf.«

»Wozu eigentlich? *Ich* bestehe ja keine Abenteuer. Übrigens dachte ich, du wärst gegen Auslandsreisen, Morris. Früher hast du immer gesagt, daß Reisen den Horizont verengt.«

»Irgendwann kommt für jeden der Moment, wo er sich dem Zeitgeist beugen oder aussteigen muß«, sagte Morris. »Für mich war das 1975, als ich Einladungen zum Jane-Austen-Zentenarium an den unwahrscheinlichsten Orten – Posen, Delhi, Lagos, Honolulu – bekam und die Hälfte der Redner Leute waren, die ich noch vom Studium her kannte. Die Welt ist ein globaler Campus, Hilary, das kannst du mir glauben. An die Stelle des Leseausweises ist die American Express-Karte getreten.«

»Da würde dir Philip vermutlich zustimmen«, sagte Hilary, aber der war damit beschäftigt, Whisky einzuschenken, und überhörte das Stichwort. »Ja, dann also gute Nacht«, sagte sie.

»Gute Nacht, Liebes«, sagte Philip, ohne aufzusehen. »Wir nehmen nur noch einen Schlaftrunk.«

Als Hilary die Tür hinter sich geschlossen hatte, gab Philip Morris seinen Drink. »Worum geht's bei diesen Konferenzen, zu denen du diesen Sommer fährst?« fragte er etwas neidisch.

»Zürich ist Joyce, Amsterdam ist Semiotik, Wien ist Erzählformen. Oder sind die Erzählformen Amsterdam und Semiotik Wien? Jerusalem ist jedenfalls Zukunft der Kritik, das weiß ich, weil ich im Organisationskomitee bin. Sponsor ist eine Zeitschrift, die sich *Metacriticism* nennt, ich bin im Redaktionsausschuß.«

»Warum Jerusalem?«

»Warum nicht? Es ist eine Neuheit, so was zieht. Eine Stadt, für die sich die Leute interessieren, die aber nicht auf den üblichen Touristenrouten liegt. Und das Jerusalem Hilton bietet im Sommer sehr interessante Preise, weil es um die Zeit so verdammt heiß dort ist.«

»Das Hilton, schau an. Na ja, damit können Lucas Hall und Martineau Hall nicht konkurrieren.«

»Eben. Ich weiß, daß du von der Beteiligung enttäuscht warst, Philip, aber seien wir doch mal ehrlich. Was kannst du erwarten, wenn du die Leute in Besenkammern steckst und ihnen Mensafraß vorsetzt? Essen und Unterkunft sind bei einer Tagung das Wichtigste. Wenn die Leute damit zufrieden sind, erzeugen sie geistige Anregung. Sonst stellen sie sich in den Schmollwinkel und motzen und schwänzen die Vorträge.«

Philip zuckte die Schultern. »Ich weiß schon, wie du es meinst, aber hier können sich die Leute solchen Luxus einfach nicht leisten. Oder ihre Hochschulen zahlen es ihnen nicht.«

»Nicht für England, das stimmt. Aber als ich hier arbeitete, bin ich auf eine interessante Sache gestoßen. Zum Besuch von Inlandstagungen bekam man nur bis zu fünfzig Pfund im Jahr – oder eine ähnlich lächerliche Summe –, aber Zuschüssen zum Besuch von Tagungen im Ausland waren keine Grenzen gesetzt. Die Lösung liegt auf der Hand. Die nächste Tagung solltest du im Ausland abhalten. An einem schönen warmen Ort. Monte Carlo zum Beispiel. Warum kommst du nicht im Sommer nach Jerusalem?«

»Ich? Zu deiner Tagung?«

»Klar. Einen Vortrag über die Zukunft der Kritik kriegst du doch bestimmt hin.«

»Ich sehe nicht viel Zukunft für die Kritik«, sagte Philip.

»Um so besser. Kontroverse Beiträge sind immer gut. Nimm Hilary mit.«

»Hilary?« Philip machte ein bestürztes Gesicht. »Nein, ich glaube kaum, daß ihr die Hitze bekommt. Außerdem weiß ich nicht, ob wir uns das zweite Ticket leisten könnten. Zwei Kinder im Studium, das ist eine ganz schöne Belastung.«

»Wem sagst du das? Auf mich kommt das im Herbst auch zu.«

»Hat Hilary dir diesen Vorschlag eingeblasen, Morris?« Philip schien die Frage selbst etwas peinlich zu sein.

»Natürlich nicht. Wie kommst du denn auf so was?«

Philip rutschte unbehaglich auf seinem Sessel herum. »Na ja, sie jammert neuerdings, daß ich zu viel weg bin, die Familie vernachlässige, sie vernachlässige...«

»Stimmt das?«

»Kann schon sein. Ja, doch. Reisen, das ist das Einzige, was mich noch aufrecht erhält. Andere Atmosphäre, andere Gesichter. Der Zweck wäre verfehlt, wenn ich Hilary mitnehmen würde.«

»Und was ist der Zweck?«

Philip seufzte. »Ich weiß nicht... Es ist schwer in Worte zu fassen. Wonach suchen wir denn alle? Nach Glück? Daß sich das nicht hält, weiß man. Ablenkung vielleicht. Ablenkung von den bitteren Fakten. Daß vor uns der Tod liegt, Krankheit, Impotenz und Senilität.«

»Herrje! Ist das bei dir immer so nach einem mittelalterlichen Bankett?«

Philip lächelte schwach und schenkte nach. »Intensität«, sagte er. »Intensität der Erfahrung, das ist es wohl, was wir suchen. Wir wissen, daß es das zu Hause für uns nicht mehr gibt, aber da ist noch die Hoffnung, daß wir es draußen finden. Ich habe es in Amerika gefunden. Neunundsechzig.«

»Bei Désirée?«

»Nicht nur bei Désirée, wenn sie auch wichtig dafür war. Es war die Erregung, der Reichtum der ganzen Erfahrung, die Mischung aus Vergnügen und Gefahr und Freiheit – und die Sonne. Als ich wieder hier war, habe ich innerlich noch lange in Euphoria gelebt. Nach außen war ich bald wieder im alten Trott.

Ich stand morgens auf, zog einen Tweedanzug an, las beim Frühstück den *Guardian,* ging zu Fuß zur Uni, hielt dieselben alten Seminare über dieselben alten Themen – und dabei führte ich innerlich ein ganz anderes Leben. In meinem Kopf, da hatte ich beschlossen, nicht nach England zurückzukommen. Ich wachte in Plotinus auf, saß im Kimono in der Sonne, sah über die Bucht, zog Jeans und ein Sporthemd an, las beim Frühstück die *Euphoric Times* und überlegte, was heute wohl los sein würde. Ein Protest, eine Demo? Würden sich die Leute von meinem Seminar durch Tränengas und Streikposten kämpfen müssen, oder würden wir uns außerhalb treffen, bei einem von ihnen in der Wohnung, auf dem Fußboden sitzend, umgeben von Postern und Pamphleten, Taschenbüchern über Selbsthilfegruppen und Avantgarde, Theater und Vietnam?«

»Das ist jetzt alles vorbei«, sagte Morris. »Nicht wiederzuerkennen, sage ich dir. Die jungen Leute sind alle in Verbindungen, tragen Preppy-Klamotten und büffeln, um Jura studieren zu können.«

»Hab' ich auch schon gehört«, meinte Philip. »Sehr deprimierend.«

»Aber diese Intensität der Erfahrung – hast du die nach Amerika nie mehr erlebt?«

Philip sah in sein leeres Glas. »Einmal. Soll ich's dir erzählen?«

»Warte, ich hol' mir nur was zu rauchen. Ist es eine Zigarillogeschichte oder eine Zigarrengeschichte?«

»Das weiß ich nicht. Ich habe sie noch nie erzählt.«

»Das ehrt mich«, sagte Morris. »Dafür dürfte etwas Besonderes angezeigt sein.«

Morris ging hinaus, um eine der von ihm sehr geschätzten Romeo y Julieta zu holen. Als er wiederkam, merkte er, daß Einrichtung und Beleuchtung umgestellt worden waren. Zwei Lehnsessel standen sich vor dem Kamin gegenüber, in dem eine sanfte Gasflamme brannte. Außerdem gab es als Lichtquelle nur noch eine Stehlampe hinter dem Sessel, in dem Philip saß. Sein Gesicht war im Schatten. Zwischen den beiden Sesseln stand ein langer, niedriger Couchtisch mit Whiskyflasche, Wasserkrug, Gläsern und einem Aschenbecher. Morris' Glas war großzügig aufgefüllt.

»Ist das der Platz für den Zuhörer?« Morris okkupierte den freien Sessel. Philip starrte abwesend ins Feuer und lächelte unbestimmt, ohne zu antworten. Morris hielt die Zigarre ans Ohr, rollte sie zwischen den Fingern und horchte anerkennend auf das Knistern der Deckblätter.

Er durchstach ein Ende der Zigarre, schnitt das andere ab, zündete es an und paffte kräftig. »Okay«, sagte er und sah nach, ob die Spitze auch gleichmäßig brannte. »Es kann losgehen.«

»Es war vor ein paar Jahren, in Italien«, begann Philip. »Es war meine erste Vortragsreise fürs British Council. Ich flog bis Neapel und arbeitete mich dann mit dem Zug hoch: Rom, Florenz, Bologna, Padua. Endstation Genua. Es war eine ziemliche Hetze am letzten Tag. Nachmittags war mein Vortrag, und für den gleichen Abend war mein Rückflug gebucht. Der Mann vom British Council in Genua, der sich dort um mich gekümmert hatte, ging mit mir noch in ein Restaurant zum Abendessen und fuhr mich dann zum Flughafen. Der Start verzögerte sich – ein technisches Problem, hieß es –, und ich sagte ihm, er brauchte nicht zu warten. Ich wußte, daß er am nächsten Morgen früh aufstehen mußte, weil er zu einer Sitzung nach Mailand wollte. Das gehört zur Handlung.«

»Will ich auch hoffen«, sagte Morris. »Eine gute Geschichte sollte nichts Irrelevantes enthalten.«

»Ja, also der Council-Mann, J.K. Simpson – der Vorname ist mir entfallen, netter junger Bursche, sehr aufgeschlossen und von seinem Job begeistert – sagte: ›Okay, dann fahr ich los, aber wenn der Flug gestrichen wird, rufen Sie mich an, dann besorge ich Ihnen ein Hotelzimmer.«

Wir warteten und warteten, aber endlich, so um Mitternacht, kam der Start. Es war eine britische Maschine. Ich saß neben einem englischen Geschäftsmann, Wollwarenvertreter, glaube ich...«

»Ist das relevant?«

»Nicht direkt.«

»Macht nichts. Detailgetreue Darstellung der Szenerie«, sagte Morris mit einem nachsichtigen Schwenk seiner Zigarre, »fördert den Realitätseffekt.«

»Wir saßen im hinteren Teil der Maschine«, fuhr Philip fort, »direkt hinter der Tragfläche. Er hatte den Fensterplatz, ich den daneben. Zehn Minuten nach dem Start, sie begannen gerade die Drinks auszugeben, man hörte das Flaschengeklapper in der Kombüse, drehte der Vertreter sich um, tippte mich an und sagte: ›Entschuldigen Sie, aber würden Sie mal eben rausgucken? Bilde ich mir das ein, oder brennt da was?‹ Ich beugte mich vor und sah aus dem Fenster. Es war natürlich dunkel, aber ich sah, wie Flammen irgendwie an dem Triebwerk herumzüngelten. Ich habe mir ein Düsentriebwerk bei Nacht noch nie genauer beguckt, vielleicht sah das ja immer so aus. Ich meine, so eine Art feurige Lohe in der Dunkelheit, das war wohl zu erwarten. Aber es waren richtige Flammen, und sie kamen nicht nur hinten aus dem Loch raus. ›Ich weiß nicht recht‹, sagte ich. ›So ganz in Ordnung scheint es nicht zu sein.‹ ›Was meinen Sie, sollen wir Bescheid sagen?‹ fragte er. ›Na, die haben das doch bestimmt schon selber gesehen‹, meinte ich. Wir hatten nämlich beide keine Lust, dumm dazustehen, wenn wir Alarm schlugen und dann zu hören bekamen, daß das schon alles seine Richtigkeit hatte. Zum Glück merkte ein Passagier auf der anderen Seite des Ganges etwas von unserer Unruhe und kam rüber. ›Herrgott‹, sagte er und klingelte nach der Stewardeß. Es muß wohl ein Ingenieur oder so was gewesen sein. In diesem Augenblick kam die Stewardeß mit dem Getränkewagen vorbei. ›Wenn Sie wegen eines Drinks geklingelt haben‹, sagte sie, ›müssen Sie schon warten, bis Sie dran sind.‹ Das Personal war ein bißchen muffig wegen der langen Verspätung. ›Weiß der Captain, daß sein Steuerbordtriebwerk brennt?‹ fragte der Ingenieur. Sie starrte ihn an, warf einen Blick aus dem Fenster, dann lief sie nach vorn, den Wagen vor sich herschiebend, wie ein Kindermädchen, das mit einem Kinderwagen rennt. Eine Minute später kam ein Mann in Uniform – der Kopilot, nehme ich an – mit besorgtem Gesicht und einer dicken Taschenlampe, mit der er aus dem Fenster leuchtete. Das Triebwerk brannte. Er raste ins Cockpit zurück. Sehr bald legten wir uns in eine Kurve und flogen zurück Richtung Genua.

Der Captain teilte über Lautsprecher mit, daß wir wegen eines technischen Problems eine Notlandung machen würden, und wir sollten die Maschine durch den Notausgang verlassen. Dann meldete sich jemand anders und sagte uns genau, was wir zu tun hatten. Erstaunlich, wie cool und unaufgeregt er sich anhörte.«

»Es war eine Kassette«, sagte Morris. »Sie haben fertige Kassetten für alle Notfälle. Ich bin mal in einem Jumbo über die Rockies geflogen, da hat die Stewardeß aus Versehen das Band für die Notwasserung eingelegt. Wir hatten gerade das Mittagessen bekommen, es war ein klarer, sonniger Tag, Höhe dreißigtausend Fuß, als diese Stimme plötzlich sagte: ›*Wir müssen eine Notlandung auf dem Wasser machen. Es besteht kein Grund zur Panik, falls Sie nicht schwimmen können, die Rettungsmannschaften sind unterrichtet.*‹ Den Leuten blieb die Gabel vor dem Mund stehen. Und dann gab es einen Mordsspektakel, bis sich alles geklärt hatte.«

»In unserer Maschine gab's ein ziemliches Geheul und Gejammer, wir hatten einen Haufen italienische Passagiere, und du weißt ja, wie sie sind, sie tun ihren Gefühlen keinen Zwang an. Dann machte der Captain einen ganz scheußlichen Sturzflug, um das Feuer zu löschen.«

»Ist ja doll«, sagte Morris Zapp.

»Er war so nett, uns zu sagen, was er vorhatte, aber nur auf Englisch, und die Italiener dachten alle, wir klatschen ins Wasser, und fingen an zu kreischen und zu heulen und sich zu bekreuzigen. Aber der Zweck war erreicht, das Feuer ging aus. Dann mußten wir, ehe wir einen Landeversuch machen konnten, etwa zwanzig Minuten über dem Meer kreisen und Treibstoff ablassen. Es waren ziemlich lange zwanzig Minuten.«

»Kann ich mir vorstellen.«

»Ehrlich gesagt, ich dachte, es wären die letzten zwanzig Minuten meines Lebens.«

»Woran hast du gedacht?«

»Wie blöd, dachte ich. Wie unfair. Ich habe wohl gebetet. Ich stellte mir vor, wie Hilary und die Kinder am nächsten Morgen im Radio von dem Absturz erfahren würden, und das tat mir weh. Ich dachte daran, daß ich vielleicht überleben, aber für immer ein Krüppel sein würde. Ich versuchte mich zu erinnern, zu welchen Bedingungen das British Council ihre Vortragsreisenden versichert hatte – soundsoviel für einen Arm, soundsoviel für ein Bein unterhalb des Knies, soundsoviel für ein Bein oberhalb des Knies. Ich versuchte nicht daran zu denken, daß ich vielleicht verbrennen würde.

Eine Landung in Genua ist auch im günstigsten Fall eine ziemlich haarsträubende Angelegenheit. Ich weiß nicht, ob du die Stadt kennst, aber es gibt da so ein klotziges Vorgebirge, das ins Meer hineinragt. Maschinen, die von Norden kommen, müssen drum herumkurven und dann zwischen dem Vorgebirge und den Bergen über die Stadt und den Hafen hereinladen. Und bei uns war es Nacht und ein Triebwerk kaputt. Der Flughafen war natürlich in höchster Alarmbereitschaft, aber bei einem kleinen Flughafen und in Italien besagt das nicht viel. Als wir aufsetzten, sah ich die Feuerwehrautos mit blinkenden Lichtern auf uns zubrausen. Sobald die Maschine stillstand, machte die Crew die Notausgänge auf, und wir glitten alle auf diesen aufblasbaren Rutschen herunter. Dummerweise kriegten sie den Notausgang, der mir und dem Wollmann am nächsten war, nicht auf, weil der auf die Tragfläche mit dem ausgefallenen Triebwerk hinausging. Wir waren deshalb die Letzten in der Maschine. Ich weiß noch, daß ich dachte: Verdammt ungerecht, wenn wir nicht gewesen wären, hätte es vielleicht schon den großen Knall gegeben.

Aber wir kamen alle raus und sausten zu einem wartenden Bus, der uns zum Terminal brachte. Die Feuerwehrwagen begruben die Maschine unter einem Schaumteppich. Während sie unser Gepäck rausholten, rief ich den Council-Mann an. Ich wollte wohl meine Erleichterung irgendwie loswerden. Es war ein komisches Gefühl, daß Hilary und die Kinder in England schliefen und keine Ahnung davon hatten, daß ich dem Tod gerade nochmal von der Schippe gesprungen war. Hilary mochte ich nicht aufwecken und ihr noch im nachhinein einen Schrecken einjagen. Aber irgendwem mußte ich es einfach erzählen. Außerdem wollte ich weg vom Flughafen. Viele von den Italienern waren hysterisch, küßten den Boden und bekreuzigten sich und dergleichen. Es war klar, daß wir erst am nächsten Morgen würden fliegen können, und daß es Stunden dauern würde, bis sie uns für die Nacht irgendwo untergebracht hatten. Und Simpson hatte mir ja gesagt, ich sollte anrufen, wenn es Probleme gab, und das tat ich dann auch, obgleich es inzwischen nach eins war. Sobald er begriffen hatte, was los war, sagte er, er würde sofort zum Flughafen kommen. Eine halbe Stunde später fuhr er mich in die Stadt, um mir ein Hotelzimmer zu besorgen. Wir versuchten es hier und da, aber ohne Erfolg – entweder hatten sie schon dichtgemacht, oder sie waren besetzt. In Genua war in der Woche eine Messe. Ich sag Ihnen was, meinte er, kommen Sie mit zu mir, wir haben zwar kein Gästezimmer, aber im Wohnzimmer steht so eine Art Gästeliege. Er nahm mich also mit in seine Wohnung, sie war in einem modernen Wohnblock, auf einer Anhöhe, mit Blick auf die Stadt und das Meer. Ich war erstaunlich ruhig und hellwach und ziemlich beeindruckt von meiner Kaltblütigkeit. Aber als er mir einen Brandy anbot, sagte ich nicht Nein. Ich sah mich im Wohnzimmer um und hatte plötzlich einen Anfall von Heimweh. Seit zwölf Tagen wohnte ich im Hotelzimmer und aß im Restaurant. Heute macht mir das Spaß, aber damals war ich noch Novize in Vortragsreisen und fand es ziemlich anstrengend. Und hier war eine Oase englischer Häuslichkeit, in der ich mich entspannen und es mir gemütlich machen konnte. Im Wohnzimmer lagen Spielsachen und englische Zeitungen, und im Badezimmer hing Unterwäsche von Marks & Spencer zum Trocknen. Während wir den Brandy tranken und ich Simpson die ganze Geschichte erzählte, kam seine Frau herein, im Morgenrock, sie gähnte und rieb sich den Schlaf aus den Augen. Ich kannte sie noch nicht. Sie hieß Joy.«

»*Ihr* Vorname ist dir also nicht entfallen«, bemerkte Morris.

Ich entschuldigte mich für die Störung. Macht gar nichts, sagte sie, aber sie schien nicht besonders erbaut zu sein. Ob ich etwas essen wollte, fragte sie, und ich merkte plötzlich, daß ich einen Bärenhunger hatte. Sie brachte Parmaschinken aus der Küche, Kuchen und eine Kanne Tee, und es gab ein improvisiertes Nachtmahl. Ich saß Joy gegenüber. Sie trug einen weichen blauen Veloursmorgenrock mit Kapuze und durchgehenden Reißverschluß. Hilary hatte auch mal so einen gehabt, und wenn ich Joy aus dem Augenwinkel betrachtete, kam es mir vor, als sähe ich eine jüngere, hübschere Version von Hilary vor mir – ich meine Hilary, als sie jung und hübsch war, am Anfang unserer Ehe. Joy mochte Anfang dreißig sein, sie hatte helles, welliges Haar und blaue Augen. Ein ziemlich massives Kinn, aber einen breiten, großzügigen Mund, volle Lippen. Sie hatte eine Spur von nordenglischem Akzent, ich tippte auf Yorkshire. Sie gab ein bißchen Englisch an der Uni, Konversationskurse, aber im Grunde sah sie ihre Aufgabe darin, die Karriere ihres Mannes zu unterstützen. Sie hatte sich wohl ihm zuliebe die Mühe gemacht, aufzustehen und sich um den Gast zu kümmern. Während wir uns unterhielten und aßen und tranken, packte mich plötzlich eine überwältigende Begierde nach Joy.«

»Ich wußte es«, sagte Morris.

»Es war, als hätte ich, dem Schatten des Todes entronnen, plötzlich eine Lust am Leben wiedergewonnen, die ich für immer verloren geglaubt hatte, nachdem ich aus Amerika zurückgekommen war. Es war irgendwie intensiver als alles, was ich je empfunden hatte. Das Essen erregte mich mit seinen exquisiten Aromen, der Tee duftete wie Ambrosia, und die Frau mir gegenüber schien unerträglich schön, um so mehr, als sie gar nicht merkte, wie sie auf mich wirkte. Ihr Haar war zerzaust, das Gesicht war blaß und verquollen vom Schlaf, und sie hatte natürlich weder Make-up noch Lippenstift aufgelegt. Sie saß still da, die Hände um den Teebecher gelegt, sagte nicht viel und lächelte leicht über die Witze ihres Mannes, als wären sie ihr nicht unbekannt. Ich glaube ganz ehrlich, daß ich in dieser Situation, in diesem Moment für jede Frau – außer vielleicht für eine ausgesprochene Schreckschraube – ebenso empfunden hätte. Joy verkörperte für mich die Frau an sich. Sie war wie Miltons Eva, Adams Traum – er erwachte und fand es wahr, wie Keats sagt. Ich dachte plötzlich, wie wunderbar doch so eine Frau war. Wie weich und lieb. Wie herrlich es wäre, wie *natürlich*, zu ihr zu gehen, meine Arme um sie zu legen, meinen Kopf in ihrem Schoß zu vergraben. Inzwischen verbreitete sich Simpson über das erschreckende Niveau des Englischunterrichts in italienischen Oberschulen. Dann sah er auf die Uhr und sagte, es sei nach vier, und statt sich nochmal hinzulegen, würde er, solange er noch so wach sei, gleich nach Mailand fahren und sich dort ausruhen. Er würde den Dienstwagen nehmen, und Joy könne mich dann mit ihrem Privatwagen zum Flugplatz bringen.

»Ich weiß, was kommt«, sagte Morris. »Aber ich kann es kaum glauben.«

»Sein Koffer war schon gepackt, und ein paar Minuten später machte er sich auf den Weg. Wir schüttelten uns die Hand, und er wünschte mir bei meinem morgigen Flug mehr Glück. Joy ging mit ihm zur Wohnungstür, und ich hörte, wie sie sich einen Abschiedskuß gaben. Als sie ins Wohnzimmer zurückkam, machte sie ein etwas verlegenes Gesicht. Der blaue Morgenrock war ihr ein paar Zentimeter zu lang, und sie mußte den Rock ein bißchen raffen – es sah höfisch aus und irgendwie nach Mittelalter. Ich sah, daß sie barfuß war. ›Jetzt möchten Sie bestimmt ein bißchen schlafen‹, sagte sie. ›In Gerards Zimmer ist ein zweites Bett, aber wenn ich Sie dort unterbringe, erschrickt er vielleicht, wenn er am Morgen aufwacht.‹ Das Sofa würde mir vollauf genügen, sagte ich. ›Aber Gerard steht furchtbar früh auf, er würde Sie stören‹, wandte sie ein. ›Wenn es Ihnen nichts ausmacht, unser Bett zu nehmen, kann ich mich zu ihm legen.‹ Nein, nein, sagte ich. Sie redete mir zu, sie brauche nur ein paar Minuten, um das Bett neu zu beziehen. Auf gar keinen Fall, sagte ich. Der Gedanke an das Bett, noch warm von ihrem Körper, war zu viel. Ich fing an zu zittern vor Anstrengung, nicht den unwiderruflichen Sprung ins moralische Vakuum zu machen, nicht den Verschluß ihres Morgenrocks zu ziehen wie eine Reißleine und mit ihr zu Boden zu stürzen.«

»Eine extravagante Metapher, Philip«, sagte Morris. »Kaum zu glauben, daß du die Geschichte noch nie erzählt hast.«

»Ich habe sie aufgeschrieben«, sagte Philip. »Nur so für mich. Aber ich habe sie nie jemandem gezeigt.« Er schenkte nach. »Ja, da waren wir also und sahen uns an. Draußen beschleunigte ein Wagen, das war wohl Simpson. ›Was ist mit Ihnen?‹ fragte sie. ›Sie zittern ja am ganzen Körper.‹ Sie bibberte auch ein bißchen. Es sei wohl Schock, sagte ich, verzögerte Reaktion. Sie schenkte mir Brandy nach und nahm selber einen Schluck. Sie wußte, daß es nicht der Schock war, der mich erzittern ließ, sondern sie, ihre Nähe, aber sie traute wohl ihrem Instinkt nicht so recht. ›Am besten legen Sie sich hin. Ich zeige Ihnen das Schlafzimmer.‹

Ich folgte ihr ins Elternschlafzimmer, in dem nur eine Nachttischlampe mit purpurfarbenem Schirm brannte. Ein großes Doppelbett stand da, die Decke war halb zurückgeschlagen. Sie strich die Decke glatt und schüttelte die Kissen auf. Ich zitterte immer noch an allen Gliedern. Sie fragte, ob sie mir eine Wärmflasche holen sollte. ›Da würde nur eins helfen‹, sagte ich. ›Wenn Sie mich in die Arme nehmen würden...‹

Trotz des Dämmerlichts sah ich, daß sie dunkelrot wurde. ›Das kann ich nicht. Das dürfen Sie nicht von mir verlangen.‹

›Bitte‹, sagte ich und machte einen Schritt auf sie zu.

Neunundneunzig von hundert Frauen wären sofort hinausgegangen oder hätten mir vielleicht ins Gesicht geschlagen. Aber Joy stand einfach da. Ich trat zu ihr und legte die Arme um sie. Es war wundervoll. Ich spürte die Wärme ihrer Brüste durch den Velours und durch mein Hemd. Sie legte die Arme um mich und umfaßte sanft meinen Rücken. Auf einen Schlag hörte das Zittern auf. Mein Kinn lag auf ihrer Schulter, und ich stöhnte und schwärmte ihr allen möglichen romantischen Unsinn ins Ohr. Wie wundervoll und großherzig und schön sie sei... welche Seligkeit, sie in den Armen zu halten... der Erde und dem Leben sei ich neu geschenkt. Und dabei sah ich die ganze Zeit mein Bild im Spiegel der Kommode, in diesem geisterhaft-purpurnen Licht, sah mein Kinn auf ihrer Schulter, meine Hände, die über ihren Rücken gingen. Wie in einem Film oder in einer Kristallkugel. Es war so unglaubhaft, daß dies Wirklichkeit sein sollte. Ich sah, wie meine Hände an ihrem Gesäß entlangglitten und sich um ihre Pobacken legten, so daß der Stoff sich bauschte, und ich sagte zu dem Mann im Spiegel, du bist ja verrückt, jetzt wird sie sich losmachen, dir eine Ohrfeige geben, um Hilfe schreien. Aber sie tat nichts dergleichen. Ich sah, wie ihr Rücken sich wölbte und spürte, wie sie sich an mich drückte. Ich schwankte und stolperte ein bißchen, und als ich mein Gleichgewicht wiedergefunden hatte, änderte ich meine Stellung leicht, und jetzt sah ich ihr Gesicht im Spiegel, reflektiert in einen zweiten Spiegel auf der anderen Seite des Zimmers. Es trug einen Ausdruck völliger Selbstvergessenheit, ihre Augen waren halb geschlossen, die Lippen geöffnet, und sie lächelte. Da hob ich den Kopf und küßte sie auf die Lippen. Ihre Zunge schlüpfte sofort in meinen Mund, wie ein warmer Aal. Ich zog behutsam an dem Reißverschluß und schob meine Hand in den Morgenrock. Sie war nackt darunter.«

Philip hielt inne und sah ins Feuer. Morris merkte, daß er auf der Sesselkante saß und daß seine Zigarre ausgegangen war.

»Und dann?« fragte er und tastete nach seinem Feuerzeug. »Wie ging's weiter?«

»Ich streifte ihr den Morgenrock von den Schultern, und er glitt mit elektrischem Knistern an ihr herab und legte sich um ihre Füße. Ich fiel auf die Knie und vergrub mein Gesicht in ihrem Schoß. Sie fuhr mir durchs Haar und krallte ihre Nägel in meine Schultern. Ich legte sie aufs Bett und riß mir mit der einen Hand die Kleider vom Leib, während ich sie mit der anderen streichelte, vor lauter Angst, sie zu verlieren, wenn ich sie auch nur einen Augenblick losließ. Soviel Geistesgegenwart hatte ich doch noch zu fragen, ob sie geschützt war, und sie nickte, ohne die Augen aufzumachen. Dann liebten wir uns. Ohne besondere Raffinesse, und auch gar nicht besonders lange, aber ich habe nie vorher und nie nachher so einen Orgasmus gehabt. Ich hatte das Gefühl, dem Tod zu trotzen, mich aus dem Grab herauszubumsen. Sie mußte mir die Hand auf den Mund legen, sonst hätte ich ihren Namen herausgeschrien: Joy, Joy, Joy.

Danach schlief ich ein – fast vom Fleck weg. Als ich aufwachte, lag ich allein im Bett, nackt, mit der Decke über mir. Durch die Spalten im Fensterladen kam Sonne, und in einem anderen Zimmer lief ein Staubsauger. Ich sah auf die Uhr. Es war halb elf. Ich überlegte, ob ich den Sex mit Joy nur geträumt hatte, aber die physische Erinnerung war zu lebhaft und zu genau, und meine Sachen lagen noch so auf dem Boden verstreut, wie ich sie in der Nacht hingeworfen hatte. Ich zog Hemd und Hose an und ging ins Wohnzimmer. Eine kleine Italienerin, die ein Kopftuch umgebunden hatte, saugte den Teppich. Sie griente mich an, stellte den Staubsauber ab und sagte etwas Unverständliches. Joy kam aus der Küche, neben ihr ein kleiner Junge mit einem Matchbox-Auto in der Hand, der mich mit großen Augen ansah. Joy wirkte ganz anders als in der Nacht – schicker und selbstsicherer. Sie hatte sich offenbar an der Hand geschnitten und ein Pflaster draufgeklebt, aber sonst war sie wie aus dem Ei gepellt, das Kleid war irgendwas Leinenartiges, das Haar war glatt und elastisch und wirkte frisch gewaschen. Ihr Lächeln war charmant und etwas künstlich. Sie vermied Blickkontakt. ›Hallo‹, sagte sie. ›Ich wollte Sie gerade wecken.‹ Sie hatte den Flughafen angerufen, meine Maschine startete um 12.30 Uhr. Sie würde mich hinfahren, sobald ich fertig war. Ob ich noch frühstücken wollte oder vielleicht erst duschen? Sie war jeder Zoll die British-Council-Ehefrau – geduldighöflich, distanziert. Ja, sie fragte mich sogar, ob ich gut geschlafen hätte. Ich überlegte wieder, ob die Episode mit ihr vielleicht nur ein feuchter Traum gewesen war, aber als ich hinter der Badezimmertür den blauen Morgenrock hängen sah, kam die Erinnerung in so sinnlichem Detail zurück, daß von Phantasien keine Rede sein konnte. Die genaue Form ihrer Brustspitzen, stumpf-zylindrisch, hatte sich den Nervenenden meiner Finger eingeprägt. Ich erinnerte mich an das ungewöhnlich üppige Schamhaar, seinen blassen Goldton mit dem Purpurschimmer von der Nachttischlampe, an die Linie quer über ihren Bauch, wo die Bräune aufhörte. Das konnte ich nicht alles geträumt haben. Aber die Staubsaugerei und der kleine Junge, der ihr ständig vor den Füßen herumlief, machten ein vertrauliches Gespräch unmöglich. Und es war ersichtlich, daß sie auch keinen Wert darauf legte. Sie machte sich in der Wohnung zu schaffen und schwatzte mit der Putzfrau und dem Jungen. Und als sie mich zum Flughafen brachte, nahm sie den Jungen mit, und der war ein aufgeweckter kleiner Bengel, dem so schnell nichts entging. Er saß zwar hinten, aber ständig lehnte er sich vor und schob seinen Kopf zwischen uns, als wolle er uns an Vertraulichkeiten hindern. Es sah fast so aus, als würden wir uns trennen, ohne über das, was in der Nacht geschehen war, ein Wort zu verlieren. Es war absurd. Sie war mir unbegreiflich. Ich mußte erfahren, was hinter diesem außergewöhnlichen Verhalten steckte. War sie eine Nymphomanin, die sich jedem erreichbaren Mann hingab? War ich nur einer in einer langen Reihe von Vortragsreisenden für das British Council, die durch dieses purpurn leuchtende Schlafzimmer gegangen waren? Mir kam sogar die Idee, daß vielleicht Simpson gemeinsame Sache mit ihr gemacht hatte, daß ich für die beiden am Ende ein Pfand in irgendeinem flippigen Erotikspiel gewesen war. Daß er vielleicht leise in die Wohnung zurückgekommen war und sich hinter einem der Spiegel im Schlafzimmer versteckt hatte. Ein Blick auf ihr Profil – und ich wußte, daß solche Spekulationen Unsinn waren. Sie sah so normal aus, so gesund, so englisch. Aber was für ein Motiv hatte sie gehabt? Ich mußte es wissen.

Als wir zum Flughafen kamen, sagte sie: ›Sie nehmen es mir doch nicht übel, wenn ich Sie einfach absetze?‹ Aber sie mußte aussteigen, um den Kofferraum aufzumachen. Das war meine einzige Chance, unter vier Augen mit ihr zu reden. ›Und über gestern nacht sprechen wir nicht?‹ fragte ich, als ich den Koffer herausnahm. ›Sie dürfen sich keine Gedanken darüber machen, daß Sie uns aus dem Bett geholt haben‹, sagte sie mit diesem charmanten Gastgeberinnenlächeln. ›In diesem Beruf ist man es gewöhnt, daß die Leute zu den unmöglichsten Zeiten auftauchen. Allerdings im allgemeinen nicht aus brennenden Flugzeugen. Ich hoffe, Ihr heutiger Flug ist weniger ereignisreich. Leben Sie wohl, Mr. Swallow.‹ «

Mr. Swallow! Und das von der Frau, die noch vor ein paar Stunden die Beine um meinen Hals geschlungen hatte. Zumindest war jetzt eindeutig klar geworden, daß sie – Motiv hin, Motiv her – so tun wollte, als sei in der Nacht nichts zwischen uns gewesen. Daß sie die ganze Episode aus der Vergangenheit tilgen, ausschneiden, heraustrennen wollte. Und daß ich ihr meine Dankbarkeit am besten dadurch zeigte, daß ich mitspielte. Deshalb verzichtete ich – höchst ungern – auf eine Untersuchung. Ich erlaubte mir nur eine Freiheit. Sie hatte mir die Hand hingestreckt, und ich hob sie an die Lippen. Auf einem italienischen Flughafen, dachte ich mir, war das vermutlich keine besonders überspannte Geste. Sie wurde so rot wie in der Nacht, als ich sie gebeten hatte, mich in die Arme zu nehmen, und jählings wurde mir wieder die unfaßbare Zärtlichkeit dieser Umarmung bewußt, und ich sah, daß es ihr genauso ging. Dann setzte sie sich ans Steuer, schaute mich noch einmal durchs Fenster an und fuhr davon. Ich habe sie nie wiedergesehen.«

»Na, das kann ja noch kommen«, sagte Morris.

Philip schüttelte den Kopf. »Nein, sie ist tot.« – »Tot?«

»Sie kamen alle drei im Jahr darauf in Indien bei einem Flugzeugabsturz ums Leben. Ich habe die Namen auf der Passagierliste gesehen. Es gab keine Überlebenden. ›Simpson, J.K., Frau Joy und Sohn Gerard.‹ «

Morris stieß leise pfeifend die Luft aus. »Wirklich bedauerlich. Daß die Geschichte so traurig ausgehen würde, hätte ich nicht gedacht.«

»Und auch ironisch, nicht? Wenn man bedenkt, wie wir uns kennengelernt hatten, meine ich. Zuerst hatte ich ein furchtbar schlechtes Gewissen, als hätte ich den Tod, dem ich mit knapper Not entkommen war, an sie weitergereicht. Ich sagte mir schließlich, daß das purer Aberglaube war. Aber ich werde für Joy immer einen kleinen Schrein in meinem Herzen bewahren.«

»Einen kleinen – was?«

»Einen Schrein«, wiederholte Philip feierlich. Morris hustete Zigarrenrauch und ging darüber hinweg. »Sie gab mir eine Lust am Leben zurück, die ich für immer verloren geglaubt hatte. Es war das völlig Unerwartete, die Großherzigkeit, mit der sie sich gegeben hatte. Das hat mich davon überzeugt, daß das Leben noch lebenswert ist und daß ich gut beraten wäre, aus dem, was mir davon noch blieb, das Beste zu machen.«

»Und hast du noch mehr Abenteuer dieser Art gehabt?« Morris war leicht verstimmt, weil er sich so stark hatte mitreißen lassen – erst von der Erotik in Philips Erzählung, dann von dem traurigen Epilog.

Philip errötete leicht. »Eins habe ich daraus gelernt – niemals Nein zu sagen, wenn jemand deinen Körper haben will, niemals jemanden zurückzuweisen, der dir großzügig den seinen bietet.«

»Verstehe«, sagte Morris trocken. »Hast du diesen Verhaltenskodex mit Hilary abgesprochen?«

»Hilary und ich haben in vielen Dingen abweichende Ansichten. Noch Whisky?«

»Aber nur den einen noch. Morgen muß ich um fünf raus.«

»Und was ist mit dir, Morris?« Philip füllte die Gläser. »Was macht dein Sexlife?«

»Nach der Trennung von Désirée habe ich versucht, wieder zu heiraten. Ich hatte immer mal wieder eine Frau im Haus, meist Studentinnen, aber heiraten wollte mich keine – die Mädchen haben heutzutage keine Prinzipien mehr –, und dann habe ich auch allmählich die Lust an der Sache verloren. Im Augenblick lebe ich allein. Ich jogge. Ich sehe fern. Ich schreibe meine Bücher. Manchmal gehe ich in einen Massagesalon in Esseph.«

»Einen Massagesalon?« wiederholte Philip schockiert.

»Sie haben sehr nette Mädchen dort. Keine Nutten. Collegegirls. Sauber, gepflegt, gewandt im Ausdruck. Als Teenager habe ich mich stundenlang quälen müssen, bis ich eine so weit hatte, daß sie mir auf dem Rücksitz von Dads Chevy einen abfingerte. Jetzt ist das so problemlos wie ein Besuch im Supermarkt. Spart viel Zeit und Nerven.«

»Aber es ist keine Beziehung da.«

»Beziehungen machen den Sex kaputt, hast du das noch nicht gelernt? Je länger eine Beziehung läuft, desto mehr sackt die sexuelle Erregung ab. Mach dir nichts vor, Philip. Glaubst du, beim zweiten Mal wäre es mit Joy ebenso toll gewesen?«

»Ja«, sagte Philip. »Ja.«

»Und beim zweiundzwanzigsten Mal? Und beim zweihundertsten Mal?«

»Nein, wahrscheinlich nicht«, räumte Philip ein. »Gewohnheit tötet letztlich alles. Vielleicht ist es das, wonach wir alle suchen – Begierde, unverwässert durch Gewohnheit.«

»Die russischen Formalisten hatten ein Wort dafür«, sagte Morris. »Glaub' ich dir unbesehen. Aber sag's mir nicht, ich vergesse es doch gleich wieder.«

»*Ostranenie,*« sagte Morris. »Verfremdung. ›Gewöhnung verschlingt Gegenstände, Kleidung, Möbel, die eigene Frau und die Angst vor dem Krieg... Die Kunst wird uns helfen, das Gefühl für das Leben zurückzugewinnen.‹ Viktor Shklovsky.«

»Früher haben Bücher mich befriedigt«, sagte Philip. »Aber jetzt, wo ich älter werde, merke ich, daß das nicht genügt.«

»Aber du gehst mal wieder auf Tour, nicht? In die Türkei, hat mir Hilary erzählt. Und was machst du da?«

»Wieder eine Vortragsreise fürs British Council. Ich spreche über Hazlitt.«

»Interessiert man sich in der Türkei besonders für Hazlitt?«

»Ich glaube kaum, aber es ist sein zweihundertster Geburtstag – oder war es letztes Jahr, als die Reise angeregt wurde. Es hat ziemlich lange gedauert, bis die Sache in Gang kam. Hast du übrigens mein Hazlitt-Buch bekommen?« – »Nein, ich habe gerade vorhin zu Hilary gesagt, daß ich noch nichts davon gehört hatte.«

»Typisch für die Verleger«, sagte Philip verärgert. »Ich habe ausdrücklich darum gebeten, daß man dir ein Besprechungsexemplar schickt. Dann bekommst du jetzt eins.« Er nahm einen Band in hellblauem Umschlag vom Bücherregal, schrieb rasch eine Widmung hinein und überreichte es Morris. Der Titel lautete *Hazlitt und der Laienleser.* »Du wirst nicht damit einverstanden sein, Morris, aber wenn du das Gefühl hast, daß doch etwas dran sein könnte, wäre ich dir dankbar, wenn du mir irgendwo zu einer Besprechung verhelfen könntest. Bisher ist noch keine einzige Rezension herausgekommen.«

»Ich glaube kaum, daß es auf der Linie von *Metacriticism* liegt«, sagte Morris. »Aber ich will sehen, was sich tun läßt.« Er blätterte in dem Band. »Ziemlich unmoderner Stoff, dieser Hazlitt, wie?«

»Zu Unrecht verkannt, meine ich. Ein hochinteressanter Mann. Hast du *Liber Amoris* gelesen?« – »Kann mich nicht erinnern.«

»Es ist ein leicht fiktionalisierter Bericht über seine zwanghafte Beziehung zu der Tochter seiner Zimmerwirtin. Er hatte sich seiner Frau entfremdet und hegte die ziemlich fruchtlose Hoffnung, daß sie sich scheiden lassen würde. Die typische Pißnelke. Setzte sich auf seinen Schoß und ließ sich befummeln, aber schlief nicht mit ihm und versprach auch nicht, ihn zu heiraten, wenn er frei war. Es trieb ihn fast zum Wahnsinn. Er war völlig besessen. Dann sah er sie eines Tages mit einem anderen Mann. Ende der Illusion. Hazlitt vernichtet. Ich kann's ihm nachfühlen, das Mädchen muß...«

Philip verstummte, und Morris merkte, daß er erbleichend zur Wohnzimmertür sah. Er folgte Philips Blick. Auf der Schwelle stand Hilary in einem verwaschenen blauen Veloursmorgenrock mit Kapuze und durchgehendem Reißverschluß.

»Ich konnte nicht schlafen«, sagte sie. »Und da ist mir noch eingefallen – bitte sperrt die Haustür nicht zu, Matthew ist noch nicht zurück. Ist was, Philip? Du siehst aus, als hättest du einen Geist gesehen.« »Dieser Morgenrock...«

»Was ist damit? Den hab' ich nur vorgekramt, weil der andere in der Reinigung ist.«

»Nichts weiter. Ich hab' nur gedacht, der ist schon lange weg.« Philip leerte sein Glas. »Zeit zum Schlafengehen, würde ich sagen.«

# TEIL ZWEI

## Eins

Präzis um fünf Uhr früh wird Morris Zapp vom Piepen seiner Digitalarmbanduhr geweckt, eines raffiniert miniaturisierten technischen Erzeugnisses, das in der Lage ist, ihn auf Knopfdruck über die genaue Zeit an jedem beliebigen Ort der Welt zu unterrichten. In Cooktown, Queensland, Australien, ist es beispielsweise drei Uhr nachmittags, was den gähnend nach dem Schalter der Nachttischlampe tastenden Morris Zapp nicht im mindesten interessiert. Dabei müht sich just in diesem Moment in Cooktown, Queensland, Australien, Rodney Wainwright von der University of North Queensland mit einem Vortrag für Morris Zapps Jerusalemer Tagung über die Zukunft der Kritik.

Es ist heiß an diesem Nachmittag in Nord-Queensland. Sehr heiß. Der Schweiß läßt den Kugelschreiber durch Rodney Wainwrights Finger glitschen und durchfeuchtet das Papier an der Stelle, wo sein Handballen aufliegt. An seinem Schreibtisch im Arbeitszimmer des eingeschossigen Hauses in den feuchtwarmen Außenbezirken von Cooktown sitzend, hört Rodney Wainwright am nahen Strand die Wellen aufschlagen. Dort sind die meisten seiner Studenten von Kurs Englisch 351 »Literaturtheorie von Coleridge bis Barthes«, zerteilen die blauweißen Wogen oder haben sich in dem blendendweißen Sand ausgestreckt, die Mädchen mit am Boden schleifenden Bikiniträgern zwecks gleichmäßiger Bräunung. Daß sie dort sind, weiß Rodney Wainwright, weil sie ihn heute vormittag nach Seminarschluß, sich gegenseitig angrinsend und in die Rippen stoßend, zum Mitkommen aufgefordert haben – eine ebenso freundschaftliche wie herausfordernde Geste, deren Bedeutung sich dekodiert etwa so liest: »Okay, wir haben uns heute vormittag auf deine Bildungsmasche eingelassen, läßt du dich heute nachmittag auf unsere Masche ein?« »Leider nicht drin«, hatte er gesagt, »ich würde gern mitkommen, ehrlich, aber ich hab' noch diesen Vortrag am Hals.« Jetzt sind sie am Strand, er ist am Schreibtisch. Später, wenn die Sonne hinter ihnen untergeht, werden sie Bierdosen knakken und ein Barbecuefeuer machen, und einer wird auf der Gitarre eine Melodie zupfen. Wenn es ganz dunkel geworden ist, wird vielleicht irgend jemand vorschlagen, nackt baden zu gehen – Rodney Wainwright hat läuten hören, daß dies der übliche Höhepunkt einer Beachparty ist. Er stellt sich vor, wie sich Sandra Dix bei einer solchen Übung ausnehmen wird, die dralle Blondine aus England, die in Englisch 351 immer mit offenem Mund und offener Bluse in der ersten Reihe sitzt. Dann richtet er seufzend den Blick auf das linierte Blatt, das vor ihm liegt, und liest, was er vor zehn Minuten geschrieben hat:

»Die Frage ist daher: Wie kann die Literaturkritik ihrer arnoldischen Aufgabe treubleiben – der Aufgabe, das Beste an Gedachtem und Gesagtem zu erkennen –, wenn der literarische Diskurs selbst durch die Dekonstruktion des traditionellen Konzepts des Autors, der Autorität, seiner Mitte beraubt worden ist?«

Rodney Wainwright setzt das Wort *Autorität* in Anführungsstriche und versucht, sich zur Formulierung des nächsten Satzes zu zwingen. Der Vortrag eilt, denn Morris Zapp möchte einen Entwurf sehen, ehe er ihn für die Tagung akzeptiert, und von seiner Zusage hängt es ab, ob Rodney Wainwright den Reisezuschuß bekommt, der ihn in den Stand versetzt, in diesem Sommer (oder vielmehr Winter) nach Europa zu fliegen, um seinen Geist an der Quelle modernen kritischen Denkens zu erquicken, nützliche und einflußreiche Bekanntschaften zu machen, den kleinen Bestand an wissenschaftlichen Ehrungen, Auszeichnungen, Meriten zu mehren, der ihm vielleicht letzten Endes einen Lehrstuhl in Sydney oder Melbourne einbringen wird. Er hat keine Lust, in Cooktown, Queensland, alt zu werden. Es ist kein Land für alte Leute. Schon jetzt, mit achtunddreißig, hat er neben den braungebrannten Muskelhelden am Strand bei Sandra Dix und ihresgleichen keine Chance. Die Folgen zwanzigjähriger Hingabe an ein Leben des Geistes springen nur zu deutlich ins Auge, wenn er in eine Badehose steigt – und mag sie noch so leger geschnitten sein. Der große, kahlwerdende, bebrillte Kopf sitzt auf einem bleichen, birnenförmigen Torso, an dem spindeldürre Gliedmaßen hängen wie ein nachträglicher Einfall in einer Kinderzeichnung. Und sollte tatsächlich ein Wunder geschehen und Sandra Dix, geblendet durch die Betrachtung seines Intellekts, geneigt sein, diese Unvollkommenheit des Fleisches zu übersehen, so würde seine Frau Beverley einer über die Tutorenpflichten hinausgehenden Freundschaft sehr schnell einen Riegel vorschieben.

Wie zur Bekräftigung dieser Überlegung schiebt sich jetzt Bevs durch einen folkloregemusterten Rock nur unvollkommen kaschierte breite Hinterfront in des gedankenverlorenen Rodney Wainwright Blickfeld. Tief gebeugt und unter dem schlappen Sonnenhut heftig schwitzend schlurft sie rückwärts über den geilen Rasen und zerrt an etwas herum. Ist es ein Schlauch? Ein Seil? Ein Tier an einer Leine? Das Etwas entpuppt sich schließlich als ein grellbuntes, beim Rollen obszön wogendes und wackelndes Ding auf Rädern, dem ein glucksendes Kleinkind folgt, Sproß einer zu Besuch weilenden Nachbarin. Bev ist eine willensstarke Persönlichkeit. Rodney Wainwright betrachtet ihre Hinterfront mit Respekt, aber ohne Begierde. Er stellt sich Sandra Dix in ihren Bluejeans bei derselben Bewegungsabfolge vor, seufzt und richtet widerstrebend den Blick wieder auf das liniierte Blatt, das vor ihm liegt.

»Eine mögliche Lösung«, schreibt er. Dann hält er inne und kaut an seinem Kugelschreiber.

*Eine mögliche Lösung wäre, zum Strand zu laufen, Sandra Dix an der Hand zu nehmen, sie hinter eine Düne zu zerren, ihr das Bikinihöschen herunterzureißen und*

»Tasse Tee, Rod? Ich mach' gerade welchen für Meg und mich.«

Im offenen Fenster erscheint Bevs rotes, verschwitztes Gesicht. Rodney hört auf zu schreiben und deckt schuldbewußt seinen Block zu. Als das Gesicht weg ist, nimmt er die Seite heraus und reißt sie in kleine Fetzen, die er in den Papierkorb befördert, wo bereits etliche zerrissene und zusammengeknüllte Bogen liegen.

Auf einer neuen Seite setzt er noch einmal an:

»Die Frage ist daher: Wie kann die Literaturkritik...«

Morris Zapp, der noch ein paar Minuten eingedöst ist, fährt entsetzt hoch, stellt aber dann nach einem Blick auf das Leuchtzifferblatt seiner Digitaluhr erleichtert fest, daß es erst 5.15 ist. Er steigt aus dem Bett, kratzt sich leicht fröstelnd (die Swallows stellen mit typisch britischer Sparsamkeit nachts die Heizung ab), zieht sich einen Bademantel über und tappt ins Badezimmer. Er zieht an der Schnur neben der Tür und zuckt zusammen, als grelles Neonlicht sirrend vor weißen und gelben Kacheln aufblendet. Er uriniert, wäscht sich die Hände und steckt vor dem Spiegel über dem Waschbecken die Zunge heraus, die dem ausgetrockneten Bett eines stark verschmutzten Flusses nicht unähnlich ist. Zu viel Alkohol und zu viele Zigarren gestern abend. Und jeden Abend.

Dies ist ein Tiefpunkt für den globetrottenden Akademiker, die Stunde, da er sich mit schmerzhaftem Ruck aus süßem Schlummer reißen und allein im Dunkeln erheben muß, um die Frühmaschine zu bekommen. Während er sich im Spiegel die belegte Zunge ansieht, sich die rotgeränderten Augen reibt und über das Stoppelkinn fährt, überlegt Morris kurz, warum er das eigentlich macht, ob das Spiel den Einsatz überhaupt lohnt. Um diesen deprimierenden Gedanken loszuwerden, beschließt er, schnell noch zu duschen. Pech für seine Gastgeber, falls das Stöhnen und Beben der Wasserrohre sie weckt. Auch er kommt nicht ganz ohne Beben und Stöhnen davon, denn das Wasser ist kaum lauwarm, aber das Duschen entschieden erfrischend. Sein Weltrasierer, der sich mit allen bekannten Stromarten und notfalls auch per Batterie betreiben läßt, summt, und auch Morris Zapps Denkapparat kommt langsam wieder auf Touren. Erneut sieht er auf die Uhr. Halb sechs. Das Taxi ist für sechs bestellt, es bleibt noch Zeit, um sich unten in der Küche eine Tasse Kaffee zu machen. Frühstücken wird er in Heathrow, während er auf den Anschluß nach Mailand wartet.

Dreitausend Meilen westlich, in Helicon, New Hampshire, einer tief im Nadelwald versteckten Schriftstellerkolonie, wirft sich Désirée, Morris Zapps Exfrau, unruhig auf dem Bett herum. Es ist halb eins, sie hat, seit sie sich vor einer Stunde hingelegt hat, noch keinen Schlaf gefunden, und sie weiß, warum. Sie macht sich Gedanken um die Arbeit des vergangenen Tages. Tausend Worte hat sie in einer der kleinen Blockhütten im Wald, in die sich die schriftstellernden Gäste mit Thermosflasche, Henkelmann und ihrer jeweiligen Muse zurückziehen, zu Papier gebracht. Am späten Nachmittag ist sie, erhoben von dieser ungewöhnlichen Leistung, ins Haupthaus zurückgekommen. Doch während der Gespräche mit den Kollegen, beim Abendessen, vor der Mattscheibe, beim Pingpongspielen beginnen erste Zweifel wegen dieser tausend Worte an ihr zu nagen. Waren es die richtigen, die einzig möglichen Worte? Sie hat der sich aufdrängenden Versuchung widerstanden, auf ihr Zimmer zu rennen und sie noch einmal zu lesen. Die Bräuche sind streng, fast monastisch in Helicon. Der Tag gehört dem stummen, einsamen Ringen um das kreative Werk, der Abend der Geselligkeit, dem Gespräch, der Entspannung. Désirée hat sich fest vorgenommen, sich ihr Manuskript vor dem Schlafengehen nicht mehr anzusehen, es bis zum Morgen liegenzulassen, die ersten Minuten des nächsten Tages für die Durchsicht zu nutzen. Je länger sie es liegen läßt, desto wahrscheinlicher ist es, daß sie das Geschriebene vergessen hat, desto denkbarer, daß sie sich selbst einigermaßen objektiv wird lesen können, daß sie – ohne ihn vorwegzunehmen – den Schock des Wiedererkennens spüren wird, den sie bei ihren Lesern zu evozieren hofft.

Um halb zwölf hat sie sich hingelegt, den Blick geflissentlich von der orangefarbenen Mappe abwendend, die auf der Kieferntruhe liegt und die kostbaren tausend Worte birgt. Aber sie scheint im Dunkeln zu leuchten, noch jetzt, mit geschlossenen Augen, spürt Désirée ihre Präsenz, wie das Strahlen radioaktiven Materials. Der Text ist Teil eines Buches, das Désiree sich seit vier Jahren zu schreiben bemüht, einer Mischung aus Dichtung und Wahrheit, Fantasy, Kritik, Beichte und Spekulation, eines Buches mit dem schlichten Titel *Männer.* Jedem Abschnitt ist ein bekanntes Sprichwort oder Zitat über Frauen vorangestellt, in dem das Schlüsselwort durch »Mann« oder »Männer« ersetzt worden ist. Es liegen schon vor »Schwachheit, dein Name ist Mann«, »Kein Zorn gleicht dem eines zurückgewiesenen Mannes« und »Böse Männer verdrießen, gute Männer langweilen einen, das ist der einzige Unterschied zwischen den beiden.« Zur Zeit arbeitet sie an der Umkehrung von Freuds berühmter Frage: »Was will der Mann?« Die Antwort – laut Désirée – heißt: »Alles – und dann noch was dazu.«

Désirée dreht sich auf den Bauch und tritt ungeduldig nach ihrem Nachthemd, dessen Rock sich bei dem Gezappel um ihre Beine gewickelt hat. Sie überlegt, ob sie versuchen soll, sich mit Hilfe des Vibrators zu entspannen, aber dieses Instruments bedient sie sich, wie die Nonne ihrer Disziplin, eher aus Prinzip denn aus echter Begeisterung, und außerdem ist die Batterie fast leer, am Ende geht ihr der Saft aus, ehe sie zum Höhepunkt kommt, genau wie beim Mann... hey, das ist eigentlich gut. Sie macht die Nachttischlampe an und kritzelt in das stets griffbereite Notizbuch: *»Vibrator mit leerer Batterie – genau wie ein Mann.«* Aus dem Augenwinkel sieht sie, wie die orangefarbene Mappe das gelackte Holz der Truhe versengt. Sie macht das Licht aus, aber jetzt ist sie hellwach, es ist hoffnungslos, da hilft nichts, sie muß eine Schlaftablette schlucken, auch wenn sie dann in den ersten Stunden des nächsten Tages wie im Tran sein wird. Sie macht erneut Licht. Wo sind die Tabletten? Ja, richtig, auf der Truhe, neben der Mappe. Vielleicht, wenn sie sich einen einzigen Blick zugesteht, nur einen Satz zum Einschlafen...

Barfuß vor der Truhe stehend, die Schlaftablette in der auf halbem Wege zum Mund erstarrten Hand, schlägt Désirée die Mappe auf und fängt an zu lesen. Ehe sie es gewahr wird, hat sie drei getippte Seiten bewältigt, in drei gierigen Zügen geschluckt. Sie kann kaum fassen, daß die Worte, die zu finden und zusammenzufügen sie so viel Zeit und Mühe gekostet hat, sich so schnell haben konsumieren lassen und daß sie so vage, so tastend, so unsicher klingen. Morgen muß das alles umgeschrieben werden. Sie schluckt eine Tablette und dann noch eine, sucht jetzt nur noch Vergessen. Während sie auf die

Wirkung der Pillen wartet, stellt sie sich ans Fenster und sieht auf die bewaldeten Berge, von denen die Schriftstellerkolonie umgeben ist, eine monotone, monochrome Landschaft im kalten Licht des Mondes. Bäume, so weit das Auge sieht. Genug Bäume, um eineinhalb Millionen Taschenbücher von *Männer* herzustellen. Zwei Millionen. »Wachst, Bäume, wachst«, flüstert Désirée. Sie mag die Möglichkeit einer Niederlage nicht zugeben. Sie legt sich wieder ins Bett; steif auf dem Rücken ausgestreckt, die Augen geschlossen, die Arme angelegt, wartet sie auf den Schlaf.

Morris Zapp geht zurück ins Gästezimmer, wirft sich in bequeme Reisekleidung – Cordhosen, weißer Baumwollrolli, Sportjacke –, klappt den Koffer zu, den er am Vorabend gepackt hat, und schließt ihn ab, kontrolliert Kleiderschrank und Schubläden auf verstreute Habe, klopft mehrere Taschen ab, um sich zu versichern, daß die sein Überleben sichernden Gegenstände beisammen sind: Brieftasche, Paß, Tickets, Kugelschreiber, Brille, Zigarren. Er geht auf Zehenspitzen – soweit das einem Mann möglich ist, der einen schweren Koffer trägt – über den Gang und steigt langsam die Treppe hinunter, deren Stufen unter seinem Gewicht ächzen. Er stellt den Koffer an der Haustür ab und sieht wieder auf die Uhr. Viertel vor sechs.

Hoch oben über dem kalten Nordatlantik, auf dem Flug TWA 072 Chicago-London, springt die Zeit, als die Lockheed Tristar die unsichtbare Schnittstelle zweier Zeitzonen durchstößt, plötzlich von 2.45 auf 3.45. Kaum eine der 323 Seelen an Bord merkt etwas davon. Die meisten Uhren stehen noch auf Ortszeit Chicago, wo es 23.45 am Vortag ist, und die Mehrzahl der Passagiere schläft ohnehin oder versucht es jedenfalls. Drinks und Abendessen sind vorbei, der Film ist abgelaufen, der zollfreie Verkauf von Schnaps und Zigaretten beendet. Die von diesen Obliegenheiten ermüdeten Mitglieder der Kabinenbesatzung stehen um die Galleys herum und schwatzen leise miteinander, während sie Lagerbestände und Einnahmen überprüfen. Die beim Start in O'Hare wohlgefüllten Kühlschränke, Mikrowellenherde und Wasserkocher sind jetzt leer. Ihr fester und flüssiger Inhalt befindet sich inzwischen im Bauch der Passagiere, und vor der Landung in Heathrow wird das meiste seinen Weg in die Abwassertanks im Bauch der Maschine gefunden haben.

Die für den Film ausgeschaltete Kabinenbeleuchtung ist nicht wieder eingeschaltet worden. Die vollgefressenen und vielfach vollgetankten Passagiere schlafen unruhig. Sie drehen und wenden sich in ihren Sesseln, vergeblich um eine horizontale Lage bemüht. Immer wieder fällt der Kopf auf die Schulter wie garottiert, der Mund bleibt blöde lächelnd oder bösartig grinsend offen stehen. Einige wenige Passagiere, die nicht schlafen können, lassen sich über Stereokopfhörer mit Konservenmusik berieseln oder lesen gar im schmalen Strahl der zu diesem Zweck in sinnreichem Winkel in die Decke der Maschine eingelassenen Minispots. Lesen Bücher über Sex und Abenteuer von Jacqueline Susann und Harold Robbins und Jack Higgins, dicke Taschenbücher mit grellbunten Einbänden, die sie an den Buchständen in O'Hare erworben haben. Nur ein Hardcover ist zu sehen, es liegt im Schoß einer Frau, die sich doch tatsächlich beim Lesen Notizen zu machen scheint. Sie sitzt aufrecht, wach, am Fensterplatz von Reihe 16 in der Ambassador Class. Ihr Gesicht ist im Schatten, im Profil wirkt es eindrucksvoll und aristokratisch, wie das Bild auf einem alten Medaillon. Hohe, edle Stirn, arrogante Römernase, Entschlossenheit um Mund und Kinn. In dem Lichtkreis, der in ihren Schoß fällt, führt eine exquisit manikürte Hand einen schlanken vergoldeten Drehbleistift über die gedruckte Zeile, hält hier und da inne, um einen Satz zu unterstreichen oder eine Randbemerkung zu machen. Die langen, speerförmigen Fingernägel sind terrakottafarben lackiert. Die Hand selbst, lang und weiß und schlank, wird durch drei mit Rubinen, Saphiren und Smaragden besetzte antike Ringe fast erdrückt. Am Handgelenk sieht man einen dicken Goldreif und die Andeutung einer champagnerfarbenen seidenen Hemdblusenmanschette im Ärmel einer Jacke aus braunem Samt. Die Beine der Dame stecken in großzügig geschnittenen, knapp unterhalb des Knies endenden Knickerbokkers aus dem gleichen Material. Um die Waden schmiegen sich champagnerfarbene Strumpfhosen. Die hochhackigen, hochmodischen Stiefel aus champagnerfarbenem Leder mit dem am Rist eingeprägten Namen eines exklusiven Mailänder Herstellers von Maßschuhwerk hat sie für die Dauer des Fluges mit Slippern aus feinstem Ziegenleder vertauscht. Die lackierten Nägel blitzen im Licht der Leselampe auf, wenn flott eine Seite umgeschlagen und geglättet wird und der goldene Bleistift seinen stetigen Weg über die Seite fortsetzt. Die Überschrift auf der Seite lautet »Ideologie und ideologische Staatsapparate«, und der Buchrücken trägt den Titel *Lenin und die Philosophie und andere Aufsätze*. Es ist die englische Übersetzung eines Werkes des französischen Politphilosophen Louis Althusser. Die Randnotizen sind italienisch. Fulvia Morgana, Professorin für kulturelle Studien an der Universität Padua, arbeitet. Sie kann im Flugzeug nicht schlafen und ist jedweder Art von Zeitverschwendung abhold.

In derselben Maschine, etwa vierzig Meter hinter Fulvia Morgana, versucht Howard Ringbaum seine Frau Thelma zum Beischlaf zu überreden – an Ort und Stelle, in der hintersten Reihe der Economy Class. Die Umstände, flüstert er drängend, könnten nicht günstiger sein, das Licht ist gedämpft, alles schläft, sie haben jeder einen freien Platz neben sich. Wenn sie die Armlehnen hochklappen, hätten sie genug Platz, um sich hinzulegen und zu bumsen.

»Pst, sonst hört dich am Ende noch jemand«, sagt Thelma, die noch nicht begriffen hat, daß es ihrem Ehegespons ernst ist.

Howard klingelt nach dem Kabinenservice und erbittet, als eine Stewardeß erscheint, zwei Decken und zwei Kissen. Keiner, versichert er Thelma, wird merken, was sie unter den Decken treiben.

»Also ich werde unter meiner schlafen, mehr nicht«, erklärt Thelma. »Sobald ich mit dem Kapitel fertig bin.« Sie liest einen Roman mit dem Titel *Könnte besser sein* von einem englischen Autor, einem gewissen Ronald Frobisher. Sie gähnt und blättert um. Ein ziemlich langweiliges Buch. Sie hat es vor Jahren, bei ihrem letzten Englandbesuch, gekauft und es ungeöffnet mit nach Kanada genommen. Auch den Umzug in die Staaten hat es mitgemacht. Als sie dann gestern eine Reiselektüre suchte, hat sie es von einem hohen Regalfach geangelt, hat den darauf lagernden Staub weggepustet und versucht jetzt, sich mit seiner Hilfe wieder in englische Redeweise und englische Gewohnheiten hineinzufinden. Aber der Roman spielt im Industriegebiet der Midlands, und die Dialoge strotzen vor Dialektausdrücken, die ihnen in Bloomsbury schwerlich begegnen werden. Howard hat ein Stipendium der National Endowment for the Humanities zu einem halbjährigen Forschungsaufenthalt beim British Museum bekommen. Sie haben eine kleine Wohnung über einem Laden am Russell Square gemietet. Thelma wird eine Menge dieser herrlich preiswerten Kurse in der Erwachsenenbildung belegen, die es in England für alles Mögliche und Unmögliche gibt – von Fremdsprachen bis zum Blumenstecken – und sämtliche Museen und Galerien der Hauptstadt abklappern.

Die Stewardeß bringt Decken und Kissen in Plastikhüllen. Howard breitet Thelma die Decke über die Knie und schiebt seine Hand innen an ihrem Rock hoch.

Sie wehrt ihn ab. »Howard! Laß das! Was ist dir denn plötzlich in die Nase gestiegen?« Sie ist konsterniert, aber nicht unbedingt unangenehm berührt von dieser ungewohnten Aufwallung von Leidenschaft.

Der Mile-High-Club war Howard in die Nase gestiegen, eine exklusive Vereinigung von Männern, denen während des Fluges der

Vollzug des Geschlechtsverkehrs gelungen war. Howard hat von diesem Klub vor etwa einem Jahr durch eine Zeitschrift erfahren, mit der er sich beim Friseur die Wartezeit vertrieb, und ist seitdem von dem glühenden Wunsch beseelt, dort Mitglied zu werden. Ein Kollege an der Southern Illinois – wo Howard zur Zeit über Schäferidyllen liest –, dem er eines Abends dieses unerreichte Ziel gestand, gab sich als Klubmitglied zu erkennen und erbot sich, Howard zur Mitgliedschaft vorzuschlagen, sofern die einzige Aufnahmebedingung erfüllt sei. Howard fragte, ob auch Ehefrauen zählten. Üblich sei es nicht, meinte der Kollege, aber der Aufnahmeausschuß könne wohl auch mal ein Auge zudrücken. Was als Beweis vorgelegt werden müsse, wollte Howard wissen, und erfuhr, vorgelegt werden müsse eine spermabefleckte Papierserviette mit dem Firmensymbol einer anerkannten kommerziellen Fluggesellschaft, von der Beischlafpartnerin gegengezeichnet. Es ist ein Zeichen für Howard Ringbaums humorlosverbissene Entschlossenheit, in jeder Form menschlichen Wettbewerbs zu reüssieren, daß er prompt auf diesen kruden Jux hereinfiel. Eben dieser Wesenszug, der sich in einem von Philip Swallow vor vielen Jahren ersonnenen Gesellschaftsspiel mit dem schönen Namen »Erniedrigung« gezeigt hatte, war Howard Ringbaum teuer zu stehen gekommen; er hatte ihn seinen Job gekostet und ins kanadische Exil geführt, aus dem er erst jüngst – dank einer langen Reihe trister Artikel über englische Schäferidyllen, die er in den sturmgepeitschten Prärien von Alberta verfaßt hatte – zurückkehren durfte. Doch er ist aus Erfahrung nicht klug geworden. »Was ist mit dem Klo?« flüstert er. »Wir könnten's im Klo machen.«

»Bist du bescheuert?« zischt Thelma. »Da ist ja kaum Platz zum Pinkeln, geschweige denn... Ich bitte dich, Schatz, beherrsch dich doch. Warte, bis wir in unserer kleinen Wohnung in London sind.« Sie lächelt nachsichtig.

»Zieh den Schlüpfer aus und setz dich auf meinen Schwanz«, sagt Howard Ringbaum und lächelt nicht.

Thelma schlägt Howard mit dem Buch zwischen die Beine, und er krümmt sich vor Schmerz. »Howard?« fragt sie besorgt. »Alles in Ordnung, Schatz? Ich wollte dir nicht weh tun.«

Morris Zapp begibt sich in die Küche der Swallows, setzt den Kessel auf und macht sich eine Tasse starken schwarzen Schnellkaffee. Draußen wird der Himmel heller, ein paar Vögel zwitschern zögernd in den Bäumen. Nach der Küchenuhr ist es sechs. Morris leert die Tasse und faßt in der Diele Posten, um dem Läuten des Taxifahrers, das die Familie wecken könnte, zuvorzukommen.

Aber da ist schon jemand wach. Auf der Treppe knarrt es, und Philip, das heißt erst seine Lederpantoffeln, dann nackte, hagere Knöchel, gestreifte Pyjamahosen, schlammfarbener Morgenrock und Silberbart, erscheint.

Er unterdrückt ein Gähnen. »Geht's schon los?«

»Hoffentlich hab' ich dich nicht geweckt«, sagt Morris.

»Aber nein. Außerdem kann ich dich doch nicht ohne Abschied weglassen.«

Es folgt eine verlegene Pause. Beiden ist vielleicht die Erinnerung an die nächtens unter Whiskyeinfluß ausgetauschten vertraulichen Mitteilungen etwas peinlich.

»Kannst mir ja irgendwann mal schreiben, was du von meinem Buch hältst«, sagt Philip.

»Wird gemacht. Ich hab's mir für den Flug eingesteckt. Übrigens kommt von mir auch bald ein neues Buch raus.«

»Noch eins?«

»Es heißt ›Beyond Criticism‹. Gut, was? Ich schick' dir ein Exemplar.«

Beide zucken beim Schrillen der Haustürklingel zusammen.

»Da ist dein Taxi«, sagt Philip. »Du brauchst dich nicht zu hetzen, um diese Zeit ist es nur eine halbe Stunde zum Flughafen. Ja, also dann – Wiedersehn, alter Junge. Nett, daß du da warst.«

»Schönen Dank für alles.« Morris Zapp schüttelt Philip die Hand. »Wir sehen uns im neuen Jerusalem.« – »Wie war das?«

»Die Tagung. Das Jerusalem Hilton ist in der Neustadt.«

»Jetzt ist der Groschen gefallen. Mal sehen. Ich werd's mir überlegen.«

Der Taxifahrer greift sich Morris' Koffer und trägt ihn zum Wagen – ein Service, der Morris Zapp immer wieder verwundert, kommt er doch aus einem Land, in dem Taxifahrer in ihrer Fahrerkabine eingesperrt sind und ihre Fahrgäste durch Gitter anfauchen wie Tiere im Käfig. Als der Wagen um die Ecke biegt, sieht sich Morris noch einmal um. Philip winkt ihm nach, die Schöße seines Morgenrocks mit der anderen Hand zusammenhaltend. Über seinem Kopf wird an einem Schlafzimmerfenster ein Vorhang zurückgeschoben, und ein Gesicht – Hilarys Gesicht? – hängt bleich hinter der Scheibe.

In Chicago ist es Mitternacht; das Gestern zögert eine Sekunde, ehe es zum Heute wird. Ein kalter Wind bläst vom See herüber, treibt auf den Gehsteigen den Abfall vor sich her wie Steppenhexen, kühlt Penner, Nutten und Fixer aus, die sich schutzsuchend unter die

Hochbahnbögen geflüchtet haben. In dem neuesten und luxuriösesten Hotel der Stadt indes herrscht fast tropische Wärme. Kennzeichnend an diesem Hotel ist, daß alles, was man draußen erwartet, drinnen ist – und umgekehrt. Die Räume sind um einen überdachten Innenhof herum angeordnet, und die Balkone gehen nach innen, umfächelt von warmer, klimatisierter Luft, mit Blick auf einen Springbrunnen und einen Seerosenteich voll bunter Fische. Palmen stehen hier, blühende Ranken klettern an den Wänden hoch und winden sich um die Balkone. Draußen, an den steilen Außenwänden, steigen durchsichtige Aufzüge wie Glasbläschen auf und nieder und bescheren den Fahrgästen Schwindelgefühle. Das ist die Architektur des *Inside-out.*

In einer Penthouse-Suite, von deren äußeren Fenstern aus Penner, Nutten und Fixer gänzlich unsichtbar sind und selbst die größten Automobile auf dem Loop wie Krabbelkäfer wirken, liegt ein nackter Mann in der Mitte eines großen Rundbettes. Er liegt auf dem Rücken, Arme und Beine sind ausgestreckt, so daß der Körper ein X bildet und an eine berühmte Leonardo-Zeichnung erinnert – mit dem Unterschied allerdings, daß dieser Körper dünn und ausgemergelt ist, ein Altmännerleib, gebräunt, aber fleckig, das Haar auf der Brust ergraut, die Beine knochig und leicht gekrümmt, die Füße voller Hornhaut und Hühneraugen. Doch der Kopf ist noch immer eindrucksvoll: Lang und schmal, mit einer gebogenen Nase und weißer Mähne. Wären die Augen offen, könnte man erkennen, daß sie dunkelbraun, fast schwarz sind. Auf dem Nachttisch liegt ein Stapel Zeitschriften, wissenschaftliche Vierteljahresschriften. Einige sind auf den Boden gefallen oder geworfen worden. Sie haben Namen wie *Diacritics, Critical Inquiry, New Literary History, Poetics and Theory of Literature, Metacriticism,* und enthalten viele engzeilig gedruckte Artikel in kleiner Schrift mit vielen noch kleiner gedruckten Fußnoten und langen Literaturverzeichnissen, aber keine Bilder. Doch wer braucht Bilder, wenn er ein quicklebendiges Pin-up-Poster sein eigen nennt?

Auf dem Bett, zwischen linkem Arm und linkem Bein, kniet eine wohlgeformte junge Asiatin, der das glatte, glänzendschwarze Haar um den goldleuchtenden Körper fällt. Sie ist nur mit einem winzigen *cache-sex* aus schwarzer Seide bekleidet und massiert dem Mann die mageren Gliedmaßen und den Körper mit leicht parfümiertem Öl, wobei sie sich mit besonderer Hingabe des langen, dünnen, beschnittenen Penis annimmt. Der zeigt keine Wirkung, sondern schlackert in den geschickten Fingern der jungen Frau wie ein rohes Würstchen.

Der Mann ist Arthur Kingfisher, Doyen der internationalen Gemeinschaft der Literaturtheoretiker, Professor Emeritus der Universitäten Columbia und Zürich, der einzige Mann in der Hochschulgeschichte, der zwei Lehrstühle gleichzeitig in verschiedenen Erdteilen innehatte (als Düsenpendler verbrachte er Montag bis Mittwoch in der Schweiz, Donnerstag bis Sonntag in New York), jetzt im Ruhestand, aber noch aktiv in der Welt der Wissenschaft als Tagungsbesucher, beratender Redakteur von Fachzeitschriften, Konsultant für Universitätsverlage. Ein Mann, dessen Leben eine kurzgefaßte Geschichte der modernen Kritik ist: Als Arthur Klingelfischer in das geistige Gären der Wiener Jahrhundertwende hineingeboren, während der Revolutionszeit Studium bei Shklovsky in Moskau und Ende der zwanziger Jahre bei I. A. Richards in Cambridge, in den Dreißigern Zusammenarbeit mit Jakobson in Prag, 1939 Emigration in die USA, wo er in den Vierzigern und Fünfzigern zum führenden Kopf des New Criticism wird, Übersetzung seines Frühwerks aus dem Deutschen durch die Pariser Kritiker der sechziger Jahre, die ihm als einem Pionier des Strukturalismus zujubeln. Ein Mann, der sich an die Unzahl der ihm verliehenen Ehrendoktorwürden schon nicht mehr erinnern kann und der daheim, in seinem Haus auf Long Island, ein ganzes Zimmer mit den (zum größten Teil ungelesenen) Büchern und Sonderdrucken vollgepackt hat, die ihm seine Jünger und Bewunderer aus der Welt der Wissenschaft schicken.

Und dies ist Song-mi Lee, die vor zehn Jahren mit einem Stipendium der Ford Foundation aus Korea kam, um Arthur Kingfishers Unterweisung teilhaftig zu werden, die als seine Sekretärin, Gefährtin, Amanuensis, Masseuse und Bettgenossin bei ihm geblieben ist und ihren Lebensinhalt darin sieht, den großen Mann vor den Zudringlichkeiten der akademischen Welt zu schützen und seine Verzweiflung darüber zu mildern, daß er keine Erektion und keinen originellen Gedanken mehr zustande bringt. Die meisten Männer seines Alters hätten sich zumindest mit dem ersten Unvermögen abgefunden, aber Arthur Kingfisher war sexuell immer sehr aktiv gewesen und sah einen auf tiefe, geheimnisvolle Weise vorhandenen Zusammenhang zwischen seinem Geschlechtsleben und seiner geistigen Kreativität.

Das Telefon am Bett gibt einen diskreten elektronischen Piepston von sich. Song-mi Lee wischt die öligen Finger an einem Zellstofftuch ab und beugt sich über Arthur Kingfishers hingestreckten Körper, wobei ihre rosigen Brustwarzen leicht seine ergraute Brust streifen, um den Hörer abzunehmen. Sie richtet sich auf, setzt sich auf die Hacken, hört zu und sagt: »Einen Augenblick bitte, ich muß sehen, ob er greifbar ist.« Dann legt sie die Hand über das Mundstück. »Ein Gespräch aus Berlin. Nimmst du es an?«

»Warum nicht? Es ist ja keine Unterbrechung«, sagt Arthur Kingfisher düster. »Wen kenne ich in Berlin?«

Das Taxi schwankt und rumpelt durch die Randbezirke von Rummidge und schleudert Morris Zapp auf der Rückbank hin und her, während der Fahrer sich um die vielen Ecken und Kurven herum zum Flughafen quält. Neben dem Taxi rollt ein endloses Band fast identischer Doppelhaushälften ab. Dort sind fast überall noch die Vorhänge vorgezogen. Dahinter träumen und dösen, furzen und schnarchen Menschen, während die Morgenröte über die Dächer, die Schornsteine und Fernsehantennen kriecht. Für diese Menschen wird das Heute nicht viel anders sein als das Gestern oder das Morgen – dasselbe Büro, dieselbe Fabrik, dasselbe Einkaufsviertel. Ihr Leben ist ein geschlossener Kreis, sie bewegen sich im Tretrad der Gewohnheit, ihr Horizont ist eng und unveränderlich. Für Morris Zapp ist ein solches Leben unvorstellbar, er versucht gar nicht erst, es sich vorzustellen. Aber ihre Stasis verleiht seiner Mobilität einen besonderen Reiz, sie schafft, dieweil sein Taxi das Gewirr von Straßen und Gassen und zweispurigen Schnellstraßen und Kreiseln durcheilt, eine Art psychischer Reibung, die ihn tiefinnerlich wärmt, ihm das Gefühl gibt, beneidet und beneidenswert zu sein, ein Mann, den die Krümmung der Erde einladend zu immer neuen Erfahrungen hinter dem Horizont lockt.

Im Elternschlafzimmer des viktorianischen Einfamilienhauses in der St. John's Road kopulieren Philip und Hilary Swallow so leise und beinah so verstohlen, als lägen sie auf der hintersten Sitzbank eines Jumbo-Jet.

Als Philip wieder ins Bett gestiegen war, nachdem er Morris Zapp verabschiedet hatte, fand er, vom Herumstehen an der Haustür in Morgenrock und Pyjama etwas ausgekühlt, die Wärme von Hilarys üppigem Körper unwiderstehlich. Er schmiegte sich in Löffelchenstellung an das weiche Kissen ihres Gesäßes, legte ihr einen Arm um die Taille und eine Hand um ihre Brust. Er konnte nicht einschlafen, geriet in sexuelle Erregung, hob Hilarys Nachthemd, streichelte sie am Bauch und zwischen den Beinen. Sie schien feucht und willig, allerdings wußte er nicht genau, ob sie ganz wach war. Er drang langsam, von hinten, in sie ein, mit angehaltenem Atem, wie ein Dieb, voller Angst, sie könne plötzlich zu sich kommen und ihn von sich stoßen (was schon vorgekommen war).

Tatsächlich aber ist Hilary hellwach, obgleich sie die Augen geschlossen hat. Auch Philip hat die Augen zugemacht. Er denkt an Joy, ein purpurn leuchtendes Schlafzimmer in einer warmen italienischen Nacht. Sie denkt an Morris Zapp in eben diesem Bett, in eben diesem Zimmer, bei geschlossenen Vorhängen, um die Nachmittagssonne auszusperren, vor zehn Jahren. Das Bett knarrt rhythmisch. Das Kopfbrett schlägt ein-, zweimal gegen die Wand. Ein Grunzen, ein Seufzer, dann Stille. Philip schläft ein, Hilary schlägt die Augen auf. Sie haben einander nicht ins Gesicht gesehen. Kein Wort ist gefallen.

Indes geht das Telefongespräch zwischen Berlin und Chicago seinem Ende zu. Eine Stimme, die ein makelloses, nur leicht deutsch akzentuiertes Englisch spricht, sagt:

»Wir können dich also nicht zu einem Vortrag bei unserer Tagung in Heidelberg bewegen, Arthur? Das enttäuscht mich aber sehr, man hätte sich deine Ansichten zur Rezeptionsästhetik gewiß mit größtem Interesse angehört.«

»Tut mir leid, Siegfried, ich habe einfach nichts zu sagen.«

»Du bist wieder mal überbescheiden, Arthur.«

»Es ist keine falsche Bescheidenheit, das darfst du mir glauben. Leider.«

»Ich verstehe schon, du wirst von so vielen Seiten beansprucht... Übrigens, was hältst du von diesem neuen UNESCO-Lehrstuhl für Literaturkritik?«

Nach einer längeren Pause sagt Arthur Kingfisher: »Wie schnell sich so etwas herumspricht. Es ist noch nicht einmal amtlich.«

»Aber es stimmt?«

Arthur Kingfisher setzt seine Worte mit merklicher Sorgfalt. »Ja, ich habe Grund zu dieser Annahme.«

»Wie man hört, sollst du in der Berufungskommission für die Besetzung des Lehrstuhls sein, Arthur.«

»Ist das der eigentliche Grund für deinen Anruf, Siegfried?«

Das Lachen aus Berlin ist herzhaft und ohne Heiterkeit. »Wie kannst du nur so etwas glauben, alter Junge. Ich versichere dir, daß uns aufrichtig an deiner Anwesenheit in Heidelberg gelegen ist.«

»Ich denke, du hast den Lehrstuhl in Baden-Baden?«

»Stimmt, aber für die Tagung arbeiten wir mit Heidelberg zusammen.«

»Und was tust du in Berlin?«

»Dasselbe wie du in Chicago, möchte ich annehmen. Ich besuche wieder mal eine Tagung, was sonst. Die ›Postmoderne und die ontologische Sinnsuche‹. Ein paar interessante Vorträge. Aber unsere Heidelberger Tagung werden wir besser organisieren... Und da du den UNESCO-Lehrstuhl angesprochen hast, Arthur...«

»Du hast ihn angesprochen, Siegfried, nicht ich.«

»Es wäre geheuchelt, wenn ich so täte, als ob er mich nicht interessiert.«

»Das überrascht mich nicht, Siegfried.«

»Wir waren doch immer gute Freunde, Arthur. Besonders seit ich den vierten Band deiner Gesammelten Schriften in der *New York Review of Books* besprochen habe.«

»Ja, Siegfried, es war eine nette Besprechung. Und es war nett, daß du angerufen hast.«

Die Hand, die in einem Kurfürstendamm-Hotelzimmer von moderner Kühle den Hörer auflegt, steckt in einem schwarzen Glacéhandschuh – wiewohl ihr Besitzer in seidenem Pyjama im Bett sitzt und auf einem Tablett ein kontinentales Hotelfrühstück vor sich hat. Nie hat man erlebt, daß Siegfried von Turpitz vor Zeugen den Handschuh ausgezogen hätte. Kein Mensch weiß, was für eine gräßliche Verletzung oder Entstellung sich darunter verbirgt; spekuliert wird darüber desto mehr. Ein abstoßendes Muttermal, eine nässende Wunde, eine unheimliche Mutation, Krallen statt Finger beispielsweise, oder eine künstliche Hand aus Stahl und Plastik, nachdem das Original, wie die Verfechter dieser Theorie behaupten, in der Maschinerie des von Siegfried von Turpitz in der Spätphase des Zweiten Weltkriegs befehligten Panzers zermalmt wurde. Er läßt die schwarze Hand einen Augenblick auf dem Hörer liegen, als könne er das Instrument dadurch gegen Informationslecks in dem Kabel sichern, das ihn noch vor wenigen Augenblicken mit Chicago verband, während er mit der unbedeckten Hand nachdenklich ein Croissant zerkrümelt. Dann nimmt er den Hörer wieder ab und wählt mit schwarzledernem Zeigefinger die Zentrale. Nach einem Blick in ein schwarzes, ledergebundenes Notizbuch meldet er ein Ferngespräch nach Paris an. Das Gesicht unter der Kappe aus dicht anliegendem blondem Haar ist blaß und ausdruckslos.

Morris Zapps Taxi tuckert ungeduldig vor der auf Rot stehenden Ampel an einer breiten Einkaufsstraße, deren Fahrbahn um diese Zeit bis auf einen Milchwagen und den Lieferwagen der Tageszeitung völlig leer ist. Ein großes Plakat, das die günstigen Tarife der British Airways Poundstretchers anpreist, läßt ahnen, daß es nicht mehr weit zum Flughafen ist. Ein kleineres Schild, das den Passanten »Etwas Warmes braucht der Mensch« mitteilt, ist, wie Morris von seinem früheren Aufenthalt in diesem Landstrich weiß, kein von der Gay Liberation Rummidge herausgegebenes Manifest, sondern ein Hinweis auf eine aus Innereien hergestellte kulinarische Köstlichkeit der Region. Wenn er Glück hat, wird er heute abend eine dampfende Schüssel mit zarten, duftenden *tagliatelle* vertilgen, ehe er sich etwa einer *cotoletta alla milanese* und vielleicht zum Nachtisch ein, zwei Scheiben *panettone* zuwendet. Morris läuft das Wasser im Munde zusammen. Das Taxi macht einen Satz nach vorn. Auf der Uhr über einem Juweliergeschäft ist es halb sieben.

In Paris ist es – wie in Berlin – wegen der unterschiedlichen Sommerzeitregelungen in den einzelnen europäischen Ländern halb acht. In dem hohen Schlafzimmer einer eleganten Wohnung auf dem Boulevard Huysmans läutet das Telefon am Doppelbett. Ohne die Augen zu öffnen, die mit tiefhängenden Lidern, wie bei einer Eidechse, in dem braunen, gegerbten Gesicht stehen, streckt Michel Tardieu, Professor für Narratologie an der Sorbonne, einen nackten Arm unter der Steppdecke hervor und hebt ab. *»Oui?«* sagt er halblaut, noch immer mit geschlossenen Augen.

»Jacques?« fragt eine teutonisch klingende Stimme.

*»Non.* Michel.«

»Michel *qui?«*

»Michel Tardieu.«

Ein teutonisch-verärgertes Knurren. »Ich bitte vielmals um Verzeihung«, sagt der Anrufer in korrektem, aber stark akzentbehaftetem Französisch. »Ich habe die falsche Nummer gewählt.«

»Aber ich kenne Sie doch.« Michel Tardieu gähnt. »Ihre Stimme kommt mir bekannt vor.« – »Siegfried von Turpitz. Wir waren im Herbst in Ann Arbor zusammen in einer Podiumsdiskussion.«

»Richtig. Autoren-Leser-Beziehung im narrativen Text.«

»Ich wollte eigentlich einen Bekannten haben, Textel. Sein Name steht direkt unter Ihrem in meinem schlauen Buch. Beides sind Pariser Nummern, daher die Verwechslung. Wirklich sehr dumm von mir. Hoffentlich habe ich Sie nicht allzu sehr gestört.«

»Nicht allzu sehr.« Michel gähnt erneut. *»Au revoir.«* Er wendet sich wieder dem nackten Körper neben sich zu, schmiegt sich in Löffelchenstellung um das weiche Kissen des Gesäßes, streift mit den Fingern über die seidenzarte Haut von Bauch und Schenkelinnenfläche, liebkost den schlanken Nacken unter den parfümduftenden goldenen Locken. »Cheri«, flüstert er beruhigend, als der andere sich im Schlaf bewegt.

In seinem eichengetäfelten Schlafzimmer im All Saints' College, Oxford, schläft der Regius Professor der Schönen Literatur züchtig allein. Weder Mann noch Frau haben je das hohe, altmodische Einzelbett – und auch kein anderes Bett – mit Rudyard Parkinson geteilt. Er ist Junggeselle, Zölibatär, männliche Jungfrau. Seinen zahllosen, Büchern, Artikeln und Rezensionen ist davon allerdings nichts anzumerken, sie sind voll von wissenden und gelegentlich gewagten Hinweisen auf die Eskapaden und Extravaganzen des menschlichen Sexualverhaltens. Doch Sex spielt sich bei ihm nur im Kopf ab – oder auf dem Papier. Rudyard Parkinson war nie verliebt und verspürt auch kein Verlangen nach diesem Zustand, dessen katastrophale Auswirkung auf den Arbeitsausstoß seiner Kollegen und Rivalen er mit amüsierter Verachtung beobachtet. Im Alter von fünfunddreißig Jahren – mit bereits gesicherter und erfolgreicher akademischer Karriere – hatte er kühl und abstrakt Vor- und Nachteile des Ehestandes gegeneinander abgewogen und sich dagegen entschieden. Ab und zu ergreift auch ihn wohl eine jugendliche Studentenschönheit so weit, daß er dem jungen Mann schüchtern eine Hand auf die Schulter legt – aber weiter geht er nie.

Von Jugend auf sind Rudyard Parkinsons wache Stunden zur Gänze mit Lesen und Schreiben ausgefüllt – einschließlich jener Zeiten, die normale Menschen der Liebe und dem Sex widmen. Ja, man könnte sagen, daß Lesen seine Liebe, Schreiben sein Sex ist. Er liebt die Literatur, insonderheit die englischen Lyriker – Spenser, Milton, Wordsworth und wie sie alle heißen. Ihre Verse zu lesen ist reines, selbstloses Vergnügen, privilegierte Gemeinschaft mit großen Geistern, verzückter Genuß des Wahren und Schönen. Das Schreiben – das, was er selbst schreibt – ist mehr wie Sex: Willensbehauptung, Machtausübung, Ausleben von Spannungen. Wenn er nicht wenigstens einmal am Tag etwas schreibt, wird er reizbar und deprimiert. Und es muß zur Veröffentlichung bestimmt sein, denn für Rudyard Parkinson ist Schreiben für die Schublade – wie Masturbation oder Coitus interruptus – schändlich und unbefriedigend.

Die sublimste Form des Schreibens ist natürlich das eigene Buch, – etwas, das es wie eine Affäre mit Takt, Raffinesse und List vorzubereiten und über Monate zu hegen und pflegen gilt. Aber man kann nicht ständig Bücher schreiben, und selbst wenn man dabei ist, gibt es Pausen und Flauten, in denen man lediglich Sekundärliteratur liest, und die Notwendigkeit, dem Ego ein Ventil zu verschaffen, wie trivial und kurzlebig die Gelegenheit auch sei, wird immer dringlicher. Deshalb lehnt Rudyard Parkinson die Aufforderung, eine Buchbesprechung zu schreiben, nie ab, und da er ein witziger, eleganter Rezensent ist, kommen solche Aufforderungen häufig. Ständig rufen ihn die Feuilleton-Redakteure der Londoner Tageszeitungen und der Wochenblätter an, mit jeder Post gehen Büchersendungen in der Pförtnerloge ein, und er hat immer mindestens drei Aufträge gleichzeitig in Bearbeitung, einen als Fahne, einen im Entwurf, einen im Notizenstadium. Das Buch, zu dem er sich zur Zeit Notizen macht, liegt aufgeklappt und umgedreht auf dem Nachttisch neben Wecker, Brille und Gebiß. Es ist ein literaturtheoretisches Werk von Morris Zapp mit dem Titel *Beyond Criticism*, das Rudyard Parkinson für das *Times Literary Supplement* besprechen soll. Sein Gebiß scheint dem Band mit teuflischem Grinsen zu bedeuten, er möge nur ja keine Bewegung machen, während Rudyard Parkinson der Ruhe pflegt.

Der Wecker klingelt. Es ist 6.45 Uhr. Rudyard Parkinson streckt eine Hand aus, um ihn zum Schweigen zu bringen, blinzelt und gähnt. Er öffnet die Nachttischtür und holt einen schweren, mit dem Wappen des College geschmückten Nachttopf heraus. Mit gespreizten Beinen auf dem Bettrand sitzend, entläßt er die noch vom Vorabend in seiner Blase befindlichen Reste von Sherry, Bordeaux und Portwein. Seine Suite hat ein Badezimmer mit Toilette, aber Rudyard Parkinson, der – gebürtiger Südafrikaner – mit einundzwanzig nach England gekommen ist und die Verkörperung englischen Wesens derart perfektioniert hat, daß man es jetzt vom Original nicht mehr unterscheiden kann, ist sehr auf die Erhaltung alter Traditionen bedacht. Er stellt den Nachttopf in den Schrank zurück und macht die Tür zu. Der Collegediener, der für diesen Dienst ein ansehnliches Trinkgeld einstreicht, wird ihn später leeren. Rudyard Parkinson steigt wieder ins Bett, knipst die Nachttischlampe an, setzt die Brille auf und das Gebiß ein und beginnt die Lektüre von Morris Zapps Buch mit der Seite, auf der er gestern abend aufgehört hat.

Von Zeit zu Zeit unterstreicht er eine Zeile oder macht sich eine Randnotiz. Ein leicht höhnisches Lächeln spielt um seine von einem grauen Backenbart eingefriedeten Lippen. Es wird keine positive Besprechung werden. Rudyard Parkinson ist ganz allgemein kein Freund amerikanischer Wissenschaftler, die seine Arbeit manchmal weniger achtungsvoll behandeln, als sie es verdient. Oder – wie Morris Zapp – überhaupt nicht behandeln, sondern ignorieren (er hat natürlich – immer die erste Tat bei einem neuen Buch – im Index unter P nach seinem Namen gefahndet). Außerdem hat Rudyard Parkinson in den letzten zehn Tagen drei günstige Besprechungen hintereinander geschrieben – für die *Sunday Times*, für den *Listener* und die *New York Review of Books* – und Lob beginnt ihn zu langweilen. Eine Prise Bosheit wäre diesmal nicht verkehrt, und wer wäre eine geeignetere Zielscheibe als dieser sich dreist spreizende amerikanische Jude, der geradezu rührend eifrig bestrebt ist, seine Vertrautheit mit dem jüngsten prätentiösen Kritikerjargon zu demonstrieren?

In der Zentraltürkei ist es 8.45 Uhr. Dr. Akbil Borak B.A. (Ankara), Dr. phil. (Hull) sitzt in seinem Häuschen in einer Neubausiedlung vor der Stadt beim Frühstück. Er trinkt in kleinen Schlukken Tee aus einem Glas, denn Kaffee ist dieser Tage in der Türkei nicht aufzutreiben. Er wärmt seine Hände an dem Glas. Im Haus ist es kühl, Öl für die Zentralheizung gibt es auch nicht. Seine hübsche, rundliche Frau Oya stellt ihm Brot, Ziegenkäse und Hagebuttenmarmelade hin. Er ißt abwesend und liest dabei ein Buch, das auf dem Eßtisch liegt. Es ist Band 14 der Gesammelten Werke von William Hazlitt. Gegenüber wirft sein dreijähriger Sohn ein Glas Milch um. Akbil Borak schlägt, blind und taub für diesen Zwischenfall, eine Seite um.

»Du solltest beim Frühstück nicht lesen«, beschwert sich Oya, während sie die Milch aufwischt. »Es ist ein schlechtes Beispiel für Ahmed, und für mich ist es nicht nett. Den ganzen Tag bin ich hier allein, habe keinen Menschen, mit dem ich reden kann. Da könntest du mich wenigstens ein bißchen unterhalten, ehe du zur Arbeit gehst.«

Akbil grunzt, wischt sich den Schnurrbart, klappt das Buch zu und steht auf. »Es ist ja nicht mehr lange. Nur noch sieben Bände, und Professor Swallow kommt nächste Woche.«

Die vor wenigen Wochen unerwartet eingetroffene Kunde, Philip Swallow werde in Kürze nach Ankara kommen und habe die Absicht, über Hazlitt zu sprechen, hat in der englischen Fakultät Bestürzung hervorgerufen. Der einzige Hochschullehrer, der über die Essayisten der Romantik Bescheid weiß (und der vor zwei Jahren den Gedanken aufbrachte, Hazlitts zweihundertsten Geburtstages durch den Vortrag eines Gastdozenten aus England zu gedenken, die Sache aber, da er auf seinen Vorschlag nichts hörte, allmählich wieder vergaß), ist zu einem Forschungssemester nach Amerika geflogen, und sonst hat in der Fakultät niemand bewußt je ein Wort von Hazlitt gelesen. Akbil, dem wegen seines anerkannt exzellenten gesprochenen Englisch die Aufgabe zugefallen war, Philip Swallow vom Flugplatz abzuholen und ihn in Ankara zu betreuen, fühlte sich verpflichtet, dieses Defizit auszugleichen und die Ehre der Fakultät hochzuhalten. Er hat sich deshalb die *Gesammelten Werke* von William Hazlitt in 21 Bänden aus der Universitätsbibliothek geholt und arbeitet alle zwei bis drei Tage einen Band durch, wofür er zeitweilig seine eigene Arbeit über elisabethanische Sonettsequenzen hintanstellt.

Band XIV ist *The Spirit of the Age.* Akbil steckt ihn in die Aktentasche, knöpft den Mantel zu, gibt der noch immer schmollenden Oya einen Kuß, kneift Ahmed in die Wange und verläßt das Haus. Es ist das letzte in einer Zeile neu erbauter Reihenhäuser aus grauen Hohlblocksteinen. Die zu den Häusern gehörenden Gärtchen – alle gleich in Größe und Format – sind sauber durch niedrige Mauern aus Hohlblocksteinen voneinander abgegrenzt. Sie wirken etwas verloren, diese Gärtchen. Innerhalb der Umfriedung scheint – außer dem struppigen Gras und den hohen Unkräutern, die auch draußen wuchern – nichts zu wachsen. Es scheinen rein symbolische Gärten zu sein, ein schwacher Abglanz heimeligen Vorort-Lebensgefühls, wie es ein türkischer Stadtplaner auf einer Blitzstudienreise in Coventry oder Köln erspäht haben mag – oder vielleicht ein matter Versuch, den Psychoterror der Wüste abzuwehren. Denn jenseits der Mauern am Ende der Gärtchen beginnt unvermittelt die zentralanatolische Ebene. Über Tausende von Meilen gibt es nichts als kahle, staubige, sturmgepeitschte Steppe. Akbil fröstelt in dem Windhauch, der geradewegs aus Mittelasien kommt, und steigt in seinen klapprigen Citroën 2 CV. Er überlegt – nicht zum erstenmal – ob es richtig war, aus der Stadt in diese Öde und Trostlosigkeit zu ziehen – nur weil hier das Eigenheim winkte, der Garten, saubere Luft für Ahmed. Ihn und Oya hatte die Siedlung, als sie die Bilder im Prospekt sahen, an das Reihenhäuschen erinnert, in dem sie während seiner dreijährigen Arbeit an der Dissertation mit einem Stipendium des British Council gewohnt hatten. Aber in Hull hatte es ein Pub gegeben, einen Fish-and-Chips-Laden an der Ecke, zwei Straßen weiter einen kleinen Park mit Schaukeln und einer Wippe. Kräne und Schiffsmasten überragten die Dächer, die Zivilisation, so schien es, hatte die Natur gut im Griff. In dem vergangenen strengen Winter – verschlimmert durch die Engpässe in der Öl-, Lebensmittel- und Stromversorgung – hatten er und Oya sich, um einen kleinen Holzofen gedrängt, an gemeinsamen Hull-Erinnerungen gewärmt, hatten halblaut die magischen Namen von Straßen und Läden vor sich hingeprochen. »George Street«, »Hedden Road«, »Marks & Spencer's«, »British Home Stores«. Daß der Hauptbahnhof der Stadt Hull Paragon hieß, fanden Akbil und Oya Borak überhaupt nicht komisch.

Im Terminal von Rummidge Airport läuft, anders als in dem verschlafenen Vorort jenseits der Umzäunung, der Tag schon auf vollen Touren. Schließlich ist Morris Zapp nicht der einzige, der im Rummidge eine Reise antreten will. Korpulente Geschäftsleute in gestreiften Anzügen, gestreiften Hemden und gestreiften Schlipsen mit eleganten Aktenköfferchen und ingeniösem Fluggepäck, das mit Reißverschlüssen und Knöpfen und Riemen und Taschen gespickt ist, stehen am Check-in für die Flüge nach London, Glasgow, Belfast und Brüssel. Eine frühe Gruppe von Pauschalreisenden nach Mallorca in schreiend-buntem Ferienlook wartet geduldig auf eine verspätete Maschine. Es sind dicke, gemütliche Leute, die mit gespreizten Beinen, die Hände auf den Knien, in der Abflughalle sitzen, gähnen, rauchen, und Süßigkeiten futtern. Die Leute in der kleinen Wartelistenschlange für den Flug nach Heathrow werfen Morris Zapp, der zum Schalter der British Midland marschiert und seinen Koffer auf die Waage knallt, besorgte Blicke zu. Er läßt den Koffer nach Mailand durchchecken und wird nach Gate Fünf gewiesen. Am Zeitungsstand kauft er sich die *Times*, dann reiht er sich in eine lange Schlange ein, die sich durch die Sicherheitskontrolle schiebt. Sein Handgepäck wird geöffnet und durchsucht. Geübte Finger wühlen in dem Durcheinander von Toilettenartikeln, Medikamenten, Zigarren, sauberen Socken und *Hazlitt und der Laienleser* von Philip Swallow. Die Sicherheitsbeamtin macht eine Schachtel auf, und kleine, harte, zylindrische Gegenstände in Silberpapier rollen auf ihre Handfläche. *»Kugeln?«* scheinen ihre Augen zu fragen. »Suppositorien«, erklärt Morris Zapp unaufgefordert. Dem Reisenden unserer Tage bleibt nur noch ein Minimum an Privatsphäre. Fremde, die sein Gepäck durchsuchen, vermögen auf einen Blick den Zustand seines Verdauungsapparates zu erkennen und festzustellen, welche Art der Verhütung er bevorzugt, ob er für seine Zahnprothese Haftpulver benötigt, ob er an Hämorrhoiden, Hühneraugen, Kopfschmerzen, müden Augen, Blähungen, trockenen Lippen, allergischem Schnupfen und prämenstruellen Spannungen leidet. Morris Zapp reist mit Mitteln gegen all diese Leiden, bis auf das letztgenannte.

Er durchschreitet den elektronischen Metalldetektor, nachdem er sein Brillenetui abgegeben hat, auf das, wie er aus Erfahrung weiß, der Mechanismus anspricht, greift sich seine Schultertasche und begibt sich zum Warteraum von Gate Fünf.

Nach wenigen Minuten wird der Flug nach Heathrow aufgerufen, und Morris folgt der Bodenstewardeß und den anderen Passagieren aufs Flugfeld. Er kraust die Stirn, als er die Maschine sieht, in

die sie einsteigen sollen. Es ist lange her, daß er mit einer Propellermaschine geflogen ist.
In Tokio ist es schon später Nachmittag. Akira Sakazaki ist von seiner Arbeit an der Universität, wo er Englisch unterrichtet, gerade noch rechtzeitig heimgekommen, um dem schlimmsten Stoßverkehr zu entgehen und sich die Schmach zu ersparen, von eigens dafür angestellten kräftigen Beamten in die U-Bahn-Wagen geschubst zu werden, damit sich die automatischen Türen schließen. Als Junggeselle – er stammt aus einem kleinen Kurort im fernen Gebirge – wohnt er allein in einem modernen Hochhausblock. Er kann sich diese Bleibe leisten, weil sie zwar gut ausgestattet, aber platzmäßig äußerst beschränkt ist. Aufrecht darin zu stehen ist ihm unmöglich. Wenn er aufgeschlossen und die Schuhe ausgezogen hat, muß er sich in gebückter Stellung hineinbewegen.

Die Wohneinheit gleicht einer mit allem erdenklichen Luxus ausgestatteten Gummizelle. Sie ist etwa vier Meter lang, drei Meter breit und eineinhalb Meter hoch. Wände, Boden und Decke sind nahtlos mit Teppichboden aus weicher Synthetikfaser belegt. Ein niedriges, in die Wand eingelassenes Bord an einer Wand fungiert tagsüber als Sofa, nachts als Bett. Darüber sind Wandbretter und Schränke montiert. An oder in der gegenüberliegenden Wand befinden sich Edelstahlspüle, Kühlschrank, Mikrowellenherd, Wasserkocher, Farbfernseher, HiFi-Anlage und Telefon. Ein niedriger Tisch steht auf dem Boden vor dem Fenster, einem großen isolierverglasten Bullauge mit Blick auf einen leeren, dunstigen Himmel. Wenn man allerdings ganz nah herangeht und nach unten peilt, sieht man, daß unten auf der Straße Ströme von Menschen vorüberfließen, sich vereinigen, sich berühren, sich wieder trennen – wie Symbole bei einem Videospiel. Das Fenster läßt sich nicht öffnen. Der Raum ist klimatisiert, temperaturgeregelt und schalldicht. Vierhundert identische Zellen sind in diesem Gebäude ineinandergeschachtelt wie ein Turm von Eierkisten. Es ist eine Neuentwicklung, eine Luxusausführung der »Kapsel«-Hotels in der Nähe der Hauptbahnhöfe, die in den letzten Jahren bei den japanischen Arbeitern so beliebt geworden sind.

In einer Wand gibt es eine kleine Luke, die zu einem fensterlosen Badezimmerchen mit einem kleinen Sitzbad und einer Toilette führt, die man nur in Hockstellung benutzen kann, was bei den japanischen Männern ohnehin üblich ist. Im Keller des Wohnblocks gibt es ein traditionelles japanisches Badehaus mit Duschen und großen Gemeinschaftsbädern, von dem Akira Sakazaki allerdings selten Gebrauch macht. Er ist sehr zufrieden mit seiner Unterkunft, die ihm in kompakter, komfortabler Form alle modernen Annehmlichkeiten bietet und ihm ein Maximum an Zeit für seine Arbeit läßt. Wieviel Zeit verschwendet doch die Menschheit, um von einem Zimmer ins andere zu gelangen – besonders im Westen. Raum ist Zeit. Die mit beidem betriebene Vergeudung hat Akira besonders in kalifornischen Familien schockiert, die er während seines Studiums in Amerika besuchte. Gesonderte Räume nicht nur zum Schlafen, Essen und für die Verdauung, sondern auch zum Kochen, Studieren, Gästebewirten, Fernsehen, Spielen, Waschen und zur Hobbypflege – alle verschwenderisch über viele Morgen Land verteilt, so daß man etwa vom Schlafzimmer bis zum Arbeitszimmer eine volle Minute braucht.

Akira zieht Anzug und Hemd aus und verstaut beides sorgsam in dem Einbauschrank über dem Sofa/Bett. Er kriecht durch die Luke in sein Badezimmerchen, seift den ganzen Körper ein und spült ihn ab, dann läßt er heißes Wasser in die Sitzbadewanne laufen. Lautlose Ventilatoren ziehen den Dampf aus dem Badezimmer, indes Akiras Poren sich in der sanften Hitze öffnen und vom Stadtschmutz befreit werden. Er spült mit sauberem, lauwarmem Wasser nach, kraucht ins Wohnzimmer zurück, schlüpft in eine baumwollene *yukata* und setzt sich mit gekreuzten Beinen auf den Boden vor den niedrigen Tisch, auf dem eine elektrische Reiseschreibmaschine steht. Auf einer Seite erhebt sich ein sauber ausgerichteter Stapel mit Blättern, die jeweils in zweihundert liniierte Quadrate eingeteilt sind. In jedem Quadrat befindet sich ein handgeschriebener japanischer Buchstabe. Auf der anderen Seite erhebt sich ein sauber ausgerichteter Stapel mit leeren Karobogen, daneben liegt die Hardcover-Ausgabe eines Romans mit abgegriffenem Schutzumschlag: *Könnte besser sein* von Ronald Frobisher. Akira spannt einen blauen Luftpostleichtbrief, Kohlepapier und Durchschlagpapier ein und beginnt einen Brief in englischer Sprache:

»Lieber Mr. Frobisher,

ich habe jetzt ›*Könnte besser sein*‹ fast zur Hälfte übersetzt. Es tut mir leid, wenn ich Sie schon wieder belästigen muß, aber ich wäre Ihnen sehr dankbar, wenn Sie mir bei den folgenden Punkten helfen könnten. Die Seitenangaben beziehen sich wie immer auf die zweite Auflage von 1970.«

Akira Sakazaki greift nach dem Buch, um die Seitenangabe für seine erste Frage herauszusuchen, und hält inne, um forschend das Foto des Autors auf der hinteren Umschlagklappe zu betrachten. Das macht er oft, als könne ihm die Betrachtung des Gesichts zu größerem Verständnis für die Gedanken dahinter verhelfen, als könne er dadurch intuitiv die Probleme der sprachlichen Schattierungen und stilistischen Nuancen lösen, die ihm so viel Kopfzerbrechen machen. Doch die Aufnahme, dunkel und grobkörnig, gibt nicht viel her. Ronald Frobisher steht vor einer Tür mit Milchglasscheibe, auf der in schwungvollen Buchstaben das Wort *Public* steht. Schon darüber kann Akira stundenlang rätseln. Handelt es sich um eine öffentliche Bedürfnisanstalt oder um eine öffentliche Bibliothek? Der Symbolgehalt wäre jeweils ganz anders. Das Gesicht des Schriftstellers ist rund, fleischig, pockennarbig und mit schwarzen Pünktchen übersät, die wie Schießpulver aussehen. Das Haar ist dünn und verstrubbelt. Frobisher trägt eine dicke Hornbrille und einen schlampigen Regenmantel. Er blickt etwas widerborstig in die Kamera. Unter dem Foto steht:

Ronald Frobisher ist im Black Country geboren und aufgewachsen. Er besuchte eine Grammar School am Ort und All Saints' College, Oxford. Nach dem Examen kehrte er als Englischlehrer an seine alte Schule zurück, bis er 1957 nach der Veröffentlichung seines ersten Romans, *Sowienoch*, sogleich zur führenden Persönlichkeit in der neuen Generation der ›Zornigen jungen Männer‹ wurde. Seit 1958 schreibt er hauptberuflich und wohnt jetzt mit seiner Frau und zwei Kindern in Greenwich, London. *Könnte besser sein* ist sein fünfter Roman.«

Und noch immer sein bisher letzter, obgleich er bereits vor neun Jahren herausgekommen ist. Akira hat sich schon oft gefragt, warum Ronald Frobisher im letzten Jahrzehnt kein neues Buch geschrieben hat, aber es wäre ihm ungehörig vorgekommen, ihn darauf direkt anzusprechen.

Akira hat die Seite gefunden, die er sucht, und legt das Buch aufgeschlagen auf den Tisch. Er tippt blind:

»S. 107, 3. Zeile von oben: ›Meine Fresse, ich muß 'ne Wurst in den Leib kriegen.‹

Will Ernie damit sagen, daß er ein plötzliches Verlangen nach homosexuellem Verkehr hat? Wenn dem so ist, warum sagt er dies zu seiner Frau?«

Morris Zapp hätte inzwischen eigentlich schon in Heathrow sein müssen, aber der Start in Rummidge hat sich verzögert. Die Maschine steht noch auf dem Flugfeld vor dem Terminal.

»Was machen die da bloß? Müssen sie erst noch das Gummiband straffziehen?« sagt er witzelnd zu dem Mann, der neben ihm auf dem Gangplatz sitzt.

Der zuckt erbleichend zusammen. »Ist was nicht in Ordnung?« fragt er im Tonfall von Amerikas tiefem Süden.

»Vielleicht ist es die Sicht. Scheint neblig zu sein da draußen. Sind Sie aus dem Süden?«

»Neblig?« wiederholt der Mann verschreckt und sieht an Morris vorbei aus dem Fenster. Er trägt eine leicht getönte randlose Brille.

In diesem Augenblick erwachen die vier Motoren des Flugzeugs spuckend zu Leben, einer nach dem anderen, wie in einem alten Kriegsfilm, und die Propeller schneiden Kreise in die feuchte Morgenluft. Die Maschine rumpelt, über die Risse im Asphalt holpernd, bis zum Ende der Startbahn, ohne das Tempo merklich zu beschleunigen. Morris kann nicht viel weiter als bis zur Tragflächenspitze der Maschine sehen. Der Mann mit der getönten Brille hat die Augen geschlossen und umklammert mit weiß gewordenen Knöcheln die Sitzlehnen. Morris hat noch nie ein solches Bündel Angst erlebt. Die Maschine legt sich in eine Kurve und rollt weiter.

»Sind wird schon gestartet?« sagt der Mann nach einigen Minuten.

»Nein, ich glaube, der Pilot hat sich im Nebel verirrt«, gibt Morris zurück.

Der Mann löst eilig seinen Gurt und erklärt: »Ich will raus aus dieser verdammten Mühle. Anhalten«, brüllt er in Richtung Cockpit. »Ich will raus!«

Eine Stewardeß kommt eilig auf ihn zu. »Das geht nicht, Sir. Bitte setzen Sie sich und schnallen Sie sich an.«

Unter Protest wird er dazu gebracht, seinen Platz wieder einzunehmen. »Ich hab' so ein Ticket mit zusätzlicher Mileage«, sagt er, zu Morris gewandt. »Und da hab' ich mir gedacht, fliegst du eben von London nach Stratford-on-Avon. Einmal und nicht wieder.«

In diesem Augenblick meldet sich der Captain über Lautsprecher und erläutert, er sei auf der Startbahn hin- und hergerollt, weil er versucht habe, den Bodennebel mit seinen Propellern zu vertreiben.

»Ich glaub' ihm kein Wort«, sagt Morris.

Doch offenbar war das Manöver erfolgreich. Sie bekommen Starterlaubnis. Die Maschine bleibt am Ende der Rollbahn stehen, und der Motorenlärm steigert sich. Die Kabine bebt und scheppert. Dem Südstaatler klappern die Zähne – ob Angst oder Schwingungen die Ursache sind, läßt sich nicht entscheiden. Dann macht die Maschine einen Satz, nimmt Tempo auf und erhebt sich überraschend schnell in die Lüfte. Bald sind sie über der Wolkendecke, strahlende Sonne scheint in die Kabine. Die Brille des Südstaatlers färbt sich automatisch dunkel, die Gläser werden zu undurchsichtigen schwarzen Scheiben, so daß schwer zu erkennen ist, ob seine Angst sich gelegt hat. Morris überlegt, ob er ein Gespräch mit ihm anfangen soll, aber die Motoren lärmen derart, daß er die Angstrengung scheut, und die dunklen Gläser wirken ein bißchen gruselig, was freundschaftlichen Annäherungsversuchen nicht gerade förderlich ist. Morris holt die Zeitung hervor und spitzt die Ohren, als das willkommene Klappern des Getränkewagens an sein Ohr schlägt.

Morris Zapp brät in der Sonne, einen dampfenden Becher Kaffee vor sich auf dem Tablett, und läßt sich von seiner *Times* über Zusammenstöße zwischen der Polizei und Demonstranten bei einer Kundgebung gegen die National Front in Southall unterrichten; über Erdbeben in Jugoslawien, Kämpfe im Libanon, politische Morde in der Türkei, Engpässe in der polnischen Fleischversorgung, Autobomben in Belfast und zahlreiche weitere Tragödien, Leiden und Ausschreitungen an vielen Stellen des Erdballs. Aber hier, in der Sonne über den Wolken, ist alles ruhig, wenn auch nicht still. Die Maschine ist nicht so schnell und schnittig wie ein Jet, aber die Beinfreiheit ist größer, der Kaffee ist gut und heiß. Wie der Blick in die Zeitung ihn lehrt, hätte er es bedeutend schlechter treffen können.

»Ach du Scheiße«, knurrt Ronald Frobisher, während er sich bückt, um die Post vom Türvorleger zu nehmen, »da ist doch tatsächlich schon wieder ein Brief von meinem Japs-Übersetzer.«

Es ist acht Uhr fünfunddreißig in Greenwich – jawohl, Greenwich mit dem Nullmeridian, von dem aus die Zeitzonen der Welt berechnet werden. Der blaue Luftpostleichtbrief, den Ronald Frobisher in der Hand hält, ist natürlich nicht der nämliche, den Akira Sakazaki vor ein paar Minuten getippt, sondern einer, den er letzte Woche abgeschickt hat. Ein weiterer befindet sich in diesem Moment in der Frachtabteilung eines Jumbos irgendwo über dem Persischen Golf auf dem Weg nach London, und noch einer läuft gerade durch die computergesteuerte Postverteilungsanlage der Zentralpost von Tokio, saust über die Förderbänder, dreht sich nach rechts, dreht sich nach links, taucht unter und kommt wieder hoch wie ein Kajak im Wildwasser. »Das ist schon der fünfte oder sechste in diesem Monat«, murrt Ronald Frobisher, als er ins Frühstückszimmer zurückkommt.

»Hmm«, sagt seine Frau Irma, ohne vom *Guardian* aufzusehen.

»Der Typ, der *Könnte besser sein* ins Japanische übersetzt. Ich hab' bestimmt schon zweihundert Fragen beantwortet.«

»Ich verstehe gar nicht, wieso du dich da so reinkniest«, meint Irma.

»Also ganz offen gesagt – weil's interessant ist.« Ronald Frobisher setzt sich an den Tisch und schlitzt das Aerogramm mit einem Messer auf.

»Weil er dir einen Vorwand liefert, die Arbeit vor dir herzuschieben, meinst du«, sagt Irma. »Vergiß nicht, daß das Drehbuch für Granada am Freitag fällig ist.« Sie hat nicht von der Frauenseite des *Guardian* aufgesehen. Unterhaltungen mit Ronald sind so vorhersagbar, daß sie simultan lesen und mit ihm sprechen kann. Sogar eine Tasse Tee kann sie sich gleichzeitig einschenken, was sie jetzt tut.

»Nein, wirklich, es ist zu schön. Hör zu. ›Seite 86, 7. Zeile von unten. ›Und einen Zahn auf dem Rücksitz bügeln. Hat Enoch ein Bügeleisen im Auto?‹«

Irma gickert, nicht über Akira Sakazakis Frage, sondern über etwas auf der Frauenseite des *Guardian.*

»Man kann schon verstehen, daß er damit Probleme hat«, sagt Ronald. »Es ist ein durchaus begreiflicher Irrtum. Ich meine – warum bedeutet *a bit of spare* Sex?«

»Keine Ahnung.« Irma blättert um. »Erklär's mir. Du bist der Dichter.«

»Seite 93, 2. Zeile von unten. ›Enoch war total gebügelt.‹ Heißt das, daß jemand Enoch mit einem Bügeleisen angegriffen hat? Der Mann kann einem wirklich leid tun. Er war noch nie in England, das macht die Sache natürlich noch schwieriger.«

»Warum gibt er sich überhaupt damit ab? Ich kann mir kaum vorstellen, daß sich die Japaner für das Sexlife in den Hinterhöfen von Dudley interessieren.«

»Weil ich eine bedeutende Persönlichkeit der britischen Nachkriegsprosa bin, darum. Das hast du nie so ganz begriffen, nicht? Daß meine Sachen *Literatur* sein könnten, das hast du nie geglaubt. Du siehst in mir nur einen Schreiberling, der Fernsehdrehbücher zusammenschustert.«

Irma ist Ronald Frobishers kleine Koller gewöhnt und liest ungerührt weiter. Frobisher kaut grimmig knirschend Toast mit Orangenmarmelade und öffnet den nächsten Brief. »Hör dir das an. ›Sehr geehrter Mr. Frobisher, wir veranstalten im September eine Tagung in Heidelberg über die Rezeption literarischer Texte, und es liegt uns sehr viel an der Teilnahme einiger bedeutender zeitgenössischer Schriftsteller, wie Sie einer sind.‹ Da siehst du's. Könnte übrigens ganz interessant sein. Ich war noch nie in Heidelberg. Ein Kraut, ein gewisser von Turpitz.«

»Fährst du nicht ziemlich oft zu diesen Tagungen?«

»Alles Erfahrung. Kannst ja mitkommen, wenn du willst.«

»Nein, danke, ich hab' es satt, in Kirchen und Museen rumzulatschen, während du mit den Honoratioren laberst. Warum hast du eigentlich neuerdings nur ausländische Fans? Wissen die nicht, daß die ›Zornigen jungen Männer‹ längst weg vom Fenster sind?«

»Mit den ›Zornigen jungen Männern‹ hat es überhaupt nichts zu tun«, sagt Ronald Frobisher zornig. Er greift nach einem anderen Umschlag. »Willst du mit zu dem Klimbim der Royal Academy of Literature? Es ist diesmal auf einem Schiff. Ich soll einen der Preise vergeben.«

»Nein, danke.« Irma blättert zur nächsten Seite des *Guardian* um. Ein Jet dröhnt auf der Einflugschneise nach Heathrow über ihre Köpfe hinweg.

Der Nebel in Heathrow, der schuld daran ist, daß TWA-Flug 072 aus Chicago nach Stanstead umgeleitet werden mußte, hat sich plötzlich verzogen, so daß die Maschine kehrtgemacht hat und von Osten nach Heathrow hereinlandet. Dreitausend Fuß über den Köpfen von Ronald und Irma Frobisher klappt Fulvia Morgana ihr Buch über Lenin und die Philosophie zu und steckt es zusammen mit den Ziegenlederslippern in die geräumige Fendi-Schultertasche aus ockerbraunem Wildleder. Sie schlüpft in die champagnerfarbenen Armanistiefel und zieht den Reißverschluß hoch, wobei sie darauf achtet, die Strumpfhosen nicht einzuklemmen. Mit arroganter Miene sieht sie auf die Windungen der Themse, auf St. Paul's, den Tower und die Tower Bridge herab. Sie erkennt die Kuppel des British Museum, unter der Marx die Begriffe schuf, die es dem Menschen ermöglichten, die Welt nicht nur zu interpretieren, sondern auch zu verändern – den dialektischen Materialismus, die Mehrwerttheorie, die Diktatur des Proletariats. Doch das pseudogotische Phantasiegebilde des Parlaments, das den kopflastigen Bau von Big Ben abstützt, erinnert die Marxistin in den Lüften daran, wie langsam der Wandel sich vollzieht. Die Mutter der Parlamente – und daher die Mutter der Unterdrückung. Alle Parlamente müssen abgeschafft werden.

»Schau, Howard, Big Ben«, freut sich Thelma Ringbaum und gibt ihrem Mann in der hintersten Reihe der Economy Class einen Rippenstoß.

»Den seh' ich nicht zum erstenmal«, mault er.

»In einer Minute landen wir. Vergiß den zollfreien Schnaps nicht.«

Howard holt die Plastiktüte mit dem in O'Hare erstandenen Scotch unter dem Sitz hervor, der, seit er gebrannt wurde, etwa achttausend Meilen gereist ist und sich jetzt auf wenige hundert Meilen seinem Ursprungsort genähert hat. Ein dumpfer Schlag signalisiert, daß das Fahrgestell ausgefahren worden ist. Die Tristar setzt zur Landung in Heathrow an.

Morris ist bereits in Heathrow gelandet und verschlingt, auf einem Hocker an der Theke des Restaurants von Terminal Eins sitzend, Schinken, Ei und Toast. Philip Swallows *Hazlitt und der Laienleser* hat er an die Zuckerdose gelehnt. Gier und nicht Eile bestimmen sein Eßverhalten, denn er hat bis zum Start seines Flugs nach Mailand noch zwei Stunden Zeit. Er leckt sich die Butter von den Fingern und schlägt das Buch auf, dem, was Wunder, ein Epigraph von William Hazlitt vorangestellt ist:

»Ich befinde mich nur in der Defensive. Ich habe weder feststehende Folgerungen zu bieten noch Neuheiten vorzubringen, ich habe lediglich den gesunden Menschenverstand gegen Spitzfindigkeiten einer falschen Philosophie zu verteidigen.«

Morris Zapp seufzt, schüttelt den Kopf und bestreicht die nächste Scheibe Toast mit Butter.

In Cooktown, Queensland, kaut Rodney Wainwright sein Abendessen in bedächtigerem Tempo, erstens eines lockeren Backenzahns wegen und weil die Koteletts zu lange gebraten sind, und zweitens, weil er keinen Appetit hat. »Himmelherrgott, ist das heiß«, sagt er halblaut und tupft sich mit der Serviette die Stirn. »Aber Rod«, mahnt Bev mit einem Blick auf die beiden Kinder, den vierzehnjährigen Kevin und die zwölfjährige Cindy, die mit fetttriefenden Fingern hingebungsvoll an den Knochen nagen. Rodney Wainwrights Vortrag über die Zukunft der Kritik ist in den letzten drei, vier Stunden nicht viel weiter gediehen. Er hat zwei Seiten vollgeschrieben und sie wieder zerrissen. Die Argumentation steckt nach wie vor fest. »Die Frage ist daher: Wie kann die Literaturkritik...« Die Schatten auf dem geilen Rasen sind lang geworden. Das Dröhnen der Brecher dringt durchs offene Fenster. Am Strand wendet vermutlich in diesem Moment Sandra Dix, die den nassen Bikini mit verwaschenen, abgeschnittenen Jeans und hautengem T-Shirt vertauscht hat, frisch gefangenen Fisch auf einem heißen Grill.

In Helicon, New Hampshire, schläft Désirée Zapp. Sie atmet schwer und träumt vom Fliegen, vom Niederstoßen und Emporsteigen im Nachthemd an einem klaren blauen Himmel über der dunklen Masse des Nadelwaldes.

Philip Swallow wacht zum zweiten Mal an diesem Morgen auf und greift sich leicht an die Geschlechtsteile; es ist eine Geste der Selbstzufriedenheit, die er jeden Morgen zelebriert, seit seine Mutter dem Fünfjährigen gesagt hat, sein Pillermann würde abfallen, wenn er nicht aufhören würde, damit zu spielen. Er räkelte sich unter der Decke. Wo Hilary gelegen hat, ist eine bereits kalt werdende Kuhle. Er wirft einen Blick auf die Uhr auf dem Nachttisch, reibt sich die Augen, schaut noch einmal hin, flucht und springt aus dem Bett. Auf dem eiligen Weg nach unten begegnet er seinem Sohn Matthew, der nach oben will. »Moijen, Chef«, sagt Matthew, dessen Vorstellung von Humor es zur Zeit ist, den nordenglischen Arbeitersohn zu spielen. »Müßtest du nicht in der Schule sein?« erkundigt sich Philip kühl.

»Zoff im Pütt«, erwidert Matthew. »Die Lehrergewerkschaft streikt.« »Unerhört. Hochschullehrer würden nie in den Ausstand treten«, sagt Philip über die Schulter. »Aber nur, weil's sowieso keiner merken würde«, ruft ihm Matthew nach.

Arthur Kingfisher schläft, in Löffelchenstellung an die wohlgeformte Hinterfront von Song-mi Lee geschmiegt, die ihm vor dem Schlafengehen noch ein Opiumpfeifchen gerichtet hat, weshalb denn auch seine Träume psychedelischer Art sind – purpurne Sandwüsten mit Dünen, die sich wie ein öliges Meer bewegen, ein Wald mit Bäumen, die statt der Blätter goldene Fingerchen haben, mit denen sie den Wandersmann liebkosen, wenn er sie streift, eine riesengroße Pyramide mit einem winzigen gläsernen Aufzug, der auf einer Seite aufwärts, auf der anderen abwärts schwebt, eine Kapelle am Grunde eines Sees, und auf dem Altar statt Kruzifix eine schwarze Hand, am Gelenk abgetrennt, mit gespreizten Fingern.

Siegfried von Turpitz trägt jetzt schwarze Handschuhe an beiden Händen. Sie umfassen das Lenkrad des schwarzen BMW 635 CSi-Coupés mit 3453 cc Bosch-Einspritzermotor und Fünfgang-Getrag-Allsynchrongetriebe. Er fährt mit 180 Sachen auf der Überholspur der Autobahn Berlin-Hannover, nachdem er die lästige Geschwindigkeitsbeschränkung in der DDR hinter sich gelassen hat, und scheucht langsamere Fahrzeuge aus dem Weg, nicht durch Betätigung der Lichthupe (was gesetzlich verboten ist), sondern indem er rasch und leise und sehr nah auffährt. Ein Fahrer, dessen Rückspiegel eben noch leer war – von einem dunklen Pünktchen am Horizont abgesehen – und der plötzlich die dunkle Masse von Kühlerhaube und getönter Windschutzscheibe des BMW darin sieht, hinter der unter einer Kappe aus dicht anliegendem fahlen Haar das blasse, ausdruckslose Antlitz des Siegfried von Turpitz schwebt – ein solcher Fahrer wird, so rasch es ihm der erlittene Schock erlaubt, auf die rechte Spur gehen, um den BMW überholen zu lassen.

In der ziemlich altmodischen Küche der Wohnung mit den hohen Decken am Boulevard Huysmans mahlt Michel Tardieu Kaffee in einer handbetriebenen Mühle (das Kreischen einer Moulinex ist ihm unerträglich) und überlegt müßig, was wohl Siegfried von Turpitz so Dringendes mit Jacques Textel zu besprechen hatte, daß er ihn morgens um halb acht angerufen hat. Auch Michel Tardieu kennt Textel, einen Schweizer Anthropologen, der früher den Lehrstuhl in Bern innehatte, dann aber in die internationale Kulturarbeit eingestiegen und jetzt ein wichtiger Mann bei der UNESCO ist. Es wird Zeit, findet Michel, daß er und Textel sich mal zum Mittagessen zusammensetzen.

Während er die letzte Bohne mahlt, hört er die Haustür schlagen. Albert, hinreißend in dunkelblauem Wollblouson und engen weißen Levis, die Michel ihm von seiner letzten Amerikareise mitgebracht hat, kommt herein und knallt mit unübersehbar mürrischem Gesicht eine Tüte mit Croissants und Brötchen und *Le Matin* auf den Tisch. Albert hat etwas gegen diesen morgendlichen Botengang und beschwert sich häufig darüber. Er beschwert sich auch jetzt. Michel redet ihm zu, die Aufgabe im Lichte der modernen Erzähltheorie zu betrachten. »Es ist eine Suche, chéri, eine Geschichte von Aufbruch und Rückkehr. Du wagst dich heraus, du kehrst mit Schätzen beladen zurück. Du bist ein Held.« Alberts Antwort ist kurz und obszön. Michel lächelt gutmütig und gießt kochendes Wasser in den Kaffeefilter. Er gedenkt diese morgendliche Pflichtübung für Albert beizubehalten – und sei es nur, um ihn daran zu erinnern, wer den Kaffee und die Croissants bezahlt, von Kleidung und Schuhen, dem Friseur und den Platten und den Eislaufstunden ganz zu schweigen.

In Ankara hat Akbil Borak eineinhalb Stunden nach dem Aufbruch von daheim endlich das Universitätsgelände erreicht. Eine halbe Stunde hat ihn allein das Anstehen an der Tankstelle gekostet. Menschenmassen wälzen sich über den Campus und bewegen sich unbekümmert über Fahrbahnen wie Gehwege. Hupend schiebt sich Akbil durch den Strom von Menschenleibern, der sich vor dem 2 CV teilt und hinter ihm wieder zusammenfließt. Er sichtet einen freien Platz auf dem Gehsteig und fährt über die Bordsteinkante, um zu parken. Der Fußgängerstrom spritzt kurz auseinander, um dann gleich wieder an dem stehenden Wagen hochzuschlagen. Akbil schließt ab und geht rasch über den Vorplatz zum Hauptgebäude. Zwei rivalisierende Studentengruppen, die eine rechts, die andere links gerichtet, sind in eine hitzige Auseinandersetzung verstrickt. Die Stimmen werden laut, es wird gerangelt und geschoben, jemand fällt hin, und ein Mädchen kreischt. Plötzlich kommen zwei bewaffnete Soldaten mit schweren Stiefeln angerannt, richten ihre Schußwaffen auf die Störenfriede und brüllen sie an, sich zu zerstreuen, was diese auch tun, rückwärts gehend, die Arme in einer kapitulierenden oder flehenden Geste erhoben. Das war in Hull alles ganz anders, überlegt Akbil und geht hinter einem gußeisernen Standbild von Kemal Atatürk in Deckung, der die türkische Jugend auffordert, an den Segnungen der Gelehrsamkeit teilzuhaben.

Akira Sakazaki hat seine vorläufig letzte Frage an Ronald Frohbisher getippt (ein heikles Problem, bei dem es um die wörtliche und übertragene Bedeutung von Feige und deren Beziehung zu Stengel geht), den Umschlag adressiert, zugeklebt und frankiert, um ihn gleich morgen früh zur Post geben zu können, und ein Fertigmenü in den Mikrowellenherd geschoben. Während er wartet, liest er die Luftpostausgabe des TLS und lauscht über Stereokopfhörer Mendelssohns Violinkonzert.

Big Ben schlägt die neunte Stunde. Andere Uhren in anderen Teilen der Welt schlagen zehn, elf, vier, sieben, zwei.

Morris Zapp rülpst, Rodney Wainwright seufzt, Désirée Zapp schnarcht. Fulvia Morgana gähnt, rasch und mit weit geöffnetem Mund wie eine Katze, und bietet gleich darauf wieder das gewohnte Bild abgeklärter Ruhe. Arthur Kingfisher spricht im Schlaf Deutsch. Siegfried von Turpitz, auf der Autobahn in einen Stau geraten, trommelt mit den Fingern einer Hand ungeduldig aufs Lenkrad. Howard Ringbaum mampft Kaugummi, um den Druck auf die Ohren zu lindern, und Thelma Ringbaum müht sich, die Schuhe wieder über die geschwollenen Füße zu ziehen. Michel Tardieu sitzt an seinem Schreibtisch und arbeitet weiter an einer komplizierten Gleichung, die in algebraischer Form den Plot von *Krieg und Frieden* darstellt. Rudyard Parkinson nimmt sich von der Wärmeplatte auf dem Sideboard im Frühstücksraum der Fellows Kedgeree und setzt sich an den Tisch. In der Stille ist nur das Rascheln von Zeitungen und das Klappern und Klirren von Geschirr und Besteck zu hören. Akbil Borak trinkt schwarzen Tee aus einem Glas in einem kleinen Büro, das er mit sechs Kollegen teilt, und konzentriert sich grimmig entschlossen auf *The Spirit of the Age.* Akira Sakazaki nimmt die Folie von seinem Fertigmenü und stellt den BBC World Service ein. Ronald Frobisher schlägt im *Oxford English Dictionary* ›spare‹ nach. Philip Swallow betritt eilig die Küche seines Hauses in der St. John's Road und vermeidet es, seine Frau anzusehen. Und Joy Simpson, die von Philip Totgeglaubte, steht irgendwo auf diesem rotierenden Erdball am offenen Fenster, atmet tief durch, legt die Hand vor die Augen, weil die Sonne sie blendet, und lächelt.

# Zwei

Die Arbeit am Abfertigungsschalter ist weder in Heathrow noch auf irgendeinem anderen Flughafen eine glamouröse oder besonders zufriedenstellende Tätigkeit. Sie ist mechanisch und gleichförmig. Ticket prüfen, mit der Passagierliste des Computers vergleichen, Ticket aus dem Heft reißen, Gepäck wiegen, Gepäckanhänger einfädeln, Raucher oder Nichtraucher abfragen, Platz zuteilen, Bordkarte aushändigen. Varianten gibt es nur, wenn etwas schiefgeht – wenn wegen schlechten Wetters, Streiks oder technischer Macken der Start sich verzögert oder ein Flug gestrichen wird. Dann entlädt sich der Zorn des Kunden voll auf dem Haupt des Check in-Mädchens, das ja schließlich nichts dafür kann. Aber alles in allem ist es ein öder, eintöniger Job, Leute einzuchecken, die nicht schnell genug mit einem fertigwerden können und die man vermutlich nie wiedersieht.

Cheryl Summerbee vom Bodenpersonal der British Airways in Terminal Eins, Heathrow, klagte nie über Langeweile. Die Passagiere, die durch ihre Hände gingen, achteten kaum auf sie, Cheryl hingegen schenkte ihnen um so mehr Beachtung. Sie brachte Spannung in ihren Job, indem sie blitzartig eine Charakteranalyse anstellte und ihnen die entsprechende Behandlung angedeihen ließ. Die Rüden, Arroganten oder sonstwie Unsympathischen fanden sich auf unbequeme oder ungünstige Plätze an den Toiletten oder in der Nachbarschaft von Müttern mit schreienden Babys verwiesen. Fluggäste, die einen netten Eindruck machten, bekamen zum Lohn ihre besten Plätze, möglichst neben einem attraktiven Angehörigen des anderen Geschlechts. Unter Cheryl Summerbees Händen geriet die Platzverteilung zu einer hohen Kunst, so delikat und vielschichtig wie das Knüpfen erster Kontakte zwischen Kunden einer Agentur der einsamen Herzen. Sie empfand tiefe Befriedigung und hatte das wohltuende Gefühl, im Geheimen Gutes zu tun, wenn sie bedachte, zu wie vielen Liebeleien, ja, sogar Ehen sie den Anstoß gegeben hatte, während die Beteiligten sich einbildeten, der pure Zufall habe sie zusammengeführt.

Cheryl Summerbee war sehr für Liebe. Sie glaubte fest daran, daß es die Liebe war, die die Welt bewegte, und trug auf ihre bescheidene Weise dazu bei, die Erde weiter um ihre Achse kreisen zu lassen, indem sie diskret die Platzverteilung auf den Tridents der British Airways regelte. Auf dem Ablagebrett unter dem Schalter lag für die ruhigen Zeiten, in denen keine Fluggäste abzufertigen waren, stets ein Bills and Moon-Heftchen. Der Roman, den sie im Augenblick las, hieß *Schauplatz Liebe*. Er handelte von einer gewissen Sandra, die sich als Kindermädchen bei einem Filmregisseur verdingt, dessen Frau auf tragische Weise bei einem Verkehrsunfall ums Leben kam, so daß er sich und seine beiden kleinen Kinder allein durchbringen muß. Natürlich verliebt sich Sandra in den Regisseur, der bedauerlicherweise in die Hauptdarstellerin seines neuen Films verliebt ist – oder tut er nur so, um den Star bei der Stange zu halten?

Natürlich tut er nur so. Cheryl Summerbee hat genug Bills and Moon-Romanzen gelesen, um den erforderlichen Durchblick zu haben. Sie hätte im Grunde gar nicht weiterzulesen brauchen, sie wußte jetzt schon, wie die Geschichte ausgehen würde. Mit einem Teil ihres Selbst verachtete sie diese Love Storys, verschlang sie aber trotzdem in gieriger Hast, wie billiges Naschwerk. Ihrem eigenen Leben ermangelte es bisher an Romanzen. Nicht, weil es ihr an Bewerbern gefehlt hätte, sondern weil sie eine junge Frau mit altmodischen Moralvorstellungen war, die sich vorgenommen hatte, im Stande der Unschuld vor den Traualtar zu treten. Sie hatte diverse Männer kennengelernt, die gern bereit gewesen wären, sie von ihrer Jungfräulichkeit zu befreien, ohne sie allerdings zuvor zu ehelichen. So wartete sie denn immer noch auf den Richtigen. Von seinem Aussehen hatte sie keine genaue Vorstellung. Sie wußte nur, daß er eine harte Brust und feste Schenkel haben mußte. Alle Helden der Bills- and Moon-Romanzen hatten eine harte Brust und feste Schenkel.

Der Mann mit der Jagdmütze aus Tweed sah nicht aus, als könne er mit diesen Attributen aufwarten, ganz im Gegenteil. Trotzdem fand Cheryl ihn sofort sympathisch. Er wirkte ein bißchen überlebensgroß, alle Körperteile waren leicht übertrieben, wie bei einer Karikatur. Aber sie hatte den Eindruck, als wüßte er das selbst ganz genau und als sei es ihm völlig schnuppe. Man mußte unwillkürlich lächeln, wenn man ihn, die ulkige Mütze in die Stirn gezogen, eine dicke Zigarre zwischen den Zähnen, mit wehendem zweireihigem Trench, unter dem eine großkarierte Sportjacke zum Vorschein kam, durch den belebten Terminal stolzieren sah. Cheryl lächelte ihm zu, als er vor den beiden Schaltern für den Mailandflug zögerte, und als er ihr Lächeln sah, stellte er sich bei ihr an.

»Hey«, sagte er, als er an der Reihe war. »Kennen wir uns?«

»Nicht daß ich wüßte, Sir. Ich habe nur eben Ihre Mütze bewundert.« Sie griff nach dem Ticket und las: *Zapp, M. Prof.*

Professor Zapp nahm die Jagdmütze ab, hielt sie am gestreckten Arm von sich weg und sah sie an. »Die hab' ich hier in Heathrow gekauft, erst vor ein paar Tagen. In Italien werde ich sie kaum brauchen.« Dann wich seine Selbstzufriedenheit einem Ausdruck des Ärgers. »Gottverdammich, die sollte doch der junge McGarrigle haben.« Er schlug sich mit der Mütze an den Schenkel, wobei sich bestätigte, daß es diesem Körperteil an Festigkeit fehlte. »Kann man hier irgendwo ein Päckchen aufgeben?«

»Unser Postamt ist wegen Umbauarbeiten geschlossen, aber Terminal Zwei hat auch eins«, sagte Cheryl. »Sie möchten gewiß einen Raucherplatz, Professor Zapp? Fenster oder Gang?«

»Ist mir gleich. Fragt sich nur, wie ich das Ding verpacken soll.«

»Wenn Sie mir die Mütze hierlassen, gebe ich sie zur Post.«

»Ehrlich? Das ist sehr lieb von Ihnen, Cheryl.«

»Gehört zum Service, Professor Zapp«, lächelte sie. Er war einer der wenigen Fluggäste, die das Namenschild an ihrer Uniform zur Kenntnis nahmen oder den Namen nach Kenntnisnahme auch benutzten. »Wenn Sie Namen und Adresse Ihres Bekannten auf diesen Aufkleber schreiben, kümmere ich mich darum, sobald ich Feierabend habe.« Während er damit beschäftigt war, prüfte sie den Sitzplan und ließ die Liste der bereits abgefertigten Passagiere über den Bildschirm laufen. Vor einer Viertelstunde hatte sie eine überaus elegante italienische Professorin eingecheckt, die ungefähr im richtigen Alter war, jünger, aber nicht zu jung, und die ein ausgezeichnetes Englisch sprach, wenn man von gewissen Schwierigkeiten mit den Hauchlauten absah. Da war sie, MORGANA F. PROF. Sie war sehr eigen gewesen, hatte einen Fensterplatz in der Rauchersektion verlangt, möglichst weit vorn auf der linken Seite. Cheryl störte so etwas nicht, sie mochte Passagiere, die wußten, was sie wollten. Hauptsache, sie machten keinen Spektakel, wenn sie es nicht bekommen konnten. Professor Morgana hatte allerdings ausgesehen, als könne sie, wenn's drauf ankam, einen Mordsspektakel machen, aber dazu hatte sich keine Gelegenheit ergeben. Cheryl hatte sie wunschgemäß bedienen können, Reihe 10, Fenster, Platz A. Jetzt nahm sie das Schildchen für 10 B von ihrem Sitzplan und klebte es auf Professor Zapps Bordkarte. Er gab ihr die Mütze. In eine der Ohrenklappen hatte er den Aufkleber und zwei Pfundnoten gesteckt.

»Ich glaube nicht, daß das Porto so viel ausmachen wird«, sagte sie und las: *Percy McGarrigle, Institut für Englische Sprache, University College, Limerick, Irland.*

»Wenn Sie was rauskriegen, kaufen Sie sich einen Drink auf meine Kosten.«

In diesem Augenblick hörten sie beide einen leisen, dumpfen Knall, unverkennbar der Laut einer zollfreien Schnapsflasche, die mit dem Betonboden einer Flughafenhalle in Berührung kommt und in ihrer Plastiktüte zerschellt, dazu ein »Scheiße« und ein bestürzt-antiphonales »Aber Howard!« Wenige Meter von ihnen entfernt standen ein Mann und eine Frau, dazwischen ein mit Gepäck hochbeladener Trolley, von dem die Plastiktüte offenbar heruntergefallen war, und sahen sich vorwurfsvoll an. Professor Zapp, der sich umgedreht hatte, um die Herkunft des fatalen Geräusches zu lokalisieren, wandte sich wieder Cheryl zu, zog den Kopf zwischen die Schultern und schlug den Trenchcoatkragen hoch.

»Passen Sie bloß auf, daß der Kerl nicht auf uns aufmerksam wird«, zischte er.

»Wieso? Wer ist denn das?«

»Howard Ringbaum, ein bekannter Boofke. Außerdem – das weiß er nur noch nicht – habe ich einen Vortrag abgelehnt, den er für eine von mir organisierte Tagung eingereicht hat.«

»Was ist ein Boofke?«

»Ein Boofke ist ein rundum verächtliches Individuum – wie eben Howard Ringbaum.«

»Was ist denn so gräßlich an ihm? So übel sieht er gar nicht aus.«

»Er ist sehr egoistisch, sehr geizig und sehr berechnend. Wenn Thelma Ringbaum sagt, daß es Zeit ist, mal wieder eine Party zu geben, schickt Howard nicht einfach Einladungen, er ruft einen an und fragt, ob man kommen würde, falls er eine Einladung gibt.«

»Das neben ihm muß seine Frau sein«, sagte Cheryl.

»Thelma ist in Ordnung, sie ist nur Boofke-blind«, sagte Professor Zapp. »Wie sie es bei Howard aushält, weiß kein Mensch«. Cheryl sah über Professor Zapps Schulter. Howard Ringbaum faßte behutsam die Griffe der Plastiktüte, deren Boden durch den auslaufenden Schnaps auf eine Weise nach unten gezogen wurde, die nichts Gutes verhieß. »Vielleicht könnte ich es filtern«, sagte Howard Ringbaum zu seiner Frau. Doch da spießte eine Scherbe durch das Plastik, und ein Schwall reiner Scotch ergoß sich über seine Wildlederhandschuhe. »Scheiße«, sagte er wieder.

»Aber Howard!«

»Was machen wir hier überhaupt?« fuhr er sie an. »Du hast gesagt, daß es hier zum Ausgang geht.«

»Nein, Howard, das hast du gesagt, ich habe dir nur zugestimmt.«

»Sind sie weg?« fragte Professor Zapp gedämpft.

»Sie gehen jetzt.« Cheryl merkte, daß die Passagiere hinter ihr allmählich unruhig wurden, und brachte ihr Geschäft rasch zum Abschluß. »Hier ist Ihre Bordkarte, Professor Zapp. Bitte seien Sie eine halbe Stunde vor dem Start in der Abflughalle. Ihr Gepäck ist bis Mailand durchgecheckt. Gute Reise.«

So kam es, daß sich Morris Zapp eine halbe Stunde später neben Fulvia Morgana in einer Trident der British Airways auf dem Weg nach Mailand wiederfand. Sehr rasch waren sie dahintergekommen, daß sie beide Hochschullehrer waren. Die Maschine rollte noch zur Startbahn, da hatte Morris bereits Philip Swallows Buch über Hazlitt, hatte Fulvia Murgana die Althusser-Essays hervorgeholt. Einer schielte verstohlen auf die Lektüre des anderen. Es war so viel wie ein Handschlag unter Logenbrüdern. Sie sahen sich an.

»Morris Zapp, Euphoric State.« Er streckte die Hand aus.

»Ganz recht. Ich 'abe Sie sprechen 'ören. Im Dezember in New York.«

»Bei der MLA? Arbeiten Sie über Philosophie?« Er nickte zu *Lenin und die Philosophie* hinüber.

»Nein, kulturelle Studien sind mein Fach. Fulvia Morgana, Padua. In Europa zeigt sich die Kritik am Marxismus sehr interessiert. In Amerika nicht in dem Maße.«

»Ich glaube, Fulvia, uns Amerikaner hat Freud immer mehr gereizt als Marx.« Fulvia Morgana. Morris blätterte rasch seine geistige Kartei durch. Er erinnerte sich dunkel, den Namen auf den Titelseiten verschiedener angesehener literaturtheoretischer Zeitschriften gelesen zu haben.

»Und jetzt Derrida«, sagte Fulvia Morgana. »In Chicago – ich war gerade in Chicago – las alles Derrida. Amerika ist wild auf Dekonstruktion. Warum eigentlich?«

»So ein bißchen gehöre ich auch zu der Zunft. Dekonstruktion ist aufregend – die letzte geistige Spannung, die uns noch geblieben ist. Als wenn man den Ast absägt, auf dem man sitzt.«

»Eben. Es ist so narzißtisch. So 'offnungslos.«

»Worum ging's denn bei Ihrer Tagung?«

»Sie 'ieß ›Die Krise des Zeichens‹.«

»Richtig, ich war eingeladen, hab's aber nicht geschafft. Wie war es denn?«

Fulvia Morgana hob die Schultern unter der braunen Samtjacke.

»Wie üblich. Viele langweilige Vorträge. Ein paar interessante Parties.«

»Wer war da?«

»Alle, die man mit Fug und Recht erwarten durfte. Die Hermeneutikmafia aus Yale. Die Rezeptionsheinis von Johns Hopkins. Natürlich die Aristoteliker aus Chicago. Und Arthur Kingfisher.«

»Der muß langsam auch in die Jahre kommen.«

»Er hat die – wie nennt man das – die programmatische Eröffnungsrede gehalten. Am ersten Abend.«

»War sie gut?«

»Grauenhaft. Alles war natürlich gespannt, wie er sich zur Dekonstruktion stellen würde. Dafür oder dagegen? Würde er aus den Prämissen seines strukturalistischen Frühwerks die logischen Konsequenzen ziehen, oder würde er in eine Verteidigung traditioneller humanistischer Bildung zurückfallen?« Es hörte sich an wie ein Zitat aus einem bereits zu Papier gebrachten Tagungsbericht.

»Soll ich mal raten?« fragte Morris.

»Das wäre nur Zeitverschwendung.« Fulvia Morgana löste ihren Sitzgurt und strich die Samthosen über dem Knie glatt. Die Maschine war während des Gesprächs gestartet. Morris hatte kaum etwas davon gemerkt. »Er hat einerseits dies, andererseits jenes gesagt. Er 'at um das Thema 'erumgeredet, 'at salbadert und geschwafelt. Er 'at Dinge wiederholt, die er schon vor zwanzig, dreißig Jahren gesagt – und zwar besser gesagt – 'atte. Es war peinlich, das dürfen Sie mir glauben. Trotzdem 'aben sie ihm eine stehende Ovation gegeben.«

»Er ist schon ein großer Mann. Oder war es jedenfalls. Ein König unter den Literaturtheoretikern. Für viele Leute personifiziert er gewissermaßen die Zunft der universitären Literaturwissenschaft.«

»Dann muß ich leider sagen, daß die Zunft sich in einem beklagenswerten Zustand befindet«, meinte Fulvia. »Was lesen Sie da? Ein Buch über 'azlitt?«

»Von einem englischen Freund. Er hat es mir gestern gegeben. Solche Sachen liegen mir sonst nicht.« Er legte Wert darauf, sich von Philips verschroben-altmodischem Thema und dessen archaischer Behandlung zu distanzieren.

Fulvia Morgana beugte sich vor und las den Namen auf dem Schutzumschlag. »Philip Swallow. Den kenne ich. Er 'at vor ein paar Jahren einen Vortrag in Padua ge'alten.«

»Stimmt. Er hat mir gestern abend von seiner Italienreise erzählt. Sie war sehr ereignisreich.«

»Wie das?«

»Als sie zum Rückflug starteten, geriet seine Maschine in Brand. Sie mußten umkehren und eine Notlandung machen. Aber es ist ihm nichts passiert.«

»Nun, sein Vortrag war leider nicht sehr ereignisreich. Er war sehr langweilig.«

»Das überrascht mich nicht. Philip ist ein netter Kerl, aber zu geistiger Erregung peitscht er einen nicht gerade hoch.«

»Wie ist sein Buch?«

»Hören Sie zu, ich gebe Ihnen eine Kostprobe.« Morris las einen Absatz laut vor, den er sich in Philips Buch angestrichen hatte.

*»Der ist am gelehrtesten, der am meisten von dem weiß, was dem gewöhnlichen Leben und eigener Anschauung am fernsten liegt, von geringstem praktischen Nutzen ist und am wenigsten Gefahr läuft, in der Praxis erprobt zu werden und was – nachdem es die größtmögliche Zahl an Zwischenstadien durchlaufen hat – das größte Maß an Ungewißheit, Schwierigkeiten und Widersprüchen aufweist.«*

»Sehr interessant«, sagte Fulvia Morgana. »Ist das Philip Swallow?«

»Nein, das ist Hazlitt.«

»Erstaunlich. Es klingt sehr modern. 'azlitt war offenbar seiner Zeit voraus. Das ist eine bemerkenswerte Attacke auf den bürgerlichen Empirismus.«

»Ich glaube, er hat es ironisch gemeint«, sagte Morris milde. »Es ist aus einem Essay mit dem Titel *Die Ignoranz der Gelehrten.«*

Fulvia Morgana warf schmollend die Lippen auf. »Diese Engländer mit ihrer Ironie. Man weiß bei Ihnen nie, woran man ist.«

Der Wagen mit den Getränken bot eine willkommene Ablenkung. Morris ließ sich Scotch on the Rocks, Fulvia eine Bloody Mary geben. Das Gespräch wandte sich wieder der Tagung in Chicago zu.

»Alles redete von diesem UNESCO-Lehrstuhl«, sagte Fulvia. »'inter vorge'altener 'and natürlich.«

»Was ist das für ein Lehrstuhl?« Ein jäher Stich der Besorgnis durchfuhr Morris und brachte das Gefühl behaglicher Wärme in Gefahr, das ihm der Whisky und der glückliche Zufall einer Bekanntschaft mit dieser glamourösen Kollegin beschert hatte. »Von einem UNESCO-Lehrstuhl habe ich noch nie gehört.«

»Keine Angst, er ist noch nicht ausgeschrieben«, sagte Fulvia lächelnd. Morris versuchte sich an einem beiläufigen Lachen, das aber selbst in seinen eigenen Ohren gezwungen klang.

»Es soll ein Lehrstuhl für Literaturkritik sein, finanziert von der

UNESCO. Eigentlich ist es nur ein Gerücht, ich glaube, Arthur Kingfisher 'at es in Umlauf gesetzt. Es heißt, er sei der Leiter der Berufungskommission.«

»Und was erzählt man sich noch über diesen Lehrstuhl?« fragte Morris bemüht nebenbei.

Aber auch ohne ihre Antwort ging ihm auf, daß sich hier endlich ein Ziel abzeichnete, das seines Strebens würdig war. Der UNESCO-Lehrstuhl für Literaturkritik – das mußte einfach der höchstdotierte Lehrstuhl der Zunft sein. Fulvia bestätigte seine Vermutung. Man sprach von hunderttausend Dollar pro Jahr. »Steuerfrei natürlich, wie alle UNESCO-Lehrstühle.« Verpflichtungen? Praktisch keine. Der Lehrstuhl war an kein bestimmtes Institut gebunden, um nicht das eine oder andere Land zu bevorzugen. Es war ein – bis auf die Bezüge – rein gedachter Lehrstuhl, den der erfolgreiche Bewerber innehaben konnte, wo immer er sich niederzulassen wünschte. Ein Büro samt Sekretariat stand ihm in der Zentrale in Paris zur Verfügung, er war aber nicht verpflichtet, Gebrauch davon zu machen. Erwartet wurde von ihm, daß er auf Kosten der UNESCO durch die Welt düste, an Tagungen teilnahm und die Begegnung mit der internationalen Gemeinschaft der Wissenschaftler suchte – aber ganz nach eigenem Gutdünken. Er brauchte weder Lehrveranstaltungen wahrzunehmen noch Ausschüssen vorzusitzen. Er wurde bezahlt, um zu denken und – wenn ihn die Stimmung überkam – zu schreiben. Ein Saal voller Schreibkräfte an der Place Fontenoy würde, Textverarbeitungsgerät bei Fuß, bereitstehen, um seine neuesten Betrachtungen über die Ontologie des literarischen Textes, den therapeutischen Wert der Lyrik, das Wesen der Metapher oder die Beziehung zwischen synchronischer und diachronischer Literaturwissenschaft zu tippen, zu vervielfältigen, zusammenzutragen und in alle Himmelsrichtungen zu verschicken. Morris Zapp schwindelte es, wenn er daran dachte, was dieses Amt seinem Inhaber an Wohlstand und Privilegien bringen und wieviel Neid er damit bei seinen weniger glücklichen Mitbewerbern erregen würde.

»Hätte er den Lehrstuhl auf Lebenszeit oder nur für eine begrenzte Amtsdauer?« fragte Morris.

»Soweit ich weiß, ist geplant, sie mit einem Urlaub von ihrer derzeitigen Hochschule auf drei Jahre zu berufen.«

»Sie?« wiederholte Morris aufgestört. War Julia Kristeva oder Christine Brooke-Rose schon in die engere Wahl gekommen? »Warum haben Sie ›sie‹ gesagt?«

»Und warum haben Sie ›er‹ gesagt?«

Morris atmete auf und hob kapitulierend die Hände. »Touché. Wer mal mit einer feministischen Bestsellerautorin verheiratet war, dürfte eigentlich nicht in so eine Falle tappen.«

»Wer ist das?« – »Sie schreibt unter dem Namen Désirée Byrd.«

»Ja, richtig. *Giorni Difficili.* Ich 'abe es gelesen.« Sie betrachtete Morris mit neuem Interesse. »Ist es autobiographisch?«

»Zum Teil. Dieser UNESCO-Lehrstuhl... Würde er Sie reizen?«

»Nein«, sagte Fulvia mit Nachdruck.

Doch das nahm Morris ihr nicht ab.

Während sich Morris Zapp und Fulvia Morgana in einer Höhe von 30000 Fuß über dem südöstlichen Frankreich einen leichten Imbiß einverleibten, kam Persse McGarrigle mit der U-Bahn in Heathrow an. Nachdem Angelica weg war, hielt ihn nichts mehr in Rummidge, er hatte deshalb die Mitgliederversammlung geschwänzt, die den Abschluß der Tagung bildete, und war mit dem Zug nach London gefahren. Er hoffte auf einen Wartelistenplatz für den billigen Nachmittagsflug nach Shannon. Sein Tagungszuschuß war auf Bahn- und Schiffsfahrt zugeschnitten und hätte für den normalen Economy-Tarif nicht gelangt. Bei Air Lingus in Terminal Zwei notierten sie seinen Namen und baten ihn, um halb drei wiederzukommen. Während er noch überlegte, was er in den nächsten zwei Stunden anfangen sollte, wurde die Halle zeitweilig durch über hundert mit Reisetaschen der Firma Saracen Tours bewaffnete Moslems blockiert, die sich in Richtung Mekka zum Gebet zu Boden warfen. Zwei Mann vom Putzgeschwader besahen sich, in Persses Hörweite auf ihre Besen gelehnt, angewidert dieses Schauspiel.

»Scheißpakis«, sagte der eine. »Warum gehnse nich in die Scheißkirche, wennse schon ihre Scheißgebete labern müssen?«

»Was sollnse denn da?« meinte sein Kollege, der einen Tick weniger bigott zu sein schien. »Wo die doch ne Moschee brauchen.«

»Dadrauf hamwa in Heathrow grade noch gewartet. Scheißmoschee.«

'»Ich sag ja nich, daß wir so was brauchen«, sagte sein Kollege nachsichtig. »Ich sag ja bloß, daß die Kanaker mit ner christlichen Kirche nichts anfangen können.«

»Ja, und nächstens machen wir hier ne Synagoge auf und nen Hindutempel und stelln den Indianern n Totempfahl zum Rumtanzen hin, wie? Was wolln die überhaupt hier? Zu ihrem Scheißmekka geht's von Terminal Drei ab.«

»Hab' ich Sie richtig verstanden, daß hier auf dem Flughafen eine Kirche ist?« schaltete Persse sich ein.

»Klar is hier ne Kirche«, sagte der Zornigere der beiden. »Beim Fundbüro, stimmt's, Fred?«

»Nee, gleich neben dem Tower«, sagte Fred. »Die Unterführung Richtung Terminal Drei, dann den Schildern zum Busbahnhof nach. Dahinter halblinks, dann rechts. Gar nich zu verfehlen.«

Persse verfehlte es dennoch – und zwar wiederholt. Er irrte über Stufen und Rolltreppen und laufende Bänder, durch Tunnel und über Brücken. Heathrow verstand es – wie das Zentrum von Rummidge –, geradlinige, horizontale Fortbewegung zu unterbinden. Fußgänger wurden über Umwege und durch Labyrinthe geschleust. Einmal erblickte er ein Schild »Zur St. George's Chapel«. Als er eilfertig die angezeigte Richtung einschlug, landete er an der Flughafenwäscherei. Von diversen amtlich aussehenden Personen, die er nach dem Weg fragte, bekam er verwirrende und widersprüchliche Auskünfte. Er war schon versucht, sich geschlagen zu geben, denn mittlerweile taten ihm die Füße weh, und seine Reisetasche schien immer schwerer zu werden, aber er biß die Zähne zusammen und suchte weiter. Der Anblick der betenden Moslempilger hatte ihn an den betrüblichen Zustand seiner Seele erinnert, und wenn er auch nicht damit rechnete, einen katholischen Priester zu finden, der ihm die Beichte abnehmen konnte, drängte es ihn doch, zumindest an geweihter Stätte Buße zu tun, ehe er sich in die Lüfte begab.

Als er zum drittenmal, der Verzweiflung nah, vor Terminal Zwei stand, sah er eine junge Frau in der Kluft des Bodenpersonals von British Airways und sprach sie an. Dies, nahm er sich vor, sollte sein letzter Versuch sein.

»St. George's Chapel? Gleich neben dem Tower«, gab sie Bescheid.

»Das sagen alle, aber ich suche sie seit einer halben Stunde wie eine Stecknadel und kann und kann sie nicht finden.«

»Ich bring Sie hin, wenn Sie wollen«, sagte die junge Frau munter. Ein Plastikschildchen am Revers wies sie als »Cheryl Summerbee« aus.

»Das ist wirklich sehr lieb von Ihnen«, sagte Persse. »Wenn ich Sie nicht von der Arbeit abhalte...«

»Ich habe Mittagspause.« Cheryl hatte einen leicht gestelzten Gang, sie zog die Knie an und setzte die Füße zierlich und gemessen, wie ein Zirkuspferd, womit sie den Eindruck zielstrebiger Bewegung vermittelte, ohne entscheidend vorwärtszukommen, dafür aber wurden das schulterlange blonde Haar und bestimmte Teile ihres Körpers in erfreuliche Schwingungen versetzt. Sie hatte einen leichten Silberblick, was ihren blauen Augen einen träumerisch-vagen Ausdruck verlieh, der durchaus reizvoll wirkte. In der Hand hielt sie eine Einkaufstasche aus buntem plastikbeschichtetem Segeltuch, aus der ein Romanheftchen mit dem Titel *Schauplatz Liebe* und eine Jagdmütze aus gelblichbraunem Tweed mit auffallenden roten Karos hervorsah, die Persse bekannt vorkam. »Sie gehört nicht mir«, erläuterte Cheryl. »Ein Fluggast hat mich heute früh gebeten, sie an einen Bekannten zu schicken.«

»Doch nicht etwa Professor Zapp?«

Cheryl blieb stehen, einen Fuß über dem Boden in der Schwebe haltend. »Woher wissen Sie das?«

»Er ist ein Bekannter von mir. An wen sollen Sie die Mütze schikken?«»

»Persse McGarrigle, Limerick.«

»Die Mühe kann ich Ihnen sparen. Ich bin der nämliche.« Er holte das Namenschild aus weißer Pappe hervor, das er auf der Tagung in Rummidge bekommen hatte, und zeigte es Cheryl.

»So ein Zufall.« Sie zog die Mütze aus der Tasche, faßte sie an den Ohrenklappen und setzte sie ihm mit einer gewissen Feierlichkeit auf. »Paßt wie angegossen«, lächelte sie. »Wie Aschenputtels Pantoffel.« Sie schob den Aufkleber, den Morris Zapp mit McGarriggles Adresse versehen hatte, Persse in die Brusttasche, und es kam ihm vor, als befühle sie dabei mit einem schnellen Geflügelhändlergriff seinen Brustmuskel. Sie schwenkte zwei Pfundnoten. »Ihr amerikanischer Professor hat gesagt, ich soll mir von dem Wechselgeld einen Drink auf seine Kosten kaufen. Jetzt reicht es für zwei Drinks und zwei Sandwiches.«

Persse zögerte. »Ich würde gern mitmachen, Cheryl, aber ich wollte eigentlich in die Kirche.« Das war nur der halbe Grund. Auch ein Gefühl der Loyalität Angelica gegenüber – trotz des Streichs, den sie ihm gestern abend gespielt hatte – hielt ihn davon ab, Cheryls Einladung zu folgen.

»Richtig, das hatte ich ganz vergessen.« Cheryl führte ihn noch fünfzig Meter weiter, dann deutete sie auf ein großes hölzernes Kruzifix, das sich vor ihnen erhob. »Da ist sie.«

»Vielen tausend Dank«, sagte er und sah ihr bewundernd und mit leisem Bedauern nach, als sie sich tänzelnd entfernte.

Abgesehen von dem schlichten Holzkreuz sah die Kirche von außen eher einem Luftschutzbunker als einem Gotteshaus gleich. Hinter einer niedrigen Mauer aus dunkelbraunen Backsteinen war nur ein kuppelförmiges Dach aus dem gleichen Material zu sehen und ein Eingang, hinter dem Stufen in die Unterwelt führten. Dort, wo die Stufen endeten, war ein kleiner Vorraum mit einem Tisch, auf dem Traktätchen ausgelegt waren, und von dem eine Bürotür abging. An der Wand hing ein kleines, mit grünem Fries bespanntes Brett, an das Besucher der Kapelle Zettel mit den verschiedenartigsten Gebeten und Bittschriften gepinnt hatten.

*»Möge unser Sohn eine gute Reise haben und bald zurückkehren.« »Gott schütze die Russisch-Orthodoxe Kirche.« »Gott, sieh mit Wohlgefallen auf Deine Diener Mark und Marianne herab, die Deinen Samen in den Acker der Mission senken.« »Lieber Gott, mach, daß ich mein Gepäck zurückkriege (in Nairobi weggekommen).«*

Die Kapelle selbst war fächerförmig aus der Erde gegraben, an der schmalsten Stelle stand der Altar, die Decke, mit indirekter Beleuchtung versehen, war bogenförmig bis zum Boden heruntergezogen. Wenn man auf einer der vorderen Bänke Platz nahm, kam man sich fast vor wie in der Kabine eines Großraumjets und hätte sich nicht gewundert, wenn über dem Altar die Leuchtschrift mit der Mahnung »Nicht rauchen. Bitte anschnallen.« erschienen und statt eines Kirchendieners eine Stewardeß durch den Gang geschritten wäre.

Es gab eine kleine Seitenkapelle, wo zu Persses freudiger Überraschung eine Ewige Lampe neben einem an der Wand angebrachten Tabernakel flackerte zum Zeichen, daß dort das Heilige Sakrament aufbewahrt wurde. An dieser Stelle bat er schlicht, aber aufrichtig um die Wiederauffindung Angelicas und für sich selbst um Herzensreinheit (denn er sah in ihrer Flucht die Strafe für seine Wollust). Getröstet und gestärkt erhob er sich und beschloß, ebenfalls eine Bittschrift an die Anschlagtafel zu hängen. Er schrieb auf ein Blatt, das er aus einem Notizbüchlein riß: »Lieber Gott, laß mich Angelica finden.« Ihren Namen setzte er – in dem gleichen fließend-zusammenhängenden Schriftzug, den er in Rummidge in den Schnee gezeichnet hatte – auf eine gesonderte Zeile. Wenn es Gottes Wille war, kam sie vielleicht hier vorbei, erkannte seine Handschrift, ließ sich erweichen und setzte sich mit ihm in Verbindung.

Persse ging nicht gleich mit seiner Bittschrift zu der Anschlagtafel, denn dort steckte gerade eine junge Frau ihren Zettel an den grünen Stoff. Er sah nur ihren Rücken, aber schon der ließ erkennen, wie seltsam sich die Gestalt in dieser Umgbung ausnahm: Pechschwarzes, kunstvoll gelocktes und frisiertes Haar, kurze weiße Kunstpelzjacke, knallige rote Feincordhosen und hochhackige Goldsandalen. Nachdem sie ihr Gebet angebracht hatte, blieb sie einen Augenblick still davor stehen, dann nahm sie einen mit Würfeln und Rouletterädern bedruckten Seidenschal aus der Handtasche und legte ihn sich über den Kopf. Während sie sich umdrehte und auf ihren hohen Absätzen an ihm vorbei in den Kirchenraum stakste, sah Persse flüchtig ein hübsches, blasses Gesicht, das ihm irgendwie bekannt vorkam; vielleicht war es ihm beim Umherirren in Heathrow heute vormittag schon einmal begegnet. Als er seine Bittschrift anpinnte, konnte er es sich nicht versagen, einen Blick auf das rosa Kärtchen der jungen Frau zu werfen.

*Lieber Gott, bitte mach, daß Vater und Mutter sich meinetwegen nicht zu Tode sorgen und daß sie nicht rauskriegen, was ich jetzt mach' und die Leute auf der Farm und die anderen Mädchen im Hotel auch nicht, bitte lieber Gott.*

Persse hob das Kärtchen mit dem Daumennagel vom Brett ab, drehte es um und las die Rückseite:

GIRLS UNLIMITED
Hostessen – Begleiterinnen – Massage – Gesang und Tanz. Internationale Agentur. Zentrale: Soho Square, London W 1, Tel. 0124268
Telegramme CLIMAX London.

Persse steckte die Karte wieder an die Tafel und ging noch einmal in den Kirchenraum zurück. Die junge Frau kniete in der hintersten Reihe, den Kopf gebeugt, die maskaraverkleisterten Wimpern gesenkt. Persse setzte sich in die Bank gegenüber vom Mittelgang und betrachtete ihr Profil. Nach einigen Minuten bekreuzigte sie sich, stand auf und trat in den Gang. Persse folgte ihrem Beispiel und sprach sie an.

»Bernadette McGarrigle?«

Er fing sie auf, als sie ohnmächtig zusammensank.

Während Morris Zapp und Fulvia Morgana auf dem Flug über die Alpen das Spätwerk von Roland Barthes zergliederten und sich einem zweiten Kaffee widmeten, riefen die Bediensteten der Stadt Mailand einen Blitzstreik zugunsten zweier Finanzbeamter aus, die wegen angeblicher Korruption entlassen worden waren (nach Aussage ihrer Vorgesetzten hatten sie ihre Familien von der Vermögenssteuer freigestellt, nach Aussagen der Gewerkschaft war die Entlassung eine reine Schikanemaßnahme, weil sie ihre Vorgesetzten nicht von der Vermögenssteuer freigestellt hatten). Die Landung der British Airways-Trident vollzog sich daher inmitten eines städtischen Chaos. Der größte Teil des Flughafenpersonals befand sich im Ausstand, und die Passagiere mußten sich ihr Gepäck aus einem hohen Berg unter dem Bauch der Maschine herausklauben und es selbst über das Flugfeld zum Terminal schleppen. Die Schlangen vor der Zoll- und Paßkontrolle waren lang und aufgebracht.

»Wie kommen Sie nach Bellagio?« fragte Fulvia, nachdem sie und Morris sich angestellt hatten.

»Die von der Villa wollten mir einen Wagen schicken. Ist es weit?«

»Nicht besonders. Sie müssen uns mal in Mailand besuchen.«

»Das wäre sehr nett, Fulvia. Ist Ihr Mann auch an der Universität?«

»Ja, er ist Professor für italienische Renaissanceliteratur in Rom.«

Morris überlegte einen Augenblick. »Er arbeitet in Rom. Sie arbeiten in Padua. Aber Sie wohnen in Mailand?«

»Die Verbindungen sind gut. Es gibt mehrere Flüge am Tag zwischen Mailand und Rom und eine *autostrada* nach Padua. Außerdem ist Mailand die eigentliche Hauptstadt Italiens. Rom ist verschlafen, träge, provinziell.«

»Und Padua?«

Fulvia sah ihn an, als wittere sie Ironie. »In Padua wohnt man nicht«, sagte sie schlicht.

Sie kamen überraschend schnell durch den Zoll. Etwas an Fulvias elegant-autoritärem Gebaren – oder vielleicht ihre samtenen Kniehosen – übte auf einen der Beamten eine schier magnetische Wirkung aus, und bald hatten sie die schwitzende, drängelnde, ungeduldige Meute hinter sich. Doch jenseits der Paßkontrolle ballte sich erneut eine schwitzende, drängelnde, ungeduldige Meute von Abholern und Angehörigen. Manche hielten Schilder mit Namen hoch, aber der Name Zapp war nirgends zu erblicken.

»Ich will Sie nicht aufhalten, Fulvia«, sagte Morris unglücklich. »Wenn niemand da ist, kann ich ja den Bus nehmen.«

»Die Busse streiken bestimmt«, sagte Fulvia. »Haben Sie die Telefonnummer der Villa?«

Morris gab ihr den Brief mit der Zusage, daß man ihn abholen würde. »Aber hier steht, daß Sie am Samstag ankommen. Auf Malpensa, dem anderen Flughafen.«

»Ja, aber ich habe umdisponiert, um Rummidge mitnehmen zu können. Das habe ich ihnen auch geschrieben.«

»Den Brief dürften sie nicht bekommen haben«, meinte sie. »Die Postzustellung ist eine nationale Schande. Wenn ich einen wirklich dringenden Brief für Amerika habe, fahre ich in die Schweiz und gebe ihn dort zur Post. Achten Sie auf das Gepäck.« Sie hatte eine freie Telefonzelle erspäht und schnappte sie einem wütenden Geschäftsmann vor der Nase weg. Wenig später kam sie zurück und bestätigte ihre Vermutung. »Wie ich mir dachte – sie haben Ihren Brief nicht bekommen.«

»So ein Mist. Und was mach' ich jetzt?«

»Es ist alles geregelt«, sagte Fulvia. »Sie übernachten bei uns, und morgen schickt die Villa einen Wagen zu uns.«

»Das ist wirklich sehr nett von Ihnen«, sagte Moris.

»Warten Sie draußen mit dem Gepäck«, sagte Fulvia. »Ich hole den Wagen.«

Morris bewachte die Koffer, ließ sich von der warmen Frühlingssonne bescheinen und musterte mit Kennerblick die interessanteren Wagen, die vor dem Terminal vorfuhren, um Fahrgäste aufzunehmen oder abzusetzen. Ein bronzefarbenes Maserati-Coupé, das er bisher nur – zum Preis von etwas über 50000 Dollar – in Zeitschriften bewundert hatte, fiel ihm auf, aber es dauerte einen Moment, bis er kapiert hatte, daß am Steuer hinter den getönten Scheiben Fulvia saß und ihm nachdrücklich winkte, er möge einsteigen. Während sie majestätisch durch das Flughafentor rollten, schien es ihm, als drohe sie den Streikposten mit der Faust, aber als die breit grinsend mit der gleichen Bewegung antworteten, begriff Morris, daß es eine Geste der Solidarität mit der Sache der Arbeiter war.

»Ich muß Sie etwas fragen, Fulvia«, sagte Morris Zapp, Scotch on the rocks nippend, den ein schwarz livriertes, weiß beschürztes Dienstmädchen in einer Kristallkaraffe auf silbernem Tablett in den Salon im ersten Stock des prachtvollen Barockbaus neben der Villa Napoleone gebracht hatte, wo sie nach einer so erschrecklich schnellen Fahrt eingetroffen waren, daß er Mailands Straßen und Boulevards nur als blaßgraue Schatten in Erinnerung hatte. »Es mag naiv klingen, vielleicht sogar rüde – aber es muß einfach heraus.«

Fulvia hob die Augenbrauen. Sie hatten sich beide ein wenig ausgeruht, hatten geduscht und sich umgezogen. Sie trug ein langes, locker fallendes Gewand aus feiner weißer Wolle, in dem sie mehr denn je wie eine römische Kaiserin aussah. Sie saßen sich in weichen Ledersesseln gegenüber, zwischen ihnen lag ein Perserteppich auf dem honiggelb glänzenden Parkettboden. Morris sah sich in dem geräumigen Zimmer um, in dem einige wenige erlesene antike Möbelstücke geschmackvoll mit den besten Exemplaren modernen italienischen Designs harmonierten und an dessen cremefarbenen Wänden, wie er sich durch einen Blick aus nächster Nähe überzeugt hatte, Originale von Chagall, Mark Rothko und Francis Bacon hingen. »Ich frage mich eins«, sagte Morris Zapp. »Wie können Sie das Leben einer Millionärin mit den Grundsätzen des Marxismus vereinbaren?«

Fulvia schwenkte lässig die elfenbeinerne Zigarettenspitze. »Eine sehr amerikanische Frage, wenn ich das so sagen darf, Morris. Natürlich sehe ich das Widersprüchliche unserer Lebensweise, aber es sind genau diese Widersprüche, die für die letzte Phase des bürgerlichen Kapitalismus typisch sind und letztlich zu dessen Zusammenbruch führen werden. Würden wir unsere kleinen Privilegien aufgeben –« hier breitete Fulvia ihre Hände in einer bescheiden-besitzergreifenden Geste aus, die implizierte, ihres und ihres Mannes Lebensstandard läge schließlich nur wenige Grade über dem – beispielsweise – einer in der Bowery von der Wohlfahrt lebenden puertorikanischen Familie »– würden wir den Vollzug des Prozesses nicht um eine Minute beschleunigen. Er hat seinen eigenen unaufhaltsamen Schwung und Rhythmus und wird bestimmt durch den Druck von Massenbewegungen, nicht durch die unmaßgeblichen Handlungen Einzelner. Da es im Sinne des dialektischen Materialismus im 'istorischen Prozeß keine Rolle spielt, ob Ernesto und ich als Einzelne arm oder reich sind, können wir ebensogut reich sein, denn diesen Part verstehen wir mit einer gewissen Würde zu spielen. Arm zu sein 'ingegen – arm wie unsere italienischen Bauern – läßt sich ungleich schwerer erlernen, es ist etwas, was einem seit Generationen angeboren sein muß.« Fulvia sprach rasch und geläufig, als zitiere sie etwas, was sie und ihr Mann schon häufiger hatten abspulen müssen.

»Außerdem können wir, wenn wir reich sind, anderen 'elfen, die entschiedener Position bezogen 'aben.«

»Wem zum Beispiel?«

»Ach, den verschiedensten Gruppen«, sagte Fulvia unbestimmt. Das Telefon läutete. Sie eilte mit rauschendem Gewand durchs Zimmer, hob ab und führte ein Gespräch in behendem Italienisch, von dem Morris außer einem gelegentlichen *caro* und einmal seinem eigenen Namen nichts verstand. Fulvia legte auf und ging gemesseneren Schrittes wieder zu ihrem Sessel zurück. »Mein Mann. Er sitzt wegen des Streiks in Rom fest. Der Mailänder Flughafen ist geschlossen. Er kommt heute abend nicht mehr zurück.«

»Das tut mir aber leid«, sagte Morris.

»Warum?« Fulvia Morganas Lächeln war so matt und mysteriös wie das der Mona Lisa.

»Willst du nicht zurück nach Hause, Bernadette? Deine Mammy ist ganz fertig vor Sorge um dich, und dein Daddy auch.«

Bernadette schüttelte nachdrücklich den Kopf und zündete sich eine Zigarette an. Sie fummelte nervös an ihrem Feuerzeug herum, der scharlachfarbene Nagellack splitterte. »Ich kann nicht nach Hause«, sagte sie. Die Stimme, heiser von zu vielen Zigaretten und wohl auch starken Getränken, hatte noch immer den singenden

Tonfall der Grafschaft Sligo. »Ich kann nie mehr nach Hause.« Sie sah Persse unter den langen, maskaraschweren Lidern nicht an, sondern drückte die Spitze ihrer Zigarette in den grünen Plastikaschenbecher auf dem weißen Plastiktisch in der Snackbar von Terminal Zwei. Vor ihr stand ein Teller mit Schinkensalat, von dem sie kaum zwei Bissen gegessen hatte. Persse säbelte an seinem Essen herum, betrachtete dabei ihr Gesicht und ihre Gestalt und staunte, daß er darin, als sie in der Kirche an ihm vorbeigegangen war, die Züge der Bernadette erkannt hatte, wie er sie zuletzt gesehen hatte – auf einem Familienausflug zum Strand von Ross Point, in jenem Sommer, als sie beide dreizehn oder vierzehn gewesen und schüchtern und gehemmt miteinander umgegangen waren. Er hatte sie als wilde Hummel in Erinnerung, schlank, mit wirrem, schwarzem Haar und zahnlückigem Lächeln, wie sie, ihr Sonntagskleid geschürzt, in die Brandung hineingerannt und von ihrer Mutter gescholten worden war, weil die Gischt es durchnäßt hatte. »Warum nicht?« fragte er sanft drängend.

»Weil ich ein Kind habe, aber keinen Mann dazu. Darum.«

»Ach so«, sagte Persse. Er kannte die Moralbegriffe Westirlands und wußte, dies war ein nicht zu unterschätzendes Hindernis. »Du hast also das Baby bekommen?«

»Ach, so ist das also!« fuhr Bernadette auf und sah ihn an. »Die denken wohl, ich hab' mir's wegmachen lassen.«

Persse wurde rot. »Ja, also dein Onkel Milo…«

»Onkel Milo? Der alte Quacksack der.« Die Erinnerung an Dr. O'Shea ließ den Dialekt in ihre Sprache einschießen, wie Speichel in den Mund schießt oder Adrenalin in die Blutbahn. »Was zum Teufel geht denn den das an?«

»Durch ihn hab' ich von deinen Problemen erfahren. Vorgestern erst. In Rummidge.«

»Da bist du gewesen? Ich war seit Jahren nicht mehr dort. Gräßlich, dieser düstere alte Kasten in der… wie heißt sie gleich… in der Gittings Road. Drei Treppen mußtest du den Staubsauger hochschleppen, und den Hals konntest du dir brechen in dem dunklen Treppenhaus, weil der Knicker immer zu schwache Birnen reingemacht hat.« Bernadette schüttelte den Kopf und stieß Zigarettenrauch durch die Nüstern. »Wie 'ne Sklavin haben die mich gehalten. Dagegen war das Hotel in Sligo das reinste Sanatorium. Nur einer ist da nett zu mir gewesen, der Untermieter, der ganz oben gewohnt hat. Ein amerikanischer Professor. Bei dem durft ich Farbfernsehn gucken und mir unanständige Zeitschriften ansehn.« Bernadette lachte und ließ weiße, gleichmäßige und vermutlich falsche Zähne sehen. »*Playboy* und *Penthouse* und so was. Bilder von Mädchen mit nichts an. Frech wie Dreck, mit ihren Namen drunter. Einem unschuldigen jungen Ding aus County Sligo konnte da ganz schön ein Seifensieder aufgehn, das kann ich dir flüstern.« Bernadette warf Persse einen durchtriebenen Blick zu, um festzustellen, ob ihn das schockierte. »Und eines Tages hat Onkel Milo mich dabei erwischt und hat mich windelweich geprügelt.«

»Wo ist dein Kind jetzt?« fragte Persse.

»Bei Pflegeeltern. In London.«

»Dann könntest du allein nach Hause fahren.«

»Und auf Fergus verzichten?«

»Nur kurz. Zu Besuch.«

»Nein, danke bestens. Ich weiß schon, wie das laufen würde. Die Blicke hinter den Vorhängen. Das Geglotze und Gewispere nach der Messe am Sonntagmorgen.«

»Und wie sehen deine Zukunftspläne aus?«

»Ich will so viel sparen, daß ich mich zur Ruhe setzen, ein kleines Geschäft, eine Boutique vielleicht, kaufen und Fergus zu mir nehmen kann.«

»Zur Ruhe setzen? Wovon, Bernadette?«

»Ich bin in der Unterhaltungsbranche«, sagte sie unbestimmt und sah auf die Uhr. »Ich muß bald gehen.«

»Aber erst gibst du mir noch deine Adresse.«

Sie schüttelte den Kopf. »Ich hab' keine. Ich bin viel auf Reisen.«

»Aber Girls Unlimited könnten wohl einen Brief weiterleiten.« Sie wurde blaß unter dem Makeup. »Woher weißt du –« Dann fiel der Groschen. »Man liest nicht anderer Leute Gebete. Und auch nicht, was auf der Rückseite steht.«

»Du hast schon recht, Bernadette, das hätte ich nicht tun dürfen. Aber sonst hätte ich dich nicht erkannt. Jetzt kann ich doch deiner Mammy und deinem Daddy sagen, daß es dir gutgeht.«

»Daß du denen bloß nichts von Girls Unlimited erzählst.«

»Was machst du denn da, Bernadette? Du bist doch nicht etwa eine von diesen Hostessen?«

»Was denkst du denn von mir?« sagte sie empört. »Das bringt nichts, wenn du nicht hinterher noch mit den Kunden schläfst, und davon hab' ich die Nase voll.« Sie zündete sich noch eine Zigarette an und betrachtete Persse abschätzend durch den Rauch hindurch. »Also schön – ich strippe.«

»Bernadette! Das darf doch nicht wahr sein.«

»Doch ist es wahr«, sagte sie trotzig. »Ich tanz ein bißchen und zieh mir nacheinander die Klamotten aus. Meine beste Schau ist das

Zimmermädchen. Marlene, das Zimmermädchen. Das ist mein Künstlername, Marlene. Um die Kluft auszuziehen, dafür zahlen sie mir mehr, als ich je gekriegt hab', wie ich sie anhatte.«

»Aber wie kannst du es ertragen –«

»Das erste Mal war hart, aber man gewöhnt sich schnell dran.«

»Daran, daß die Kerls dich anglotzen?«

Bernadette warf den Kopf zurück. »Tu bloß nicht so erhaben, Persse McGarrigle. Wie war das denn damals in dem Kuhstall von deinen Eltern, als du gesagt hast, ich soll den Schlüpfer runterlassen und dir meine Geheimnisse zeigen?«

Persse wurde puterrot. »Wir waren damals noch richtige Kinder, ich erinnere mich kaum mehr daran.«

»Aber daß du mir dein kleines Licht nicht hast zeigen wollen, daran erinnere ich mich noch sehr gut«, gab Bernadette trocken zurück. »Typisch. Also ehrlich, wenn die Macker in den Clubs mich anglotzen bei meiner Schau und ich hab' nur noch 'n Scheitelschoner an, dann sehn sie aus wie 'n Haufen kleiner Jungs mit dreckigen Hintergedanken. Und dann frag' ich mich – wieso kommen die überhaupt? Meinen sie, daß sie eines Tages vielleicht was anderes zu sehn kriegen? Dabei ist an der Stelle eigentlich jede Frau ziemlich gleich gebaut. Was ist da bloß so spannend dran?«

Persse flüchtete in eine Gegenfrage. »Was ist mit dem Vater deines Kindes? Müßte der dir nicht mit Geld unter die Arme greifen?«

»Ich weiß nicht, wo er steckt.«

»War er nicht Gast in deinem Hotel? Es müßte möglich sein, ihm über das Gästebuch auf die Spur zu kommen.«

»Einmal hab' ich an ihn geschrieben. Der Brief ist zurückgekommen. Unbekannt verzogen.«

»Wer war denn der Mann? Wie hieß er?«

»Das sag' ich nicht. Ich will gar nichts mehr mit ihm zu tun haben. Sonst versucht er am Ende noch, mir Fergus wegzunehmen. Er war ein komischer, trübseliger Typ.« Sie sah wieder auf die Uhr. »Ich muß jetzt wirklich gehen. Schönen Dank für den Salat. Tut mir leid, daß ich keinen Appetit hatte.«

»Spielt doch keine Rolle«, sagte Persse. »Hör mal, Bernadette, wenn du es dir vielleicht noch anders überlegst und doch nach Irland zurück willst – in Rummidge gibt es einen Pfarrer, der könnte dir helfen. Er hat einen Fonds zur Repatriierung junger Iren. Den Fonds unserer Lieben Frau von Knock. Pater Finbar O'Malley heißt der Mann...«

»O'Malley? Dem seine Eltern haben drei Meilen von uns entfernt ihre Farm. Seine Mutter ist die größte Klatschbase im ganzen Dorf.

Zu dem würde ich zu allerletzt gehen. Und denk dran, daß du Mammy und Daddy nicht sagst, was ich mache. Du kannst sie von mir grüßen, wenn du willst.«

»Das werde ich tun.«

Sie beugte sich zu ihm herüber und streifte seine Wange mit ihren Lippen. Ein berauschender Parfümhauch stieg ihm in die Nase. »Bist ein braver Kerl, Persse.«

»Und du bist braver, als du dich gibst.«

»Leb wohl«, sagte sie heiser und stakste auf ihren hochhackigen Goldsandalen davon, ohne noch einen Blick zurückzuwerfen. Bald hatte er sie in dem rastlosen Gewoge der Halle aus den Augen verloren. Nachdenklich machte Persse sich über ihren Schinkensalat her. Dann ging er zum Schalter der Aer Lingus, wo man ihm bedauernd mitteilte, der Flug nach Shannon sei ausgebucht. In Kürze ginge aber eine British Airways-Maschine nach Dublin, und dort seien noch reichlich Plätze frei. Persse beschloß, nach Dublin zu fliegen und von dort nach Limerick zu trampen. Er ging rasch zum Terminal Eins und meldete sich am Abfertigungsschalter für die Dublin-Maschine.

»Hallo, da sind Sie ja wieder«, sagte Cheryl Summerbee. »Haben Sie die Kirche gefunden?«

»Ja, schönen Dank.«

»Ob Sie's glauben oder nicht, ich war noch nie drin, so lange ich hier arbeite. Wie ist sie denn?«

»Ein bißchen wie ein Flugzeug.« Persse sah nervös auf die Uhr.

»Schön ruhig wahrscheinlich.« Cheryl lehnte sich vor und betrachtete ihn intensiv aus blauen, ein wenig schielenden Augen.

»Ja, sehr friedlich«, sagte Persse. »Entschuldigen Sie, Cheryl, aber startet die Maschine nicht bald?«

»Keine Bange, die kriegen Sie bequem. So, jetzt suchen wir Ihnen einen schönen Platz. Raucher oder Nichtraucher?«

Cheryls Finger flogen über die Computertastatur. Stirnrunzelnd sah sie auf den Display. Dann erhellte sich ihre Miene. »16B«, sagte sie. »Ein prächtiger Platz.«

Persse war der Letzte, der an Bord ging. Er konnte nichts Besonderes an 16B finden, dem Mittelsitz in einer Dreierreihe, auf dem er rechts und links von Ordensschwestern flankiert war.

Das Abendessen – *gazpacho*, gebratenes Perlhuhn und gefüllte Paprikaschoten, frische Orangenscheiben in Karamelsauce und ein *dolcelatte*-Käse – war superb, ebenso der Wein, der, wie Morris von Fulvia erfuhr, auf dem Weingut ihres Schwiegervaters, des Grafen, gekeltert und abgefüllt worden war. Sie aßen bei Kerzenlicht in einem getäfelten Speisezimmer, Licht und Schatten spielten über die dunklen Holzflächen von Tisch und Wänden, während ein Mädchen und ein Diener sie diskret bedienten. Als sie fertig waren, schickte Fulvia die beiden mit königlicher Geste auf ihre Zimmer und teilte Morris mit, daß Kaffee und Likör sie im Salon erwarteten.

»Überwältigend, diese Gastfreundschaft, Fulvia.« Morris lehnte an dem weißen Marmorkaminsims und trank langsam seinen Kaffee, einen Fingerhut süßen, brühheißen Suds von teerartiger Farbe und Konsistenz, mit einem Koffeinkick wie tausend Volt. »Ich weiß gar nicht, wie ich Ihnen danken soll.«

Fulvia Morgana, halb liegend auf dem Sofa hingegossen, sah ihn an. Der geschlitzte Rock ihres weißen Gewandes gab ein wohlgeformtes Bein frei. Die roten Lippen entblößten zwei Reihen scharfer, weißer, ebenmäßiger Zähne. »Das wirst du bald merken«, sagte sie, und die von Morris Zapp den ganzen Abend über mit einer Mischung aus Sorge und Skepsis erwogene Möglichkeit, Fulvia Morgana könne die Absicht haben, ihn zu verführen, wurde zur Gewißheit.

»Komm 'er«, sagte sie und klopfte auf die Sofakissen, als habe sie ein Hündchen vor sich.

»Danke, ich fühl' mich im Augenblick hier ganz wohl.« Morris setzte mit nervösem Klappern die Tasse auf dem Sims ab und zündete sich umständlich eine Zigarette an. »Sag mal, Fulvia, wer wird sich deiner Meinung nach um den UNESCO-Lehrstuhl bewerben?«

Sie zuckte die Schultern. »Ich weiß nicht. Tardieu vielleicht.«

»Der Narratologe? Ist der nicht inzwischen weg vom Fenster? Schön, vor zehn Jahren waren sie da alle voll drauf, Aktans und Funktion und Narrem und der Quatsch. Aber jetzt...«

»Zehn Jahre ist das erst her? Sind wissenschaftliche Moden wirklich so kurzlebig?«

»Sie werden immer kurzlebiger. Mittlerweile sind Leute wieder modern, die gar nicht gemerkt hatten, daß sie inzwischen unmodern waren. Wer noch?«

»Ach, ich weiß nicht... Von Turpitz wird sich bestimmt bewerben.«

»Dieser Nazi?«

»Nazi war er nicht, glaube ich, sondern bloß bei der Wehrmacht.«

»Aussehen tut er jedenfalls wie ein Nazi. So wie ich die Brüder kenne – zugegebenermaßen kenne ich sie allerdings nur aus dem Kino.«

Fulvia gab ihre Sofapose auf und ging zum Barwagen. »Cognac oder Likör?«

»Cognac, wenn ich bitten darf. Hast du übrigens das letzte Buch von Turpitz gelesen? Ein reiner Neuaufguß von Iser und Jauss.«

»Sprechen wir nicht mehr von Büchern.« Sie schwebte durch das matt beleuchtete Zimmer auf ihn zu, einen Cognacschwenker wie eine große Seifenblase in der Hand. »Und auch nicht von Lehrstühlen und Tagungen.« Sie war ihm jetzt sehr nah und streifte mit dem Rücken ihrer freien Hand seine Weichteile. »Sind es wirklich fünfundzwanzig Zentimeter?« fragte sie halblaut.

»Wie kommst du darauf?« sagte er heiser.

»Das Buch deiner Frau...«

»Du darfst nicht alles glauben, was in Büchern steht, Fulvia.« Morris griff sich den Cognacschwenker und leerte ihn auf einen Zug. Er hustete und bekam Tränen in die Augen. »Wer sich, wie du, von Berufs wegen mit Kritik beschäftigt, müßte das eigentlich wissen. Alle Schriftsteller übertreiben.«

»Aber um wieviel übertreiben sie, Morris? Das würde ich gern einmal mit eigenen Augen sehen.«

»Angewandte Kritik sozusagen?« witzelte er.

Fulvia lachte nicht. »Hast du nicht deine Frau veranlaßt, mit einem Bandmaß nachzumessen?,« – »Unsinn. Das ist nur feministisches Gerede. Wie das ganze Buch.«

Er wankte, Qualm ausstoßend wie ein retirierendes Schlachtschiff, zu einem der tiefen Sessel, aber Fulvia lotste ihn energisch zum Sofa, setzte sich neben ihn und drückte ihren Schenkel an den seinen. Sie öffnete einen Knopf an seinem Hemd und schob eine kühle Hand darunter. Er zuckte zusammen, als sich die Steine eines der Ringe in seinem Brusthaar verfingen. »So viel 'aar«, schnurrte Fulvia. *»Das* stimmt jedenfalls.«

»Ich will ja auch nicht behaupten, daß das Buch von vorn bis hinten frei erfunden ist«, sagte Morris. »Gewisse Details sind schon aus dem Leben gegriffen...«

»Be'aart wie eine Bestie... Du warst bestialisch zu deiner Frau, nicht?«

»Autsch«, stieß Morris hervor, denn Fulvia hatte ihm, um ihren Worten Nachdruck zu verleihen, die langen lackierten Nägel tief in die Haut gegraben.

»Ist was? Ja, du hast sie mit Lederriemen gefesselt und ganz schrecklich demütigende Sachen mit ihr gemacht.«

»Alles Lügen«, sagte Morris verzweifelt.

»Mit mir kannst du das machen, wenn du magst, *caro*«, flüsterte Fulvia ihm ins Ohr und kniff gleichzeitig schmerzhaft in seine Brustwarze.

»Ich will das mit niemand machen und hab' das auch nie gewollt«, stöhnte Morris. »Wir haben nur einmal auf Sado-Macho gemacht, und da ging die Initiative von Désirée aus.«

»Das glaub' ich dir nicht, Morris.«

»Es stimmt aber. Schriftsteller lügen das Blaue vom Himmel herunter, sie sind ganz groß im Erfinden, sie stellen alles auf den Kopf. Schwarz wird weiß, weiß wird schwarz. Es sind ganz und gar unethische Geschöpfe. Aua.« Fulvia hatte ihn so heftig ins Ohrläppchen gebissen, daß Blut hervorquoll.

»Komm«, sagte sie und erhob sich unvermittelt.

»Wohin?«

»Ins Bett.«

»Schon?« Morris sah auf seine Digitaluhr. »Es ist erst zehn nach zehn. Kann ich nicht noch meine Zigarre zu Ende rauchen?«

»Nein, dazu ist keine Zeit.«

»Wozu die Eile?«

Fulvia setzte sich wieder neben ihn. »Findest du mich nicht begehrenswert, Morris?« Sie schmiegte sich verführerisch an ihn, aber ein leise drohendes Licht in ihren Augen signalisierte, daß er ihre Geduld auf eine harte Probe stellte.

»Natürlich, Fulvia, du bist eine der attraktivsten Frauen, denen ich je begegnet bin«, beteuerte Morris beflissen. »Das ist es ja gerade. Du bist bestimmt enttäuscht, besonders nach Désirées Reklametrommelei. Nämlich... ich hab' das vor Jahren schon aufgesteckt.«

Fulvia rückte ein Stück beiseite und betrachtete ihn entgeistert. »Willst du damit sagen, daß du –«

»Nein, nicht impotent. Aber außer Übung. Ich lebe allein. Ich jogge. Ich schreibe Bücher. Ich sehe fern.«

»Keine Liebesgeschichten?«

»Schon lange nicht mehr.«

Fulvia sah ihn mitleidsvoll an. »Armer Mann.« – »Ach, weißt du, es ist nicht so schlimm, wie ich gedacht hatte. Im Grunde bin ich froh, daß ich diesen ganzen Krampf hinter mir habe.«

»Krampf?«

»Du weißt schon. Das Aus- und Anziehen mitten am Tag, das Duschen vorher und nachher, ständig die Sorge, ob du auch saubere Unterhosen anhast, das ständige Zähneputzen und Gurgeln mit Mundwasser...«

Fulvia warf den Kopf zurück und lachte laut und lange. »Du bist wirklich urkomisch«, stieß sie hervor.

Morris Zapp lächelte unsicher, denn auf einen so humoristischen Effekt hatte er es eigentlich nicht angelegt.

Fulvia stand wieder auf und zog Morris hoch. »Komm, du komischer Mensch, ich werde dir zeigen, was du dir hast entgehen lassen.«

»Tja, wenn du darauf bestehst...« Seufzend drückte er seine Zigarre aus. In dieser entspannteren Stimmung kam ihm Fulvia nicht mehr ganz so bedrohlich vor. »Gib mir einen Kuß«, sagte er.

»Einen Kuß?«

»Ja, wenn du noch weißt, was das ist. Früher war es eine Zwischenstufe zwischen Begrüßung und Bumsen. Ich bin ein altmodischer Typ, weißt du.«

Fulvia lächelte und preßte ihren Körper an den seinen. Sie zog sein Gesicht zu sich herab und küßte ihn lange und leidenschaftlich. Morris ließ seine Hände an ihrem Rücken und an ihren Hüften entlanggleiten. Er hatte den Eindruck, daß sie unter dem weißen Gewand nackt war und spürte die Begierde in sich wie welke Wurzeln nach dem Frühlingsregen.

Fulvias Schlafzimmer war ein mit dicken Teppichen ausgelegtes Achteck, an den Wänden und an der Decke mit rosenfarbenen Spiegeln verkleidet, die jede Bewegung vielfach zurückwarfen wie ein Kaleidoskop. Ein Schwarm von Fulvias stieg nackt wie Botticellis Venus aus dem weißen Schaum abgelegter Gewänder und lief mit ausgestreckten Armen auf ihn zu. Eine ganze Fußballmannschaft von Morris Zapps entkleidete sich in täppischer Eile bis auf die Unterhosen und legte haarige Pfoten auf Reihen pfirsichfarbener Hinterbacken, die bis in die Unendlichkeit reichten.

»Wie gefällt dir das?« fragte Fulvia halblaut, während sie auf den karminroten Laken des gewaltigen Rundbettes miteinander rangelten.

»Riesig«, sagte Morris. »Eine Orgie in der Choreographie von Busby Berkeley.«

»Laß die Witze, Morris«, sagte Fulvia. »Das ist unerotisch.«

»Entschuldige. Was soll ich mit dir machen?«

Fulvias Antwort kam prompt. »Du mußt mich fesseln und knebeln, danach darfst du mit mir anstellen, was du willst.« Sie holte ein Paar Handschellen, Lederriemen, Klebeband und Bandagen aus einem Schrank am Bett.

»Wie funktionieren die?« Morris fummelte an den Handschellen herum.

»So.« Fulvia streifte ihm die stählernen Armbänder über die Handgelenke und ließ sie zuschnappen. »Haha. Jetzt bist du mein Gefangener.« Sie stieß ihn aufs Bett.

»Hey, was soll denn das?«

Sie zog ihm die Unterhose aus. »Ich glaube, so ein ganz kleines bißchen hat deine Frau tatsächlich übertrieben, Morris.« Sie kniete über ihm. Ihre langen kühlen Finger bewegten sich hurtig.

*»Ars longa,* im Leben kürzer«, sagte Morris halblaut. Es war wie Galgenhumor eines Ertrinkenden. Er schloß die Augen und gab sich ganz der Wahrnehmung hin.

Dann hörte er von unten ein dumpfes Geräusch, wie von einer zuklappenden Tür, und eine männliche Stimme, die Fulvias Namen rief. Morris machte die Augen auf, sein Körper versteifte sich vor Schreck bis auf ein Körperteil, das aus eben diesem Grunde erschlaffte. »Wer ist das?« zischte er.

»Mein Gemahl«, sagte Fulvia.

*»Was?«* Eine Meute nackter, gefesselter Morris Zapps sprang vom Bett und wechselte bestürzte Blicke. »Ich denke, er sitzt in Rom fest?«

»Er 'at wohl den Wagen genommen«, sagte Fulvia gelassen. Sie hob Kopf und Stimme und rief etwas Italienisches.

»Was machst du da? Was hast du gesagt?« fragte Morris und kämpfte mit seiner Unterhose. Er machte die Erfahrung, daß es nicht einfach war, eine Unterhose anzuziehen, wenn man Handschellen trug. »Ich 'ab ihm gesagt, er soll 'eraufkommen.«

»Bist du wahnsinnig? Und wie komme ich hier raus?« Morris Zapp hüpfte mit halb angezogener Unterhose im Zimmer herum, öffnete Schranktüren, suchte nach einem zweiten Ausgang, nach einem Versteck und stolperte über seine Schuhe. Fulvia lachte. Er hielt ihr die Handschellen unter die Römernase. »Bitte sei so gut und nimm mir die verdammten Dinger ab.« Sein Flüstern war wie ein unterdrückter Schrei. Fulvia kramte pomadig in einem Schubfach des Nachttischchens nach dem Schlüssel. »Schnell, schnell«, drängte Morris verzweifelt. Er hörte, wie jemand, einen Schlager summend, die Treppe heraufkam.

»Bleib ruhig, Morris. Ernesto ist ein Mann von Welt.« Fulvia steckte einen Schlüssel ins Schloß der Handschellen, es klickte, und er war frei. Aber dann klickte es wieder, die Schlafzimmertür öffnete sich, und ein Mann in elegantem hellen Anzug, grauhaarig und tief gebräunt, trat ein. »Ernesto, das ist Morris«, sagte Fulvia, küßte ihren Mann auf beide Wangen und führte ihn zu Morris, der hastig die Unterhose hochzog.

*»Felice di conoscerla, signore.«* Ernestos Gesicht legte sich in lächelnde Falten, und er streckte eine Hand aus, die Morris ziemlich kraftlos schüttelte.

»Ernesto spricht kein Englisch«, sagte Fulvia. »Aber er versteht alles.«

»Da ist er mir entschieden über«, sagte Morris.

Ernesto öffnete eine Spiegelschranktür, hängte seinen Anzug auf, schleuderte die Schuhe von sich und ging in Richtung Badezimmer wobei er sich das Hemd über den Kopf zog. Ein halb erstickter italienischer Wortschwall kam darunter hervor.

»Was hat er gesagt?« stöhnte Morris, als sich die Badezimmertür hinter Ernesto geschlossen hatte.

»Er duscht jetzt«, erläuterte Fulvia und schüttelte die Kissen auf. »Dann wird er uns Gesellschaft leisten.«

»Gesellschaft leisten? Wo?«

»'ier natürlich.« Fulvia stieg ins Bett und plazierte sich gefällig in der Mitte.

Morris starrte sie an. »Hey, ich glaube, das hast du von Anfang an so geplant«, sagte er vorwurfsvoll.

Fulvia lächelte ihr Mona-Lisa-Lächeln.

In dem kleinen Badezimmer ihrer Wohnung am Fitzroy Square traf Thelma Ringbaum außergewöhnlich sorgfältige Vorbereitungen für die Nacht. Es war ein langer, ermüdender Tag gewesen. Die Agentur, bei der sie die Wohnung gemietet hatten, hatte den Schlüssel verschludert und sie mehrere Stunden auf Ersatz warten lassen. Als sie endlich drin waren, zeigte sich, daß unerklärlicherweise das Wasser abgestellt worden war, und sie mußten die Agentur bitten, ihnen jemand zu schicken, um es wieder in Betrieb zu setzen. Dazu wiederum mußten sie lange nach einer nicht verwüsteten Telefonzelle suchen, weil der Anschluß in der Wohnung nicht funktionierte. Der Küchenherd war so dreckig, daß Thelma genötigt war, ihn sauberzumachen, ehe sie auch nur Wasser für Kaffee aufsetzen konnte, und der Kühlschrank erwies sich als perfektes Anschauungsmodell für einen Gletscher und mußte vor Gebrauch abgetaut werden. Da sie in der vergangenen Nacht nicht recht hatte schlafen können, war Thelma, nachdem sie diese Aufgaben bewältigt, die notwendigsten Lebensmittel eingekauft und Abendessen gemacht hatte (zum Auswärtsessen hatte sich Howard nicht bereit gefunden) zum Umfallen müde. Aber Howard hatte ihr ein Schäferstündchen in Aussicht gestellt, und Thelmas Leben war nicht so reich an Romantik, daß sie es sich leisten konnte, so etwas auszuschlagen. Außerdem konnte der

Arme nach diesem enttäuschenden Brief von Morris Zapp, den er auf dem Fußabstreifer gefunden hatte, eine Aufmunterung gebrauchen.

Trotz ihrer Müdigkeit und des deprimierenden Anblicks von Spinnweben und abblätternder Farbe im Badezimmer spürte Thelma erste Ansätze erotischer Erregung, während sie sich – Howard zur Lust – verschönerte. Sie setzte dem Badewasser duftenden Schaum zu, rieb sich mit parfümierter Hautcreme ein, tupfte Parfüm hinter die Ohren und an andere intime Körperstellen und warf ihr verführerischstes Nachthemd über, ein frivoles Gewand aus durchsichtigem schwarzem Nylon. Sie gönnte ihrem Haar die berühmten hundert Bürstenstriche und biß sich auf die Lippen, um ihnen eine gesunde rote Farbe zu verleihen. Dann ging sie auf Zehenspitzen zum Wohnzimmer, öffnete mit einem Ruck die Tür und stellte sich auf der Schwelle in Positur. »Howard«, flötete sie.

Howard saß in gebückter Haltung vor einem altertümlichen Schwarzweißfernseher und drehte an den Knöpfen. Das Bild summte und flackerte. »Ja?« fragte er, ohne sich umzudrehen.

Thelma kicherte. »Jetzt kannst du mich haben, Schätzchen.«

Howard Ringbaum wandte sich um und sah sich um, ohne eine Miene zu verziehen. »Jetzt will ich dich nicht«, sagte er und fummelte weiter an seinem Pantoffelkino herum.

In diesem Moment beschloß Thelma Ringbaum, ihren Mann bei der ersten sich bietenden Gelegenheit zu betrügen.

Auf dem ganzen Erdball ziehen sich in diesem Augenblick Menschen an oder aus, allein oder paarweise, sie wachen oder schlafen, arbeiten und ruhen. Während Persse McGarrigle Morris Zapps Jagdmütze in den Nacken geschoben hat und nächtens über eine irische Landstraße wandert, hat derselbe Sonnenstrahl, der, vom Mond reflektiert, jetzt seinen Weg erhellt und ihm die Umrisse dunkler Farmen und Häuser zeigt, in denen Mensch und Tier schnarcht und schlummert, vor wenigen Sekunden die auf den Straßen hausenden Habenichtse in Bombay und die Fabrikarbeiter in Omsk geweckt, scheint ihnen direkt in die zuckenden Gesichter oder stiehlt sich durch die Schlitze zerschlissener Vorhänge und kaputter Jalousien.

Weiter östlich ist es bereits Vormittag. In Cooktown, Queensland, arbeitet Rodney Wainwright in seinem Büro in der University of North Queensland an dem Vortrag über die Zukunft der Kritik. Um wieder in seine Argumentation hineinzukommen, schreibt er das schon Geschriebene noch einmal ab – so wie ein Hochspringer seinen Anlauf verlängert, um einen besonders kühnen Sprung zu schaffen. Er setzt seine Hoffnung darauf, daß der Schwung des Diskurses ihn über das lästige Hindernis hinwegtragen wird, das ihn schon so lange hemmt. Bisher geht alles gut. Seine Hand bewegt sich hurtig über das Blatt. Er bringt beim Schreiben zahlreiche neue Redefiguren ein und nimmt subtile Änderungen am Original vor. Er versucht das Wissen um das Kommende zu verdrängen, versucht, die Augen vor dem drohend heraufziehenden entscheidenden Absatz zu verschließen, sein Gehirn auszutricksen. Nicht hinsehen, nicht hinsehen. Weitermachen... weitermachen... Nimm deine ganze Kraft zusammen. Spring! Jetzt!

»Die Frage ist daher: Wie kann die Literaturkritik ihrer arnoldischen Aufgabe treubleiben – der Aufgabe, das Beste an Gedachtem und Gesagtem zu erkennen –, wenn der literarische Diskurs selbst durch die Dekonstruktion des traditionellen Konzepts des Autors, der ›Autorität‹, seiner Mitte beraubt worden ist? Klipp und klar –«

Ja, bitte?

*Klipp und klar...*

Klipp und klar... was?

Der Hochspringer hängt einen Augenblick in der Luft, sein Gesicht ist gerötet vor Anstrengung, die Augen quellen aus den Höhlen, die Sehnen sind gespannt, die Stange beugt sich bedenklich unter seinem Gewicht, die Latte ist nur Zentimeter von seiner Nase entfernt. Dann bricht alles zusammen. Die Stange splittert, die Latte fällt, der Athlet stürzt zappelnd zu Boden. Rodney Wainwright läßt sich nach vorn auf den Schreibtisch sinken und vergräbt das Gesicht in den Händen. Wieder verloren.

Ein schüchternes Klopfen. »Herein«, stöhnt Rodney Wainwright und schaut vorsichtig durch die Finger. Ein blonder Mädchenkopf schiebt sich durch den Türspalt. Große Augen sehen ihn an. »Alles in Ordnung, Dr. Wainwright?« fragt Sandra Dix. »Ich wollte mit Ihnen wegen meines Referats sprechen.«

Auf einem anderen Breiten-, aber etwa demselben Längengrad korrigiert Akira Sakazaki, im Schneidersitz in seiner weich ausgepolsterten Himmelskammer hockend, englische Übungen seiner Erstsemester. »Nach Errettung von Ertrinkungstod Rettungsschwimmer Mädchen deckt«, liest er. Seufzend und kopfschüttelnd setzt Akira Artikel ein, stellt die Wortfolge um, streicht ›deckt‹ und schreibt:... wickelt das Mädchen in eine Decke.« Für Ronald Frobishers Übersetzer sind das kleine Fische. »Kleine Fische«, sagt Akira laut und lächelt breit. Es ist eine Redewendung, deren Bedeutung er erst heute vormittag einem Brief des Schriftstellers entnommen hat.

Akira hat heute früh sein Arnold Palmer-Sporthemd an, die Jack Nicklaus-Golfschuhe stehen an der Tür bereit zum Hineinschlüpfen, wenn er zur Universität geht. Denn heute ist sein Golftag. Heute abend wird er seine Heimfahrt unterbrechen, um eine Stunde auf einem der vielen Golfübungsplätze Tokios zu verbringen. Es juckt ihn schon jetzt, die Finger um den Schläger zu legen. Auf der oberen Galerie des flutlichterhellten, mit Netzen überspannten Platzes, der wie ein riesiger Vogelkäfig in dem von drei sich überschneidenden Eisenbahnlinien gebildeten gleichschenkligen Dreieck steht, wird er hundert gelbe Golfbälle in den Raum schleudern, wird sehen, wie sie sich hoch über die Millionen Dächer und Fernsehantennen erheben – nur um an das Netz zu prallen und in einem enttäuschenden Niedergang zu Boden zu stürzen wie tote Vögel.

Akira sieht diesen Sport als Allegorie der Freuden und Frustrationen seiner Arbeit als Übersetzer. Die Sprache ist das Netz, das den Gedanken in einer bestimmten Kultur gefangen hält. Könnte man nur den Ball kraftvoll genug, mit perfektem Timing schlagen – vielleicht würde er das Netz durchstoßen, würde seinen Lauf fortsetzen, nie herunterfallen, sondern sich auf eine Umlaufbahn um den Erdball setzen.

In London ist Ronald Frobisher in seinem Arbeitszimmer in Morgenrock und Pyjama vor dem Fernseher eingeschlafen, an dem er sich vor etlichen Stunden die Wiederholung einer Krimifolge angesehen hat, deren Drehbuch von ihm stammt. Von seinem eigenen Dialog eingelullt, ist er in seinem Sessel entschlummert, und Spätnachrichten, Wetterbericht und das Wort zur Nacht von einem ernsthaften evangelischen Prediger, das die Realität der Sünde behandelt, sind unbemerkt über ihn hinweggegangen. Jetzt gibt das Gerät nur noch ein hohes Jaulen und einen schwachen blauen Schimmer von sich, der dem stoppeligen, pockennarbigen Gesicht des Schriftstellers eine leichenartige Färbung verleiht. Unbeachtet zu seinen Füßen liegt ein blaues Aerogramm mit säuberlich getippten Fragen. »S. 152. Was versteht man unter Marmeladenkniften? S. 182. Was sind Unterbuxen? S. 191. Wer ist Achdumeinefresse?«

Auch Arthur Kingfisher sitzt vor einem Fernseher, allerdings schläft er nicht, da es in Chicago, wo er sich noch ein paar Tage nach dem Abschluß der Tagung über »Die Krise des Zeichens«, aufhält, um für ein Tausend-Dollar-Honorar seine programmatische Eröffnungsrede in Form einer Vorlesung an der Northwestern University zu wiederholen, erst früher Abend ist. Er sieht sich mit Unterbrechungen einen telefonisch georderten und über einen der Videokanäle des Hotels aufs Zimmer gelieferten Pornofilm an. Mit Unterbrechungen, weil er gleichzeitig ein Buch über Hermeneutik liest, das er – ein inzwischen längst überfälliger Auftrag – für eine wissenschaftliche Zeitschrift besprechen soll, und er sieht von der Seite nur auf, wenn die Dürre des wissenschaftlichen Diskurses selbst für sein vertrocknetes altes Gehirn unerträglich wird oder wenn die von banalen Dialogen zu Keuch- und Stöhnlauten überwechselnde Tonspur des Videofilms ihm signalisiert, daß der dürftige Vorwand, eine Geschichte erzählen zu wollen, zugunsten des wahren Sinns und Zwecks der Übung preisgegeben worden ist. Gleichzeitig entfernt Song-mi Lee, die sich, in einen bezaubernden Seidenkimono gehüllt, über seine Schulter beugt, das Ohrenschmalz aus Arthur Kingfishers Ohr, wobei sie sich eines geschnitzten Bambusinstrumentchens bedient, das, speziell zu diesem Zweck konstruiert, in koreanischen Badehäusern weit verbreitet ist.

Plötzlich wird Arthur Kingfisher erregt – ob es an den Bildern der Kopulation auf der kleinen Mattscheibe liegt, an der subtilen Stimulation seines Innenohrs oder an dem von dem Hermeneutikautor ausgelösten geistigen Blick auf neue Horizonte einer begrifflichen Welt, ist schwer zu entscheiden. Jedenfalls spürt er deutliche Lebenszeichen zwischen den Beinen, läßt das Buch fallen und schiebt Song-mi Lee zum Bett, indes er seinen Bademantel auszieht und sie drängt, desgleichen zu tun.

Sie gehorcht. Aber der Kimono ist empfindlich und kostbar, der Gürtel ist in einem komplizierten Knoten um Song-mi Lees schmale Taille geschlungen, und es dauert gut und gern eine halbe Minute, bis sie sich ausgezogen hat. Inzwischen ist Arthur Kingfishers Erregung dahin – oder vielleicht war es ohnehin nur eine Illusion, ein Phantom, Wunschdenken. Er wendet sich deprimiert wieder Buch und Fernseher zu. Aber er hat vergessen, welche Möglichkeit eines neuen theoretischen Ansatzes er eben noch aufschimmern sah, und die auf dem Bildschirm rangelnden, sich windenden und zuckenden nackten Leiber scheinen jetzt nur seiner Impotenz zu spotten. Er klappt das Buch zu, schaltet den Fernseher aus und schließt gebrochen die Augen. Song-mi Lee setzt schweigend die Säuberung seiner Ohren fort.

In Helicon, New Hampshire, ist es Abend, das Essen ist vorbei, und Désirée beugt sich in Verschwörerhaltung über den Münzfernsprecher in der Halle der Schriftstellerkolonie. Sie führt das Gespräch mit ihrer Agentin in New York in dringlichem Flüsterton, weil sie vermeiden will, von den anderen Bewohnern belauscht zu werden. Denn sie ist dabei, ihrer Agentin zu gestehen, daß sie »blockiert« ist. Dieses Wort darf – wie das Wort »Krebs« in chirurgischen Stationen – unter keinen Umständen laut ausgesprochen werden, auch wenn alle ständig daran denken.

»Das bringt mir hier nichts, Alice«, flüstert sie ins Telefon.

»Wie meinst du? Ich verstehe dich nicht. Muß eine schlechte Verbindung sein«, sagt Alice Kauffman in ihrer Wohnung in der 48th Street. »Ich bin noch nicht weiter als vor sechs Wochen, als ich hergekommen bin.« Désirée gibt vorsichtig ein paar Phon zu. »Morgens ist meine erste Tat, das zu zerreißen, was ich am Tag davor geschrieben habe. Ich werd' noch verrückt.«

Ein tiefer Seufzer – er klingt wie ein sich leerender Blasebalg – kommt von New York über die Leitung nach New Hampshire. Alice Kauffman wiegt zweihundertdreißig Pfund und betreibt ihre Agentur von der Privatwohnung aus, weil sie sich, schwergewichtig, wie sie ist, nicht einmal per Taxi ohne größere Mühen in einen anderen Teil von Manhattan bewegen kann. Wie Désirée sie kennt – und sie kennt Alice sehr gut – ist ihre Agentin zur Zeit auf einem Diwan hingestreckt, mit einem Stoß von Manuskripten an einer Seite ihrer breiten Hüften und einer geöffneten Schachtel Schweizer Kirschlikörpralinen an der anderen. »Dann steck's auf, Schätzchen«, sagt Alice. »Fahr ab, gleich morgen. Zieh Leine.« – Désirée wirft einen besorgten Blick über die Schulter. Hoffentlich hat niemand diesen ketzerischen Ratschlag mitbekommen. »Wohin?«

»Tu dir was Gutes, sorg für Tapetenwechsel«, sagte Alice. »Du solltest verreisen. Flieg nach Europa.«

»Hm«, sagt Désirée nachdenklich. »Gerade heute hab' ich eine Einladung zu einer Tagung nach Deutschland bekommen.«

»Fahr hin«, sagte Alice. »Die Kosten sind von der Steuer absetzbar.« – »Sie schreiben, daß sie mir die Spesen zahlen.«

»Du wirst Extraausgaben haben«, sagte Alice. »Die hat man immer. Hab' ich dir übrigens schon erzählt, daß *Schwere Tage* ins Portugiesische übersetzt wird? Das ist die siebzehnte Sprache, die Koreaner nicht mitgerechnet, die haben einen Raubdruck gemacht.«

Im fernen Deutschland liegt Siegfried von Turpitz, dem Desirée die Einladung verdankt, in seinem Haus am Rand des Schwarzwaldes und schläft. Erschöpft von seiner langen Fahrt liegt er in Habachtstellung auf dem Rücken, die schwarze Hand ruht auf der Decke.

Seine Frau Bertha, die neben ihm in dem zweiten Bett liegt, hat ihren Mann nie ohne den Handschuh gesehen. Wenn er badet, hängt seine rechte Hand über den Wannenrand, damit sie nicht naß wird. Wenn er duscht, ragt sie waagrecht über den Duschvorhang hinaus wie das Zeichen eines Verkehrspolizisten. Wenn er in ihr Bett kommt, ist sie im Dunkeln nie ganz sicher, ob es ein Penis oder ein lederumhüllter Finger ist, der die Falten und Öffnungen ihres Körpers sondiert. In der Hochzeitsnacht hat sie ihn angefleht, den Handschuh abzulegen, doch er hat abgelehnt. »Aber wenn das Licht aus ist, Siegfried?« hat sie gebettelt. »Meine Frau hat mich einmal darum gebeten«, hat Siegfried von Turpitz geheimnisvoll gesagt, »aber ich habe vergessen, den Handschuh vor dem Einschlafen wieder anzuziehen.« Von Turpitz' erste Frau ist, wie man weiß, einem Herzschlag erlegen, eines Morgens lag sie tot neben ihrem Mann im Bett. Bertha hat Siegfried nie wieder gebeten, seinen Handschuh auszuziehen.

In Europa schlafen die meisten Menschen jetzt. Michel Tardieu allerdings ist wach hinter den tiefhängenden Eidechsenlidern, beunruhigt von einem schwachen Parfümhauch, der von dem neben ihm schlafenden Albert ausgeht. Es ist nicht der vertraute Duft des von Tardieu bevorzugten Eau de Toilette *Tristes Tropiques,* mit dem Albert sich für gewöhnlich großzügig bedient, sondern etwas Süßlich-Aufdringliches, Ordinär-Synthetisches, etwas (seine Nase zuckt, indes er versucht, olfaktorische Empfindungen in verbale Begriffe zu übersetzen), etwas, was (die Eidechsenlider heben sich bestürzt) eine *Frau* benutzen könnte. Akbil Borak hingegen liegt nicht wach. Er ist fünfzig Seiten vor dem Ende von *The Spirit of the Age* im Bett sitzend eingeschlafen und liegt wie erschlagen mit der Nase auf dem offenen Buch, während Oya, die den Kopf vom Licht der Leselampe weggewandt hat, nichtsahnend neben ihm schlummert. Philip und Hilary Swallow schlafen Rücken an Rücken in ihrem französischen Bett, das, da es so alt ist wie ihre Ehe, in der Mitte durchhängt und einen flachen Graben bildet, so daß sie im Schlaf immer wieder aufeinander zurollen. Doch sobald Philips knochige auf Hilarys fleischige Hüftpartie trifft, fahren die beiden Leiber auseinander wie einander abstoßende Magnete, und beide rücken sie, ohne aufzuwachen, bis an den äußersten Rand der Matratze.

Persse McGarrigle bleibt auf der Fahrbahn stehen, um seine Tasche von einem schmerzenden Arm in den anderen zu nehmen. Bis Mullingar ist es mit dem Trampen ganz gut gegangen, dort aber ist er an einen Mann geraten, der von einer Hochzeit kam, schwer geladen hatte und, nachdem er dreimal an demselben Wegweiser vorbeigefahren war, schließlich gestand, daß er sich verfranzt hatte und unvermittelt am Steuer einschlief. Persse tut es jetzt fast leid, daß er sich nicht auf dem Rücksitz hingehauen hat, denn die Aussichten, in dieser Nacht noch einmal mitgenommen zu werden, stehen schlecht.

Er bleibt wieder stehen und sieht sich um. Es ist warm und trokken genug, um im Freien zu übernachten. Rechts sieht er einen Heuschober stehen. Er klettert über den Zaun. Ein aufgestörter Esel erhebt sich und trabt davon. Persse setzt seine Tasche ab, zieht die Schuhe aus und legt sich in dem duftenden Heu lang. Er sieht zu dem ungeheuren Himmel auf, der sich, mit einer Million von Sternen bestückt, über ihm wölbt. Sie strahlen mit einer für den Stadtbewohner kaum vorstellbaren Leuchtkraft. Einer scheint sich in Beziehung zu anderen Sternen über den Himmel zu bewegen, und zuerst denkt Persse, er habe einen neuen Kometen entdeckt. Dann merkt er an seinem langsamen, stetigen Lauf, daß es ein Fernmeldesatellit auf einer geostationären Umlaufbahn ist, ein künstliches Möndchen, das getreulich Stellung über dem Atlantik hält, dem Tempo der Erdumdrehung folgend, Nachrichten, Bilder und Geheimnisse von zahllosen Menschenwesen dort unten in der Tiefe empfangend und an sie zurücksendend. »Du heller Satellit«, spricht er vor sich hin, »wär ich so stet wie du...« Und dann sagt er das ganze Sonett laut auf, bemüht sich mit ganzer Kraft seines Willens darum, es in Angelicas Gedanken oder Träume dringen zu lassen, wo immer sie sei, auf daß sie spüren möge, wie sehr er sich nach ihr sehnt.

Nein, doch unwandelbar, doch immerfort
würd ich auf der Geliebten Busen ruhn,
zu fühlen, wie es auf- und abwogt dort,
in süßer Unrast wach, ein ewiges Nun,
stets, stets zu hören ihres Atems Wehn,
so ewig leben – sonst im Tod vergehn...

Nur – das mit dem Tod paßt doch nicht so recht. Gewiß, der arme alte Keats pfiff, als er das schrieb, aus dem letzten Loch, er wußte ganz genau, daß er keine Aussicht hatte, auf der geliebten Fanny Busen zu ruhen, weil er selbst ja kaum noch Lunge in der Brust hatte. Aber er, Persse McGarrigle, gedenkt vorläufig noch nicht zu sterben. Ewig leben – das ist schon mehr sein Fall, besonders, wenn es ihm gelingt, Angelica zu finden.

Mit diesen Gedanken schläft Persse friedlich ein.

# TEIL III

## Eins

Als Persse glücklich wieder in seinem Institut am University College, Limerick, gelandet war, erwarteten ihn dort zwei Briefe aus London. Auf den ersten Blick sah er, daß sie nicht von Angelica waren, dazu wirkten die Umschläge zu offiziell, die Anschriften waren zu professionell getippt; trotzdem waren sie nicht uninteressant. Der eine war von Felix Skinner und erinnerte Persse daran, daß Lecky, Windrush and Bernstein es außerordentlich begrüßen würden, einen Blick in seine Arbeit über den Einfluß von T. S. Eliot auf Shakespeare zu werfen. Mit dem anderen teilte ihm die Royal Academy of Literature mit, daß er aus der Maud Fitzsimmons-Stiftung zur Förderung angloirischer Lyrik mit einem Preis von tausend Pfund bedacht worden war. Zu diesem Wettbewerb hatte Persse vor einem halben Jahr einen Packen ungedruckter Gedichte eingeschickt, inzwischen aber die ganze Sache total vergessen. Er stieß einen Juchzer aus, warf den Brief in die Luft, fing ihn auf und las den zweiten Absatz. Der Preis würde mit einigen anderen Ehrungen der Akademie in drei Wochen, anläßlich eines Empfanges, an dem Mr. McGarriggle hoffentlich würde teilnehmen können, auf der *Annabel Lee*, Charing Cross Embankment, vergeben werden.

Persse suchte seinen Ordinarius, Professor Liam McCreedy, auf und bat um eine Freistellung für das kommende Trimester.

»Freistellung? Das kommt aber ziemlich plötzlich, Persse«, ließ sich McCreedy hinter seinem üblichen Bücherbollwerk vernehmen. Der Professor hatte auf einen Schreibtisch verzichtet und saß statt dessen an einem Tisch von gewaltiger Größe, der fast zur Gänze mit schwankenden Stößen gelehrter Werke – Wörterbücher, Konkordanzen und altenglische Texte – zugebaut war, unter Aussparung einer kleinen Fläche, die er zum Schreiben brauchte. Der jenseits dieses Befestigungswerkes sitzende Besucher war bei einer Diskussion ganz wesentlich im Nachteil, weil er seinen Gesprächspartner nicht immer sehen konnte. »Für eine Freistellung sind Sie eigentlich noch nicht lange genug hier«, meinte McCreedy zweifelnd.

»Oder meinetwegen unbezahlten Urlaub. Um das Geld geht es mir nicht. Ich habe gerade für meine Gedichte einen Preis von tausend Pfund bekommen«, sagte Persse zu einer kritischen Ausgabe der *Battle of Maldon.* Doch Professor McCreedys Kopf tauchte auf der anderen Seite über Skeats *Dialect Dictionary* hoch.

»Das ist ja großartig. Herzlichen Glückwunsch. Ja, das ist natürlich etwas ganz anderes. Was – äh – wollten Sie denn mit diesem Urlaub anfangen?«

»Ich möchte mich mit Strukturalismus beschäftigen, Sir«, sagte Persse.

Bei diesen Worten ging der Professor erneut in Deckung, diesmal hinter einem Wall von Heften der Early English Text Society, aus dem es gedämpft und klagend scholl: »Ich glaube kaum, daß wir in unserem Seminar über moderne Literatur ohne Sie auskommen können, Mr. McGarrigle.«

»Im Sommer sind doch sowieso keine Vorlesungen«, wandte Persse ein, »weil die Studenten alle für die Prüfung pauken.«

»Eben, eben.« Triumphierend visierte ihn McCreedy hinter Klaebers *Beowulf* an. »Und wer soll die schriftlichen Arbeiten korrigieren?«

»Dazu komme ich zurück, wenn Sie wollen«, erbot sich Persse. Es war keine allzu beschwerliche Aufgabe, denn für das Seminar hatten sich nur fünf Studenten eingeschrieben.

»Na schön, ich will sehen, was sich tun läßt«, seufzte McCreedy.

Persse begab sich in sein möbliertes Zimmer in unmittelbarer Nähe der Gaswerke von Limerick, entwarf das Kurzexposé eines Buches über den Einfluß T.S. Eliots auf moderne Interpretationen von Shakespeare und anderen elisabethanischen Schriftstellern, tippte es ins reine und sandte es an Felix Skinner mit dem Hinweis, er habe zunächst davon abgesehen, ihm die Magisterarbeit selbst zu schicken, da diese vor einer Veröffentlichung noch einmal gründlich überarbeitet werden müsse.

Morris Zapp verflüchtigte sich aus Mailand, so bald es sich mit einigem Anstand machen ließ – wenn man im Zusammenhang mit der Morgana-Menage von Anstand reden konnte, was er zu bezweifeln wagte. Die Kleeblattparty war eindeutig danebengegangen. Sobald Morris begriffen hatte, daß ihm zugemutet wurde, nicht nur mit Fulvia, sondern auch mit Ernesto zu tändeln, hatte er sich entschuldigt, das verspiegelte Schlafzimmer verlassen und vorsichtshalber im Gästezimmer hinter sich abgeschlossen. Als er am nächsten Morgen herauskam, war Ernesto – offenbar ein Fall von *autostrada-*

Sucht – schon nach Rom zurückgefahren, und Fulvia, die ihm bei Kaffee und Croissants in frostiger Höflichkeit gegenübersaß, brachte die nächtlichen Ereignisse nicht zur Sprache, so daß Morris sich schon fragte, ob er die Episode vielleicht gar geträumt hatte. Dagegen allerdings sprachen die zahlreichen noch schmerzenden Kratzwunden, die ihm Fulvias lange Nägel an Brust und Schultern beigebracht hatten.

Kurz nach dem Frühstück stand ein livrierter Chauffeur von der Villa Serbelloni vor der Tür, und Morris seufzte erleichtert auf, als der schwere Mercedes ihn von Fulvias Schwelle entführte. Unwillkürlich sah er sie als eine Art Zauberin, in deren Bannkreis länger zu verweilen schlimme Folgen haben konnte. In Mailand war es bedeckt gewesen, aber als sie sich ihrem Ziel näherten, kam die Sonne hervor, und am Horizont wurden Alpengipfel sichtbar. Über mehrere Meilen fuhren sie an einem See entlang, immer wieder durch Tunnel, durch deren in den Fels gebrochene Fensteröffnungen man wie auf einem Dia blaues Wasser und grüne Ufer sah. Die Villa Serbelloni erwies sich als ein üppiger Nobelbau, geschützt am Hang eines Vorgebirges gelegen, das den Lago di Como und den Lago di Lecco trennte. Die Balkone und ausgedehnten Parkanlagen boten einen herrlichen Blick nach Osten, Süden und Westen.

Morris wurde in eine mit allem Komfort ausgestattete Suite im zweiten Stock geführt und trat auf seinen Balkon hinaus, um die frühlingsblütenschwere Luft und die Aussicht zu genießen. Unten auf der Terrasse versammelten sich die anderen gelehrten Hausgäste zum Aperitif. Auf dem Weg nach oben hatte er einen kurzen Blick auf den bereits gedeckten Tisch werfen können – gestärkte weiße Servietten, Kristallglas, Menükarten. Er nahm das Bild mit stiller Zufriedenheit in sich auf. Kein Zweifel, hier würde er sich wohl fühlen, zumal ihn das alles keinen Cent kostete. Wer in diesem traumhaften Refugium logieren, sich von Dienstboten verwöhnen lassen, verschwenderisch mit Eß- und Trinkbarem versorgt werden wollte – bei allen nur denkbaren Möglichkeiten für gedankentiefe oder kreative Tätigkeit – brauchte sich nur zu bewerben.

Selbstredend mußte man sich, wenn man angenommen werden wollte, auf die eine oder andere Art ausgezeichnet haben – beispielsweise durch eine frühere erfolgreiche Bewerbung um ähnliche Zuwendungen, Forschungsstipendien und dergleichen. Das, fand Morris, war das Schöne am akademischen Leben. Wer hat, dem wird gegeben. Für den Anfang brauchte man nur ein einziges verdammt gutes Buch zu schreiben. Das war zugegebenermaßen nicht so einfach für einen jungen Mann, der am Beginn seiner Hochschullaufbahn stand, zahlreiche Lehrveranstaltungen über ihm nicht geläufige Themen absolvieren und womöglich noch auf die Ansprüche einer Ehefrau und einer sich vergrößernden Familie Rücksicht nehmen mußte. Aber mit diesem einen verdammt guten Buch als Grundstock ließ sich eine Beihilfe an Land ziehen, mit deren Hilfe man unter günstigeren Voraussetzungen ein zweites Buch schreiben konnte. Nach zwei Büchern winkten Beförderung, weniger Lehrveranstaltungen und Seminare eigener Wahl. Die konnte man dann zu Recherchen für das nächste Buch nutzen, was dadurch um so rascher in Produktion gehen konnte. Aufgrund dieser Produktivität wurde man automatisch zum Kandidaten für eine Anstellung, weitere Beförderung, großzügigere und prestigeträchtigere Forschungsstipendien, Entlastung von Routineaufgaben in Lehre und Verwaltung. Theoretisch konnte man es letztendlich zum wohlbestallten Hochschulprofessor bringen, auch wenn man permanent aufgrund von Forschungssemestern oder sonstiger subventionierter Reisen oder Gastprofessuren durch Abwesenheit glänzte. Diesen Endpunkt hatte Morris noch nicht ganz erreicht, aber er strebte ihn an.

Er trat zurück in die friedvolle Kühle seines geräumigen Zimmers und stellte fest, daß nebenan noch ein Arbeitsraum war. Auf dem breiten Schreibtisch mit der lederbezogenen Platte lag ein ordentlich ausgerichteter Stapel Post – Briefe, die ihm verabredungsgemäß nach Bellagio nachgeschickt worden waren. Er fand darunter das Telegramm eines gewissen Rodney Wainwright aus Australien, der Morris völlig entfallen war, mit einer Entschuldigung, weil er seinen Vortrag für die Tagung in Jerusalem noch nicht eingereicht hatte, eine Anfrage Howard Ringbaums über eben diese Tagung, die sich mit Morris' Ablehnung des Ringbaum-Vortrages gekreuzt hatte, und ein Schreiben von Désirées Anwälten zum Thema Collegegebühren für die Zwillinge. Morris ließ diese Episteln im Papierkorb verschwinden, dann tippte er auf einem wappengezierten Briefbogen der Villa auf der bereitgestellten elektrischen Schreibmaschine einen Brief an Arthur Kingfisher, in dem er ihm in Erinnerung rief, daß sie vor einigen Jahren zusammen in einem Seminar über Symbolismus gewesen waren. Er habe gehört, schrieb er, daß Arthur Kingfisher auf der Tagung in Chicago über die »Krise des Zeichens« eine glänzende programmatische Eröffnungsrede gehalten habe, und bat ihn in äußerst schmeichelhaften Formulierungen um einen Sonderdruck oder eine Fotokopie dieser Rede. Morris las den Brief noch einmal durch. War das nicht vielleicht doch ein Zahn zuviel? Nein, denn auch das gehört zu den Regeln des akademischen Lebens: Man kann seinen Kollegen nie genug schmeicheln. Sollte er sein Interesse an dem UNESCO-Lehrstuhl erwähnen? Nein, das wäre verfrüht. Die eigentliche Verkaufsstrategie hatte noch Zeit. Wichtig war zunächst, ganz sanft und behutsam die Erinnerung des großen Mannes hervorzukitzeln. Morris Zapp leckte den Umschlag an und schloß ihn mit einem Schlag seiner behaarten Faust. Auf dem Weg zum Aperitif auf der Terrasse warf er ihn in den zur Bequemlichkeit der Gäste in der Halle angebrachten Briefkasten.

Robin Dempsey kam zutiefst demoralisiert nach Darlington zurück. Auf Angelicas demütigenden Schabernack (er wurde noch immer rot über alle vier Backen, wenn er sich vorstellte, wie dieser irische Trampel im Kleiderschrank ihn bei seinen Vorbereitungen für die Nacht beobachtet hatte) war ein weiterer Tag voller Frust und Verstimmung gefolgt. Die Mitgliederversammlung – unter Vorsitz von Philip Swallow, der mit Verspätung, einigermaßen aufgelöst und außer Atem eintraf – hatte sein Angebot, die nächste Tagung in Darlington abzuhalten, abgelehnt und sich für Cambridge entschieden. Als er sich dann am späten Vormittag in seinem früheren Heim einstellte, um die beiden jüngeren Kinder auszuführen, hatte er sie maulen hören, daß sie keine Lust hätten mitzugehen. Janet hatte schließlich ein Machtwort gesprochen, aber nur, wie sie deutlich machte, damit sie nachmittags mit ihrem Freund Scott, einem Hippie, der mit fünfunddreißig noch immer eine Vorliebe für Jeans und lange Haare hatte, ins Bett gehen konnte. Scott war freiberuflicher Fotograf und selten beschäftigt, und zu den Ärgernissen, die Robin Dempsey seiner Meinung nach von seiner Exfrau zu erdulden hatte, gehörte auch, daß ein Teil des Unterhaltsgeldes dafür draufging, diesem Taugenichts in einem fort Zigaretten und Objektive zu kaufen.

Jennifer, 16, und Alex, 14, begleiteten ihn grantig in die Stadt, waren weder für einen Besuch in der Gemäldegalerie noch im Naturkundemuseum zu begeistern und stöberten statt dessen endlos in Schallplattenkästen und auf Kleiderständern in den Läden des Einkaufszentrums herum. Ihre Laune besserte sich erst, als Robin jedem ein Paar Jeans und eine Langspielplatte kaufte, ja, sie ließen sich sogar dazu herbei, beim Mittagessen – Hamburger und Fritten mußten es sein – mit ihm zu reden. Allerdings war die Unterhaltung nicht dazu angetan, seine Stimmung zu heben, denn sie bestand vornehmlich aus Bemerkungen über Musiker, von denen er noch nie gehört hatte, und Lobeshymnen auf Scott, der sich offenbar auf diesem Gebiet bestens auskannte.

So schleppte sich der Tag hin. Die Hamburger so kurz nach dem mittelalterlichen Bankett bescherten ihm Blähungen, die Rückfahrt nach Darlington war unerfreulich. Es dämmerte, als er heimkam. Das moderne kleine Stadthaus mit einem Berg von Zeitungen und Drucksachen hinter der Tür machte einen frostigen, ablehnenden Eindruck. Er ging von Zimmer zu Zimmer, schaltete Radio, Fernseher und elektrische Heizöfen an, um das Gefühl der Einsamkeit und Depression zu vertreiben, aber es half alles nichts. Statt auszupakken, setzte er sich wieder in seinen Golf und fuhr ins Computerzentrum.

Wie er erwartet hatte, war Josh Collins, der Assistenzprofessor für Informatik, noch da, er saß allein in dem hell erleuchteten Fertigbau und arbeitete an einem Programm. Es gab Leute, die behaupteten, er ginge nie nach Hause, ja, er habe gar kein Zuhause, sondern lege sich nachts zwischen seinen summenden, blinkenden, klickenden Maschinen zur Ruhe.

»Was gibt's Neues, Josh?« fragte Robin mit gezwungener Herzlichkeit.

Josh sah von einer langen Rolle ausgedruckter Daten auf. »Eliza ist angekommen.«

»Ist ja bestens«, sagte Robin Dempsey. Das war genau die Ablenkung, die er brauchte.

ELIZA, benannt nach der Heldin von *Pygmalion,* war ein Programm, das den Computer zum Sprechen befähigen, das heißt, ihn in die Lage versetzen sollte, vermittels eines Bildschirms zusammenhängende Gespräche in hochsprachlichem Englisch mit menschlichen Benutzern zu führen. Die Gespräche mußten textspezifisch sein, nach genau festgelegten Regeln ablaufen und einem ganz bestimmten Ziel dienen, wobei dem Computer, der mit einem Vorrat möglicher Reaktionen auf in diesem Zusammenhang zu erwartende Schlüsselworte programmiert war, im wesentlichen die Rolle des Stichwortgebers und Fragestellers zugedacht war. Das Frage- und Antwortspiel zwischen Psychiater und Patient galt, da es eine besonders stark regulierte Gesprächssituation darstellte, als ideal für diesen Zweck und hatte daher als Modell für ELIZA gedient. Das Experiment war hochinteressant für Linguisten, die sich mit den systematischen Aspekten verbaler Interaktion beschäftigten.

»Ich würde sie gern ausprobieren«, sagte Robin.

»Okay«, meinte Josh. »Sie können den Terminal da in der Ecke nehmen. Wenn ich Ihnen zunicke, tippen Sie ›Hallo‹ ein.«

Robin Dempsey setzte sich an eine aus Schreibmaschinentastatur und Bildschirm bestehende Konsole. Josh ging mit einer großen

Magnetbandrolle in einen verglasten Verschlag, wo der Hauptrechner stand, und nickte gleich darauf Robin zu. ELIZA war on line.

»HALLO«, tippte Robin.

»HALLO. WIE FÜHLEN SIE SICH?«, antwortete ELIZA. Die gedruckten Worte erschienen unmittelbar auf dem Bildschirm.

»ICH FÜHLE MICH SCHAUDERHAFT«, entgegnete Robin.

»WAS GENAU MEINEN SIE DAMIT?«

»ICH BIN DEPRIMIERT.«

»UND WARUM, GLAUBEN SIE, SIND SIE DEPRIMIERT?«

»WEIL ICH EINSAM BIN.«

»WOHNEN SIE MIT IHRER FAMILIE ZUSAMMEN?«

»NEIN.«

»HABEN SIE FREUNDE?«

»EIGENTLICH NICHT.«

»WIE KOMMT DAS?«

Robin Dempsey zögerte geraume Zeit, bis er seine Antwort eintippte. »ICH WEISS NICHT.«

»WISSEN SIE ES WIRKLICH NICHT, ODER VERSUCHEN SIE NUR AUSZUWEICHEN?«

Robin Dempsey wurde rot und tippte rasch: »FRÜHER EINMAL HATTE ICH FREUNDE.«

»WANN WAR DAS?«

»ALS ICH VERHEIRATET WAR.«

»SIE HABEN MIR NICHT GESAGT, DASS SIE VERHEIRATET SIND.«

»ICH BIN GESCHIEDEN.«

»ERZÄHLEN SIE MIR VON IHRER SCHEIDUNG.«

Robin Dempsey tippte eine Viertelstunde ununterbrochen, dann merkte er, daß Josh Collins neben ihm stand. »Ja?« sagte er kühl und deckte rasch den Bildschirm ab.

»Alles in Ordnung, Robin?«

»Ja, danke.«

»Interessant?«

»Ja, sehr.«

»Kann ich den Ausdruck lesen?«

»Bedaure, nein«, sagte Robin Dempsey.

Felix Skinner überflog Persses Exposé und fand es sehr vielversprechend. »Aber ehe wir ihm einen Vertrag geben, brauchen wir noch ein Gutachten«, sagte er. »Wem schicken wir es denn am besten?«

»Tja, das weiß ich auch nicht, Mr. Skinner.« Gloria, seine Sekretärin, schlug die Beine übereinander, strich sich über das gewellte, honigfarbene Haar und wartete geduldig, Block und Bleistift einsatzbereit. Sie war erst seit zwei Monaten Felix Skinners Privatsekretärin, hatte sich aber bereits an die Eigenart ihres Chefs gewöhnt, laut zu denken, indem er ihr Fragen stellte, auf die sie beim besten Willen keine Antworten wußte.

Felix Skinner fletschte die gelben Reißzähne und registrierte – nicht zum ersten Mal –, was für wohlgeformte Beine Gloria hatte. »Wie wär's mit Philip Swallow?«

»Ist gut«, sagte Gloria. »Haben wir seine Adresse in der Kartei?«

Felix hob warnend einen Finger. »Oder vielleicht lieber doch nicht. Ich habe das Gefühl, daß er neulich nicht sehr erbaut war, als ich mich für den jungen McGarrigle interessierte. Kann sein, daß er vorgespannt ist.«

Gloria gähnte diskret und zupfte einen Fussel von der Vorderfront ihres Pullovers. Felix zündete sich an dem glimmenden Stummel zwischen seinen Fingern eine neue Gauloise an und bewunderte die Pulloverkonturen. »Jetzt hab ich's«, sagte er triumphierend. »Rudyard Parkinson.«

»Kenne ich«, sagte Gloria diensteifrig. »Cambridge, nicht?«

»Oxford. Mein alter Prof, übrigens. Ob wir ihn erst mal anrufen?«

»Wär' vielleicht besser, Mr. Skinner.«

»Reeller Vorschlag,« Felix Skinner griff zum Telefon. Als er gewählt hatte, lehnte er sich an seinem Drehsessel zurück und lächelte Gloria wieder zähnefletschend an. »Wissen Sie, Gloria, ich finde, es wird langsam Zeit, daß Sie mich Felix nennen.«

»Aber Mr. Skinner...« Gloria errötete vor Vergnügen. »Vielen Dank auch.«

Felix erreichte Rudyard Parkinson sehr rasch. (Er unterrichtete gerade einen Doktoranden, aber der Pförtner von All Saints hatte Anweisung, Ferngespräche sofort zum Herrn Professor durchzustellen, auch wenn der anderweitig beschäftigt war. Ferngespräche brachten meist Rezensionen.) Doch Parkinson lehnte es ab, Persse McGarrigles Exposé zu lektorieren. »Tut mir leid, alter Junge, ich hab' im Augenblick eine ganze Menge am Hals. Nächste Woche bekomme ich einen Ehrendoktorhut in Vancouver. Als ich meine Zusage gab, war mir gar nicht so recht klar, daß ich würde hinfliegen müssen, um ihn entgegenzunehmen.«

»So ein Ärger«, sagte Felix Skinner teilnahmsvoll. »Könnten Sie mir vielleicht jemanden vorschlagen? Es geht um die moderne Rezeption von Shakespeare und Genossen unter dem Einfluß von T.S. Eliot.«

»Rezeption? Das erinnert mich an was. Richtig, gestern hat mir jemand wegen einer Tagung zu dem Thema geschrieben. Ein Hunne, ein gewisser von Turpitz. Schon mal von ihm gehört?«

»Ja, wir haben eins seiner Bücher in Übersetzung gebracht.«

»Bei dem würde ich's mal versuchen.«

»Gute Idee. Daß ich auf den nicht selber gekommen bin.«

Er legte auf und diktierte einen Brief an Siegfried von Turpitz, in dem er ihn bat, sich zu Persse McGarrigles Exposé zu äußern und ihm als Honorar Bücher aus dem Verlag Lecky, Windrush and Bernstein im Wert von 25 oder 50 Pfund anbot. »Legen Sie unseren Katalog bei, Gloria, und natürlich eine Fotokopie von McGarrigles Manuskript.« Er drückte die Zigarette aus und sah auf die Uhr. »Ich bin fix und fertig nach all dieser Anstrengung. Habe ich heute eine Verabredung zum Essen?«

»Ich glaube nicht.« Gloria sah auf seinen Terminkalender. »Nein, heute ist alles frei.«

»Hätten Sie dann Lust, mit mir irgendwas Italienisches zu essen und ein, zwei Glas *vino* zu trinken? Ich kenn da eine *trattoria* in Covent Garden...«

»Das wäre sehr nett... Felix«, sagte Gloria bereitwillig.

»Frechheit«, sagte Rudyard Parkinson und legte auf. Der Examenskandidat, der nicht recht wußte, ob er gemeint war, sagte nichts. »Wie kommt er darauf, daß ich das Gefasel irgendeines völlig unbekannten irischen Torftölpels lektorieren würde? Ganz schön unverschämt, was einem manche seiner früheren Studenten so zumuten.« Der Examenskandidat, der seinen ersten akademischen Grad in Newcastle erworben hatte und dessen anfängliche Hochachtung vor Parkinson zunehmender Ernüchterung wich, bemühte sich um eine passende, teilnahmsvoll-besorgte Miene. »Wo waren wir?« fragte Rudyard Parkinson. »Yeats' Todeswunsch...«

»Keats' Todeswunsch.«

»Ach ja, Verzeihung.« Rudyard Parkinson strich sich über den Backenbart und sah aus dem Fenster zur Kuppel des Sheldonian und den dahinter gelegenen Turm der St. Mary's Church. »Wenn Sie nach Vancouver fliegen müßten, würden Sie British Airways oder Air Canada buchen?«

»Mit der Fliegerei kenne ich mich nicht so aus«, sagte der junge Mann. »Ein Charterflug nach Mallorca war für mich das höchste der Gefühle.«

»Mallorca? Richtig, ich habe dort einmal Robert Graves besucht. Haben Sie ihn zufällig gesehen?«

»Nein. Es war eine Pauschalreise. Robert Graves war nicht mit drin.«

Rudyard Parkinson musterte den jungen Mann argwöhnisch. Sollte der unbedarfte Newcastler die Mittel der Ironie beherrschen – und noch dazu auf seine Kosten? Die sturen Züge des Jünglings zerstreuten seinen Verdacht. Parkinson wandte sich wieder dem Fenster zu. »Ich habe mich in einer patriotischen Anwandlung für British Airways entschieden«, sagte er. »Hoffentlich habe ich es richtig gemacht.«

Während in Oxford die Studenten noch Ferien hatten, war in Rummidge der erste Tag – ein wunderschöner Tag – des Sommertrimesters angebrochen. Die Sonne strahlte vom wolkenlosen Himmel auf die Stufen der Bibliothek und die Rasenfläche des Innenhofs herunter. Philip Swallow stand am Fenster seines Büros und besah sich das Bild mit einer Mischung aus Freude, Neid und unbestimmter Lust. Ein warmer Nachmittag lockte die Mädchen in ihren Sommerkleidern hervor wie Blumenzwiebeln, die sich durch das Gras drängen und sich zu jäher Farbenpracht öffnen. Überall lagen sie selbstvergessen auf dem Rasen herum, mit schleifenden Trägern und hochgezogenen Röcken, um die winterblassen Gliedmaßen zu bräunen. Die Jungen hingen in Cliquen zusammen und besichtigten die Mädchen oder stolzierten mit nacktem Oberkörper zwischen ihnen herum und schleuderten mit überdeutlich zur Schau getragener Muskelkraft und Geschicklichkeit die Frisbee-Scheiben. Hier und da war es schon zu Zweierbindungen gekommen, jugendliche Paare nahmen eng umschlungen ein Sonnenbad oder rangelten spielerisch in einer nur dürftig getarnten Kopulationsposse miteinander. Bücher und Ringhefter lagen unbeachtet auf dem frischen Grün. Der Zauber des Frühlings hatte diese jungen Leiber mit unwiderstehlicher Macht ergriffen. Die Ausdünstung der wechselseitigen Attraktion war mit bloßem Auge wahrzunehmen, wie Pollen in der Luft.

Direkt unter Philips Fenster hatte ein bildschönes Mädchen in einem einfachen, aber bezaubernden ärmellosen Baumwollkleid einen großen, sportlichen jungen Mann in T-Shirt und Jeans bei der Hand genommen. Sie standen händchenhaltend auf Armeslänge voneinander entfernt, sahen sich verzückt in die Augen und brachten es offenbar nicht fertig, zu ihrem Seminar zu gehen, zu ihrer praktischen Übung oder was immer sie eigentlich rief. Philip konnte es ihnen nicht verdenken. Sie waren ein hübsches Paar, strahlend vor Gesundheit und im Bewußtsein ihres guten Aussehens, zitternd auf der Schwelle erotischer Seligkeiten.

»Viel glücklichere Liebe«, sagte Philip hinter der schmutzigen Fensterscheibe vor sich hin.

»Viel glücklich-glücklichere Liebe noch,
Voll Wärme stets und stets zur Lust entfacht,
Du ewig atemholend, ewig jung.«

Im Gegensatz zu den Liebenden auf der griechischen Urne aber küßte dieses Paar sich schließlich, in einer langen, leidenschaftlichen Umarmung, die das Mädchen auf die Zehenspitzen hob, und die Philip stellvertretend bis in die tiefsten Wurzeln seines Seins spürte.

Verstört und leicht beschämt wandte er sich ab. Es brachte nichts, über die Frühlingsriten von Rummidge in Wallung zu geraten. Seit der unglückseligen Affäre Sandra Dix hatte er sexuellem Kontakt mit Studenten – jedenfalls Rummidger Studenten – abgeschworen. Nur Auslandsreisen konnten ihm Liebesabenteuer bringen. Was in dieser Hinsicht von der Türkei zu erwarten stand, einem Land, das ein Bein in Europa und eins in Asien hatte, wußte er nicht recht. Würden die Frauen emanzipiert und zugänglich oder hinter hohen Mauern verborgen sein? Das Telefon läutete.

»Hier Digby Soames, British Council. Es geht um Ihre Vorträge in der Türkei.«

»Ach so, ja. Haben Sie die Themen nicht bekommen? Da ist ›Hazlitts Erbe‹ und ›Jane Austens Elfenbeinmalerei‹, das ist ein Zitat aus –«

»Ja, ich weiß«, fiel Soames ihm ins Wort. »Das Dumme ist nur – die Türken wollen das nicht.«

»Wollen es nicht?« wiederholte Philip einigermaßen fassungslos.

»Ich habe gerade ein Fernschreiben aus Ankara bekommen. ›Jane Austen kommt hier nicht an. Kann Swallow statt dessen über Literatur und Geschichte und Gesellschaft und Philosophie und Psychologie sprechen.‹«

»Ziemlich viel verlangt«, sagte Philip. – »Ganz meine Meinung.«

»Es ist schließlich nicht mehr viel Zeit zur Vorbereitung.«

»Wenn Sie möchten, schick ich ihnen ein Telex und lehne ab.«

»Nein, nein«, sagte Philip. Er war immer mit geradezu penetranter Beflissenheit bemüht, seinen Gastgebern zu gefallen. Und auch dem British Council, das ihm sonst am Ende keine Vortragsreisen mehr vermittelte. »Ich werde schon irgendwas zusammenschustern.«

»Na wunderbar, dann gebe ich das durch«, sagte Soames. »Sonst alles klar?«

»Ich denke schon. Ich weiß nicht so recht, was ich in der Türkei erwarten soll. Ist sie einigermaßen... modern?«

»Nach Meinung der Türken schon. Allerdings hatten sie in letzter Zeit ziemliche Schwierigkeiten. Viel Terrorismus, Attentate und dergleichen, von rechts und von links.«

»Ja, das habe ich in der Zeitung gelesen.«

»Ganz schön couragiert, daß Sie sich da hintrauen«, sagte Soames mit herzhaftem Lachen. »Die Wirtschaft ist im Eimer, Importe sind verboten, deshalb gibt es weder Kaffee noch Zucker. Übrigens auch kein Klopapier, am besten nehmen Sie sich was mit. Die Benzinknappheit dürfte Sie nicht kratzen, Stromsperren schon eher.«

»Klingt nicht besonders lustig«, sagte Philip.

»Dafür sind die Türken sehr gastfreundlich. Wenn Sie nicht versehentlich erschossen werden und Ihren Tee ohne Zucker trinken, wird es bestimmt sehr nett«, sagte Soames fröhlich lachend und legte auf.

Philip Swallow widerstand der Versuchung, erneut ans Fenster zu gehen und seine verstohlene Beobachtung studentischen Paarungsverhaltens fortzusetzen. Statt dessen ließ er seinen Blick an den Buchrücken entlangwandern, wo er sich Eingebungen für einen Vortrag über Literatur und Geschichte und Gesellschaft und Philosophie und Psychologie erhoffte. Was ihm, wie immer, ins Auge fiel, war eine Reihe druckfrischer Exemplare von *Hazlitt und der Laienleser* in ihren hellblauen Schutzumschlägen, die er Lecky, Windrush and Bernstein zum Mitarbeiterrabatt abgekauft hatte, um sie an Besucher zu verschenken, nachdem er die Hoffnung auf kommerzielle Verbreitung des Buches aufgegeben hatte. Der wieder aufgeflammte Groll auf seinen Verlag trieb ihn dazu, Felix Skinner anzurufen.

»Tut mir leid«, sagte eine weibliche Stimme. »Mr. Skinner ist in einer Sitzung.«

»Zum Essen, meinen Sie wohl«, sagte Philip sarkastisch und sah auf die Uhr. Es war viertel vor drei.

»Ja, also...«

»Dann hätte ich gern seine Sekretärin gesprochen.«

»Die ist auch zum Essen. Kann ich was ausrichten?«

Philip seufzte. »Sagen Sie Mr. Skinner, daß Professor Zapp das Rezensionsexemplar meines Buches nicht bekommen hat, dabei hatte ich ausdrücklich darum geben, daß es ihm sofort nach Erscheinen zugeschickt wird.«

»Ist gut, Professor Zapp.«

»Nein, nein, mein Name ist Swallow. Philip Swallow.«

»Ist gut, Mr. Swallow. Ich sag's Mr. Skinner, sobald er wieder da ist.«

Felix Skinner war in Wirklichkeit, als Philip Swallow anrief, bereits vom Essen zurück. Er befand sich, um genau zu sein, in einem Keller des Verlages Lecky, Windrush and Bernstein, und er befand sich, um es noch präziser auszudrücken, in Gloria, die sich ohne Rock und Schlüpfer über einen Pappkarton gebeugt hatte, während Felix, dem die gestreiften Hosen um die Knöchel schlotterten, affenartig in die Hocke gegangen war und kräftig von hinten stieß. Ihre Beziehung hatte sich, angeheizt durch etliche Gin Tonics und eine Karaffe Valpolicella zum Essen, rapide weiterentwickelt. Hinterher, im Taxi, traf Felix' sondierende Hand auf keinerlei Widerstand – ganz im Gegenteil, denn Gloria war eine heißblütige junge Frau, deren Mann, Ingenieur bei den Londoner Stadtwerken, auf Nachtschicht war. Als sie im Haus von Lecky, Windrush and Bernstein in den Aufzug stiegen, drückte Felix daher nicht den Aufwärts-, sondern den Abwärts-Knopf. Den Lagerraum im Keller hatte er schon öfter für so etwas zweckentfremdet, was Gloria sich zwar denken konnte, aber kommentarlos überging.

Eine romantische Liebeslaube war es nicht gerade, der Zementfußboden war zu kalt zum Liegen, aber mit der derzeitigen Stellung war ihnen beiden gedient. Gloria blieb der Anblick der scheußlichen Fänge erspart wie auch der Geruch von Felix Skinners Atem, der jetzt nicht nur von Gauloise, sondern auch von Knoblauch kündete, und Felix konnte sich, während er Glorias Hüften festhielt, am Anblick ihrer runden weißen Backen ergötzen, die zwischen Strumpfhalter und Strumpfrand hervorquollen.

»Strümpfe«, stöhnte er. »Woher wußtest du, daß ich auf Strümpfe und Strapse stehe?«

»Das – das hab' ich doch gar nicht gewu-wußt«, keuchte sie. »Aah... aah... aah...« Gloria merkte, wie die Pappkartons unter Felix' immer heftigeren und schnelleren Stößen ins Wanken kamen. »Paß doch auf.«

»Wie?« Felix hatte die Augen fest geschlossen und konzentrierte sich auf seinen Orgasmus.

»Ich falle.«

»Ich komme.«

»Oh!«

»Ah!«

Sie kamen und fielen gleichzeitig auf einen Berg zerdrückter Pappe und verstreuter Bücher. Eine Staubwolke stand in der Luft. Felix rollte sich auf den Rücken und seufzte zufrieden. »Das war eine Wucht, Gloria. Ein echtes Erdbeben.«

Gloria nieste. »Eher ein Bücherbeben, würde ich sagen.« Sie rieb sich das Knie. »Die Strümpfe sind hin. Was sollen die da oben bloß denken?«

Sie sah Felix fragend an, aber dessen Aufmerksamkeit war durch die Bücher in Anspruch genommen, die aus den kaputten Kartons gefallen waren. Auf allen Vieren, die Hosen noch immer als Fußfessel um die Knöchel, starrte er sie verdattert an. Es schien immer der gleiche Titel zu sein, ein Band in hellblauem Schutzumschlag. Felix schlug einen auf und holte einen gedruckten Zettel heraus.

»Herrgott nochmal«, sagte er. »Kein Wunder, daß der arme Swallow keine einzige Rezension zu sehen gekriegt hat.«

Am Tag vor seinem Abflug nach Vancouver traf bei Rudyard Parkinson ein Brief von Felix Skinner und ein Exemplar von *Hazlitt und der Laienleser* ein. »Lieber Rudyard«, las er. »Wir haben dieses Buch letztes Jahr herausgebracht, aber von der Presse ist es weitgehend ignoriert worden – zu Unrecht, wie ich meine. Wir schicken deshalb diese Woche noch einmal eine Sendung Rezensionsexemplare heraus. Wenn Sie es irgendwo besprechen könnten, wäre das natürlich großartig. Ich weiß natürlich, wieviel Sie um die Ohren haben, aber ich glaube fast, es wäre was für Sie. Herzlichst, Ihr Felix.«

Rudyard Parkinson kräuselte die Lippen und besah sich das Buch ohne große Begeisterung. Von Philip Swallow hatte er noch nie etwas gehört, und der Erstling eines Provinzprofessors ließ nicht gerade Wunderdinge erwarten. Doch als er darin blätterte, fiel sein Blick auf ein Zitat aus Hazlitts Essay »Über die Kritik«:

»Kein Kritiker gilt heutzutage etwas, sofern er nicht versucht, den alltäglichsten Ausdruck zu tausenderlei Bedeutungen zu verdrehen... In der Tat ist es nicht sein Ziel, dem Autor gerecht zu werden, mit dem er wenig höflich umspringt, sondern sich selbst zu feiern und seine Kenntnis aller Themen und Ressourcen der Kritik darzutun.«

Hm, dachte Rudyard Parkinson, vielleicht liefert mir das Munition gegen Morris Zapp. Er steckte das Buch mit seinem Paß und dem rot-weiß-blauen Ticket in die Aktentasche.

Der Flug nach Vancouver war kein Genuß. Um einen kleinen Profit herauszuschlagen, hatte er Economy Class gebucht, denn die Gastuniversität bezahlte ihm das Ticket für die Erste Klasse. Wie sich bald herausstellte, war das ein Fehler gewesen. Erst hatte er am Abfertigungsschalter in Heathrow einen Disput mit einer unverschämten Weibsperson, die sich weigerte, seinen Koffer als Bordgepäck zuzulassen, an Bord der Maschine stellte er dann fest, daß er den Platz neben einer Mutter mit einem Kleinkind auf dem Schoß erwischt hatte, das nahezu den ganzen langen, ermüdenden Flug über brüllte und zappelte und Rudyard Parkinson mit angekautem Essen bespuckte. Bitter bereute er die eitle Regung, die ihn veranlaßt hatte, diese völlig unnütze Ehrung anzunehmen und in drei Tagen zehntausend Meilen zu fliegen, nur um sich in ungewohnte Gewänder zu hüllen, eine kurze und vermutlich schludrig gemachte Lobeshymne über sich ergehen zu lassen und hinterher mit einem Haufen langweiliger kanadischer Nullen bei einem schauderhaften Empfang oder Bankett über Nichtigkeiten schwatzen und zusehen zu müssen, wie sie während des ganzen Essens Whisky mit Eis tranken.

Aber nein, zu dem Dinner, das sich an die Ehrungen anschloß, gab es Wein, und zwar, wie Rudyard Parkinson zugeben mußte, sehr ordentlichen Wein – einen Pouilly Fuissé '74 zum Fisch und einen wirklich beachtlichen Gevrey Chambertin '73 zum Filetsteak. Die Tischgespräche waren so banal, wie er befürchtet hatte. Dafür hatte er bei dem voraufgehenden Empfang ein interessantes Gespräch mit Jacques Textel, dem Schweizer Anthropologen und UNESCO-Bürokraten gehabt, der ebenfalls geehrt worden war und der ihm herzlich mit einem Dry Martini zuprostete.

»Gratuliere. Ich bin ja nur hier, weil die Universität hofft, sie könnte ein bißchen Geld bei der UNESCO lockermachen, aber Sie verdanken den Ehrendoktor Ihrer eigenen Arbeit.«

Unsinn, Ihre Ehrung ist vollauf verdient, hätte jeder andere gekontert. Rudyard Parkinson lächelte nur selbstzufrieden und plusterte seinen Backenbart auf.

»Sie glauben gar nicht, was ich an Ehrungen angesammelt habe, seit ich SGD geworden bin«, sagte Textel.

»SGD?«

»Stellvertretender Generaldirektor.«

»Ist es eine interessante Tätigkeit?«

»Aus der Sicht des Anthropologen ja. Die Zentrale in Paris ist wie ein Stamm mit eigenen Ritualen, Tabus, Hackordnungen. Faszinierend. Als Verwaltungsmann könnte ich glatt die Wände hochgehen.« Textel stellte geschickt mit einer Hand sein leeres Glas auf das Tablett eines vorüberkommenden Kellners und griff sich mit der anderen ein volles. »Nehmen Sie nur diesen Lehrstuhl für Literaturkritik.«

»Was ist denn das für ein Lehrstuhl?«

»Noch nichts davon gehört? Da staune ich aber. Siegfried von Turpitz hat mich in der Sache früh um halb acht angerufen. Ich war gerade erst eingeschlafen, jetlag nach dem Flug von Tokio...«

Parkinson ließ nicht locker. »Was ist denn das für ein Lehrstuhl?«

Textel setzte ihn ins Bild. »Interessiert?«

Rudyard Parkinson schüttelte lächelnd den Kopf. »Nein, nein, ich bin ganz zufrieden.«

»Das hört man gern. Nach meiner Erfahrung sind hochqualifizierte Akademiker die unzufriedensten Geschöpfe unter der Sonne. Sie meinen immer, daß auf der Nachbarweide das Gras grüner ist.«

»Ich kann mir nicht vorstellen, daß das Gras irgendwo grüner sein könnte als im Fellows' Garden von All Saints«, sagte Rudyard Parkinson süffisant.

»Das glaube ich wohl«, meinte Jacques Textel. »Allerdings wäre ein Umzug auch gar nicht erforderlich, wenn man den Lehrstuhl bekommt.«

»Ach nein?«

»Nein, es ist gewissermaßen ein imaginärer Lehrstuhl. Bis auf die Bezüge, die sind konkret. So um die hunderttausend Dollar.«

In diesem Moment wurde zu Tisch gebeten. Rudyard Parkinson saß ziemlich weit von Jacques Textel entfernt, der gleich nach dem Essen in aller Eile entführt wurde, um eine Maschine nach Peru zu erreichen, wo er am nächsten Tag eine Konferenz über die Erhaltung von Inka-Stätten eröffnen sollte. Diese Trennung machte Rudyard Parkinson einigen Kummer. Gern hätte er den Eindruck, er habe überhaupt kein persönliches Interesse an dem UNESCO-Lehrstuhl, ein wenig zurechtgerückt. Je länger er darüber nachdachte – und er dachte fast den ganzen Rückflug über an nichts anderes –, desto reizvoller erschien ihm die Sache. Er wurde mit so schöner Regelmäßigkeit aufgefordert, sich um finanziell großzügig ausgestattete Lehrstühle in Nordamerika zu bewerben, daß die Ablehnung schon zum Reflex geworden war. Immer versuchten sie ihn mit der Zusage scharenweise zur Verfügung gestellter Assistenten zu ködern, mit denen er nichts anfangen konnte (sollte er seine Rezessionen von Assistenten schreiben lassen?) und mit großzügigen Reisekostenerstattungen, die ihm Europareisen in beliebiger Zahl ermöglichen würden. (Aber ich bin doch schon in Europa, pflegte er anzumerken, wenn er sich überhaupt die Mühe einer Antwort machte). Aber dieser Lehrstuhl – das war denn doch etwas anderes.

Vielleicht hatte er ein wenig vorschnell reagiert, auch wenn die UNESCO eine Institution war, über die man in den Gemeinschaftsräumen von Oxford die Nase zu rümpfen pflegte. Über hunderttausend Dollar im Jahr, steuerfrei, ohne daß man seine Bücher ein- und auszupacken brauchte – darüber konnte man wahrhaftig nicht die Nase rümpfen. Fragte sich nur, wie man diesen Sinneswandel bekanntgeben sollte, ohne allzu offensichtlich vor Textel zu Kreuze zu kriechen. Gewiß, früher oder später würde der Posten ausgeschrieben werden, aber Rudyard Parkinson wußte aus Erfahrung, daß niemand sich um einen hochdotierten akademischen Posten bewirbt, ohne daß er vorher darauf angesprochen worden ist. Natürlich hatte Textel – im Rückblick war das sonnenklar – eben dies getan, und er, Parkinson, hatte sich die Chance vermasselt. Rudyard Parkinson krallte in tiefem Verdruß die Hände in die Sitzlehnen. Natürlich konnte er in einem vorsichtigen Brief an Textel andeuten, daß er es sich anders überlegt hatte. Aber benötigt wurde noch etwas darüber hinaus, eine Art Kampagne, eine Breitseite, ein Manifest, aber subtil und indirekt. Was konnte man da machen?

Als er in der Aktentasche nach einem Block für den Briefentwurf an Textel suchte, fiel sein Blick auf Philip Swallows Buch. Er holte es heraus und begann darin zu blättern. Bald las er genau und sorgfältig, und allmählich konkretisierte sich ein Plan in seinem Kopf. Ein Essay für das Times Literary Supplement. Die englische Kritikerschule. Wie erfreulich, in der trostlosen Wüstenei zeitgenössischer Kritik einem Exponenten jener noblen Tradition humanistischer Gelehrsamkeit, gesunden Menschenverstandes und schlichter Freude an großen Büchern zu begegnen... Professor Swallows instruktive Darstellung kommt gerade zur rechten Zeit... Als Kontrast dazu die jargonbefrachteten Auslassungen Professor Zapps, in denen die perversen Paradoxe modischer Denker vom Kontinent womöglich noch prätentiöser und steriler erscheinen... Es ist an der Zeit, daß alle, für die Literatur der Ausdruck universeller und zeitloser menschlicher Werte ist, aufstehen und sich dazu bekennen... Professor Swallow hat zur Attacke geblasen. Wer wird ihm folgen?

Ja, etwas in der Art müßte es bringen, überlegte Rudyard Parkinson, während er aus dem Fenster die Sonne betrachtete, die irgendwo über einem Horizont aus Riffelwolken auf- oder unterging. Vancouver, von dem er ohnehin außer verregneten Straßen zwischen Flughafen und Universität wenig gesehen hatte, war bereits weitgehend aus seinem Gedächtnis geschwunden.

Philip Swallow startete noch aufgelöster als gewöhnlich zu seiner Vortragsreise in die Türkei. Bis zur letzten Minute hatte er an seinem Vortrag über Literatur und Geschichte, Gesellschaft, Philosophie und Psychologie gearbeitet, wobei profanere Betätigungen, wie etwa das Kofferpacken, zu kurz gekommen waren. Hilary reagierte verdrossen und unkooperativ, als er spät am Abend vor seiner Abreise nach sauberer Unterwäsche und frischen Socken fahndete.

»Das hättest du dir vorher überlegen sollen«, sagte sie. »Du weißt ganz genau, daß ich meine große Wäsche morgen mache.« »Und du weißt, daß ich morgen fliege«, entgegnete er bitter, »da hättest du dir schließlich denken können, daß ich ein paar saubere Sachen mitnehmen möchte.« »Weshalb sollte ich mir Gedanken darüber machen, was du brauchst? Denkst du denn an meine Bedürfnisse?« »Was für Bedürfnisse?« »Daß ich so was überhaupt habe, übersteigt wohl dein Vorstellungsvermögen«, sagte Hilary. »Mir liegt nichts an abgehobener Argumentation«, sagte Philip resigniert, »ich hätte nur gern ein paar saubere Socken und Unterhosen und Unterhemden, falls das nicht zu viel verlangt ist.«

Er stand auf der Schwelle des Wohnzimmers, ein wirres Geschlinge schmutziger Unterwäsche im Arm, die er gerade aus dem Wäschekorb gewühlt hatte. Hilary knallte ihren Roman auf den Tisch, entriß ihm das Bündel und stakste in die Küche, eine Spur einzelner Socken hinter sich herziehend. »Ich werde sie in den Trockner geben müssen«, warf sie über die Schulter.

Philip ging ins Arbeitszimmer, um die Bücher und Unterlagen zusammenzusuchen, die er brauchte. Wie üblich vertrödelte er viel Zeit mit der Bücherwahl. Er hatte eine geradezu neurotische Angst davor, in einem Hotel oder auf einem Bahnhof im Ausland plötzlich ohne Lesestoff dazustehen, und reiste deshalb mit viel zu vielen Büchern, von denen er die meisten ungelesen wieder heimbrachte. An diesem Abend packte er, da er sich zwischen zwei späten Trollope-Romanen nicht entscheiden konnte, beide ein, dazu Gedichte von Seamus Heaney, eine neue Keats-Biographie und eine Übersetzung der *Göttlichen Komödie,* die ihn seit dreißig Jahren auf fast allen Reisen begleitet hatte, ohne daß er darin wesentlich weitergekommen wäre. Bis diese Aufgabe bewältigt war, hatte sich Hilary ins Bett begeben. Er lag neben ihr, schlaflos und unruhig, und horchte auf das Stampfen des Trockners in der Küche, der sich wie eine Schiffsmaschine gebärdete. Im Geist ging er besorgt seine Checkliste durch: Paß, Geld, Tickets, Reiseschecks, Vortragsmanuskripte, Sonnenbrille, türkisches Reise-Wörterbuch. All das hatte er in seine Aktentasche gepackt, aber er hatte das Gefühl, daß irgendwas fehlte. Er hatte die Frühmaschine nach Heathrow gebucht, die seinerzeit auch Morris Zapp genommen hatte, und würde am nächsten Morgen nicht viel Zeit haben.

Philip schlief vor Auslandsreisen selten gut, aber heute war er besonders ruhelos. In solchen Fällen hatten er und Hilary sonst immer Sex miteinander gehabt. Meinungsverschiedenheiten wurden stillschweigend in einer letzten Umarmung vor dem Abschied begraben, die ihnen, mochte sie auch noch so mechanisch sein, zumindest zur Entspannung und zu ein paar Stunden Schlaf verhalf. Aber als Philip versuchsweise leicht über Hilarys Rundungen streichelte, schüttelte sie mit einem reizbar-verschlafenen Murren seine Hand ab. Philip wälzte sich grollend und voller Selbstmitleid im Bett herum. Er stellte sich vor, wie er bei einem Flugzeugabsturz auf dem Weg in die Türkei ums Leben kam und malte sich mit grimmiger Befriedigung Hilarys Schuldgefühle und Selbstvorwürfe aus, wenn sie die Nachricht erhielt. Dieses Szenario hatte nur den Nachteil, daß er sich ohne seinen Abschied von dieser Welt nicht verwirklichen ließ, und als Strafe für Hilary, weil sie seine Socken nicht rechtzeitig gewaschen hatte, war das eigentlich ein zu hoher Preis. Er versuchte es ersatzweise mit einem amourösen Abenteuer in der Türkei, was ihm gewisse Schwierigkeiten bereitete, da er keinerlei bildliche Vorstellung von der Türkei oder türkischen Frauen hatte. Schließlich legte er sich auf eine Zufallsbegegnung mit Angelica Pabst fest. Da niemand so recht zu wissen schien, woher sie gekommen oder wohin sie entschwunden war, konnte man ihr ebensogut in der Türkei über den Weg laufen. Zu den zahlreichen Enttäuschungen der Rummidge-Tagung gehörte es, daß er es nicht geschafft hatte, die mit dieser überaus attraktiven jungen Frau am ersten Abend geknüpften freundschaftlichen Kontakte zu festigen. Mit Hilfe eines Wunschtraums, in dem er Angelica in einem türkischen Eisenbahnzug aus den Klauen von Terroristen errettete und mit leidenschaftlichem Liebesglück belohnt wurde – es traf sich, daß Angelica im entscheidenden Augenblick nur mit einem durchsichtigen Nachtgewand bekleidet war –, schlief Philip ein, wachte aber mehrmals auf und war, als der Wecker ihn endlich um halb sechs hochscheuchte, nicht ausgeruht, sondern wie gerädert.

Halb sechs ist eigentlich zu knapp, wenn man das Taxi für sechs bestellt hat, das wird Philip sehr rasch klar, während er sich mit schlecht koordinierten Bewegungen wäscht, anzieht und rasiert, im dunklen Schlafzimmer in Schubfächern und Kleiderschränken nach seinen Reisesachen tastet und mit Kofferschlössern kämpft. Hilary macht keine Anstalten aufzustehen, ihm behilflich zu sein oder ihm eine Tasse Kaffee zu machen. Angesichts der frühen Stunde kann er ihr das im Grunde nicht übelnehmen, tut es aber natürlich doch. Drei Minuten vor sechs ist er – schlampig rasiert, ungekämmt und mit ungeputzten Schuhen – mehr oder weniger fertig. Plötzlich weiß er, was er auf seiner Checkliste vergessen hat: Toilettenpapier. Er fahndet im Küchenschrank erfolglos und mit zunehmender Panik nach einer neuen Rolle, kämpft sich fieberhaft suchend durch

Waschpulverkartons, Seifenflocken, Papiertaschentücher, Geschirrspülmittel und Ako-Pads. Er rast die Treppe hinauf, stürzt ins Schlafzimmer, macht Licht und wendet sich mit herrischer Stimme an Hilarys fest zugedeckten Rücken.

»Wo ist das Toilettenpapier?«

Hilary hebt den Kopf und sieht ihn in schlaftrunkener Verständnislosigkeit an. »Häh?«

»Toilettenpapier. Ich muß welches mitnehmen.«

»Ist uns gerade ausgegangen.«

»Das darf doch nicht wahr sein.«

»Ich wollte heute neues mitbringen.«

Philip wirft die Arme in die Luft. »Fabelhaft. Ehrlich, fabelhaft hast du das gemacht.« – »Kauf dir doch selber welches.«

»Früh um sechs?«

»Vielleicht haben sie auf dem Flughafen –«

»Und vielleicht auch nicht. Und vielleicht habe ich auch gar keine Zeit.«

»Du kannst den Rest aus dem Gästeklo mitnehmen, wenn du willst.«

»Tausend Dank«, sagt Philip sarkastisch. Er poltert, immer zwei Stufen auf einmal nehmend, die Treppe hinunter. In der unteren Toilette hängt in einem Wandbehälter aus Keramik, in einer gefederten Halterung, eine halbe Rolle rosa Toilettenpapier. Philip quält sich mit dem Mechanismus und versucht, die Rolle aus der Halterung zu lösen. Die Haustürklingel schrillt. Philip fährt zusammen, das Klopapier schnellt aus der Halterung und entrollt sich mit erschreckender Geschwindigkeit quer über den Boden. Philip flucht, versucht, das Papier wieder aufzurollen, gibt es auf, öffnet dem Taxifahrer, deutet auf seinen Koffer, stürzt in sein Arbeitszimmer, stopft eine Handvoll Schreibmaschinenpapier in die Aktentasche, läuft zurück in die Diele, ruft verstimmt ein »Wiedersehen!« die Treppe hinauf, reißt den Regenmantel vom Haken, verläßt das Haus und knallt die Tür hinter sich zu. »Alles klar, Sir?« fragt der Taxifahrer, als Philip auf die Rückbank sinkt.

Philip nickt. Der Fahrer legt den Gang ein, das Taxi gerät in Bewegung und hält unvermittelt wieder an. Vom Haus her hat jemand gerufen. Und siehe, da kommt Hilary im Nachthemd den Gartenweg heruntergelaufen, nur einen alten Mantel übergehängt, fast schon etwas anstößig, ein wirres Bündel von Socken und Unterwäsche an den Busen drückend. Philip kurbelt das Wagenfenster herunter.

»Du hast vergessen, sie aus dem Trockner zu nehmen«, sagt Hilary atemlos, wirft Socken, Hemden und Hosen durchs Fenster und Philip auf den Schoß. Der Taxifahrer sieht sich das belustigt mit an.

»Danke«, sagt Philip ungnädig und hält die Sachen fest.

Hilary lächelt. »Also dann... Wiedersehen. Gute Reise.« Sie bückt sich und bietet ihm durchs Fenster, mit geschlossenen Augen, die aufgeworfenen Lippen zum Kuß. Philip, der sich dieser Aufforderung schlecht entziehen kann, lehnt sich vor, um ihr einen flüchtigen Schmatz zu geben.

Doch dann geschieht Erstaunliches. Hilarys alter Mantel fällt vorn auseinander, der Nachthemdausschnitt klafft, und Philip erblickt die ihm wohlbekannte Rundung ihrer rechten Brust. Ersten Griffkontakt hatte er mit ihr vor fünfundzwanzig Jahren, da hat er sie durch das hinderliche Polster eines dicken Marks & Spencer-Strickpullovers und eines solide gebauten Maidenform-BH hindurch behutsam gestreichelt, während er der jungen Studentin Hilary, nachdem sie sich zusammen im Filmklub den *Panzerkreuzer Potemkin* angesehen hatten, vor der Tür ihrer möblierten Bude einen Gutenachtkuß gab. Nackt hat er sie tief beglückt zum erstenmal in seiner Hochzeitsnacht zu Gesicht bekommen. Seither hat er sie (und ihren Zwilling) bestimmt tausendmal gesehen und berührt, gestreichelt, geknetet, beleckt und liebkost, er hat zugeschaut, wie sie seine Kinder nährte und hat gelegentlich selbst an ihr gesaugt. Indessen hat sie ihre Festigkeit und samtige Beschaffenheit eingebüßt, ist voller, schwerer, weniger elastisch geworden, ist ihm inzwischen vertraut wie ein altes Kissen, bequem, aber unbeachtlich. Aber es ist etwas Geheimnisvolles um die Lust, launisch und unvorhersehbar sind ihre Triebfedern und Motive.

Bei dem unerwarteten Anblick der frei in dem lockeren Faltenwurf des Nachthemdes schwingenden Brust in dem verschatteten Tal, aus dem ihm ein angenehmer Duft nach warmem Leib und Lager in die Nase steigt, ergreift Philip plötzlich eine überwältigende Sehnsucht danach, sie wieder zu berühren, an ihr zu saugen, lecken, sie zu liebkosen und so weiter. Er will nicht in die Türkei. Er will in dieser Minute nirgendwohin, nur wieder ins Bett. Mit Hilary. Aber natürlich geht das nicht. Wünscht er es sich nur deshalb so heftig, weil es nicht geht? Er kann nicht mehr tun, als Hilary mit einer für beide Seiten überraschenden Hingabe zu küssen. Sie schickt ihm einen seltsam fragenden, liebevollen, ja, zärtlichen Blick nach, während das Taxi sich nun unerbittlich entfernt. Philip schaut durchs Rückfenster. Hilary bückt sich nach einer einsamen Socke, die im Rinnstein liegt, und winkt ihm damit traurig nach, wie mit einem behelfsmäßigen Tränentüchlein.

Nur wenige Stunden, nachdem Philip Swallow in Heathrow mit einer DC 10 der Turkish Airlines Richtung Ankara gestartet war, kam Persse McGarriggle mit einer Boeing 737 der Aer Lingus aus Shannon dort an, denn es war der Tag der Preisverleihung durch die Royal Academy.

Die *Annabel Lee* war einst als Vergnügungsdampfer die Themse herauf- und heruntergetuckert. Frisch gestrichen und herausgeputzt, mit stillgelegtem Schaufelrad und unverrußtem Schornstein, lag sie jetzt am Charing Cross Embankment vor Anker und beherbergte ein Restaurant, Bars und Empfangsräume, die für derlei Veranstaltungen gemietet werden konnten. Die literarische Welt Londons, die aus Taxis stieg oder der U-Bahn entquoll und über das Embankment schlenderte, äußerte sich in höchsten Tönen des Entzückens über diesen neuartigen Tagungsort. Es war ein schöner Maiabend, der Fluß hatte fast die Flutmarke erreicht, und eine frische Brise ließ die Flagge und die Fähnchen an den Toppen der *Annabel Lee* flattern. An Bord legte sich bei einigen Gästen die Begeisterung merklich. Man spürte deutlich Bewegung unter den Sohlen, und sobald ein größeres Schiff auf dem Fluß vorbeikam, hob und senkte sich die *Annabel Lee* im Sog, so daß die Gäste auf dem vornehmen roten Teppich des großen Salons ins Wanken kamen. Bald wurde es allerdings schwierig, zwischen den Auswirkungen von Flußwasser und Alkohol zu unterscheiden. Persse war das erstemal auf einer literarischen Party und kam zu dem Schluß, daß es dabei offenbar hauptsächlich darum ging, so schnell wie möglich und so viel wie möglich zu trinken, dabei möglichst laut zu reden, dem Gesprächspartner über die Schulter zu schauen und anderen Mitmenschen zu winken und zuzulächeln, die gleichfalls tranken, lächelten und winkten. Was Persse anging, so beschränkte er sich aufs Trinken, da er keine Seele kannte. Er stand, halb erstickt von dem ungewohnten Hemdkragen und Schlips, am Rand der Menge und trat von einem Fuß auf den anderen, bis es Zeit war, sich wieder ins Getümmel zu stürzen, um sich den nächsten Drink von der Bar zu holen. Ober gingen mit Rot- und Weißwein herum, aber Persse hielt sich lieber an Guinness.

»Sagen Sie mal, ist das Guinness, das Sie da trinken?« sagte jemand neben ihm. »Wo haben Sie das her?«

»Ich hab's einfach an der Bar verlangt.«

Persse drehte sich um. Ein großflächiges, pockennarbiges Gesicht mit einer dicken Hornbrille hatte sich begehrlich seinem Guinness zugewandt.

»Der Wein hier ist die reinste Pferdepisse«, sagte der Mann und leerte sein Glas in einen Pflanzenkübel. Er verschwand im Gewühl und kam wenig später wieder, einen Kasten Guinness hinter sich herzerrend. »Ich bin sonst nicht für Flaschenbier«, sagte er.

»Aber nach meinen Erfahrungen ist in England Guinness in Flaschen besser als vom Faß. In Dublin ist das natürlich was anderes.«

»Ganz meine Meinung«, sagte Persse, während der Mann einschenkte. »Ob das was mit dem Wasser zu tun hat?«

Sie führten eine ganze Weile ein kundiges, von häufigem Verkosten begleitetes Gespräch über das Brauen von Starkbier, so daß es etwas dauerte, bis sie dazu kamen, sich bekannt zu machen. »Ronald Frobisher!« rief Persse. »Ich habe ein paar von ihren Büchern gelesen. Kriegen Sie heute abend einen Preis?«

»Nein, ich vergebe einen. Für den vielversprechendsten Erstlingsroman. Als ich anfing zu schreiben, gab's nur zwei Literaturpreise, und die waren jeweils mit nicht mehr als 100 Pfund dotiert. Heute gibt's so viele, daß es schon richtig schwierig geworden ist, keinen zu kriegen, wenn man jemals was veröffentlicht hat. Nichts gegen Sie natürlich...«

»Nein, nein, ich versteh' schon«, sagte Persse. »Im übrigen sind meine Gedichte noch nicht mal gedruckt.«

»Eben, das meine ich ja.« Frobisher machte die nächste Flasche Guinness auf. Er beherrschte einen raffinierten Trick, mit dem Hals der einen Flasche den Kronenkorken von der nächsten zu hebeln. »Nicht, daß ich Ihnen das Geld nicht gönne – im Gegenteil –, aber allmählich ist das eine geradezu blödsinnige Situation. Unter den Leuten, die heute abend hier sind, gibt es welche, die leben ausschließlich von Preisen, Zuwendungen, Subventionen und so Sachen. Ich warte nur drauf, daß es eines Tages für jedes veröffentlichte Buch einen besonderen Preis gibt. Bester Erstlingsroman über eine studierte Hausfrau, die mit zwei Kindern, einer Katze und einem ungetreuen Ehemann aus der Werbebranche in Camden Town wohnt. Bestes Reisebuch von einem Mann unter neunundzwanzig, der nur mit öffentlichen Bussen und einem Paar Jeans rund um die Welt gereist ist. Bestes –«

Frobisher war gerade so richtig in Fahrt, als eine junge Frau ihn schonend darauf vorbereitete, daß er in Kürze den Preis für den vielversprechendsten Erstlingsroman würde vergeben müssen. Er setzte das Glas ab. »Passen Sie auf das Guinness auf«, ermahnte er Persse und zog ab.

Persse hielt sich an sein Bier und fuhr fort, von einem Fuß auf den anderen zu treten. Doch dann sah er ein bekanntes Gesicht, dem er zuwinkte, wie er es den anderen Gästen abgeguckt hatte. Felix kam zu ihm herüber, eine dralle junge Frau mit honigfarbenem Haar und ein weiteres Paar im Schlepptau. »Hallo, alter Junge, was machen Sie denn hier?«

»Ich will mir meinen Lyrikpreis abholen.«

»Donnerwetter.« Skinner zeigte die gelben Reißer. »Herzlichen Glückwunsch. Das mit dem Shakespeare-Eliot-Buch tut mir übrigens leid. Gloria, meine Sekretärin.« Er schob die dralle junge Frau vor, die Persse lustlos die Hand schüttelte. Sie war auffallend blaß. »Wann gehen wir, Felix?« fragte sie. »Ich bin schon ganz seekrank.«

»Wir können noch nicht weg, Schätzchen, nicht vor der Preisvergabe.« Felix wandte sich dem anderen Paar zu. »Professor und Mrs. Ringbaum aus Illinois. Howard ist einer unserer Autoren.«

Howard Ringbaum nickte Persse sauertöpfisch zu. Seine Frau lächelte und hickste. »Laß das, Thelma«, sagte er, scheinbar ohne die Lippen zu bewegen.

»Ich kann doch nichts dafür.« Thelma plinkerte Persse zu. »Du könntest dich mit dem Trinken ein bißchen zurückhalten«, sagte Ringbaum.

Am anderen Ende des Raumes schlug jemand auf den Tisch und begann eine Rede zu schwingen. »Gräßlicher Typ, dieser Ringbaum«, flüsterte Skinner Persse ins Ohr. »Wir haben vor etwa vier Jahren eins seiner Bücher gebracht, was heißt gebracht, fünfhundert Exemplare haben wir aufgelegt, mußten die meisten verramschen. Mit diesem Aufhänger hat er mich dazu erpreßt, ihn und seine Frau heute zum Essen einzuladen. Seither sind mir die beiden nicht von der Pelle gegangen. Er ödet einen an, und sie scheint so'ne Art Nymphomanin zu sein, hat im Lokal mit mir gefußelt. Verdammt peinlich, sag' ich Ihnen, wo doch Gloria dabei war.«

In eben diesem Augenblick spürte Persse, wie sich ein Bein an das seine schmiegte. Er drehte sich um. Mrs. Ringbaum stand sehr dicht neben ihm. »Sind Sie wirklich ein Dichter?« fragte sie heftig atmend. Der Atem war stark ginbefrachtet.

»Ja, das bin ich«, sagte Persse.

»Würden Sie ein Gedicht auf mich schreiben, wenn ich es entsprechend honorieren würde?« fragte Mrs. Ringbaum.

»Gedichte lassen sich leider nicht auf Bestellung machen«, entgegnete Persse und trat einen Schritt zurück, aber Mrs. Ringbaum klebte an ihm wie beim Gesellschaftstanz.

»Ich denke nicht an Geld«, sagte sie.

»Thelma«, quengelte Howard Ringbaum hinter ihrem Rücken. »Bin ich allergisch gegen Anchovis?« Er hob ein Kanapee hoch, aus dem ein Stück herausgebissen war. Persse nutzte diese Ablenkung, um Skinner zwischen sich und Mrs. Ringbaum zu schieben. »Was haben Sie da über mein Buch gesagt?« fragte er Skinner.

»Ach, haben Sie meinen Brief nicht bekommen? Das war Gloria, sie ist in letzter Zeit ein bißchen lasch. Wir haben leider eine sehr negative Beurteilung zu Ihrem Exposé bekommen. Ach, ich sehe, Rudyard Parkinson vergibt den Biographie-Preis.«

Ein Mann mit Backenbart und fülligem, selbstgefälligem Gesicht hatte das Podium betreten und richtete das Wort an die Versammlung. Die Rede war als Laudatio auf das Buch eines anderen gedacht, aber das süffisante Lächeln, das um seine Lippen spielte, schien die Lobesworte zu verdrehen und zu entwerten und rief bei den Zuhörern verständnisinniges Gekicher hervor.

»Rudyard Parkinson... Du kennst doch seine Bücher, nicht, Howard?« fragte Thelma Ringbaum.

»Absoluter Mist«, sagte Howard Ringbaum.

Persse machte nach der Ronald-Frobisher-Technik noch eine Flasche Guinness auf. »Sie wollen also mein Buch nun doch nicht bringen?« fragte er Felix Skinner.

»Tja, leider, alter Junge...«

»Was hat denn Ihr Lektor darüber gesagt?«

»Daß es nichts ist und nichts bringt, keinen Hund hinter dem Ofen vorlockt. Klipp und klar.« – »Wer ist denn der Mann?«

»Kann ich Ihnen leider nicht sagen. Das ist vertraulich.«

Beifall klang auf, Blitzlichter flammten, als der Biograph vortrat, um seinen Preis aus der Hand Rudyard Parkinsons entgegenzunehmen. »Er ist wohl nicht zufällig heute abend hier?« fragte Persse sinnend. »Dann würde ich mich nämlich gern mit ihm prügeln.«

Felix Skinner lachte unsicher. »Nein, nein, er sitzt weit vom Schuß. Aber eine anerkannte Autorität, soviel kann ich Ihnen versichern. Wie schön, Sie zu sehen, Rudyard. Glänzende Rede.«

Rudyard Parkinson, der den Platz auf dem Podium Ronald Frobisher überlassen hatte, lächelte süffisant und strich den Backenbart mit dem Handrücken nach oben. »Tag, Skinner. Ja, ist recht gut angekommen, wie?«

Felix Skinner machte die Umstehenden miteinander bekannt.

»Ist mir eine große Ehre, Professor Parkinson.« Howard Ringbaum hielt Parkinsons Hand fest und sah ihm verzückt in die Augen. »Ich bin ein großer Bewunderer Ihrer Werke.«

»Sehr liebenswürdig.«

»Howard! Howard, das ist Ronald Frobisher«, sagte Thelma Ringbaum aufgeregt und deutete zum Podium. »Du weißt doch, ich hab' auf dem Flug eins seiner Bücher gelesen.«

»Ich empfehle Ihr Werk über James Thomson allen meinen Studenten«, sagte Howard Ringbaum, seine Frau ignorierend. »Ich habe selbst den einen oder anderen Artikel zu dem Thema geschrieben, und es wäre mir eine große Freude –«

»Ja, ja, der arme Frobisher«, sagte Parkinson, sich einem ihm offenbar genehmeren Thema zuwendend. »Er war in Oxford, als ich ein junger Fellow war. Leider völlig ausgebrannt. Hat seit Jahren nichts mehr herausgebracht.«

»Eins seiner Bücher läuft jetzt im Fernsehen«, ließ sich Gloria irgendwo hinter und unter ihnen vernehmen. Alle drehten sich um und sahen sie verwundert an. Sie hatte die Schuhe ausgezogen und lag mit geschlossenen Augen auf der Sitzbank, die sich um den Salon herum zog.

Parkinson kräuselte die Lippen. »Das mußte ja kommen. Ich selbst besitze kein Fernsehgerät.«

Eine Frau wandte sich stirnrunzelnd um, und jemand zischte: »Psst!« Ronald Frobisher hielt seine Rede mit leiser, fast unverständlicher Stimme. Er hatte die Hände tief in den Taschen seiner Cordjacke vergraben, die Brillengläser wirkten im Scheinwerferlicht eulenartig opak.

»Ich kann mir nicht vorstellen, daß er viel zu sagen hat, was das Hinhören lohnt«, sagte Parkinson halblaut. »Eindeutig angeheitert, wenn Sie mich fragen.«

»Ach, übrigens«, sagte Felix Skinner, »haben Sie... äh... das Buch von... äh... Philip Swallow bekommen, das ich Ihnen... äh...«

»O ja. Gar nicht übel. Ich habe es zusammen mit einem anderen für das TLS besprochen. Kommt höchstwahrscheinlich in der morgigen Ausgabe. Ich denke, Sie werden zufrieden sein.«

»Ist ja großartig, da bin ich Ihnen unheimlich dankbar.«

»In meinen Augen wird es einiges in Bewegung bringen«, sagte Parkinson gewichtig. »Mehr, als sich der Autor selbst klarmacht.«

Wieder klang Beifall auf, als Ronald Frobisher einer jungen Frau mit Fransenfrisur und handgewebter Kittelbluse einen Umschlag überreichte. Der Vorsitzende, der die Veranstaltung eröffnet hatte, trat wieder ans Pult. »Jetzt eine Anzahl von Preisen und Stipendien für junge Lyriker«, verkündete er.

»Damit sind Sie gemeint«, sagte Thelma Ringbaum zu Persse.

»Beeilen Sie sich.« Persse drängelte sich nach vorn durch.

»Zuerst die Maud Fitzsimmons-Stiftung zur Förderung angloirischer Lyrik«, sagte der Vorsitzende. »Ist Persse McGarrigle...«

»Hier«, rief Persse von unten. »Komme schon!« Ein Heiterkeitsausbruch begrüßte sein Erscheinen auf dem Podium, der sich, wie Persse etwas zu spät begriff, dadurch erklärte, daß er noch eine Flasche Guinness in der Hand hatte.

»Herzlichen Glückwunsch.« Der Vorsitzende überreichte ihm einen Scheck. »Wie ich sehe, haben Sie sich Ihre Muse gleich mitgebracht.«

»Meine Muse«, sagte Persse gefühlvoll, »heißt Angelica.«

»Wie hübsch.« Der Vorsitzende schubst ihn sanft zu den Stufen. »Der nächste Preis...«

Als Persse an seinen Ausgangspunkt zurückkam, war Ronald Frobisher ernstlich mit Rudyard Parkinson aneinandergeraten. »Was wissen denn Sie vom literarischen Schaffensprozeß, Parkinson«, fragte Frobisher gerade. »Sie sind doch bloß ein Loddel für die Sonntagsblätter. Einmal Loddel, immer Loddel. Ich weiß noch, wie Sie auf dem Hof von All Saints rumgeloddelt sind...«

»Na, na, das geht denn doch zu weit.« Felix Skinner versuchte zu vermitteln.

»Prügeln sie sich jetzt?« erkundigte Thelma Ringbaum sich angeregt. »Halt die Klappe, Thelma«, sagte ihr Mann.

»Also ich muß schon sagen, Frobisher«, erklärte Parkinson, »ein solches Benehmen ist schon in Ihren Romanen schlimm genug, aber im wirklichen Leben ist es unerträglich.« Er sprach sehr von oben herab, wich aber dabei zurück. »Außerdem war ich nicht der einzige Rezensent, der von Ihrem letzten Roman nicht begeistert war – wann war der... vor zehn Jahren, nicht?«

»Acht. Aber Sie haben als Einziger diesen Witz über meinen Vater gerissen, Parkinson, und das habe ich Ihnen nie verziehen.« Den Hals einer leeren Guinnessflasche umklammernd, machte Frobisher einen Ausfall in Parkinsons Richtung. Jemand kreischte. Felix Skinner hielt Frobisher an den Armen fest, und Howard Ringbaum packte ihn von hinten am Kragen, bis er würgte. Das, fand Persse, war unfair und unangemessen brutal. Er packte Ringbaum und hielt ihn zurück. Thelma warf sich ins Getümmel und gab ihrem Mann begeistert einen Tritt vors Schienbein. Er jaulte auf vor Schmerz, gab Frobisher frei und wandte sich empört Persse zu. Das Ende vom Lied war, daß Persse und Frobisher sich zusammen auf dem Embankment wiederfanden, nachdem die Geschäftsleitung der *Annabel Lee* ihnen dringend nahegelegt hatte, den Empfang unverzüglich zu verlassen.

»Blöde Ärsche«, sagte Frobisher und rückte den Schlips gerade. »Haben die sich wirklich eingebildet, ich zieh dem Loddel mit der Flasche eins über? Er sollte nur ein bißchen Schiß kriegen.«

»Ich glaube, das haben Sie geschafft«, meinte Persse.

»Kann nicht schaden, noch einen draufzusetzen«, sagte Frobisher. »Denen soll mal der Arsch so richtig auf Grundeis gehen.« Er verschwand über ein paar modrig feuchte Stufen in der Tiefe.

Es war jetzt dunkel, und Persse konnte nicht sehen, was Frobisher machte. Das Kinn auf die Ellbogen, die Ellbogen auf die Ufermauer gelehnt, sah er über den Fluß hinweg zu den angestrahlten Betonklötzen der Festival Hall und des National Theatre hinüber. Leere Flaschen, Butterbrotpapier, Taschentücher, Pappschachteln, Zigarettenstummel und andere Zeugnisse der Sommernacht trieben stromab. Die Lichter der *Annabel Lee* tanzten und funkelten in goldener Spiegelung auf dem dunklen Wasser. Am Heck lehnte eine weibliche Gestalt über der Reling und spuckte. Frobisher tauchte wieder neben Persse auf. Er atmete rasch und wischte sich die Hände an einem alten Lappen ab.

Im Salon klang die Erregung über den Zwischenfall noch nach. »Genau wie in den Fünfzigern«, sagte jemand. »Damals kam es alle Naselang vor, daß ein Schreiberling einem Kritiker eins überzog. In dem Pub am Royal Court hat sich ständig was getan.«

Rudyard Parkinson war nicht geneigt, die Sache so leicht zu nehmen. »Ich werde dafür sorgen, daß Frobisher aufgrund dieses empörenden Vorfalls aus der Akademie ausgeschlossen wird«, sagte er und zitterte ein bißchen. »Sonst erkläre ich meinen Rücktritt.«

»Bravo«, sagte Felix Skinner. »Hat jemand Gloria irgendwo gesehen?«

»Dieser irische Lümmel hätte mir fast das Bein gebrochen«, sagte Howard Ringbaum. »Dem häng ich einen Prozeß an den Hals.«

»Howard«, sagte Thelma, »ich glaube, das Schiff macht Fahrt.«

»Halt die Klappe, Thelma.«

Sehr langsam bewegte sich die *Annabel Lee* vom Ufer weg. Das Tau, mit dem sie an der Landungsbrücke festgemacht war, stöhnte unter der Belastung und riß. Zwischen dem Ende der Landungsbrücke und dem Schiff tat sich ein Zwischenraum auf.

»Das hätten Sie wohl doch nicht tun dürfen«, sagte Persse.

»Als ich Examen in Oxford gemacht hatte«, sagte Ronald Frobisher im Ton einer Plauderei am Kamin, »kamen Mam und Dad zu der Feier hin. Parkinson hatte eine Forschungsstelle an meinem College. Er war ein Trimester mein Tutor gewesen, ich fand schon damals, daß er ein aufgeblasener Fatzke war, aber belesen war er, das mußte man ihm lassen. Also, wir liefen ihm an dem Nachmittag auf dem Hof in die Arme, und ich machte ihn mit Mam und Dad bekannt. Mein Dad war Facharbeiter, Sandgußformer in einer Gießerei, er war toll in seinem Job, und wenn die Bosse eine heikle Sache hatten, kamen sie und krochen ihm in den Hintern. Natürlich verstand Parkinson einen Dreck von so was, und es war ihm auch scheißegal. Für ihn war Dad einfach ein blöder Prolo mit Schirmmütze und Sonntagsanzug, bei dem man auf leutselig machen mußte. Er laberte und laberte, und Dad wurde immer nervöser und hustete dauernd, um seine Nervosität zu kaschieren. Nun hatte er sich gerade vor kurzem alle Zähne ziehen lassen, das ist durchaus üblich bei Arbeitern in mittleren Jahren, raus damit, dann bist du den ganzen Ärger los, sowas läuft bei uns unter präventiver Zahnmedizin, und sein Gebiß saß nicht besonders. Kurz und schlecht, er hustete das Oberteil raus, fing's auf und steckte es in die Tasche. Eigentlich urkomisch, aber Parkinson sah aus, als würde er gleich in Ohnmacht fallen. Ja, und viele Jahre danach hab' ich dann einen Roman über einen Mann geschrieben, für den mein Dad Modell gestanden hatte – er war inzwischen gestorben –, und Parkinson hat ihn für eine der Sonntagszeitungen besprochen. Er schrieb – ich weiß es noch auswendig –: ›Es fällt schwer, die sentimentale Zuneigung des Autors für seine Hauptfigur zu teilen. Wenn jemand eine schlecht sitzende Zahnprothese sein eigen nennt, folgt daraus doch nicht zwangsläufig, daß er das Salz der Erde ist.‹ In dem Buch stand kein Wort von Zahnprothesen. Es war eine ganz private Gemeinheit. Das hab' ich Parkinson nie verziehen.«

Das Schiff war jetzt ein Stück stromabwärts getrieben. Gloria hob das bleiche Gesicht von der Reling und sah über das Wasser, als habe sie die beiden erkannt. Frobisher winkte ihr zu, und sie winkte zögernd und sichtlich verdattert zurück.

»Trotzdem finde ich, Sie hätten das nicht tun dürfen«, sagte Persse. »Wenn sie nun an eine Brücke stoßen...«

»Keine Bange, ein langes Tau hab' ich ihnen gelassen, das müßte halten. Mit Schiffen kenn' ich mich ein bißchen aus, als Student hab' ich in den Semesterferien auf Flußbooten gearbeitet. Auf dem Staffordshire-Worcestershire-Kanal. Das waren noch Zeiten.«

Leise Schreckensrufe kamen vom Schiff herüber. Eine Tür flog auf, und Licht überflutete das Deck. Ein Mann brüllte etwas über den Fluß.

»Ich glaube, wir verflüchtigen uns lieber«, sagte Persse.

»Gute Idee. Ich geb' eine Runde aus. Es ist erst –« Er sah auf die Uhr. »– fünf vor neun.« Dann schlug er sich an die Stirn. »Herrgott, ich soll doch um neun ein Rundfunkinterview geben.« Er trat auf die Fahrbahn und winkte einem vorüberfahrenden Taxi. »Bush

House«, sagte er zu dem Fahrer und schob Persse hinein. Sie rollten bei dem raschen Wendemanöver des Wagens zusammen von einer Seite des Rücksitzes auf die andere.

»Wer interviewt Sie denn?« fragte Persse.

»Jemand in Australien.«

»*In* Australien?«

»Die machen heute die erstaunlichsten Sachen. Mit Satelliten. Im australischen Fernsehen läuft demnächst die Serie *Sowienoch irgendwie*. Da wollen sie für irgendeine Kultursendung ein Gespräch haben.«

»Ich glaube, *Sowienoch irgendwie* habe ich nicht gelesen«, sagte Persse.

»Kein Wunder. Es existiert nur als Fernsehserie. Die Geschichte des Aaron Stonehouse, als er reich und berühmt geworden ist und die Faxen dicke hat, wie ich.« Er sah wieder auf die Uhr. »Die Aussies haben Studiozeit bei der BBC gekauft, die werden nicht erbaut sein, wenn ich zu spät komme.«

Zu Ronald Frobishers Glück hatte es länger als erwartet gedauert, die Leitung aus Australien zu bekommen, und er saß startbereit im Studio, als – überraschend laut und klar – die Stimme des Produzenten aus Sydney ertönte. Persse saß neben dem Toningenieur im Kontrollraum und sah und hörte interessiert zu. Der Ingenieur erklärte ihm, wie das Ganze lief. Der Produzent saß in Sydney, der Interviewer in Cooktown, Queensland. Die Fragen gingen per Kabel von Cooktown nach Sidney, dann von Sydney nach London über den Indischen Ozean und europäische Satelliten, und Ronald Frobishers Antworten gingen über die atlantischen und pazifischen Satelliten nach Australien zurück. Ein kurzer Austauch von Frage und Antwort umkreiste den Erdball in etwa zehn Sekunden.

Persse beobachtete den mit Kopfhörern versehenen Ronald Frobisher durch die große Glasscheibe, die Studio und Kontrollraum trennte, und bewunderte die Unbefangenheit, mit der der Schriftsteller die ungewöhnliche Diskurssituation bewältigte. Er redete mit seinem Gesprächspartner, einem etwas beschränkt wirkenden Mann namens Rodney Wainwright, als säße der ihm am Tisch gegenüber und nicht am anderen Ende der Welt. Wainwright fragte ihn, ob Aaron Stonehouse immer noch ein zorniger junger Mann sei. »Zornig ja, aber nicht mehr ganz jung«, sagte Frobisher. Ob der Roman im Sterben läge, wollte der Interviewer wissen. »Wie wir alle liegt er im Sterben, seit er das Licht der Welt erblickt hat.« Wann er am meisten schriebe, lautete eine Frage. »In den zehn Minuten nach meiner ersten Kaffeepause am Vormittag.«

Als das Interview zu Ende war, ging Persse zu ihnen heraus. »Gut gemacht.«

»Ehrlich, war's einigermaßen?« Frobisher schien mit sich zufrieden zu sein.

Der Toningenieur rief sie noch einmal in seine Kabine. »Hört mal, das ist ganz lustig.«

Aus den Lautsprechern kamen noch immer die Stimmen Rodney Wainwrights und des Produzenten in Sydney, eines gewissen Greg. Sie schienen alte Spezis zu sein.

»Wann kommst du denn mal wieder nach Sydney, Rod?«

»Weiß ich nicht, Greg. Ich bin ganz schön angebunden. Muß noch einen Vortrag für eine Tagung schreiben.«

»Wird Zeit, daß wir ein paar Bierchen zusammen zischen, Kamerad, und die Lage am Strand von Bondi peilen.«

»Also ehrlich, Greg, so schlecht ist die Lage bei uns in Queensland auch nicht.«

»Wetten, daß die Mädels nicht oben ohne rumlaufen?«

Pause. »Nein, also... nur als Privatvorstellung.«

Greg gluckst. »Da solltest du heute mal Bondi an einem schönen Sonntag sehen. Da gehen dir die Augen drüber und drunter.«

Der Toningenieur griente Persse und Ronald zu. »Sydney hat vergessen, die Leitung zuzumachen. Die wissen nicht, daß wir sie noch hören.«

»Können sie uns hören?« fragte Persse.

»Nein, da müßte ich erst das Mikro hier einschalten.«

»Dann spielen wir also auf 12000 Meilen Entfernung den Lauscher an der Wand«, sagte Persse. »Komische Vorstellung.«

»Psst.« Ronald Frobisher hob einen Finger. Das Gespräch in Australien hatte sich einem anderen Gegenstand zugewandt, nämlich seiner Person.

»Sein letztes hat mir nicht gefallen«, sagte Rodney Wainwright gerade. »Und das liegt wie lange zurück? Acht Jahre, nicht?«

»Länger«, meinte Greg. »Glaubst du, der ist ausgebrannt?«

»Bestimmt. Über die Postmoderne hatte er absolut nichts zu sagen. Ich hatte den Eindruck, daß er meine Frage gar nicht verstanden hat.«

Ronald Frobisher schaltete das Mikro des Toningenieurs ein. »Ihre Frage zur Postmoderne können Sie sich in den Arsch stecken, Wainwright.«

Auf den Antipoden herrschte einen Augenblick fassungsloses Schweigen. »Wer war das?« fragte Rodney Wainwright mit zittriger Stimme.

»Gott der Gerechte«, sagte Greg.

»Gott der Gerechte?«

»Ich meine, Gott der Gerechte, die Scheißleitung ist noch offen«, sagte Greg.

Zweitausend Meilen von London entfernt, in der Türkei, ist es schon seit einigen Stunden dunkel. Die Reihenhauszeile am Rand Ankaras kommt Akbil Borak, der mit seinem 2 CV von der Hauptstraße abgebogen ist und über einen schmalen Versorgungsweg rumpelt, wie ein Schiff mit erleuchteten Bullaugen vor, das am Ufer der dunklen Unendlichkeit Zentralanatoliens vertäut ist. Er hält an, schaltet den Motor ab und steigt steifbeinig aus. Es war ein langer Tag.

In der Küche hat Oya ihm einen kleinen Imbiß und schwarzen Tee in einer Thermosflasche hingestellt. Da er an diesem Abend bereits – auf Kosten der Universität – gut gegessen hat, läßt er den Imbiß stehen, trinkt aber den Tee. Dann geht er, leise, um Ahmed nicht zu wecken, die schmale Treppe hinauf. »Bist du's, Akbil?« fragt Oya aus dem Schlafzimmer. Akbil murmelt etwas Beschwichtigendes, geht in Ahmeds Zimmer, betrachtet zärtlich seinen Sohn und schiebt einen herunterhängenden Arm unter die Decke. Dann geht er ins Badezimmer. Danach steigt er ins Bett und macht Liebe mit Oya.

Akbil macht normalerweise (das heißt, wenn er seine Nächte nicht mit Hazlitts Gesammelten Werken verbringen muß) fast jeden Abend Liebe mit seiner Frau. In der Türkei hat es in diesem Winter sonst wenig Abwechslung gegeben. Außerdem, findet er, ist es gesund. Heute ist er müde, der Beischlaf ist kurz und kommt rasch zur Sache. Bald rollt Akbil mit einem zufriedenen Seufzer von Oya herunter und zieht sich die Steppdecke über die Schultern.

»Nicht einschlafen, Akbil«, beschwert sich Oya. »Erzähl mal, wie's heute war. Ist Professor Swallow gut angekommen?«

»Ja, die Maschine hatte nur wenig Verspätung. Ich bin mit Mr. Custer im Wagen des British Council hingefahren, um ihn abzuholen.«

»Wie ist er denn so?«

»Groß, dünn, schlechte Haltung. Einen schönen Silberbart hat er.« – »Nett?«

»Ich glaube schon. Ein bißchen nervös. Vielleicht sogar exzentrisch. Aus seiner Regenmanteltasche hing ein Unterhemd.«

»Ein Unterhemd?«

»Ein weißes Unterhemd. Vielleicht hat er's im Flugzeug ausgezogen, weil's ihm zu warm war, ich weiß es nicht. Vor dem Flughafen ist er hingefallen.«

»So was. Hatte er in der Maschine getrunken?«

»Nein, er ist in ein Schlagloch geraten. Du weißt ja, wie schlecht die Straßen seit dem Winter sind. Das Loch muß einen halben Meter tief gewesen sein, direkt vor dem Flughafen. Ich habe mich richtig geschämt. Vom Straßenbau haben wir hierzulande wirklich keine Ahnung.«

»Ist Professor Swallow verheiratet?«

»Ja, er hat drei Kinder, aber er hatte offenbar keine Lust, von ihnen zu erzählen«, sagte Akbil schlaftrunken.

Oya kniff ihn. »Und was war dann? Nachdem er hingefallen war?«

»Wir haben ihn aufgehoben, Mr. Custer und ich, haben ihn abgestaubt und nach Ankara gefahren. Während der Fahrt war er ziemlich nervös, ständig ist er hinter dem Rücken des Fahrers in Deckung gegangen. Du weißt ja, auf der Schnellstraße zum Flughafen ist an manchen Stellen nur eine Seite asphaltiert, so daß der Gegenverkehr auf derselben Bahn rollt. Wenn man nicht daran gewöhnt ist, muß es ein bißchen beängstigend sein.«

»Und was war dann?«

»Dann fuhren wir nach Anitkabir, um einen Kranz an Atatürks Grab niederzulegen.«

»Wozu denn das?«

»Mr. Custer meinte, es wäre eine nette Geste. Und da ist was Komisches passiert. Hör zu.« Bei der Erinnerung verflüchtigte sich Akbils Schläfrigkeit, und er stützte sich auf einen Ellbogen, um Oya die Geschichte zu erzählen.

»Wenn man zum ersten mal nach Anitkabir kommt, ist das schon eine ziemlich ehrfurchtheischende Sache. Du gehst diese ewig lange Allee entlang, mit den Hethiterlöwen und den anderen Standbildern, und auf der Brüstung stehen die Posten, still und starr, auch wie Standbilder, aber alle bewaffnet. Vielleicht hätte ich Professor Swallow nicht sagen sollen, daß es ein Kapitalverbrechen ist, das Andenken Atatürks durch despektierliches Benehmen zu entweihen.«

»Das ist es doch aber.«

»Ich hatte es eigentlich mehr aus Spaß gesagt. Aber es schien ihn ziemlich zu beschäftigen. Ständig fragte er: ›In Ordnung, wenn ich mir die Nase schnaube?‹ Und: ›Die Soldaten werden sich doch nichts dabei denken, daß ich hinke?‹«

»Hinkt er denn?«

»Ja, seit er am Flughafen hingefallen ist, hinkt er ein bißchen. Aber Mr. Custer hat ihn beruhigt und gesagt: ›Keine Sorge, machen Sie mir nur alles nach.‹ Wir marschieren also die Allee entlang, Mr.

Custer voran, mit dem Kranz, und Professor Swallow und ich im Gleichschritt hinterher, unter den Augen der Posten. Wir schwenken nach links auf den Großen Paradeplatz ein, sehr zackig, selber wie Soldaten, und nähern uns der Ehrenhalle. Und da hat Mr. Custer das Pech, über einen vorstehenden Pflasterstein zu stolpern, und weil der Kranz ihn behindert, fällt er auf Hände und Knie. Ehe ich irgendwas machen kann, wirft sich Professor Swallow zu Boden und legt sich lang wie ein betender Moslem.«

Oya schnappte nach Luft und kicherte. »Und wie ging's dann weiter?«

»Wir haben ihn aufgehoben und wieder abgestaubt. Dann haben wir den Kranz niedergelegt und sind ins Museum gegangen. Danach sind wir ins Büro des British Council zurückgefahren und haben Professor Swallows Programm besprochen. Er muß ein Mann von immenser Gelehrsamkeit sein.«

»Ja? Wieso?«

»Du weißt ja, er ist hergekommen, um über Hazlitt zu sprechen, weil letztes Jahr die Jahrhundertfeier war. Dann hat er noch einen Vortrag über Jane Austen angeboten, aber die haben nur unsere Studenten im vierten Jahr gelesen. Und da haben wir beim British Council angefragt, ob er nicht vielleicht ein etwas allgemeineres Thema hätte, Literatur und Geschichte etwa, oder Literatur und Gesellschaft, oder Literatur und Philosophie.« Akbil Borak gähnte und machte die Augen zu. Er hatte offenbar den Faden verloren.

»Und dann?« Oya stieß ihm ungeduldig einen Ellbogen in die Rippen.

»Ja, es scheint, als ob der Text bei der Telexübermittlung irgendwie entstellt worden ist. In dem Fernschreiben hieß es, ob er einen Vortrag über Literatur *und* Geschichte *und* Gesellschaft *und* Philosophie und Psychologie halten könnte. Und was soll ich dir sagen, er war einverstanden. Hat einen Vortrag über Literatur und Alles vorbereitet. Wir haben herzhaft darüber gelacht.«

»Professor Swallow hat darüber gelacht?«

»Na ja, am meisten gelacht hat Mr. Custer«, gestand Akbil.

»Der arme Professor Swallow.« Oya seufzte. »Das war wohl kein sehr schöner Tag für ihn.«

»Der Abend war besser«, sagte Akbil. »Ich war mit ihm in einem Kebabrestaurant, wir haben gut gegessen und Raki getrunken. Und über Hull gesprochen.«

»Er kennt Hull?«

»Nein, denk dir, er war noch nie dort. Da habe ich ihm genau erzählen können, wie es ist.«

Er drehte sich auf die Seite, mit dem Rücken zu Oya, und zog die Steppdecke hoch. Oya fand sich damit ab, daß von ihm heute keine Unterhaltung zu erwarten war, und legte sich zum Schlafen zurecht. Sie streckte ihre Hand nach der Nachttischlampe aus, aber eine Sekunde, ehe ihr Finger den Schalter berührte, erlosch das Licht von selber.

»Schon wieder Stromsperre«, sagte sie zu ihrem Mann. Aber der atmete schon tief und regelmäßig.

»Das Blöde ist«, sagte Ronald Frobisher, »daß dieser Furz Wainwright und dieser Loddel Parkinson mit einem recht haben. Ich bin ausgebrannt. Seit sechs Jahren mit einem Roman blockiert. Seit acht Jahren keinen veröffentlicht.« Er starrte kummervoll in seinen Krug mit echtem Ale. Persse hielt sich nach wie vor an Guinness. Sie saßen in einem Pub in einer Nebenstraße des Strand. »Also lebe ich vom Fernsehen. Schreibe meine oder anderer Leute Bücher für die Glotze um. Mache hier und da mal eine Folge von *Z Cars* oder *The Sweeney* und gelegentlich ein ›Kleines Fernsehspiel‹.«

»Eigentlich komisch, daß Sie noch Drama, aber keine Prosa mehr schreiben können.«

»Mit Dialogen habe ich keine Probleme«, sagte Frobisher. »Und die Aufnahmen macht ja jemand anders. Aber in einem Roman sind es die Erzählpassagen, die die individuelle Schreibweise ausmachen. Beschreibungen von Menschen, Orten, Wetter, solche Sachen. Das ist wie bei Bier, das in Fässern lagert, das Holzaroma schmeckt durch. Fernsehspiele sind dagegen wie Bier aus dem Tank, nur Kohlensäure, kein Geschmack. Ich rede vom Stil, der ganz besonderen, unverwechselbaren Art eines Schriftstellers, mit der Sprache umzugehen. Aber Sie sind ja Lyriker, Sie wissen bestimmt, wovon ich spreche.«

»Doch«, sagte Persse.

»Früher«, sagte Frobisher melancholisch, »hatte ich mal einen Stil. Aber ich habe ihn verloren. Oder ich habe den Glauben daran verloren. Was im Grunde auf dasselbe herauskommt. Noch eins?«

»Meine Runde.« Persse stand auf, kam aber mit leeren Händen von der Theke zurück. »Es ist mir furchtbar peinlich, aber ich muß Sie anpumpen. Ich hab' nur ein paar irische Pfund und einen Scheck über tausend britische Pfund, und den wollte mir der Barmann nicht flüssig machen.«

»Schadet nichts. Ich spendiere Ihnen noch ein Glas.« Frobisher streckte ihm eine Zehn-Pfund-Note hin.

»Wenn Sie mir das borgen...« sagte Persse.

»Wofür wollten Sie Ihre tausend Pfund anlegen?« fragte Frobisher, als er mit den Gläsern, eine Tüte Kartoffelchips zwischen den Zähnen, zurückkam.

»Ich such' nach meinem Ideal«, nuschelte Persse.

»Sie suchen nach dem heiligen Gral?«

»Ideal. Nach einem Mädchen. Sie heißt Angelica. Nehmen Sie'n paar Chips.«

»Nein, danke. Netter Name. Wo wohnt sie?«

»Weiß ich nicht, das ist es ja eben.«

»Hübsch?«

»Bildschön.«

»Wissen Sie was? Die Frau von diesem amerikanischen Professor hat bei der Party versucht, mich anzumachen.«

»Mich auch«, sagte Persse, was Frobisher zu enttäuschen schien. Er machte sich gedankenverloren über die Kartoffelchips her. In Nullkommanichts war die Tüte bis auf ein paar armselige Brösel und Salzkrümel leer. »Wie kam es, daß Sie den Glauben an Ihren Stil verloren haben?« fragte Persse.

»Das will ich Ihnen sagen. Ich kann den Zeitpunkt genau festmachen. Es war der Besuch in Darlington vor sechs Jahren. Sie haben da eine neue Uni, einen dieser Klötze aus Glas und Beton auf der grünen Wiese. Sie wollten mir einen Ehrendoktor geben. Nicht gerade eine besonders prestigeträchtige Hochschule, aber sonst hatte mir noch niemand einen Ehrendoktor angeboten. Dahinter steckte die Überlegung, daß Darlington eine Arbeiter-, eine Industriestadt ist und sie einen Schriftsteller ehren wollten, der über Arbeiter und Industrie schrieb. Ehrlich gesagt war ich ganz schön gebauchpinselt. Also fuhr ich hin. Der übliche Humbug mit Talaren und Verbeugungen und Barettlüpfen vor dem Vizekanzler und so weiter. Schauriges Essen. Aber sonst lief's ganz gut, ich konnte mich nicht beklagen. Und dann, nach dem offiziellen Teil, hat mich einer vom Fachbereich Englisch geschnappt. Ein gewisser Dempsey.«

»Robin Dempsey«, sagte Persse.

»Ach, den kennen Sie? Hoffentlich kein Freund von Ihnen.«

»Ganz im Gegenteil.«

»Gut. Dann wissen Sie wohl auch, daß dieser Dempsey eine Computermacke hat. Ich hatte das schon beim Mittagessen mitgekriegt, da saß er mir nämlich gegenüber. ›Ich würde Ihnen heute nachmittag gern unser Computerzentrum zeigen«, sagte er. ›Wir haben etwas für Sie vorbereitet, das wird Sie interessieren.‹ Und dabei zappelte er auf seinem Stuhl rum wie ein Kind, das es nicht erwarten kann, sein Weihnachtsgeschenk auszupacken. Also dackeln wir, wie die Sache mit der Ehrung vorbei ist, zusammen zum Computerzentrum. Ziemlich großkotziger Name übrigens, es war einfach ein Fertigbauschuppen, vor dem zwei Schafe grasten. Es war noch ein Typ dabei, der wohl dort die Sache betreibt, ein gewisser Josh. Aber das Reden hat ausschließlich Dempsey besorgt. ›Sie haben wahrscheinlich schon von unserem Zentrum für computergestützte Stilistik gehört.‹ ›Nein, wo ist denn das?‹ sagte ich. ›Wo? Na hier‹, sagt er. ›Das heißt, ich bin es, also ist es, wo immer ich gerade bin. Das heißt, wo ich bin, wenn ich computergestützte Stilistik mache, es ist ja nicht mein einziger Forschungsschwerpunkt. Es ist eigentlich weniger ein Gebäude als ein Briefkopf. Als wir hörten, daß die Universität Ihnen den Ehrendoktor geben würde, haben wir beschlossen, Ihr Werk als ersten vollständigen Korpus in unser Magnetbandarchiv zu nehmen.‹ ›Und was bedeutet das?‹ frage ich. Er zeigt mir eine flache Metalldose, so ähnlich wie die, in denen man Filmrollen aufhebt. ›Es bedeutet, daß alles, was Sie je veröffentlicht haben, hier drin ist.‹ Aus seinen Augen leuchtete eine fast manische Lust, als wäre er Frankenstein oder ein Zauberer, der mich in die Dose gesperrt hatte. Und irgendwie stimmte das ja auch. ›Und wozu soll das gut sein?‹ frage ich. ›Wozu das gut sein soll?‹ Er lacht hysterisch. ›Wozu das gut sein soll, fragt der Mann... Zeigen wir's ihm, Josh.‹ Er reicht die Dose dem anderen Typ, der holt ein Band heraus und legt es in eine der Maschinen ein. ›Kommen Sie hier herüber‹, sagt Dempsey und setzt mich vor eine Art Schreibmaschine mit einem Fernsehschirm dran. ›Mit diesem Band‹, sagt er, ›können wir dem Computer befehlen, uns jede gewünschte Auskunft über Ihren Idiolekt zu geben.‹ ›Bitte was?‹ fragte ich. ›Ihre ganz persönliche Art, sich der englischen Sprache zu bedienen. Was ist Ihr Lieblingswort?‹ ›Lieblingswort? Hab' ich nicht.‹ ›Haben Sie doch. Das Wort, das Sie am häufigsten benutzen.‹ ›Wahrscheinlich der, die, das. Oder ein. Oder und.‹ Er schüttelt ungeduldig den Kopf. ›Der Computer ist angewiesen, sogenannte grammatikalische Worte – Artikel, Präpositionen, Pronomen, modale Hilfsverben, die in jedem Diskurs häufig vorkommen –, zu ignorieren. Was bleibt, ist das A und O, sind die sogenannten lexikalischen Wörter, die bestimmte semantische Inhalte haben. Wörter wie Liebe oder dunkel oder Herz oder Gott. So, jetzt wollen wir mal sehen.‹ Er tippt auf der Tastatur herum, und da steht plötzlich mein Lieblingswort auf dem Bildschirm. Und was meinen Sie, was es war?«

»Bier?« sagte Persse aufs Geratewohl. Frobisher beäugte ihn ein wenig mißtrauisch durch seine runden Brillengläser, dann schüttelte er den Kopf. »Versuchen Sie's nochmal.«

»Ich habe keinen Schimmer.«

Frobisher kaute und schluckte, dann sah er Persse feierlich an. »Schmiere«, verkündete er.

»Schmiere?« wiederholte Persse verständnislos.

»*Schmiere. Schmierig. Geschmiert.* Die verschiedenen Zusammensetzungen dieser Wurzel, im wörtlichen und im übertragenen Sinne. Zuerst hab' ich es ihm nicht abgenommen, ich hab' ihn nur ausgelacht. Da drückt er auf einen Knopf, und die Maschine fängt an, alle Sätze in meinem Werk auszuspucken, in denen das Wort Schmiere in irgendeiner Form vorkommt. Sie sausten so schnell über den Schirm, daß ich kaum folgen konnte, mit Seiten- und Zeilenangabe. *Der schmierige Fußboden, die Straße war schmierig vom Regen, die schmierige Manschette, die schmierige Marmeladenstulle, sein schmieriges Lächeln, der schmierige Tisch, das schmierige Wortgeklingel ihrer Unterhaltung,* und ob Sie's glauben oder nicht, *sein Körper bewegte sich in ihr wie ein gut geschmierter Kolben.* Ein echter Hammer, sage ich Ihnen. Mein ganzes Œuvre schien in Schmiere getränkt zu sein. Daß das Zeug bei mir derart zum Tick geworden war, hatte ich nie gewußt. Dempsey gluckste vor Vergnügen, er drückte neue Knöpfe, um mir weitere Lieblingswörter vorzuführen. *Grau* und *düster* folgten dichtauf, wenn ich mich recht erinnere. Dann *Spüle, Rauch, fühlen, Kampf, rennen und sinnlich.* Danach ging's an die Feineinteilung. Die am häufigsten vorkommenden Körperteile waren Brust und Hand, meist letztere auf ersterer. Direkte Rede männlicher Personen wurde unweigerlich durch ein schlichtes ›er sagte‹ eingeführt, aber die direkte Rede von Frauen durch eine Vielzahl ausdrucksstarker Verbalkonstruktionen wie *sie keuchte, sie seufzte, sie flüsterte dringlich, sie rief leidenschaftlich.* Meine Helden haben alle braune Augen – wie ich. Ihr Lieblingswort ist Ach du Scheiße. Die Frauen, in die sie sich verlieben, haben häufig biblische Namen, besonders solche mit einem R – *Ruth, Rachel, Rebecca* und so weiter. Ich lasse meine Kapitel gern mit einem kurzen, stimmungslosen Satz enden.«

»Und das wissen Sie nach sechs Jahren alles noch?« staunte Persse.

»Damit ich es nicht vergesse, hat Robin Dempsey mir einen Ausdruck von dem ganzen Zauber geschenkt. Fein säuberlich in einer Mappe. ›Kleines Andenken an diesen Tag‹, wie er es ausdrückte. Ich nahm das Ding, las es im Zug, und als ich mich am nächsten Tag an den Schreibtisch setzte, um an meinem Roman weiterzuschreiben, war plötzlich Sense. Sobald ich nach einem Adjektiv suchte, mußte ich sofort an *schmierig* denken. Sobald ich *sagte er* hingeschrieben hatte, strich ich es durch und schrieb statt dessen *stöhnte er* oder *lachte er*, das paßte irgendwie auch nicht. Aber wenn ich es dann in *sagte er* zurückdrehte, war das auch nicht richtig, es klang berechenbar und mechanisch. Diese beiden, Robin und Josh, hatten mich richtig fertiggemacht. Seither kann ich keine Prosa mehr schreiben.«

Er leerte sein Glas in einem Zug.

»Das ist die traurigste Geschichte, die ich je gehört habe«, sagte Persse.

Das Licht im Pub wurde kurz aus- und gleich wieder eingeschaltet. *»Time, ladies and gents«*, rief der Barmann.

»Kommen Sie«, sagte Frobisher. »Ich kenne eine Pinte, wo wir noch was zu trinken kriegen. In Soho.«

Im Darlingtoner Computerzentrum brennen die Leuchtbänder noch weit in die Nacht. Die Studenten sind längst weg, sitzen auf ihren Buden oder in den Wohnheimen, in den Uni-Pinten oder der Disco. Zurückgeblieben sind die papiernen Ausscheidungen eines Arbeitstages – verschiedenfarbige gelochte Datenkarten, Bündel von Ausdrucken, Schmierzettel und zerknüllte Pappbecher. Die Luft riecht abgestanden und leicht angesengt, als habe die massierte Elektronik alle natürliche Frische aus ihr herausgebrannt. Nur zwei Männer sind noch da. Der eine sitzt in einem Glaskasten, pellt ein Käsebrot aus der Frischhaltefolie und verzehrt es, indes er gedankenvoll den anderen beobachtet, der sich über einen Monitor im Hauptraum beugt.

»KEINER SCHEINT MICH ZU MÖGEN«, tippt Robin Dempsey.

»WIE KOMMEN SIE DARAUF?« antwortet ELIZA.

»IN DER MITARBEITERKANTINE SEHE ICH, WIE MEINE KOLLEGEN MIT IHREN TABLETTS AUF MEINEN TISCH ZUGEHEN UND DANN ABSCHWENKEN, WENN SIE MICH ERKANNT HABEN.«

»WARUM TUN SIE DAS IHRER MEINUNG NACH?«

»WEIL SIE NICHT MIT MIR REDEN WOLLEN.«

»WARUM, GLAUBEN SIE, WOLLEN SIE NICHT MIT IHNEN REDEN?«

»WEIL SIE ANGST HABEN, DASS ICH MIT IHNEN ÜBER MEINE FORSCHUNGSARBEIT SPRECHE UND DAS KÖNNEN SIE NICHT VERTRAGEN, WEIL ICH MEHR FORSCHUNG MACHE ALS ALLE ANDEREN ZUSAMMEN.«

»ERZÄHLEN SIE MIR VON IHRER FORSCHUNGSARBEIT.«

Robin Dempsey tippt ununterbrochen eine Stunde lang.

Persse war noch nie in Soho gewesen. Er war schockiert, aber auch fasziniert von den aus allen Ecken kommenden, an sämtliche Sinne appellierenden aufdringlichen Versuchen, Lust zu wecken. Striptease, Peepshows, Massagesalons, Pornofilme, Videos, Bücher, Zeitschriften. Der rhythmische Beat des Dschungelrock, der aus den Kellern dröhnt. Den Ventilatoren entweichende Fisch- und Knoblauchdüfte. Nutten und Zuhälter, die sich in Hauseingängen herumdrücken. Das Wort Sex, das allgegenwärtig ist, über Schaufenstern, auf Bauchdeckeln, T-Shirts, in Groß- und Kleinschreibung, gedruckt, in Neon, in Glühbirnen, rot, gelb, blau, senkrecht, waagrecht, diagonal.

»Soho ist kaputt«, jammerte Ronald Frobisher gerade. »Nur noch eine Pornowüste. Die netten kleinen italienischen Lebensmittelläden und Weingeschäfte werden alle rausgedrängt.« Er blieb zaudernd an einer Kreuzung stehen. »Man kann sich verirren, so schnell ändert sich das hier. Wenn ich mich recht erinnere, war hier ein Laden, in dem es ungemahlenen Kaffee gab.« Jetzt war es ein Laden, in dem es pornographisches Schrifttum gab. Persse warf einen Blick hinein. Männer standen ernst und in sich gekehrt vor den Regalen, wie beim Urinieren oder beim Gebet. »Viel Spaß scheinen sie da drin nicht zu haben«, meinte er.

»Kein Wunder. Wenn sie im Laden anfangen zu wichsen, werden sie rausgeschmissen, glaube ich.« Frobisher bog in eine kleine Gasse ein und blieb vor einer Tür stehen, über der in Leuchtbuchstaben »Club Exotica« stand.

»Ach du Scheiße«, sagte Frobisher. »Was ist denn aus dem alten ›Lights Out‹ geworden?«

»Scheint jetzt ein Striptease-Schuppen zu sein.« Persse besah sich die Fotos der Künstlerinnen, die in einer Glasvitrine an der Wand ausgestellt waren: Lola, Charmaine, Mandy.

»Na, Jungs, wie wär's mit euch?« fragte ein vierschrötiger, dunkelhäutiger Typ in der geöffneten Tür. »Ich sag euch, unsere Mädels ziehen euch ne steife Mine in den Bleistift.«

»Dabei brauch' ich eigentlich nur ein Farbband für meine Schreibmaschine«, sagte Frobisher. »War hier nicht mal der Lights-Out Club?«

»Weiß nicht. Kommt rein, die Show fängt gleich an. Ihr bereut's bestimmt nicht.«

»Nein, danke. Kommen Sie, Persse.«

»Moment noch.« Persse stützte sich mit beiden Händen an der Wand ab. Ihm war flau. Eins der Fotos war unverkennbar ein Konterfei von Angelica. Sie lag nackt in Ketten, die Arme hinter dem Rücken gefesselt, das lange Haar wehte im Wind. Ihr Gesicht trug einen Ausdruck gespielter Angst und Verzweiflung. Auf einem runden Etikett über ihrer Scham stand »Zensiert«, und ein roter Klebestreifen über ihrem Busen trug den Namen. »Lily.« A. L. Pabst. Angelica Lily Pabst.

»Was ist denn, Persse?« fragte Frobisher. »Alles in Ordnung?«

»Ich will hier rein«, sagte Persse. »Was sagen Sie da?«

»Bestens«, meinte der Portier. »Der junge Mann weiß, wo's lang geht.«

»In so was geht man nicht, das ist doch bloß Nepp«, sagte Frobisher.

»Hören Sie gar nicht hin«, sagte der Portier. »Kostet bloß drei Pfund, und da ist der erste Drink schon drin.«

»Wenn Sie wirklich scharf auf Strip sind«, sagte Frobisher, »dann bitte mit Niveau. Ich weiß da was in der Brewer Street...«

»Nein. Es muß hier sein.«

»Wissen Sie was?« sagte der Portier. »Sie haben Geschmack. Nicht wie der alte Knacker da.«

»Ich höre immer alter Knacker«, sagte Frobisher kampflustig. Murrend folgte er Persse die Stufen herunter. Persse zahlte für sie beide mit dem, was von Frobishers Zehner übriggeblieben war. »Für so was tut mir das Geld leid«, sagte der Schriftsteller, während sie sich stolpernd zu einem freien Tisch tasteten. Der Club Exotica war so dunkel wie das Sexkino in Rummidge, bis auf eine kleine Bühne, auf der sich, in rosa Licht getaucht und zur Begleitung von Discomusik vom Band eine junge Frau – nicht Angelica –, die nur mit hohen, sporenbewehrten Stiefeln bekleidet war, kraftvoll auf einem Schaukelpferd wiegte.

Sie setzten sich und bestellten Whisky. »Ich meine, wenn ich Arsch und Titten sehen will, brauche ich's bloß in ein Fernsehscript reinzuschreiben«, sagte Frobisher. »*›Mit aufreizendem Lächeln knöpft sie langsam ihre Bluse auf.‹ ›Ihr Morgenrock gleitet zu Boden. Darunter ist sie nackt.‹* So auf die Tour. Und ein paar Wochen später mach ich's mir zu Hause gemütlich und seh's mir an. Scheint eine dieser billigen Nackedei-Shows zu sein, wo die Mädels immer so tun, als ob sie ganz was anderes machen.«

Ronald Frobisher hatte das ganz richtig gesehen. Der Schaukelpferdreiterin folgten etliche ›Nummern‹, in denen Nacktheit an den verschiedensten widersinnigen Schauplätzen vorgeführt wurde – in einer Feuerwache, im Flugzeug, im Iglu. Manchmal war mehr als eine Künstlerin beteiligt, dazu gab es einen muskelbepackten, aber offenbar schwulen jungen Mann, der manchmal zusammen mit den Damen eine banale Geschichte oder Situation darstellte, wobei er meist mit einer Peitsche oder einem Folterinstrument bewehrt war. Von Angelica keine Spur.

Die Tische waren im Halbkreis mit Blick zur Bühne gestellt. Wenn in der vordersten Reihe jemand aufstand und ging, rückte ein anderer von weiter hinten nach.

»Wollen Sie nach vorn?« fragte Frobisher.

Persse schüttelte den Kopf.

»Reicht's schon?« fragte Frobisher hoffnungsvoll.

»Ich bleibe bis zum Schluß.«

»Bis zum Schluß? Dann sitzen wir die ganze Nacht hier. Die lassen die Nummern immer wieder von vorn laufen, bis zur Polizeistunde.«

»Wir haben aber noch nicht alle gesehen«, wandte Persse ein.

Der Bühnenscheinwerfer erlosch nach der Darbietung eines nackten Mädchens, das wie ein Fisch in einem von den Soffitten herabhängenden Netz zappelte. Matter Beifall erhob sich im Zuschauerraum. Der Vorhang schloß sich, dahinter vernahm Persse leises Kettenklirren. Er richtete sich auf und beugte sich vor. Er kriegte kaum noch Luft.

Die Tonbandmusik war diesmal nicht ganz so nichtssagend, sie klang mehr nach symphonischem Rock als nach Disco, mit viel verzerrter Elektrogitarre. Als sich der Vorhang hob, war auf der Bühne ein nacktes Mädchen genau in der Haltung der »Lily« in dem Schaukastenfoto zu sehen: Nackt, an einen Pappmachéfelsen gekettet, sich in den Fesseln windend, Mund und Augen angstgeweitet, das lange Haar von einer in den Kulissen stehenden Windmaschine verweht. Aber es war nicht Angelica. Es war das Mädchen auf dem Schaukelpferd. Persse ließ sich zurücksinken. Er wußte nicht recht, ob er erleichtert oder enttäuscht war.

»Gehen wir«, sagte er.

»Jetzt können wir uns die Nummer auch noch ansehen«, meinte Frobisher. »Es ist übrigens die erste, die mir auch nur andeutungsweise unter die Haut geht. Müssen wohl die Ketten sein, die ihr ins Fleisch schneiden.«

Persse mußte zugeben, daß dieses Spektakel bedeutend nachdrücklicher auf den Beschauer wirkte als die vorhergehenden Nummern. Die Nacktheit war vom Thema her gerechtfertigt, Beleuchtung und Toneffekte waren eindrucksvoll, Wellenbewegungen wurden auf den Prospekt projiziert, und unter die Gitarrenklänge war Brandungsrauschen gemischt. Der Produzent mußte schon mal was von Andromeda gehört haben, auch wenn letztlich eine Travestie daraus geworden war. Der junge Schwule, als Perseus – oder vielleicht als Heiliger Georg – verkleidet, trat auf, um die Jungfrau zu opfern, wurde aber von einem zweiten nackten Mädchen mit einer

Drachenmaske von der Bühne vertrieben, die sich der Gefangenen in eher amouröser denn gewalttätiger Absicht näherte. Die Nummer endete mit einer lesbischen Liebesszene.

»Gar nicht so übel«, sagte Frobisher, als sie aus der Unterwelt wieder auf die Straße stiegen.

»Hat's euch gefallen, Jungs?« fragte der Türsteher.

»Wo ist Lily geblieben?« fragte Persse.

»Wer?«

Persse deutete auf das Foto.

»Ach, Sie meinen Lily Papps.«

Frobisher brüllte vor Lachen. »Klassename!«

»So nennt sie sich also?« fragte Persse.

»Ja. Lily Papps. Doppel-Pe. Die ist vor ein paar Wochen weg. Von der Neuen haben wir noch kein Foto.«

»Was ist aus ihr geworden? Wo steckt sie?«

Der Türsteher zuckte die Schultern. »Fragen Sie mich was Leichteres. Die Mädels kommen und gehen. Aber die Lily, die war schon was Besonderes. Nicht bloß ne tolle Figur. Die hatte Köpfchen. Gut, die Drachennummer, nicht? War ihre eigene Idee.«

»Eine Bekannte?« fragte Frobisher, als sie sich wieder in Marsch gesetzt hatten.

»Es ist das Mädchen, von dem ich Ihnen erzählt habe. Das ich suche.«

Frobisher hob eine Augenbraue. »Ich wußte nicht, daß sie strippt.«

»Tut sie eigentlich auch nicht. Ich habe keine Ahnung, warum sie das macht. Wahrscheinlich geht's ihr ums Geld. Sie ist gebildet, schreibt an ihrer Doktorarbeit. Mit so was dürfte sie sich eigentlich gar nicht abgeben.«

»Verstehe«, sagte Frobisher. »Sie werden die Jungfrau aufspüren und aus dem Sumpf ziehen, in den die Armut sie getrieben hat.«

»Ja, das würde ich gern tun. In ihrem Interesse.«

»Nicht Ihretwegen?«

»Persse zögerte. »Doch, auch... Nur – es war schon ein Schock, in dem Schuppen da ihr Foto zu sehen. Ich hab' das nämlich nicht gewußt.« Es fiel ihm immer noch schwer, sich das Mädchen, das er von der Tagung in Rummidge her in engagierter Diskussion über Strukturalismus, Romanzen, Keats-Gedichte in Erinnerung hatte, als »Künstlerin« in dem Nachtclub eines schmierigen Sohokellers vorzustellen. Seine Seele erschauerte bei dem Gedanken. Aber schließlich war die Lage ja nicht hoffnungslos. Für Angelica war das – wie für Bernadette – bestimmt nur ein Job, eine Möglichkeit, Geld zu verdienen, auch wenn es ihm ein Rätsel war, wieso sie ausgerechnet darauf verfallen war. Irgendwann würde er es schon erfahren. Inzwischen mußte er Angelica vertrauen – und seinem ersten Eindruck von ihr. »Ja«, sagte er und machte längere Schritte. »Ich möchte sie meinetwegen finden.«

Philip Swallow fuhr in seinem Hotelzimmer in Ankara mit allen Anzeichen eines beginnenden Durchfalls aus dem Schlaf hoch. Es war stockdunkel. Er drückte den Schalter an der Wand über seinem Kopf, aber nichts geschah. War die Birne kaputt, oder war Stromsperre? Schwitzend, in fieberhafter Eile, versuchte er sich die örtlichen Gegebenheiten des Zimmers in Erinnerung zu rufen. Seine Aktentasche stand auf einem Ankleidetisch am Fußende des Bettes. Vorsichtig stand er auf, preßte den Sphinkter zusammen und tastete sich nach der Bettkante entlang nach hinten. Die Arme ausgestreckt wie ein Blinder, suchte er den Ankleidetisch, aber es war seine große Zehe, die dieses Möbelstück zuerst ortete. Wimmernd vor Schmerz steckte er die Hand in die Aktentasche, um sein Behelfsklopapier herauszuholen, und schob sich wie ein Bergsteiger an der Wand entlang bis zur Badezimmertür. Auch dort knipste er ergebnislos am Schalter herum. Stromsperre also. Waschbecken links, Toilette dahinter. Ja, dort, Gottseidank. Er ließ sich auf den Toilettensitz sinken und leerte seine brodelnden Gedärme. Ein ekelerregender Gestank verbreitete sich in der Dunkelheit. Es mußte das Kebab gewesen sein oder, wahrscheinlicher noch, der Salat. Immerhin hatte er es trotz Stromausfall noch rechtzeitig geschafft.

Philip fing an, sich abzuwischen. Als das Licht von selbst anging, stellte er fest, daß er soeben Seite 5 seines Vortrags »Hazlitts Erbe« verbraucht hatte.

# Zwei

Es war spät, als Persse am Morgen nach einer von unruhigen Träumen heimgesuchten Nacht mit trockenem Mund und mittelschwerem Brummschädel erwachte. Er lag eine Weile auf dem Rücken, fixierte die Sprinklerdüse, einen metallenen Nabel an der Decke seines Zimmers im CVJM, und überlegte, wie es nun weitergehen sollte. Er beschloß, noch einen Besuch beim Club Exotica zu machen und sich erneut nach »Lily« zu erkundigen.

Soho wirkte unter der Sonne des Spätvormittags weit weniger sündig. Gewiß, die Pornoläden und Sexkinos waren schon auf und hatten ein paar unverdrossene Kunden, aber die Fassaden und Leuchtschilder sahen bläßlich und betreten drein. Über Fahrbahnen und Gehsteige bewegten sich Menschen mit konkreten Zielen: Müllmänner, die den Abfall einsammelten, Motorradkuriere, die Päckchen ausfuhren, Managertypen mit feinen Anzügen und Aktentaschen und junge Burschen, die Ständer mit Damenkonfektion durch die Gegend rollten. Es roch gut und bekömmlich nach Gemüse, frischem Brot und Kaffee. An einem Zeitungsstand kaufte Persse den *Guardian* und das *Times Literary Supplement.* »LEINEN LOS FÜR LONDONER LITERATEN!« war eine Schlagzeile auf der Titelseite des ersteren, »RUDYARD PARKINSON ÜBER DIE ENGLISCHE KRITIKERSCHULE« der Umschlagtitel des letzteren Blattes.

Persse lief die Strecke ab, die er am Vorabend mit Ronald Frobisher gegangen war, und stand schließlich vor dem Club Exotica – nur war es nicht mehr der Club Exotica. Dieser aus Leuchtbuchstaben in Schreibschrift zusammengesetzte Name lag ausrangiert, mit heraushängendem Kabel, auf dem Gehsteig. Über der Tür brachten zwei Arbeiter gerade ein neues, größeres Schild an: »PUSSYVILLE«.

»Wo ist denn das Exotica hin?« fragte Persse. Der eine Arbeiter sah zu ihm herunter und zuckte die Schultern. Der andere sagte, ohne herunterzusehen: »Sehnse doch. Hat ’n neuen Namen.«

»Auch eine neue Leitung?«

»Glaub’ schon. Der Typ ist grade drin.«

Persse stieg die Stufen herunter und stieß unten die gepolsterte Pendeltür auf. Nackte Glühbirnen an der Decke warfen ihr kaltes Licht auf einen verfleckten Teppich und abgewetzte Möbel. Zwischen den Tischen fuhr jaulend ein Staubsauger herum. In der Mitte des Raumes inspizierte ein Mann in Nadelstreifen eine junge Frau, die nur Höschen und hochhackige Schuhe anhatte. Der Mann hatte ein Klemmbrett in der Hand und umkreiste das Mädchen wie ein Gebrauchtwagenhändler, der ein ihm angebotenes Fahrzeug auf Roststellen prüft. Auf einer Reihe von Stühlen an der Wand lehnten weitere Mädchen im Négligé, die offenbar diese Prüfung noch vor sich hatten.

»Ja?« Der Mann hatte Persse gesehen. »Bringen Sie die neue Beleuchtung?«

»Nein.« Persse wandte schamhaft den Blick von der halbnackten jungen Frau ab. »Ich suche ein Mädchen namens Lily.«

»Heißt eine von euch Lily?« fragte der Mann.

Nach einer kleinen Pause stand ein Mädchen am Ende der Reihe auf. »Ich bin Lily«, sagte sie, eine Hand auf der Hüfte, und warf Persse unter ihrer geblondeten Krisselfrisur einen schmachtenden Blick zu.

»Tut mir leid, aber Sie kenne ich nicht«, stotterte Persse.

»Hat sich was mit Lily.« Ihre Nachbarin zog sie wieder auf ihren Stuhl zurück. »Du stehst bloß auf den.« Ein Lachen lief wie eine Welle an der Stuhlreihe entlang.

»Sie ist hier aufgetreten«, sagte Persse. »Als es noch der Club Exotica war.«

»Jetzt ist es aber nicht mehr der Club Exotica, sondern Pussyville, und ich brauch' bis Montag zwölf busenfreie Bedienungen. Nehmen Sie's mir nicht übel, aber...« Der Mann sah stirnrunzelnd auf sein Klemmbrett.

»Wem gehörte der Club Exotica?« fragte Persse.

»Girls Unlimited«, entgegnete der Mann, ohne aufzusehen.

»Das ist am Soho Square«, sagte die mit dem Krisselhaar.

»Ich weiß«, sagte Persse. »Trotzdem schönen Dank.«

Ein Fußweg von fünf Minuten brachte ihn zum Soho Square. Das Domizil von Girls Unlimited war im vierten Stock eines Hauses an der Westseite. Er trug sein Anliegen vor und wurde in das Büro einer Mrs. Gasgoine geführt. Das Zimmer war mit rotem Teppichboden ausgelegt und mit weißen Aktenschränken, Stahlrohrstühlen und -tischen möbliert. An der Wand hing eine große Weltkarte. Mrs. Gasgoine war in elegantes Schwarz gekleidet und rauchte eine Zigarette in einer Zigarettenspitze.

»Was kann ich für Sie tun, Mr. McGarrigle?«

»Ich suche eine gewisse Lily Papps. Ich glaube, sie hat für Sie im Club Exotica gearbeitet.«

»Wir haben unseren Anteil am Club Exotica verkauft.«

»Das hörte ich.«

»Sind Sie Kunde bei uns?«

»Kunde?«

»Haben Sie früher schon mal Mädchen bei uns engagiert?«

»Himmel, nein, ich bin ein Bekannter von Lily.«

Mrs. Gasgoine blies zornig Rauch durch die Nüstern. »Sie hat also im Dunkeln mit Ihnen gemunkelt, wie? Schwarzarbeit nennt man so was.«

»Ja, so könnte man es wohl ausdrücken.« Persse dachte an den gläsernen Gang am Rummidger Himmel, an die Schneelandschaft unter dem Mond, an die Keats-Zitate.

Mrs. Gasgoine drückte ihre Zigarette aus und drehte an der Spitze, um den Stummel auszuwerfen. Er fiel in ihren Aschenbecher wie eine leere Patronenhülse. »Sie sind hier nicht beim Vermißtenbüro, Mr. McGarrigle, sondern in einem kommerziellen Unternehmen. Lily ist eine unserer flexibelsten Mitarbeiterinnen. Sie ist versetzt worden. An eine Stelle, wo kurzfristig Bedarf bestand.«

»Wohin?«

»Ich bin nicht befugt, Ihnen darüber Auskunft zu geben. Wir haben uns den Mädchen gegenüber vertraglich verpflichtet, weder der Familie noch Freunden oder Bekannten ihren Aufenthaltsort zu nennen. Häufig sind sie nämlich auf der Flucht vor irgendwelchen Komplikationen zu Hause.«

»Ich weiß ja nicht einmal, wo sie zu Hause ist«, wandte Persse ein.

»Und ich weiß von Ihnen überhaupt nichts, Mr. McGarrigle. Sie könnten alles mögliche sein, am Ende gar Privatdetektiv. Aber ich will Ihnen was sagen. Lassen Sie mir Ihren Namen und Ihre Adresse hier, die schicke ich Lily, und wenn sie will, kann sie sich mit Ihnen in Verbindung setzen.«

Persse zögerte. Er bezweifelte stark, ob Angelica sich melden würde, wenn sie wußte, daß er ihr Geheimnis gelüftet hatte. »Nein, danke, aber diese Mühe möchte ich Ihnen nicht machen«, sagte er schließlich.

Mrs. Gasgoine zog ein Gesicht, als hätten sich all ihre Vorbehalte bestätigt.

Er verließ die Geschäftsräume von Girls Unlimited und suchte sich eine Bank, um seinen Scheck einzulösen. Unterwegs kam er an einem Schaufenster der Buchhandlung Foyle's vorbei, wo ein Verkäufer einige reichlich angestaubte Exemplare von Philip Swallows *Hazlitt und der Laienleser* neben einer vergrößerten Fotokopie von Rudyard Parkinsons Rezension in der TLS aufbaute. Auf der Bank ließ sich Persse den größten Teil des Geldes in Reiseschecks auszahlen. Dann ging er in eine Filiale des Reisebüros Thomas Cook und buchte einen Flug nach Amsterdam. Jetzt blieb ihm nur noch eins. Er mußte Angelicas Adoptivvater suchen.

Er war noch nicht drei Stunden in Amsterdam, als er Morris Zapp traf. Persse stand auf einer der geschwungenen Brücken in der Altstadt und versuchte seinen Touristenstadtplan zu enträtseln, als der Amerikaner ihm von hinten auf die Schulter schlug.

»Percy! Ich wußte gar nicht, daß Sie bei der Tagung sind.«

»Tagung?«

Morris Zapp deutete auf die große Plastikscheibe, die an seinem Revers baumelte. In der Mitte prangte sein Name, um den sich kreisförmig die Inschrift zog: »VII. Internationaler Kongreß für Literatursemiotik.« An dem anderen Revers trug er einen bunten Blechbutton mit dem Slogan *Jede Dekodierung ist eine Neukodierung.* »Hab' ich in einem Button-Shop bei uns zu Hause machen lassen«, erläuterte er. »Die Leute sind ganz verrückt danach. Hätte ich ein Gros mitgebracht, ich hätte ein Vermögen damit machen können. Ein Japs-Professor hat mir zehn Dollar dafür geboten. Aber was tun Sie in Amsterdam, wenn Sie nicht auf der Tagung sind?«

»Eine Art Urlaub. Ich habe einen Lyrikpreis gewonnen.« Er merkte, daß er Morris wegen Angelica nicht ins Vertrauen ziehen mochte.

»Ist ja riesig. Herzlichen Glückwunsch.«

Persse kam ein Gedanke. »Angelica ist nicht zufällig auf der Tagung, oder?«

»Ich hab' sie noch nicht gesehen, aber das will nichts sagen. Es ist erst gestern losgegangen, und es laufen Hunderte von Leuten herum. Wir sind alle im Sonesta. Schwer in Ordnung. Wo wohnen Sie?«

»In einer kleinen Pension hier in der Nähe.«

»Es war wohl kein sehr großer Preis, wie?«

»Ich versuche, möglichst lange damit auszukommen«, sagte Persse. »Vielleicht schau ich mal bei Ihrer Tagung vorbei.«

»Tun Sie das. Ich will heute nachmittag auch mal hin. Aber was halten Sie jetzt erst mal vom Mittagessen? Man kann hier phantastisch indonesisch essen.«

»Gute Idee.« Persse war die Ablenkung willkommen, denn er

hatte einen entmutigenden Vormittag hinter sich. Die KLM-Zentrale hatte ihn höflich, aber unter eiserner Wahrung der Diskretion abgefertigt. Ja, ein Hermann Pabst war in den fünfziger Jahren Direktor der Fluggesellschaft gewesen, aber 1961 hatte er gekündigt und eine Stellung in Amerika angenommen, über die man Persse keine Einzelheiten sagen konnte oder wollte. Vielleicht würde er also seine Suche in Amerika fortsetzen müssen. Das waren schöne Aussichten. Wie lange mochten seine tausend Pfund reichen, wenn das so weiterging?

Morris Zapp hatte sich mit dem Spinnwebmuster der Amsterdamer Grachten und Straßen offenbar bereits vertraut gemacht. Zielstrebig führte er Persse über einen Blumenmarkt am Wasser, über Brücken, durch enge Gassen und belebte Einkaufsstraßen. »Also mir gefällt's hier. Alles flach, so daß ich beim Laufen nicht aus der Puste komme, gute, billige Zigarren – na, und das Nachtleben sollten Sie erst mal sehen.«

»Ich war neulich in Soho«, sagte Persse.

»Soho-schmoho«, sagte Morris Zapp. »Im Vergleich zu dem, was in der *rosse buurt* geboten wird, ist das der reinste Kindergarten.«

Die schmale Straße, durch die sie gegangen waren, mündete in einen breiten Platz, Tische und Stühle standen draußen vor den Cafés in der Sonne. Morris Zapp war für einen Aperitif.

»Haben wir denn Zeit dazu? Was ist mit der Tagung?« fragte Persse.

Morris zuckte die Schultern. »Lassen wir eben ein paar Vorträge sausen. Was soll's? Mich interessiert sowieso nur von Turpitz.«

»Wer ist denn das?«

Morris Zapp winkte einem Kellner. »Sie haben hoffentlich nichts gegen Gin? Ist der *vin du pays,* sozusagen.« Persse nickte. »Zwei Bols«, bestellte Morris, indem er mit den Fingern durch die Luft fuhr. »Turpitz ist ein Kraut, der in Rezeptionstheorie macht. Vor Jahren hat er ein Buch geschrieben, das hieß *Der Romantische Leser.* Über die Frage, wieso Leute sich umbrachten, nachdem sie den *Werther* gelesen hatten, oder ins Land der *Nouvelle Heloise* gepilgert sind... Nicht schlecht, aber im Grunde traditionelle Literaturgeschichte. Dann, als Jauß und Iser in Konstanz mit der Rezeptionstheorie Furore machten, hat sich von Turpitz da angehängt.«

»Warum wollen Sie ihn dann eigentlich hören?«

»Nur zur Beruhigung. Er ist so was wie ein Rivale.«

»Um eine Frau?«

»Gott behüte. Um einen Job.«

»Ich denke, es gefällt Ihnen da, wo Sie sind?«

»Jeder Mann hat seinen Preis«, sagte Morris Zapp. »Meiner ist hunderttausend Dollar pro Jahr, steuerfrei. Haben Sie schon von dieser neuen Sache gehört, von diesem UNESCO-Lehrstuhl für Literaturkritik?«

Während Morris erzählte, brachte der Kellner zwei Gläser mit eisgekühltem Gin pur. »Man soll das Zeug auf einen Zug trinken«, sagte Morris und schnupperte an seinem Glas.

»Ich bin dabei.«

»Also dann auf uns«, sagte Morris. »Möge uns beiden das beschieden sein, was wir uns wünschen.«

»Amen«, sagte Persse.

Sie stärkten sich mit einem ausgezeichneten Mittagessen in einem indonesischen Restaurant, wo dunkelhäutige, weißbeturbante Kellner einen scheinbar unerschöpflichen Vorrat scharf gewürzter, schmackhafter Huhn-, Krabben-, Schweinefleisch- und Gemüsegerichte auftrugen. Morris Zapp hatte schon am Vorabend hier gegessen und sich offenbar die Speisekarte erklären lassen. »Das ist Erdnußsoße«, sagte er und aß gierig. »Das ist in Kokosmilch geschmortes Fleisch, das da gegrilltes Spanferkel. Nehmen Sie noch Kroepok.«

»Glauben Sie, daß Sie heute nachmittag wach bleiben?« fragte Persse, nachdem sie schwerfüßig die Stufen des Restaurants heruntergestapft und auf dem Weg zum Sonesta waren. Es hatte sich bezogen und war schwül und drückend wie vor einem Gewitter.

»Ich habe beschlossen, den ersten Vortrag zu verschlafen«, sagte Morris. »Sie brauchen mich erst zu wecken, wenn von Turpitz am Rednerpult auftaucht. Sie erkennen ihn auf den ersten Blick, er trägt einen schwarzen Handschuh an einer Hand. Kein Mensch weiß warum, und keiner traut sich, ihn zu fragen.«

Das Sonesta war ein modernes Mammuthotel, das etlichen alten Häusern in der Kattengat, darunter auch einer lutherischen Kirche in Form eines Rundbaus, aufgepropft worden war. Die Kirche hatte man zu einem Tagungssaal umgestaltet. »Hoffentlich ist sie nicht mehr geweiht«, bemerkte Persse, als sie den Raum mit der hohen Kuppeldecke betraten. Eine mächtige Orgel aus dunklem Holz mit Goldverzierungen und eine geschnitzte Kanzel an der Wand waren die einzigen noch verbleibenden Hinweise auf die ursprüngliche Bestimmung des Gebäudes.

»Wieder geweiht, meinen Sie wohl«, sagte Morris Zapp. »Information ist die Religion der modernen Welt, wußten Sie das noch nicht?«

Persse überblickte die sich rasch füllenden konzentrischen Sitzreihen und hoffte wider alle Vernunft, auch Angelica dort sitzen zu sehen, kühl und selbstsicher mit ihrer dicken Brille, den Edelstahlstift über dem Notizbuch gezückt. Ein Mann mit braunem, ledrigen Gesicht und verhangenen Augen, begleitet von einem verdrossen dreinschauenden Jüngling in enger schwarzer Hose, machte Morris Zapp im Vorübergehen eine andeutungsweise Verbeugung. »Das ist Michel Tardieu«, sagte Morris halblaut. »Auch ein möglicher Anwärter auf den UNESCO-Lehrstuhl. Der Junge ist angeblich sein Forschungsassistent. Wie gut er in der Forschung ist, sieht man daran, wie er mit dem Hintern wackelt.«

»Hallo, junger Mann.« Jemand tippte Persse leicht auf die Schulter, und als er sich umdrehte, stand da Miss Sibyl Maiden in einem paisleygemusterten Kleid, einen zusammengeklappten Fächer in der Hand.

»Hallo, Miss Maiden. Ich wußte nicht, daß Sie sich für Semiotik interessieren.«

»Schaust du dir mal an, worum es dabei überhaupt geht, habe ich mir gesagt. Man sollte nie etwas ablehnen, wovon man nichts versteht.«

»Und wie finden Sie es bis jetzt?«

Miss Maiden ließ den Fächer flattern. »Absoluter Quatsch. Aber Amsterdam ist eine bezaubernde Stadt. Waren Sie schon im Van Gogh-Museum? Diese späten Landschaften aus Arles! Die Zypressen sind so herrlich phallisch, und die Kornfelder quellen geradezu über vor Fruchtbarkeit.«

»Ich glaube, wir setzen uns lieber«, sagte Persse. »Es scheint loszugehen.«

Auf jedem Platz lag ein Handzettel, der auf den ersten Blick wie der Plan eines Elektrizitätswerkes aussah mit lauter Pfeilen, Linien und Kästchen, nur daß in den Kästchen *Tragödie, Komödie, Pastorale, Lyrik, Epos* und *Romanze* stand. Der Vortrag hieß »Eine semiotische Genre-Theorie« und wurde in holprigem Englisch mit einigen Brocken Französisch, der offiziellen Tagungssprache, von einem schwitzenden Slawen vorgetragen. Es war warm in der Rotunde, Persse hörte hinter sich das regelmäßige Schwirren von Miss Maidens Fächer, gelegentlich unterbrochen von einem ungläubigen oder verächtlichen Schnauben. Persse hatte das Gefühl, daß sein Kopf schwer wie eine Kanonenkugel war. Hin und wieder fiel er ihm nach vorn und weckte ihn durch einen schmerzhaften Ruck seiner Nackenmuskeln aus leichtem Dämmerschlaf. Doch dann ließ Persse sein Kinn auf die Brust sinken und versank in tiefem Schlummer.

Persse erwachte jäh aus einem Traum, in dem er von der Kanzel einer Kapelle, die wie der Innenraum eines Jumbojet gebaut war, einen Vortrag über den Einfluß T.S. Eliots auf Shakespeare gehalten hatte. Geweckt hatte ihn ein Donnerschlag. Der Himmel hinter den hohen Fenstern des Rundbaus hatte sich verfinstert, das elektrische Licht brannte, Regen trommelte aufs Dach. Er gähnte und rieb sich die Augen. Am Rednerpult sprach ein Mann mit bleichem Gesicht und einer eng anliegenden Kappe blonder Haare in teutonisch gefärbtem Englisch in ein Mikrophon, wobei er die Konsonanten knackte und ausspuckte wie Kerne und gelegentlich mit einer schwarz behandschuhten Hand gestikulierte. Persse schüttelte den Kopf wie ein Schwimmer, der sich bemüht, die Ohren vom Wasser zu befreien. Obgleich er visuell aufgewacht war, schien auf dem Tonkanal sein Traum noch weiterzugehen. Er kniff sich und empfand Schmerz. Er kniff den neben ihm schnarchenden Morris Zapp.

»Laß das, Fulvia«, nuschelte Morris Zapp. Dann öffnete er die Augen und richtete sich auf. »Ja, richtig, das ist von Turpitz. Wie lange spricht er schon?«

»Weiß ich nicht genau. Ich habe auch geschlafen.«

»Ist an seinem Zeug was dran?«

»Sogar eine ganze Menge, würde ich sagen.«

Morris Zapp machte ein saures Gesicht.

»Aber vielleicht bin ich voreingenommen«, sagte Persse. »Es stammt nämlich von mir.«

»Wie bitte?« Morris Zapp sperrte den Mund und Nase auf.

Blitze zuckten vor den Fenstern, und das Licht im Sitzungssaal ging aus. Die Teilnehmer stießen Laute der Überraschung und Bestürzung aus. Ein ungeheuerlicher Donnerschlag folgte, der alle entsetzt zusammenfahren ließ. Das Licht ging wieder an. Von Turpitz setzte seinen Vortrag in demselben erbarmungslos-präzisen Tonfall fort, ohne auch nur einen Augenblick innezuhalten oder zu zögern. Er hatte offenbar schon einige Zeit gesprochen, denn nach etwa zehn Minuten kam er zum Schluß. Er rückte die Seiten seines Manuskripts zurecht, verbeugte sich hölzern vor dem Vorsitzenden und setzte sich, während höflicher Applaus laut wurde. Der Vorsitzende erbat Beiträge aus dem Publikum. Persse stand auf. Der Vorsitzende nickte ihm lächelnd zu.

»Ich möchte gern den Vortragenden fragen«, sagte Persse, »ob er kürzlich das Exposé eines Buches über den Einfluß von T.S. Eliot auf die moderne Shakespeare-Interpretation gelesen hat, das ich dem Verlag Lecky, Windrush and Bernstein anvertraut habe.«

Der Vorsitzende sah ratlos, von Turpitz bestürzt drein.

»Würden Sie die Frage bitte wiederholen?« sagte der Vorsitzende. Persse wiederholte sie. Ein Rauschen geflüsterter Kommentare und Spekulationen ging wie ein Windhauch durchs Publikum. Von Turpitz lehnte sich zu dem Vorsitzenden herüber und sagte ihm etwas ins Ohr. Der nickte und beugte sich vor, um Persse durch das Mikrophon anzusprechen. Sein Namenschild baumelte wie ein Orden von seinem Revers. »Darf ich fragen, Sir, ob sie sich für diese Tagung ordnungsgemäß angemeldet haben?«

»Nein, aber –«

»Dann kann ich Ihre Frage leider nicht zulassen«, sagte der Vorsitzende. Von Turpitz machte sich an seinen Unterlagen zu schaffen, als ginge ihn dieser Verfahrensstreit nichts an.

»Das ist unfair«, protestierte Persse. »Ich habe Grund zu der Annahme, daß Professor von Turpitz einen Teil seines Vortrages aus einem unveröffentlichten Manuskript von mir plagiiert hat.«

»Bedaure sehr«, sagte der Vorsitzende. »Fragen von Zuhörern, die keine Tagungsteilnehmer sind, kann ich nicht zulassen.«

»*Ich* bin Tagungsteilnehmer«, erklärte Morris Zapp und erhob sich. »Und ich frage Sie: Hat Professor von Turpitz McGarrigles Manuskript für Lecky, Windrush and Bernstein gelesen oder nicht?«

Unter den Zuschauern gab es einen gemäßigten Aufstand. Aus dem allgemeinen Stimmengewirr hoben sich Rufe wie »Pfui!«, »Zur Geschäftsordnung, Herr Vorsitzender!« »Antwort bitte!« und »Lassen Sie ihn doch reden!« mit entsprechenden Äußerungen in verschiedenen anderen Sprachen heraus. Der Vorsitzende sah hilflos von Turpitz an, der das Mikrophon ergriff, eine zornige Rede in deutscher Sprache schwang, mit einem schwarzen Finger drohend auf Persse und Morris Zapp deutete und dann würdevoll das Podium verließ.

»Was hat er gesagt?« fragte Morris.

Persse zuckte die Achseln. »Ich kann kein Deutsch.«

»Daß er nicht gedenkt, hierzubleiben, um sich beleidigen zu lassen«, ließ sich Miss Maiden hinter ihnen vernehmen. »Aber ich hatte den Eindruck, daß er entschieden ein schlechtes Gewissen hatte. Es war ganz richtig, daß Sie sich von der schwarzen Hand nicht haben ducken lassen.«

»Na, das wird schnell die Runde machen.« Morris Zapp rieb sich die Hände. »Ziemlich peinlich für die Reputation des guten von Turpitz. Kommen Sie, Percy, ich spendiere Ihnen noch einen Bols.«

Doch Morris Zapp frohlockte nicht lange. In der Bar sah er ein gefaltetes Exemplar des *Times Literary Supplement* aus McGarrigles

Jackentasche ragen. »Ist das die neueste Ausgabe?« fragte er. »Kann ich mal eben reinschauen?«

»Das würde ich lieber bleiben lassen«, sagte Persse, der das Blatt auf dem Flug nach Amsterdam gelesen hatte.

»Warum denn?«

»Es ist eine ziemlich unliebenswürdige Besprechung über eins Ihrer Bücher drin. Von Rudyard Parkinson.«

»Wenn dieses Arschloch mich mal gut bespricht, weiß ich, daß ich abgewirtschaftet habe. Zeigen sie her.« Morris riß das Blatt Persse förmlich aus der Hand und blätterte mit zitternden Fingern, bis er Parkinsons Rezension gefunden hatte. »Aber da ist doch bloß von Philip Swallows Buch die Rede«, sagte er stirnrunzelnd, während er den Blick über die Spalten wandern ließ.

»Das über Sie ist ganz am Ende«, sagte Persse. »Es wird Ihnen nicht schmecken.«

Es schmeckte Morris Zapp in der Tat nicht. Als er fertig war, schwieg er eine Weile. Er war blaß geworden und atmete schwer. »Das haben die Tommys untereinander ausgekocht«, sagte er schließlich. »Unter dem Deckmantel einer Lobhudelei auf Philip Swallows klägliches Machwerk über Hazlitt rührt er für sich selbst als Anwärter auf den UNESCO-Lehrstuhl die Werbetrommel.«

»Meinen Sie?«

»Na klar. Schon der Titel. ›Die englische Kritikerschule.‹ ›Englische Schleimscheißerschule‹ – das hätte es besser getroffen. Darf ich mir das borgen?« Er stand auf und stopfte das TLS in die Tasche.

»Sicher. Aber wo wollen Sie hin?«

»Will mir meinen Vortrag für morgen noch mal ansehen. Vielleicht kann ich ein paar Hiebe auf Parkinson einbauen.«

»Ich wußte gar nicht, daß Sie einen Vortrag halten.«

»Wie soll ich denn sonst die Tagungsspesen wieder reinkriegen? Es ist derselbe Vortrag wie in Rummidge, nur entsprechend angepaßt. Erfreulich anpassungsfähig, dieser Vortrag. Ich will in diesem Sommer in ganz Europa damit rumziehen. Wie wär's heute abend mit einem Stadtbummel?«

»Einverstanden«, sagte Persse, und sie verabredeten einen Treffpunkt. Sobald Morris Zapp verschwunden war, schob sich die hagere, lederne Figur von Michel Tardieu auf den leeren Platz neben Persse in der gerundeten und gepolsterten Barnische. »Eine hochdramatische Intervention«, sagte er, nachdem er sich vorgestellt hatte. »Darf ich daraus schließen, daß Sie Experte für das Werk T. S. Eliots sind?«

»Ja, ich habe meine Magisterarbeit über ihn geschrieben.«

»Vielleicht interessiert Sie dann eine Tagung, die einige Schweizer Freunde von mir in diesem Sommer ausrichten.«

»Für diesen Sommer kann ich mich noch nicht festlegen«, meinte Persse.

»Ich selbst gedenke an dieser Tagung teilzunehmen«, sagte Michel Tardieu und legte unter dem Tisch Persse eine Hand aufs Knie.

»Ich suche nämlich ein Mädchen«, sagte Persse.

»Ah so.« Tardieu hob die Schultern und nahm seine Hand weg. »*C'est la vie, c'est la narration*. Jeder von uns ist ein Subjekt auf der Suche nach einem Objekt. Haben Sie zufällig einen jungen Mann in schwarzem Samtanzug gesehen?«

»Leider nein. Wenn Sie mich jetzt entschuldigen würden...«

Der Himmel über dem Sonesta war wieder blau, und die Spätnachmittagssonne schien auf eine strahlende, blankgewaschene Stadt herunter. Persse machte eine Grachtenfahrt in einem der schnittigen, plexiglasüberdachten Touristenboote, die in scheinbar halsbrecherischem Tempo durch die schmalen Wasserstraßen sausen, sich unter den Brücken hindurchschlängeln, einander im Gegenverkehr fast streifen und in vier Sprachen Erklärungen durch die Lautsprecher krächzen. Einmal sah er hundert Meter weiter auf einer Brücke ein Mädchen, das auf diese Entfernung wie Angelica aussah, doch er wußte, das war nur ein Wunschbild, das seine Lust ihm vorgaukelte. Als das Boot zu der Brücke kam, war das Mädchen verschwunden.

Am Abend, als die Grachten zu langen Spiegeln geworden waren, die flach zwischen den Bäumen und Straßenlampen lagen, veranstaltete Morris mit Persse eine Führung durch den Bumsbezirk, ein Labyrinth von Sträßchen am Nieuwemarkt. Das Spektakel war, wie Morris ihm in Aussicht gestellt hatte, weit erstaunlicher und schokkierender als das, was Soho zu bieten hatte, und war für die Begriffswelt eines unschuldigen Jünglings aus dem County Mayo fast zuviel. In jedem der hell erleuchteten Fenster saß eine Prostituierte in Berufskleidung – einem eng anliegenden Gewand oder einem durchsichtigen Negligé –, die unter den Passanten keck nach möglichen Kunden Ausschau hielt. Es waren echte Straßen der Sünde, in denen die Lustobjekte der Männer frank und frei ausgestellt waren wie Gegenstände in einem Schaufenster. Du brauchst nur einzutreten und mit der Frau handelseinig zu werden, dann zieht sie schwere Vorhänge vor das Fenster und befriedigt deine Lust. Zweierlei bewahrte diesen Handel mit weiblichem Fleisch vor dem Eindruck des schlicht und einfach Widerlichen. Einmal waren die Räume pieksauber und in traulich-spießbürgerlichem Stil eingerichtet, mit Polstersesseln, gestickten Schondeckchen, Zimmerpflanzen und fleckenlos reiner Wäsche auf dem Bett, das meist im Hintergrund zu sehen war. Zum zweiten waren alle Frauen jung und attraktiv, und viele vertrieben sich die Zeit mit einer braven Strickarbeit.

»Warum machen sie das?« wunderte sich Persse laut. »Sie sehen so nett aus. Sie könnten verheiratet sein und Kinder großziehen, statt sich auf diese Weise zu verkaufen.« Er wagte es nicht, den Frauen ins Gesicht zu sehen, nicht so sehr, weil er Angst hatte, dem Zauber ihrer Reize zu verfallen, sondern weil er sich ein bißchen schämte, hinter dem sicheren Schild seiner Tugend ihre Selbstdarstellung zu beobachten. Morris zuckte die Schultern. »Vielleicht wollten sie später mal in Häuslichkeit machen. Wenn sie genug Geld zusammen haben.«

»Aber wer würde ein – ein Mädchen heiraten, das mit so was sein Geld verdient hat?«

Morris ging Persse auf dem schmalen, belebten Gehsteig voran und warf seine Antwort über die Schulter. »Vielleicht erfährt der Betreffende ja nie was davon.«

Auf den Straßen drängten sich immer mehr Fußgänger, die meisten Sehleute wie sie, keine ernsthaften Kunden. Man sah in der Menge sogar Liebes- und Ehepaare, untergehakt, die feixend und einander anstoßend diesem Ambiente sexueller Ausschweifung einen billigen erotischen Kitzel abgewannen. Das, fand Persse, war irgendwie deprimierender als alles andere an dieser Umgebung; sein Mitleid mit den Mädchen im Fenster wuchs.

Und dann sah er sie. In einem Haus mit niedriger roter Tür, auf die eine Dreizehn gemalt war. Angelica. Kein Zweifel – es war Angelica. Sie saß in dem kleinen Wohnzimmer, nicht am Fenster, sondern auf einer Chaiselongue neben einer Stehlampe mit rosafarbenem Schirm, und lackierte sich die Nägel. So intensiv war sie damit beschäftigt, daß sie nicht aufsah, als er auf dem Gehsteig stehenblieb und wie vom Donner gerührt durchs Fenster starrte. Das lange dunkle Haar fiel ihr locker um die Schultern, sie trug ein tief ausgeschnittenes schwarzes Kleid aus irgendeinem glänzenden Material. Der Nagellack war scharlachrot. Als sie die Hand ausstreckte, um unter der Lampe die Wirkung zu begutachten, sah es aus, als hätte sie die Finger in frisches Blut getaucht.

Benommen ging Persse weiter. Er kam sich vor wie ein Ertrinkender, der um Atem ringt. Blindlings rannte er in protestierende Fußgänger hinein, stolperte über einen Randstein, hörte Bremsen kreischen und lag plötzlich der Länge lang über der Kühlerhaube eines

Wagens, dessen Fahrer aus dem Fenster lehnte und ihn wütend auf Holländisch oder Deutsch anbrüllte.

»Schade, daß sie eine Hure ist«, sagte Persse zu dem Fahrer.

»He, Percy, was zum Kuckuck machen Sie denn da?« Morris Zapp tauchte aus der Menge auf, die dem Zwischenfall mit gemäßigtem Interesse folgte. »Ich suche Sie überall.« Er nahm Persse am Arm und lotste ihn wieder auf den Gehsteig. »Alles in Ordnung? Was wollen Sie jetzt machen?«

»Ich würde gern eine Weile allein sein«, sagte Persse.

»Schau, schau. Sie haben in einer der Auslagen was gesehen, was Ihnen gefallen hat, wie? Nur zu, Percy, man ist nur einmal jung. Aber tun Sie mir einen Gefallen. Wenn das Mädel Ihnen ein Kondom anbietet, vergessen Sie den Papst und nehmen Sie's. Mir zuliebe. Ich möchte nämlich nicht schuld sein, wenn Sie sich einen Tripper holen. Na, ich werd' mal wieder ins Hotel marschieren. *Ciao.«*

Morris Zapp kniff Persse in den Bizeps und wackelte von dannen. Persse machte rasch und zielstrebig kehrt. Morris hatte ihn auf eine Idee gebracht, auf eine Möglichkeit, seiner Bitterkeit, Enttäuschung und seinem Ekel Luft zu machen. Er würde das trauliche rosa Stübchen stürmen und fragen: »Wieviel?« Wieviel verlangte die spröde Jungfrau, die er auf Rummidger Pfaden und Korridoren werbend verfolgt hatte, ohne auch nur einen Kuß zu erhaschen, wenn sie für einen zahlenden Kunden die Beine spreizen sollte? Gewährte sie vielleicht Rabatt für einen alten Bekannten, einen Dichter, ein zahlendes Mitglied des Hochschullehrerverbandes? Indes er diese sarkastischen Bemerkungen probte und sich vorstellte, wie Angelica bleich und entsetzt von der Chaiselongue auffahren und sich ans Herz greifen würde, drängte er sich durch die träge dahintreibende Flut der Voyeure, bis er vor dem Haus mit der roten Tür stand. Die Vorhänge waren zugezogen.

Persse wurde regelrecht übel. Er lehnte sich gegen die Wand und knallte die Nägel in die harte, körnige Oberfläche. Eine Rotte junger Engländer kam vorbei, vier nebeneinander, sie grölten ein Fußballlied und dribbelten eine leere Bierdose vor sich her. Einer schubste Persse mit der Schulter, aber Persse protestierte nicht. Er war wie blind und taub, nicht einmal Wut war mehr da.

Das Gegröl der Rabauken verhallte, als sie um eine Ecke bogen, und die Straße war vorübergehend still und leer. Nach einigen Minuten ging die rote Tür auf und wieder zu. Ein junger Mann blieb einen Augenblick davor stehen und rückte die engen schwarzen Hosen zurecht. Persse erkannte ihn, es war Michel Tardieus Gefährte, der sich verstohlen nach rechts und links umsah und dann davonschlenderte. Licht fiel auf den Gehsteig, als im Vorderzimmer die Vorhänge zurückgezogen wurden. Persse trat aus dem Schatten und sah ins Zimmer. Eine hübsche Eurasierin in weißem Petticoat lächelte ihm auffordernd zu. Persse machte ein dummes Gesicht. Er warf noch einmal einen Blick auf die Haustür. Rot, draufgemalte Dreizehn – nein, er hatte sich nicht vertan. Er wandte sich wieder dem Fenster zu. Das Mädchen lächelte ihn an und lud ihn mit einem Blick und einer Kopfbewegung zum Nähertreten ein. Als er der Einladung folgte, begrüßte sie ihn unentwegt lächelnd und mit ein paar unverständlichen holländischen Worten.

»Entschuldigen Sie«, sagte er.

»Du Amerikaner? Du möchten bei mir bleiben kleine Zeit? Vierzig Dollar.«

»Hier war doch eben eine andere Frau«, sagte Persse.

»Sie weg. Sie Babysitter. Keine Angst, ich dir geben gute Zeit.«

»Babysitter?« Hoffnung, Erleichterung, Selbstvorwürfe regten sich in Persse McGarrigles Brust.

»Ja, ich haben Baby oben. Keine Angst, er schlafen, er nicht hören kein Stück.«

»Angelica ist dein Babysitter?«

»Du meinen Lily? Sie Freundin, helfen manchmal. Ich ihr gesagt, sie soll ziehen Vorhang, aber hat nicht Lust gehabt.«

»Wo ist sie hin? Wo kann ich sie finden?«

Die Kleine zuckte schmollend die Schultern. »Weiß nicht. Du bei mir bleiben, ja oder nein? Dreißig Dollar.«

Persse nahm einen Hundert-Gulden-Schein aus der Tasche und legte ihn auf den Tisch. »Wo finde ich Lily?«

Fix und fingerfertig wie eine Taschenspielerin griff sich das Mädchen den Schein, kniffte ihn mit einer Hand und schob ihn sich in den Ausschnitt. »Sie arbeiten in einem Kabarett. Blue Heaven. Achterburg Wal.«

»Wo ist das?«

»Ende von Straße rechts, dann über Brücke. Da ist Schild.«

»Danke.«

Persse sauste die Straße entlang wie ein Hurlingspieler, schlug Haken durch schiebende Menschenmassen und rollende Autokolonnen und jonglierte mit dem Ball seiner verwirrten Gefühle. Einen atemberaubenden Moment lang hatte er sich eingebildet, er hätte Angelica bei einer ganz und gar harmlosen, ganz und gar menschenfreundlichen Tätigkeit angetroffen, als weltlichen Engel der Barmherzigkeit für Amsterdams Prostituierte gewissermaßen. Natürlich war das Wunschdenken gewesen. Aber wenn Angelica auch nicht ausschließlich mit Babysitten beschäftigt war, so war sie doch andererseits keine Hure – wie konnte er das nur je annehmen? Sein schlechtes Gewissen ob dieser seiner Unterstellung – mochten auch die Indizien noch so glaubhaft gewesen sein –, machte es ihm leichter, sich mit Angelicas Auftritten in Nacktrevuen abzufinden. Er konnte sie nicht billigen, er hoffte, Angelica davon abzubringen, aber Grundlegendes an seinen Gefühlen für sie änderte sich dadurch nicht.

Er kurvte um die Ecke. Rannte über die Brücke. Sah blaue Neonbuchstaben im schwarzen Wasser schwanken. Sprang in drei Sätzen auf das Kopfsteinpflaster unten an der Gracht. Ein paar Leute, die vor dem Blue Heaven anstanden, wandten den Kopf, als Persse zum Eingang polterte und schlitternd und schwer atmend vor dem Foyer zum Stehen kam. Es hatte eine beleuchtete Fassade, wie ein kleines Kino, auf dem in Laufbuchstaben das Programm angepriesen wurde. »Sexschau live«, stand da. »Sexspiele auf der Bühne. Fummeln und Vögeln lebensecht.« An den Säulen, die den Baldachin über dem Eingang trugen, hingen Standfotos besagter Darbietung. Auf dem einen war eine nackt kniende Angelica abgelichtet, die ein gleichfalls nackter, behaarter und feixender junger Mann von hinten bestieg. Sie sah genau so aus wie in jener Szene in dem Rummidger Sexkino, die Persse bisher für eine Halluzination gehalten hatte. Er drehte sich auf dem Absatz um und ging langsam davon.

Was fing Persse danach an? Natürlich betrank er sich, wie jeder enttäuschte Liebhaber. Er erstand in einem Schnapsladen einen halben Liter Bols in einer Steingutflasche, ging in seine Pension, legte sich aufs Bett und trank, bis ihm die Sinne schwanden. Als er am nächsten Morgen aufwachte, brannte noch Licht in seinem Zimmer, und er wußte nicht, was schlimmer war, das Dröhnen im Kopf oder der Geschmack in seinem Mund. Aber beides war nur ein Klacks gegen das Weh in seinem Herzen. Sein Rückflug nach Heathrow war offen. Ohne sich nach freien Plätzen zu erkundigen, bezahlte er sein Zimmer und nahm einen Bus zum Flughafen Schiphol. Mit leerem Blick sah er aus dem Fenster auf die deprimierende Umgegend von Amsterdam. Fabriken, Tankstellen, Gewächshäuser waren über die flache, gesichtslose Landschaft verstreut wie Strandgut über einen Strand, von dem die Flut zurückgewichen ist, um nie wiederzukehren.

Er erwischte einen Platz auf der nächsten Maschine nach London und saß eine Stunde in dem Warteraum am Gate. Er las nicht, er dachte nicht, er saß nur da. Die Öde und Anonymität dieses Milieus mit den plastikgeformten Sitzreihen vor einer riesigen getönten Glasscheibe, die von einem leeren Himmel erfüllt war, paßte zu dem Nullzustand seines Geistes und Herzens. Der Flug wurde aufgerufen, er tappte an Bord, vorbei an mechanisch nickenden und lächelnden Flugbegleiterinnen, die Maschine stieg in die Lüfte wie ein Aufzug, durch ein Bullauge sah er eine Himmelslandschaft, die so flach und gesichtslos war wie die Landschaft unten auf der Erde. Ein in Frischhaltefolie gehülltes Tablett mit Eßbarem wurde vor ihn hingestellt, und er aß es stur leer, ohne etwas zu schmecken oder zu riechen. Die Maschine setzte ihn wieder auf festem Boden ab, und er durchschritt die endlosen überdachten Gänge von Heathrow, die so lang waren, daß sie am Horizont zusammenzulaufen schienen.

Auf der nächsten Maschine nach Shannon waren nur noch Plätze in der Club Class frei, aber er machte noch einen Reisescheck flüssig und zahlte den Aufpreis ohne Murren. Wozu jetzt noch sparen? Sein Leben war verheert, sein Streben sinnlos geworden. Der Sommer lag vor ihm wie eine öde Wüstenei. Er hatte zwei Stunden Zeit bis zum Abflug und ging schleppenden Schrittes zur St. Georgs-Kapelle. Seine Bittschrift, mittlerweile an den Rändern leicht gewellt, hing noch an dem grünen Fries der Anschlagtafel. *»Lieber Gott, laß mich Angelica finden.«* Er riß den Zettel ab und zerdrückte ihn in der Faust, betrat den Kirchenraum und setzte sich eine Stunde in die hinterste Reihe, den leeren Blick auf den Altar gerichtet. Auf dem Weg nach draußen heftete er einen neuen Zettel an das Brett. *»Lieber Gott, laß mich Angelica vergessen. Führe sie weg von dem Leben, das sie in Schande bringt.«*

Er verbrachte eine weitere halbe Stunde in einem anonymen Warteraum, tappte in der Reihe der Fluggäste wieder an Bord einer Maschine, vorbei an mechanisch nickenden und lächelnden Flugbegleiterinnen, und nahm seinen Platz ein. Die Maschine stieg in die Lüfte wie ein Aufzug, und er starrte durch die Fensteröffnung auf eine weitere gesichtslose Wolkenprärie. Wieder wurde ein Tablett mit geschmacklosem, geruchlosen Essen vor ihn hingestellt, dazu, weil er Club Class flog, kostenlos eine halbe Flasche gekühlter Bordeaux. Aber diesmal zeichnete sich eine Abweichung von dem monoton-routinemäßigen Flugverlauf ab. Persse, der im vorderen Teil der Maschine saß, sah, daß immer wieder eine der Flugbegleiterinnen hinter dem Vorhang im Cockpit verschwand. Ganz allmählich erfaßten seine abgestumpften, apathischen Sinne, daß die drei Stewardessen stark beunruhigt waren.

Tatsächlich meldete sich gleich darauf über Lautsprecher der

Captain, um den Passagieren mitzuteilen, der Maschine sei beim Start ein Bugradreifen geplatzt, und sie würden deshalb eine Notlandung in Shannon machen, wo Feuerwehr und Rettungsmannschaften bereitstanden. Ein erschrockenes Gemurmel ging bei dieser Ansage durch die Kabine. Als hätte er es gehört, bemühte sich der Captain, die Passagiere zu beruhigen. Er zweifele nicht daran, erläuterte er, daß er sicher würde landen können, aber vorbeugende Sicherheitsmaßnahmen seien obligatorisch nach einer Reifenpanne – für den Fall, fügte er hinzu, daß es einen weiteren Reifenschaden geben sollte (womit er vielleicht schon zu viel gesagt hatte). Kurz vor der Landung würden die Passagiere gebeten werden, die Schuhe auszuziehen und die für eine Notlandung empfohlene Haltung einzunehmen. Die Kabinenbesatzung würde sie demonstrieren und nötigenfalls ratend und helfend einspringen.

Die Kabinenbesatzung allerdings sah aus, als habe sie selber Rat und Hilfe nötig. Selten hatte Persse drei derart angstschlotternde junge Frauen gesehen, und diese Angst teilte sich nach und nach auch den Passagieren mit. Hinzu kam, daß die Maschine beim Landeanflug in heftige Turbulenzen geriet. Nun hatte das zwar nicht das mindeste mit dem geplatzten Reifen zu tun, aber etliche technisch unbedarfte Passagiere zogen prompt die falschen Schlüsse und gaben spitze Angstschreie oder fromme Stoßgebete von sich, als die Maschine in der Luft ruckte und taumelte. Einige brüteten über den Plastikkärtchen mit den Anweisungen für Notfälle, die in den Taschen hinter den Sitzen steckten und farbige Lagepläne der Notausgänge sowie unglaubhafte Darstellungen von Passagieren boten, die frohgemut über die Notrutschen schlitterten wie Kinder auf einem Spielplatz. Andere kramten – nach dem Prinzip von Gürtel plus Hosenträger – Rettungswesten unter dem Sitz hervor und übten das Anlegen. Die Stewardessen liefen kopflos im Gang hin und her, beschworen die einen, doch bitte die Rettungswesten nicht aufzublasen und versuchten, den anderen dringend geäußerte Wünsche nach starken geistigen Getränken auszureden.

Als einer, dem das eigene Leben gleichgültig war, beobachtete Persse das Verhalten seiner Umgebung mit distanzierter Neugier. Sein Platz bot beste Sicht auf das Kabinenpersonal. Er sah, wie die Chefstewardeß ein Handmikrophon aus der Halterung an der Galley nahm und sich räusperte, um eine Ansage zu machen. Sie setzte eine feierliche Miene auf. »Meine Damen und Herren«, sagte sie mit stark durchschlagendem Kerry-Akzent. »Wir sind von einem Fluggast gebeten worden, laut das Beichtgebet zu sprechen. Ist ein Priester an Bord, der uns vorbeten könnte?« Sie wartete eine Weile in ängstlicher Spannung und blickte (die Vorhänge zwischen Club Class und Economy waren zurückgezogen worden) in der Hoffnung auf freiwillige Meldungen an den Sitzreihen entlang. Eine Kollegin kam aus der Economy Class nach vorn und schüttelte den Kopf. »Nichts zu machen, Moira«, sagte sie leise. »Typisch! Wenn man schon mal einen Pfarrer braucht, ist keiner da. Nicht mal eine Nonne.«

Moira legte die Hand über das Mikrophon. »Was mach ich bloß?« fragte sie verzweifelt.

»Du wirst das Beichtgebet selber sprechen müssen.«

»Ich hab' den Text vergessen. Seit ich die Pille nehme, war ich nicht mehr zur Beichte.«

»Du nimmst die Pille? Das hast du mir ja nie erzählt, Moira.«

»Mach du's, Brigid.«

»Das kann ich nicht.«

»Klar kannst du das. Ich denke, du bist ein Marienkind.«

Die Chefstewardeß sagte ins Mikrofon: »Da anscheinend kein Priester an Bord ist, wird Brigid O'Toole mit uns das Beichtgebet sprechen.« Sie drückte der bestürzten Brigid das Mikrophon in die Hand, die ein Gesicht machte, als sei es eine Schlange, die jeden Augenblick zuschnappen könnte. Die Maschine hob und senkte sich beängstigend. Die beiden Mädchen kamen aus dem Gleichgewicht und hielten sich aneinander fest.

»Im Namen des Vaters...« soufflierte Moira.

»Im Namen des Vaters und des Sohnes und des Heiligen Geistes«, krächzte Brigid ins Mikrophon. Sie legte die Hand darüber und zischelte: »Ich bin total vernagelt. Ich weiß nicht mehr, wie es geht.«

»Dann bete irgendwas«, drängte Moira. »Was dir gerade einfällt.«

Brigid machte die Augen fest zu und hielt das Mikrophon an die Lippen. »Komm, Herr Jesus, und sei unser Gast, und segne, was du uns bescheret hast.«

Als sie zehn Minuten später wohlbehalten auf dem Flughafen Shannon landeten, lachte Persse noch immer. Brigid lächelte ihn verlegen an. »Tut mir leid, daß es so ein Getue gegeben hat, Sir«, sagte sie halblaut.

»Das braucht Ihnen nicht leid zu tun. Sie haben mir die Lust am Leben wiedergeschenkt.«

Er ging zum Schalter des Irischen Fremdenverkehrsbüros und erkundigte sich, wie man an ein Cottage in Connemara kam. »Ich brauche etwas sehr Ruhiges und Abgelegenes.« Er wußte jetzt, was er mit dem restlichen Geld und dem restlichen Urlaub anfangen würde. Er würde sich einen Gebrauchtwagen kaufen, Bücher und

Papier und Guinness und seinen Kassettenrekorder und Bob Dylan-Bänder auf den Rücksitz packen, den Sommer in einem bescheidenen Gegenstück von Yeats' einsamem Turm verbringen und Gedichte schreiben.

Während die Leute vom Fremdenverkehrsbüro für Persse telefonierten, griff er sich eine Reklamebroschüre für die American Express-Karte, und weil er gerade nichts anderes zu tun hatte, füllte er die Anmeldung aus.

Philip Swallow bezahlte seine Hotelrechnung und setzte sich mit gepackten Koffern in die Halle. Er wartete auf den Wagen – oder vielmehr den Landrover –, den sich das British Council in Ankara gescheiterweise als Dienstfahrzeug zugelegt hatte. Noch nie hatte Philip in einer modernen Stadt solche Straßen gesehen, sie waren voller Gruben und Schlaglöcher – wie auf dem Mond. Wenn es regnete, waren die Fahrbahnen überflutet, weil die Straßenarbeiter beim Bau sämtlichen Schutt kurzentschlossen in den dieserhalb permanent verstopften Abflüssen versenkt hatten.

Der Hoteldirektor kam an Philip vorbei, lächelte, blieb stehen und verbeugte sich. »Sie fahren heute abend nach England zurück, Professor?«

»Nein, nein. Nach Istanbul, Mit dem Nachtzug.«

»Ah.« Über das Gesicht des Mannes ging ein Ausdruck von Neid und Ergriffenheit. »Istanbul ist sehr schön.«

»Ja, das hat man mir gesagt.«

»Sehr alt. Sehr schön. Nicht wie Ankara.«

»Mir hat es in Ankara sehr gut gefallen«, sagte Philip. Für den Reisenden in Sachen Kultur werden solche Lügen zur zweiten Natur. Es hatte ihm in Ankara überhaupt nicht gefallen, und er war heilfroh, daß er den Staub der Stadt von seinen Füßen schütteln konnte, – und Staub gab es hier wahrhaftig genug, sofern es nicht gerade regnete.

Zugegeben, nach dem ersten Tag war es besser gelaufen; viel schlechter hätte es allerdings auch kaum kommen können. Akbil Borak war sehr nett und aufmerksam, auch wenn er anscheinend nur zwei Geprächsthemen kannte – Hull und Hazlitt. Schön, über Hazlitt wußte er wirklich eine Menge, streng genommen mehr als Philip, schlimm war nur, daß er ihrer beider Vertrautheit mt dem Essayisten der Romantik dadurch Rechnung trug, daß er ihn ›Bill Hazlitt‹ nannte. Seit Tagen überlegte Philip, wie er ihm das abgewöhnen konnte, ohne ihn vor den Kopf zu stoßen.

Die anderen Türken, die er kennengelernt hatte, waren ihm mit der gleichen Liebenswürdigkeit und Gastfreundlichkeit entgegengekommen. Fast jeden Abend hatten sie eine Party, ein Essen, einen Empfang für ihn gegeben, entweder in einer der Hochschulen oder in einer engen, mit Möbeln vollgestopften Privatwohnung. Eß- und Trinkbares für die privaten Partys wurde trotz der chronischen Engpässe irgendwie organisiert oder zusammengespart; welche finanziellen oder persönlichen Opfer damit verbunden waren, daran mochte Philip gar nicht denken. Bei den offiziellen Empfängen half das British Council diskret mit Alkoholika aus, eine von den Türken mit tiefer Dankbarkeit begrüßte Freigebigkeit, die Philip in ihren Augen zu einer Art Maskottchen machte. Schon lange hatten die Angehörigen der Anglistischen Instituts von Ankara nicht mehr in so kurzer Zeit so viele Partys feiern können. Abend für Abend tauchten sie wieder auf, strahlten und schüttelten Philip so enthusiastisch die Hand, als begegneten sie ihm zum ersten Mal. Es gab Gelächter und Gerede und Musik vom Band, und manchmal wurde auch getanzt. Philip lachte und redete und trank, und einmal wagte er sogar einen täppischen *pas de deux* mit einer Professorin reiferen Alters, die noch immer bemerkenswerte Fertigkeiten im Bauchtanz demonstrierte. Diese Darbietung wurde mit lautem Applaus belohnt und von einem Mitarbeiter des British Council, der sie miterlebte, feuchten Auges als Durchbruch in den britisch-türkischen Kulturbeziehungen bezeichnet. Doch in den Tiefen seiner Seele, in die weder Raki noch Botschaftsscotch reichten, fühlte Philip sich einsam und deprimiert. Er erkannte die Symptome seiner Malaise, weil er nicht zum erstenmal auf Reisen darunter litt, allerdings hatte es ihn noch nie so schlimm erwischt. Es war ein Gefühl, das sich als ebenso simple wie beharrliche Frage artikulierte: *Warum bin ich hier?* Warum war er in Ankara, Türkei, statt in Rummidge, England? Die Frage stellte sich auf Partys weniger penetrant als dann, wenn er neben dem Rednerpult in einem angestaubten Vorlesungssaal saß, vor Reihen wißbegieriger, schwarzhaariger junger Männer und dunkeläugiger junger Frauen, und sich anhörte, wie ein türkischer Professor ihn in gewichtiger Ausführlichkeit vorstellte, wobei er gewissenhaft alles an akademischen Leistungen aufzählte, was sich aus den Nachschlagewerken nur hatte herausholen lassen (Philip wartete nur darauf, daß einer mit seinen Noten im Zeugnis der Mittleren Reife daherkam, wenn nicht gar mit seinen brillianten Ergebnissen in der Aufnahmeprüfung fürs Gymnasium), während er selbst nervös mit den eilig neugeschriebenen Anfangsseiten seines Hazlitt-Vortrages spielte. Oder wenn er in den Flautestunden zwischen Vorträgen, Partys und Besichtigungen auf seinem Hotelbett lag (nicht, daß es in Ankara viel zu besichtigen gab, nachdem man Anitkabir und das Hethitermuseum abgehakt hatte, aber der unermüdliche Akbil Borak hatte dafür gesorgt, daß er nichts ausließ), wenn er in dem zerknitterten *Guardian*, den er vor Tagen mitgebracht hatte, nach noch Ungelesenem suchte, auf die durch die Wand dringende fremdartige Musik und die fremden Zungen horchte und auf den ohrenbetäubenden Verkehrslärm, der von der Straße kam. *Warum bin ich hier?* Hunderte, wahrscheinlich Tausende von Pfund öffentlicher Gelder hatte es gekostet, ihn in die Türkei zu schicken. Sekretärinnen hatten Briefe getippt, Fernschreiber hatten gerattert, Telefondrähte waren heißgelaufen, in Büros in Ankara, Istanbul, London waren Akten angeschwollen. Kostbares Erdöl war in die Stratosphäre gejagt worden, um ihn pfeilgleich von Heathrow nach Esenboga zu befördern. Haushaltskassen und Verdauungsorgane der akademischen Gemeinschaft Ankaras waren äußersten Belastungen ausgesetzt worden, um ihn zu bewirten. Und wozu? Damit er dem Nachwuchs der türkischen Bourgeoisie die frohe Kunde von Hazlitt oder von Literatur-und-Geschichte-und-Gesellschaft-und-Psychologie-und Philosophie bringen konnte, einem Nachwuchs, der (wie ihm Akbil Borak in einem Augenblick rakiseliger Offenheit anvertraut hatte) vornehmlich deshalb Englisch studierte, um einen Job im Öffentlichen Dienst oder beim fliegenden Personal zu bekommen und sich das mörderische Parteiengezänk in der sozialwissenschaftlichen Fakultät zu ersparen. Wenn er sich durch Ankaras Straßen fahren ließ, auf denen sich die Massen eines gesichtslosen, verarmten Proletariats in schmutzig-farbloser Baumwollkluft mit der beharrlich-undurchschaubaren Zielstrebigkeit von Ameisen entlangschob, überwacht von dem allgegenwärtigen, grimmen und schwer bewaffneten Militär, hatte er durchaus Verständnis für den bescheidenen Pragmatismus der studentischen Ziele. Aber wie sollte Hazlitt ihnen in dieser Situation helfen?

»Entschuldigen Sie, Sir.« Der Hoteldirektor war wieder da. »Wünschen Sie noch bei uns zu Abend zu essen? Der Zug nach Istanbul geht erst in einigen Stunden.«

»Nein, vielen Dank«, sagte Philip. »Ich bin eingeladen.« Der Direktor verbeugte sich und verschwand.

Custer, der Kulturattaché des British Council, hatte Philip zu einer Party mit kaltem Büffet in seine Wohnung eingeladen. »Ich will Ihnen nicht vormachen, daß ich die Party Ihnen zu Ehren gebe«, sagte er. »Heute nachmittag kommt ein Streichquartett aus Leeds, und für die müssen wir sowieso was machen, da können Sie ebensogut dazukommen. Nichts Aufwendiges, ganz zwanglos. Es sind noch ein paar Leute da. Wissen Sie was«, fügte er hinzu, als sei ihm eben eine glänzende Idee gekommen, »ich lade Borak ein.«

»Meinen Sie nicht, daß der langsam genug von mir hat?«

»Aber nein, er wäre gekränkt, wenn ich ihn nicht dazubitten würde. Und seine Frau. Hassim kann Sie gegen sieben im Hotel abholen. Bringen Sie Ihr Gepäck mit, dann fahre ich Sie gegen zehn zu Ihrem Zug.«

Als Philip in der hochgewachsenen Gestalt mit dem traurigen Schnauzer Hassim, den Fahrer vom British Council, erkannte, der sich durch die Drehtür schob, stand er auf und trug sein Gepäck durch die Halle. Hassim, der kein Englisch sprach, nahm ihm den Koffer ab und ging voraus zu dem Landrover.

Seine Einstellung zu dieser Reise, überlegte Philip, als er sich auf den Sitz neben Hassim schwang, wäre möglicherweise ganz anders gewesen, hätte es da nicht, genau in dem Augenblick, als er sich anschickte, die Heimat zu verlassen, diese überraschende Aufwallung der Lust gegeben. Die intime Verheißung, die von Hilarys flüchtig erblickter schwingender Brust ausgegangen war, hatte sich seinem Gedächtnis tief eingeprägt und intensivierte noch das Bohren der Frage *Warum bin ich hier?* Sex mit Hilary war keine welterschütternde erotische Erfahrung, aber es war besser als nichts, war eine zeitweilige Druckentlastung. Ein Stückchen freundlichen Vergessens. Hier in der Türkei konnte er jede Hoffnung auf erotische Abenteuer begraben. Die liebenswürdigen Damen, die er kennengelernt hatte, waren allesamt verheiratet – mit Ehemännern, die sich freundlich, aber wachsam in Bereitschaft hielten. Die Studentinnen mit den Grübchen und den Rehaugen ließ man nie näher als auf Vorlesungsdistanz an ihn heran, sofern sie nicht in der Rolle von Töchtern der akademischen Ehepaare auftraten, und wer eine von denen aufzureißen versuchte, dachte sich Philip, konnte sehr wohl diplomatische Verwicklungen heraufbeschwören. Die Türkei war – jedenfalls nach außen – ein Land von altmodischer Wohlanständigkeit.

Der Landrover quälte sich durch die Staus. In der Stadtmitte Ankaras schien ein permanentes Verkehrschaos zu herrschen – falls dies die Stadtmitte war. Philip hatte in dieser Stadt keinerlei Orientierungssinn entwickelt, für ihn sah alles gleich aus – unbehandelter Beton, geborstene Gehsteige, löcherige Fahrbahnen, alles aschfarben, kaum ein Baum, kaum ein Grashalm weit und breit; dabei war Frühling. Es wurde dunkel, und unter den wenigen, schwachen Straßenlampen wuchsen in den Straßen tiefe, drohende Schatten, nur unterbrochen durch blakende Petroleumlampen auf einem improvisierten Straßenmarkt, wo Frauen in Kopftüchern um Gemüse oder Haushaltwaren feilschten, oder kalt fluoreszierendes Licht, das, reflektiert von den Resopaltischplatten, durch die Scheiben eines verräucherten Arbeitercafés fiel. Philip hatte das Gefühl, daß er, sollte Hassim plötzlich den Landrover anhalten und ihn auf die Straße stoßen, auf Nimmerwiedersehen verschwinden würde. Man würde ihn in die Schatten zerren, ausziehen, ihm alles nehmen, was er bei sich trug, ihn ermorden und in einen der verstopften Abzugskanäle werfen. Er fühlte sich sehr fern der Heimat. Warum war er hier? War es vielleicht an der Zeit, seine Reisen einzustellen, die Suche nach der Intensität der Erfahrung, von der er Morris vorgefaselt hatte, aufzustecken, seine Vortragsnotizen zu den Akten zu legen und seine Reiseschecks einzulösen, sein Genügen zu finden in Routine und Häuslichkeit, unverfänglichem Sex mit Hilary und dem vertrauten Lauf des akademischen Jahres in Rummidge, von der Konferenz zu Trimesterbeginn zur Prüferbesprechung – bis es Zeit wurde, sich zurückzuziehen, vom Sex wie von der Arbeit? Und später dann vom Leben selbst... War das die Lösung?

Der Landrover hielt. Sie standen vor einem modernen Wohnblock auf einem der Hügel, die die Stadt umschlossen. Hassim winkte Philip mit einer Handbewegung zum Lift und drückte auf den Knopf zum 6. Stock. Custer kam gerötet, in Hemdsärmeln, ein Glas in der Hand, zur Wohnungstür. »Da sind Sie ja! Nur hereinspaziert. Geben Sie mir Ihren Koffer. Gehen Sie schon immer ins Wohnzimmer, ich bringe Ihnen einen Drink. Gin and Tonic? Borak ist auch da. Übrigens ist es gar kein Streichquartett, sondern ein Jazzquartett. London hat mal wieder Murks gemacht.«

Custer ging voraus durch die Diele, machte eine Tür auf, führte ihn ins Wohnzimmer, in dem etliche Leute, Gläser in der Hand, in Grüppchen beieinander standen. Das erste Gesicht, das Philip klar erkannte, war das von Joy Simpson.

Über Philip Swallows Verhalten konnte sich Akbil Borak nie genug wundern. Am Tag seiner Ankunft hatte der Engländer sich zweimal der Länge lang auf den Boden gelegt, und jetzt, am Abend seiner Abreise, sah es ganz so aus, als würde er es in Mr. und Mrs. Custers Wohnzimmer wieder tun, denn er stolperte auf der Schwelle, und nur der schnelle Griff nach einer Sessellehne bewahrte ihn vor dem Sturz. Überall im Zimmer drehten sich Köpfe in seine Richtung, und es gab eine kurze, verlegene Stille, dann, als feststand, daß nichts weiter passiert war, nahmen die Grüppchen ihre gesellige Unterhaltung wieder auf.

Akbil hatte neben Oya gestanden und sich mit dem Drummer des Jazz-Quartetts und Mrs. Simpson unterhalten, der Bibliothekarin des British Council in Istanbul. Eine angenehme, wenn auch recht reservierte Dame mit hübscher Hinterfront und wunderschönem blondem Haar. Akbil erzählte Mrs. Simpson gerade von den Läden in Hull und überlegte insgeheim, ob diese hellhaarigen Frauen aus dem Norden auch goldenes Schamhaar hatten, als Philip Swallow zu seinem geräuschvollen Auftritt ansetzte und in das Mobiliar an der Tür krachte. Akbil eilte hilfswillig an seine Seite, aber Philip erhob sich von den Knien, schüttelte seine Hand ab und machte ein paar unsichere Schritte auf Mrs. Simpson zu. Er war totenblaß. »Du... Sie!« flüsterte er heiser und sah Mrs. Simpson groß an. Auch sie war – was Wunder ob dieser eigenartigen Begrüßung – etwas blaß geworden.

»Hallo«, sagte sie und hielt ihr Glas mit beiden Händen fest. »Alex Custer hat mir gesagt, daß Sie vielleicht heute abend vorbeischauen würden. Wie gefällt es Ihnen in der Türkei?«

»Sie kennen sich bereits?« Akbil sah von einem zum anderen.

»Flüchtig«, sagte Mrs. Simpson. »Es ist schon ein paar Jahre her. Aus Genua, glaube ich, nicht wahr, Professor Swallow?«

»Ich dachte, Sie sind tot«, sagte Philip, der, ohne zu blinzeln, immer noch in die gleiche Richtung blickte.

Oya klammerte sich aufgeregt an Akbils Arm. »Wieso denn das?« stieß sie hervor.

Mrs. Simpson runzelte die Stirn. »Ach ja, Sie haben wohl die Liste in der Zeitung gelesen«, sagte sie zu Philip Swallow. »Sie ist vorzeitig von den indischen Behörden herausgegeben worden und hat bedauerlicherweise zu erheblicher Verwirrung und Betrübnis geführt.«

»Sie haben also den Absturz überlebt?«

»Ich war nicht in der Maschine. Ursprünglich war es so geplant gewesen... das war vor drei Jahren«, erläuterte sie, an Akbil, Oya und den Jazzdrummer gewandt. »Mein Mann wurde nach Indien versetzt, und ich sollte ihn begleiten, aber im letzten Augenblick riet mein Arzt mir ab, ich war im achten Monat schwanger, er meinte, es sei zu riskant. John flog also allein, und ich blieb mit Gerard, unserem kleinen Sohn, zu Hause, aber irgendwie standen unsere Namen noch auf der Passagierliste – auf irgendeiner der Listen jedenfalls. Das Flugzeug stürzte bei der Landung in einem Gewitter ab.«

»Und Ihr Mann...?« fragte Oya mit zitternder Stimme.

»Es gab nur wenige Überlebende«, sagte Mrs. Simpson schlicht. »Er war nicht darunter.«

Oyas Tränen flossen reichlich. »Sie Ärmste«, sagte sie und schneuzte sich in ihr Taschentuch.

»Ich dachte, Sie sind tot«, wiederholte Philip Swallow, als hätte er diese Erklärung nicht gehört oder zumindest nicht aufgefaßt.

»Aber Sie sehen, Professor Swallow, sie ist gar nicht tot. Sie lebt.« Oya klatschte leicht in die Hände, reckte sich auf die Zehenspitzen und lächelte unter Tränen. Akbil hatte das Gefühl, als erbringe seine Frau all das an Gefühlswallungen, was man eigentlich von den Engländern hätte erwarten dürfen.

Der Jazzdrummer hatte sich irgendwann während Mrs. Simpsons Bericht unbemerkt davongemacht. »Sie sollten glücklich sein«, sagte Oya zu Philip. »Es ist wie ein Märchen.«

»Ich freue mich natürlich sehr, Mrs. Simpson gesund und munter vor mir zu sehen«, sagte Philip. Er hatte sich offenbar wieder gefaßt, war allerdings noch immer sehr blaß.

»Und die Kunst, Freude zu machen, besteht darin, sich zu freuen, wie Bill Hazlitt sagt«, ergänzte Akbil – recht gewandt, wie er fand.

»Aber was machen Sie in Ankara?« fragte Philip Mrs. Simpson.

»Ich bin nur auf ein paar Tage hier, zu diversen Besprechungen. Ich leite die Bibliothek des British Council in Istanbul.«

»Ich fahre heute abend nach Istanbul«, sagte Philip Swallow mit einigen Anzeichen von Erregung.

»Ach ja? Und wie lange bleiben Sie?«

»Drei oder vier Tage. Am Freitag fliege ich wieder heim.«

»Leider habe ich bis Freitag hier zu tun.«

Philip Swallow sah aus, als könne er das Gehörte nicht fassen. »Akbil, Alex Custer scheint meinen Drink vergessen zu haben. Ob Sie wohl so nett wären...«

»Natürlich«, sagte Akbil. »Ich hole ihn.«

»Ich komme mit«, sagte Oya. »Mrs. Simpson könnte auch noch einen Drink gebrauchen.« Sie nahm Mrs. Simpson das Glas ab und schob Akbil förmlich zur Tür.

»Warum bist du nicht geblieben?« fragte Akbil halblaut auf Türkisch. »Sie werden uns für unhöflich halten.«

»Ich habe so das Gefühl, daß sie unter sich sein wollen«, sagte Oya. »Ich glaube, da spielt was zwischen den beiden.«

»Meinst du?« fragte Akbil erstaunt. Er sah über die Schulter. Philip Swallow war tatsächlich in ein intensives Gespräch mit Mrs. Simpson vertieft, die ungewohnt nervös wirkte. »Über diesen Mann kann ich mich nie genug wundern«, sagte er.

Drei Stunden später ging Philip nervös auf dem breiten Bahnsteig von Ankaras Hauptbahnhof vor den hohen Waggons des Ankara-Istanbul-Expreß auf und ab. Der Zug wirkte historisch und erinnerte – wie die ganze Atmosphäre – ein wenig an Thriller der dreißiger Jahre. Rauch- und Dampfstreifen wehten aus den tiefen Schatten in das gleißende Licht der Bogenlampen. Eine Bauernfamilie hatte auf einer Bank, umgeben von Bündeln und Körben, ihr Nachtlager aufgeschlagen. Die Mutter, die dem Baby die Brust gab, sah gleichmütig den Frauen in den flotten Hosenanzügen aus Samt nach, die an der Spitze von Gepäckträgerkarawanen mit teuren Koffergarnituren den Wagen der Ersten Klasse zustrebten. Uniformierte Beamte stolzierten hin und her, gaben Untergebenen Anweisungen und scheuchten Bettler mit Fußtritten aus dem Weg. Die Abteile der Zweiten und Dritten Klasse waren bereits voll und gaben über die Ventilatoren Knoblauch-, Tabak- und Schweißschwaden ab. Die Passagiere, eng zusammengedrängt, Hüfte an Hüfte, Knie an Knie, bereiteten sich in stoischer Ergebung auf die lange Nachtfahrt vor. Von Zeit zu Zeit schoß jemand aus einem dieser Wagen über den Bahnsteig zu einem kleinen Kiosk, in dem es Tee, Sprudel, brezelförmige Backwaren und giftigbunte Süßigkeiten gab.

In der Ersten Klasse, wo Philip ein Schlafwagenabteil hatte, ging es gelockerter zu. Flaschen und Gläser klangen aneinander. Gruppen taten sich zum Kartenspiel zusammen, obgleich man bei der schlechten Beleuchtung kaum die Karten sehen konnte. Es roch nach Klatsch und Intrige, nach heimlichen Verabredungen und verstohlen zugesteckten Bestechungsgeldern. Am Ende des Ganges glomm rötlich ein Öfchen für feste Brennstoffe, das von dem Schlafwagenschaffner, dem der Schweiß über die Stirn lief, energisch geschürt wurde.

»Er liefert Wärme und heißes Wasser für die Schlafwagen«, hatte Custer erläutert, als er Philip zur Bahn gebracht hatte. »Sieht ziemlich primitiv aus, ist aber wirkungsvoll. Auf der Hochebene kann es nachts sehr kalt werden, auch noch im Frühjahr.«

Philip war es gelungen, Custer und Akbil Borak davon zu überzeugen, daß sie nicht bis zur Abfahrt des Zuges zu warten brauchten. »Es ist wirklich nicht nötig«, beteuerte er. »Ich habe alles, was ich brauche.«

»Eines der angenehmsten Dinge der Welt ist es, auf Reisen zu gehen«, sagte Akbil Borak lächelnd. »Aber ich ziehe es vor, allein zu reisen.«

»Wirklich?« sagte Custer. »Ich habe lieber Gesellschaft dabei.«

»Nein, nein.« Borak lachte. »Das war ein Zitat aus Bill Hazlitt. Der Essay ›Über das Reisen.‹«

»Bitte warten Sie nicht«, sagte Philip.

»Na ja«, sagte Custer, »es ist vielleicht ganz gut, wenn ich mal nach dem Jazzquartett sehe.« – »Und ich muß meine Frau noch bei Ihnen abholen, Mr. Custer«, sagte Borak.

Sie schüttelten Philip die Hand und machten sich nach dem bei solchen Gelegenheiten üblichen Austausch von Artigkeiten davon. Philip sah ihnen aufatmend nach. Falls Joy sich doch noch zum Mitkommen entschloß, würde sie sicher keinen gesteigerten Wert darauf legen, von Custer und Borak gesehen zu werden.

Aber das war vor einer halben Stunde gewesen, und sie war noch immer nicht da.

»Ich kann unmöglich heute abend nach Istanbul zurückfahren«, hatte sie gesagt, als er sie auf der Custerschen Party für ein paar Minuten allein erwischt hatte. »Ich bin doch gerade erst angekommen. Mein Koffer steht noch in der Diele. Unausgepackt.« »Um so besser«, sagte Philip. »Du greifst dir den Koffer und fährst mit mir weg.« Er aß sie mit den Augen auf, verschlang die Züge, die er für immer verloren geglaubt hatte, das weiche, gewellte blonde Haar, den breiten, großzügigen Mund, das etwas massive Kinn.

»Ich bin in Council-Angelegenheiten hier.«

»Du könntest dir eine Ausrede einfallen lassen.«

»Weshalb sollte ich?«

»Weil ich dich liebe.« Die Worte kamen ohne vorherige Überlegung.

Sie wurde rot und senkte den Blick. »Mach dich nicht lächerlich.«

»Ich habe diese Nacht nie vergessen.«

»Um Himmels willen. Nicht hier. Nicht jetzt.«

»Wann dann? Ich muß mit dir reden.«

»Ach, habt ihr beiden euch schon bekannt gemacht?« Mrs. Custer trat mit einer Platte Kanapees zu ihnen.

»Wir kennen uns bereits. Aus Genua«, sagte Joy.

»Na so was. Ja, so geht es einem beim Council, man trifft sich an den unwahrscheinlichsten Orten immer wieder. Und wie geht's Ihnen, Joy? Was machen die Kinder? Gerard, nicht wahr, und...«

»Mrs. Simpson hat mir gerade erzählt, daß sich Gerard gar nicht wohl fühlt«, sagte Philip. Joy sah ihn fassungslos an.

»Das tut mir aber leid. Nichts Ernstes hoffentlich?« fragte Mrs. Custer.

Philip wartete mit hämmerndem Herzen auf die Antwort.

»Er hatte etwas erhöhte Temperatur, als ich abfuhr«, sagte Joy endlich. »Vielleicht rufe ich später mal mein Mädchen an und höre, wie es ihm geht.«

Philip wandte den Kopf ab, um seinen Triumph zu verbergen.

»Bitte tun Sie das. Nehmen Sie den Apparat im Schlafzimmer, da sind Sie ungestört.« Sie ließ ihren Gastgeberinnenblick durchs Zimmer gehen. »Ach herrje, der Saxophonist stöbert in unserem Bücherregal, das ist auf einer Party immer ein schlechtes Zeichen, meinen Sie nicht?

Ich flehe Sie an, Joy, unterhalten Sie sich ein bißchen mit ihm. Sie entschuldigen uns, Professor Swallow?«

»Natürlich«, sagte Philip.

Danach hatte er Joy nie mehr für sich allein. Er beobachtete sie scharf, sah sie aber nicht ins Schlafzimmer der Custers gehen. Als es für ihn – weit vor Ende der Party – Zeit wurde, zum Bahnhof zu fahren, war er genötigt, ihr vor den anderen Gästen steif und förmlich die Hand zu schütteln. »Ja, dann auf Wiedersehen«, sagte er und versuchte, ihren Blick festzuhalten. »Ich hoffe, Ihrem Söhnchen geht es besser. Haben Sie schon angerufen?«

»Noch nicht. Auf Wiedersehen, Professor Swallow.«

Ja, und das war's. Er warf ihr noch einen kurzen, flehenden Blick zu und verließ mit Custer und Borak die Wohnung. Er konnte nur hoffen und beten, daß sie, nachdem er gegangen war, mit Istanbul telefoniert und irgendeine Geschichte über ihr Kind erfunden hatte, die ihre sofortige Rückkehr erforderte.

Philip ging erneut an dem *wagon-lit* auf und ab und verglich die Zeit auf seiner Armbanduhr mit dem Zeigerstand auf der Bahnhofsuhr. Bis zur Abfahrt waren es nur noch drei Minuten. Die Ungewißheit war qualvoll, und doch fühlte er sich seltsam angeregt. Die depressive Stimmung der vergangenen Woche war wie weggeblasen, war schon vergessen. Jetzt stand er wieder im Mittelpunkt seiner eigenen Geschichte – und was für einer Geschichte! Er konnte kaum glauben, daß Joy nicht tot war, sondern sehr lebendig. Lebendig! Das warme, atmende Fleisch, das er in dem purpurnen Licht des Schlafzimmers in Genua in den Armen gehalten hatte, war noch warm, atmete noch. Er fühlte sich von der wunderbaren Wendung des Geschicks verwandelt, hochgehoben wie auf einem Wellenkamm. Er hörte sich in der Ecke des Custerschen Wohnzimmers zu ihr sagen: *Weil ich dich liebe...* Einfach so, aufrichtig, ohne Zögern, ohne Verlegenheit – wie ein Filmheld. Er war also doch noch nicht ausgebrannt und erledigt, reif für den Ruhestand. Er war noch einer großen Romanze fähig. Die Intensität der Erfahrung war wieder da. Wohin sie ihn führen würde, das wußte er nicht, und es war ihm auch gleichgültig. Vage ahnte er Schwierigkeiten und Kummer voraus, Dinge, die mit Hilary, den Kindern, seiner Karriere zu tun hatten, aber das schob er beiseite. All seine geistige Kraft war darauf gerichtet, Joy herbeizuwünschen.

An der langen Reihe der Waggons schlugen Türen zu. Eisenbahner, die wie Posten in Abständen auf dem Bahnsteig aufgestellt waren, nahmen Haltung an. Der Minutenzeiger der Bahnhofsuhr hüpfte einen Strich weiter. Noch eine Minute.

Widerstrebend stieg Philip ein, kurbelte das Fenster der Wagentür herunter, beugte sich weit vor und sah voller Verzweiflung zur Schranke hinüber. Ein direkt unter ihm stehender Eisenbahner schaute nach links und nach rechts und hob eine Trillerpfeife an die Lippen.

»Halt«, rief Philip, riß die Tür auf und sprang auf den Bahnsteig herunter. Er hatte die Frauengestalt erspäht, die plötzlich an der Schranke aufgetaucht war und deren helles Haar unter dem Licht der Bogenlampen aufleuchtete. Der Mann mit der Trillerpfeife protestierte auf Türkisch und versuchte, Philip wieder in den Zug zu schubsen. Als das nicht gelang, bemühte er sich, die Tür zuzuschlagen. Während sie noch miteinander rangelten, kam Joy über den breiten Bahnsteig gerannt, einen kleinen Koffer in der Hand schwenkend. Philip deutete hin, der Beamte hörte auf zu schubsen und zog empört seine Uniform zurecht. Philip drückte ihm einen großen Schein in die Hand. Der Mann strahlte und hielt ihnen die Tür auf, damit sie einsteigen konnten. Die Tür knallte hinter ihnen zu. Eine Pfeife schrillte. Der Zug setzte sich in Bewegung. Auf dem trüb beleuchteten Gang zeigten sich neugierige Gesichter an den Türen, während Philip Joy vor sich her zu seinem Abteil schob. Er brachte sie herein und machte die Schiebetür hinter sich zu.

»Du bist gekommen«, sagte er. Es war das erste Wort, das zwischen ihnen fiel.

Joy sank auf das bereits gemachte Bett und schloß die Augen. Ihr Busen hob und senkte sich, während sie nach Luft rang. »Ich habe eine Fahrkarte«, stieß sie hervor. »Aber kein Bett.«

»Du kannst meins mitbenutzen«, sagte er.

Während der Zug ratternd durch die Nacht schwankte, liebten sie sich unkomfortabel, aber voller Hingabe auf dem schmalen Klappbett, indes das Quietschen und Knarren des rollenden Materials ihre Seufzer und Schreie überdeckte. Danach lagen sie eng umschlungen nebeneinander und redeten. Oder vielmehr – Joy redete, abgerissen und zögernd zuerst, dann geläufiger, während Philip vornehmlich zuhörte und statt einer Antwort inbrünstig ihre weichen Glieder streichelte und drückte.

»Herrlich war das, es ist das erstemal, seit John... Ja, gewiß, die Gelegenheit hätte ich schon gehabt, aber ich war ja gemartert von Gewissensbissen. Daß John sterben mußte, habe ich mir gesagt, war eine Art Strafe, verstehst du. Weil ich ihn betrogen habe. Mit dir natürlich... hast du geglaubt, ich schlafe mit jedem? Das einzige Mal, ja, überrascht dich das? Warum ich dich gelassen habe, ja, das habe ich mir auch überlegt. Ich habe nie vorher und nie nachher etwas so Wahnwitziges getan – bis jetzt, und das ist etwas anderes, weil ich dich ja sozusagen schon kenne und es John nicht mehr trifft. Aber beim erstenmal, da war ich glücklich verheiratet, na schön, einigermaßen glücklich verheiratet, so glücklich wie die meisten Frauen eben, und habe mich einem Wildfremden hingegeben, der plötzlich, mitten in der Nacht, aus dem Nichts gekommen war, als wärst du ein Gott oder Engel oder so was gewesen, dem man einfach zu Willen sein muß. Als ich am nächsten Morgen aufwachte, dachte ich, ich hätte geträumt, aber als ich sah, daß John abgereist war und dein Gepäck in der Diele stand und begriff, daß es alles wirklich passiert war, bin ich fast verrückt geworden. Ja, mag sein, daß ich auf dich ganz ruhig gewirkt habe, aber ich war drauf und dran, hysterisch zu werden, das darfst du mir glauben. Ich mußte ins Badezimmer gehen und mir mit der Nagelschere in die Hand stechen, damit ich über dem Schmerz vergaß, was ich getan hatte.

Hast du manchmal das Gefühl, wenn du ziemlich schnell fährst, in dichtem Verkehr, daß du in einer äußerst gefahrvollen Situation bist, obgleich alle anderen gar nichts dabei finden? Sie sehen alle so gelangweilt aus am Steuer ihrer Autos und Laster, so unbeteiligt, so gänzlich nur darauf bedacht, von A nach B zu gelangen. Dabei trennen sie die ganze Zeit nur Zentimeter und Sekunden von einem jähen Tod. Es braucht nur einer das Lenkrad ein winziges Stück so herum statt anders herum zu drehen, und schon gibt es eine Massenkarambolage. Oder wenn du über eine kurvenreiche Küstenstraße fährst und dir der Gedanke kommt: Nimm nur eine Sekunde deine Hand vom Steuer, und du stürzt ins Bodenlose. Es ist ein beängstigendes Gefühl, weil dir klar wird, wie leicht es sich machen ließe, wie schnell es ginge, wie einfach, wie unwiderruflich es wäre. Mir schien, daß ich etwas Ähnliches getan hatte, nur hatte der Schritt vom Wege für mich zum Leben geführt, nicht zum Tod.

Über John als Ehemann kann ich mich nicht beklagen. Er war lieb zu mir, er war mir treu, soweit ich weiß, er vergötterte Gerard und ackerte wie besessen – seiner Karriere zuliebe. Nach normalen Maßstäben war es eine erfolgreiche Ehe. Das Körperliche war in Ordnung, soweit ich das beurteilen kann. Ich will damit sagen, daß ich keine vergleichbaren Erfahrungen hatte, und bei John war es nicht viel anders.

Wir hatten uns während des Studiums kennengelernt und lebten vor unserer Heirat ein paar Jahre zusammen, unsere Eltern waren furchtbar schockiert, als sie es erfuhren, aber im Grunde waren wir dadurch in Sexdingen ziemlich naiv, weil wir nie etwas mit anderen gehabt hatten. Manchmal hatte ich so das unbehagliche Gefühl, daß John sich vorgenommen hatte – nicht bewußt, weißt du –, aber daß er sich vorgenommen hatte, sich möglichst früh im ersten Studienjahr eine Freundin anzuschaffen und eine Dauerbeziehung daraus zu machen, um sich nicht durch Sex von der Arbeit ablenken zu lassen. Eigentlich waren wir wie ein Ehepaar, und als wir dann richtig heirateten, war es nur eine gesellschaftliche Sache, eine kostspielige Feier, in unserem Leben war zwischen dem Vorher und dem Nachher kein Unterschied. Die Hochzeitsreise war einfach ein Auslandsurlaub. In unserer Hochzeitsnacht war ich ziemlich traurig, das weiß ich noch, es war alles so vertraut, wir waren beide kein bißchen nervös oder schüchtern, und mir kam der schändliche Gedanke, ob wir uns nicht ein zweites Paar in ähnlicher Situation suchen sollten – das Hotel war voll von Flitterwöchnern –, um Partnertausch zu machen oder zu viert ins Bett zu gehen. Es war mir nicht ernst damit, es war nur so eine Idee, aber sie war wohl symptomatisch. Ich habe John nichts davon gesagt, er hätte es nicht verstanden, es hätte ihn verletzt, und er hätte gedacht, ich wollte ihm weh tun. Er war ein gewissenhafter Liebhaber, las in Büchern über Vorspiel und dergleichen nach und bemühte sich redlich, mir Freude zu machen. Und das hat er auch getan – ich meine, ich habe nie von mir aus mit ihm schlafen wollen, jedenfalls nicht so sehr, daß ich die Initiative ergriffen hätte, das habe ich immer ihm überlassen, aber wenn er Lust hatte, hat es mir im großen und ganzen Spaß gemacht.

Aber irgendwie fehlte was, das habe ich immer gespürt. Leidenschaft vielleicht. Ich hatte nie das Gefühl, daß John mich leidenschaftlich begehrte oder ich ihn. Da las ich in Romanen von Leuten, die Sex miteinander hatten, und bei denen war alles so ekstatisch, so entflammt. Das war bei mir nie so. Und dann las ich andere Bücher, vernünftige Bücher über Sex und Ehe, und die Ratgeberspalten in den Frauenzeitschriften, und kam zu dem Schluß, daß die Romane logen, daß die Schriftsteller sich das alles aus den Fingern gesogen hatten, daß ich – Ekstase hin, Ekstase her – von Glück sagen konnte, überhaupt Sex zu haben. Und dann kamst du, und zum erstenmal in meinem Leben wußte ich, wie es ist, leidenschaftlich begehrt zu werden.«

Hier erfuhr Joys Monolog eine Unterbrechung, weil Philip erneut feurig demonstrierte, wie wohlbegründet diese plötzliche Erkenntnis gewesen war. Etwas später fuhr sie fort:

»Als ich mit John auf dem Sofa saß, dir gegenüber, und er von Phonetik und Prüfungstechniken und Sprachlabors schwätzte, spürte ich dein Begehren wie eine radioaktive Strahlung, die durch meinen Morgenrock hindurchsengte. Ich staunte, daß John es nicht auch spürte, daß er in seiner Blindheit einfach wegfuhr und uns miteinander allein ließ. Ich war fasziniert, erregt. In dem Moment hatte ich noch nicht die Absicht, mich von dir lieben zu lassen, ich glaubte, du würdest dich nicht mal trauen, mir einen Antrag zu machen. Ich war meiner selbst so sicher, daß ich John bedenkenlos nach Mailand fahren ließ. Aber als ich ins Wohnzimmer zurückkam und du anfingst zu zittern, ging es mit dem Zittern auch bei mir los, hast du das gemerkt? Und als wir dann im Schlafzimmer waren und du immer heftiger zittertest, kamst du mir vor wie ein Atomreaktor in der – wie heißt das – in der kritischen Phase. Ich hatte Angst, du könntest dich kaputtzittern oder ein Loch in den Fußboden schmelzen, dich in deiner eigenen Leidenschaft verzehren, wenn ich nicht eingriff.«

»Ich kam von den Toten«, seufzte Philip, in der Erinnerung versunken. »Du warst Leben, warst Schönheit, ich wollte wieder zurück ins Leben. Du hast mich geheilt.«

»Ich habe die Hände vom Steuer genommen«, sagte Joy. »Ich bin mit dir ins Bodenlose gestürzt, weil ich noch nie so begehrt worden war.«

Am frühen Morgen saßen sie sich im Speisewagen gegenüber. Sie hatten sich unter dem Tisch bei der Hand gefaßt und tranken heißen schwarzen Tee, indes der Zug an den hübschen Städtchen und Dörfern am asiatischen Ufer des Marmarameers entlangrollte. Hier sah man wieder Vegetation; Bäume und Büsche und Weinreben schimmerten zwischen den Häusern hindurch. Nach den kahlen Höhen Ankaras wirkte die Landschaft geradezu üppig. Ein paar Frühaufsteher machten sich in den Gärten zu schaffen, sie gossen ihre Pflanzen oder rauchten beschaulich im schrägen Licht der aufgehenden Sonne. Sie winkten dem vorbeifahrenden Zug nach.

»Du hast mir nie geschrieben«, sagte Joy.

»Ich wußte nicht, wie ich es anstellen sollte, ohne dich zu kompromittieren«, sagte Philip. »Und ich dachte, es wäre dir nicht recht. Am Morgen meiner Abreise schienst du so kalt. Ich dachte, daß du die ganze Geschichte vergessen wolltest.«

»Das wollte ich auch«, sagte Joy. »Aber es ging nicht.«

»Und wenig später las ich in der Zeitung, daß du tot warst.«

»Ja, das habe ich nicht bedacht. Die Presse hat übrigens eine Berichtigung gebracht.«

»Die muß mir entgangen sein. Aber du hättest ja auch an mich schreiben können, besonders als dein Mann... ich meine, als du...«

»Als ich frei war? Ich wollte deine Kreise nicht stören. Ich habe mich über dich informiert. Ich weiß alles über dich. Du bist verheiratet, hast drei Kinder, Amanda, Robert und Matthew. Ehefrau Hilary, geb. Broome, Tochter von Commander und Mrs. A.J. Broome. Ich wollte deine Ehe nicht kaputtmachen.«

»Da ist nicht mehr viel kaputtzumachen«, sagte Philip. »Die Kinder sind erwachsen, und Hilary mag nicht mehr. Vor zehn Jahren hätten wir uns beinah getrennt. Wäre wahrscheinlich besser gewesen.« Das Bild von Hilarys Brust war fast vergessen, verdrängt durch das neuere, intensivere Gefühl von Joys stumpfen, zylindrischen Brustspitzen, die sich unter seiner Berührung strafften. »Ich habe Hilary die Zukunft verbaut«, sagte er ernsthaft. »Sie wäre ohne mich besser dran.«

»Hier stoßen Asien und Europa aneinander«, sagte Joy, als ein klappriges Taxi sie in schneller Fahrt über eine riesige, neu aussehende Hängebrücke brachte. Tief unter ihnen wirbelten Großtanker und eine Vielzahl kleinerer Boote das Wasser des Bosporus auf. Zu ihrer Rechten erhoben sich grüne, mit weißen Häusern getüpfelte Hügel steil über der sich verengenden Wasserstraße. Links betonten Kuppeln und Minarette die Skyline einer riesigen Stadt, hinter der sich das Wasser zum Meer erweiterte. »Das Marmarameer«, erläuterte Joy. »Das Schwarze Meer ist am anderen Ende des Bosporus.«

»Phantastisch«, sagte Philip. »Dieser Zusammenklang von Wasser und Himmel und Bergen und Baukunst erinnert mich an Euphoria. An den Blick, den ich morgens hatte, wenn ich aufwachte und den Vorhang zurückzog. Hier ist die Bay Area der Alten Welt.«

»Paß auf«, meinte Joy, »wir fahren mit dem Taxi zur Galata-Brücke und nehmen eine Fähre den Bosporus hinauf bis Bogazici, da wohne ich. Vom Wasser her bekommst du am besten deine ersten Eindrücke.« Philip drückte ihr Knie. »Du bist mein Euphoria, mein Neufundland.«

Eine halbe Stunde später standen sie Hand in Hand an Deck eines weißen Dampfers, der den Bosporus hinaufrauschte und das Gewimmel am Kai rasch hinter sich gelassen hatte. Joy erklärte ihm die Sehenswürdigkeiten. »Da ist die Hagia Sophia, dort die Blaue Moschee, da gehen wir später noch hin. Das Goldene Horn ist hinter der Brücke. Da, wo all die Schiffswracks sind, das ist das Marmarameer.«

»Warum sind es so viele?«

»Der Verkehr auf dem Wasser ist hier viel zu dicht, ständig gibt es Zusammenstöße, besonders bei den Großtankern. Manchmal rammen sie auch Häuser am Ufer des Bosporus. Ich habe mir ein Apartment in den Bergen genommen.«

»Kann ich bei dir schlafen?« fragte Philip.

Joy runzelte die Stirn. »Ich glaube, das wäre nicht günstig. Ich habe ein türkisches Mädchen, das im Haus wohnt, und die Kinder wären natürlich neugierig. Wir hätten nicht viel Zeit für uns. Ich kenne ein nettes Hotel in der Nähe, da besuche ich dich. Aber du kannst natürlich bei uns essen.«

»Könntest du nicht über Nacht bei mir bleiben?« bat Philip. »Ich möchte morgens aufwachen und dich neben mir spüren.«

»Man kann nicht alles haben«, sagte sie lächelnd.

Die Fähre arbeitete sich den Bosporus hinauf, mit häufigen Fahrtunterbrechungen an kleinen hölzernen Landestegen, Wasserbushaltestellen gewissermaßen. Das Boot schwenkte uferwärts und hielt schäumend und ratternd mit rückwärts laufender Schraube. Mit Einkaufs- und Aktentaschen bewehrte Fahrgäste gingen flink von Bord, andere stiegen ein, eine Glocke ertönte, und scheinbar Sekunden danach legten sie wieder ab. Nach und nach tauchten weniger altertümliche Häuser am Ufer auf, die Landschaft im Hintergrund wurde waldiger. An einer Haltestelle mit beschaulich-badeortähnlicher Atmosphäre führte Joy ihn an Land, und sie fuhren mit einem Taxi zu Joys Wohnung. Sie lag an einer Straße, die sich steil zwischen mauerumfriedeten, mit blühenden Reben überwucherten Gärten bergan wand. Hinter den Fenstern war das Rufen und Quieken von Kinderstimmen zu hören, als Philip dem Taxifahrer die Summe zahlte, die Joy bei Beginn der Fahrt nach vielem Feilschen festgelegt hatte. (»Wenn du sie nicht mindestens um die Hälfte herunterhandelst, haben sie dich angeschmiert«, hatte sie ihn gewarnt.) »Die Kinder staunen, daß ich so bald schon wieder da bin«, sagte sie.

»Was wirst du ihnen sagen?«

»Daß die Besprechungen ausgefallen sind oder so.«

Die Kinder liefen schon über die Gartentreppe ihrer Mutter entgegen, gefolgt von einem pummeligen, lächelnden Dienstmädchen, in dessen rundem braunen Gesicht kleine schwarze Augen standen wie Rosinen in einem Brötchen. »Vorsicht«, rief sie. »Gerard! Miranda! Nicht so schnell.«

Philip erkannte Gerard, der ihn mit jenem leicht feindselig-forschenden Blick bedachte, den er aus Genua noch so gut in Erinnerung hatte. Miranda, die etwa drei Jahre sein mochte, lächelte sehr lieb, als sie vorgestellt wurde.

»Hast du uns was mitgebracht, Mummy?« fragte Gerard.

Joy machte ein bestürztes Gesicht. »O je, ich hatte einfach keine Zeit. Die Rückfahrt war so unerwartet...«

»Ich habe etwas«, sagte Philip. »Mögt ihr Fondant?« Er holte einen Karton aus der Aktentasche. Es war Fondant mit Hagebutten- und mit Mandelgeschmack. »Das kommt aus Ankara, angeblich allererste Qualität.«

»Aber wolltest du das nicht eigentlich jemand anders schenken?« fragte Joy.

»Aber nein«, beteuerte Philip, der es für Hilary gekauft hatte. »Außerdem kann ich mir ja hier wieder was holen.«

»Na schön, aber nur ein Stück für jeden«, sagte Joy. »Gebt die Schachtel Selina, und bedankt euch bei Professor Swallow.«

»Sagt doch bitte Philip zu mir.«

»Danke«, sagte Gerard ziemlich ungnädig, den Mund voll Fondant. »Danke Flip«, sagte Miranda.

»Zeig Philip den Weg, Miranda«, bestimmte Joy.

Die Kleine legte ihre klebrigen Finger in Philips Hand und führte ihn die steilen Stufen hinauf zum Haus. Er war seltsam angetan von diesem kleinen Mädchen, von ihren vertrauensvollen Augen, ihrem schnellen Lächeln. Später, als er mit Joy auf dem Balkon der Wohnung im ersten Stock saß, beobachtete er Miranda, die unten im Garten mit ihren Puppen spielten. Sie tranken Kaffee (ein in der Türkei so seltener Genuß, daß einem ganz schwach werden konnte), und Joy erzählte ihm in gedrängter Form, wie sie die letzten Jahre verbracht hatte. »Natürlich hätte ich in England bleiben und von meiner Witwenrente leben können, aber das kam mir denn doch zu trostlos vor, und da habe ich so lange geredet, bis das British Council sich bereitgefunden hat, mich als Bibliothekarin ausbilden zu lassen und mir einen Job zu geben. Sehr erpicht waren sie nicht darauf, aber ich habe sie moralisch ein bißchen unter Druck gesetzt. Und ich bin eine gute Bibliothekarin.«

»Bestimmt bist du das«, sagte Philip abwesend, den Blick in den Garten gerichtet. Miranda hatte ihre Puppen in einem Halbkreis um sich versammelt und sprach ernsthaft mit ihnen. »Was mag wohl Miranda ihren Puppen erzählen?« sagte er.

»Wahrscheinlich erzählt sie ihnen von dir. Sie ist sehr von deinem Bart angetan.«

»Ach ja?« Philip lachte und strich ihn sich verlegen und geradezu lächerlich geschmeichelt. »Ein süßes kleines Ding. Sie erinnert mich an jemanden, ich komme nur nicht drauf, an wen.«

»Nein?« Joy warf ihm einen eigenartigen Blick zu.

»An dich jedenfalls nicht.«

»Nein, an mich nicht.«

»Dann wohl an deinen Mann, den habe ich allerdings nur noch sehr nebelhaft in Erinnerung.«

»Nein, John schlägt sie nicht nach.«

»Wem dann?«

»Dir«, sagte Joy. »Sie kommt nach dir.«

Vier Tage später wurde es Philip, der aus dem Fenster einer Boeing 727 der Turkish Airlines auf die schneebedeckten Alpen heruntersah, noch immer heiß und kalt, wenn er an diesen erstaunlichen Moment dachte, als die Bedeutung von Joys *Sie kommt nach dir* in sein Bewußtsein drang und er begriff, daß das unter ihnen im Garten spielende kleine Mädchen, ein zerbrechliches Etwas mit gebräunten Gliedmaßen, blondem Haar und weißem Baumwollkittelchen, kaum größer als die Puppen, mit denen sie umging, ein Sproß seiner Lenden war. Daß seit drei Jahren ohne sein Wissen dieses Körperchen sein bewußtes Leben umkreiste, in Schweigen und Verborgenheit, wie ein unentdeckter Stern. *»Was?«* flüsterte er. »Du meinst... Miranda ist meine... unsere... Bist du sicher?«

»Nicht hundertprozentig, aber du mußt zugeben, daß die Ähnlichkeit frappant ist.«

»Aber... aber...« Er suchte nach Worten, rang nach Luft. »Aber du hast mir doch damals gesagt, in der Nacht, daß du... ich meine, daß alles in Ordnung geht...«

»Das war gelogen. Ich hatte die Pille abgesetzt, John und ich wünschten uns noch ein Kind. Und ich hatte Angst, es könnte den Bann brechen, du könntest aufhören, wenn ich es dir sagte. War das nicht schlimm von mir?«

»Nein, es war sehr lieb, es war wundervoll von dir. Aber warum hast du mich nicht verständigt?«

»Zuerst habe ich nicht gewußt, ob ich von dir oder von John schwanger war. Durch den Schock nach dem Flugzeugunglück setzte die Geburt ein. Sobald ich Mirandas Augen sah, wußte ich, daß sie deine Tochter ist. Aber was hätte es für einen Sinn gehabt, dich zu verständigen?«

»Ich hätte mich von Hilary scheiden lassen und dich heiraten können.«

»Eben. Ich habe dir heute vormittag schon gesagt, daß ich das nicht wollte.«

»Jetzt werde ich es ja sowieso tun.«

Joy schwieg einen Augenblick. Sie sah ihn nicht an, sondern stippte den Finger in eine Kaffeepfütze und malte Kringel auf die plastikbeschichtete Tischplatte. »Als ich hörte, daß du in die Türkei kommst«, sagte sie, »habe ich mir vorgenommen, dir aus dem Weg zu gehen, weil ich fürchtete, daß es so enden könnte. Ich hatte in die Zeit deines Aufenthaltes in Istanbul diese Reise nach Ankara gelegt. Alex Custer redete mir schon lange zu, ich müsse mal die Kollegen dort kennenlernen, um eine gemeinsame Taktik abzusprechen. Ich habe mir deinen Reiseplan beschafft und es so eingerichtet, daß ich in Ankara ankommen würde, wenn es für dich Zeit war abzureisen. Dabei habe ich mich um ein paar Stunden verrechnet. Als ich bei den Custers eintraf, sagten sie mir, daß du an dem Abend kommen würdest.«

»Es war Schicksal«, sagte Philip.

»Ja, das habe ich mir auch gedacht«, meinte Joy. »Deshalb bin ich zu dir in den Zug gestiegen.«

»Das hast du aber verflixt knapp kalkuliert.«

»Ich wollte dem Schicksal die Möglichkeit einräumen, es sich nochmal zu überlegen«, sagte Joy.

Südengland lag unter tiefhängenden Wolken. Als die Maschine durch die Wolkendecke stieß, verschwand die Sonne, als hätte jemand eine Lampe ausgeknipst, und unter den Wolken regnete es. Nässe rann an den Fenstern der Maschine herunter, als sie auf dem spiegelnden Asphalt von Heathrow ausrollte. Philip, der in der stikkigen, feuchten Gepäckausgabe wartete, merkte, wie er nach der Intensität der letzten Tage abschlaffte. Er sackte auf einen Plastiksessel, senkte die Lider und projizierte auf ihre Innenflächen einen Heimkinostreifen, der Istanbul, seine Sehenswürdigkeiten, Geräusche und Gerüche wiedergab: Kirchen und Minarette, Wasser und Himmel, die weite Fläche des ein wenig feuchten Teppichs unter ihren bestrumpften Füßen, während sie in die Kuppel der Blauen Moschee hinaufsahen, deren buntes Glas leuchtete wie die Edelsteine im Palastharem, die Treppe der Universität von Istanbul, gefängnisgleich mit bewaffneten Posten auf jedem Treppenabsatz, das Gewirr der Gassen auf dem großen überdachten Bazar, das Flußrestaurant, wo die Bugwelle eines vorbeifahrenden Schiffes unerwartet durch ein niedrig gelegenes Fenster schwappte und an einem Tisch sämtliche Gäste durchnäßte. Das Hotel, in dem er und Joy sich der Liebe am Nachmittag hingaben, während russische Großtanker an den Fenstern vorbeiglitten, so nah, daß sie für kurze Zeit das Licht aussperrten, das durch die Jalousien fiel. Wenn die Sonne voll auf die Scheiben schien, stellte er die Blenden so, daß weißglühende Lichtbahnen ein Streifenmuster auf Joys Körper zeichneten und ihr blondes Schamhaar aufflammen ließen. Er nannte es – eingedenk des nahen Hellespont – das Goldene Vlies. Wenn er sie dort küßte und sein Bart ihren Bauch streifte, witzelte er leicht melancholisch über das Silber zwischen dem Gold, des Gegensatzes zwischen ihrem schönen, noch jugendlichen Körper und dem seinen, der hager war und von der Mitte des Lebens gezeichnet, sehr bewußt, aber sie strich ihm tröstend über den Kopf. »Du läßt mich spüren, daß ich begehrt werde, und nur das ist wichtig.« Er liebkoste sie mit den Lippen, atmete den Duft nach Strand und Salzwasser. Die Haut an der Innenseite ihres Schenkels war zart wie abgezogene Champignons. Sie schmeckte sauber und salzig, wie eine Molluske aus dem Meer. »Aah, himmlisch ist das«, stöhnte sie.

Philip schlug die Augen auf und sah seinen Koffer einsame Runden auf dem Karussell der Gepäckausgabe drehen. Er griff ihn sich und sprintete, etwas inkommodiert von der durch diese Träumerei ausgelösten sexuellen Erregung, zum Terminal One, um seinen Anschlußflug nach Rummidge noch zu erreichen.

Kurz ging es wieder hinauf in die Sonne, in einer lärmenden Fokker Friendship, dann durch die grauen Wolken nach unten, den triefenden Feldern und naßglänzenden Autobahnen entgegen, die den Flughafen von Rummidge umgaben. Zu seiner Überraschung und Bestürzung sah er, daß Hilary gekommen war, um ihn abzuholen. Meist fuhr er mit dem Taxi heim, und er hatte für diese letzte Wegstrecke das Alleinsein einkalkuliert, um zu üben, was er ihr sagen wollte. Aber da stand sie in ihrem alten beigefarbenen Regenmantel auf der Galerie und winkte, während er und seine Mitpassagiere die Treppe der Maschine hinunterstiegen und sich vorsichtig an den öligen Pfützen des Flugfeldes vorbeimanövrierten.

In der Halle stürzte Hilary ihm entgegen und küßte ihn mit Hingabe. »Wie geht es dir, Liebling? Wie schön, daß du heil und gesund gelandet bist, es ist allerhand Aufregendes passiert. Hast du die Rezension gesehen?«

»Nein. Was für eine?«

»Im TLS. Rudyard Parkinson hat dein Hazlitt-Buch in den höchsten Tönen gelobt, über fast zwei Seiten.«

»Nein, wirklich?« Philip errötete vor Freude. »Das muß der Einfluß von Morris sein, ich muß ihm gleich schreiben und mich bedanken.«

»Das glaube ich nicht, Schatz. Rudyard Parkinson hat nämlich in derselben Rezension ganz rüde Bemerkungen über Morris' Buch gemacht. Er hat euch beide zusammen besprochen.«

»O je.« Philip verspürte eine unedle Aufwallung der Schadenfreude.

»Und die *Sunday Times* und der *Observer* haben ein Foto von dir angefordert, und Felix Skinner sagt – du, der ist ganz aus dem Häuschen –, das bedeutet, daß die das Buch auch besprechen wollen. Leider hab' ich nur einen alten Schnappschuß gefunden, vom Urlaub an der See, in Shorts, aber wahrscheinlich nehmen sie nur den Kopf.«

»Ach du ahnst es nicht«, sagte Philip.

»Und ich muß dir noch was erzählen. Etwas über mich.«

»Was denn?«

»Laß mich schon mal den Wagen holen, während du auf das Gepäck wartest.«

»Ich muß dir auch was erzählen.«

»Warte, bis ich mit dem Wagen da bin.«

Als sie vorgefahren war, wollte sie auf den Beifahrersitz rutschen, aber Philip meinte, sie solle nur sitzenbleiben. Sie fuhr ziemlich stürmisch, jagte den Motor zwischen den Gangwechseln heftig hoch und stieg vor jeder Ampel voll auf die Bremse. Während die vertrauten Vorortstraßen an den Fenstern vorbeizogen, brachte sie ihm die große Neuigkeit bei. »Ich habe einen Job gefunden, Liebling, ja, also noch keinen richtigen Job, aber etwas, wozu ich wirklich Lust habe, etwas echt Interessantes. Ich habe mich schon vorgestellt, und ich glaube bestimmt, sie nehmen mich zur Ausbildung.«

»Was ist es denn?« fragte Philip.

Hilary drehte sich zur Seite und strahlte ihn an. »Eheberatung. Ich weiß gar nicht, wieso mir das nicht schon früher eingefallen ist.« Sie wandte, nicht eine Sekunde zu früh, ihre Aufmerksamkeit wieder der Straße zu. »Hm«, sagte Philip. »Das ist bestimmt sehr interessant.«

»Einfach faszinierend. Ich kann's gar nicht erwarten, bis die Ausbildung losgeht.« Sie warf ihm wieder einen Blick zu. »Sehr begeistert scheinst du nicht zu sein.«

»Es ist eine Überraschung. Ich war nicht darauf gefaßt. Du machst das bestimmt sehr gut.«

»Na ja, verstehen tu ich ja wirklich was davon«, sagte Hilary. »Ich meine, bei uns hat's auch Höhen und Tiefen gegeben, aber schließlich sind wir nach all den Jahren immer noch zusammen, nicht?«

»Ja, das sind wir«, sagte Philip. Er sah aus dem Wagenfenster auf die Namen der Geschäfte. Sketchleys, Rumbelows, Radio Rentals, Woolworths. Schaufenster voller Kühlschränke, Stereoanlagen, Fernseher.

»Und was wolltest du mir erzählen?« fragte Hilary.

»Ach, nichts«, sagte Philip. »Nichts Wichtiges.«

# TEIL IV

## Eins

*uuuhhiiiiiIIII!*

Für manche Menschen gibt es kein erregenderes Geräusch auf dieser Erde als das ansteigende Jaulen von drei oder vier großen Strahltriebwerken, während die Maschine, in der sie sitzen, am Ende der Rollbahn herumschwenkt und, sich gegen die Bremsen stemmend, zum Start ansetzt. Das Gefahrvolle dieser Situation ist Teil des Kitzels, der von ihr ausgeht. Jetzt bist du in deinen Sitz geschnallt, es führt kein Weg zurück, du hast dich den Mächten der modernen Technik ausgeliefert. Was soll's, lehn dich zurück und genieße.

Und los geht es, die Beschleunigung ist wie ein Stoß ins Kreuz, das Gras, das du durchs Fenster siehst, fliegt davon wie ein Schatten und verschwindet jählings, während du dich in die Lüfte erhebst. Die Maschine legt sich in die Kurve und bietet dir einen letzten Blick auf die Heimat, platt und banal, ehe du durch die Wolkendecke zur Sonne aufsteigst. Die Nicht-Raucher-Leuchtschrift erlöscht mit einem Ping, leises Flaschengeklapper aus der Galley kündet das Herannahen der Drinks. *Uuuiiihhhh!* Europa, wir kommen! Oder Asien oder Amerika oder was auch immer. Es ist Juni, und die Tagungssaison ist nun endgültig eröffnet. In Oxford und Rummidge sitzen die Studenten zwar noch an ihren Pulten in den Prüfungssälen wie Gefangene im Block, aber die Lehrer können sich rasch auf ein paar Tage absetzen, ehe die Arbeiten zur Korrektur bei ihnen eingehen. In Nordamerika hingegen ist das zweite Semester des akademischen Jahres schon vorbei, die Arbeiten sind benotet, die Punkte vergeben, nichts hindert den Lehrkörper daran, die Reisegelder zu kassieren und Kurs nach Ost oder West oder je nach Lust und Laune jede andere Himmelsrichtung zu nehmen. *Uuuiiihhhh!*

Die ganze akademische Welt scheint unterwegs zu sein. Fünfzig Prozent aller Passagiere auf den Transatlantikflügen sind dieser Tage Hochschullehrer. Ihr Gepäck ist wegen all der Bücher und Papiere besonders gewichtig und auch besonders umfangreich, denn bei der Kleidung gilt es, den offiziellen Anlässen und der Freizeit gleichermaßen Rechnung zu tragen, man braucht Garderobe für den Vortragssaal und Garderobe für den Strand, fürs Museum, das Schloß, den Duomo, das Museumsdorf. Denn das ist das Schöne am Tagungskarussell – es bietet einem die Möglichkeit, die Arbeit in Vergnügen umzumünzen, Profession und Tourismus zu verbinden, und das alles auch noch auf anderer Leute Kosten. Schreib eine wissenschaftliche Abhandlung und sieh die Welt. Ich bin Jane Austen – flieg mit mir. Oder Shakespeare, oder T.S. Eliot. Alle antreten zur Billettausgabe für den Jumbo-Jet! *Uiiiihhhhhh!*

In der Luft schwirrt und sirrt es von den Stimmen dieser wandernden Scholaren, ihren Fragen, Klagen, Ratschlägen, Histörchen. Mit welcher Gesellschaft bist du geflogen? Wieviel Sterne hat das Hotel? Warum ist der Sitzungssaal nicht klimatisiert? Essen Sie hier keinen Salat, sie düngen ihn mit menschlichen Fäkalien. Laker ist billig, aber ihr Terminal in LA ist das Letzte. Swissair hat vorzügliche Verpflegung. Bei Cathay Pacific gibt es die Drinks in der Economy kostenlos. Pan Am ist wahnsinnig unpünktlich, allerdings nicht so arg wie Jugoslavian AirLines. (Das Akronym JAT bedeutet »Jetzt aber Tempo!«). Qantas hat von allen internationalen Fluglinien den besten Ruf im Sicherheitsbereich, Colombia den schlechtesten (von drei Maschinen kommt eine nie an ihrem Bestimmungsort an (okay, leicht übertrieben). Auf jeder El Al-Maschine fliegen drei Geheimdienstler mit Handfeuerwaffen in der Aktentasche, die darauf gedrillt sind, Flugzeugentführer vom Fleck weg zu erschießen; wenn du was aus der Tasche nimmst, tu es langsam und lächele dabei. Hast du das von dem Iren gehört, der versucht hat, eine Maschine nach Dublin zu entführen? Sie flog sowieso hin. *UUuuuiiiihhhhh!*

Flugzeugentführungen sind nur eins der Risiken beim heutigen Reisen. Jeden Sommer bricht irgendwann der internationale Flugverkehr zusammen, französische Fluglotsen streiken, britische Gepäckabfertiger machen Dienst nach Vorschrift, der Nahe Osten spielt Krieg. In diesem Jahr ist es die weltweite Stillegung der DC 10 nach einer Katastrophe auf Chicagos Flughafen O'Hare, wo eine Maschine dieses Typs beim Start ein Triebwerk verlor und abstürzte, wobei alle Insassen ums Leben kamen. Das letzte aufgezeichnete Wort des Captain war »Verdammt!« Stärkere Kraftausdrücke sind zu vernehmen, wenn die Reisenden sich an den Buchungsschaltern darum schlagen, ihre Tickets auf Luftverkehrsgesellschaften umschreiben zu lassen, die Boeings 747 und Lockheed Tristars in ihrer Flotte haben, oder wenn sie genötigt sind, auf eine langsame, klapprige DC 9 ohne Bordkino und mit verstopften Toiletten umzusteigen, die Europa via Neufundland und Reykjavik anfliegt. Viele Konferenzler kommen in diesem Sommer besonders kaputt, ausgelaugt und angeschlagen am Ziel an. Das ersterbende *UUIIIiiiiihhhh!* der Triebwerke ist Musik in ihren Ohren, dennoch reißt ihr Redefluß nicht ab, und unstillbar ist ihr Hunger nach Informationen.

Wieviel Trinkgeld soll man geben? Wie kommt man am besten vom Flughafen in die Stadt? Kapieren Sie die Speisekarte? Geben Sie in Bangladesh dem Taxifahrer zehn Prozent, in Italien fünf; in Mexiko ist es nicht nötig, und japanische Taxifahrer sind ausgesprochen beleidigt, wenn man ihnen ein Trinkgeld anbietet. Der Flughafen Narita ist vierzig Kilometer von Tokio entfernt. Es gibt eine elektrische Schnellbahn, aber die geht nur bis zum Stadtrand. Am besten nehmen Sie den Citybus. Auf Griechisch heißt Bushaltestelle *stasis*, Rühreier sind polnisch »jajecznice«, ausgesprochen jijitschnitzee – eine Art Onomatopöie, wenn man die entsprechenden Zungenverrenkungen gemeistert hat. In Israel kommen die Frühstückseier weichgekocht und kalt auf den Tisch, pfui Deibel. In Korea gibt es Suppe zum Frühstück. Und zum Mittag- und Abendessen ebenfalls. In Norwegen gibt's das Abendessen nachmittags um vier, in Spanien abends um zehn. In Tokio machen die Nachtklubs um halb zwölf zu, in Berlin machen sie da gerade erst auf.

Oh, diese erstaunliche Vielfalt von *langue* und *parole*, Essen, Sitten und Gebräuchen in den Ländern dieser Welt! Doch fast ebenso erstaunlich ist es, wie gemeinsame akademische Anliegen diese Unterschiede überwinden. Überall in der Welt, in Hotels, Studentenwohnheimen und Kongreßzentren, in Châteaux und Villen und Herrenhäusern, in Hauptstädten und Erholungsorten, am See, in den Bergen, an kalten und warmen Meeresgestaden kommen Menschen aller Hautfarbe und aller Herren Länder zusammen, um über die Romane Thomas Hardys zu diskutieren, über die Problemstücke Shakespeares, die Kurzgeschichte der Postmoderne oder die Poetik des Imagismus. Und natürlich geht es nicht bei allen Tagungen dieses Sommers um englische Literatur, bewahre. Zur gleichen Zeit laufen Konferenzen über das französische *chanson* des Mittelalters, das politische Drama Spaniens im 16. Jahrhundert, über den Sturm und Drang in Deutschland und über serbische Volkslieder; man tagt über die Dynastien des antiken Kreta und die Sozialgeschichte des schottischen Hochlandes und Bismarcks Außenpolitik und die Soziologie des Sports und die wirtschaftlichen Kontroversen um den Monetarismus; es gibt Kongresse über Tieftemperaturphysik und Mikrobiologie und Oralpathologie und Quasare und Katastrophentheorie. Manchmal, wenn zwei Tagungen unter einem

Dach stattfinden, entsteht Konfusion. Es soll schon vorgekommen sein, daß sich ein Bibliograph, dessen Spezialgebiet die Geschichte der Interpunktion war, zwanzig Minuten einen medizinischen Vortrag über »Funktionsstörungen des Kolon« angehört hat, ehe er seinen Irrtum bemerkte.

Doch alles in allem sind akademische Fachgruppen in sich geschlossene, exklusive Gebilde. Jede hat ihren eigenen Jargon, eine eigene Hackordnung, das eigene Mitteilungsblatt und den eigenen Berufsverband. Die Mitglieder kommen meist nur einmal im Jahr – eben auf einer Tagung – zusammen. Um so lauter ertönt dann das Hallo, Wiegehtsdenn, Woranarbeitestdugerade – beim Aperitif, beim Essen, in den Vortragspausen. Trinken wir was zusammen, essen wir zusammen, frühstücken wir zusammen? Natürlich liegt in diesem ungezwungenen Kontakt der eigentliche Sinn und Zweck einer Tagung, nicht in dem Programm der Abhandlungen und Vorträge, das nach außen hin die Teilnehmer zusammengebracht hat, das die meisten aber als unerträglich öde empfinden.

Jedes Thema – und jede darauf abgestellte Tagung – ist eine Welt für sich, aber sie hängen in Galaxien zusammen, so daß ein erfahrener Reisender im intellektuellen Raum (wie etwa Morris Zapp) von der einen zur anderen springen und in Amsterdam als Semiotiker, in Zürich als Joyceaner, in Wien als Narratologe auftreten kann. Englisch als Muttersprache ist in diesem Geschäft natürlich von Vorteil, denn Englisch ist zur Verkehrssprache der Literaturtheorie geworden, und es ist die Theorie, die all diese und viele andere Tagungen verbindet. In diesem Sommer ist das Thema, das auf allen von Morris besuchten Tagungen in aller Munde ist, der UNESCO-Lehrstuhl für Literaturkritik und die Frage, wer ihn wohl bekommen wird. Welcher Art von Theorie wird man den Vorzug geben – der formalistischen, marxistischen, strukturalistischen oder poststrukturalistischen? Oder wird irgendein schlampig-eklektischer liberaler Humanist das Rennen machen – oder gar ein Antitheoretiker wie Philip Swallow?

»Philip Swallow?« sagt Sy Gootblatt ungläubig zu Morris Zapp. Es ist der 15. Juni, der Vorabend des Bloomsday, Halbzeit beim Internationalen James Joyce-Symposium in Zürich, und sie stehen in der drangvollen Enge des James Joyce-Pub in der Pelikanstraße. Es ist ein prachtvoll erhaltenes, echt Dubliner Pub mit dunklem Mahagoni, rotem Plüsch und Messingbeschlägen, das, vor abrißwütigen irischen Bauunternehmern gerettet, in numerierte Einzelteile zerlegt in die Schweiz geschafft und liebevoll in jener Stadt wieder zusammengebaut worden ist, in der der Autor des *Ulysses* den Ersten

Weltkrieg verbrachte und in der er im Zweiten Weltkrieg starb. Das Ambiente ist authentisch – bis auf die hygienische Sauberkeit überall, besonders in den Toiletten im Untergeschoß, wo man, wenn man wollte, von dem gefliesten Boden essen könnte, ein Ding der Unmöglichkeit in den stinkenden, schmierigen Höllenlöchern, die man in Dublin vorfindet, wenn man eine Treppe tiefer steigt.

*»Philip Swallow?«* sagt Sy Gootblatt. »Soll das ein Witz sein?« Sy und Morris sind alte Freunde von der Euphoric State her, von der Sy vor fünf Jahren zur Penn gewechselt und gleichzeitig von Hooker auf das vergnüglichere Gebiet der Literaturtheorie umgestiegen ist. Er sieht, schmal und dunkel, wie er ist, recht gut aus und hat etwas von einem Dandy, ist aber ein bißchen klein geraten. Immer wieder wippt er unruhig auf den Ballen, als wolle er feststellen, wer in dem überfüllten Raum zu sehen ist.

»Ein Witz? Hoffentlich«, sagt Morris. »Aber jemand hat mir neulich einen Ausschnitt aus einer Londoner Zeitung geschickt, und da stand, daß er als Außenseiterkandidat für den Job im Gespräch ist.«

»Und wie stehen die Chancen? Neun Millionen zu eins?« Sy hat Philip Swallow hauptsächlich als den Erfinder eines Gesellschaftsspieles mit dem schönen Namen »Demütigung« in Erinnerung, mit dem er vor vielen Jahren ihm und Bella eine Party kaputtgemacht hat. »Der hat doch überhaupt noch nichts Nennenswertes publiziert, oder?«

»Er hat spektakuläre Erfolge mit einem überaus geistlosen Buch über Hazlitt«, sagt Morris. »Rudyard Parkinson hat sich im TLS überschlagen vor Begeisterung. Bei den Briten ist Antitheorie zur Zeit die große Masche, und als Philips Buch rauskam, haben sie sich vor Wonne auf den Rücken gerollt und mit den Pfoten in der Luft herumgestrampelt.«

»Aber angeblich fungiert doch Arthur Kingfisher als UNESCO-Berater für diese Berufung«, meint Sy Gootblatt. »Und der wird doch bestimmt nicht empfehlen, daß sie jemanden nehmen, der theoriefeindlich ist.«

»Das sage ich mir ja auch«, entgegnet Morris. »Aber diese alten Kracher sind manchmal komisch. Kingfisher denkt nicht gern daran, daß es jetzt vielleicht einen gibt, der so gut ist wie er in seiner besten Zeit, und da ist es schon drin, daß er die Berufung von so 'nem Tränentier wie Philip Swallow unterstützt, nur um's uns zu zeigen.«

Sy Gootblatt leert sein Glas und verzieht das Gesicht. »Widerlich, das Zeug. Gehen wir woanders hin? Ich hab' am anderen Ufer eine Pinte gesehen, wo's Budweiser gibt.«

Sie stecken ihre James Joyce-Pub-Bierfilze als Andenken ein und drängeln sich zur Tür durch, was geraume Zeit dauert, weil ihnen alle paar Schritte der eine oder andere Bekannte in die Arme läuft. Morris! Sy! Na, das freut mich aber. Wie geht's Bella? Wie geht's Désirée? Ach, das wußte ich nicht. Woran arbeitest du gerade? Trinken wir irgendwann mal was zusammen, essen wir zusammen, frühstücken wir zusammen? Endlich stehen sie draußen auf dem Gehsteig in der milden Abendluft. Es ist nicht viel Betrieb, aber die Straßen machen einen sicheren, gesitteten Eindruck. Die Schaufenster sind hell erleuchtet und voller Luxusartikel, die den reichen Zürcher Bürgern Appetit machen sollen. Die Swissair hat ihr Fenster neckisch mit kleinen Flugzeugen aus weißen Blütenköpfchen dekoriert, die in Form eines Mobile an Drähten im Raum schweben. Morris muß dabei an Grabschmuck denken. »Guter Name für die DC 10«, bemerkt er. »Der fliegende Kranz.«

Dieser schwarze Humor spiegelt seine düstere Stimmung wider. Für Morris ist es in letzter Zeit nicht gut gelaufen. Erst war da diese Attacke auf sein Buch durch Rudyard Parkinson im TLS. Dann ist sein Vortrag in Amsterdam gar nicht gut angekommen. Eine – wer weiß, vielleicht sogar von seiner Frau angeheuerte – Feministinnen-Clique hat ihn gepiesackt, als er seine Analogie zwischen Interpretation und Striptease entwickelte. Es gab Zwischenrufe »Loch is beautiful« bei dem Satz »In diese Öffnung blickend, stellen wir fest, daß wir irgendwie über das Ziel unserer Suche hinausgeschossen sind«. McGarrigle, bei dem er in dieser Krise wohl ein wenig Rückenstärkung oder zumindest Mitgefühl hätte erwarten dürfen, war spur- und wortlos aus Amsterdam verschwunden. Und jetzt diese Meldung, daß Philip Swallow für den UNESCO-Lehrstuhl im Gespräch war – lachhaft, aber die Meldung schwarz auf weiß zu sehen, verleiht ihr beängstigende Glaubwürdigkeit.

»Wer hat dir den Ausschnitt geschickt?« fragt Sy.

Morris weiß es nicht. Tatsächlich war es Howard Ringbaum, der die Meldung in der Londoner *Sunday Times* entdeckt und anonym Morris Zapp hat zukommen lassen, in der sehr richtigen Annahme, daß sie ihn treffen und beunruhigen würde. Aber wer hat Philip Swallows Namen in die Zeitung gebracht? Nur wenigen ist bekannt, daß es Jacques Textel war, der von Rudyard Parkinson dessen Rezension »Die englische Kritikerschule« und einen kriecherischen Begleitbrief bekommen hatte und, verärgert über Parkinsons satte Selbstzufriedenheit in Vancouver, ihn in dem Sinn mißzuverstehen beliebte, daß Parkinson ihm nicht sich selbst, sondern Philip Swallow als Kandidaten für den UNESCO-Lehrstuhl ans Herz zu legen wünschte. Es war Textel, der Philips Namen seinem britischen Schwiegersohn, Journalist bei der *Sunday Times*, zugespielt hatte – bei einem Mittagessen in dem noblen Restaurant im 6. Stock an der Place Fontenoy. Und der Schwiegersohn, der den Auftrag hatte, ein Feature über die »Renaissance der Provinzuniversität« zu schreiben und einigermaßen verlegen um Fakten zur Stützung dieser These war, hatte einen ganzen Abschnitt seines Artikels jenem Rummidger Hochschullehrer gewidmet, dessen kürzlich veröffentlichtes Buch so großes Aufsehen erregt hatte und der für den neuerdings geplanten UNESCO-Lehrstuhl für Literaturkritik im Gespräch sei. Woraufhin sich Rudyard Parkinson prompt an seinem Kedgeree verschluckte, als er im Frühstücksraum der Fellows in All Saints die betreffende Nummer der *Sunday Times* aufschlug.

Morris und Sy gehen über die Limmatbrücke. Die Pinte, die Sy mittags ausfindig gemacht hat, liegt, wie sich jetzt am Abend herausstellt, mitten im Bordellbezirk. Registrierte Prostituierte stehen an den Straßenecken, an jeder Ecke eine, denn die Schweizer sind ein ordnungsliebendes Volk. Sie sind kostümiert und geschminkt, fast wie im Theater, und bieten für jeden Geschmack etwas. Hier die klassische Hure in kurzem roten Rock, schwarzen Netzstrümpfen und hochhackigen Schuhen, dort eine knackige Tirolerin in Dirndlrock und gesticktem Mieder, ein Stück weiter ein flippiges Modell in hautengem Lederoverall. Alle blinken und blitzen vor Sauberkeit – wie die Klos im James Joyce-Pub. Sy Gootblatt, dessen Frau Bella zur Zeit bei ihrer Mutter in Maine zu Besuch ist, besieht sich diese Frauen mit heimlicher Neugier. »Wieviel mögen die nehmen?« fragte er Morris halblaut.

»Bist du nicht gescheit? Bei einer Tagung gibt man doch fürs Bumsen kein Geld aus.«

Damit hat Morris so unrecht nicht. Wenn man es sich genauer überlegt, leuchtet es auch durchaus ein. Da kommen Männer und Frauen, deren Interessen auf der gleichen Linie liegen – in viel weitergehendem Maße, als das bei ihren Partnern der Fall ist – in fremder Umgebung, fern der Heimat zusammen. Auf ein, zwei Wochen sind sie der Häuslichkeit entflohen, von der Leine gelassen, führen ein Leben ungewohnter Genußsucht, werfen im Badezimmer die Handtücher auf den Boden, weil das Zimmermädchen sie ja doch aufhebt, essen in Restaurants, sitzen bis spät in die Sommernacht in Straßencafés und trinken, während ihnen der Duft von Kaffee, Caporals, Cognac und Bougainvilleas in die Nase steigt. Sie sind müde, aufgeputscht, leicht angesäuselt und verspüren wenig Lust, das gemütliche Beisammensein abzubrechen und sich auf ihr einsames Lager zurückzuziehen. Nach lebenslanger Unterdrückung und Sublimierung der Libido im Interesse geistiger Arbeit scheint es ihnen, als seien sie auf jenes Paradies gestoßen, das dem Dichter Yeats vorschwebte:

Dort ist die Arbeit Blütenfest und Tanz,
Wo kein Leib leidet, um die Seele zu erfreun,
Noch Schönheit mag entstehn aus eignem Düstersinn,
Noch Weisheit, trüben Augs, aus mitternächtgem Öl.

Die Seele wird im Vortragssaal und im Seminarraum erfreut, der Leib in Restaurants und Nachtklubs. Dabei muß kein Interessenkonflikt entstehen. Fachsimpeln kann man trotzdem – über Phonetik oder Dekonstruktion oder Hirtenelegien oder Akzentverschiebung – beim Essen, Trinken, Tanzen, ja, sogar beim Schwimmen. Wissenschaftler bringen unter der Schockwirkung dieser Entdekkung die erstaunlichsten Dinge fertig, Dinge, die der daheimgebliebene Partner, die daheimgebliebenen Kollegen nie für möglich halten würden. Sie durchtwisten die Nacht in der Disko, singen sich im Bierkeller heiser, nehmen hüllenlos ein mitternächtliches Bad, gehen auf den Rummelplatz und fahren mit der Achterbahn, kreischend und sich aneinanderkrallend, wenn sie über die blinkenden Schienen in die Tiefe sausen, *uuuiiiiihhhh!* Was Wunder, daß sie häufig miteinander im Bett landen. Sie holen sich die Jugend zurück, die sie, wie sie meinen, der Wissenschaft geopfert haben, sie beweisen sich, daß sie doch keine staubtrockenen Streber sind, sondern lebende, atmende, zuckende Menschenwesen mit warmem Fleisch und Blut, das bebt und sekretiert und pocht, wenn der Geliebte es berührt. Wenn sie dann wieder zu Hause sind und Freunde und Verwandte wissen wollen, ob ihnen die Tagung gefallen hat, sagen sie, doch, ja, aber weniger wegen der Vorträge, die waren ziemlich langweilig, sondern eigentlich mehr wegen der informellen Kontakte.

Natürlich gibt es bei Tagungen hier und da auch peinliche Momente. So kann es vorkommen, daß man jemanden sexuell anziehend findet, mit dessen wissenschaftlicher Ausrichtung man nicht einverstanden ist. Auf der Wiener Narratologentagung – wenige Wochen nach dem James Joyce-Symposium in Zürich – sitzen Fulvia Morgana und Sy Gootblatt eines Abends in derselben Clique in einem Weinkeller am Michaelerplatz und ertappen sich dabei, daß sich ihre Blicke immer häufiger über dem zerkratzten, fleckigen Holztisch begegnen, indes der Weißwein munter fließt. In einem günstigen Moment rutscht Sy auf die Bank neben Fulvia und macht sich bekannt. In dem Lärm des gerammelt vollen Kellergewölbes bekommt er nur ihren Vornamen mit, aber das reicht ja. Ihre Freundschaft reift rapide. Fulvia wohnt im Bristol, Sy in der Kaiserin Elisabeth. Da das Bristol mehr Sterne hat, verbringen sie die Nacht dort. Erst am Morgen, nach einer sehr anstrengenden Nacht, in der Sy sehnsuchtsvoll an die Züricher Nutten denkt (zumindest konnte man bei denen vermutlich selber den Ton angeben) erfährt Sy Fulvias Nachnamen und erkennt in ihr die entfesselte marxistische Poststrukturalistin, deren Essay über den stream-of-consciousness-Roman als Instrument bourgeoiser Hegemonie (Unterdrückung der Arbeiterklasse durch Bücher, die sie nicht verstehen) er in einer Besprechung für die nächste Ausgabe von *Novel* verrissen hat. Die restliche Tagungszeit über ist Sy damit beschäftigt, Fulvia betreten über den Ring zu begleiten, in Cafés zu flüchten, sobald er Bekannte sichtet, und ihr ernsthaft zuzunicken, wenn sie sich, den Mund voll Sachertorte, über die Notwendigkeit der Revolution verbreitet.

In Heidelberg wird Désirée Zapp und Ronald Frobisher die Unzucht durch die gesellschaftliche Dynamik der Tagung über Rezeptionsästhetik förmlich aufgedrängt. Als die beiden einzigen anwesenden kreativen Schriftsteller sind sie ständig zusammen, teils freiwillig, weil das literaturtheoretische Fachchinesisch ihrer Gastgeber sie beide verschreckt, sie den Eindruck haben, daß es eigentlich höherer Blödsinn ist, sich ihrer Sache aber, weil sie das Ganze nicht so recht verstehen, nicht völlig sicher sind und es – da sie das den Leuten, die ihnen die Reise bezahlen, ja schließlich nicht ins Gesicht sagen können – als wohltuend empfinden, sich zumindest untereinander darüber aussprechen zu können; und teils, weil die von Désirée Zapps und Ronalds Frobishers Tagungsbeiträgen insgeheim angeödeten und enttäuschten Literaturwissenschaftler sie zunehmend sich selbst überlassen. Siegfried von Turpitz, der beide eingeladen hat und von dem man füglich hätte erwarten können, daß er sich um sie kümmert, hatte sehr bald erkannt, daß die Tagung ein Flop war, und hatte sich nach zwei Tagen zu dringenden Geschäften in eine andere Stadt abgesetzt. So reden und wandeln Désirée und Ronald oft allein miteinander. Sie wandeln über den Philosophenweg mit Blick auf den Neckar oder streifen durch die Anlagen und Befestigungswerke der Schloßruine, sie reden, wie das unter Autoren so üblich ist, über Geld und Verlage und Agenten und Umsatzzahlen und Nebenrechte und wie es tut, wenn man blockiert ist. Sie fühlen sich zwar nicht unwiderstehlich zueinander hingezogen, sind sich aber auch nicht gleichgültig, und beide möchten in den Augen des anderen nicht als feige gelten, wenn ein amouröses Abenteuer ins Haus steht. Beide haben vor der Tagung gelesen, was der andere geschrieben hat, beide waren beeindruckt von den starken, wirklichkeitsnahen Beschreibungen des Geschlechtsverkehrs und der ihnen gemeinsamen Annahme, ein Mann und eine Frau, die sich nicht ausgesprochen abstoßend finden, müßten einfach früher oder später miteinander ins Bett gehen. Kurz, jeder schreibt dem anderen ein realiter stark übertriebenes Maß an libidinöser Begehrlichkeit und Erfahrung zu, und dieses wechselseitige Mißverständnis treibt sie Schritt um Schritt dem Beischlaf zu. Und dann, als sie in einer warmen Nacht, leicht beschwipst, nach einem guten Essen in der Weinstube Schloß Heidelberg, deren Terrasse direkt auf dem Hof des angestrahlten Schlosses liegt, den kopfsteingepflasterten Weg herab den barocken Dächern der Altstadt entgegenschwanken, bleibt Ronald Frobisher im Schatten einer altehrwürdigen Mauer stehen, nimmt Désiree in die Arme und küßt sie.

Danach führt natürlich kein Weg am Bett vorbei. Beide kennen diesen unvermeidlichen Schluß einer so begonnenen Erzählsequenz; ein Rückzieher würde Frigidität beziehungsweise Impotenz implizieren. Nur eine Überlegung dämpft Ronald Frobishers Liebesglut, als er nackt unter der Decke in Désirées Hotelbett liegt und darauf wartet, daß sie aus dem Badezimmer kommt – und zwar ist es nicht ein Gefühl der Loyalität Irma gegenüber. (Irma hat seit ein paar Jahren, seit ihrer Hysterektomie, nichts mehr mit Sex im Sinn und hat angedeutet, sie habe nichts dagegen, wenn Ronald seine fleischlichen Gelüste anderweitig befriedigt, sofern die Sache keinen emotionalen Tiefgang hat und sie und ihre Bekannten nichts davon erfahren). Ronald ahnt nicht, daß sich Désiree mit derselben Überlegung herumschlägt, während sie sich im Badezimmer entkleidet, ihre Waschungen zelebriert und das Pessar einsetzt (sie ist aus ideologischen und medizinischen Gründen gegen die Pille). Als sie sich in dem abgedunkelten Zimmer neben Ronald legt, wenden sie sich nicht gleich einander zu. Stumm und nachdenklich liegen sie auf dem Rücken.

Désirée beschließt, den Stier bei den Hörnern zu packen, und Ronald räuspert sich, weil er zu der gleichen Entscheidung gekommen ist.

»Ich habe überlegt –.«

»Mir ist eingefallen –.«

»Pardon.«

»Pardon.«

»Was wolltest du sagen?«

»Nein, bitte nach dir.«

»Ich wollte sagen«, sagt Désirée in der Dunkelheit, »daß wir zunächst vielleicht eine Abmachung treffen sollten.«

»Ja«, sagt Ronald eifrig, dann, in geändertem Tonfall: »Ja?«

»Ich meine...« Désirée unterbricht sich. »Es ist schwer zu sagen, ohne daß es sich anhört, als ob ich dir nicht traue.«

»Ganz klar. Mir geht es ebenso.«

»Du meinst, du traust mir nicht?«

»Ich meine, ich könnte auch etwas zu dir sagen, woraus du schließen könntest, daß ich dir nicht traue.«

»Und was ist das?«

»Es ist... schwer zu sagen.«

»Ich meine... ich habe es noch nie mit einem Schriftsteller gemacht«, sagt Désirée.

»Genau.«

»Und ich will damit sagen...«

»Daß du keine Lust hast, es früher oder später in einem Roman zu lesen oder auf der Mattscheibe zu sehen.«

»Woher weißt du das?«

»Ich hatte mir dasselbe überlegt.«

Désirée klatscht in die Hände. »Es ist also abgemacht, daß keiner von uns es als Material verwendet, ja? Ob es nun gut ist oder schlecht.«

»Abgemacht. Großes Ehrenwort.«

»Dann auf in den Kampf, Ronald«, sagte Désirée und rollte sich auf ihn.

*Uuuuiiihhhh!* Der Schleudergang von Hilarys Waschmaschine erzeugt ein Geräusch, das dem einer Düsenmaschine nicht unähnlich ist, besonders wenn sie die Stoptaste drückt und das durchdringende Jaulen der rotierenden Trommel erstirbt, mit fallendem Ton, wie die Triebwerke eines Großraumflugzeugs, wenn der Pilot ihnen nach langem Flug endlich Ruhe gönnt. Die Ähnlichkeit fällt Hilary, die jetzt das Bullauge der Maschine öffnet und ein verwickeltes Gewirr feuchter, zusammengedrückter Wäsche herausnimmt, nicht auf, denn das Geräusch eines Düsentriebwerks ist ihr weniger vertraut als ihrem Mann, und der ist nicht da, so daß er sich zu dieser Analogie nicht äußern kann. Er ist in Griechenland – und das findet Hilary, die jetzt seine Hemden, Unterhosen, Unterhemden und Socken im Garten aufhängt, begreiflicherweise ärgerlich. Sie hat den Eindruck, daß er neuerdings nur nach Hause kommt, um die

Schmutzwäsche aus- und frisch gewaschene Hemden und Unterzeug einzupacken.

»Tut mir wirklich leid«, hatte Philip diesmal zu ihr gesagt. »Aber Digby Soames hat mich auf Knien gebeten, nach Griechenland zu gehen. Ich glaube, da muß jemand in letzter Minute abgesprungen sein.«

»Aber warum ausgerechnet du? Du bist doch gerade erst aus der Türkei gekommen.«

»Das stimmt schon, aber wenn's irgend geht, möchte ich doch die Leute nicht hängen lassen.«

Die Wirklichkeit sieht etwas anders aus. Sobald er aus Istanbul zurück war, rief Philip bei Digby Soames an und bat ihn auf Knien, ihm möglichst rasch wieder eine Vortragsreise, Tagung oder einen Sommerkurs zu beschaffen, egal was, Hauptsache Südosteuropa. Zu Morris Zapps Tagung in Israel über die Zukunft der Kritik hatte er sich schon mit Joy verabredet, aber die war erst im August, und er hatte das Gefühl, daß er so lange unmöglich auf ein Wiedersehen warten konnte.

»Hm«, sagte Digby Soames. »Schlechte Zeit für Europa, das akademische Jahr ist fast vorbei. Australien würde Sie wohl nicht interessieren?«

»Nein. Australien ist zu weit weg. Griechenland wäre praktisch.«

»Praktisch wofür?« fragte Digby Soames argwöhnisch.

»Ich recherchiere über den klassischen Hintergrund europäischer Lyrik«, improvisierte Philip. »Und da brauche ich einen Vorwand für eine Griechenlandreise.«

»Mal sehen, was sich tun läßt«, sagte Digby Soames.

Das Ergebnis seiner Bemühungen waren einige Vorträge in Saloniki und Athen. »Es ist keine spezialisierte Vortragstour im eigentlichen Sinne«, setzte er dämpfend hinzu. »Wir zahlen die Reisekosten, aber keine Spesen. Dafür werden Sie wohl Honorar für Ihre Vorträge bekommen.«

Philip flog via München nach Saloniki, hielt seine Vorträge und traf sich verabredungsgemäß mit Joy in Athen. Während Hilary in ihrem Garten in St. John's Road, Rummidge, die Wäsche aufhängt, sitzen Philip und Joy bei einem späten Frühstück auf dem sonnigen Balkon ihres Hotelzimmers mit Blick auf die Akropolis.

»Ist deine Frau denn nun mit der Scheidung einverstanden?« fragt Joy und streicht Butter auf ein Croissant.

»Es kommt nur drauf an, den richtigen Augenblick abzupassen«, sagt Philip. »Ich hatte mir fest vorgenommen, es ihr zu sagen, sobald ich nach Hause kam, aber als sie mir eröffnete, daß sie Eheberaterin werden will, kam mir das denn doch zu brutal vor. Ich dachte mir, vielleicht würde das ihre Moral untergraben, noch ehe sie angefangen hat. Oder die hätten sie gar nicht erst genommen. Man kann sich ja vorstellen, wie über so was geredet wird. Arzt, kuriere dich selbst und so weiter.«

Joy beißt in ihr Croissant und kaut nachdenklich. »Was hast du für Pläne?«

»Ich dachte –«, sagt Philip und schaut aus zusammengekniffenen Augen auf die sonnenbeschienene Akropolis, auf der es schon vor Touristen wimmelt. Sie sieht aus wie ein von Ameisen eroberter Käsebrocken. » – ich dachte, wir könnten einen Wagen mieten und nach Delphi fahren.«

»Nicht an diesem Wochenende, du Dummer. Langfristig, meine ich. Im Hinblick auf uns.«

»Ach so. Ja, ich habe mir gedacht, ich sage nichts zu Hilary, bis sie in ihrer Ausbildung für die Eheberatungsgeschichte festen Fuß gefaßt hat. Ich glaube, wenn sie erst wieder ein Ziel in ihrem Leben sieht, wird sie der Scheidung ohne weiteres zustimmen.«

»Und dann?«

»Dann heiraten wir natürlich.«

»Und leben – wo? Doch wohl nicht in Rummidge.«

»Soweit habe ich noch nicht vorausgedacht«, sagt Philip. »Ich könnte vermutlich woanders einen Job bekommen, in Amerika vielleicht. Meine Aktien sind neuerdings überraschend gestiegen. Eins der Sonntagsblätter hat sogar meinen Namen im Zusammenhang mit diesem UNESCO-Lehrstuhl für Literaturkritik erwähnt.«

»Paris, nicht?« sagt Joy. »Ich hätte nichts dagegen, in Paris zu leben.«

»Angeblich kann man auf diesem Posten wohnen, wo man will. Aber das sind sowieso nur Luftschlösser. Mich nehmen die nie. Ich kann mir gar nicht vorstellen, wie das Blatt auf meinen Namen gekommen ist.«

»Man kann nie wissen«, sagt Joy.

Im fernen Darlington hat Robin Dempsey gleichfalls die Sonntagszeitungen gelesen.

»HALLO, WIE FÜHLEN SIE SICH HEUTE?« fragt ELIZA.

»SCHAUDERHAFT«, tippt Robin Dempsey.

»WAS GENAU MEINEN SIE MIT SCHAUDERHAFT?«

»WÜTEND, FASSUNGSLOS, EIFERSÜCHTIG.«

»WAS HAT DIESES GEFÜHL BEWIRKT?«

»ETWAS, WAS ICH IN DER ZEITUNG ÜBER PHILIP SWALLOW GELESEN HABE.«

»ERZÄHLEN SIE MIR VON PHILIP SWALLOW.«

Robin Dempsey tippt fünfundzwanzig Minuten ohne Pause, bis Josh Collins, einen Kit-Kat-Riegel kauend, aus seinem Glaskasten kommt, woraufhin Robin aufhört zu tippen und dem Computer die Plastikhaube überzieht.

»Auch einen?« fragt Josh und streckt ihm ein Stück Schokoladenkeks hin.

»Nein, danke«, sagt Robin, ohne ihn anzusehen.

»Sie scheinen ja interessante Erfahrungen mit ELIZA zu sammeln, wie?«

»Ja.«

»Sie haben nicht vielleicht den Eindruck, daß Sie es übertreiben?–«

»Übertreiben?« fragt Robin kalt.

»Nichts für ungut, aber Sie hocken von morgens bis abends hier und reden mit dem Ding.«

»Stört Sie ja wohl nicht, oder?«

»Immerhin muß ich hier sein.«

»Sie wären sowieso hier. Sie sind immer hier.«

»Früher hab' ich das hier ab und zu auch ganz gern für mich gehabt«, sagt Josh und wird ziemlich rot. »Um in Ruhe an meinem eigenen Programmen zu arbeiten. Und jetzt will ich Ihnen mal was sagen...« (es ist das längste Gespräch, das Josh je mit einem Menschen geführt hat). »Mich gruselt's geradezu, wenn ich seh', wie Sie tagein, tagaus vor dem Bildschirm hocken. Das ist ja schon 'ne richtige Sucht.«

»Es gehört nun mal zu meiner wissenschaftlichen Arbeit.«

»Übertragung nennt man so was, ich hab's in einem Psychologiebuch nachgeschlagen.«

»Blödsinn«, schreit Robin Dempsey.

»Wenn Sie mich fragen, Sie brauchen 'nen richtigen Psychiater«, sagt Josh Collins und zittert vor Zorn. »Bei Ihnen ist ja 'ne Schraube locker. Das Ding da –« Er deutet mit bebender Hand auf ELIZA – » – kann nicht reden, daß Sie's nur wissen. Es kann auch nicht denken. Es kann keine Fragen beantworten. Himmelherrgott, es ist doch kein Orakel.«

»Ich bin durchaus über Funktion und Arbeitsweise von Computern im Bilde, besten Dank«, sagte Robin Dempsey und steht auf. »Ich komme nach dem Mittagessen wieder.«

Er verschwindet einigermaßen irritiert und ohne den Bildschirm abzuschalten.

Josh Collins lüpft die Plastikhaube und liest, was auf dem Schirm steht. Er runzelt die Stirn und kratzt sich an der Nase.

In Delphi kribbeln und krabbeln, wie auf der Akropolis, die Touristen herum, aber diese Stätte ist gegen ihre Belästigungen gefeit, darüber sind sich Philip und Joy einig, als sie auf halber Höhe des steilen Weges, der von der Straße her nach oben führt, eine Atempause machen und in die Ebene hinunterschauen, wo der Peistos sich durch die menschenwimmelnden Olivenhaine dem Golf von Korinth entgegenwindet.

»Unvergleichlich«, sagt sie. »Ich bin sehr froh, daß wir hergefahren sind.«

»Die Alten hielten es für den Mittelpunkt der Welt«, sagt Philip nach einem Blick in seinen Reiseführer. »Es gab hier einen Stein, den sie *omphalos* nannten, den Nabel der Erde. Die tiefe Spalte zwischen den Bergen war wohl die Vagina.«

»Du denkst doch immer nur an das eine«, sagt Joy.

»Wie kannst du so was behaupten«, protestiert Philip. »Gestern habe ich dir alle zehn Zehen abgelutscht, eine nach der anderen.«

»Mußt du das unbedingt ganz Delphi erzählen?« Joy errötet sehr reizend.

»Gib mir einen Kuß.«

»Nein, nicht hier. Die Griechen haben für Zärtlichkeiten in der Öffentlichkeit nichts übrig.«

»Siehst du hier Griechen? Ich nicht«, entgegnet Philip, und das stimmt natürlich. Die unten an der Straße aufgereihten Busse haben Touristen fast aller Nationen hergekarrt, nur nicht der griechischen. Dennoch ist Philip überrascht und einigermaßen betroffen, als er im Heiligtum des Apollo von einer älteren Dame mit breitrandigem, unter dem Kinn mit einem Chiffonschal festgebundenen Strohhut und einem Jagdschemel begrüßt wird.

»Sybil Maiden«, hilft sie nach. »Ich war auf der Tagung, die Sie in Rummidge ausgerichtet haben.«

»Richtig«, sagt Philip. »Wie geht es Ihnen denn?«

»Danke der Nachfrage. Die Hitze macht mir ziemlich zu schaffen, aber ich habe gerade meine Stirn an der kastalischen Quelle gekühlt. Sehr erquickend. Auch das ist eine große Hilfe.« Sie zieht die Griffe des Jagdsitzes auseinander, stößt die Spitze in eine Spalte zwischen zwei antiken Steinquadern und läßt sich auf dem kleinen Ledersitz nieder.

»Zuerst haben mich alle ausgelacht, jetzt möchte am liebsten jeder im Kurs so was haben.«

»Was für ein Kurs ist denn das?«

»Literatur, Leben und Denken im alten Griechenland. Wir haben von Athen aus eine Kremserfahrt hierher gemacht, wie ich zu sagen pflege, was übrigens meine Mitkursanten köstlich amüsiert. Es sind fast alles Amerikaner. Im Augenblick sind sie da oben in dem prachtvoll erhaltenen Stadion und sprinten über die Rennbahn.«

»Sprinten? In dieser Hitze?« staunte Joy.

»Jogging nennen sie es, wenn ich nicht irre. Es scheint ein epidemisch auftretendes psychologisches Leiden zu sein, das die Amerikaner neuerdings befallen hat. Eine Form von Masochismus, wie bei den *flagellantes* im Mittelalter. Sie sind Mrs. Swallow, nehme ich an?«

»Ja«, sagt Philip.

»Nein«, sagt Joy gleichzeitig.

Miss Maiden sieht scharf von einem zum anderen. »An der Tempelmauer war früher eine Inschrift: *Erkenne dich selbst.* Einen Zusatz *Erkenne deine Frau* haben sie wohl nicht für nötig gehalten.«

»Joy und ich hoffen eines Tages zu heiraten«, erläutert Philip in einiger Verlegenheit. »Mein Privatleben ist zur Zeit in einer Übergangsphase. Ich wäre Ihnen dankbar, wenn Sie gemeinsamen Bekannten in England gegenüber unsere Begegnung nicht erwähnen würden.«

»Ich bin keine Klatschbase, Professor Swallow, das dürfen Sie mir glauben. Nun ja, Sie müssen wohl auf Ihren Ruf bedacht sein, nachdem Sie jetzt so sehr im Mittelpunkt des öffentlichen Interesses stehen. Ich habe neulich in einer der Sonntagszeitungen einen sehr schmeichelhaften Artikel über Sie gelesen.«

»Ach das... Ich weiß nicht, wieso der Journalist darauf kam, ich wäre für den UNESCO-Lehrstuhl im Rennen. Es war das Erste, was ich davon gehört habe.«

»Jaja, der ›gefahrvoll' Thron‹...« Miss Maiden hebt Aufmerksamkeit heischend eine Hand und deklamiert im hohen Singsangton der Seherin:

O Bruder,
In unserer großen Halle stand ein leerer Stuhl,
Von Merlin selbst gemacht, eh daß er von uns ging,
Manch seltsam Bildnis war ins Holz geschnitzt, und mittendurch
Wie eine Schlange tät sich ziehn ein Band
Von Lettern einer Zunge, die kein Mensch erfassen mag.
›Gefahrvoll' Thron' hat Merlin ihn genannt,
Und groß ist wahrscheinlich die Gefahr, ›denn wer‹ so sagt' er,
Dorten sitzt, wird ganz gewißlich sich verlieren.

Miss Maiden läßt die Hand sinken und legt fragend den Kopf schief. »Nun, Professor Swallow?«

»Hört sich an wie Tennyson«, sagt er. »Der Heilige Gral – aus den Idyllen?«

»Bravo. Ich habe größte Hochachtung vor Leuten, die noch Zitate erkennen, es ist eine aussterbende Kunst.« Sie tupft sich mit einem zierlichen Taschentuch die Stirn. »Neulich in Amsterdam haben alle über diesen UNESCO-Lehrstuhl geredet. Ansonsten eine überaus fade Tagung.«

»Sie kommen wohl viel herum, Miss Maiden«, bemerkte Joy.

»Das hält mich jung, meine Liebe. Ich weiß gern, was in der Welt der Wissenschaft vor sich geht, wer in ist und wer out.«

»Und wer wird Ihrer Meinung nach den Lehrstuhl bekommen?« fragt Joy impulsiv.

Miss Maiden schließt die Augen und scheint, die Frage bedenkend, auf dem Dreh- und Angelpunkt ihres Jagdschemels zu schwanken. »Der, von dem man es am wenigsten erwartet«, sagt sie ein wenig undeutlich. »Wie immer in diesen Fällen.«

Philip, der den Eindruck hat, daß ihr schlecht geworden ist, macht einen Schritt nach vorn, um ihr behilflich zu sein, aber Miss Maiden öffnet unvermittelt die Augen und richtet sich auf. »Ich setze mich am besten in unseren Kremser, der ist klimatisiert. Freut mich, daß ich Sie beide getroffen habe.«

»Schaffen Sie die Stufen wirklich allein?« fragt Philip.

»Aber selbstverständlich. Vielen Dank«, sagt Miss Maiden. »Leben Sie wohl, leben Sie wohl.«

Sie sehen ihr nach, wie sie bedächtig die Serpentinen zur Straße hinuntergeht, wo Touristenbusse in Flottenverbandsstärke warten.

»Komisches altes Mädchen«, sagt Philip. »Aber Mumm hat sie, das muß man ihr lassen.«

»Der, von dem man es am wenigsten erwartet, könntest du sein«, sagt Joy.

Es ist ein schöner Sommerabend in Darlington. Der nackte, unfertige Campus wirkt in dem weichen Abendlicht fast ansprechend, nur das Computerzentrum kann nichts und niemand schöner machen als es ist – es bleibt eine häßliche Fertigbaubude. Durch die offenen Fenster kommt das Geräusch sommerlicher Vergnügungen, das Klack-Klack von Tennisbällen auf den nahegelegenen Courts, anfeuernde Rufe von den Sportplätzen, Gitarren- und Harmonikaklänge eines improvisierten Sing-out unten am künstlichen See. Die beiden im Computerraum sind taub für diese Laute.

Einer beobachtet den anderen, und dieser andere starrt auf einen Bildschirm. Dort läuft der folgende Dialog ab:

R.D.: ICH FÜHLE MICH NICHT BESSER.

ELIZA: WARUM NICHT?

R.D.: DIESE SACHE MIT PHILIP SWALLOW.

ELIZA: ERZÄHLEN SIE MIR VON PHILIP SWALLOW

R.D.: DAS HABE ICH DOCH SCHON GETAN.

ELIZA: MÖCHTEN SIE IHREN BEMERKUNGEN NOCH ETWAS HINZUFÜGEN?

R.D.: SWALLOW IST FÜR MICH DIE VERKÖRPERTE UNGERECHTIGKEIT DES LEBENS. IN RUMMIDGE HAT ER DEN DOZENTENPOSTEN BEKOMMEN, DEN ICH EIGENTLICH HÄTTE HABEN SOLLEN, UND DANN HAT ER DURCH PUREN DUSEL DEN LEHRSTUHL ERGATTERT, UND JETZT HAT ER EINEN BOMBENERFOLG MIT DIESEM JÄMMERLICHEN BUCH ÜBER HAZLITT.

ELIZA: ERZÄHLEN SIE MIR VON HAZLITT.

R.D.: HAZLITT INTERESSIERT MICH NICHT. ICH HABE SWALLOWS SCHEISSBUCH GAR NICHT GELESEN, DAS WAR AUCH GAR NICHT NÖTIG, ICH HAB OFT GENUG MIT IHM IN DIESEN ÖDEN PRÜFERKONFERENZEN GESESSEN, ICH KANN MIR SCHON DENKEN, WIE ES IST. DIE VORSTELLUNG, ER KÖNNTE EIN ERNSTHAFTER KANDIDAT FÜR DEN UNESCO-LEHRSTUHL SEIN, IST GERADEZU LACHHAFT.

ELIZA: DAS WÜRDE ICH NICHT SAGEN.

Wie gebannt starrt Robin Dempsey seit zehn Minuten auf diese letzte Zeile des Dialogs. Als sie erschien, haben sich seine Nackenhaare gesträubt, denn sie fällt völlig aus dem Rahmen dessen, was ELIZA bisher geäußert hat. Keine Frage, keine Aufforderung, keine Feststellung irgendwelcher Fakten, die im Lauf des Gesprächs bereits erwähnt worden sind, sondern eine Meinungsäußerung. Wie kann ELIZA Meinungen haben? Wie kann sie etwas über den UNESCO-Lehrstuhl wissen, was Robin selbst nicht weiß oder ihr zumindest nicht gesagt hat? Robin traut sich kaum, die Frage, zu stellen. Schließlich tippt er langsam und zaudernd:

WAS WISSEN SIE DARÜBER?

Unverzüglich antwortet ELIZA:

MEHR ALS SIE AHNEN.

Robin wird erst blaß, dann rot. Er tippt:

NA BITTE? WENN DU SO SCHLAU BIST? KANNST DU MIR VIELLEICHT AUCH SAGEN, WER DEN UNESCO-LEHRSTUHL KRIEGT

Der Schirm bleibt leer. Robin atmet auf und lächelt. Dann merkt er, daß er vergessen hat, das Ende der Eingabe durch eine Interpunktion zu kennzeichnen. Er tippt einen Punkt. Schneller als Gedanken huschen die Buchstaben über den Bildschirm. Ein Name erscheint:

PHILIP SWALLOW.

Robin Dempseys Stuhl kippt hintenüber und stürzt krachend zu Boden, während er aufspringt und zurückweicht, die Augen starr auf den Bildschirm gerichtet. Sein Gesicht ist grau. Josh Collins kommt aus seinem Glaskasten.

»Ist was?«

Robin Dempsey stolpert wortlos, mit stierem Blick, an ihm vorbei und aus dem Gebäude heraus, einem Schlafwandler gleich. Josh Collins sieht ihm nach, dann geht er zu dem Computerterminal und liest, was auf dem Bildschirm steht. Würde Josh Collins je lächeln, so könnte man sagen, daß er in diesem Moment vor sich hinlächelt.

Nach der Joyce-Tagung in Zürich kehrt Morris in sein behagliches Luxusnest am Ufer des Comer Sees zurück. Die Tage gehen auf angenehme Weise vorbei. Morgens liest und schreibt er, nachmittags hält er Siesta und erledigt Korrespondenz, bis sich die Sonnenglut etwas gemildert hat. Dann ist es Zeit für seinen Waldlauf, eine Dusche, einen Drink vor dem Abendessen, eine Partie Poker oder Backgammon unten im Salon. Er geht früh zu Bett und schläft zur Begleitung von Rockmusik aus seinem Transistorradio ein. Es ist eine erholsame, kultivierte Lebensweise. Nur seine Post bringt ihm Kunde von den Sorgen, Wünschen und Nöten der realen Welt.

Da sind zum Beispiel ein Brief von Désirées Anwälten mit der Bitte um Beantwortung ihrer vorangegangen Mitteilung in Sachen Collegegebühren für die Zwillinge und ein Schreiben von Désirée höchstpersönlich, in dem sie droht, ihn in der Rockefeller-Villa zu besuchen und ihm in aller Öffentlichkeit eine Szene zu machen, wenn er das Geld nicht rausrückt, und zwar postwendend. Anscheinend verbringt sie den Sommer in Europa. Der Brief ist in Heidelberg abgestempelt – unbehaglich nah. Auch sein eigener Anwalt hat ihm geschrieben und zur Zahlung geraten. Widerwillig kommt Morris der Aufforderung nach. Rodney Wainwright schickt ein Telegramm mit bezahlter Rückantwort, in dem er um nochmalige Verlängerung des Termins für seinen Vortrag für die Jerusalemer Tagung nachsucht. Morris telegrafiert zurück: »Bitte fertigen Vortrag zur Tagung mitbringen«, denn inzwischen ist es zu spät, Rodney Wainwright vom Programm abzusetzen.

Dann ist da ein Brief von Philip Swallow, handgeschrieben auf einem Briefbogen des Fachbereichs Englisch der Rummidge University, in dem er bestätigt, daß er Morris Zapps Einladung zu der Jerusalemer Tagung annimmt und sich erkundigt, ob er eine »Bekannte« mitbringen kann.

»Wer das ist? Das rätst du nie. Erinnerst du dich, wie ich Dir von Joy erzählt habe, die ich in Genua kennengelernt hatte und für tot hielt? Sie ist bei dem Flugzeugabsturz doch nicht ums Leben gekommen, sie war gar nicht in der Maschine, nur ihr Mann. Ich habe sie zufällig in der Türkei getroffen, und wir sind unheimlich verliebt. Hilary weiß es noch nicht. Zu gegebener Zeit werde ich Hilary bitten, sich scheiden zu lassen. Daß unsere Ehe schon lange ein hoffnungsloser Fall ist, weißt du ja wohl. Inzwischen wäre Jerusalem ein idealer Treffpunkt für Joy und mich. Für ihre Hotelkosten komme ich natürlich auf (bitte reserviere uns ein Doppelzimmer im Hilton).«

Diese Epistel macht Morris ganz und gar keine Freude. Unheimlich verliebt, fürwahr... Ist eine solche Ausdrucksweise einem Mann angemessen, der im fünfzigsten Lebensjahr steht? Hat er nicht inzwischen begriffen, daß dieses sogenannte Verliebtsein keine existentielle Realität ist, sondern ein Zivilisationsprodukt, eine durch wechselseitige Reflexion einer Million rosafarbener Spiegel – Liebesgedichte, Popsongs, Leinwandidole, Zeitungskummerkästen, Haarwaschmittelreklamen, Kitschromane – geschaffene Illusion? Wohl nicht. Der Brief liest sich wie der Erguß eines verknallten Teenagers. Morris mag sich nicht eingestehen, daß sich in diesem harschen Urteil womöglich ein Gran Neid verbirgt. Er sieht in seiner Reaktion lieber die gerechte Empörung darüber, daß er mehr oder weniger gezwungen wird, sich an der gegen Hilary gerichteten Täuschung zu beteiligen. Für den Mann, der nach eigenem Bekunden an die moralische Wirkung der Lektüre großer literarischer Werke glaubt, nimmt Philip Swallow es mit dem Treuegelöbnis nicht sehr genau, findet Morris.

Es kommt ein kurzes Schreiben von Arthur Kingfisher, in dem er höflich Morris Zapps Brief bestätigt und eine Kopie seiner programmatischen Eröffnungsrede auf der Tagung über die Krise des Zeichens in Chicago beilegt. Morris schießt umgehend zurück mit der Frage, ob Arthur Kingfisher sich nicht vielleicht entschließen könne, zu der Jerusalemer Tagung über die Zukunft der Kritik zu kommen. Wenn er Arthur Kingfisher nur mal eine Woche für sich hat, glaubt Morris, wird er den alten Knaben durch Schmeicheln, Schöntun und Um-den-Bart-Gehen bald so weit haben, daß er von seinen, Morris Zapps, unvergleichlichen Qualifikationen für den UNESCO-Lehrstuhl überzeugt ist. Er verwendet einen ganzen Tag auf die Komposition dieses Briefes, betont die Exklusivität der Tagung – eine kleine Gruppe ausgewählter Wissenschaftler, eigentlich weniger eine Tagung als ein Symposium –, verweilt des längeren bei den Vorzügen des Jerusalem Hilton als Tagungsort, spielt diskret auf Arthur Kingfishers halbjüdische Herkunft an und weist auf die zahlreichen für die Teilnehmer organisierten fakultativen Exkursionen hin. Dann fällt ihm ein, daß Fulvia Morgana ihm erzählt hat, in Chicago sei Arthur Kingfisher unzertrennlich von einer fernöstlichen Schönen gewesen, und er macht deutlich, daß die Einladung nach Jerusalem sich selbstverständlich auch auf Arthur Kingfishers Begleitung erstreckt. Als letztes Lockmittel deutet er an, die Tagungsleitung würde möglicherweise für die Transatlantikstrecke einen Concorde-Flug bezahlen, nachdem er das zuvor durch ein Ferngespräch mit seinem israelischen Freund Sam Singerman abgecheckt hat, der sein Mitorganisator ist und die Finanzierung über eine britische Supermarktkette sichergestellt hat, deren zionistischer Vorsitzender sich davon hat überzeugen lassen, daß die Veranstaltung Israels kulturellem Ruf international förderlich sein wird. »Kingfishers Reisekosten sind kein Problem«, beruhigt ihn Sam. »Wir kriegen Geld, soviel wir wollen. Die einzige Bedingung ist, daß wir es das Internationale Kaufgut-Symposium über die Zukunft der Kritik nennen müssen.« – »Meinetwegen«, sagt Morris. »Damit können wir leben. Nur daß wir zu jedem Vortrag Rabattmarken ausgeben, das ist nicht drin.« Er adressiert den Brief an Arthur Kingfisher, klebt ihn zu und geht auf den Balkon, um sich die Beine zu vertreten. Es ist später Nachmittag, und ein dunstig-goldenes Licht senkt sich auf die Berge und auf den See. Es ist Zeit für seinen Waldlauf.

Morris wirft sich in seine rotseidenen Joggingshorts und das Sweatshirt mit der Aufschrift *Euphoric State*, zieht seine Adidas-Laufschuhe an und versenkt auf dem Weg nach draußen seinen Brief in dem Kasten in der Halle. Ein paar Gäste, die sich auf der Terrasse sonnen, lächeln und winken, während er in flottem Tempo durch den Park trabt. Sobald er außer Sicht ist, schlägt er eine gemäßigtere Gangart ein. Dennoch läuft ihm der Schweiß in Strömen übers Gesicht, und das lauteste Geräusch, das er hört, ist das Rasseln seines Atems. Der Teppich aus dürren Tannennadeln auf dem Weg schluckt den Klang seiner Schritte. Er macht immer die gleiche Runde – eine gute Meile durch den Wald, auf dem Hinweg bergauf, zurück zur Villa bergab, alles in allem etwa fünfunddreißig Minuten. Er hat sich vorgenommen, es irgendwann einmal ohne Pause zu schaffen, aber an diesem Abend ist er wie immer genötigt, am höchsten Punkt des Hügels, etwa auf halber Strecke, anzuhalten und Atem zu schöpfen. Er lehnt sich mit wogender Brust an einen Baum und sieht durch die Zweige über seinem Kopf in das dunstige Blau des Himmels hinauf. Und dann wird alles schwarz um ihn.

# Zwei

*Uiihhh!*

Der Wind pfiff leise durch das Schilf am Ufer des Lough Gill. Persse McGarrigle kniff die Augen zusammen und sah besorgt zum Himmel auf. Direkt über ihnen war er blau wie seine Augen, doch der Horizont wirkte unheilverkündend düster. Die Teilnehmer am Sommerseminar Keltisches Zwielicht, seit zwei Tagen von ihrem Standquartier in Limerick aus auf einer literarischen Exkursion, sahen allerdings nicht so weit. Sie wußten sich nicht zu fassen vor Entzücken über das Sonnenlicht, das über dem gekräuselten Wasser des Sees spielte, das Schilf, das sich geschmeidig in der Brise neigte, die grünen Hügel, die das Lough umschlossen, den purpurfarbenen, walförmigen Ben Bulben im Hintergrund. Es waren meist Amerikaner mittleren Alters, die Punkte für ihre Teilzeitstudien zu Hause sammelten oder einen Europaurlaub mit Weiterbildung gekoppelt hatten, und die jetzt mit lauten Freudenschreien aus dem Bus stiegen, am Ufer hin und her liefen und ihre Kameras klicken und surren ließen, nachsichtig beobachtet von einer Gruppe Sligoer Bootsleute in Gummistiefeln und dreckigen, zerschlissenen Aranpullovern. An einem kleinen hölzernen Anlegesteg wiegten sich drei verwitterte Ruderboote, mit denen die Teilnehmer zur Insel Innisfree übersetzen sollten, dem Gegenstand des am häufigsten anthologisierten Gedichtes von W. B. Yeats.

»*Nun steh ich auf und gehe, nach Innisfree ich geh...*«, zitierte eine übergewichtige Matrone in schottengemusterten Bermudashorts und leuchtend pinkfarbenem T-Shirt laut mit starkem Brooklyn-Akzent und lächelte Persse vielsagend zu.

Schon zweimal hatte er als Tutor bei diesem von Professor McCreedy geleiteten Seminar mitgemacht, und da er nach seinen enttäuschenden Erfahrungen in Amsterdam nicht recht wußte, was er mit sich anfangen sollte, hatte er sich wieder dazu bereit erklärt.

»*Dort mach ich eine Hütte, aus Lehm und Rohr gebaut...* Werden wir die Hütte sehen, Mr. McGarrigle?«

»Ich glaube, Yeats ist nicht so weit gekommen, sie zu bauen, Mrs. Finklepearl«, sagte Persse. »Es war mehr Traum als Wirklichkeit. Wie die meisten Vorhaben, die uns besonders ans Herz gewachsen sind.«

»Sagen Sie nicht so was, Mr. McGarrigle. Ich bin immer dafür, dem Leben seine besten Seiten abzugewinnen.«

»In diesen kleinen Kähnen fahren wir?«

Persse sah den Fragesteller überrascht und erfreut an, denn es war seit Beginn des Seminars das erstemal, daß er in Persses Gegenwart überhaupt den Mund aufmachte.

»Es ist nicht weit, Mr. Maxwell.«

»Die haben ja nicht mal einen Motor.«

»Die Ruderer haben sehr kräftige Arme«, beteuerte Persse. Aber Mr. Maxwell versank wieder in düsteres Schweigen. Er war formeller angezogen als die meisten anderen – Sportsakko in Fischgrätmuster und Kammgarnhose – und trug eine Sonnenbrille mit Gläsern, die sich je nach Wetterlage aufhellen oder verdunkeln konnten. In dem Glast, der über dem See lag, waren seine Augen zwei tiefschwarze Scheiben. Maxwell, Lehrer an einem kleinen Baptistencollege im tiefen Süden, war ein bißchen geheimnisumwittert. Weil er immer den Eindruck vermittelte, die Diskussionen seien ihm zu geistlos, um sie selbst eines Beitrags zu würdigen, wurde er von den anderen Teilnehmern gefürchtet und abgelehnt.

»Sie werden doch nicht vor der Kahnpartie kneifen, Mr. Maxwell?« fragte Mrs. Finklepearl provozierend.

»Ich kann nicht schwimmen«, sagte er kurz.

»Na, ich doch auch nicht«, versetzte Mrs. Finklepearl. »Aber von der Fahrt zur Insel Innisfree halten mich keine zehn Pferde ab. *›Dort will ich Bohnen reihen, ein Bienkorb steht im Klee…‹* Aber ich hol' mir noch meinen Anorak aus dem Bus, ganz schön frischer Wind hier.«

Persse bestärkte sie in diesem Entschluß, obschon er wußte, daß dieses Kleidungsstück aus scharlach- und zitronenfarbenem Nylonstoff mit königsblauen Paspeln war. Er schlenderte zu den Bootsleuten herüber. »Sollten es nicht vier Boote sein?«

»In Paddy Malones Boot ist 'n Leck«, sagte einer. »Aber mit dreien kommen wir dicke aus, da quetschen wir alle rein.«

»Was macht das Wetter?« Persse sah wieder zum Himmel auf. »Da drüben im Westen ist es sehr dunkel.«

»Zwei Stunden hält's noch«, wurde ihm versichert. »Solange du den Ben Bulben noch siehst, ist alles in Butter.« Diese Beteuerung war keineswegs selbstlos, wie Persse wohl wußte, denn wenn die

Fahrt gestrichen wurde, kassierten sie nur den halben Preis und natürlich keine Trinkgelder. Doch Professor McCreedy setzte sich über Persses Bedenken hinweg, er mochte die Teilnehmer nicht enttäuschen. »Aber wir wollen nicht säumen«, drängte er. »Holen Sie die Leute zusammen und bringen Sie sie in die Boote.«

So ging es denn in die Boote, unter viel Gelächter, lauthals gebrüllten Ratschlägen und Scherzworten. Unbeholfen kletterten die amerikanischen Matronen in ihren grellbunten Windblusen und zehenfreien Plastiksandalen hinein, während die grinsend im flachen Wasser stehenden Bootsleute die Kähne ruhig hielten. Persse fand sich im Bug seines Boots wieder, Knie an Knie mit Maxwell, der ihm gegenüber saß. Sie waren alles in allem sechsunddreißig, zwölf in jedem Boot plus zwei Ruderer. Es waren zu viele, die Boote lagen tief, Persse konnte ohne jede Mühe auf die Wasserfläche herunterlangen.

Zuerst ging alles gut. Die Bootsleute legten sich kräftig in die Riemen, und es kam zu einer Art Regatta, wobei jede Gruppe ihre Crew anfeuerte. Die Wellchen, die gegen die Boote schlugen, sprühten nur einen leichten, eher angenehmen Gischt über die Insassen. Doch dann, als das Ufer hinter ihnen zurückwich und flacher wurde und die niedrigen Konturen der Insel Innisfree vor ihnen auftauchten, wurde es jählings dunkler, und der Wind frischte auf. Persse sah besorgt zum Horizont, der viel näher gerückt war. Er konnte den Ben Bulben nicht mehr sehen. Die Sonne verschwand hinter einer dunklen Wolke, und die Farbe des Wassers wechselte sofort von Blau zu Schwarz, gesprenkelt mit dem Weiß kleiner Schaumkronen. Die Boote schaukelten und schwankten und holten immer wieder einen Schwall kalten Seewassers über, so daß die Passagiere schrille Angstschreie ausstießen. Persse war auf seinem Platz am Bug bald naß bis auf die Haut.

»Wir kehren besser um«, rief er den beiden Ruderern seines Bootes zu.

Einer schüttelte den Kopf. »Wenden ist zu gefährlich bei den Böen«, rief er zurück. »Wir sind doch schon halb da.«

Aber die Insel schien noch immer fern, verhüllt von einem Regenguß, der über die trennende Wasserfläche auf sie zufegte, über die Boote peitschte und den Fahrgästen auf dem Gesicht brannte. Sie waren mittlerweile alle so naß, daß sie nicht einmal mehr jammerten, wenn eine Welle über den Bootsrand schlug. Ihr Schweigen war ein Gradmesser für das Ausmaß ihrer Angst, indes sie sich, bis zu den Knöcheln im Wasser, an das Dollbord klammerten und trostsuchend zu den Ruderern hinübersahen. Die kämpften mit zusammengebissenen Zähnen weiter gegen den Wind und das Gewicht des wasserschweren Bootes an. Sie hatten nichts zum Schöpfen an Bord, allerdings versuchten ein paar Passagiere mit Sonnenhüten und Schuhen zu improvisieren.

Ob nun ihr Boot durchlässiger war als die anderen, die Last schwerer, die Ruderer schwächer – Persse sah, daß sie hinter den anderen beiden Booten zurückblieben. Mrs. Finklepearl wisperte mit geschlossenen Augen den Text der »Seeinsel von Innisfree« vor sich hin, wie ein Gebet oder ein Mantra:

*»Dort werd' ich Frieden spüren, denn der fällt langsam ein,*
*Herab von Morgenschleiern, dort, wo die Grille singt...«*

Eine besonders große Welle schlug über den Bug, und die Rezitation endete jäh in einem schluchzenden Gurgeln. Maxwells Brillengläser waren in dem trüben Licht transparent geworden, und in seinen hellgrauen Augen stand nackte Todesangst. Er hatte Persse am Arm gepackt und hielt ihn so fest wie der berühmte *Ancient Mariner.* »Gehen wir unter?« kreischte er.

»Nein, nein«, sagte Persse. »Alles in Ordnung. Bombensicher.« Doch so recht überzeugend klang das nicht. Das Boot lag gefährlich tief im Wasser, inzwischen kam man sich darin eher vor wie in einer Badewanne. Auf der Stirn der Ruderer traten die Adern hervor, die Ruder verbogen sich schier bei der Anstrengung, den vollgelaufenen Kahn in Bewegung zu halten. Noch waren es etwa hundert Meter bis zur Insel. Die Bootsleute sahen sich vielsagend an und ließen die Ruder ruhen. »Es ist zu viel Wasser drin, Sir«, rief einer Persse zu.

»Ich sage doch, wir gehen unter«, zeterte Maxwell und klammerte sich noch fester an Persse. »Retten Sie mich!«

»Herrgott, so nehmen Sie sich doch zusammen, Mann«, fuhr Persse ihn an, krampfhaft bemüht, sich aus dem Klammergriff zu befreien.

»Aber ich kann nicht schwimmen. Ich werde ertrinken. Wo sind die anderen Boote? Hilfe! Hilfe!«

»Können Sie denn nur an Ihre eigene Haut denken?« empörte sich Persse. »Was ist mit den Frauen hier im Boot?«

»Sie dürfen mich nicht ertrinken lassen. Ich habe eine große Sünde auf mich geladen.« Maxwells Gesicht war von Angst- und Schuldgefühlen gezeichnet. »Diesen Sturm hat mir Gott als Strafe geschickt.«

»Dann ist er aber uns anderen gegenüber sehr ungerecht«, sagte Persse unfreundlich und spähte durch den Regen zum Ufer der Insel, wo offenbar die anderen beiden Boote wohlbehalten gelandet waren. »Wir wollen alle im Chor ›Hilfe!‹ rufen, meine Damen und Herren«, schlug er vor, um sie bei Laune zu halten. »Eins – zwei – drei...«

*»Hilfe!«* riefen sie alle in zittrigem Chor. Alle bis auf Maxwell, der hatte anscheinend alle Hoffnung fahren lassen. »Ja, es ist die Strafe Gottes«, stöhnte er. »Mich in einem See in Sligo ertrinken zu lassen, genau da, wo ich das arme Mädchen hintergangen habe. Als ich mich anmeldete, habe ich nicht gewußt, daß wir hierher kommen würden.«

»Was war das für ein Mädchen?« fragte Persse.

»Ein Zimmermädchen«, schniefte Maxwell, dem Tränen oder Seewassertropfen übers Gesicht rannen und von der Nase kullerten. »In einem Hotel, in dem ich vor Jahren gewohnt habe, zum Yeats-Sommerkurs. Meine Doktorarbeit war über keltische Mythologie in seinen frühen Gedichten.«

»Zum Teufel mit Ihrer Doktorarbeit«, ereiferte sich Persse. »Wie hieß das Mädchen?«

»Bernadette. Den Nachnamen weiß ich nicht mehr.«

»McGarrigle«, sagte Persse. »Genau wie ich.«

Maxwells Griff lockerte sich jählings. Er machte große Augen. »Stimmt, sie hieß wirklich McGarrigle. Woher wußten Sie das?«

In diesem Moment versank das Boot unter dem Wehgeschrei der übrigen Passagiere, die jedoch bald merkten, daß sie in knapp einem halben Meter tiefem Wasser herumzappelten, da ihr Fahrzeug zum Glück auf eine Sandbank getrieben war. Die anderen Bootsleute wateten zu ihnen hinaus, um die Betagteren und Gebrechlicheren unter den Schiffbrüchigen aufs trockene Land zu tragen. Persse war genötigt, Maxwell zu schleppen, der ihm, als das Boot versank, die Arme um den Hals geschlungen hatte und sich weigerte, ihn loszulassen.

»Ich hätte gute Lust, Ihnen den Kopf unter Wasser zu halten und Sie doch noch zu ertränken«, knurrte Persse. »Aber Ertränken ist noch zu gut für Sie. Sie haben das Leben meiner Cousine ruiniert. Erst haben Sie ihr ein Kind gemacht, dann haben Sie sie sitzenlassen.«

»Ich mach's wieder gut«, wimmerte Maxwell. »Wenn Sie wollen, heirate ich sie.«

»Pah! Einen Jammerlappen wie Sie würde Bernadette nie heiraten.«

»Ich werde sie entschädigen. Ich zahle für sie und das Kind.«

»Hört sich schon besser an«, sagte Persse. »Das nageln wir gleich morgen früh bei einem Anwalt in Sligo fest. Mit Siegel und Unterschrift. Ich verpflichte mich, es zuzustellen.«

Zwei Tage später flog Persse von Dublin nach Heathrow. In der Tasche hatte er eine bei einem Anwalt in Sligo hinterlegte Urkunde, in der Professor Sidney Maxwell, Covenant College, Atlanta, Georgia, die Vaterschaft für Bernadette McGarrigles Sohn Fergus anerkannte und ihr eine jährliche Zahlung zusicherte, die es ihr ermöglichen würde, ihren derzeitigen Beruf aufzugeben. Professor McCreedy hatte Persse vierundzwanzig Stunden Urlaub bewilligt, und er hatte sich vorgenommen, noch einmal zu Mrs. Gasgoine zu gehen und sie um Bernadettes Adresse oder um Übermittlung einer Nachricht zu bitten. Aber als er zu dem Haus am Soho Square kam, zeigte sich, daß sich in den Räumen, in denen er damals gewesen war, ein Reisebüro befand. »Girls Unlimited?« wiederholte die Empfangsdame. »Nein, nie gehört, aber ich bin auch erst zwei Wochen hier. Da sucht ein Herr Girls Unlimited, Doreen, weißt du was? Nein, auch nicht. Versuchen Sie's doch mal in dem Videoladen im Erdgeschoß.« Persse versuchte es in dem Videoladen im Erdgeschoß, aber dort hielt man ihn offenbar für einen Polizisten. Erst boten sie ihm ein Schmiergeld an, und als er fragte, wozu das gut sein sollte, setzten sie ihn vor die Tür. Im ganzen Haus wollte niemand etwas davon wissen, daß es Girls Unlimited je gegeben hatte, geschweige denn, wo sie derzeit zu finden waren. Es würde ihm nichts weiter übrig bleiben, überlegte Persse, als nach Irland zurückzufliegen und es mit einer Anzeige in der Tagespresse oder vielleicht in einer Zeitschrift der Unterhaltungsbranche zu versuchen.

Als er mit der U-Bahn nach Heathrow zurückfuhr, war er in recht gedrückter Stimmung, nicht nur, weil er in Sachen Bernadette nicht weitergekommen war, sondern auch, weil diese Umgebung wieder Erinnerungen an Angelica in ihm geweckt hatte. Dabei waren den ganzen Sommer lang kaum fünf Minuten vergangen, ohne daß er an sie gedacht hätte. Die Bitte, die er bei seinem letzten Besuch in der St. Georgs-Kapelle angepinnt hatte, war nicht erhört worden – jedenfalls nicht der Teil, der ihn betraf. »Lieber Gott, laß mich Angelica vergessen.« Würde er dieses herrliche Gesicht, diese herrliche Gestalt je vergessen können? Das dunkle Haar, das ihr bei dem Sherry-Empfang in Rummidge in glänzenden Wellen um Nacken und Schultern fiel, das im Wind wehte, als ihre Laufschuhe über den Pfad flogen; die pechschwarzen Augen, ernst und aufmerksam im Vortragssaal, träumerisch verzaubert von seinem Schneegedicht unter dem Mond – oder leer und starr auf dem obszönen Photo vor dem Blue Heaven? Persse schüttelte irritiert den Kopf, es ärgerte ihn, daß dieses letzte Bild sich unversehens in sein Bewußtsein hatte drängen können, während er in Heathrow aus dem Zug stieg.

Er stellte fest, daß er bis zum Abflug der nächsten Maschine nach Dublin zwei Stunden Zeit hatte. Sein Blick fiel auf ein Schild »Zur

St. Georgs-Kapelle«, und weil er nichts Besseres zu tun hatte, folgte er dem Wegweiser. Diesmal landete er nicht an der Wäscherei, sondern tatsächlich vor dem Bunker aus braunem Backstein unter dem schwarzen Holzkreuz. Er stieß die Pendeltür auf und stieg die Stufen zu dem stillen Kirchenraum hinunter.

Seine Bittschrift hing noch an dem grünen Fries: *»Lieber Gott, laß mich Angelica vergessen. Führe sie hinaus aus dem Leben, das sie in Schande bringt.«* Doch sie war mit einer Fußnote in einer zierlichen Kursivschrift versehen, die Persse gut kannte – so gut, daß einen Augenblick sein Herzschlag stockte, die zurückgehaltene Luft seine Lungen blähte, sein Blick sich trübte und nicht viel zu einer Ohnmacht gefehlt hätte.

*»Der Schein kann trügen. Siehe F.Q. II, XII* 66.«

Persse faßte sich wieder, riß den Zettel ab und rannte damit zum nächstgelegenen Terminal. In seiner Eile, zum Buchstand zu gelangen, schob er rücksichtslos protestierende Reisende beiseite. Haben Sie *The Faerie Queene* von Sir Edmund Spenser? Nein, leider nicht. Auch nicht in der Penguin-Ausgabe? In keiner Ausgabe. Ist Ihnen nicht klar, daß *The Faerie Queene* eins der Kleinode in der Krone englischer Dichtung ist?

Dichtung geht in Heathrow nicht besonders. Sir könnten, falls Sir es wünschten, sein Glück an den anderen Buchständen versuchen, aber die Chancen sind gering. Persse lief von Terminal zu Terminal, von Buchstand zu Buchstand und verlangte lautstark nach der *Faerie Queene*. Ein Verkäufer bot ihm Enid Blyton an, ein anderer die neueste Nummer von *Gay News*. Frustriert fuhr er sich mit den Fingern durch das lockige Haar. Da gab es wohl nur eins – zurück in die City, wo, wenn er Glück hatte, die Buchläden noch auf waren.

Als er in dieser Absicht eilig dem Ausgang von Terminal One zustrebte, vernahm er eine lebhafte weibliche Stimme. »Hallo, Sie da!«

Persse erkannte Cheryl Summerbee, die auf einem Hocker hinter dem Informationsschalter von British Airways saß. Er blieb stehen und machte kehrt. »Hallo! Wie geht's?«

»Mittelprächtig. Es ist so langweilig hier. Ich arbeite lieber an der Abfertigung, besonders in Terminal Drei, bei den Langstreckenflügen. Da hat man mehr... Möglichkeiten. Sie haben ja den hübschen Hut gar nicht auf.«

»Hut? Ach, Morris Zapps Jagdmütze meinen Sie. Dafür ist es zu warm.«

»Bleiben Sie lange?«

»Nein, ich fliege heute abend wieder nach Irland. Mein Sommerkurs erwartet mich in Galway.«

Cheryl seufzte sehnsüchtig. »Ich würde schrecklich gern das westliche Irland kennenlernen. Es muß sehr schön dort sein.«

»Ja, besonders in Connemara, ich hatte die letzten Monate ein Cottage dort. Hören Sie, Cheryl, ich würde gern noch ein bißchen mit Ihnen klönen, aber ich hab's wahnsinnig eilig. Ich muß nach London, ehe die Buchläden zumachen.«

»Was für ein Buch suchen Sie denn?«

»Einen Gedichtband. Ein langes Gedicht, es heißt *The Faerie Queene*. Da muß ich dringend was nachschlagen.«

»Kein Problem«, sagte Cheryl, griff zu seiner Verblüffung unter den Tisch und holte *The Faerie Queene* in einem dickleibigen Bibliotheksband hervor.

»Sie sind ein Engel, Cheryl. Wenn das kein Service ist... Das schreib ich an British Airways, damit haben Sie sich eine Beförderung verdient.«

»Lieber nicht«, sagte Cheryl. »Ich lese das privat, wenn bei uns nichts los ist, und das dürfen wir eigentlich nicht.«

Persse, der in seinen Taschen nach dem Zettel mit der Zitatenangabe kramte, sah Cheryl erstaunt an. »So was lesen Sie privat? Ich dachte, Sie stehen mehr auf Bills and Moon-Hefte.« Es sah so aus, als ob er das kostbare Stück Papier verloren hatte. Verdammt.

»Das war mal«, meinte Cheryl. »Aber mit dieser Art von Büchern bin ich fertig. Alles Schund. Wenn man eins von der Sorte gelesen hat, kennt man sie alle.«

»Soso«, sagte Persse zerstreut. Er versuchte sich die Details des Verweises in Angelicas sauberer Kursivschrift in Erinnerung zu rufen. Es war eine Stanze in den sechzigern, und er war ziemlich sicher, daß es Buch Zwei war – aber welcher Gesang? Er blätterte die Gesänge von Buch Zwei durch, während Cheryl weiterplauderte.

»Ich meine, im Grunde sind es doch gar keine Romanzen, nicht? Eigentlich sind es korrumpierte Ableger des sentimentalen Romans um Werbung und Eheschließung, der mit Richardsons *Pamela* seinen Anfang genommen hat. Ein realistischer Handlungsraum, eine alltägliche Heldin, mit der sich die Leserin identifizieren kann, eine simple Handlung, in der es darum geht, einen Ehemann zu finden, endlose Überlegungen, wie weit man als Mädchen vor der Ehe gehen darf. Sinnenkitzel, aber moralisch unangreifbar.«

»Hm, hm.« Persse blätterte mit angefeuchteten Fingern in der *Faerie Queene*.

»Die echte Romanze liegt als Erzählform zeitlich vor dem Roman. Sie steckt voller Abenteuer und Zufälle und Überraschungen und Wunderdingen und hat massenhaft Figuren, die sich verirren oder verzaubert sind oder herumlaufen und sich gegenseitig suchen oder den Gral oder so was. Natürlich sind sie oft auch verliebt...«

»Ah!« Persse war auf die Episode des *Bower of Blisse* gestoßen und erinnerte sich, wie Angelica Morris Zapp gegenüber von den beiden Mädchen gesprochen hatte, die Sir Guyon im Brunne baden sieht. Seine Augen blieben an der Stanze 66 hängen:

> The wanton Maidens him espying stood
> Gazing a while at his unwonted guise;
> Then *th'one* her selfe low ducked in the flood
> Abash't that her a straunger did avise:
> But *th'other* rather higher did arise,
> And her two *lily paps* aloft displayed,
> And all, that might his melting hart entise
> To her delights, she unto him bewrayd:
> The rest hid vnderneath, him more desirous made.

»Lily Papps! Es gibt also zwei Mädchen, nicht eins«, rief Persse beglückt. »Lily und Angelica. Sie müssen Schwestern sein. Zwillinge. Die eine züchtig, die andere keck.« Er lehnte sich über den Schalter, nahm Cheryls Kopf in beide Hände und erstickte ihren fortgesetzten Monolog mit einem schmatzenden Kuß.

»Gott segne Sie, Cheryl«, sagte er inbrünstig. »Dafür, daß Sie zur rechten Zeit mit dem rechten Buch am rechten Platz waren. Ich sage Ihnen, das ist ein großer Tag für mich.«

Cheryl wurde dunkelrot, ihr Silberblick verstärkte sich, und das Atmen schien ihr schwerzufallen. Trotz dieser Anzeichen von Streß gelang es ihr, den durch Persse so jäh unterbrochenen Satz zu beenden.

»... psychoanalytisch gesehen ist die Romanze die Suche einer Libido oder eines begehrenden Selbst nach einer Erfüllung, die es von den Sorgen der Wirklichkeit erlöst, trotzdem aber Raum für diese Wirklichkeit hat. Würden Sie dem zustimmen?«

Jetzt endlich artikulierte Persse längst überfälliges Erstaunen. Er sah Cheryl in die auffallend hübschen blauen Augen. »Cheryl, waren Sie inzwischen an der Abendschule?«

Cheryl errötete noch heftiger. Sie schlug die Augen nieder. »Nein«, sagte sie mit belegter Stimme.

»Sie wollen mir doch nicht erzählen, daß Sie auf diese Sachen mit der Romanze und dem sentimentalen Roman und dem begehrenden Selbst von allein gekommen sind?«

»Das begehrende Selbst ist Northrop Frye«, räumte sie ein.

»Sie haben Northrop Frye gelesen?« Seine Stimme hob sich im Ton wie ein Düsentriebwerk.

»Gelesen nicht direkt. Jemand hat mir davon erzählt.«

»Jemand? Wer?« Persse spürte, wie sich seine innere Erregung erneut steigerte, spürte die ahnungsvollen Schwingungen einer weiteren Entdeckung. Wer um alles in der Welt brachte es fertig, Angestellte einer Fluggesellschaft in eine lockere Unterhaltung über die Gattungsmerkmale der Romanze zu verwickeln?

»Ein Fluggast. Ihre Maschine hatte Verspätung, und da sind wir ins Reden gekommen. Sie hat gesehen, daß ich unter dem Tisch einen Bills and Moon-Roman las und hat gesagt, wozu lesen Sie solchen Quatsch, also nicht mit diesen Worten, sie hat es nicht häßlich gesagt, aber dann hat sie mir von den alten Romanzen erzählt und um wieviel aufregender und interessanter die sind. Und da habe ich sie gebeten, ob sie mir nicht ein paar Titel aufschreiben kann, die würde ich mir dann aus der Bibliothek holen. Und da war die *Faerie Queene* eben dabei. Mit der komme ich, ehrlich gesagt, gar nicht zurecht. *Orlando Furioso* hat mit besser gefallen, es ist lustiger. Sie kannte sich ganz toll mit Büchern aus. Ich glaube, sie war in derselben Branche wie Sie.«

Persse hatte während dieses Rapports kaum zu atmen gewagt. »Eine junge Frau, ja?« half er nach.

»Ja. Brünett, gut aussehend, wunderschönes langes Haar. Der Name klang irgendwie ausländisch, aber angehört hat man es ihr nicht.«

»War der Name – Pabst?«

Jetzt machte Cheryl ein verblüfftes Gesicht. »Genau.«

»Wann haben Sie mit ihr gesprochen?«

»Erst vor ein paar Tagen. Am Montag.«

»Wissen Sie noch, wohin sie wollte?«

»Geflogen ist sie nach Genf, aber sie hat gesagt, daß sie nach Lausanne wollte. Kennen Sie sie denn?«

»Ob ich sie kenne? Ich liebe sie!« rief Persse. »Wann geht die nächste Maschine nach Genf?«

»Ich weiß nicht«, sagte Cheryl, die sehr blaß geworden war.

»Schauen Sie mal nach, seien Sie so lieb. Sie hat nicht zufällig gesagt, wo sie in Lausanne wohnt? In welchem Hotel?«

Cheryl schüttelte den Kopf. Es dauerte merkwürdig lange, bis sie die Flugangaben gefunden hatte.

»Kommen Sie, Cheryl, die *Faerie Queene* haben Sie aber schneller für mich aufgetrieben«, neckte Persse. Dann sah er verblüfft, wie eine Träne an ihrer Wange herunterrollte und auf die Seite des geöffneten Flugplans platschte. »Ja, um Himmels willen, was ist denn los?«

Cheryl schneuzte sich in ein Papiertaschentuch, straffte die Schultern und setzte ihr professionelles Lächeln auf. »Nichts. Unser nächster Flug nach Genf geht um 19.30 Uhr. Aber um 15.45 Uhr geht eine Swissair-Maschine. Wenn Sie rennen, kriegen Sie die vielleicht noch.«

Persse rannte los.

Persse war noch kaum wieder zu Atem gekommen, als die Boeing 727 der Swissair sich schon in die Lüfte erhob. Er segnete seinen spontanen Entschluß, das Anmeldeformular für die American Express-Karte auszufüllen, denn damit war Fliegen so unkompliziert geworden wie Busfahren. Er dachte an die umständlichen Vorbereitungen auf seinen ersten Flug von Dublin nach Heathrow, der noch gar nicht allzu lange zurücklag. Damals hatte er ein dickes Bündel Banknoten von seinem Postsparbuch abheben und sie Wochen vor dem Abflug am Schalter des Stadtbüros von Aer Lingus in der O'Connell Street einzahlen müssen. Jetzt brauchte er nur mit dem grün-weißen Plastikkärtchen zu wedeln und konnte fünf Minuten später in die Schweiz entschweben.

Am Genfer Flughafen wechselte Persse sein Bargeld in Schweizer Franken um, fuhr mit dem Bus in die Stadt und bestieg sogleich einen elektrischen Zug nach Lausanne. Es war ein warmer, windstiller Abend. Der Zug fuhr am Ufer des Sees entlang. Der Wasserspiegel war glatt und perlmuttpink wie straff gespannter Satin im Glanz der untergehenden Sonne, die auf der anderen Seeseite die Gipfel der fernen Berge rötlich erglühen ließ. Erschöpft von dem langen Reisetag mit all seinen Gemütsbewegungen und sanft gewiegt von den Schaukelbewegungen des Zuges schlief Persse ein.

Als er mit einem Ruck aufwachte, hielt der Zug am Rand einer großen Stadt. Es war stockdunkel, der Vollmond spiegelte sich in dem unterhalb der Gleise gelegenen Lac Léman. Persse hatte keine Ahnung, wo er war; Mitreisende, die er hätte fragen können, gab es nicht in seinem Abteil. Nach etwa fünf Minuten setzte sich der Zug langsam wieder in Bewegung und fuhr in einem Bahnhof ein. Lautsprecher wisperten den Namen. *Lausanne. Lausanne.* Offenbar war er der einzige Reisende, der hier ausstieg. Er ging die Treppe zur Bahnhofshalle hinauf. Einen Augenblick blieb er unter dem säulengestützten Vordach stehen, um sich zu orientieren. Er sah auf einen Vorplatz, auf dem Taxis standen. Ein Fahrer hob fragend eine Augenbraue. Persse schüttelte den Kopf. Wenn er die Stadt zu Fuß erkundete, standen seine Chancen besser, Angelica zu entdecken oder von ihr entdeckt zu werden.

In den Straßen Lausannes herrschte an diesem Abend eine fröhlich-ausgelassene Stimmung, was Persse verwunderte, denn er hatte die Schweizer bisher immer für ein Volk gehalten, das sehr auf Konvention und Sittsamkeit hält. Auf den Gehsteigen wimmelte es von schlendernden Fußgängern, von denen viele sich einigermaßen theatralisch in die Mode von vorgestern geworfen hatten. Der Look der frühen zwanziger Jahre schien in Lausanne in dieser Saison der letzte Schrei zu sein: Schneiderkostüme mit langen Röcken für die Damen, Anzüge mit Westen und schmalen Revers für die Herren. Unter den bunten Lichterketten der Caféterrassen waren vergnügte Gesichter der Straße zugewandt. Hände deuteten und winkten. Vielsprachiges Stimmengewirr wehte von den Tischen herüber und vermischte sich mit den Bemerkungen der auf und ab stolzierenden Fußgänger. Persse, der die Ohren spitzte, um womöglich einen Gruß Angelicas aufzufangen, kam es vor, als ob man am Senderwahlknopf eines starken Rundfunkempfängers einen Sender nach dem anderen erhaschte. *»Bin gar keine Russin, stamm aus Litauen, echt deutsch... Et O ces voix d'enfants, chantant dans la coupole!... Poi s'ascose nel foco che gli affina...«* Mit seinen Sprachkenntnissen war es zwar nicht weit her – einigermaßen fließend sprach er nur Englisch und Irisch –, trotzdem kamen diese Satzfragmente Persse merkwürdig bekannt vor, ebenso der Text eines Liedes, das in opernhaftem Tenor aus einem offenen Fenster drang:

*Frisch weht der Wind*
*Der Heimat zu*
*Mein Irisch Kind,*
*Wo weilest du?*

Persse blieb unter dem Fenster stehen und hörte zu. Irgendwo in der Nähe schlug eine Uhr neun, dumpf klang der letzte Schlag aus, obgleich es nach Persses Uhr fünfundzwanzig Minuten nach der vollen Stunde war. Eine Frau in langem Rock am Arm eines Mannes in Zylinder und seidengefüttertem Umhang streifte ihn im Vorbeigehen und sagte zu ihrem Begleiter: »Und als wir Kinder waren, beim Großfürsten wohnten, meinem Vetter, fuhr er mit mir Schlitten, und ich fürchtete mich.« Persse fuhr herum und sah dem Paar mit großen Augen nach. Er fragte sich allmählich, ob er träumte oder delirierte. Ein junger Mann drückte ihm eine Karte in die Hand.

*»Madame Sosostris, Hellseherin, Horoskop und Tarot. Die klügste Frau Europas.«*

»Stetson!«

Persse sah von der Karte auf, die er einigermaßen benommen in Augenschein genommen hatte, und erblickte einen Mann in der Uniform eines Offiziers aus dem Ersten Weltkrieg mit Sam Browne-Gürtel und Wickelgamaschen, der mit erhobenem Ausgehstöckchen auf ihn zuhielt. »Du warst ja mit mir in dem Schiff bei Mylae! Jene Leiche, die du im Garten pflanztest, fängt sie zu sprießen an?« Persse wich erschrocken zurück. Eine Gruppe von Leuten in einem nahegelegenen Biergarten, die moderne Freizeitkleidung trugen, applaudierte lachend. Der Wahnsinnige in Uniform lief an Persse vorbei und verlor sich in der Menge. Bald hörte Persse ihn einen anderen mit seinem »Stetson!« ansprechen. Die Uhr schlug wieder neun. Eine Reihe völlig gleich gekleideter Männer in Nadelstreifenanzügen und Melonen, zusammengerollte Regenschirme in der Hand, kam im Gleichschritt über den Gehsteig. Alle sahen sie stur zu Boden. Ihnen folgte eine lachende, übermütige Meute in Jeans und Sommerkleidern, die den verdatterten Persse mit sich riß, bis er sich am Bahnhof wiederfand. Er sah ein Neonschild »English Pub« und steuerte es an, aber es war so voll, daß er nicht einmal durch die Tür kam. »Bier zu Preisen von 1922, heute 8-10« verkündete ein Anschlag. Von drinnen kam alle paar Minuten ein barscher Ruf: »SCHLUSS! POLIZEISTUNDE!«, gefolgt von dem Jammern und Betteln der Kunden, die noch bedient werden wollten. Persse spürte eine Hand auf seiner Schulter, drehte sich um und sah ein braunes, ledernes Antlitz, verhangene Augen und ein Reptilienlächeln.

»Professor Tardieu«, rief er, heilfroh, ein bekanntes Gesicht – sogar dieses Gesicht – zu sehen.

Der andere schüttelte, noch immer lächelnd, den Kopf. *»Je m'appelle Eugenides, négociant de Smyrne. Goûtez la marchandise, je vous prie.«* Er zog die Hand aus der Jackentasche und streckte ihm auf der Handfläche ein paar verschrumpelte Korinthen hin.

»Um Himmels willen, sagen Sie mir, was hier los ist«, flehte Persse.

»Ich glaube, man nennt es Straßentheater«, sagte Tardieu in seinem makellosen Englisch. »Aber das müßten Sie eigentlich im Programm der Tagung gelesen haben.«

»Tagung? Ich bin gerade erst angekommen.«

Tardieu sah ihn einen Augenblick an, dann lachte er laut und lange.

Auf Tardieus Vorschlag fuhren sie mit der Seilbahn zu dem kleinen Hafen von Ouchy und stärkten sich mit *perches du lac* und trokkenem Weißwein vor einer Hafentaverne. Von der Bar im Innenraum kam das sympathische Gewinsel einer Mandoline, denn noch bis hierher reichte das »Waste Land«-Happening.

»Alle drei Jahre richtet der *T.S. Eliot Newsletter* einen internationalen Kongreß über das Werk des Dichters an einem Ort aus, zu dem er eine besondere Verbindung hatte«, erläuterte Tardieu. »St. Louis, London, Cambridge, Massachusetts – das letztemal war es East Coker. Ich fürchte, wir haben dieses reizende Dörfchen ziemlich überwältigt. Diesmal ist Lausanne an der Reihe. Wie Sie sicher wissen, hat Eliot den ersten Entwurf des Waste Land hier niedergeschrieben, während er sich im Winter 1921/22 von einem Nervenzusammenbruch erholte.«

»Am Wasser des Léman saß ich und weinte«, zitierte Persse.

»Eben. Ich persönlich sehe es so, daß die Krise durch die Unfähigkeit des Dichters beschleunigt wurde, seine latente Homosexualität zu akzeptieren... Im Prinzip billige ich dieses Herumreiten auf den biographischen Quellen eines literarischen Textes nicht, aber Freunde von mir haben mich überredet, auf dem Rückweg von Wien diese Tagung mitzunehmen, und ich muß zugeben, daß es eine ausgezeichnete Idee war, *The Waste Land* auf den Straßen von Lausanne szenisch darzustellen. Wirklich sehr amüsant.«

»Wer sind die Akteure?« fragte Persse.

»Meist Studenten von der hiesigen Universität, dazu ein paar Freiwillige unter den Tagungsteilnehmern, wie ich – und Fulvia Morgana dort drüben.« Michel Tardieu nickte zu einer Dame mit lohfarbenem Haar und Römernase hinüber, die in einem eng anliegenden schwarzen Paillettenkleid mit einem kleinen, zierlichen, jüdisch aussehenden Mann an einem Tisch saß.

»›Belladonna, die Dame der Situationen.‹ Der Mann ist Professor Gootblatt, von der Penn. Sieht aus, als ob er sich weit weg wünscht, finden Sie nicht?«

Bei dem Namen »Fulvia« mußte Persse aus einem ihm momentan nicht recht ersichtlichen Grund an Morris Zapp denken.

»Ist Morris Zapp auch da?«

»Nein. Er wurde letzte Woche in Wien erwartet, zu einer Tagung über Erzählformen, ist aber nicht gekommen. Er war der Gegenstand einer bisher nicht aufgeklärten narrativen Retardation. Aber was machen Sie in Lausanne, junger Mann, wenn Sie von der Tagung gar nichts wußten?«

»Ich suche ein Mädchen.«

»Ja, richtig.« Tardieu nickte. »Genau wie mein Forschungsassistent. Er suchte ständig ein Mädchen. Irgendein Mädchen. Der Undankbare. Ich mußte ihn laufen lassen – aber er fehlt mir.«

»Das Mädchen, das ich suche, muß an der Tagung teilnehmen«, sagte Persse. »Wo findet sie statt? Wann ist morgen die erste Veranstaltung?«

*»Mais, c'est finie!«* rief Tardieu. »Die Tagung ist vorbei. Das Straßentheater war die Abschlußveranstaltung. Morgen gehen wir alle unserer Wege.«

»Was!« Persse sprang entsetzt auf. »Dann muß ich sofort anfangen zu suchen. Wo bekomme ich eine Liste sämtlicher Hotels in Lausanne?«

»Aber Lausanne hat Hunderte von Hotels, mein Freund. So finden Sie Ihr Mädchen nie. Wie heißt die junge Dame?«

»Sie haben vielleicht noch nichts von ihr gehört, sie studiert noch. Sie heißt Angelica Pabst.«

»Gewiß, ich kenne sie gut.«

»Wirklich?« Persse setzte sich wieder.

*»Mais oui!* Sie hat letztes Jahr meine Vorlesungen an der Sorbonne besucht.«

»Und sie nimmt an der Tagung teil?«

»In der Tat. Heute abend war sie das Hyazinthenmädchen. Sie wissen doch:

*»Vor einem Jahr, da schenktest du mir Hyazinthen;*
*Sie nannten mich das Hyazinthenmädchen.«*

»Ja, ja.« Persse nickte ungeduldig. »Ich kenne das Werk gut. Aber wo finde ich sie?«

»Sie spazierte in langem weißen Kleid, die Arme voller Hyazinthen, durch die Straßen. Sehr reizvoll, wenn man diese dunkle, etwas überreife Art weiblicher Schönheit mag.«

»Ich mag sie«, sagte Persse. »Haben Sie eine Ahnung, wo sie wohnt?«

»Unsere Schweizer Gastgeber haben uns, tüchtig wie sie sind, eine Liste mit den Unterkünften der Tagungsteilnehmer zur Verfügung gestellt.« Tardieu holte ein gefaltetes Blatt aus der Brusttasche. Er fuhr mit einem langen braunen Finger an einer Spalte entlang. »Ja, hier haben wir sie. Pabst, A., Mademoiselle. Pension Bellegarde. Rue de Grand-Saint-Jean.«

»Wo ist das?«

»Ich zeige es Ihnen.« Tardieu winkte einem Kellner, um zu zahlen. »Eine recht bescheidene Unterkunft, möchte man meinen, für die Tochter eines so reichen Vaters.«

»Ist er das?«

»Soweit ich weiß, ist er Präsident einer amerikanischen Fluggesellschaft.«

»Wie gut kennen Sie Angelica?« fragte Persse den französischen Professor, während die Seilbahn sie zur Stadt zurückbrachte.

»Nicht sehr gut. Sie belegte auf ein Jahr als Gasthörerin Vorlesungen an der Sorbonne. Bei meinen Veranstaltungen saß sie in der ersten Reihe und sah mich hinter ihrer dicken Brille unverwandt an. Sie hatte stets ein offenes Notizbuch vor sich und einen Stift in der Hand, aber ich sah sie nie etwas schreiben. Ich muß gestehen, daß mich das nicht ruhen ließ. Eines Tages blieb ich, als ich den Hörsaal verließ, vor ihr stehen und machte einen kleinen Scherz. ›Entschuldigen Sie, Mademoiselle‹, sagte ich, ›aber das ist das siebte Mal, daß Sie zu meiner Vorlesung kommen, und die Seiten Ihres Blocks bleiben leer. Habe ich kein einziges Wort geäußert, das es wert war, notiert zu werden?‹ Und wissen Sie, was sie sagte? ›Professor Tardieu, was Sie sagen, beeindruckt mich weit weniger als das, worüber Sie schweigen: Ideen, Sittlichkeit, Liebe, Tod, Gegenstände... Dieser Block...‹ Sie raschelte mit den leeren Seiten. ›– ist der Beleg Ihrer profunden Schweigsamkeiten. *Vos silences profonds.* Sie spricht ausgezeichnet Französisch. Stolzgeschwellt ging ich davon. Später habe ich mir überlegt, ob sie sich vielleicht über mich lustig gemacht hat. Was meinen Sie?«

»Ich möchte mich da nicht äußern«, sagte Persse und dachte daran, was Angelica in Rummidge zu ihm gesagt hatte: »Professoren muß man mit Samthandschuhen anfassen. Die wollen immer ein bißchen gestreichelt werden.«

Er fragte Tardieu, ob er auch Angelicas Schwester kannte.

»Nein. Hat sie eine Schwester?«

»Mit ziemlicher Sicherheit.« – »Hier ist die Straße.«

Als sie um die Ecke bogen, packte Persse jähe Panik, weil er nicht wußte, was er zu Angelica sagen sollte. Daß er sie liebte natürlich – aber das wußte sie ja schon. Daß er sie verkannt hatte? Aber auch das wußte sie, und er konnte nur hoffen, daß sie nicht ahnte, wie arg er es in seiner Phantasie getrieben hatte. Über der aufregenden Verfolgungsjagd auf Angelica – oder ihr Double – quer durch Europa war ihm nie der Gedanke gekommen, sich mit einer passenden Rede auf den Augenblick der Begegnung vorzubereiten. Fast hoffte er, sie wandele noch, die Arme voller Hyazinthen, durch die Straßen Lausannes, damit er Zeit hatte, sich zu präparieren, während er in der Pension auf sie wartete.

Tardieu blieb vor einem Haus mit einem gemalten Schildchen unter der Haustürbeleuchtung stehen: *»Pension Bellegarde.«*

»Da wären wir«, sagte er. »Ich wünsche Ihnen eine gute Nacht – und Erfolg.«

»Wollen Sie nicht mit hereinkommen?« Persse merkte, daß er lächerliche Angst davor hatte, Angelica allein gegenüberzustehen.

»Nein, nein, meine Anwesenheit wäre überflüssig«, sagte Tardieu. »Ich habe meine erzählerische Funktion für heute abend beendet.«

»Sie haben mir sehr geholfen.«

Tardieu zuckte lächelnd die Schultern. »Wenn man weder Subjekt noch Objekt ist, muß man Helfer oder Widerpart sein. Ihnen helfe ich, bei Professor Zapp gehe ich in die Opposition.«

»Und warum?«

»Sie haben vielleicht schon von einem UNESCO-Lehrstuhl für Literaturkritik gehört?«

»Ach das...«

»Ja, das. *Au revoir.*«

Sie schüttelten sich die Hand, und Persse spürte, wie sich ein kleiner kugelförmiger Gegenstand in seine Handfläche drückte. Während Tardieu davonging, hielt Persse die Handfläche unter eine Straßenlaterne. Eine einsame Korinthe klebte daran. Er knabberte die Korinthe, drehte sich um, holte tief Luft und betätigte die Klingel der Pension.

Eine Frau mittleren Alters in schlichtem dunklen Kleid öffnete. *»Oui, monsieur?«*

*»Je cherche une jeune femme«*, stotterte Persse. »Miss Papps. Ich meine, Miss Pabst. Ich habe gehört, daß Sie hier wohnt.«

»Ah, Mademoiselle Pabst.« Die Frau lächelte, dann runzelte sie die Stirn. »Bedaure, aber sie ist fort.«

»Das darf nicht wahr sein«, stöhnte Persse. »Sie meinen – endgültig weg?«

*»Pardon?«*

»Sie hat ihr Zimmer aufgegeben, hat Lausanne verlassen?«

*»Oui, Monsieur.«*

»Wann?«

»Vor einer halben Stunde.«

»Hat sie gesagt, wohin sie wollte?«

»Sie wollte Zugverbindungen nach Genf von mir wissen.«

»Danke.« Persse drehte sich um und sprintete los.

Er rannte die ganze Strecke zum Bahnhof, und zwar mitten auf der Fahrbahn, da sich auf den Gehsteigen noch die Menschen drängten, angefeuert von Zuschauern, die offenbar glaubten, er gehöre zu dem Straßentheater, obschon er sich nicht erinnern konnte, daß im

*Waste Land* gerannt wurde – es war eher ein Gedicht im Schrittempo. Er hielt sich an solche Überlegungen, um sich von seinen Seitenstichen und von dem Verdruß abzulenken, daß er Angelica um Haaresbreite verpaßt hatte. Er stürzte in die Bahnhofshalle und schleuderte dem Erstbesten ein fragendes *»Genève?«* entgegen. Der Mann deutete auf eine Treppe, die Persse, drei Stufen auf einmal nehmend, heruntersprang. Aber er war einer Irreführung oder einem Irrtum zum Opfer gefallen. Der Zug stand am Bahnsteig gegenüber, durch einen Gleiskörper von ihm getrennt. Er hörte Türen schlagen, eine Pfeife trillern. Zur Umkehr war keine Zeit – wenn er den Zug noch erreichen wollte, blieb ihm nichts anderes übrig, als die Gleise zu überqueren und von seiner Seite aus einzusteigen. Er blickte prüfend nach rechts und nach links die Strecke entlang, aber als er sich anschickte, von der Bahnsteigkante zu springen, legten sich zwei uniformierte Arme um ihn und zogen ihn vom Rand zurück.

*»Non, non, monsieur. C'est défendu de traverser.«*

Persse wehrte sich einen Augenblick, doch als der Zug in ruhiger Fahrt aus dem Bahnhof rollte, gab er den Kampf auf. In einem Abteil sah er flüchtig den Hinterkopf einer Frau mit dunklem Haar, es hätte Angelica sein können. »Angelica«, rief er verzweifelt und vergeblich. Der Beamte ließ Persse los und musterte ihn mißbilligend.

»Wann geht der nächste Zug nach Genf?« fragte Persse. *»A quelle heure le train prochain pour Genève?«*

*»Demain«*, sagte der Beamte hochbefriedigt. *»A six heures et demi.«*

Als Persse unter das Bahnhofsvordach trat, hob ein Taxifahrer fragend eine Augenbraue. Diesmal akzeptierte er das Angebot. »Pension Bellegarde«, sagte er und ließ sich erschöpft auf den Rücksitz fallen. Das Licht über der Tür war aus, und es dauerte länger, bis die Pensionswirtin auf sein Klingeln öffnete. Sie schien überrascht, daß er schon wieder da war.

»Ich hätte gern ein Zimmer für die Nacht.«

Sie schüttelte den Kopf. »Tut mir leid, *m'sieur,* wir sind ausgebucht.«

»Aber das ist unmöglich«, widersprach Persse. »Miss Pabst ist doch eben erst abgereist. Kann ich nicht das Zimmer haben, das sie freigemacht hat?«

Die Frau deutete auf ihre Armbanduhr. »Es ist spät, *m'sieur.* Das Zimmer muß saubergemacht, das Bett frisch bezogen werden. Heute abend geht das nicht mehr.«

»Madame«, sagte Persse inbrünstig, »geben Sie mir das Zimmer, wie es ist, und ich zahle Ihnen den doppelten Preis.«

Die Wirtin begegnete diesem Ansinnen eines gepäcklosen, wild dreinschauenden, abgerissenen Ausländers mit deutlichem Mißtrauen, aber als er erläuterte, die junge Dame, die dieses Zimmer bewohnt habe, sei der Gegenstand seiner empfindsamen Neigung, lächelte sie rosig und sagte, er könne das Zimmer, so wie es sei, zum halben Preis haben.

Das Zimmer war unter dem steilen Giebel und hatte ein Dachfensterchen, durch das man tief unten den See liegen sah. Das Fenster war geschlossen, und im Zimmer hing schwer der Duft eines großen Hyazinthenstraußes, der zerdrückt und verwelkt im Papierkorb lag. Alle Anzeichen deuteten auf einen erst kürzlich erfolgten eiligen Aufbruch hin. Persse hob ein noch feuchtes Handtuch auf, das unter dem Waschbecken lag, und hielt es an seine Wange. Ehrfürchtig, als sei es Meßwein, trank er den Rest Wasser, den er in einem Glas fand. Sorgsam schlug er ein zerknülltes Papiertaschentuch auf dem Ankleidetisch auseinander. In der Mitte kam der leichte Abdruck eines Paars roter Lippen zum Vorschein, den er an die seinen drückte. Er schlief nackt in der Bettwäsche, die noch vom Kontakt mit Angelicas schönen Gliedmaßen zerdrückt und verknittert war, und atmete aus dem Kissen unter seinem Kopf den noch leise haftenden Duft ihres Shampoos ein. In einem Taumel köstlicher Empfindungen, bitterer Reue und körperlicher Erschöpfung schlief er ein.

Als er am nächsten Morgen aufwachte, zog er unter den Hyazinthen im Papierkorb zwei wertvolle Fundstücke hervor – eine Nylonstrumpfhose mit einem Loch in einem Knie, die er in einer Innentasche an seinem Herzen barg, und einen Zettel mit einer Telefonnummer und dem Vermerk »TAA 426 ab 22.50 an 06.20« in sauberer Kursivschrift, mit dem er sich sogleich zu dem Münzfernsprecher unten in der Halle begab. Er wählte die Nummer, eine weibliche Stimme meldete sich.

»Transamerican Airways.«

»Können Sie mir den Zielort Ihres Fluges 426 sagen, der gestern um 22.50 Uhr von Genf abgegangen ist?«

»Ja, Sir. Flug 426 nach New York und Los Angeles hätte gestern abend starten sollen. Aber aufgrund eines technischen Problems ist der Flug auf heute früh verschoben worden. Wir mußten erst eine neue Maschine chartern.«

»Wann ist sie geflogen?«

»Sie startet in einer Stunde, um 9.30 Uhr, Sir.«

»Haben Sie noch Plätze frei?«

»Reichlich, Sir, aber Sie müßten sich beeilen.«

Persse drückte seiner verwirrten Pensionswirtin einen großzügig bemessenen Frankenbetrag in die Hand und rannte den Hügel herunter zu dem Taxiplatz vor dem Bahnhof.

»Flughafen Genf«, keuchte er, auf dem Rücksitz zusammensinkend. »So schnell wie möglich.«

Die Strecke zum Flughafen war fast ausschließlich Autobahn, und das Taxi hängte alle ab. Punkt neun waren sie am Terminal für die internationalen Flüge. Persse gab dem Fahrer alles, was er noch an Schweizer Franken hatte, und der schien es zufrieden zu sein. Ungestüm lief er auf die Automatic-Türen zu, die sich gerade noch rechtzeitig öffneten, bevor er durch die Scheibe donnerte. Zwei Mitarbeiter der Transamerican, ein Mann und eine Frau, die hinter dem verlassenen Abfertigungsschalter müßig miteinander schwatzten, sahen überrascht auf, als Persse auf sie zustürmte.

»Haben Sie einen weiblichen Fluggast namens Pabst auf Flug 426?« fragte er. »Miss Angelica Pabst?«

Der Mann tippte auf seiner Computertastatur herum und bestätigte, daß Miss Pabst für diesen Flug eingecheckt und nach Los Angeles durchgebucht worden war.

»Ein Ticket nach Los Angeles bitte und einen Platz so nah wie möglich bei Miss Pabst.«

Obgleich der Flug genau genommen schon geschlossen war und die Passagiere bereits an Bord gingen, bekam der Mann die Erlaubnis, Persse ein Ticket auszustellen. Daß kein Gepäck mehr abzufertigen war, machte die Sache einfacher. Die beiden arbeiteten Hand in Hand, um die Transaktion so schnell wie möglich durchzuziehen. Während der Mann das Ticket und den Kreditkartenabschnitt ausfüllte, teilte die junge Frau Persse seinen Platz zu. »Sie haben Glück, Sir«, sagte sie nach einem Blick auf ihren Bildschirm. »Neben Miss Pabst ist etwas frei.«

»Große Klasse«, sagte Persse. Er sah sich als Letzter an Bord gehen, durch den Gang schreiten und sich neben Angelica setzen, die den Kopf abgewandt hatte, um aus dem Fenster zu schauen, und hörte sich leise sagen… ja was? *»Hallo. Lange nicht gesehen. Fliegst du weit? Hast du das da (die kaputte Strumpfhose hochhaltend) vergessen einzupacken?«* Oder – besser noch – er würde überhaupt nichts sagen, sondern abwarten, wie lange es dauerte, bis sie nach unten blickte und seine abgelatschten Schuhe erkannte oder seinen Handrücken auf der Armlehne zwischen ihren Sitzen oder bis sie die Schwingungen der Erregung und Erwartung spürte, die von seinem Herzen ausgingen, bis sie sich umdrehte und ihn ansah.

»Hier ist Ihre Amex-Karte, Sir«, sagte der Mann. »Darf ich Ihren Paß sehen?«

»Natürlich.« Persse sah auf die Uhr. Es war 9.15.

Der Mann schlug den Paß auf, runzelte die Stirn, blätterte sehr langsam die Seiten um. »Ich finde Ihr Visum nicht, Sir«, sagte er endlich.

Spätestens jetzt wußte Persse, was ein Gefühl kalter Beklommenheit war. »O Gott, brauche ich ein Visum?«

»Ohne Visum können Sie nicht in die Staaten fliegen, Sir.«

»Tut mir leid, das habe ich nicht gewußt.«

Der Mann seufzte und riß langsam Persses Ticket und den American Express Abschnitt in kleine Stücke.

# Drei

*uuuuuiiiiiiIIIIIHHHHHHH!* Das Jaulen der Düsentriebwerke auf den Rollbahnen der Welt steigert sich von Tag zu Tag. Jede Sekunde setzt irgendwo eine Maschine in einer qualmenden Wolke angesengten Reifengummis auf oder erhebt sich in die Lüfte, gefolgt von einem schmierig-schwarzen Abgasschweif, der sich langsam hinter ihr auflöst. Einem phantasiebegabten Betrachter aus dem Weltraum mag die Erde vorkommen wie ein Riesenkarussell, das nicht mit Pferdchen, sondern mit Flugzeugen bestückt ist. Auf und ab, auf und ab. *UUiiiihhhhh!*

Es ist jetzt Ende Juli, und nicht nur in den Colleges und Universitäten, sondern auch in den Schulen haben die Sommerferien angefangen. Tagungsbeflissene Wissenschaftler müssen sich den Flugraum mit Urlaubern und Pauschalreisenden teilen. Die Warteräume der Flughäfen sind überfüllt, Pappbecher rollen über den Boden, die Aschenbecher quellen über, den Bars geht das Eis aus. Alles dreht sich, alles bewegt sich. In Europa nehmen die aus dem Norden Kurs auf die schattenlosen Strände und verschmutzten Gewässer des Mittelmeers, während die aus dem Süden zu den frostigen Fjorden und verhangenen Bergen Schottlands und Skandinaviens flüchten. Asiaten fliegen nach Westen, Amerikaner nach Osten. Wir leben in einer Kultur des Leichtgewichtkoffers, der permanenten Loslösung. Jedermann, so scheint es, reist irgendwohin oder kommt irgendwoher. Jerusalem, Athen, Alexandria, Wien, London. Oder Ajaccio, Palma, Teneriffa, Faro, Miami.

In Gatwick eilen bleichgesichtige Reisende in sorgfältig gebügelten Kleidern und Safari-Anzügen, ängstlich Pässe und Tickets umklammernd, vom Bahnhof der Southern Region zum Air Terminal, wobei sie sich gegen eine Woge gebräunter und zerknautschter Zeitgenossen stemmen müssen, die in die Gegenrichtung streben, beladen mit Flechtkörben, Trachtenpuppen, Strohsombreros und letalen Mengen zollfreier Zigaretten und geistiger Getränke.

Persse McGarrigle wird von dem Strom der Abreisenden mitgerissen. Seit dem Debakel auf dem Genfer Flughafen ist fast eine Woche vergangen. Inzwischen ist er nach Irland zurückgeflogen, hat einen Vertreter für das Keltische Zwielicht besorgt und sich ein Visum für die Vereinigten Staaten beschafft. Jetzt ist er auf dem Weg nach Los Angeles, um nach Angelica zu suchen, per Skytrain, keine Reservierung, keine Wartezeiten, die billigste Reisemöglichkeit in die Neue Welt, wie ihm die Poster überall in London versichern. Doch die Abfertigungsschalter von Laker sind verdächtig leer. Hat er sich in der Abflugzeit geirrt? Nein, leider, der Skytrain ist wegen der Stillegung der DC 10 vorläufig eingestellt, teilt ihm das Personal von Laker mit – bedauernd, mitfühlend und ein wenig ungläubig. Ist es möglich, daß es in der großen weiten Welt auch nur einen einzigen Menschen gibt, der von der Stillegung der DC 10 noch nichts gehört hat? Ich habe in letzter Zeit keine Zeitungen gelesen, sagt er entschuldigend, ich habe in einem Cottage in Connemara gesessen und Gedichte geschrieben. Wie komme ich am schnellsten nach Los Angeles? Tja, erfährt er, Sie können den Hubschrauber nach Heathrow nehmen, allerdings kostet das ein bißchen was, und es bei den großen nationalen Fluggesellschaften versuchen. Oder Sie fliegen von hier über Braniff nach Dallas/Fort Worth, von da gibt es Anschlußflüge nach LA. Persse erwischt den letzten Wartelistenplatz auf einer orangefarbenen Boeing 747 und wird auf einem Flugplatz abgesetzt, der so riesig ist, daß man unter zweitausend Fuß Höhe seine Begrenzung nicht mehr sieht und der bei 40° Celsius wie ein Riesenkuchen vor sich hinbäckt, bibbert drei Stunden in einem Flughafengebäude mit Rauchglasscheiben, das auf die Temperatur geeister Cola heruntergekühlt ist, und fliegt in einer Boeing 707 der Western Airlines nach Kalifornien weiter.

Als sie zur Landung in Los Angeles ansetzt, ist es dunkel, und die Stadt bietet von oben einen atemberaubenden Anblick – ein schimmerndes Netzwerk aus Licht, von Horizont zu Horizont –, aber Persse, seit zweiundzwanzig Stunden ununterbrochen auf Achse, ist zu müde, um die Aussicht so zu genießen, wie sie es verdient hätte. Er hat auf beiden Maschinen versucht zu schlafen, ist aber ständig zum Essen aufgeweckt worden. Langstreckenflüge, überlegt er, sind in dieser Hinsicht wie Krankenhaus, und es hätte ihn nicht besonders überrascht, wenn ihm zwischen den Mahlzeiten eine Stewardeß ein Thermometer in den Mund geschoben hätte. Bei dem letzten Dinner, das sie ihm bringen, hat er kaum mehr die Kraft, die Plastiktüte aufzureißen, in die sein Besteck eingeschweißt ist.

Er torkelt aus dem Flughafengebäude in die warme kalifornische

Nacht hinaus, bleibt benommen auf dem Gehsteig stehen und läßt eine endlose Prozession von Wagen und Bussen an sich vorüberziehen. Ein Mann stellt sich an die Bordsteinkante und winkt einem Minibus, an dessen Flanke der Name *»Beverley Hills Hotel«* prangt. Der hält sofort, die druckluftbetätigte Tür öffnet sich zischend. Der Mann steigt ein, Persse folgt ihm. Die Fahrt ist umsonst, der Zimmerpreis schwindelnd hoch, deutlich weit über dem, was Persse sonst für seine Unterkunft auszugeben pflegt, aber er ist zu müde, um zu handeln oder sich nach etwas Billigerem umzusehen. Ein Dienstmann läßt es sich nicht nehmen, sich seiner lächerlich kleinen Sporttasche zu bemächtigen – mehr Gepäck hat er nicht –, und ihn über lange, teppichbelegte Gänge, die mit einem Muster gewaltiger, ein wenig bedrohlich wirkender grüner Blätter über dem Sockel dekoriert sind, zu seiner eleganten Suite zu geleiten. Das Bett ist so groß wie ein Fußballplatz. Persse zieht sich aus und kriecht hinein, schläft sofort ein und wacht schon drei Stunden später wieder auf. Nach der Ortszeit ist es zwei Uhr morgens, aber seine Körperuhr steht auf zehn Uhr vormittags. Er versucht, sich wieder einzuschläfern, indem er die Eintragungen unter »Pabst« im Telefonbuch von Los Angeles studiert. Es sind alles in allem siebenundzwanzig, und ein Hermann ist nicht darunter.

Aber wo ist Morris Zapp? Sein Fernbleiben in Wien ist kaum aufgefallen – es kommt oft vor, daß Leute, die sich zunächst zu einer Tagung angemeldet haben, dann nicht erscheinen. Aber in Bellagio macht man sich erhebliche Sorgen. Morris Zapp ist an jenem Nachmittag, an dem er seinen Brief an Arthur Kingfisher geschrieben hat, vom Joggen nicht zurückgekommen. Der Brief wird aus dem Kasten in der Halle geholt und von der Polizei möglicher Hinweise auf sein Verschwinden wegen beschlagnahmt. Er wird geöffnet und beaugenscheinigt, überdacht, abgelegt und vergessen und niemals abgesandt, und Arthur Kingfisher erfährt nie, daß er zu der Tagung in Jerusalem eingeladen war. Suchtrupps werden in die Wälder geschickt, und man spricht davon, den See mit Schleppnetzen abzufischen.

Einige Tage später wird Désirée, die in Nizza Urlaub macht, von der *Herald-Tribune* in Paris angerufen. Eine junge, ziemlich atemlose amerikanische Männerstimme.

»Spreche ich mit Désirée Zapp?«

»Nicht mehr.«

»Wie meinten Sie?«

»Mrs. Désirée Zapp war ich mal. Jetzt bin ich Ms Désirée Byrd.«

»Die Frau von Professor Morris Zapp?«
»Ex-Frau.«
»Die Autorin von *Schwere Tage?*«
»Klingt schon besser.«
»Wir sind eben angerufen worden, Mrs. Zapp.«
»Ms Byrd.«
»Pardon, Ms Byrd. Bei uns ist soeben ein anonymer Anruf eingegangen, in dem behauptet wird, daß Ihr Mann entführt worden ist.«
*»Entführt?«*
»Ganz recht, Ma'am. Wir haben bei der italienischen Polizei rückgefragt, und es scheint zu stimmen. Professor Zapp hat eine Villa in Bellagio vor drei Tagen zu einem Waldlauf verlassen und ist nicht zurückgekommen.«
»Aber was um alles in der Welt sollte jemand davon haben, Morris zu entführen?«
»Die Kidnapper verlangen eine halbe Million Dollar Lösegeld.«
*»Wie bitte?* Ja, wer soll denn so eine Summe ausspucken?«
»Sie wahrscheinlich, Ma'am.«
»Die können mich mal«, sagt Désirée und legt auf.
Bald meldet sich der junge Mann wieder. »Aber trifft es nicht zu, Mrs. Zapp – Ms Byrd –, daß Sie allein für die Filmrechte von Schwere Tage eine halbe Million Dollar bekommen haben?«
»Ja, aber dieses Geld habe ich mir erarbeitet, und ich hab's mir garantiert nicht erarbeitet, um einen Ehekrüppel zurückzukaufen, hinter dem ich vor Jahren drei Kreuze gemacht habe, als ich ihn glücklich los war.«
Désirée knallt den Hörer auf die Gabel. Fast unmittelbar darauf läutet es wieder. »Ich habe nichts mehr zu sagen«, erklärt sie.
Einen Augenblick herrscht Stille. Dann fragt eine Stimme mit starkem Akzent: »Ach bitte, 'abe ich die Signora Zapp am Apparat?«

Persse frühstückt in einem hübschen Raum im Erdgeschoß des Beverley Hill, der sogenannten Polo Lounge. Sie ist voller Leute, die wie Filmstars aussehen und die, wie ihm nach und nach aufgeht, tatsächlich Filmstars sind. Das Frühstück kostet soviel wie ein Drei-Gänge-Dinner im besten Restaurant von Limerick. Gewiß, er kann mit seiner American Express-Karte zahlen, aber allmählich macht er sich Sorgen, wenn er an die Belastungen denkt, die im Computer von Amexco zusammenkommen. Ein paar Tage in diesem Hotel, und sein Konto wäre auf Null, aber es ist witzlos, das Zimmer vor zwölf aufzugeben. Er geht in seine fürstliche Suite zurück und ruft die siebenundzwanzig Pabsts aus dem Telefonbuch an, findet aber keinen, der sich zu einer Tochter namens Angelica bekennen mag. Dann arbeitet er sich – wütend darüber, daß ihm das nicht schon früher eingefallen ist – durch die Zentralen der im Branchenbuch aufgeführten Fluggesellschaften und fragt nach einem Mr. Pabst, bis endlich die Telefonistin der Transamerican sagt: »Einen Moment bitte, ich verbinde Sie mit seinem Sekretariat.«

»Büro Pabst«, sagt eine seidenweiche kalifornische Stimme.

»Könnte ich bitte Mr. Pabst sprechen?«

»Tut mir leid, er ist gerade in einer Besprechung. Kann ich etwas ausrichten?«

»Es ist ziemlich persönlich. Ich würde ihn gern aufsuchen. Es ist dringend.«

»Heute wird das leider nicht gehen, Mr. Pabst ist den ganzen Vormittag in Besprechungen, und heute nachmittag fliegt er nach Washington.«

»Aber das ist ja fürchterlich. Ich bin eigens aus Irland gekommen, um mit ihm zu sprechen.«

»Hatten Sie einen Termin, Mr. ...«

»McGarrigle. Persse McGarrigle. Nein, ich habe keinen Termin. Aber ich muß ihn sprechen.« Und kühn setzt er hinzu: »Es geht um seine Tochter.«

»Welche?«

*Welche!* Persse ballt die freie Hand zur Faust und läßt sie triumphierend durch die Luft sausen. »Angelica. Aber in gewisser Weise auch Lily.«

Am anderen Ende der Leitung steht kurz ein nachdenkliches Schweigen. »Kann ich Sie zurückrufen, Mr. McGarrigle?«

»Ja. Ich bin im Beverley Hills Hotel«, sagt Persse.

»Im Beverley Hills, jawohl«, sagt die Sekretärin beeindruckt. Zehn Minuten später läutet das Telefon. »Mr. Pabst kann ein paar Minuten am Flughafen mit Ihnen sprechen, direkt vor seinem Abflug nach Washington. Bitte kommen sie heute um 13.15 Uhr zum Red Carpet Club in der Abflughalle von Transamerican.«

»Wird gemacht«, sagt Persse.

Morris Zapp hört nebenan das Telefon läuten. Er ahnt nicht, wo er ist, bei der Entführung hatten sie ihn mit einer Spritze außer Gefecht gesetzt, und als er weiß Gott wie viele Stunden später aufwachte, hatten sie ihm die Augen verbunden. Vogelgezwitscher und fehlender Verkehrslärm jenseits der Wände seines Zimmers lassen darauf schließen, daß er auf dem Land ist, die kühle Luft, die um seine noch in den rotseidenen Joggingshorts steckenden Beine streicht, legt den Gedanken nahe, daß er sich in den Bergen befindet.

Er hat sich bitter über die Augenbinde beklagt, bis seine Kidnapper ihm klargemacht haben, daß sie, wenn er zufällig einen von ihnen zu Gesicht bekäme, genötigt sein würden, ihn umzubringen. Seither ist seine größte Angst, die Augenbinde könne unversehens herunterrutschen. Er hat sie gebeten anzuklopfen, ehe sie zu ihm ins Zimmer kommen, damit er ihnen rechtzeitig Vorwarnung geben kann, falls das geschieht. Sie kommen herein, um ihm sein Essen zu geben, dazu nehmen sie ihm die Fesseln um die Hände ab, oder um ihn aufs Klo zu führen. Nach draußen darf er nicht, muß sich also Bewegung verschaffen, indem er in seinem kleinen, schmalen Schlafzimmer auf und ab geht. Meist liegt er auf dem Wandbett, gefangen in einem monotonen Zyklus von Wut, Selbstmitleid, Angst. Nach und nach sind seine Ängste fundamentaler geworden. Zuerst galt seine Sorge hauptsächlich der Organisation der Tagung in Jerusalem. Später sorgt er sich um sein Leben. Immer, wenn nebenan das Telefon läutet, durchzuckt ihn wider alle Vernunft neue Hoffnung. Der Polizeichef... die Army... die U.S. Marines... *»Wir wissen, wo Sie sind. Sie sind umstellt. Lassen Sie Ihren Gefangenen unversehrt frei, legen Sie die Hände auf den Kopf und kommen Sie heraus.«* Er hat keine Ahnung, worum es sich bei den Telefongesprächen in Wirklichkeit handelt, da sie in leise gebrabbeltem Italienisch geführt werden.

Einer von Morris' Bewachern, der, den sie Carlo nennen, spricht Englisch, seinen Äußerungen entnimmt Morris, daß er weder von der Mafia noch von den Handlangern eines Konkurrenten um den UNESCO-Lehrstuhl – von Turpitz beispielsweise – gekidnappt worden ist, sondern von einer Gruppe Linksextremer, die auf Geldbeschaffung und eine anti-amerikanische Demonstration aus waren. In der Villa Rockefeller und ihrem aufwendigen Lebensstil sahen sie offenbar einen arrogant zur Schau gestellten amerikanischen Kulturimperialismus (auch wenn, wie Morris einwendet, die Einrichtung von Wissenschaftlern aller Länder benutzt wird) und in der Entführung eines Gastes mit guten Beziehungen die Möglichkeit eines wirkungsvollen Protestes, durch den sich überdies künftige terroristische Eskapaden würden finanzieren lassen. Irgendwie – Morris kann sich nicht vorstellen wie, und Carlos verrät es ihm nicht – sind sie der Verbindung zwischen dem amerikanischen Professor, der jeden Abend um halb sechs auf derselben Strecke durch den Wald sein Jogging-Pensum absolviert, und Désirée Byrd, der reichen amerikanischen Schriftstellerin, die laut *Newsweek* mit ihrem

Roman *Schwere Tage* über zwei Millionen an Tantiemen und Nebenrechten verdient hat, auf die Spur gekommen. Nur ist ihnen mit der Annahme, Morris und Désirée seien noch verheiratet, ein kleiner Fehler unterlaufen. Morris' nachdrückliche Feststellung, daß sie geschieden sind, hat bei seinen Kidnappern deutliche Bestürzung hervorgerufen.

»Aber sie hat doch einen Haufen Geld, nicht?« fragt Carlo besorgt. »Sie würde doch nicht wollen, daß Sie abkratzen, wie?«

»Da wäre ich nicht so sicher«, entgegnet Morris. Das war am zweiten Tag, als ihm der Humor noch nicht ganz abhanden gekommen war. Jetzt, am fünften Tag, ist ihm nicht mehr zum Lachen zumute. Sie brauchen lange, um Désirée zu erreichen, die sich offenbar nicht mehr in Heidelberg aufhält.

Das Telefongespräch im Nebenzimmer geht zu Ende, und Morris hört Schritte. Es klopft. »Herein«, krächzt er und tastet an der Augenbinde herum.

»So, Ihre Frau haben wir endlich aufgetrieben«, sagt Carlo.

»Exfrau«, verbessert Morris.

»Die ist wirklich beinhart, alles was recht ist.«

»Sag ich doch«, meint Morris, dem das Herz in die Hose sinkt. »Wie ist es gelaufen?«

»Wir haben ihr unsere Lösegeldforderung genannt –«

»Sie hat abgelehnt?«

»Sie hat gesagt: Wieviel muß ich blechen, damit ihr ihn behaltet?«

Morris hat angefangen zu weinen, fast lautlos, und seine Augenbinde wird feucht. »Ich habe euch ja gesagt, es ist sinnlos, Désirée meinetwegen um Lösegeld anzugehen. Sie kann mich nicht verknusen.«

»Dann müssen wir ihr Mitleid wecken.«

»Wie denn?« fragt Morris aufgeschreckt.

»Vielleicht, wenn sie ein kleines Memento von Ihnen bekommt. Ein Ohr... einen Finger...«

»Herrgott nochmal...« wimmert Morris.

Carlo lacht. »Kleiner Scherz. Nein, Sie müssen ihr eine Nachricht schicken. An ihr weiches Herz appellieren.«

»So was besitzt sie nicht.«

»Daran wird sich Ihre Wortgewalt erweisen. Es ist der entscheidende Test.«

»Ja, es waren zwei Babys in der KLM-Maschine. Zwei kleine Mädchen, Zwillinge«, sagt Hermann Pabst. »Wie sie an Bord geschmuggelt wurden, ist nie herausgekommen. Nach der Landung in Amsterdam sind alle weiblichen Fluggäste verhört worden – und die Stewardessen natürlich auch. Es stand in allen Zeitungen, aber Sie sind zu jung, Sie wissen das wohl nicht mehr.«

»Ich war damals selber noch ein Baby.«

»Eben«, sagt Hermann Pabst. »Ich hab' ein paar Ausschnitte zu Hause, wenn Sie wollen, können Sie Kopien haben.« Er macht sich eine Notiz auf einem Block, der in seiner Brieftasche steckt. Pabst ist ein großer, schwerer Mann mit blondem, allmählich weiß werdendem Haar, und einem Gesicht, das die Sonne Kaliforniens nicht braun-, sondern rotgebrannt hat. Sie sitzen in der Bar des Red Carpet Club, Pabst trinkt Wasser, Persse Bier. »Ich war damals bei KLM angestellt und hatte Dienst, als die Maschine mit den beiden kleinen Schwarzfliegerinnen landete. Sie wurden eine Weile in meinem Büro abgestellt, niedliche Dingerchen. Meine Frau Gertrude und ich, wir hatten keine Kinder, am guten Willen lag's nicht, irgendwas war mit Gertrudes Eileitern nicht in Ordnung. Jetzt kann man so was operieren, aber damals... Ich rief sie an und sagte: ›Herzlichen Glückwunsch, Gertrude, du hast eben Zwillinge gekriegt.‹ Sobald ich die Kleinen sah, hatte ich mich entschlossen, sie zu adoptieren. Es war irgendwie...« Er sucht nach einem Wort.

»Schicksalhaft?« schlägt Persse vor.

»Ja. Als ob sie mir von oben geschickt worden wären. Und irgendwie waren sie das ja auch. Aus zwanzigtausend Fuß Höhe.« Er nimmt einen Schluck Perrier und sieht rasch auf die Uhr.

»Wann geht Ihre Maschine?«

»Die geht, wenn ich es sage«, meint Hermann Pabst. »Es ist ein Privatjet. Aber ich muß ein bißchen auf die Zeit achten, ich bin heute abend bei einem Empfang im Weißen Haus.«

Persse zieht ein gebührend beeindrucktes Gesicht. »Es ist sehr nett von Ihnen, daß Sie mir Ihre Zeit opfern, Sir. Wie ich sehe, sind Sie ein vielbeschäftigter Mann.«

»Ja, ich hab's ganz schön weit gebracht hier in den Staaten, ich hab' ein Flugzeug, eine Jacht, eine Ranch bei Palm Springs. Aber eins will ich Ihnen sagen, junger Mann: Liebe kann man nicht kaufen. Das war mein Fehler bei den Mädels. Ich hab' sie verwöhnt, hab' sie mit Geschenken überschüttet. Spielzeug, Klamotten, Pferde, Reisen. Sie haben sich beide auf ihre Art dagegen aufgelehnt, sobald sie ins Teenageralter kamen. Lily ist ausgeflippt. Sie ist ganz groß auf Jungs eingestiegen, dann auf Drogen. Sie ist auf der Oberschule in eine miese Clique geraten, und ich hab' sie wohl nicht richtig angefaßt. Mit sechzehn ist sie von zu Hause weg. Das ist nichts Neues – jedenfalls nicht in Kalifornien. Aber Getrude hat's das Herz gebrochen. Und meinem hat's auch nicht gerade gutgetan. Ich hab' hohen Blutdruck, darf nicht rauchen, kaum was trinken...« Er deutete auf den Perrier. »Nach zwei Jahren kamen wir Lily auf die Spur, da war sie in San Francisco. Sie wohnte in einer dieser vergammelten Kommunen, schlief mit einem von den Typen – oder mit mehreren –, und was soll ich Ihnen sagen, sie schlug sich als Aktrice in Sexstreifen durch. Wir holten sie nach Hause, versuchten noch mal von vorn anzufangen, schickten sie mit Angie an ein Mädchencollege im Osten, aber es hat nichts genützt. Während der Semesterferien ist Lily nach Europa geflogen, zu einem Sommerkurs, und ward nicht mehr gesehen. Das war vor sechs Jahren.«

»Und Angelica?«

»Ja, Angie...« Hermann Pabst seufzt. »Die hat's genau umgekehrt gemacht, aber eine Revolte war's auch. Angie ist ein Eierkopf geworden. Ständig am Lesen, nie mal ein Rendezvous. Hat auf mich und ihre Mutter herabgesehen, weil wir nicht gebildet waren. Schön, ich geb' ja zu, ich bin nie viel zum Lesen gekommen, vom *Wall Street Journal* und den Fachzeitschriften aus der Luftfahrt mal abgesehen. Ich hab' versucht, mit diesen Romankurzfassungen von *Reader's Digest* auf dem laufenden zu bleiben, aber die hat Angelica in den Müll geworfen und hat mir dafür andere Bücher gegeben, aus denen ich einfach nicht schlau geworden bin. In Vassar hat sie in jedem Fach 'ne glatte Eins gekriegt und ihr Examen mit Summa Cum Laude gemacht, dann wollte sie unbedingt nach England, um in Cambridge noch nen Studiengang zu machen, und danach hat sie uns eröffnet, sie geht nach Yale und macht komplette Literatur oder sowas.«

»Komp. Lit. – komparative Literaturwissenschaft vielleicht?«

»Genau. Sie will Lehrerin werden, an einem College, sagt sie. Ist das nicht ein Jammer? Ein Mädchen wie sie, meine ich – schön, klug und alles. Die könnte heiraten, wen sie will. Einen Mann mit Macht, Geld, Zukunft. Angie könnte First Lady werden.«

»Sehr richtig, Sir«, sagt Persse. Er hat wohlweislich von seinen eigenen Heiratsplänen im Hinblick auf Angie nichts verlauten lassen. Vielmehr hat er sich bei Mr. Pabst als Schriftsteller vorgestellt, der über Verhaltensmuster eineiiger Zwillinge recherchiert, Angelica zufällig in England kennengelernt hat und mehr über ihre faszinierende Lebensgeschichte erfahren möchte.

»Nicht mal das Studium läßt sie sich von mir bezahlen. Sie will partout unabhängig bleiben. Hat für ihren Professor in Yale schriftliche Arbeiten korrigiert und sich damit das Studiengeld verdient, stellen Sie sich das mal vor. Dabei mache ich in einer einzigen Woche mehr Geld als der in einem ganzen Jahr. Von mir hat sie nur eins angenommen, einen Ausweis, der ihr auf der ganzen Welt Freiflüge mit der Transamerican ermöglicht.«

»Den scheint sie aber weidlich auszunutzen«, sagt Persse. »Sie ist häufig auf Tagungen.«

»Tagungen? Hören Sie bloß auf. Ein Tagungsfreak ist sie. Neulich hab' ich zu ihr gesagt: ›Wenn du nicht so viel Zeit auf Tagungen vertrödeln würdest, Angie, hättest du inzwischen schon deinen Doktor und den ganzen Unfug hinter dir.‹

»Neulich? Sie haben Angelica neulich erst gesehen?« fragt Persse so beiläufig wie möglich. »Ist sie hier in Los Angeles?«

»Sie war hier. Im Augenblick ist sie in Honolulu.«

»Honolulu?« echot Persse bestürzt.

»Und raten Sie mal, was sie da macht.«

»Eine Tagung?«

»Genau. Irgendwas über Jean.«

»Jean? Was für ein Jean.«

Pabst zuckt die Schultern. »Das hat sie nicht verraten. Hat mir gesagt, sie fliegt zu einer Tagung über Jean, an der University of Hawaii.«

»Könnte es auch ›Genre‹ gewesen sein?«

»Ja, das war's.« Pabst sieht auf die Uhr. »Tut mir leid, McGarrigle, aber ich muß jetzt los. Wenn Sie noch Fragen haben, können Sie mich zur Maschine begleiten.« Er greift sich seine elegante Aktentasche aus bordeauxfarbenem Leder, Persse nimmt seine abgewetzte Sporttasche in die Hand. Sie treten aus der klimatisierten Halle in den smogverhangenen Sonnenschein. »Hat eigentlich Angelica noch Kontakt zu ihrer Schwester?« fragt Persse.

»Ja, sie ist extra heimgekommen, weil sie mir das erzählen wollte. Sie studiert seit zwei Jahren in Europa, mit einem Woodrow-Wilson-Stipendium. Wohnt meist in Paris, reist aber viel rum und hat dabei ständig die Augen offengehalten, ob sie vielleicht ihre Schwester sieht. Und hat sie schließlich auch gefunden, in irgendeinem Londoner Nachtklub. Offenbar arbeitet Lily da als so'n Stück exotische Tänzerin. Schätze, daß sie sich dazu ausziehen muß, aber besser als Pornofilme ist es allemal. Sie ist glücklich dabei, sagt Angie. Ist bei einer internationalen Agentur angestellt, die sie überall rumschickt, zu verschiedenen Jobs. Meine Töchter sind offenbar wild entschlossen, die Welt auf die harte Tour kennenzulernen. Ich versteh das nicht. Aber warum sollte ich auch? Sie sind schließlich nicht mein Fleisch und Blut. Ich hab' mir die größte Mühe mit ihnen gegeben, aber irgendwo hat's eben ausgehakt.«

Sie kommen zu einer Parkzone für Privatflugzeuge jeder Form und Größe, von winzigen einmotorigen Propellerleichtgewichten, zart wie Mücken, bis zu Executive Jets von der Größe ausgewachsener Linienmaschinen. Ein paar junge Leute, die im Schatten eines Tankwagens lagern, erheben sich erwartungsvoll, als Hermann Pabst sich nähert und recken handgeschriebene Schilder hoch. »Denver«, steht darauf, »Seattle«, »St. Louis«, »Tulsa«. »Nichts zu machen, Jungs«, sagt Pabst und schüttelt den Kopf.

»Was sind denn das für Leute?« fragt Persse.

»Tramper.«

Persse sieht erstaunt über die Schulter. »Sie meinen, die reisen per Flugzeugstop?«

»Genau. Sich um die Executive Jets rumzudrücken, das ist Trampen auf modern.«

Hermann Pabsts Privatmaschine ist eine Boeing 737 in den Farben von Transamerican Airlines – Purpur, Orange und Weiß. Die Triebwerke sind schon zum Start angelaufen. *uuuuiiiiiiii.* Sie schütteln sich vor der Rolltreppe, die am Eingang der Maschine steht, die Hand.

»Auf Wiedersehen, Mr. Pabst – und herzlichen Dank.«

»Wiedersehen, Mr. McGarrigle. Und alles Gute für Ihr Buch. Hochinteressantes Thema. Erstaunlich, wie wenig die Leute über Zwillinge wissen. Angelica hat mir mal einen Roman gegeben, in dem kamen eineiige Zwillinge verschiedenen Geschlechts vor. Ich hab's nicht zu Ende gelesen, war mir einfach zu dumm.«

»Kann ich verstehen«, sagt Persse.

»Wo soll ich die Zeitungsausschnitte hinschicken?«

»Ach so, ja... University College, Limerick.«

»In Ordnung. Machen Sie's gut.«

Hermann Pabst steigt die Treppe hinauf, winkt noch einmal und verschwindet in der Maschine. Die Treppe wird weggerollt, und die Tür schließt sich hinter ihm. Persse steckt die Finger in die Ohren, während das Triebwerkgeräusch sich in Tonhöhe und Volumen steigert und das Flugzeug langsam zur Startbahn rollt. *UUUUUIIIIIIII!* Es verschwindet hinter einem Hangar, fliegt aufs Meer hinaus, legt sich in eine Kurve und nimmt Kurs nach Osten. Persse greift sich seine Tasche und geht langsam zu dem Grüppchen im Schatten des Tankwagens zurück.

»Hey«, sagt einer der jungen Männer.

»Hey«, sagt Persse und hockt sich neben ihn. Er nimmt einen Bogen Schreibmaschinenpapier aus der Tasche und malt mit Filzschreiber in großen Buchstaben darauf: HONOLULU.

Das Telefon läutet in Désirées Hotelzimmer an der Promenade des Anglais. Der Mann von Interpol strafft sich, setzt die Kopfhörer auf, schaltet das Tonbandgerät ein und nickt Désirée zu. Sie hebt ab.

»Ist dort die Signora Zapp?«

»Am Apparat.«

»Ich 'abe eine Nachricht für Sie, bitte.«

Eine Pause, ein Knistern. Dann hört Désirée Morris' Stimme. »Hallo, Désirée, hier Morris.«

»Morris, wo zum Teufel steckst du? Ich hab' langsam –« Aber Morris redet ungerührt weiter, und Désirée dämmert es, daß an ihrem Ohr eine Tonbandaufnahme abläuft.

»...körperlich bin ich okay, ich werde gut versorgt, aber diese Burschen meinen es ernst, und sie werden allmählich ungeduldig. Ich hab' ihnen gesagt, daß wir nicht mehr verheiratet sind, und da haben sie sich ausnahmsweise bereit gefunden, das Lösegeld um die Hälfte herabzusetzen, auf eine Viertelmillion Dollar. Ich weiß, Désirée, das ist ein Haufen Geld, und du schuldest mir wahrhaftig nichts, das ist mir auch klar, aber du bist die einzige aus meinem Bekanntenkreis, die so viel Kies aufbringen könnte. In *Newsweek* steht, daß du mit *Schwere Tage* zwei Millionen gemacht hast, die Burschen haben es ausgeschnitten. Wenn du mich da rausholst, zahl ich dir die zweihundertfünfzig Mille zurück – und wenn es mich den Rest meines Lebens kostet. Zumindest bin ich dann noch am Leben.

Jetzt hör zu. Wenn du einverstanden bist, das Lösegeld zu zahlen, setz in die nächste Ausgabe der Pariser *Herald-Tribune* eine Kleinanzeige, das kannst du telefonisch machen und auf Kreditkarte abbuchen lassen, mit dem Text *›Die Dame akzeptiert.‹* Hast du das? *›Die Dame akzeptiert.‹* Dann holst du eine Viertelmillion Dollar in gebrauchten, nicht gekennzeichneten Scheinen von der Bank und erwartest meine Anweisungen. Daß du die Polizei nicht einschalten darfst, brauche ich wohl nicht extra zu sagen. Sobald die Polizei mitmischt, ist das Geschäft geplatzt und mein Leben in Gefahr.«

Während Morris spricht, hat das Fernmeldeamt den Anruf zurückverfolgt. Streifenwagen rasen mit heulenden Sirenen durch Nizzas Straßen und umstellen eine Telefonzelle in der Altstadt. Dort ist der Hörer abgenommen und lehnt an einem billigen japanischen Kassettenrekorder, aus dem noch immer Morris Zapps flehentlich klagende Stimme schallt.

Am nächsten Tag gibt Désirée eine Kleinanzeige in der Pariser *Herald-Tribune* auf: *»Die Dame bietet zehntausend Dollar.«*

»Ich finde das sehr großzügig von dir«, erklärt Alice Kauffman in

Manhattan. Ihre Stimme klingt ein wenig klebrig. Das kommt von den heimlich gemampften Kirschlikörpralinen.

»Finde ich auch«, sagt Désirée. »Aber ich hab' mir gesagt, bei zehntausend Dollar ist es drin, daß Morris ernstlich versucht, sie zurückzuzahlen. Und es sieht vielleicht schlecht aus, wenn ihm was passiert und ich keinen Finger gerührt habe.«

»Du hast ja so recht, Schätzchen«, sagt Alice Kauffman, und zwischen den Worten hört man leise Kußgeräusche, wenn sie sich die Fingerspitzen leckt. »In solchen Sachen werden die Leute leicht rührselig, sogar Frauen, die theoretisch emanzipiert sind. Könnte sich ungünstig auf den Umsatz auswirken, wenn er dir wegstirbt. Vielleicht solltest du zwanzigtausend bieten.«

»Wäre das steuerlich absetzbar?« fragt Désirée.

»Was ist das bloß für eine Frau«, sagt Carlo zu Morris. »Mit Kidnappern handeln, wo gibt's denn so was?«

»Ich habe euch gewarnt«, sagt Morris Zapp.

»Zehntausend bietet sie. Das ist eine Beleidigung.«

»Wenn Sie das schon als Beleidigung empfinden, was meinen Sie wohl, wie mir zumute ist?«

»Sie werden noch eine Nachricht auf Band sprechen müssen.«

»Das ist sinnlos, wenn Sie nicht bereit sind, mit Ihren Forderungen herunterzugehen. Wenn Sie sich nun mit hunderttausend zufriedengeben?«

Morris hört, wie jemand zischend die Luft einzieht.

»Ich werde mit den anderen darüber sprechen«, sagt Carlo.

Zehn Minuten später ist er mit dem Tonbandgerät wieder da. »Hunderttausend Dollar – das ist unser letztes Angebot. Sagen Sie ihr das, und sagen Sie's ihr so, daß sie es versteht.«

»So einfach ist das nicht«, meint Morris. »Jede Dekodierung ist eine Neukodierung.«

»Wie bitte?«

»Schon gut. Geben Sie den Kasten her.«

»Sieh's doch mal so, Désirée«, knistert und knastert Morris' Stimme durch die Leitung, während draußen, unter dem Balkon des Zimmers mit Seeblick, Streifenwagen jaulend über die Promenade des Anglais fahren und die Telefonzelle suchen, aus der sie kommt. »Hunderttausend Dollar sind nicht mal ein Zwanzigstel deiner Tantiemen aus *Schwere Tage*, das ich übrigens für ein absolut großartiges Buch halte, einen Knüller, ehrlich – weniger als vier Prozent. Wohlgemerkt, ich rechne mir diese Leistung keineswegs als Verdienst an, ich meine, es war voll und ganz dein eigener kreativer Genius, der da am Werk war, aber in gewisser Weise ist es doch so, daß du dieses Buch nie hättest schreiben können, wenn ich nicht all die Jahre ein so lausiger Ehemann gewesen wäre. Ich meine – all das Leid wäre nicht da gewesen, das du geschildert hast. Man könnte sagen, daß ich dich zur Feministin gemacht habe. Ich habe dir die Augen für die Unterdrückung der modernen amerikanischen Frau geöffnet. Findest du nicht, daß ich, wenn man es so betrachtet, in meiner derzeitigen Lage auch eine kleine Gegenleistung verlangen kann? Ich meine – du zahlst deiner Agentin zehn Prozent für weniger Ware.«

»So was von Chuzpe«, sagt Alice Kaufmann, als Désirée ihr über die Transatlantikleitung von dieser neuen Entwicklung erzählt. »Von rechts wegen sollte man ihn im eigenen Saft schmoren lassen. Was wirst du tun?«

»Ich biete fünfundzwanzig Mille«, sagt Désirée. »So langsam wird die Sache spannend. Wie eine amerikanische Versteigerung. Ich frage mich, wieviel Luft bei Morris noch drin ist.«

Persse sitzt auf dem schmalen, übervölkerten Strandstreifen vor dem Waikiki Sheraton und addiert die Beträge auf den hellblauen American Express-Abschnitten, die in seiner Brieftasche zusammengekommen sind. Er hat ausgerechnet, daß das, was er auf dem Konto in Limerick hat, knapp die Gesamtsumme deckt, aber um nach Hause zu kommen, wird er Schulden machen müssen. Hätte er nicht das Glück gehabt, in einer von einem Fernsehteam gecharterten Maschine kostenlos von Los Angeles nach Honolulu zu kommen, wäre seine finanzielle Lage noch prekärer.

Es ist heiß, sehr heiß am Strand, trotz des Passats, in dessen Hauch sich raschelnd die Palmen wiegen, und das Bad in der See, die sich wie warme Milch anfühlte und fast so aussah, hat ihn nicht erfrischt. Die ferne Brandung hätte ihn gelockt, aber er mochte seine Sachen nicht unbeaufsichtigt am Strand liegenlassen. Deutlich regt sich das Heimweh in ihm, wenn er an das erfrischende, kristallklare Wasser von Connemara denkt, an die steinigen Strände mit feinem weißem Sand und mit Ebbe und Flut, wo im Frühsommer Seevögel oft seine einzigen Gefährten waren. Hier sinkt man in den grob gekörnten Sand ein, und an dem fast immer auf gleicher Höhe befindlichen Saum der lauwarmen Wogen stapft ein endloser Zug von Menschenwesen entlang, in Bikinis, Badehosen, Bermudashorts und Jeans. Junge und Schöne, Alte und weniger Schöne. Schlanke und Dünne und Dicke. Braungebrannt und sommersprossengetüpfelt und sonnenbrandgeplagt. Die meisten führen Eß- und Trinkbares mit sich – Hamburger, Hot Dogs, Eis, Erfrischungsgetränke, ja, sogar Cocktails. Die Insel ist erfüllt von Lärm – Hawaiimusik vom Band näselt aus den Hotellautsprechern, Rockmusik dröhnt aus umgehängten Transistorradios, Klimageräte brummen, Motorrammen legen donnernd die Fundamente für neue Hotels. Alle zwei, drei Minuten erhebt sich von dem einige Meilen rechts von Persse gelegenen Flughafen ein Jumbo-Jet in die Lüfte und hängt fast regungslos über der Bucht, den Hochhaushotels, den schwankenden Palmen, den geliehenen Surfbrettern und Auslegerkanus, den Einkaufszentren und Parkplätzen, ehe er Kurs nach Osten oder Westen nimmt. Und aus den Fenstern der Maschine schauen die Abfliegenden mit den verschiedensten Abstufungen von Neid oder Erleichterung auf die Neuankömmlinge herab.

Persse ist nach seiner Ankunft am vergangenen Abend sofort mit einem Taxi zur Universität gefahren, aber die Verwaltungsgebäude waren alle geschlossen, und er ist auf dem Campus herumgelaufen, der ihm wie ein großer botanischer Garten mit angeschlossener Skulpturenausstellung vorkam, und hat aufs Geratewohl und ohne jeden Erfolg nach der Genre-Tagung gefragt, bis ein Sicherheitsbeamter ihm den guten Rat gab, heimzugehen, wenn er nicht überfallen werden wolle. Gleich am nächsten Morgen, nach der Übernachtung in einer billigen Unterkunft, war er wieder da – nur um zu erfahren, daß die Konferenz am Tag zuvor zu Ende gegangen war und die Teilnehmer sich in alle Winde zerstreut hatten – einschließlich der Organisatoren, die möglicherweise gewußt hätten, was aus Angelica geworden war. An der Hochschul-Information konnte man ihm nur noch ein Tagungsprogramm bieten, das – quälend genug! – einen Hinweis auf einen Vortrag über »Komisch-epische Romanzen von Ariost bis Byron – der utopische Traum der Literatur über sich selbst« enthielt, den offenbar Angelica gehalten hatte und zu dem Korreferate eines italienischen Professors namens Ernesto Morgana und eines Japaners namens Motokazu Umeda vorgesehen waren. Wie gern wäre er dabei gewesen.

Bewehrt mit diesem Andenken an Angelicas Durchreise, das ohne jeden praktischen Nährwert ist, fährt Persse mit dem Bus nach Waikiki, steigt aus, als er zwischen zwei riesigen Hotels einen Streifen blaues Meer sieht, und steuert den Strand an, um durch etwas Bewegung seinen Frust loszuwerden und sich seinen nächsten Schritt zu überlegen. Es scheint keine vernünftige Alternative zur Heimkehr zu geben. Persse seufzt und knöpft die Brieftasche wieder in sein Hemd.

Dann fällt sein faszinierter Blick auf eine Erscheinung, die zwishen den ölglänzenden, halbnackten Urlaubern, die durch das seichte Wasser waten, ausgesprochen abwegig wirkt. Es ist eine ältere Dame in blauem Musselinkleid mit einem Muster kleiner Zweige, dessen weiter Rock elegant gerafft und schwalbenschwanzartig zusammengenommen ist und ein bescheidenes Stück nacktes weißes Bein sehen läßt. In der Hand hat sie einen Sonnenschirm aus dem gleichen Stoff, der ihrem Gesicht Schatten spendet. Persse springt auf und läuft auf sie zu.

»Miss Maiden! Nein, daß ich Sie hier treffe!«

»Hallo, junger Mann. Die Überraschung ist ganz auf meiner Seite – eine angenehme Überraschung übrigens. Wohnen Sie im Sheraton?«

»Gott behüte, aber ohne daß man sich durch eine Hotelhalle schlängelt, kommt man ja hier offenbar nicht zum Strand.«

»Ich wohne im Royal Hawaiian, sehr exklusiv angeblich. Was dann in Honolulu als ordinär gilt, möchte ich wohl wissen«, sagt Miß Maiden. »Sitzen Sie irgendwo? Ich würde mich gern ein bißchen ausruhen und vielleicht etwas trinken. Sie haben hier etwas, was sich Slush nennt. Recht erfrischend, auch wenn der Name mehr nach Matsch und Modder klingt.«

»Sind Sie zu der Genre-Tagung hier?« ist Persse McGarigles erste Frage, als sie, zwei gewaltige Pappbecher zerstoßenes Eis mit Himbeergeschmack vor sich, an der Freiluftbar des Sheraton sitzen.

»Nein, ich mache Urlaub. Reiner Luxus ohne jede Bildungsabsicht. Ich wollte schon immer mal hierher. ›Hawaii Fünf-Null‹ ist eine meiner Lieblingssendungen im Fernsehen. Leider ist die Wirklichkeit etwas enttäuschend. Das ist aber meist so, finde ich, seit es Farbfernsehen gibt. Und Sie, junger Mann – sind Sie auf Urlaub hier?«

»Nicht direkt. Ich suche ein Mädchen.«

»Ein naturbedingtes Streben. Aber haben Sie dazu nicht eine recht weite Reise gemacht?«

»Ich suche ein bestimmtes Mädchen. Angelica Pabst. Vielleicht erinnern Sie sich an sie, von Rummidge her.«

»So ein Zufall. Ich habe sie gerade vor ein paar Tagen getroffen.«

»Sie haben Angelica getroffen?«

»Hier am Strand. Ich habe sie erkannt, auch wenn mir nicht einfallen wollte, wie sie hieß. Mit zunehmendem Alter läßt mein Namensgedächtnis leider nach. Ihr Name ist mir zum Beispiel im Moment auch entfallen, Mr. – äh –«

»McGarrigle. Persse McGarrigle.«

»Richtig. Sie hat von Ihnen gesprochen.«
»Angelica hat von mir gesprochen? Wie denn?«
»Mit großer Zuneigung, jawohl, mit großer Zuneigung.«
»Was hat sie gesagt?«
»Tut mir leid, das weiß ich nicht mehr genau.«
»Bitte, versuchen Sie, sich zu erinnern«, fleht Persse. »Es ist sehr wichtig für mich.«
Miss Maiden runzelt angestrengt die Stirn, saugt kräftig an ihrem Strohhalm und erzeugt Gurgellaute in ihrem Pappbecher. »Es ging irgendwie um Namen. Als sie meinem Gedächtnis nachgeholfen und mir gesagt hatte, daß sie Angelica Pabst heißt, erlaubte ich mir zu bemerken, daß sie einen wohlklingenderen Nachnamen verdient hätte, und sie lachte und fragte, ob ›McGarrigle‹ meiner Meinung nach einen besseren Klang hätte.«
»Wirklich?« Persse ist selig. »Dann liebt sie mich.«
»Hatten Sie denn daran gezweifelt?«
»Ich weiß nicht recht... Sie läuft vor mir davon, seit ich sie kenne.«
»Nun ja, eine junge Frau läßt sich gern umwerben, ehe sie sich gewinnen läßt.«
»Aber ich komme ja gar nicht nah genug an sie heran, um sie zu umwerben«, wendet Persse ein.
»Sie stellt Sie auf die Probe.«
»Kann man wohl sagen. Ich war schon drauf und dran aufzugeben und wieder nach Connemara zu gehen.«
»Nein, das dürfen Sie nicht. Nur nicht aufgeben.«
»Wie die Gralsritter.«
»Ach die...«, sagt Miss Maiden. »Das waren doch die reinsten Trottel. Die brauchten nur im richtigen Moment eine Frage zu stellen und haben es trotzdem meist vermurkst.«
»Hat Angelica zufällig erwähnt, wohin sie wollte? Zurück nach Los Angeles?«
»Ich glaube, sie wollte nach Tokio.«
»Tokio? Das darf nicht wahr sein«, stöhnte Persse.
»Oder Hongkong? Irgendwas Fernöstliches. Jedenfalls zu einer Tagung, glaube ich.«
»Das kann ja gar nicht anders sein«, seufzt Persse. »Die Frage ist: Zu welcher Tagung?«
»Ich an Ihrer Stelle würde sie in Tokio suchen.«
»In Tokio gibt es einen Haufen Menschen, Miss Maiden.«
»Aber es sind sehr kleine Menschen, nicht? Unter ihnen würde Miss Pabst gewissermaßen eine überragende Rolle spielen. Sie ist gut

und gern einen Kopf größer. Was hat dieses Mädchen für eine prachtvolle Figur.«

»Ja, das hat sie«, bestätigte Persse feurig.

»Ich fürchte, sie muß mich für sehr unmanierlich gehalten haben – ich konnte den Blick nicht von ihr lassen, während sie sich abtrocknete. Sie kam vom Schwimmen, ich sah sie, wie sie aus dem Meer stieg, in einem zweiteiligen Badeanzug, mit nassem Haar und schimmernder Haut.«

»Wie Venus«, flüstert Persse und schließt die Augen, um das Bild noch lebendiger vor sich zu sehen.

»Genau, auch mir drängte sich dieser Vergleich auf. Sie hat eine wunderschöne Sonnenbräune, sehr kleidsam zu dunklem Haar und dunklen Augen, finde ich immer. Wie ich sehe, haben Sie die gleiche helle Haut wie ich, schon bei der leichtesten Sonneneinstrahlung gibt es Verbrennungen. Ihre Nase, bitte entschuldigen Sie die Bemerkung, ist schon ganz rot. Ich würde Ihnen raten, sich einen Hut anzuschaffen. Aber Miss Pabst hat Haut wie braune Seide, eine makellose, gleichmäßige Bräune. Mit Ausnahme eines Muttermals am linken Schenkel, haben Sie es bemerkt? Es sieht ein bißchen aus wie ein Anführungszeichen.«

»Ich hatte noch nicht den Vorzug«, sagt Persse errötend, »Angelica im Badeanzug zu sehen. Und ich weiß auch nicht, ob ich das aushalten würde. Ich wäre versucht, mich mit jedem Mann am Strand anzulegen, der den Blick auf sie richtet.«

»Da hätten Sie viel zu tun. Sie wurde von allen Seiten angeglotzt.«

»Kein Wort weiter«, fleht Persse. »Es gab mal eine Zeit, da hielt ich sie für eine Striptease-Tänzerin, ich bin fast daran zugrunde gegangen.«

»Diese bezaubernde junge Frau eine Striptease-Tänzerin? Wieso denn das?«

»Eine Verwechslung. Es stellte sich heraus, daß es ihre Schwester war.« – »Sie hat eine Schwester?«

»Eine Zwillingsschwester. Lily.« Wie lange schien es her, daß er Angelicas Schatten durch die Bordelle von London und Amsterdam gefolgt war. Bei dem Gedanken an Girls Unlimited fällt ihm Bernadette ein und daß er die von Maxwell unterschriebene Urkunde noch immer mit sich herumträgt. Über der Aufregung, daß er Angelica wieder auf die Spur gekommen ist, hat er Bernadette ganz vergessen. Wie kam das eigentlich? Der Auslöser war wohl die Begegnung mit Cheryl Summerbee in Heathrow. Cheryl, die unerklärlicherweise über ihren Flugplänen nach Genf Tränen vergossen hat... Was sind Frauen doch für seltsame, unberechenbare Geschöpfe.

Und jetzt überrascht ihn auch Miss Maiden mit einem ungewohnten Symptom weiblicher Schwäche. Sie ist blaß geworden und schwankt auf ihrem Hocker, als sei sie einer Ohnmacht nahe. »Alles in Ordnung, Miss Maiden?« fragt er besorgt und legt stützend eine Hand auf ihren Arm.

»Die Hitze«, sagt sie halblaut. »Sie ist über Mittag für mich doch etwas zu viel. Wenn Sie so gut sein wollten, mir Ihren Arm zu geben... Ich gehe wohl besser ins Hotel und lege mich hin.«

Wie es der Zufall will, landen Fulvia und Ernesto Morgana fast gleichzeitig in Mailand, sie aus Genf, er aus Honolulu kommend. Sie treffen sich an der Gepäckausgabe und begrüßen sich stilvoll mit einem Kuß auf beide Wangen.

»Au«, ruft Fulvia. »Du bist sehr kratzig, *carissimo*.«

»*Scusi*, Liebste, aber es war ein langer Flug, und du weißt, daß ich mich nicht gern im Flugzeug rasiere, für den Fall plötzlicher Turbulenzen.«

»Natürlich, Liebster«, sagt Fulvia beschwichtigend. Ernesto benützt ein altmodisches Rasiermesser, einen richtigen Halsabschneider. »War es eine nette Tagung?«

»Sehr annehmbar, danke. Erstaunlich, dieses Honolulu. Tummelplatz der postindustriellen Gesellschaft. Da mußt du unbedingt mal hin. Und bei dir?«

»Die Tagung über Erzählformen war langweilig, aber Wien war bezaubernd. In Lausanne war es umgekehrt. Hier kommt mein Gepäck! Rasch!«

Fulvia hat ihren bronzefarbenen Maserati auf dem Flughafenparkplatz stehen und fährt sie heim. »Hast du interessante Leute kennengelernt?« fragt sie, während sie auf die Überholspur geht und einen trödelnden Fiat anblinkt.

»Die Signorina Pabst, zu deren Ausführungen ich ein Korreferat gehalten habe, war überraschend jung und überraschend schön und eine äußerst scharfe Kritikerin Ariosts.«

»Hast du mit ihr geschlafen?«

»Leider war sie nur rein beruflich an mir interessiert. War Professor Zapp in Wien?«

»Er war angemeldet, aber aus irgendeinem Grunde ist er nicht gekommen. Ich habe einen Bekannten von ihm kennengelernt, einen gewissen Sy Gootblatt.«

»Hast du mit ihm geschlafen?«

Fulvia lächelt. »Wenn du nicht mit Miß Pabst geschlafen hast, habe ich nicht mit Mr. Gootblatt geschlafen.«

»Aber ich habe wirklich nicht mit ihr geschlafen«, beteuert Ernesto. »So eine ist sie nicht.«

»Sollte es tatsächlich noch eine Frau geben, die nicht ›so eine‹ ist? Aber gut, ich glaube dir. Mit wem hast du dann geschlafen?«

Ernesto zuckt die Schultern. »Nur mit zwei Nutten.«

»Wie banal, Ernesto.«

»Mit zweien gleichzeitig«, verteidigt er sich. »Und wie war Mr. Gootblatt?«

»Er machte einen vielversprechenden Eindruck, aber es zeigte sich, daß es ihm sowohl an Phantasie als auch an Stehvermögen mangelt. Leider fuhren wir beide von Wien nach Lausanne, mußten also noch eine Woche den Schein wahren. Ich habe ihn nicht zu uns eingeladen.«

Ernesto nickt, als habe er nur das wissen wollen.

Als sie zu Hause geduscht und sich umgezogen haben, tauschen sie ihre Geschenke aus. Ernesto hat Fulvia Ohrringe und eine Brosche mit Naturperlen gekauft, und Fulvia hat Ernesto eine silberbeschlagene Reitpeitsche mitgebracht. Er mixt zwei trockene Martinis, und sie setzen sich zusammen in den cremefarbenen Salon. Ernesto sieht die Post durch, die sich in ihrer Abwesenheit angesammelt hat, Fulvia hat einen Stapel sauber gefalteter Zeitungen und Zeitschriften neben sich liegen. »Es ist eine Wohltat, das Tagesgeschehen zu ignorieren, wenn man auf Reisen ist«, sagt sie, »aber man muß eine Menge nachholen, wenn man heimkommt.« Sie greift sich das oberste Blatt und überfliegt die Schlagzeilen. Ihr Mund bleibt offen stehen, ihre Augen weiten sich. »Ernesto«, sagt sie mit leiser, aber stahlharter Stimme.

»Ja, meine Liebe«, sagt er abwesend und fährt fort, mit einem Brieföffner Umschläge aufzuschlitzen.

»Hast du vielleicht einem unserer politischen Freunde von Morris Zapp erzählt? Daß er mit Désirée Byrd, der Schriftstellerin, verheiratet ist, meine ich.«

Verschreckt durch den Tonfall blickt Ernesto auf. »Kann sein, daß ich es Carlo gegenüber erwähnt habe. Warum fragst du?«

»Carlo ist ein junger Narr.« Fulvia springt auf und wirft Ernesto die Zeitung in den Schoß. »Wir werden seinetwegen noch alle im Gefängnis landen, wenn du nicht sofort etwas unternimmst. Morris Zapp ist entführt worden.«

Mitten in der Nacht stürzen sie in Morris' Zimmer und wecken ihn. Das Bettzeug wird weggerissen, Morris wird hochgezerrt. Hände rücken seine Augenbinde zurecht und ziehen sie fest, einer zwängt seine Füße grob in die Adidasschuhe. »Wo gehen wir hin?« fragt er mit bebender Stimme. »Mund halten«, sagt Carlo. »Hat Désirée gezahlt?« »Ruhe.« Carlos Stimme klingt verärgert. Morris zittert. Er weiß, jetzt kommt die Entscheidung – Rettung oder Tod. Einer krempelt ihm einen Ärmel hoch und wischt mit einem feuchten Wattebausch über seinen Unterarm. »Keine Bewegung, sonst tut es weh.« Sie werden doch Leute, denen sie den Garaus machen wollen, nicht erst eine Betäubungsspritze geben? Demnach ist es die Rettung. Oder aber der tödliche Schuß. Er spürt den Einstich. »Sind Sie –« setzt er an, aber ehe er den Satz beenden kann, wird alles schwarz.

Als nächstes spürt er einen scharfkantigen Stein, der sich in seine rechte Hinterbacke drückt, und einen kalten Luftzug an den Knien. Dann hört er Vogelgezwitscher. Seine Hände sind frei. Er streift die Augenbinde ab und blinzelt ins Licht, das ihm gleißend hell vorkommt, sich aber, nachdem seine Augen sich daran gewöhnt haben, als zartrosa Morgenhimmel hinter einem Gitterwerk aus Pinienzweigen entpuppt. Er liegt auf unebenem Erdreich am Fuß eines hohen, gerade gewachsenen Baumes. Er setzt sich auf und legt eine Hand an den pochenden Kopf. Die blassen Beine, die aus den rotseidenen Joggingshorts herausragen, scheinen weit weg zu sein und sehen gar nicht recht aus, als gehörten sie ihm, aber die Knie beugen sich, als er es ihnen befiehlt, und er rappelt sich hoch, indem er sich umdreht und an dem Baum festhält. In tiefen, berauschenden Atemzügen pumpt er die reine piniendunftende Luft in die Lungen. Frei! Am Leben! Gott segne Désirée. Allmählich gewöhnen sich seine Augen an das Licht. Er ist in einem Wald, auf einem Hügel. Durch die Bäume schimmert ein grauer Streifen Straße. Er stolpert hinunter, Baumstämme als Stütze benutzend. Einmal fällt er hin und schrammt sich das Bein auf.

Die Straße ist schmal und in schlechtem Zustand. Es sieht nicht aus, als ob hier viel Verkehr herrscht. Morris humpelt auf die andere Seite, bleibt an der Böschung stehen und schaut über ein niedriges Mäuerchen in ein tiefes, von Bergen umgebenes Tal. Über Meilen schlängelt sich unter ihm die Straße serpentinenförmig bergab. Von menschlichen Siedlungen keine Spur.

Morris beginnt langsam talwärts zu humpeln. Nach ein paar Minuten bleibt er stehen. Von tief unten erhebt sich hinter den Vogelstimmen ein lieblicher mechanischer Laut, das schwache Summen eines fernen Fahrzeugs. Wieder schaut er über die Mauer. Ein Pünktchen erklimmt die kurvenreiche Straße, schnell auf den Geraden, langsamer in den scharfen Kurven. Ab und zu verschwindet es hinter einer Baumgruppe, um gleich darauf wieder hervorzuschießen. Neben dem Motorgeräusch hört man jetzt leises Reifenquietschen. Es ist ein starkes GT-Coupé, das mit Kennerschaft und Temperament gefahren wird. Jetzt ist es auf der Geraden direkt unter ihm angekommen, und Morris erkennt, daß es ein bronzefarbener Maserati ist.

Als der Wagen um die letzte Kurve biegt, stellt sich Morris auf die Fahrbahn und winkt. Der Maserati rast auf ihn zu und hält abrupt. Kies sprüht unter seinen Reifen hoch. Eine dunkel getönte Scheibe in der Fahrertür senkt sich, und Fulvia Morgana, ein Seidentuch über dem lohfarbenen Haar, streckt den Kopf heraus. Die Augenbrauen heben sich verwundert über der Römernase.

»Du, Morris? Was tust du denn hier? Dich suchen sie doch überall.«

In japanischer Sprache keine Artikel. Kein *»der, die, das«*, kein *»ein, eine, ein«*. In japanischem Gasthaus *(ryokan)*, wo Persse Zimmer nimmt (weil billiger als in westlichem Hotel) auch nicht viele Artikel. Nicht Stuhl, nicht Bett. Nur Matten, Kissen, kleiner niedriger Tisch. Zur Nacht legt Zimmermädchen Bettzeug auf Boden. Wände und Türen aus Papier, auf Latten geklebt. Kein Schloß an Schiebetür. Mädchen bringt Essen auf Zimmer, bedient kniend, Persse sitzt auf Kissen vor Tisch. Von allen Seiten dringt vernehmlich Schmatz-Schmatz durch Wände. In Japan höflich, laut zu essen – bedeutet, daß schmeckt. In gemeinsamem Baderaum hocken nackte Männer auf Zwergenmelkschemeln, seifen sich ein und spülen sich ab, erst dann wird in große Gemeinschaftswanne gestiegen und genüßlich in dampfendem Wasser geschmort, Hinterkopf an gekachelten Wannenrand gelegt. Toiletten wie Bidets mit Halbdach auf Sockel und Fußstützen auf jeder Seite. Bequem für kleines Geschäft, mühsamer für großes.

Benommen geht Persse durch Tokio und weiß nicht, ob es der Kulturschock oder der Jetlag ist, der ihn so schlaucht. Er ist über Nacht von Honolulu nach Tokio geflogen, hat die internationale Datumsgrenze überschritten und einen ganzen Tag seines Lebens verloren. Eben noch war Dienstag, 23.15 Uhr, jetzt ist Mittwoch, 23.16 Uhr. Als er in Tokio ankam, war es Nacht, eine Nacht, die, so scheint es, nie zu Ende gehen wollte. Es ist heiß in Tokio, heißer als in Honolulu und ohne den kühlenden Passat. Sobald Persse auf die Straße kommt, bricht ihm der Schweiß aus, er spürt, wie er unter seinen Armen hervorquillt und an seinem Körper herunterläuft. Geduldig, ohne wahrnehmbare Emotion oder Perspiration, warten die Japaner an den Kreuzungen, bis die Ampel umspringt, oder stehen klaglos dicht an dicht wie die Sardinen in den U-Bahn-Wagen.

Seine Suche führt Persse kreuz und quer durch Tokio. Er erkundigt sich beim British Council, beim United States Information Service und beim japanischen Kultusministerium nach Tagungen, die zur Zeit in Tokio stattfinden. Nun herrscht zwar an Tagungen kein Mangel, sie befassen sich mit so unterschiedlichen Gegenständen wie der Kybernetik, der Fischzucht, dem Zen-Buddhismus und Wirtschaftsprognosen, aber keine fällt so recht in Angelicas Gebiet. Große Hoffnungen setzt er auf einen Kongreß für Science-Fiction-Schriftsteller in Yokohama, aber als er genauer nachhakt, stellt sich heraus, daß die Teilnehmer ausschließlich männlichen Geschlechts und Asiaten sind.

Um über diese letzte Enttäuschung hinwegzukommen, spendiert sich Persse zum Abendessen ein Steak in einem Restaurant im Zentrum von Tokio, ein Luxus, den er sich eigentlich gar nicht leisten kann, aber er ist nicht mehr ganz so deprimiert, nachdem er sich das Steak zusammen mit etlichen Flaschen Bier zu Gemüte geführt hat. Später schlendert er durch die Nebenstraßen der Ginza, wo eine kleine Bar an der anderen liegt und wo sich auf den Gehsteigen harmlos angeheiterte japanische Geschäftsleute drängen, die offenbar den Freitag feiern. Die Nacht ist feucht und schwül, und plötzlich fängt es an zu regnen. Persse rettet sich in die erste beste Bar, ein Etablissement, das sich schlicht und einfach *»Pub«* nennt, und steigt die Stufen herunter. Von unten schallt ihm Popmusik der sechziger Jahre entgegen, Simon and Garfunkel. Asiatische Gesichter wenden sich ihm zu und lächeln freundlich, als er den kleinen, L-förmigen Raum betritt. Er ist der einzige Westler. Eine Bedienung führt ihn an einen Platz, nimmt die Bestellung auf ein Bier entgegen und stellt ihm eine Schale mit Salznüssen hin. In der Mitte des Raums singen zwei Japaner im Straßenanzug »Mrs. Robinson« auf Englisch in ein Mikrophon, eine Darbietung, die Persse aus verschiedenen Gründen verwundert, von denen er einen nicht gleich benennen kann. Die beiden kommen zum Schluß, werden von den Gästen freundlich beklatscht und setzen sich wieder in ihre Mitte. Besonders verwunderlich ist, stellt Persse fest, daß es ihnen gelungen ist, das Gitarrenspiel von Simon and Garfunkel durchaus glaubhaft wiederzugeben, ohne über sichtbare Instrumente zu verfügen.

Die Bedienung bringt Persse das Bier in einer Literflasche und ein großes Album mit Schlagertexten in verschiedenen Sprachen, die durchnumeriert sind. Sie bedeutet ihm mit einer Handbewegung, sich ein Lied auszusuchen. Er wählt aufs Geratewohl die Nummer 77 »Hey Jude«, gibt ihr das Album zurück und macht es sich bequem in der Erwartung, daß die beiden Künstler seinen Wunsch erfüllen werden. Aber die Bedienung lächelt, schüttelt den Kopf und gibt ihm noch einmal das Buch. Sie ruft dem Barmann etwas zu, bedeutet Persse aufzustehen und überschüttet ihn mit einem japanischen Wortschwall. »Tut mir leid, ich verstehe nicht«, sagt Persse. »Können sie ›Hey Jude‹ nicht? Macht nichts, dann nehme ich eben ›A Hard Day's Night.‹«. Er zeigt auf Lied Nummer 78. Sie ruft erneut dem Barmann etwas zu, Persse gibt das Buch zurück, sie drückt es ihm erneut in die Hand. »Tut mir leid, ich verstehe nicht«, sagt er verlegen. Die Bedienung bedeutet ihm, er solle sich setzen, entspannen, sich keine Sorgen machen, und geht auf eine Gruppe von Gästen zu, die an einem Tisch in der anderen Ecke sitzen. Sie kommt mit einem jüngeren Mann in flottem Sporthemd zurück, auf dessen Brust ein Arnold Palmer-Monogramm prangt. Er hat ein Schnapsglas in der Hand. Der Japaner verbeugt sich und zeigt lächelnd die Zähne.

»Sind Sie Amerikaner? Engländer?« fragt er.

»Ire.«

»Ire? Das ist sehr interessant. Darf ich für Sie dolmetschen? Welches Lied möchten Sie singen?«

»Ich möchte überhaupt nicht singen«, protestiert Persse. »Ich bin nur hergekommen, um in aller Ruhe was zu trinken.«

Der Japaner fletscht strahlend die Zähne und setzt sich neben ihn. »Aber dies ist *karaoke*-Bar«, sagt er. »Jeder singt in *karaoke*-Bar.«

Stockend wiederholt Persse das Wort. »*Karaoke*... Was bedeutet das?«

»Wörtlich heißt *karaoke* ›leeres Orchester‹. Der Barmann liefert das Orchester –« Er deutet zur Theke, und Persse sieht jetzt, daß dahinter auf einem langen Regalbrett Musikkassetten und ein Kassettendeck stehen. »– und Sie liefern die Stimme.« Er deutet aufs Mikrophon.

»Jetzt verstehe ich«, sagt Persse lachend und schlägt sich auf den Schenkel. Auch der Japaner lacht und ruft seinen Freunden etwas zu, die ebenfalls in Gelächter ausbrechen. »So, und welches Lied, bitte?« fragt er, sich wieder an Persse wendend.

»Nein, nein, da muß ich schon sehr viel Bier intus haben, ehe ich mich vor ein Mikrofon schleifen lasse.«

»Ich singe mit Ihnen«, sagt der Mann, der offenbar selbst bereits einiges intus hat. »Ich mag auch Beatles-Songs. Wie ist Ihr Name, bitte?«

»Persse McGarrigle. Und Sie heißen –?«

»Ich bin Akira Sakazaki.« Er nimmt Karte aus Brusttasche und überreicht Persse. Auf der einen Seite steht der japanische, auf der anderen der englische Text. Unter seinem Namen sind zwei Adressen, die eine ist die Englische Fakultät einer Universität.

»Jetzt ist mir auch klar, warum Sie so gut Englisch sprechen. Ich bin auch Hochschullehrer.«

»Ja?« Akira Sakazaki lächelt, bis man in seinem Gesicht nur noch Zähne sieht. »Wo unterrichten Sie?«

»Limerick. Leider habe ich keine Karte.«

»Bitte schreiben Sie.« Akira holt einen Kugelschreiber aus der Tasche und legt Persse eine Papierserviette hin. »Ihr Name ist sehr schwierig für Japaner.« Als Persse ihm den Gefallen getan hat, geht Akira mit der Papierserviette ans Mikrophon und sagt: »Meine Damen und Herren, Professor Persse McGarrigle vom University College, Limerick, Irland, wird jetzt ›Hey Jude‹ singen.«

»Nein, wird er nicht«, sagt Persse und winkt dem Barmann, ihm ein neues Bier bringen zu lassen.

Akira hat offenbar seine Ansage ins Japanische übersetzt, denn die anderen Gäste spenden begeisterten Beifall und lächeln Persse ermutigend zu. Er läßt sich erweichen. »Stehen in dem Buch auch Dylan-Texte?« fragt er.

Einige der populärsten sind darin, »Mr. Tambourine Man« und »Blowin' in the Wind« und »Lay, Lady, Lay«. Persse braucht eigentlich das Buch mit den Texten gar nicht, er kennt die Songs auswendig und singt sie häufig im Bad, aber die Originaltonspur als Begleitung ist seiner Darbietung entschieden förderlich. Er singt »Mr. Tambourine Man«, zuerst mit deutlicher Nervosität, aber allmählich gerät er in Schwung und bietet eine glaubhafte Imitation von Dylans näselndem Tonfall. Der Beifall ist frenetisch.

Als Zugabe singt er »Blowin' in the Wind« und »Lay, Lady, Lay«. Weil Akira so dringlich darum bittet, singt er »Hey Jude« im Duett mit ihm. Endlich überlassen sie das Feld einer jungen Dame, die schüchtern, aber taktgenau die Diana Ross-Version von »Baby Love« singt.

Akira stellt Persse seinen Freunden vor. Sie seien alle Übersetzer, erläutert er, und träfen sich einmal im Monat hier, um »mal so richtig auf den Putz zu hauen«. Der Japaner strahlt vor Stolz, als er dieses Slangjuwel zum besten gibt. Alle Übersetzer präsentieren Persse ihre Karten, nur einer nicht, der schlafend – oder betrunken – in einer Ecke sitzt. Die meisten sind technische oder Wirtschaftsübersetzer, aber als sie hören, daß Persse englische Literatur unterrichtet, machen sie höflich literarische Konversation. Sein Nachbar zur Linken, der Betriebsanweisungen für Honda-Motorräder übersetzt, erzählt unaufgefordert, er habe kürzlich ein von einer japanischen Truppe aufgeführtes Shakespeare-Stück gesehen. »Die seltsame Affäre von Fleisch und Busen.«

»Ich glaube, das kenne ich nicht«, sagt Persse höflich.

»Er meint den *Kaufmann von Venedig*«, erläutert Akira.

»So nennen Sie das in Japan?« fragt Persse entzückt.

»Die älteren Shakespeare-Übersetzungen waren bei uns manchmal recht frei«, meint Akira entschuldigend.

»Wissen Sie noch mehr, die so gelungen sind?«

»Gelungen?« wiederholt Akira einigermaßen ratlos.

»So ulkig, meine ich.«

»Ach so.« Akira lächelt. Der Gedanke, »Die Seltsame Affäre von Fleisch und Busen« könne ulkig sein, ist ihm offenbar noch nicht gekommen. Er überlegt. »Ja, da wäre ›Lust und Traum der vergänglichen Welt‹«, sagt er. »Das ist –«

»Nein, lassen Sie mich raten«, unterbricht Persse. *»Antonius und Kleopatra?«*

*»Romeo und Julia«*, sagt Akira. »Und ›Schwester der Freiheit‹...«

*»Julius Caesar?«*

»Genau.«

»Wissen Sie, daraus ließe sich ein tolles Gesellschaftsspiel machen. Man könnte selber welche erfinden. Zum Beispiel ›Das Geheimnis des verschwundenen Taschentuchs‹ für *Othello* oder ›Ein trauriger Fall vorzeitiger Pensionierung‹ für *Lear.*« Er bestellt eine neue Runde.

»Wenn ich englische Bücher übersetze«, sagt Akira, »versuche ich immer, so nah wie möglich beim Originaltitel zu bleiben. Aber manchmal ist das schwierig, besonders bei Wortspielen. Ronald Frobishers *Sowienoch* zum Beispiel –«

»Haben Sie Ronald Frobisher übersetzt?«

»Ich übersetze zur Zeit seinen Roman *Könnte besser sein.* Kennen Sie ihn?«

»Den Roman? Ich kenne Frobisher.«

»Sie kennen Mr. Frobisher? Aber das ist ja großartig. Sie müssen mir von ihm erzählen. Was ist er für ein Mensch?«

»Na ja«, sagt Persse, »er ist sehr nett. Aber ziemlich cholerisch.«

»Cholerisch? Das ist ein neues Wort für mich.«

»Es bedeutet, daß jemand leicht in Zorn gerät.«

»Ja, gewiß, er war ›Zorniger junger Mann‹.« Akira nickt beglückt und gibt seinen Freunden zu verstehen, daß Persse mit dem berühmten britischen Romanschriftsteller bekannt ist, dessen Werk er übersetzt. Persse erzählt, wie Frobisher die Londoner Literaten auf die Themse hat abdriften lassen, eine Geschichte, die alle sehr erheitert. Allerdings sind sie offenbar etwas enttäuscht, daß das Schiff nicht wirklich aufs offene Meer getrieben und in den Fluten versunken ist.

»Sie kennen bestimmt viele englische Autoren«, sagt Akira.

»Nein, Ronald Frobisher ist der einzige«, entgegnet Persse.

»Übersetzen Sie viele?«

»Nein, nur Mr. Frobisher.«

»Ja, ja, die Welt ist klein«, sagt Persse. »Haben Sie diese Redewendung in Japan auch?«

»Die Welt ist eng«, sagt Akira. »Wir sagen ›Die Welt ist eng‹.«

In diesem Augenblick wacht der Mann in der Ecke auf und wird Persse als Professor Motokazu Umeda vorgestellt, er ist ein Kollege Akiras. »Er ist Übersetzer von Sir Philip Sidney«, sagt Akira. »Er kennt sicher noch mehr von den alten Shakespeare-Titeln.«

Professor Umeda gähnt, reibt sich die Augen, nimmt dankend einen Whisky an und liefert, als er hört, worum es Persse geht, ›Der Spiegel der Aufrichtigkeit‹ (*Perikles*), »Das gut an das Wasser gewöhnte Ruder« (*Ende gut, alles gut*) und »Die Blume im Spiegel, und der Mond auf dem Wasser« (*Komödie der Irrungen*).

»Das ist unübertroffen«, erklärt Persse. »Und wunderschön.«

»Es ist eine Redewendung«, erläutert Akira. »Es bedeutet etwas, was man sehen, aber nicht mit Händen greifen kann.«

»Ah«, sagt Persse, dem es einen schmerzlichen Stich gibt. Angelica ist ihm wieder eingefallen. Etwas, was man sehen, aber nicht mit Händen greifen kann. Seine Hochstimmung verfliegt.

»Entschuldigen Sie.« Professor Motokazu Umeda überreicht Persse seine auf der einen Seite japanisch, auf der anderen englisch bedruckte Karte. Als Persse den Namen sieht, regt sich eine ferne oder vielmehr noch gar nicht so ferne Erinnerung.

»Sagen Sie, waren Sie vielleicht vor kurzem auf einer Tagung in Honolulu?« fragt er.

»Morris hat mich angerufen, sobald er wieder in der Villa war«, sagt Désirée. »Zuerst war er hysterisch vor Dankbarkeit, es war, als wenn dir dein Hund das Gesicht abschleckt, wenn du nach einer Reise nach Hause kommst, ich hab' ihn förmlich am anderen Ende der Leitung mit dem Schwanz wedeln hören. Als er dann kapiert hatte, daß ich kein Geld ausgespuckt habe, wurde er richtig giftig, ganz der alte Morris. Hat mir vorgeworfen, daß ich knickrig und abgebrüht bin und sein Leben aufs Spiel gesetzt habe.«

»Tz, tz«, sagt Alice Kauffman. Es hört sich an wie das Rascheln leerer Konfekthülsen.

»Ich hab' ihm gesagt, daß ich bereit gewesen wäre, bis zu vierzigtausend Dollar für seine Freilassung zu zahlen, daß ich schon angefangen hatte, die Scheine zusammenzutragen und im Hotelsafe zu verstauen. Wenn die Kidnapper ihn schließlich gratis und franko haben laufen lassen, ist das nicht meine Sache, habe ich gesagt.«

»Haben sie das wirklich getan?«

»Scheint so. Sie haben offenbar Angst gekriegt, daß die Polizei ihnen auf die Spur kommt. Die Cops sind übrigens ganz auf meiner Seite, die meinen, ich hätte die Kidnapper durch meine Feilscherei moralisch fertiggemacht. Ich habe hier eine sehr gute Presse. ›Die Frau der Feder mit den Nerven aus Stahl‹ nennen sie mich in den Zeitschriften. Als ich das Morris erzählt habe, ist er nicht gerade fröhlicher geworden. Jedenfalls werde ich die Story in mein Buch nehmen. Es ist eine großartige Umkehrung der normalen Machtbeziehung zwischen Mann und Frau. Der Mann, der plötzlich total auf den Großmut der Frau angewiesen ist. Vielleicht ändere ich den Schluß.«

»Ja, laß den Scheißkerl abkratzen«, sagt Alice Kauffman. »Wo steckt er denn jetzt?«

»Jerusalem. Er organisiert wieder mal eine Tagung. Sauer ist er übrigens auch darüber, daß so ein Boofke, ein gewisser Howard Ringbaum, dem Morris die Teilnahme verweigert hatte, sich sein zeitweiliges Verschwinden zunutze gemacht hat, um sich mit Hilfe des anderen Organisators doch reinzumogeln. Man sollte denken, daß Morris an Besseres zu denken hat, wo er gewissermaßen dem Tod gerade noch mal von der Schippe gehopst ist, wie?«

»So sind die Männer, Schätzchen«, sagt Alice Kauffman. »Apropos Männer – was macht das Buch?«

»Ich habe die Hoffnung, daß es durch diese neue Idee jetzt wieder in Schwung kommt«, sagt Désirée.

Nach Bekunden Motokazu Umedas, der in Honolulu eins der Korreferate zu Angelicas Vortrag gehalten hat, wollte Angelica via Tokio nach Seoul, um an einer Tagung über Kritische Theorie und Vergleichende Literaturwissenschaft teilzunehmen, zu der, so heißt es, mit der Aussicht auf eine kostenlose Fernostreise etliche große Tiere aus Paris geködert worden sind. Persse, der inzwischen alle Gedanken an Sparsamkeit in den Wind geschlagen hat, schwenkt wieder seine grünweiße Zauberkarte und fliegt mit Japanese Airlines nach Seoul. In der Maschine wird ihm wiederum eine hilfreiche Hand geboten, und zwar von einer schönen Koreanerin, die neben ihm sitzt, Wodka trinkt und Pall Mall raucht, als hinge ihr Leben davon ab, während des Flugs ein Maximum an zollfreier Ware zu vertilgen. Der Wodka macht sie redefreudig, und sie erzählt Persse, daß sie zu ihrem jährlichen Familienbesuch aus den Staaten kommt und die nächsten zwei Wochen ohne Alkohol und Tabak wird auskommen müssen. »Korea wirkt an der Oberfläche wie ein modernes Land«, sagt sie. »Aber darunter ist es sehr traditionell und konservativ, besonders im Hinblick auf soziales Verhalten. Als ich das erstemal in die Staaten kam, habe ich meinen Augen nicht getraut, sage ich Ihnen. Kinder, die unverschämt zu ihren Eltern waren, junge Leute, die sich in der Öffentlichkeit küßten – als ich das zum erstenmal sah, bin ich in Ohnmacht gefallen. Und das Rauchen und Trinken... Bei uns zu Hause gilt es als Beleidigung, wenn eine junge, unverheiratete Frau in Gegenwart der älteren Generation raucht. Wenn meine Eltern wüßten, daß ich nicht nur in Gegenwart der älteren Generation rauche, sondern mit einem Mann dieser Generation zusammenlebe, würden sie mich vermutlich verstoßen. Und deshalb muß ich die nächsten zwei Wochen die brave kleine Koreanerin spielen, die nicht raucht und nicht trinkt und nur spricht, wenn sie angesprochen wird.« Sie greift nach dem Rufknopf über ihrem Sitz, um den nächsten Wodka zu bestellen. »Jetzt verlangen meine Eltern, daß ich nach Hause komme und mich mit einem Typ verheiraten lasse, den sie für mich an Land gezogen haben – ja, wir haben in Korea noch solche Ehevereinbarungen, ob Sie's glauben oder nicht. Mein Vater begreift nicht, warum ich ihn immer wieder vertröste. ›Du willst doch heiraten, oder?‹ fragt er. ›Einen Hausstand gründen, Kinder haben?‹ Was soll ich ihm sagen?«

»Daß Sie bereits verlobt sind?« schlägt Persse vor.

»Aber ich bin nicht verlobt«, sagt das Mädchen traurig. Sie heißt Song-mi Lee und scheint sich, nach den Namen zu urteilen, die sie beiläufig fallenläßt, in den Staaten in hohen akademischen Kreisen zu bewegen. Sie meint, daß die Tagung über Kritische Theorie und Vergleichende Literaturwissenschaft höchstwahrscheinlich an der Koreanischen Akademie der Wissenschaften stattfinden wird, einem eigens für solche Zwecke errichteten Kongreß- und Studienzentrum am Rande von Seoul. Er kann von der Stadt aus ein Taxi nehmen, soll aber zunächst den Fahrpreis aushandeln und sich weigern, mehr als 700 Won zu zahlen. Später, nach der Landung, sieht er, wie sie in der Ankunftshalle züchtig lächelnd und erstaunlich nüchtern von stolzen Eltern in maßgeschneiderter westlicher Kleidung mit Blumensträußen in Empfang genommen wird.

In Korea weht der Monsun, und Seoul ist naß und feucht, eine Betonwüste aus zum Verwechseln ähnlichen Vororten um einen Stadtkern herum, deren Einwohner offenbar durch den Verkehr derart terrorisiert sind, daß sie sich für ein Leben im Untergrund entschieden haben – in einem Komplex unterirdischer Straßen, die von hell erleuchteten Läden gesäumt sind. Persse nimmt ein Taxi zur Koreanischen Akademie der Wissenschaften, einem Gebäudekomplex in orientalisch-modernistischem Stil am Fuß bewaldeter Hügel, aber die Tagung über Kritische Theorie und Vergleichende Literaturwissenschaft ist – es überrascht ihn schon nicht mehr sonderlich – zu Ende, die Teilnehmer haben sich zerstreut, einige sind zu einer Exkursion in den Süden des Landes aufgebrochen. Folglich besteigt Persse einen Zug, der durch eine triefende, ununterbrochen grüne Landschaft aus Reisfeldern und vernebelten, baumbestandenen Höhenzügen zu dem Ferienort Kongju rollt. Kongju hat zahlreiche alte Bauwerke, Tempel, moderne Hotels und einen künstlichen See, auf dem wie ein gigantisches Spielzeug für die Badewanne ein Plexiglas-Vergnügungsboot in Form einer weißen Ente schwimmt, dem soeben – nicht Angelica, sondern Professor Michel Tardieu entsteigt. Er ist in Begleitung dreier lächelnder koreanischer Professoren, die alle Kim heißen. Von Tardieu erfährt Persse, daß Angelica in der Tat an der Tagung teilgenommen, sich aber der Exkursion nicht angeschlossen hat. Tardieu meint sich zu erinnern, daß sie zu einer weiteren Tagung wollte. Nach Honkong.

Inzwischen ist es Mitte August, und Morris Zapps Jerusalemer Tagung über die Zukunft der Literaturkritik ist in vollem Gange. Fast alle Beteiligten sind sich darüber einig, daß es die gelungenste Tagung ist, die sie je erlebt haben. Morris sonnt sich in Selbstzufriedenheit. Sein Erfolgsrezept ist denkbar simpel. Das offizielle Programm ist auf das absolute Minimum zusammengestrichen worden. Täglich wird nur ein Beitrag vom Verfasser persönlich vorgetragen, und zwar am frühen Vormittag. Alle anderen Vorträge werden als Fotokopien verteilt, und der Rest des Tages ist frei für »zwanglose Diskussion« jener Probleme, die in den Schriftstücken angesprochen werden – oder mit anderen Worten frei fürs Schwimmen und Sonnenbaden am Pool des Hilton, für Besichtigungen in der Altstadt, den Einkaufsbummel im Bazar, Essen in einheimischen Spezialitätenrestaurants und Exkursionen nach Jericho, ins Jordantal und nach Galiläa.

Den israelischen Wissenschaftlern, einer hochprofessionellen und heftig untereinander rivalisierenden Clique, paßt diese Einteilung nicht so recht, sie haben sich darauf gefreut, einander vor brillantem internationalen Publikum zu attackieren, und die touristischen Attraktionen von Jerusalem und Umgebung vermögen sie weniger zu begeistern. Aber alle anderen sind voll zufrieden – ausgenommen Rodney Wainwright, dessen Vortrag immer noch nicht fertig ist. Das einzige fertige Schriftstück, das er im Gepäck hat, stammt von Sandra Dix, er hat es unmittelbar vor seinem Abflug aus Australien bekommen, zur Benotung im Rahmen ihrer Leistungen in Englisch 351. Die Arbeit heißt »Matthew Arnolds Kulturtheorie« und beginnt:

*»Laut Matthew Arnold ging es bei Kultur darum, für die Sachen, die einem am meisten am Herzen lagen, die besten Leute kennenzulernen. Matthew Arnold war ein berühmter Schuldirektor, er hat ›Tom Brown's Schooldays‹ geschrieben und das Rugbyspiel und die Kulturtheorie erfunden. Wenn ich für dieses Seminar keine gute Note kriege, steck ich deiner Frau, daß wir dreimal in diesem Semester Sex bei dir im Büro hatten und du mich nicht rausgelassen hast, als eine Feuerübung war, weil du nicht gewollt hast, daß uns jemand sieht, wie wir zusammen aus dem Zimmer kommen...«*

Rodney Wainwright wird heiß und kalt, sobald er an diese Trimesterarbeit denkt, die er ohne Zögern mit einer glatten Eins bedacht und die er mit nach Israel genommen hat für den Fall, daß Bev oder irgendein Kollege darauf stößt, wenn sie zufällig etwas in seinem Schreibtisch suchen, während er weg ist. Aber noch heißer und kälter wird ihm, wenn er an seinen Tagungsbeitrag denkt, der noch immer mit dem Satz endet: »Die Frage ist deshalb, wie kann die Literaturkritik –« Hätte er ihn doch bloß rechtzeitig abgeliefert, dann hätte er wie die meisten anderen Referate vervielfältigt und verteilt werden können, und wenn es ihm an Überzeugungskraft oder Verständlichkeit gemangelt hätte, wäre das überhaupt nicht aufgefallen, weil ja sowieso niemand ernsthaft das Zeug liest, man findet die Kopien immer wieder in den Papierkörben des Hilton... Aber weil er bei seiner Ankunft Morris Zapp kein fertiges Manuskript in die Hand drücken konnte, ist er für eine der Live Sessions eingeteilt worden, jawohl, er wird die Ehre haben, seinen Vortrag persönlich zu halten, und zwar am vorletzten Vormittag der Tagung, denn er war genötigt, um eine möglichst lange Gnadenfrist zu bitten.

Was Wunder, daß Rodney Wainwright sich nicht mit voller Begeisterung in den Wirbel der Vergnügungen zu werfen vermag, an dem seine Mitkonferenzler ihre Freude haben. Während sie am Pool sind oder an der Bar, innerhalb der Mauern der Altstadt oder im klimatisierten Bus, sitzt er hinter vorgezogenen Jalousien in seinem

Zimmer im Hilton am Schreibtisch und schwitzt stöhnend über seinem Vortrag – oder sagt sich zumindest schuldbewußt, daß dort sein Platz wäre. Die sorglos gute Laune der Kollegen vertieft noch seinen Jammer, und als die Woche verstreicht, ohne daß sich ein Fortschritt in seinem Vortrag abzeichnet und die berufliche Demütigung immer näher rückt, richtet sich sein Ärger über ihre euphorische Stimmung speziell auf einen Mann – Philip Swallow. Philip Swallow mit seinem theatralischen Silberbart, seiner kreischenden Tommystimme und seiner so unerklärlich knackigen Geliebten. Was findet sie bloß an ihm? Es muß die Gier des alten Bocks nach Sex sein, denn in der Beziehung spielt sich bei den beiden offenbar so einiges ab. Wie es der Zufall will, hat Rodney Wainwright das Zimmer nebenan und wird nicht selten, wenn er in den stillen Stunden der Nacht oder am Nachmittag an seinem Vortrag arbeitet, durch erstickte Lustschreie gestört, die zu vernehmen sind, wenn er sein Ohr an die Trennwand drückt. Und wenn er in der Abendkühle auf seinen Balkon hinaustritt, um die steifen Glieder zu recken, kann er schon fast damit rechnen, daß sich auf dem Nachbarbalkon Philip Swallow und seine Joy zärtlich aneinander schmiegen und Joy von dem Sonnenuntergang schwärmt, der von den Dächern und Kuppeln der Altstadt reflektiert wird, während Philip unter dem Negligé an ihrem Busen herumschmust. Rodney hat Joy eines Morgens beim Sonnenbaden topless auf dem Balkon überrascht, als sie offenbar glaubte, er sei zu dem Vormittagsvortrag gegangen, und er muß zugeben, daß der Busen das Schmusen durchaus lohnt. Er ist vielleicht nicht ganz so spektakulär wie der von Sandra Dix, aber Sandra Dix hat, so scheint es, wenig Gefallen an Rodney Wainwrights schmusender Hand gefunden, und das gilt wohl auch für die anderen Aspekte seiner Sexualleistungen, denn sie hat sich nicht davon abbringen lassen, während des Verkehrs Kaugummi zu mampfen und ansonsten den Mund nur aufgemacht, um zu fragen, ob er nicht endlich fertig sei. Für so dürftigen erotischen Lohn hat er sein häusliches Glück in Cooktown aufs Spiel gesetzt, was es nur noch ärgerlicher macht, dem beruflichen Ruin in Jerusalem zur Begleitung lautstarker orgiastischer Wonnen aus dem Nebenzimmer entgegensehen zu müssen.

Wie dieser Philip Swallow das nur macht... Bis in den Morgen hinein bumst er seine blonde Wuchtbrumme, in aller Frühe zieht er schon seine Bahnen im Pool, versäumt keinen Vortrag, ist immer als erster mit einer Frage auf den Beinen, sobald der Vortragende sich gesetzt hat, und ist zuverlässig bei jeder Exkursion dabei, die geboten wird. Es ist, als habe der Mann nur noch zehn Tage zu leben und sei entschlossen, jeden Augenblick mit Empfindungen – erhabenen wie niederen – vollzupacken. Kaum sind sie alle zurück vom Kreuzweg oder vom Felsendom oder der Klagemauer, bringt Philip Swallow schon eine Gruppe zusammen, um in einem versteckten arabischen Lokal in irgendeiner krummen Altstadtgasse, das ihm von einem der Israelis wärmstens empfohlen worden ist, gefüllte Wachteln zu essen, und sich hinterher per Taxi mit Joy und anderen überzeugten Hedonisten auf die Suche nach einer Diskothek zu machen, die verbotenerweise am Sabbat geöffnet ist. Jawohl, während sich heilige Stille auf Jerusalem herabsenkt, die Straßen verlassen, die Geschäfte geschlossen sind, hüpft Philip Swallow unter stroboskopischen Blitzen nach Bee-Gee-Klängen, den Silberbart voller Schweißtröpfchen, die Augen auf Joys Brustspitzen geheftet, die unter der Musselinbluse wippen, während sie im gleichen Rhythmus zuckt. Rodney Wainwright weiß das, weil er sich im letzten Moment auch noch in das Taxi gequetscht hat, statt zu der einsamen Kontemplation seines unvollendeten Vortrags zurückzukehren. Er allerdings tanzt nicht, sondern sitzt den ganzen Abend verdrossen am Rand der Tanzfläche, trinkt überteuertes Bier und starrt ebenfalls auf Joys wippende Brustspitzen.

Am nächsten Morgen hört er Philip Swallow nicht wie sonst pfeifend den Gang hinuntergehen, um sich in den Pool zu stürzen; demnach fordern seine Exzesse vielleicht endlich doch ihren Tribut. Doch nach dem Frühstück steht er mit Joy unten in der Halle, nur ein bißchen blaß und abgespannt unter der Bräune, abmarschbereit zur Exkursion des Tages. Es ist ein freier Tag (sogar der einzige offizielle Vortrag fällt aus), und die Fahrt geht zum Toten Meer und nach Masada.

Rodney Wainwright weiß, daß er auf diesen Ausflug verzichten müßte, denn morgen früh ist er mit seinem Vortrag an der Reihe, und der ist noch immer nicht weiter gediehen als bei seiner Ankunft. Er müßte den Tag allein in seinem Zimmer verbringen, eine Karaffe Eiswasser vor sich, und arbeiten. Aber er weiß nur zu gut, daß er den Tag vertrödeln, einen Entwurf nach dem anderen zerreißen wird, abgelenkt von neidischen Spekulationen über den Spaß, den die anderen, insbesondere Philip Swallow, haben. Und deshalb hat Rodney Wainwright ein listiges Komplott gegen sich selbst geschmiedet. Er wird die Fertigstellung seines Vortrags bis zum letztmöglichen Termin, das heißt bis heute abend, verschieben und sich so, einfach durch den unerbittlichen Zeitdruck, zwingen, ihn zu Ende zu bringen.

Die Sonne brennt von einem wolkenlos blauen Himmel auf die kahle, braune Landschaft herunter. Selbst in dem klimatisierten Bus ist es warm. Als sie auf dem Parkplatz einer Badestelle am Ufer des Toten Meeres aussteigen, ist die Hitze wie der Hauch aus einem Feuerofen. Sie ziehen ihre Badesachen an und treiben – von schwimmen kann keine Rede sein – in einer viskosen Flüssigkeit, die kaum den Namen Wasser verdient, von der Temperatur und der Konsistenz her wie Suppe und so scharf mit Chemikalien gewürzt ist, daß man sich Zunge und Kehle verbrennt, wenn man aus Versehen einen Tropfen verschluckt. Danach fordert ihr Reiseleiter Sam Singerman, der gastgebende israelische Professor, dazu auf, sich mit dem schwarzen Uferschlamm einzuschmieren, der angeblich sehr gesund ist. Doch aus der Gruppe trauen sich das nur Philip und Joy, gefolgt von Morris Zapp und Thelma Ringbaum. Ausgelassen bewerfen sie sich mit dem schwarzen Modder, der rasch in der Sonne trocknet, so daß sie aussehen wie nackte australische Ureinwohner. Sie spülen den Schlamm unter den hinten am Strand installierten Duschen ab, und Rodney Wainwright folgt ihnen zu den heißen Quellen, in denen sie sich so wohl fühlen, daß die anderen im Bus warten müssen, bis sie sich abgetrocknet und umgezogen haben, eine Verspätung, für die Thelma Ringbaum bittere Vorwürfe ihres Mannes erntet.

In Masada ist es womöglich noch heißer. Nach dem Mittagessen in der unvermeidlichen Cafeteria – eine Form der Gastronomie, die Israel anscheinend speziell für sich entdeckt hat –, fahren sie mit der Seilbahn zu den Resten der Befestigung hinauf, wo die jüdische Armee Eleazars im Jahre 73 nach Christus kollektiven Selbstmord beging, um sich nicht den Römern ergeben zu müssen. »Ehe ich hier noch mal herfahre, bring ich mich auch lieber um«, sagt ein respektloser Zeitgenosse, dem Rodney an der Seilbahn begegnet. Kühler ist es hier ganz entschieden nicht, es scheint eher, als habe die Seilbahn sie der Sonne noch ein Stück näher gebracht, die erbarmungslos auf Fels und Ruinen scheint. Die Touristen taumeln in der Hitze herum, kaum fähig, die Kameras in Augenhöhe zu heben, und suchen nach Schatteninseln hinter verfallenem Schanzwerk. Philip Swallow und Joy steigen Hand in Hand ein paar in den Fels geschlagene Stufen hinunter. Sie führen um die Westseite des Massivs herum zu einer kleinen Aussichtsplattform, die nicht in der Sonne liegt. Während sie an der Brüstung stehen und ihr Blick über ein gewaltiges Panorama kahler Berge und wasserloser Täler geht, legt Philip seinen Arm um Joys Taille. Herrgott, selbst in dieser Hitze denkt er noch an Sex, sagt sich Rodney und wischt sich mit dem hochgekrempelten Hemdsärmel den Schweiß vom Gesicht. Da wendet sich Philip zufällig in seine Richtung und runzelt die Stirn.

»Na, macht's Spaß?« Das klingt deutlich aggressiv.

»Was? Wie?« fragt Rodney verschreckt. Er hat während der ganzen Tagung kaum ein Wort mit dem Engländer gewechselt.

»Schön, was sich da dem Auge bietet, nicht? Nur wichsen ist schöner...«

»Philip«, protestiert Joy halblaut.

Rodney spürt, wie ihm hektische Röte ins Gesicht steigt. »Ich weiß nicht, wovon Sie reden«, ereifert er sich.

»Ich hab's gründlich satt, daß Sie uns auf Schritt und Tritt nachschleichen«, sagt Philip Swallow.

Joy wendet sich zum Gehen, aber Philip hält sie zurück, indem er ihre Taille fester umfaßt. »Nein, das will ich jetzt mal mit Mr. Wainwright klarziehen. Du hast mir selbst erzählt, daß er dir neulich im Hotel nachspioniert hat.«

»Ich weiß«, sagt Joy. »Aber ich hasse Szenen.«

»Es ist die Hitze«, sagt Rodney zu Joy und tippt sich vielsagend an die Stirn. »Er weiß nicht, was er sagt.«

»Das weiß ich sogar verdammt gut. Daß Sie irgendwie abartig sind, sage ich. Daß Sie ein Voyeur sind.«

»Moijen, Chef!«

Sie drehen sich alle um. Vor ihnen steht ein braungebrannter Jüngling in Jeans und T-Shirt, einen goldenen Knopf in einem Ohr, der über die Treppe auf der anderen Seite der Plattform gekommen ist. Jetzt ist es an Philip, ein betretenes Gesicht zu machen. »Matthew! Was machst du denn hier?«

»Jobbe in 'nem Kibbuz am Jordan«, sagt der Jüngling. »Bin gleich hin, wie ich mit der Schule fertig war, weißt du nicht mehr?«

»Richtig, jetzt fällt es mir wieder ein.«

»Bist wohl nicht so gut drauf diesen Sommer, was?« sagt der Jüngling und mustert Joy neugierig.

»Willst du mich nicht bekanntmachen, Philip?« fragt sie.

»Wie? Ja, natürlich.« Philip Swallow ist sichtlich nervös. »Das ist mein Sohn Matthew. Das – äh – ist Mrs. Simpson, sie nimmt an der Tagung teil.«

»Hey«, sagt Matthew.

Joy streckt die Hand aus. »Guten Tag, Matthew.«

»Vielleicht fahren Sie mit Mr. Wainwright schon mal nach unten, Mrs. Simpson«, sagt Philip Swallow rasch. »Inzwischen laß ich mir mal von meinem Sohn das Neueste vom Tage erzählen.«

Joy Simpson sieht aus, als habe ihr jemand unvermutet einen Schlag ins Gesicht versetzt. Sie sieht Philip Swallow an, macht den Mund auf, macht ihn wieder zu und geht stumm davon, gefolgt von

Rodney Wainwright, der irre vor sich hin grinst. An der Treppe holt er sie ein. »Möchten Sie ins Museum hineinschauen, oder wollen Sie gleich wieder nach unten?« fragt er.

»Ich finde allein zurück, besten Dank«, sagt sie frostig und tritt beiseite, um ihn vorbeizulassen.

Nach diesem Intermezzo steht Philip Swallow offenbar unter Schock. Als die Gruppe in den Bus steigt, um nach Hause zu fahren, hört Rodney Wainwright ihn sagen, daß ihm fiebrig ist. Die Fahrt verbringt er mit Leidensmiene und fest geschlossenen Augen, aber Joy, deren Augen hinter der Sonnenbrille nicht zu erkennen sind, hüllt sich in Schweigen und enthält sich jeder Teilnahmebezeugung. Abends, als die Konferenzler sich, geduscht und in frischen Sachen, in der Halle versammelt haben, um zu einer Grillparty in Sam Singermans Garten zu fahren, fehlt Philip. Rodney hört Joy zu Morris Zapp sagen, daß Philip erhöhte Temperatur hat. »Wird wohl ein Sonnenstich sein«, meint der. »Da draußen war ja wirklich eine Höllenglut. Schade, daß er die Grillparty verpaßt. Kommen Sie doch allein.«

»Warum nicht«, sagt Joy. Morris Zapp sieht zu Rodney Wainwright hinüber, der sich in der Nähe herumdrückt. »Kommen Sie auch, Wainwright?« Rodney lächelt bläßlich. »Nein, ich glaube, heute abend bleib ich mal zu Hause und schau mir meinen Vortrag für morgen an.«

In seiner vollen Schönheit von zweidreiviertel Seiten, denkt er bitter, während er zum Lift geht und die Schadenfreude über Philip Swallows Bedrängnis und Unpäßlichkeit von der eigenen immer näher rückenden schweren Prüfung überschattet wird. Heute muß das Werk gelingen. Koste es, was es wolle. Du wirst den Vortrag fertigmachen oder platzen. Er betritt sein Zimmer und knipst die Schreibtischlampe an. Er holt seine drei eselsohrigen, schweißfleckigen Manuskriptseiten heraus und liest sie zum vierundneunzigsten Mal. Es sind gute Seiten. Die Einleitung steckt sicher und gewandt die Themenstellung ab. »Die Frage ist daher, wie kann die Literaturkritik –« Dann nichts. Leere Seite, weißer Fleck – oder ein schwarzes Loch, das offenbar seine Fähigkeit zu konstruktivem Denken verschlungen hat.

Das Dumme ist, daß Rodney Wainwrights Vorstellung seiner selbst, wie er am nächsten Morgen mit nur zweidreiviertel Seiten Text für fünfzig Minuten Redezeit ans Pult tritt, so anschaulich ist, so detailliert in jedem psychosomatischen Symptom des Entsetzens, daß sie ihn hypnotisiert, jeden Gedanken lähmt, es ihm schlechterdings unmöglich macht, die Arbeit an seinem Vortrag fortzusetzen.

Er sieht, wie er am Ende seiner zweidreiviertel Seiten innehält, einen Schluck Wasser trinkt, seine Zuhörer anschaut, Gesichter, die ihm geduldig zugewandt sind, erwartungsvoll, neugierig, ungeduldig, gereizt, verärgert, mitleidig...

Verzweifelt leert er eine sündteure Miniflasche Whisky aus seinem Kühlschrank und beginnt, dergestalt stimuliert, zu schreiben. Irgendwas. Mit einem blauen Kugelschreiber auf Papier des Hilton. Beschwingt durch weitere Miniflaschen – Gin, Wodka, Cognac – fliegt seine Hand wie von selbst über das Papier. Er wird schon optimistischer. Leise vor sich hin lachend dreht er mit der einen Hand die Schraubverschlüsse von Benedictine, Cointreau, Drambuie ab, während die andere Hand weiterschreibt. Er hört, wie Joy Simpson von der Grillparty zurückkommt und die Tür zum Nebenzimmer aufschließt. Er unterbricht sein Werk einen Augenblick, um das Ohr an die Zwischenwand zu legen. »Keine Nummer heute, was, Kumpel?« schreit er ausgelassen die Wand an, dann schwankt er wieder zum Schreibtisch und greift nach einem neuen Blatt.

Als Rodney Wainwright am nächsten Morgen aufwacht, liegt sein schmerzender Kopf auf der Schreibtischplatte, umgeben von einem Haufen leerer Miniflaschen und mit unleserlichem Gekrakel bedeckter Bogen. Er fegt Flaschen und Papier mit einer Handbewegung in den Papierkorb, duscht, rasiert sich und zieht sich sorgfältig an – den leichten Anzug, sauberes Hemd, Krawatte. Dann kniet er neben dem Bett nieder und betet. Es ist der einzige Ausweg, der ihm noch bleibt. Was er braucht, ist ein Wunder, ist die Gabe, fünfundvierzig der ihm zugebilligten fünfzig Minuten mit Stegreifauslassungen über die Zukunft der Kritik zu füllen. Rodney Wainwright war nie ein tief religiöser Mensch, ja, er hat genau genommen seit seinem neunten Lebensjahr nie mehr Geist und Herz zu Gott erhoben. Jetzt kniet er in der heiligen Stadt Jerusalem und betet diplomatischerweise zu Jehova, Allah und Jesus Christus um Rettung vor Schmach und Ruin.

Der Vortrag soll um halb zehn anfangen. Um neun Uhr fünfundzwanzig stellt sich Rodney im Tagungssaal ein. Nach außen wirkt er ruhig. Das einzige Anzeichen innerer Spannung ist es, daß er nicht aufhören kann zu lächeln. Kollegen lassen sich darüber aus, wie vergnügt er aussieht. Er schüttelt den Kopf und lächelt, lächelt. Seine Wangenmuskeln schmerzen vor Anstrengung, aber er kann sie nicht entspannen. Morris Zapp, der den Vorsitz führen wird, konferiert besorgt mit Joy Simpson. Philip Swallow geht es offenbar schlechter, das Fieber will nicht sinken, er klagt über Gliederschmerzen und Atemnot. Sie hat einen Arzt gerufen. Morris Zapp nickt mitfühlend, stirnrunzelnd, bedenklich. Rodney, der diese Mitteilung aufschnappt, strahlt die beiden an. Sie mustern ihn einigermaßen befremdet. »Ich will mal sehen, ob der Arzt inzwischen gekommen ist«, sagt Joy.

»Na dann wollen wir mal«, sagt Morris zu Rodney. Rodney grinst das Publikum an, während Morris Zapp ihn vorstellt. Noch immer breit lächelnd geht er mit seinen drei Manuskriptseiten zum Pult, glättet sie und richtet sie ordentlich aus. Mit einem Zug kaum unterdrückter Heiterkeit um die Lippen beginnt er seine Ausführungen. Die Zuhörer, die aus seiner Miene schließen, sein Vortrag müsse wohl witzig sein, kichern höflich. Rodney geht auf Seite Drei über, und sein Blick fällt in den weißen Abgrund ihrem Ende. Sein Lächeln wird um einen Millimeter breiter.

In diesem Augenblick entsteht Unruhe hinten im Saal. Rodney Wainwright sieht von seinem Manuskript auf. Joy Simpson ist wieder da und flüstert mit Sam Singerman in der letzten Reihe. Um sie herum bewegen sich Köpfe hin und her, man sieht sie miteinander reden, sieht besorgte Mienen. Rodney Wainwright hält inne und fängt den Satz noch einmal an. Seinen letzten Satz. »Die Frage ist daher, wie kann die Literaturkritik –« Der Geräuschpegel steigt. Rodney sieht fragend Morris Zapp an, der stirnrunzelnd mit seinem Kugelschreiber auf den Tisch klopft.

»Ich bitte um Ruhe im Publikum, damit Dr. Wainwright in seinen Ausführungen fortfahren kann.« Sam Singerman erhebt sich aus der letzten Reihe. »Tut mir leid, Morris, aber wir haben eine recht beunruhigende Nachricht erhalten. Es scheint, daß bei Philip Swallow Verdacht auf Legionärskrankheit besteht.«

Irgendwo kreischt eine Frau auf und fällt in Ohnmacht. Alle anderen sind aufgesprungen, bleich, entsetzt, mit schmalen, furchtsam zusammengepreßten Lippen oder schreiend aufgerissenen Mündern. Legionärskrankheit! Diese gefürchtete, geheimnisvolle Plage, der die Medizinerzunft noch immer nicht ganz auf die Schliche gekommen ist, die vor drei Jahren auf einer Tagung der American Legion im Bellevue Stratford Hotel in Philadelphia zuschlug und von den sechs Opfern eins tötete. Dies ist es, was jeder Konferenzler heutzutage insgeheim fürchtet, es ist die Lustseuche der Tagungsteilnehmer, der Lohn der Sünde, Strafe für das Herumzigeunern fern von Heimat und Pflicht, für die Unterkunft in tollen Hotels, die Egotrips, die Partys, für Aufwand und Luxus. Legionärskrankheit.

»Ich weiß nicht, wie die anderen darüber denken«, sagt Howard Ringbaum, der in der ersten Reihe sitzt. »Aber ich reise ab. Sofort. Komm, Thelma.«

Thelma Ringbaum rührt sich nicht, dafür aber alle anderen. Es entsteht ein regelrechter Ansturm auf die Ausgänge. Morris wendet sich Rodney zu und breitet entschuldigend die Hände aus. »Sieht so aus, als ob es mit Ihrem Vortrag nichts wird. Tut mir sehr leid.«

»Tja, da kann man nichts machen«, sagt Rodney Wainwright, der endlich sein Lächeln hat abstellen können.

»Wirklich enttäuschend, wo Sie so viel Arbeit reingesteckt haben.«

»Was soll's.« Rodney zuckte mit philosophischem Gleichmut die Schultern.

»Wir könnten versuchen, im Laufe des Tages noch einen Termin zu finden.« Morris holt eine dicke Zigarre hervor und zündet sie an. »Aber ich habe den Eindruck, daß die Tagung gelaufen ist.«

»Das fürchte ich auch«, sagt Rodney und verstaut die drei Manuskriptseiten wieder in dem Aktendeckel.

Thelma Ringbaum kommt aufs Podium. »Glauben Sie, es ist wirklich die Legionärskrankheit?« fragt sie besorgt.

»Also wenn ihr mich fragt – Philip hat einen Sonnenstich, und der Arzt wird vom Sheraton bezahlt«, sagt Morris Zapp. Thelma Ringbaum sieht ihn verdutzt an, dann kichert sie. »Sie machen doch über alles Witze, Morris. Aber sind Sie denn wirklich kein bißchen beunruhigt?«

»Wer das durchgemacht hat, was ich gerade erst hinter mir habe, für den gibt es keine Furcht mehr«, sagt Morris Zapp und schwenkt seine Zigarre.

Auf die übrigen Konferenzler trifft das offenbar nicht zu. Eine Stunde später stehen die meisten mit gepackten Koffern in der Hotelhalle und warten auf den Bus, der bestellt ist, um sie nach Tel Aviv zu bringen, von wo sie den Rückflug in die Heimat antreten werden. Rodney Wainwright mischt sich unter die Menge und läßt sich zu der Unterbrechung seines Vortrags kondolieren. »Was soll's«, sagt er und zuckt mit philosophischem Gleichmut die Schultern. »Was ist mit Philip?« hört er Morris Zapp zu Joy Simpson sagen, die ebenfalls gepackt hat. »Wer kümmert sich denn jetzt um ihn?«

»Ich kann es mir nicht leisten, hierzubleiben«, sagt sie. »Ich muß an meine Kinder denken.«

»Sie überlassen ihn einfach seinem Schicksal?« fragt Morris Zapp mit erhobenen Augenbrauen.

»Nein, ich habe seine Frau angerufen, sie kommt mit der nächsten Maschine.«

Morris Zapps Augenbrauen schnellen womöglich noch höher. »Hilary? War das eine gute Idee?«

»Es war Philips Idee«, sagt Joy Simpson. »Er hat mich gebeten, sie anzurufen. Das habe ich getan.«

Morris Zapp betrachtet tiefsinnig das Ende seiner Zigarre. »Soso«, sagt er schließlich.

Gleich darauf gibt es eine neue Ablenkung (es ist erst elf, aber schon ist es bei weitem der ereignisreichste Tag in Rodney Wainwrights Leben). Ein hochgewachsener, sportlicher junger Mann mit rotem Lockenkopf, rundem, sommersprossigem Gesicht und einer sich vom Sonnenbrand häutenden Stupsnase betritt in angeschmuddelten Jeans, eine Segeltuchtasche in der Hand, unter dem mißbilligenden Blick des Portiers die Halle des Hilton und begrüßt Morris Zapp.

»Percy!« schreit der, packt den Neuankömmling bei den Schultern und schüttelt ihn zur Begrüßung. »Wie geht's? Was machen Sie in Jerusalem? Zu der Tagung kommen Sie zu spät. Philip Swallow hat sich den Schwarzen Tod geholt, und wir sind allesamt auf der Flucht.«

Der junge Mann sieht sich in der Halle um. »Ist Angelica hier?«

»Al Pabst? Nein. Warum?«

Der junge Mann sinkt in sich zusammen. »Ogottogott, und ich hab' bestimmt gedacht, daß ich sie hier finde.«

»Soweit ich weiß, hat sie sich gar nicht angemeldet.«

»Dann ist das wohl die einzige Tagung, die sie ausgelassen hat«, sagt der junge Mann bitter. »Ich bin dieser Frau durch die ganze Welt gefolgt, von einem Land zum anderen. Europa, Amerika, Asien. Meine Ersparnisse sind weg, die American Express-Karte bin ich wegen rückständiger Zahlungen los, die Schiffspassage von Honkong nach Aden mußte ich abarbeiten, durch die Wüste bin ich getrampt und fast verdurstet. Und seit sie mir in Rummidge entwischt ist, hab' ich von ihr nichts mehr gesehen und gehört.«

Morris Zapp zieht an seiner Zigarre. »Daß Sie sich so für das Mädel interessieren, wußte ich nicht«, sagt er. »Warum schreiben Sie ihr nicht einfach?«

»Weil kein Mensch weiß, wo sie wohnt. Sie reist ständig von einer Tagung zur anderen.«

Morris Zapp überlegt. »Nicht verzagen, Percy. Ich sag Ihnen was. Kommen Sie zur nächsten MLA. Die läßt sich kein richtiger Tagungsfreak entgehen.«

»Wann ist das?«

»Dezember. New York.«

»Ogottogott«, jammert der junge Mann. »So lange muß ich warten?«

Rodney Wainwright beugt sich vor und tippt ihn am Arm. »Pardon, junger Mann. Aber Sie sollten wirklich den Namen des Herrn nicht unnützlich führen.«

An der University of Darlington ist tiefste Sommerpause. Der Campus ist so gut wie verlassen. In den Hörsälen ist es still – abgesehen von den Fliegen, die an den Fenstern herumsummen. Die Gemeinschaftsräume und Gänge sind leer und beklemmend sauber. Die Zimmer der Dozenten sind abgeschlossen, und in den Fachbereichsbüros sitzen unterbeschäftigte Sekretärinnen, stricken, klatschen und pinnen bunte Postkarten aus Cornwall oder Korfu an die Wand, die sie von glücklicheren Freunden und Bekannten bekommen haben. Nur im Computerzentrum hat sich seit dem Ende des Sommertrimesters und dem Beginn der Ferien nichts geändert. Da sitzen die beiden Männer in der gewohnten Haltung, wie Katze und Maus, Spinne und Fliege, der eine beugt sich über seine Computerkonsole, der andere beobachtet ihn aus seinem Glaskasten heraus, während seine Hand in rhythmischen Bewegungen von einer Kartoffelchips-Tüte zum Munde und wieder zurück wandert.

Robin Dempsey scheint in seinem Drehstuhl alt geworden zu sein – Persse McGarrigle würde den breitschultrigen, untersetzten, vitalen Mann, der ihn auf der Sherryparty in Rummidge angesprochen hat, kaum wiedererkennen. Die Schultern sind gebeugt, der blaue Anzug schlottert um einen abgemagerten Körper, das Kinn ist nicht mehr aggressiv vorgereckt, sondern hängt nach unten, und die kleinen Augen sind, so scheint es, noch kleiner geworden und noch näher zusammengerückt. Die Atmosphäre ist hochbrisant. Spannung steht im Raum wie statische Aufladung, das Gefühl einer nahen Krise ist fast mit Händen zu greifen. Zu hören ist nur das Tippen von Robin Dempseys Fingern auf der Tastatur des Computerterminals und das Knirschen von Josh Collins' Kartoffelchips.

Josh Collins knüllt die leere Tüte zusammen und wirft sie in den Papierkorb, ohne Robin Dempsey aus den Augen zu lassen. Jetzt erfüllt nur noch ein Geräusch den Raum. Leise und verstohlen verläßt Josh Collins seinen Glaskasten und nähert sich auf Zehenspitzen dem gebeugten, wie besessen tippenden Robin Dempsey. Robin Dempsey hört plötzlich auf zu tippen, gleichzeitig erstarrt Josh Collins zur Salzsäule, aber er ist nah genug, um lesen zu können, was auf dem Schirm steht:

ICH KANN SO NICHT WEITERMACHEN ICH BIN BESESSEN VON PHILIP SWALLOW MORGENS MITTAGS UND ABENDS KANN ICH NUR NOCH DARAN DENKEN DASS ER DEN UNESCO-LEHRSTUHL KRIEGT ICH KANN

DEN GEDANKEN NICHT ERTRAGEN ABER ICH KANN NICHT AUFHÖREN DARAN ZU DENKEN DIE GANZE WELT SCHEINT SICH GEGEN MICH VERSCHWOREN ZU HABEN WENN ICH IHN EINEN AUGENBLICK VERGESSE SCHLAGE ICH BESTIMMT EINE ZEITSCHRIFT AUF UND SEHE IRGENDEINE SCHLEIMIGE REZENSION VON SEINEM SCHEISSBUCH ODER EINE ANZEIGE MT LAUTER ZITATEN IN DENEN ES HEISST DASS DIE SCHWARTE DAS GRÖSSTE SEIT DER ERFINDUNG VON SCHEIBENBROT IST UND HEUTE FRÜH HAB ICH EINEN BRIEF VON MEINEM SOHN DESMOND BEKOMMEN DER IST IN ISRAEL UND ARBEITET IN EINEM KIBBUZ UND ER SCHREIBT DASS MATTHEW SWALLOW DAS IST SWALLOWS SOHN AUCH DA IST UND GESTERN HAT ER SEINEN DAD GETROFFEN DER HATTE EINE SCHNUCKELIGE BLONDE PUPPE IM ARM ER WAR AUF IRGENDEINER TAGUNG IN JERUSALEM SAGT ER JEDENFALLS DA SIEHT MANS MAL WIEDER SWALLOW HAT EBEN ALLES SEX UND RUHM UND AUSLANDSREISEN DAS IST NICHT FAIR ICH ERTRAG ES NICHT MEHR ICH WERD VERRÜCKT WAS SOLL ICH MACHEN

Robin Dempsey hält inne, zögert einen Augenblick, tippt das Fragezeichen:

?

Unverzüglich antwortet ELIZA:

SCHIESSEN SIE SICH EINE KUGEL DURCH DEN KOPF.

Robin Dempsey macht große Augen, glotzt, zittert, wimmert, schlägt die Hände vors Gesicht. Dann hört er hinter sich unterdrücktes Prusten. Er fährt auf seinem Drehstuhl herum. Vor ihm steht Josh Collins und feixt. Robin Dempsey schaut von dem grinsenden Gesicht auf den Computerschirm und wieder zurück.

»Sie –« sagt er mit erstickter Stimme.

»Nur ein kleiner Scherz«, sagt Josh Collins und hebt beschwichtigend die Hände.

»Sie haben an ELIZA herumgepfuscht.« Robin Dempsey steht langsam auf.

»Aber, aber…« Josh Collins weicht zurück. »Immer mit der Ruhe.«

»Sie haben ELIZA eingegeben, daß Swallow den UNESCO-Lehrstuhl bekommen würde.«

»Sie haben mich provoziert«, sagt Josh Collins. »Es ist Ihre eigene Schuld.«

Mit einem Wutschrei stürzt sich Robin Dempsey auf Josh Collins. Die beiden ringen miteinander, torkeln durch den Raum und stoßen gegen die Geräte. Sie fallen hin und rollen prügelnd und schreiend über den Fußboden. Eine der von einem Ellbogen oder Knie getroffenen Maschinen erwacht stotternd zum Leben und spuckt stapelweise Papier aus, das sich um die wirbelnden Gliedmaßen der Kämpfenden wickelt. Der Ausdruck besteht aus einem endlos wiederholten Wort:

ERROR ERROR ERROR ERROR ERROR ERROR ERROR ERROR ERROR
ERROR ERROR ERROR ERROR ERROR ERROR ERROR ERROR ERROR
ERROR ERROR ERROR ERROR ERROR ERROR ERROR ERROR ERROR
ERROR ERROR ERROR ERROR ERROR ERROR ERROR ERROR ERROR

# TEIL V

## Eins

Die Modern Language Association of America ist – zumindest für das britische Ohr – als Organisation nicht sonderlich treffend benannt. Ihre Sache ist die Literatur ebenso wie die Sprache, und sie befaßt sich mit Englisch in gleicher Weise wie mit jenen kontinentaleuropäischen Sprachen, die üblicherweise als die »modernen« gelten. Tatsächlich bilden Lehrer für englische und amerikanische Literatur an Colleges und Universitäten die größte Einzelgruppe unter ihren Mitgliedern. Die MLA ist ein Berufsverband, der einigen Einfluß auf die Arbeits- und Einstellungsbedingungen, die Lehrplangestaltung und dergleichen im amerikanischen Hochschulsystem hat. Sie gibt auch eine dickleibige, eng und in Doppelspalten gedruckte Vierteljahresschrift heraus, die sich wissenschaftlicher Forschung widmet und PMLA heißt, sowie eine viel benutzte, jährlich erscheinende Bibliographie der als Buch- oder Zeitschriftenartikel veröffentlichten Arbeiten auf den zahlreichen in ihre Zuständigkeit fallenden Gebieten. Aber am bekanntesten bei ihren Mitgliedern und besonders beliebt – oder auch verhaßt – ist die MLA wegen ihrer Jahresversammlung. Wenn man einem amerikanischen Akademiker mit dem Akronym »MLA« kommt, wird er ganz selbstverständlich davon ausgehen, daß man nicht die Vereinigung selbst und auch nicht ihre Zeitschrift oder ihre Bibliographie meint, sondern ihre Jahrestagung. Sie erstreckt sich über drei Tage und findet stets in der Woche zwischen Weihnachten und Neujahr statt, entweder in New York oder einer anderen amerikanischen Großstadt. Die meisten Teilnehmer sind Amerikaner, aber bei weitem nicht alle, denn die Vereinigung verfügt über genügend Mittel, um Einladungen an namhafte ausländische Wissenschaftler und Schriftsteller auszusprechen. Weniger namhafte können manchmal ihre Hochschulen dazu bewegen, den Flug zu zahlen, oder sie sind ohnehin in dem Jahr gerade in den USA. In den letzten Jahren lag die durchschnittliche Teilnehmerzahl bei etwa zehntausend.

Der MLA-Kongreß ist der Big Daddy aller Tagungen. Eine Megakonferenz. Ein Drei-Manegen-Zirkus der literarischen Intelligenz. In diesem Jahr findet er in New York statt, in zwei benachbarten Wolkenkratzerhotels, dem Hilton und dem Americana, die, so riesig sie auch sind, nicht alle Delegierten unterbringen können. Wer dort nicht unterkommt, weicht in Hotels in der Nähe aus oder sucht sich einen Unterschlupf irgendwo bei Bekannten in der großen Stadt. Man stelle sich vor: zehntausend hochgebildete, wortgewandte, ehrgeizige, rivalisierende Männer und Frauen strömen am 27. Dezember in Manhattan zusammen, um zu tagen und vorzutragen, zu fragen und zu diskutieren und zu klatschen und zu intrigieren, zu flirten und zu feiern, zu engagieren oder engagiert zu werden. Denn der MLA-Kongreß ist nicht nur ein Zirkus, sondern auch ein Markt, ein Ort, an dem junge, frisch examinierte Wissenschaftler hoffnungsvoll nach ersten Jobs Ausschau halten und erfahrenere Akademiker bessere Jobs ausschnüffeln. In den Zimmern des Hilton und des Americana wird nicht nur der Ruhe und der Liebe gepflogen, hier wird auch hart gehandelt, werden rigorose Einstellungsgespräche geführt, denn natürlich versuchen die Hochschuldekane aus allen Staaten der Union, von Texas bis Maine, von den Carolinas bis Kalifornien, für die freien Stellen in ihren Fakultäten die besten Kräfte zu bekommen, die auf dem Markt sind. Bei der derzeitigen akuten Stellenknappheit ist es ein Käufermarkt, und einige Einkäufer haben so lange Bewerberlisten, daß sie während der ganzen Tagung nicht ein einziges Mal aus ihren Hotelzimmern herauskommen. Für sie und für die schwer geprüften Bewerber, die sich rauchend auf den Gängen die Beine in den Bauch stehen, bis sie an die Reihe kommen, ist die MLA kein Spaß. Aber für die anderen Mitglieder ist es das Größte, besonders wenn man etwas dafür übrig hat, sich Vorträge und Podiumsdiskussionen über jedes nur vorstellbare literarische Thema anzuhören, von »Lesbarkeit und narrative Zuverlässigkeit im Briefroman Englands, Frankreichs und Deutschlands« bis zu »Tod, Auferstehung und Erlösung in den Werken Pirandellos«, von »Altenglische Rätsel« bis zu »Faulkner-Konkordanzen«, von »Rationalismus und Irrationalismus im 18. Jahrhundert« bis zu »Nueva Narrativa Hispanoamericana«, von »Lesbisch-feministisches Lehren und Lernen« bis zu »Probleme kultureller Verzerrung bei der Übersetzung von Expletiven in den Werken von Cortazar, Sender, Baudelaire und Flaubert.«

Nicht weniger als sechshundert verschiedene Veranstaltungen führt das offizielle Programm auf, das so dick ist wie ein Kleinstadt-Telefonbuch, und zu jeder Tagesstunde, von früh um halb neun bis abends um viertel nach zehn, kann man unter mindestens dreißig

Themen wählen, von denen einige auf kleine Gruppen von Spezialisten zugeschnitten sind, während andere, in denen die berühmtesten Namen der akademischen Welt auftauchen, so viele Zuhörer anlokken, daß sie die größten Ballsäle der Hotels füllen. Aber das Publikum ist unruhig und immer in Bewegung. In den Tagungsräumen herrscht ein ständiges Kommen und Gehen, man hört eine Weile zu, stellt eine Frage und zieht, während der Vortragende noch spricht, weiter zur nächsten Veranstaltung. Denn immer hat man dieses dumme Gefühl, daß man die beste Schau des Tages womöglich verpaßt, und wenn aus einem Raum lautes Gelächter oder Applaus dringt, kann das durchaus den Nebenraum leerfegen.

Und wenn du die Vorträge und Referate und Podiumsdiskussionen leid bist, kannst du auch sonst noch genug unternehmen. Du kannst zu dem Cocktail gehen, den der Gay Caucus for Modern Languages gibt, oder zu dem Empfang der American Association of Professors of Yiddish oder zu der Party anläßlich der Sondersitzung über methodologische Probleme in monolingualer und bilingualer Lexikographie oder zum Bankett der American Milton Society oder dem Exekutivrat der American Boccaccio Association, du kannst an den Sitzungen der Marxist Literary Group, der Coalition of Women in German, der Conference on Christianity and Literature, der Byron Society, der Hazlitt Society, der D. H. Lawrence Society, der John Updike Society und vieler anderer teilnehmen. Oder du kannst dich in die Halle des Hilton stellen, wo du früher oder später jeden treffen wirst, dem du in der akademischen Welt je begegnet bist.

Dort steht am dritten Vormittag des Kongresses Persse McGarrigle und reibt sich die von dem über die Avenue of the Americas fegenden bitterkalten Wind halb erfrorenen Hände wieder warm, als er von Morris Zapp begrüßt wird.

»Hey, Percy! Wie gefällt Ihnen die MLA?«

»Es ist... ich finde keine Worte.«

Morris Zapp lacht breit. Er trägt sein schreiendstes Karojackett und raucht eine dicke Zigarre. Man sieht ihm an, daß er in seinem Element ist. Alle paar Sekunden kommt jemand und schlägt ihm auf die Schulter oder schüttelt ihm die Hand oder küßt ihn auf beide Wangen. »Morris, wie geht's dir? Woran arbeitest du? Wo wohnst du? Trinken wir irgendwann was zusammen, essen wir zusammen, frühstücken wir zusammen.« Morris schreit, winkt, küßt, schickt Signale mit den Augenbrauen, notiert Verabredungen in seinem Kalender, schafft es dazwischen noch, Persse zu raten, welche Vorträge er sich anhören und welche er sich schenken soll, und ihn zu fragen, ob er schon eine Spur von Al Pabst entdeckt hat.

»Nein«, seufzt Persse entmutigt. »Im Programm ist sie nicht aufgeführt.«

»Das will gar nichts sagen, viele Leute melden sich erst an, nachdem das Programm in Druck gegangen ist.«

»Im Tagungsbüro haben sie ihren Namen nicht unter den verspäteten Anmeldungen«, sagt Persse. »Ich habe den Eindruck, daß sie gar nicht gekommen ist.«

»Nicht verzagen, Percy, mancher schmuggelt sich ohne Anmeldung ein, um die Gebühr zu sparen.«

»So hab' ich es auch gemacht«, gesteht Persse. Er knabbert noch an den Kosten für seine Reise um die Welt, und es ist ihm nicht leicht gefallen, das Geld für den Flug hierher zusammenzukratzen. Wie er wieder nach Hause kommen soll, ist ein Problem, mit dem er sich noch nicht auseinandergesetzt hat.

»Sie müssen einfach von Veranstaltung zu Veranstaltung gehen und sich die Themen raussuchen, für die sie das meiste Interesse hat.«

»Das tu ich ja schon die ganze Zeit.«

»Auf keinen Fall dürfen Sie das Forum über ›Die Funktion der Kritik‹ versäumen. Heute nachmittag viertel nach zwei im Großen Ballsaal.«

»Sprechen Sie da?«

»Wie sind Sie da bloß so schnell drauf gekommen? Das ist *der* Knüller, Percy. Arthur Kingfisher hat den Vorsitz. Es heißt, daß er sich heute für einen der Bewerber um den UNESCO-Lehrstuhl entscheiden wird. Sam Textel ist auch da und hat sich darauf eingestellt, die frohe Kunde nach Paris zu bringen. Das Forum ist wie eine Fernsehdebatte der Präsidentschaftskandidaten.«

»Wer spricht denn noch?«

»Michel Tardieu, von Turpitz, Fulvia Morgana und Philip Swallow.«

Persse ist sichtlich überrascht. »Gehört denn Professor Swallow auch zu diesem erlauchten Kreis?«

»Eigentlich hatten sie ja Rudyard Parkinson eingeladen, aber der hat sein Flugzeug verpaßt, wir haben gerade einen Anruf aus London bekommen. Er wollte wohl wieder mal eine Extrawurst gebraten haben, indem er nur zum letzten Tag erscheint. Geschieht ihm recht. Philip Swallow war zur Hazlitt Society hier, und da haben sie ihn als Ersatz für Parkinson an Land gezogen. Der reinste Glückspilz, dieser Philip. Fällt offenbar immer wieder auf die Füße.«

»Er hatte also doch nicht die Legionärskrankheit?«

»Nein. Sonnenstich, wie ich gesagt habe. Er hatte in *Time* einen

Artikel über die Legionärskrankheit gelesen und hat sich aus lauter Angst in die Symptome reingesteigert. Es wäre also gar nicht nötig gewesen, daß Hilary nach Israel geflogen ist, um nach ihm zu sehen. Immerhin sind die beiden dadurch wieder zusammengekommen. Philip hat begriffen, daß er in seinem Alter eher eine Mutter als eine Geliebte braucht. Oder vielleicht war's auch Joy, die darauf gekommen ist. Aber Joy kannten Sie nicht, oder?«

»Nein«, sagt Persse. »Wer war denn das?«

»Es ist eine lange Geschichte, und ich muß für das Forum heute nachmittag noch meinen Kopf klarkriegen. Passen Sie auf, die MLA-Funktionäre geben heute abend eine Party, in der Penthouse-Suite. Wenn Sie Lust haben hinzugehen, kommen Sie doch heute gegen zehn auf mein Zimmer, okay? Nummer 956. *Ciao!*«

Riesengroß war die Schar der Teilnehmer, die sich im Großen Ballsaal versammelt hatte, um sich das Forum über »Die Funktion der Kritik« anzuhören. Es waren gut und gern über tausend, die auf den in Reihen aufgestellten goldlackierten, plüschgepolsterten Stühlen saßen, Hunderte standen hinten und an den Seiten des weiträumigen Saales mit den Kronleuchtern an der Decke – angelockt nicht nur durch das interessante Thema und die Distinktion der Vortragenden, sondern auch durch Gerüchte über Zusammenhänge zwischen dieser Veranstaltung und dem UNESCO-Lehrstuhl. Persse, der ziemlich weit vorn saß und sich umgedreht hatte, um im Publikum nach Angelica Ausschau zu halten, sah ein Meer von Gesichtern, die erwartungsvoll dem Podium zugewandt waren, wo die fünf Vortragenden und ihr Moderator saßen, jeweils mit einem Mikrophon und einem Glas Wasser vor sich. Lautes Stimmengetöse stieg zu der weiß-goldenen Decke auf, bis Arthur Kingfisher, hager, hakennasig, dunkle Augen, weiße Mähne, die Menge zur Ruhe brachte, indem er mit seinem Bleistift ans Mikrophon klopfte. Er stellte die Redner vor: Philip Swallow, der sich, wie Persse überrascht feststellte, den Bart abgenommen hatte und es offenbar bereute, denn er fuhr sich ständig mit nervösen Fingern über sein fliehendes Kinn wie ein Amputierter, der nach einem fehlenden Glied tastet; Michel Tardieu, faltenschlagend und zerknittert, in einer schuppigen braunen Lederjacke, die wie eine Weiterführung seiner Haut aussah; von Turpitz, finster blickend unter der Kappe aus hellem, strähnigem Haar, in schwarzem Anzug und gestärktem Hemd; Fulvia Morgana, sensationell anzusehen in einem Overall aus schwarzem Samt über einem langärmeligen T-Shirt aus Silberlamé, das feurige Haar durch ein schwarzsamtenes, perlenbesetztes Schweißband aus der stolzen Stirn gehalten; Morris Zapp in seiner ordinären Karojacke und Rollkragenpulli, an einer dicken Zigarre kauend.

Philip Swallow war der erste Redner. Die Funktion der Kritik sei es, sagte er, teilzuhaben an der Funktion der Literatur, die uns, nach Dr. Johnsons berühmter Definition, in den Stand versetzen sollte, das Leben mehr zu genießen oder es besser zu ertragen. Die großen Schriftsteller seien Männer und Frauen von außergewöhnlicher Weisheit, Einsicht und großem Verständnis gewesen. Ihre Romane, Dramen und Gedichte seien ein unerschöpfliches Reservoir an Werten, Ideen, Bildern, die es uns – richtig verstanden und gewürdigt – ermöglichten, ein erfüllteres, schöneres, intensiveres Leben zu führen. Doch literarische Konventionen änderten sich, die Geschichte ändere sich, die Sprache ändere sich, und nur zu leicht könne es geschehen, daß diese Schätze in Bibliotheken weggesperrt würden, um dort zu verstauben, mißachtet und vergessen zu werden. Aufgabe des Kritikers sei es, die Schubladen aufzuschließen, den Staub wegzublasen, die Schätze ans Tageslicht zu bringen. Natürlich brauche er dazu bestimmte Fertigkeiten – Kenntnisse auf dem Gebiet der Geschichte, der Philologie, der Gattungstheorie, der Textedition. Doch vor allem brauche er Begeisterung, Liebe zum Buch. Indem er diese Begeisterung durch Taten demonstriere, schlage der Kritiker eine Brücke zwischen den großen Schriftstellern und dem lesenden Publikum.

Michel Tardieu sagte, die Funktion der Kritik sei es nicht, die zu Hunderten bereits gedruckten oder zu Tausenden in Seminarräumen oder Hörsälen verbreiteten Interpretationen und Würdigungen von *Hamlet* oder *Le Misanthrope* oder *Madame Bovary* oder *Wuthering Heights* um neue Versionen zu vermehren, sondern die Grundregeln zu offenbaren, die Entstehung und Verständnis solcher Werke erst möglich machten. Wenn Literaturkritik angeblich Wissen sei, so könne die Grundlage nicht die Interpretation sein, denn Interpretation sei grenzenlos, subjektiv, weder nachprüfbar noch falsifizierbar. Was beständig, zuverlässig und wissenschaftlicher Untersuchung zugänglich sei – sähe man einmal von dem Äußeren des Textes selbst ab, das nur Ablenkung bedeute –, das seien die tiefenstrukturellen Regeln und binären Gegensätze, die das Fundament aller je geschriebenen und noch zu schreibenden Texte bildeten: Paradigma und Syntagma, Metapher und Metonymie, Mimesis und Diegese, Betontes und Unbetontes, Subjekt und Objekt, Kultur und Natur.

Siegfried von Turpitz sagte, er habe zwar Verständnis für die wissenschaftliche Einstellung, mit der sein französischer Kollege an die schwierige Frage der Definition der wesentlichen Funktion der Kritik in ihrem ontologischen wie in ihrem teleologischen Aspekt heranginge, müsse aber darauf hinweisen, daß der Versuch, eine solche Definition aus den formalen Eigenschaften des literarischen Kunstobjektes als solchem abzuleiten, zum Scheitern verurteilt sei, da derartige Kunstobjekte gewissermaßen nur eine Scheinexistenz führten, bis sie im Kopf des Lesers realisiert würden. (Bei dem Wort »Leser« schlug er mit seiner schwarz behandschuhten Faust auf den Tisch).

Fulvia Morgana sagte, die Funktion der Kritik sei es, einen unerbittlichen und unbeirrbaren Kampf eben gegen den Begriff der »Literatur« zu führen, die ja nichts anderes sei als das Instrument bourgeoiser Hegemonie, eine fetischistische Vergegenständlichung sogenannter ästhetischer Werte, die ein elitäres Bildungssystem eingeführt habe und hochhalte, um die brutalen Fakten der Unterdrükkung im industriellen Kapitalismus zu verschleiern.

Morris Zapp sagte mehr oder minder das, was er auf der Tagung im Rummidge gesagt hatte.

Indessen schaute Arthur Kingfisher immer deprimierter drein und rutschte in seinem Sessel immer tiefer, und als Morris zum Schluß gekommen war, schien es fast, als sei er eingeschlafen. Er raffte sich aus seiner Lethargie zu der Frage auf, ob es Beiträge oder Stellungnahmen aus dem Publikum gäbe. An strategisch günstigen Stellen in den Gängen hatte man Mikrophone aufgestellt, damit sich die Zuhörer in dem großen Saal verständlich machen konnten, und etliche Delegierte, die sich auf anderen Veranstaltungen nicht hatten profilieren können, nahmen die Chance wahr, vorbereitete Auslassungen über die Funktion der Kritik von sich zu geben. Die Vortragenden reagierten mit vorhersehbaren Entgegnungen. Kingfisher gähnte und schaute auf die Uhr. »Ich glaube, wir haben noch Zeit für eine Frage«, sagte er.

Persse sah sich selbst zu, als sei er ein Wildfremder, wie er in den Gang und an ein Mikrophon trat, das direkt unter dem Podium stand. »Ich habe eine Frage an alle Mitglieder des Forums«, sagte er. Von Turpitz schaute ihn böse an und wandte sich an Kingfisher. »Ist dieser Mann berechtigt, das Wort zu ergreifen?« fragte er. »Er hat kein Namensschild.« Arthur Kingfisher schob den Einwand mit einer Handbewegung beiseite. »Wie lautet Ihre Frage, junger Mann?«

»Ich möchte alle Redner fragen: Was folgt daraus, wenn alle Ihrer Meinung sind?« Er drehte sich um und ging an seinen Platz zurück.

Arthur Kingfisher sah auffordernd am Tisch entlang. Doch die

Mitglieder des Forums wichen seinem Blick aus. Statt dessen sahen sie einander an, Mienenspiel und Gesten verrieten Verblüffung und Argwohn. »Was folgt, ist die Revolution«, hörte man Fulvia Morgana halblaut sagen. Philip Swallow: »Ist das eine Trickfrage?« Und von Turpitz: »Eine Idiotenfrage ist das.« Erregtes Gemurmel wurde im Publikum laut, das Arthur Kingfisher mit einem neuerlichen mikrophonverstärkten Bleistiftklopfen zum Verstummen brachte. Er beugte sich vor, die schwarzen Augen fixierten Persse. »Die Forumsmitglieder scheinen Ihre Frage nicht zu verstehen, Sir. Wäre es Ihnen möglich, sie anders zu formulieren?«

Persse stand wieder auf und stiefelte unter dem erwartungsvollen Schweigen der vielköpfigen Menge zum Mikrophon. »Was ich meine, ist Folgendes: Was *tun* Sie, wenn alle Ihrer Meinung sind?«

»Aha!« Über Arthur Kingfishers Gesicht ging ein unerwartetes Lächeln, es war wie Sonnenschein, der durch die Wolken bricht. Sein langgezogenes, olivfarbenes, durch ständiges Studium ausgezehrtes Gesicht war über die Tischkante hinweg mit lebhafter Anteilnahme auf Persse gerichtet. »Das ist eine sehr gute Frage. Eine hoch-in-ter-essan-te Frage. Ich kann mich nicht entsinnen, daß diese Frage schon einmal gestellt worden wäre.« Er nickte vor sich hin. »Sie implizieren damit natürlich, daß den Ausschlag in der kritischen Praxis nicht die Wahrheit, sondern die Unterschiedlichkeit gibt. Wäre jedermann von Ihren Argumenten überzeugt, müßten alle dasselbe tun wie Sie, und darin läge dann keine Befriedigung. Zu gewinnen bedeutet, das Spiel zu verlieren. Habe ich recht?«

»Es hört sich plausibel an«, entgegnet Persse von unten. »Ich selbst habe keine Antwort. Nur die Frage.«

»Und zwar eine sehr gute Frage«, gluckste Arthur Kingfisher. »Ich danke Ihnen, meine Damen und Herren, unsere Zeit ist um.«

Im Saal brachen donnernder Applaus und eine erregte Redeflut los, man sprang auf und begann miteinander zu diskutieren, und wer hinten gesessen hatte, stellte sich auf den Stuhl, um sich den jungen Mann anzusehen, der die Anwärter auf den UNESCO-Lehrstuhl beschämt und Arthur Kingfisher aus seiner langen Lethargie geholt hatte.

»Wer ist denn das?« hieß es allenthalben.

Persse, rot angelaufen, benommen, verblüfft über seine Kühnheit, zog den Kopf ein und strebte dem Ausgang zu. Die Menge teilte sich achtungsvoll und ließ ihn durch, ein paar Konferenzteilnehmer aber klopften ihm, als er vorbeikam, auf Rücken und Schulter, behutsam, fast schüchtern, nicht so sehr beglückwünschend als so, wie man einen Glücksbringer oder Wunderheiler berührt.

An diesem Nachmittag trat in Manhattan ein kurzer, aber erstaunlicher und in der meteorologischen Geschichte der Stadt beispielloser Wetterumschwung ein. Der eisige Wind, der, auf direktem Wege aus der Arktis kommend, durch die Wolkenkratzercanyons gefegt war und Fußgängern und Straßenhändlern taube Gesichter und erfrorene Finger beschert hatte, legte sich jäh und wandelte sich zu einer säuselnd-warmen südlichen Brise. Die Wolken verschwanden, die Sonne kam hervor. Die Temperatur schnellte hoch. Der am Gehsteigrand hoch aufgetürmte, schmutzig zusammengebackene Schnee begann zu tauen und in den Gullys zu versickern. Im Central Park erwachten Eichhörnchen aus dem Winterschlaf, und Liebespaare konnten ohne hinderliche Handschuhe Händchen halten. Bei Bloomingdale's setzte ein Ansturm auf Sonnenbrillen ein. An den Bushaltestellen in der Schlange stehende Passanten lächelten einander zu, und Taxifahrer ließen auf der Kreuzung Privatwagen die Vorfahrt. Teilnehmer des MLA-Kongresses, die sich anschickten, das Hilton zu verlassen, um zum Americana hinüberzugehen und sich in Erwartung des eisigen Windhauchs jenseits der Drehtüren geduckt hatten, hielten ungläubig die Nase in die warme, reine Luft, öffneten den Parka weit, nahmen den Schal vom Hals und die Wollmütze vom Kopf. Neunundfünfzig verschiedene Leute zitierten T.S. Eliots »East Coker« bewußt falsch. Höchst verwundert hörte der Portier des Americana sie deklamieren: *»What is the late December doing/With the disturbance of the spring?«*

In Arthur Kingfishers Suite im Hilton, in die er sich mit Song-mi Lee nach dem Forum zurückgezogen hatte, um auszuruhen, wurden sie von der Zentralheizung schier erstickt. »Ich mach das verdammte Fenster auf«, sagte er. Song-mi war skeptisch. »Wir werden erfrieren.«

»Nein, es ist ein herrlicher Tag. Schau, da unten auf der Straße gehen Leute ohne Mantel.« Er mühte sich mit den Fensterriegeln, sie waren schwergängig, weil sie so selten benutzt wurden, aber endlich bekam er einen Flügel auf. Köstlich frische Luft blähte die Tüllvorhänge. Arthur Kingfisher tat ein paar tiefe Atemzüge. »Was sagt man dazu? Die Luft ist wie Wein. Komm her und schnuppere.« Song-mi trat neben ihn, und er legte den Arm um sie. »Weißt du, so stelle ich mir die halkyonischen Tage vor.«

»Was ist das, Arthur?«

»Eine Phase milden Wetters mitten im Winter. In der Antike nannte man sie die halkyonischen Tage, die Zeit, in der angeblich der Eisvogel auf seinen Eiern saß. Denk an Milton: ›*The birds sit brooding on the calmèd wave.*‹ Gemeint war der Eisvogel. ›Halkyon‹ ist Griechisch für Eisvogel, und *kingfisher* ist die englische Bezeichnung, Song-mi. Die halkyonischen Tage waren Eisvogeltage. Meine Tage. Unsere Tage.« Song-mi lehnte ihren Kopf an seine Schultern und stieß einen leisen, unartikulierten Laut aus, in dem Glückseligkeit und Zustimmung lagen. Plötzlich erfüllte ihn eine unaussprechliche Zärtlichkeit. Er nahm sie in die Arme und küßte sie, ihren schlanken, geschmeidigen Körper fest an sich drückend.

»Du«, flüsterte er, als sich ihrer beiden Lippen öffneten. »Spürst du, was ich spüre?«

Unter Tränen lächelnd nickte Song-mi ihm zu.

In anderen Räumen, die fensterlos und klimatisiert waren, mahlten indessen die Mühlen des Kongresses unerbittlich weiter, und auf der Suche nach Angelica durchmaß Persse Gänge, fuhr in Aufzügen herauf und herunter, hörte in Vorträge über »Die Zeit in der modernen amerikanischen Dichtung« und »Blakes Eroberung des Selbst« und »Spanisches Drama im Goldenen Zeitalter« hinein, warf einen Blick in Seminare über »Die romantische Wiederentdeckung des Dämon«, »Sprechakttheorie« und »Neoplatonische Ikonographie«. Just in dem Augenblick, da er im Stadium höchstgradigen Frustes eine Podiumsdiskussion über »Die Frage der Postmoderne« verlassen hatte, sah er das mit Reißnägeln an eine Tür gezwackte liniierte Blatt, auf das jemand mit der Hand geschrieben hatte: »Ad hoc-Forum über die Romanze«. Er stieß die Tür auf und trat ein.

Und da war sie. Sie saß an einem Tisch am anderen Ende des Raums und las mit klarer, gemessener Stimme von einem Stapel maschinengeschriebener Bogen vor etwa fünfundzwanzig Zuhörern, die über die zwölf Stuhlreihen verteilt waren, sowie drei jungen Männern, die neben ihr am Tisch saßen. Persse schob sich in die hinterste Reihe. Herrgott, wie schön sie war. Sie bot das Bild strenger Gelehrsamkeit, wie er es von dem Hörsaal in Rummidge her in Erinnerung hatte – breitrandige dunkle Brille, das Haar straff zum Knoten zurückgenommen, von der Kleidung sah man nur eine taillierte Jacke und eine weiße Bluse. Als sie von ihrem Manuskript aufblickte, schien sie geradewegs ihn anzusehen, er lächelte versuchsweise und mit hämmerndem Herzen, doch sie fuhr fort, ohne Tonfall oder Gesichtsausdruck zu ändern. Jetzt fiel ihm ein, daß sie ihn durch ihre Lesebrille ja nur als undeutlichen Schatten wahrnehmen konnte.

Es dauerte eine Weile, bis er sich soweit beruhigt hatte, daß er erfassen konnte, was Angelica sagte.

»Jacques Derrida hat den Ausdruck ›invagination‹ für die komplexe Beziehung zwischen innen und außen in diskursiven Praktiken geprägt. Was wir als die Bedeutung, das ›Innere‹ eines Textes betrachten, ist im Grunde nicht mehr, als daß seine Externalität nach innen gestülpt ist, eine Tasche bildet, die verborgen und daher begehrenswert und gleichzeitig leer und daher unmöglich in Besitz zu nehmen ist. Ich möchte diesen Terminus für mich annektieren und ihn in einem ganz spezifischen Sinne auf die Romanze anwenden. Wenn das Epos ein phallisches Genre ist, was schwerlich zu leugnen sein dürfte, und die Tragödie das Genre der Kastration (wohl keiner von uns wird sich durch die Selbstblendung des Ödipus über die wahre Beschaffenheit der Wunde täuschen lassen, die es ihn treibt sich beizubringen, oder die symbolische Äquivalenz zwischen Augäpfeln und Testikeln übersehen), dann kann gewiß kein Zweifel daran bestehen, daß die Romanze eine höchst invaginierte Erzählform ist.

Roland Barthes hat uns den engen Zusammenhang zwischen Erzählung und Sexualität gelehrt, zwischen den Freuden des Körpers und der ›Lust am Text‹, doch trotz seiner eigenen sexuellen Ambivalenz hat er diese Analogie auf eine übertrieben maskuline Art und Weise entwickelt. Die Freude des klassischen Textes ist – nach Barthes' System – nur Vorspiel. Sie liegt in dem ständigen Kitzel und in der hinausgezögerten Befriedigung der Leserneugier und der Leserbegierde – Begierde nach Auflösung des Rätsels, Vollendung einer Aktion, Belohnung der Tugend, Bestrafung des Bösen. Das Paradoxon unserer Freude an der Erzählung besteht nach diesem Modell darin, daß es zwar das Bedürfnis zu ›wissen‹ ist, das uns in der Lektüre vorantreibt, daß die Befriedigung dieses Bedürfnisses jedoch dem Vergnügen ein Ende setzt – so wie im psychosexuellen Leben die Besitznahme des anderen das Begehren abtötet. Epos und Tragödie bewegen sich unerbittlich auf ein Ziel zu, das wir – nicht zufällig – den ›Höhepunkt‹ nennen – und es ist im Sinne der sexuellen Metapher ein essentiell *männlicher* Höhepunkt, eine einzige explosive Entladung akkumulierter Spannung.

Die Romanze dagegen ist anders strukturiert. Sie hat nicht einen, sondern viele Höhepunkte, die Freude dieses Textes kommt nicht einmal, sondern sie kommt und kommt – immer und immer wieder. Kaum ist die Krise im Geschick des Helden abgewendet, zeichnet sich schon eine neue ab; kaum ist ein Rätsel gelöst, stellt sich ein anderes; kaum ist ein Abenteuer bestanden, beginnt das nächste. Die narrativen Fragen öffnen und schließen, öffnen und schließen sich wie die Kontraktionen der Vaginalmuskeln beim Verkehr, und dieser Vorgang ist im Grunde ohne Ende. Die größten und typischsten

Romanzen sind oft unvollendet, sie enden nur mit der Erschöpfung des Autors, so wie der Orgasmusfähigkeit der Frau nur durch ihre körperliche Ausdauer Grenzen gesetzt sind. Die Romanze ist ein multipler Orgasmus.«

Persse hörte sich diesen Strom von Unflat, der von Angelicas schönen Lippen, hinter ihren perlweißen Zähnen hervorkam, mit wachsender Verwunderung und brennenden Wangen an, doch niemand sonst im Publikum schien ihre Abhandlung irgendwie auffällig oder anstößig zu finden. Die jungen Männer, die neben ihr am Tisch saßen, nickten gedankenvoll, spielten an ihren Pfeifen herum und machten sich kurze Notizen auf ihren Blocks. Einer, der ein Sportsakko aus Donegaltweed trug und eine dazu passende sanfte irische Stimme hatte, dankte Angelica für ihre Ausführungen und erkundigte sich, ob jemand eine Frage habe.

»Sehr eindrucksvoll, nicht?« flüsterte eine weibliche Stimme Persse ins Ohr. Als er sich umdrehte, erblickte er neben sich eine wohlbekannte Gestalt mit sorgfältig frisiertem weißen Haar.

»Miss Maiden! Nein, daß man Sie gerade hier trifft...«

»Sie wissen ja – Tagungen wirken auf mich unwiderstehlich, junger Mann. Aber war das nicht eine brillante Leistung? Das wäre was für Jessie Weston gewesen.«

»Ihnen gefällt so was, das kann ich mir denken«, sagte Persse. »Für meinen Geschmack war es doch ein bißchen sehr starker Tobak.«

Aus dem Publikum wurde Angelica gefragt, ob demnach der Roman als spezielle Gattung erstanden sei, als das Epos, um es mal so auszudrücken, die Romanze fickte. Gewissenhaft ging sie auf die Frage ein. »Sie wissen, wer sie ist, nicht?« flüsterte er Miss Maiden zu.

»Natürlich. Es ist Miss Pabst, die Dame Ihres Herzens.«

»Nein, ich meine, wer sie *war*. Als Baby.«

»Als Baby?« Miss Maiden warf ihm einen eigentümlichen Blick zu, der zu gleichen Teilen ängstlich und erwartungsvoll war. Einer der jungen Männer am Tisch fragte, wenn das Organ des Epos der Phallus sei, das der Tragödie die Testikel und das der Romanze die Vagina, worin sie dann wohl das Organ der Komödie sähe. »Natürlich im Anus«, erwiderte Angelica rasch und mit liebenswürdigem Lächeln. »Man denke nur an Rabelais...«

»Erinnern Sie sich an die sechs Wochen alten Zwillingsmädchen, die 1954 in einem Flugzeug gefunden wurden?« zischelte Persse.

»Warum sollte ich mich an die erinnern?«

»Weil sie die beiden gefunden haben, Miss Maiden.« Er holte die gefaltete Fotokopie eines Zeitungsausschnittes aus der Brieftasche, die Hermann Pabst ihm geschickt hatte. »Hier, sehen Sie mal. ›Weibliche Zwillinge in KLM-Stratocruiser gefunden‹ – und da steht Ihr Name: ... ›entdeckt in der Flugzeugtoilette von Miss Sybil Maiden, Girton College.‹ Ich hab' gedacht, ich schlag' lang hin, als ich das gelesen habe.«

Der Ausschnitt schien auf Miss Maiden in gleicher Weise zu wirken, denn sie kippte ohnmächtig von ihrem Stuhl. Persse konnte sie gerade noch auffangen, ehe sie zu Boden ging. »Hilfe!« rief er. Von allen Seiten drängte sich Unterstützung herbei. Bis Miss Maiden wieder zu sich gekommen war, hatte sich Angelica davongemacht.

Verzweifelt rannte Persse durch die Halle des Hilton, fuhr aufs Geratewohl mit dem langsamen und mit dem Expreßlift in verschiedene Stockwerke, tigerte über teppichbelegte Gänge, suchte die Bars und Restaurants und Läden ab. Nach fast einer Stunde hatte er sie gefunden, sie trug jetzt ein Kleid aus fließender roter Seide, das frisch gewaschene Haar fiel ihr locker und glänzend um die Schultern. Sie war gerade dabei, im 17. Stock in einen Aufzug zu steigen, als die Türen sich öffneten und Persse heraustrat.

Diesmal handelte er, ohne eine Sekunde zu zögern. Diesmal würde sie nicht entkommen. Wortlos nahm er sie in die Arme und küßte sie lange und leidenschaftlich. Einen Augenblick versteifte sie sich abwehrend, aber dann gab sie unvermittelt nach und überließ sich seiner stürmischen Umarmung. Er spürte, wie sich die lange, weiche Linie ihres Körpers vom Busen bis zum Schenkel an ihn schmiegte. Sie schienen ineinander zu verschmelzen. Die Zeit hielt den Atem an. Vage registrierte er, wie die Aufzugtüren sich öffneten und schlossen, wie Leute ein- und ausstiegen. Dann, als es auf dem Gang wieder leer und still war, löste er seine Lippen von den ihren.

»Endlich habe ich dich gefunden«, keuchte er.

»So scheint es«, japste sie.

»Ich liebe dich«, stieß er hervor. »Ich brauche dich. Ich will dich.«

»Okay«, lachte sie. »Ja doch. Dein Zimmer oder meins?«

»Ich habe kein Zimmer.«

Angelica hängte das »Bitte nicht stören«-Schild vor die Tür, schloß von innen ab und legte die Kette vor. Es war jetzt später Nachmittag und bereits dunkel. Sie schaltete eine einzige Tischlampe mit dickem Schirm ein, die einen sanften goldenen Schimmer auf das Bett warf, und zog die Vorhänge vor. Mit leisem Rascheln fiel ihr Kleid zu Boden. Sie stieg heraus und griff mit den Händen hinter sich, um den Verschluß ihres Büstenhalters aufzumachen. Ihre Brüste quollen hervor wie Honig. Sie gerieten in vibrierende Schwingungen, als sie sich bückte, um Strumpfhose und Höschen abzustreifen. Die Schönheit ihres Busens rührte ihn fast zu Tränen. Der scharf umrissene Busch schwarzer Haare zwischen ihren Beinen erstaunte und erregte ihn. Züchtig wandte er sich ab, um sich auszuziehen, aber sie trat zu ihm, strich mit ihren kühlen, weichen Fingern über seine Brust und seinen Bauch und streifte sein steil ragendes Geschlecht. »Bitte nein, ich garantiere nicht für die Folgen«, stöhnte er. Sie lachte leise und führte ihn an der Hand zum Bett. Sie legte sich auf den Rücken, die Knie leicht angezogen, und lächelte ihn mit ihren schwarzen Moorsee-Augen an. Er teilte ihre Schenkel wie die Seiten eines Buches und sah in die Spalte, die Schlucht, den tiefen romantischen Abgrund, der letztlich das Ziel seiner Suche gewesen war.

Die erste Erfahrung im Geschlechtsverkehr war bei Persse wie bei den meisten jungen Männern ebenso kurz wie köstlich. Er war kaum in ihr, als er auch schon stürmisch kam. Aber in den folgenden Stunden kam er dank Angelicas Unterstützung und Ermutigung noch zweimal, weniger überstürzt und in zwei ganz verschiedenen Stellungen. Und als er nicht mehr kommen konnte, als er nur noch eine trockene, angestrengte Erektion war, setzte sich Angelica auf ihn und kam wieder und wieder und wieder, bis sie erschöpft herunterrollte. Schwitzend und keuchend lagen sie quer über dem Bett.

Persse fühlte sich um zehn Jahre älter und weiser. Er hatte sich von Honigtau genährt und die Milch des Paradieses getrunken. Nichts würde wieder so sein wie vorher. War es denn möglich, daß sie irgendwann ihre Kleider anziehen, das Zimmer verlassen und sich wieder wie ganz gewöhnliche Menschen benehmen würden – nach dem, was zwischen ihnen geschehen war? So war es wohl immer zwischen Liebenden, überlegte er. Das Wissen um die Nachtseite des anderen war ein geheimes Band zwischen ihnen. »Jetzt mußt du mich einfach heiraten, Angelica«, sagte er.

»Ich bin nicht Angelica, ich bin Lily«, sagte das Mädchen neben ihm halblaut. Er schnellte in die Hocke und starrte ihr ins Gesicht. »Du machst Spaß. Mach dir keinen Spaß mit mir, Angelica.«

Sie schüttelte den Kopf. »Es ist kein Spaß.«

»Du bist Angelica.«

»Lily.«

Er sah sie an, bis ihm die Augen fast aus den Höhlen quollen. Das Furchtbare war, daß er nicht wußte, ob vor ihm Angelica lag, die ihn anlog, oder Lily, die ihm die Wahrheit sagte.

»Es gibt nur eine Möglichkeit, uns auseinanderzuhalten«, sagte sie. »Wir haben beide ein Muttermal am Schenkel, es sieht aus wie ein Anführungszeichen. Das von Angie ist links, meins ist rechts.« Sie drehte sich zur Seite und deutete auf das kleine Mal am rechten Schenkel, das sich hell von der sonnengebräunten Haut abhob. »Wenn wir im Bikini nebeneinanderstehen, sieht es aus, als ob uns jemand in Anführungszeichen gesetzt hat. Hast du Angelicas Muttermal gesehen?«

»Nein«, sagte er bitter. »Aber ich habe davon gehört.« Er schämte sich plötzlich seiner Nacktheit, rollte vom Bett und zog hastig die Unterhosen an und seine Hose darüber. »Warum?« fragte er. »Warum hast du mich hintergangen?«

»Wenn ein Kerl so richtig geil ist, kann ich einfach nicht widerstehen.«

»Du meinst, wenn ein Wildfremder dich packt und küßt, läßt du sofort alles stehen und liegen und springst mit ihm ins Bett?«

»Wahrscheinlich. Aber ich konnte mir denken, wer du bist. Angie hat mir von dir erzählt. Warum bist du überhaupt so sauer? Es war doch richtig gut mit uns.«

»Ich dachte, du wärst die Frau, die ich liebe«, sagte Persse. »Sonst hätte ich nicht mit dir geschlafen.«

»Du meinst, du hast dich für Angie aufbewahrt?«

»Wenn du so willst. Du hast etwas gestohlen, was dir nicht gehörte.«

»Mach dir keine Hoffnungen, Persse. Angie ist ne Pißnelke, wie sie im Buche steht.«

»So etwas über seine Schwester zu sagen, ist einfach niederträchtig.«

»Sie gibt's ja zu. So wie ich zugebe, daß ich im Grunde meines Herzens eine Nutte bin.«

»Das möchte ich nicht abstreiten«, sagte er sarkastisch.

»Ach, wirklich?«

»Ja, wirklich. Was du alles gemacht hast...«

»Und ich hab' gedacht, da stehst du drauf.«

»Ich hätte es merken müssen. Kein anständiges Mädchen wäre auf so was gekommen.«

»Ach Persse, sag nicht so was«, stieß sie im Ton echter Verzweiflung hervor.

»Warum nicht?«

Ihm wurde heiß und kalt.

»Weil ich dich angeführt habe. Ich bin Angelica.«

Er eilte zum Bett. »Liebling, ich hab's nicht so gemeint. Es war wunderschön, was wir gemacht haben. Ich –« Er unterbrach sich. »Was grienst du?«

»Und was ist mit dem Muttermal? Du hast das Muttermal vergessen.« Sie ließ keß die rechte Hüfte zucken.

»Soll das heißen... Bist du doch Lily?«

»Was glaubst du, Persse?«

Er sank in den Sessel und schlug die Hände vors Gesicht. »Ich glaube, daß du versuchst, mich zum Wahnsinn zu treiben, wer auch immer du bist.«

Sie nahm eine Decke vom Bett, wickelte sich hinein, kam zu ihm hinüber und legte ihm einen nackten Arm um die Schulter. »Persse, ich versuche dir klarzumachen, daß du Angelica nicht wirklich liebst. Wenn du nicht genau weißt, ob das Mädchen, das du eben gebumst hast, Angelica ist oder nicht, wie kannst du sie dann lieben? Du warst in einen Traum verliebt.«

»Warum willst du mir das einreden?« brummelte er.

»Weil Angie jemand anders liebt.«

Persse nahm die Hände vom Gesicht. »Wen?«

»Peter heißt der Typ, im Frühling heiraten sie. Er ist Dozent in Harvard, hat schwer was los, sagt Angie. Sie haben sich auf einer Tagung in Hawaii kennengelernt. Sie hofft, daß sie einen Job an einem College im Umkreis von Boston kriegt, und Peter hat es so eingerichtet, daß sie hier ein Referat halten konnte, um zu zeigen, was sie kann. Angie hatte gehört, daß du hier bist und sie suchst, und sie hatte ein schlechtes Gewissen, weil sie dir in England einen Streich gespielt hat. Und da hat sie gesagt, ich soll's dir taktvoll beibringen, daß sie schon verlobt ist. Ich hab' getan, was ich konnte, Persse. Tut mir leid, daß es mit dem Takt nicht so richtig geklappt hat.«

Persse ging zum Fenster, zog den Vorhang zurück und sah auf die hell erleuchtete Straße hinunter, auf die Autos und Busse, die stoppten und starteten und an der Ecke der 54th Street abbogen. Er legte die Stirn an die kühle Scheibe. Minutenlang schwieg er, dann sagte er: »Ich hab' Hunger.«

»Hört sich schon besser an«, meinte Lily. »Ich sag' dem Zimmerservice Bescheid. Was hättest du gern?«

Persse sah auf die Uhr. »Ich geh' zu einer Party, da krieg' ich schon was.«

»Die Penthouse-Party? Dann sehen wir uns dort. Peter geht mit Angie und mir hin. Eigentlich ist das ihr Zimmer, ich hab' mich hier nur umgezogen.« Persse nahm die Kette von der Tür. »Weiß Peter, womit du deine Brötchen verdienst? Ich hab' mal ein Foto von dir in Amsterdam gesehen. Und in London auch.«

»Damit ist Schluß. Ich will wieder anfangen zu studieren. Columbia. Ich wohne jetzt in New York.«

»Als du für Girls Unlimited gearbeitet hast«, sagte Persse, »ist dir da zufällig eine gewisse Bernadette über den Weg gelaufen? Ihr Künstlername war Marlene.«

Lily überlegte einen Augenblick, dann schüttelte sie den Kopf. »Nein. Es war ein Riesenladen.«

»Falls du sie mal triffst, richte ihr doch bitte aus, sie soll sich bei mir melden.«

Persse fuhr mit dem Aufzug in den 9. Stock. Die Tür von Zimmer 956 war offen. Morris Zapp saß auf dem Bett, aß Nüsse, trank Bourbon und sah fern. »Hi, Percy«, sagte er. »Hereinspaziert. Startbereit für die Party?«

»Ich würde ganz gern duschen«, sagte Persse. »Könnte ich wohl Ihr Badezimmer benutzen?«

»Klar. Im Augenblick ist allerdings jemand drin. Setzen Sie sich, schnappen Sie sich einen Drink. Die Frage, die Sie uns heute nachmittag hingelegt haben, war ja ein echter Heuler.«

»Ich wollte Ihnen damit nicht das Leben schwermachen«, sagte Persse entschuldigend und griff sich die Bourbonflasche. »Ich weiß auch nicht, was da in mich gefahren war, ehrlich.«

»Es hätte nichts geändert. Daß Kingfisher kein Interesse an meinen Auslassungen hatte, war ja ein klarer Fall.«

»Sind Sie enttäuscht?« Persse setzte sich in einen Sessel, von dort hatte er den Fernsehschirm schräg im Blick. Ein nacktes Paar – es hätten er und Lily vor einer Stunde sein können – wand und wälzte sich auf einem Bett.

»Nee. Ich glaube, das mit dem Ehrgeiz hab' ich mir jetzt endlich abgeschminkt. Seitdem ich entführt worden bin, reicht es mir, daß ich am Leben bin.« Plötzlich verschwand das Bild vom Schirm, und eine Schriftzeile erschien: »Wählen Sie mit der 3 Ihren Lieblingsfilm.« Ein neuer Film begann, diesmal ging es um Cowboys. »Fünf Kinominuten kriegst du frei, damit du auf den Geschmack kommst«, erläuterte Morris. »Wenn du dann den ganzen Streifen sehen willst, brauchst du nur anzurufen, dann legen sie ihn auf dein Zimmer und setzen es dir auf die Rechnung.«

»Alles per Knopfdruck.« Persse schüttelte den Kopf. »O schöne neue Welt.«

»Genau. In dieser Stadt kannst du telefonisch bestellen, was dein Herz begehrt. Chinesisches Essen, Massagen, Joga-Unterricht, Akupunktur. Du kannst sogar Mädels anrufen, die für soundsoviel Piepen pro Minute unanständige Sachen zu dir sagen. Bezahlen mit

Kreditkarte. Aber wer auf Dekonstruktion steht, kann sich die Kostproben alle hintereinander ansehen wie einen kostenlosen Avantgardefilm. Aber irgendwie« – fügte er nachdenklich hinzu, – »bin ich von der Dekonstruktion abgekommen. Ich glaube, das hat man heute nachmittag gemerkt.«

»Sie meinen, daß doch nicht jede Dekodierung eine Neukodierung ist?«

»O doch, aber der Aufschub der Bedeutung gilt im Hinblick auf das Individuum nicht ad infinitum.«

»Ich denke, Dekonstruktionisten halten nichts von Individualität.«

»Tun sie auch nicht. Aber der Tod ist das einzige Konzept, das sich nicht dekonstruieren läßt. Und wenn man das als Ausgangspunkt nimmt, kommt man wieder auf die alte Vorstellung eines autonomen Ich. Ich kann sterben, deshalb bin ich. Das ist mir aufgegangen, als diese Itaker-Radikalos gedroht haben, *mich* zu dekonstruieren.«

Die Badezimmertür öffnete sich, und es erschien eine in duftende Dampfschwaden gehülle Dame im Frotteebademantel. »O«, sagte sie erstaunt, als sie Persse sah.

»Guten Abend, Mrs. Ringbaum«, sagte er und stand auf.

»Kennen wir uns denn?«

»Von einer Party auf der Themse, im Frühjahr. Auf der *Annabel Lee.*«

»Von dieser Party weiß ich nicht mehr viel«, sagte Mrs. Ringbaum. »Nur, daß Howard sich mit Ronald Frobisher geprügelt hat und das Schiff den Fluß heruntertrieb.«

»Es war übrigens Ronald Frobisher, der es losgemacht hat«, sagte Persse.

»Tatsächlich? Na, das bekommt er heute abend noch von mir zu hören.«

»Ronald Frobisher ist hier, bei der MLA?« wunderte sich Persse.

»Alle sind bei der MLA«, sagte Morris Zapp. »Alle, die man kennt.« Er sah sich einen Film über Boxen an.

»Alle außer Howard«, sagte Thelma, den Kopf im Kleiderschrank. »Howard sitzt in Illinois fest, er hat lebenslang Flugverbot auf allen Luftverkehrsgesellschaften gekriegt, weil er eine Stewardess zum Sex während des Fluges hat überreden wollen.«

»Das tut mir aber leid«, sagte Persse.

»Mich stört's nicht.« Thelma lachte in sich hinein. »Ich hab' diesen Boofke im September verlassen. Es war das Beste, was ich je gemacht habe.« Sie schüttelte ein schwarzes Cocktailkleid aus und hielt es sich vor dem hohen Spiegel an. »Soll ich das für heute abend nehmen, Schatz?«

»Klar«, sagte Morris, ohne den Blick vom Fernsehschirm zu lösen.« Sieht riesig aus.«

»Soll ich es im Badezimmer anziehen, oder hat der junge Mann genug Anstand, so lange auf dem Gang zu warten?«

»Gehen Sie duschen, Percy, während Thelma sich anzieht«, sagte Morris. »Nehmen Sie meinen Elektrorasierer, wenn Sie wollen. Übrigens – für den Fall, daß diese Beziehung Ihr irisch-katholisches Gewissen belastet – Thelma und ich werden wahrscheinlich heiraten.«

»Herzlichen Glückwunsch«, sagte Persse.

»Unsere Romanze hat in Jerusalem angefangen«, verriet Thelma und lächelte Morris zärtlich an. »Howard ist überhaupt nichts aufgefallen. Er war zu sehr damit beschäftigt, mich zum Sex in der Seilbahn von Masada zu bewegen.«

Als Persse geduscht und sich rasiert hatte, fuhren sie zu dritt mit dem Expreßlift bis zum höchsten der Öffentlichkeit zugänglichen Geschoß, dort schloß ein Mann ihnen einen kleinen Privatlift auf, der sie zur Penthouse-Suite brachte. Es war ein riesengroßer, zauberischer, rundum von Glas umschlossener Raum, auf zwei Ebenen angeordnet, mit einem atemberaubenden Blick auf das nächtliche Manhattan. Es war schon laut und voll, aber die Stimmung war gelockert und euphorisch, wozu auch beitragen mochte, daß es als einziges Getränk Champagner gab. Arthur Kingfisher hatte ein Dutzend Kisten gestiftet. »Er muß wirklich was Bedeutendes zu feiern haben«, meinte Ronald Frobisher, der eine Kiste requiriert hatte. Er schenkte Persse ein und machte ihn mit einer schlanken Frau in grünem Hosenanzug bekannt, die rotes Haar und kluge Augen hatte. »Désirée Byrd, Sektion 409 ›Neue Richtungen in der Frauenliteratur‹«, sagte er. »Ich bin Sektion 351, ›Tradition und Neuerung im britischen Nachkriegsroman.‹ Das heißt, auf mich paßt genau genommen nur das mit der Tradition. Wir haben gerade über diese erstaunliche Schönwetterperiode heute nachmittag gesprochen.«

»Die habe ich leider verpaßt«, sagte Persse. »Ich war den ganzen Nachmittag nicht draußen.«

»Es war unwahrscheinlich«, sagte Désirée Byrd. »Ich saß in der Wohnung meiner Agentin. Wir haben über mein neues Buch gesprochen, ich war unheimlich deprimiert deswegen. Es ist praktisch fertig, aber ich hatte total den Glauben daran verloren. Alice, sage ich, ich habe festgestellt, daß ich doch keine richtige Schriftstellerin bin. *Schwere Tage* war einfach ein Glücksfall, das neue Buch ist eine einzige Katastrophe.‹ Und sie sagt: ›Nein, nein, das darfst du nicht sagen‹, und ich sage: ›Ich les dir mal was draus vor, dann wirst du schon sehen, was ich meine‹, und sie sagt: ›Okay, aber laß mich mal eine Minute das Fenster aufmachen, es ist so heiß im Zimmer‹ Sie macht also das Fenster auf – man muß sich das mal vorstellen, ein offenes Fenster in Manhattan mitten im Winter, ich hab' gedacht, sie spinnt –, und plötzlich kommt diese wunderbar warme Luft herein, und ich fange an, aufs Geratewohl aus meinem Manuskript zu lesen. ›Eigentlich‹, sage ich nach ein, zwei Seiten, ›ist es gar nicht so übel.‹ ›Einfach toll ist es‹, sagt Alice: ›Phantastisch!‹ Und ich sage: ›Vielleicht ist es doch nicht so schlecht.‹ Und es war wirklich nicht schlecht. Na, ihr könnt euch vorstellen, wie's weiterging. Je eifriger ich nach miesen Stellen suchte, desto besser gefiel es Alice, und inzwischen finde ich auch, daß *Männer* vielleicht doch ein ganz gutes Buch ist.«

»Wie schön«, sagte Ronald Frobisher. »Mir ist es ähnlich ergangen. Ich saß zur gleichen Zeit am Washington Square, dachte an Henry James und sonnte mich, und da hatte ich plötzlich den ersten Satz von einem Roman im Kopf.«

»Von was für einem Roman?«

»Von einem neuen Roman«, sagte Ronald Frobisher. »Ich werde einen neuen Roman schreiben.«

»Und worüber?«

»Das weiß ich noch nicht. Aber ich habe irgendwie das Gefühl, daß ich meinen Stil wiedergefunden habe. Ich spüre es am Rhythmus dieses einen Satzes.«

»Übrigens habe ich im Sommer Ihren japanischen Übersetzer kennengelernt«, sagte Persse.

»Akira Sakazaki? Er hat mir gerade seine Übersetzung von *Könnte besser sein* geschickt. Sieht aus wie ein bräutliches Gebetbuch. Weiß gebunden mit malvenfarbenem Buchzeichen aus Seide.« Er schenkte Persse nach.

»Ich glaube, ehe ich weitertrinke, hol ich mir mal was zu essen«, sagte Persse. »Entschuldigt mich.«

Er bediente sich gerade an dem üppigen kalten Büffet, das an einer Wand aufgebaut war, als ein langer Arm in einem um den unteren Rand sehr speckigen anthrazitfarbenen Kammgarnärmel über seine Schulter langte und die letzte Scheibe Räucherlachs von der Platte angelte. Persse drehte sich empört um. Felix Skinner feixte ihn mit gelben Fängen an. »Tut mir leid, alter Junge, aber für dieses Zeug laß ich mein Leben.« Er legte den Räucherlachs auf einen Teller, auf dem sich bereits ein Berg assortierter Eßwaren befand. »Was tun Sie bei der MLA?«

»Die Frage könnte ich Ihnen zurückgeben«, sagte Persse frostig.

»Talentsuche, Marktforschung, so in der Richtung. Haben Sie übrigens meinen Brief bekommen?« – »Nein«, sagte Persse.

Felix Skinner seufzte. »Das war Gloria, ich muß mich wohl doch von ihr trennen. Ja, wir haben ein zweites Votum zu Ihrem Exposé eingeholt und haben beschlossen, das Buch doch in Auftrag zu geben.«

»Ist ja großartig«, sagte Persse. »Kriege ich einen Vorschuß?«

»Aber ja. Einen kleinen jedenfalls«, sagte Skinner vorsichtig.

»Könnte ich ihn gleich haben?«

»Jetzt? Hier?« fragte Felix Skinner verblüfft. »Das ist eigentlich nicht üblich. Wir haben ja noch nicht mal einen Vertrag gemacht.«

»Ich brauche zweihundert Dollar, um nach London zurückzukommen.«

»Na ja, die könnte ich Ihnen wohl als à conto-Zahlung geben«, sagte Felix Skinner widerstrebend. »Ich war heute nachmittag zufällig auf der Bank.« Er nahm zwei Hundert-Dollar-Noten aus der Brieftasche und reichte sie Persse.

»Tausend Dank. Auf Ihr Wohl!« Persse leerte sein Glas. Es wurde von einem ziemlich kleinen dunkelhaarigen Mann wieder gefüllt, der mit einer Flasche Champagner in der Hand in der Nähe stand und sich mit einem ziemlich großen dunkelhaarigen Mann unterhielt, der Pfeife rauchte. »Wenn ich Osteuropa haben kann«, sagte der Größere in englischem Tonfall, »überlasse ich Ihnen den Rest der Welt.« »In Ordnung«, sagte der Kleinere. »Aber wahrscheinlich bringen uns die Leute dann trotzdem noch durcheinander.«

»Sind das auch Verleger?« flüsterte Persse.

»Nein, Autoren. Hallo, Rudyard!« Felix Skinner drehte sich zu einem neuen Gast um. »Da sind Sie ja endlich. McGarrigle kennen Sie wohl. Sie wurden bei dem Forum heute nachmittag schmerzlich vermißt. Was war denn los?«

»Ein schändliches Geschehen.« Rudyard Parkinson plusterte seinen Backenbart auf, so daß er aussah wie ein wütender Pavian.

»Ich ging gerade in Heathrow durch die Paßkontrolle – ich war schon spät dran, weil ich am Abfertigungsschalter Streit mit einer unverschämten Frauensperson hatte –, da zerrten mich zwei Schlägertypen in einen Nebenraum und unterzogen mich einer erniedrigenden Leibesvisitation und einem hochnotpeinlichen Verhör, und darüber habe ich meine Maschine verpaßt.«

»Du liebe Güte, was wollten die denn von Ihnen?« wunderte sich Felix Skinner.

»Angeblich eine Verwechslung. Kein einziges Wort der Entschuldigung natürlich. Sehe ich aus wie ein Schmuggler? Ich habe mich offiziell beschwert. Sehr wahrscheinlich werde ich klagen.«

»Kann ich Ihnen nicht verdenken«, meinte Skinner. »Aber hat es sich denn überhaupt gelohnt, für so kurze Zeit noch zu kommen?«

Parkinson murmelte etwas davon, daß er ein paar Leute sprechen wollte, Kingfisher, Textel von der UNESCO und so weiter. Persse hörte kaum hin. Bei dem Wort Heathrow war vor seinem geistigen Auge das Bild Cheryl Summerbees aufgetaucht, wie er sie zuletzt gesehen hatte – Tränen über dem Flugplan vergießend. Und es durchzuckte ihn, daß Cheryl ihn liebte. Nur seine blinde Leidenschaft für Angelica war schuld daran, daß er das nicht schon eher erkannt hatte. Diese Einsicht umgab Cheryl unversehens mit einer Aura unwiderstehlicher Anziehungskraft. Er mußte sofort zu ihr. Er würde sie in die Arme nehmen, ihre Tränen trocknen und ihr ins Ohr flüstern, daß auch er sie liebte. Er wandte sich mit schwappendem Champagnerglas von Skinner und Parkinson ab – doch da standen Angelica und Lily vor ihm, rechts und links bei dem jungen Mann im Donegaltweed eingehakt, der die Gesprächsleitung bei dem Forum über die Romanze gehabt hatte. Persse erkannte Lily an ihrem roten Seidenkleid. Angelica trug noch immer Kostüm und weiße Bluse. »Hallo, Persse«, sagte sie. »Ich möchte dir meinen Verlobten vorstellen.«

»Freut mich sehr«, sagte der junge Mann lächelnd. »Peter McGarrigle.«

»Nein, *Persse* McGarrigle. *Sie* sind Peter Sowieso.«

»McGarrigle«, lachte der junge Mann. »Wir haben denselben Namen. Wahrscheinlich sind wir über ein paar Ecken miteinander verwandt.«

»Waren Sie mal in Trinity?« fragte Persse.

»Stimmt.«

»Dann hab' ich Sie um einen Job gebracht«, sagte Persse. »Die in Limerick haben mich genommen, weil sie gedacht haben, Sie wären das. Es liegt mir schon die ganze Zeit auf der Seele.«

»Sie hätten mir gar keinen größeren Gefallen tun können«, sagte Peter. »Ich bin daraufhin in die Staaten gegangen und habe es hier sehr gut getroffen.« Er lächelte Angelica zärtlich zu, und sie drückte seinen Arm.

»Nichts für ungut, Persse?« sagte sie.

»Nichts für ungut.«

»Wie ich höre, warst du heute nachmittag bei meinem Vortrag. Wie fandest du ihn?« Sie wartete so gespannt, als läge ihr wirklich an seiner Meinung.

Eine Antwort blieb ihm erspart, denn ganz in der Nähe klopfte in diesem Moment jemand auf den Tisch. Das Partygemurmel verebbte. Ein Mann in elegantem hellgrauen Anzug schickte sich an, auf halber Höhe der Treppe zwischen den beiden Ebenen der Penthouse-Suite eine Rede zu halten. »Wer ist das?« fragte Felix Skinner.

»Jacques Textel«, zischte Rudyard Parkinson ihm ins Ohr.

»Wie die meisten von Ihnen wissen«, sagte Textel, »hat die UNESCO die Absicht, einen neuen Lehrstuhl für Literaturkritik einzurichten, der nicht ortsgebunden ist, und es dürfte kein Geheimnis sein, daß wir im Hinblick auf die Besetzung dieses Postens den Rat eines Doyen in diesem Fach eingeholt haben. Meine Damen und Herren, ich habe Ihnen eine Mitteilung zu machen.« Textel legte eine aufreizende Pause ein. Persse sah sich um. Er erkannte die gespannten, erwartungsvollen Gesichter von Morris Zapp, Philip Swallow, Michel Tardieu, Fulvia Morgana und Siegfried von Turpitz. »Arthur hat mir soeben eröffnet«, sagte Jacques Textel, »daß er bereit ist, seinen Status als Ruheständler aufzugeben und sich um den Lehrstuhl zu bewerben.«

Die Gästeschar schnappte einhellig nach Luft, dann erhob sich ein Beifallssturm, in den sich einige zynische und abfällige Kommentare mischten.

»Selbstverständlich kann ich nicht für die Berufungskommission sprechen«, sagte Textel, »ich bin ja schließlich nur ihr Vorsitzender. Aber es würde mich doch wundern, wenn Arthur ernsthaft Konkurrenz zu befürchten hätte.«

Weiterer Beifall. Arthur Kingfisher, der dicht unter Textel stand, hob die Hand. »Danke, meine Freunde. Manch einer mag es für ungewöhnlich halten, wenn jemand sich um einen Posten bewirbt, bei dessen Besetzung er selbst beratend tätig war, aber als ich diese Aufgabe übernahm, glaubte ich, mit meinem kreativen Denken am Ende zu sein. Heute spüre ich neue Schaffenskraft in mir, und die möchte ich durch freundliche Vermittlung der UNESCO der internationalen Wissenschaft zur Verfügung stellen. Denjenigen meiner Freunde und Kollegen, die vielleicht bei sich denken, sie könnten mit dem gleichen Recht wie ich Anspruch auf den Lehrstuhl erheben, will ich nur soviel sagen: In drei Jahren kann das Gerangel um den Posten von neuem beginnen.« Weiterer Beifall, vermischt mit Gelächter, das stellenweise etwas hohl klang. »Zuletzt würde ich Sie gern an einem großen persönlichen Glück teilhaben lassen.« Kingfisher nahm Song-mi Lees Hand und zog sie behutsam zu sich herauf. »Heute nachmittag, meine Damen und Herren, hat diese schöne junge Dame, meine langjährige Gefährtin und Sekretärin, eingewilligt, meine Frau zu werden.« Hochrufe, Kreischen, Pfeifen, Beifall. Arthur Kingfisher strahlt, Song-mi Lee lächelt schüchtern. Er küßt sie. Weiterer Beifall.

Doch wer ist diese weißhaarige kleine Dame, die sich gemessenen Schrittes dem großen Literaturtheoretiker nähert?

»Herzlichen Glückwunsch, Arthur«, sagt sie.

Er macht große Augen, erkennt sie, weicht zurück. »Sybil!« ruft er fassungslos. »Wo kommst du denn her? Wo hast du gesteckt? Es sind bestimmt an die dreißig Jahre, seit –«

»Siebenundzwanzig, Arthur. Das Alter deiner Töchter.«

»Töchter? Was für Töchter?« Arthur Kingfisher lockert den Schlips, als fürchte er zu ersticken.

»Diese bezaubernden Zwillinge dort.« Sie deutet mit dramatischer Gebärde auf Angelica und Lily, die sich entgeistert ansehen. Höllenspektakel im Publikum. Sybil Maiden hebt die Stimme, um den Lärm zu übertönen. »Ja, Arthur, erinnerst du dich, wie du mir meine lang bewahrte Jungfräulichkeit nahmst? Bei jenem Sommerkurs in Aspen, Colorado, im Sommer dreiundfünfzig? Ich dachte, ich sei zu alt, um Kinder zu bekommen, aber das war ein Irrtum.« Es ist totenstill geworden, alle spitzen die Ohren, um nur ja jedes Wort dieser erstaunlichen Story mitzubekommen. »Wenige Wochen, nachdem wir uns getrennt hatten, stellte ich fest, daß ich schwanger war. Ich, eine reputierliche alte Jungfer, Fellow am Girton College, schwanger – und noch dazu von einem verheirateten Mann, denn deine Frau lebte damals noch. Was sollte ich tun? Ich mußte versuchen, die Wahrheit zu verschleiern. Zum Glück fing für mich gerade ein Forschungsjahr in Amerika an, ich sollte in Huntingdon arbeiten. Statt dessen verkroch ich mich im tiefen New Mexico, brachte im Frühjahr vierundfünfzig die Zwillinge zur Welt, schmuggelte sie in einer Reisetasche an Bord eines Flugzeugs nach Europa – ich hatte Erste Klasse gebucht, um mehr Bordgepäck mitnehmen zu können, und damals gab es noch keine Gepäckkontrollen und Durchleuchtungen –, brachte, sobald wir in der Luft waren, die Tasche zur Toilette und behauptete, die Babys dort gefunden zu haben. Auf den Gedanken, daß ich, ein hochangesehenes Fräulein von sechsundvierzig Jahren, ihre Mutter sein könnte, kam niemand. Siebenundzwanzig Jahre lang trage ich diese heimliche Schuld mit mir herum. Vergeblich habe ich versucht, mich durch Reisen abzulenken. Schließlich war es das Reisen, das mich mit meinen erwachsenen Kindern zusammenbrachte. Kinder, könnt ihr je eurer Mutter verzeihen, daß sie euch verlassen hat?« Sie wirft Angelica und Lily einen flehenden Blick zu, die beiden eilen zu ihr und mit ihr zusammen zu Arthur Kingfisher. »Mutter!« »Daddy!« »Meine Kleinen!« »Meine Kinder!« Die arme Song-mi Lee muß befürchten, beiseitegeschoben zu werden, doch da streckt Angelica eine Hand aus und zieht sie in den Kreis der wiedervereinigten Familie. »Unsere zweite Stiefmutter«, sagt sie und schließt sie in die Arme.

Allenthalben, so scheint es, fällt man sich in die Arme, wird gelacht und geweint. Désirée und Morris Zapp küssen sich auf beide Wangen. Ronald Frobisher und Rudyard Parkinson schütteln sich die Hand. Nur Siegfried von Turpitz schaut böse und sauertöpfisch drein. Persse packt seine Hand und bewegt sie wie einen Pumpenschwengel auf und ab. »Nichts für ungut«, sagt er. »Lecky, Windrush and Bernstein bringen mein Buch nun doch.« Der Deutsche zieht verärgert seine Hand weg, aber Persse pumpt unbeirrt weiter und hat plötzlich nur noch den schwarzen Handschuh beim Wickel, unter dem eine völlig normale, gesund aussehende Hand zum Vorschein gekommen ist. Von Turpitz wird blaß, zischt und scheint zusammenzuschrumpfen. Er steckt die Hand in die Jackentasche, schleicht sich aus dem Raum und ward nie wieder auf einer internationalen Tagung gesehen.

Lily kam zu Persse herüber. »Wir fahren alle irgendwohin, wo wir tanzen können«, sagt sie. »Kommst du mit?«

»Nein, danke«, sagte Persse.

»Wenn du Lust hast, können wir auch nochmal aufs Zimmer gehen, du und ich.«

»Danke«, sagt Persse. »Aber ich muß jetzt los.«

Wenig später verließ er die Party, zur gleichen Zeit wie Philip Swallow. Der Engländer hatte feuchte Augen. »Ich weiß, wie das tut – zu erfahren, daß man ein Kind hat, von dessen Existenz man nichts ahnte«, sagte er, als sie auf den Hauptaufzug warteten. »So ist es mir einmal ergangen. Ich hatte plötzlich eine Tochter. Aber ich habe sie wieder verloren.« Die Aufzugtüren öffneten sich, sie stiegen ein.

»Wie kam denn das?«

»Es ist eine lange Geschichte. Im Grunde läuft sie darauf hinaus, daß ich in der Rolle des romantischen Helden versagt habe. Ich habe mir eingebildet, nicht zu alt dafür zu sein, aber das stimmte nicht. Im entscheidenden Moment hat mich der Mut verlassen.«

»Das ist bedauerlich«, sagte Persse höflich.

»Ich war für die Frau, um die es ging, nicht gut genug.«

»Joy?«

»Ja, Joy«, bestätigte Philip Swallow seufzend. Daß Persse den Namen kannte, schien ihn nicht zu überraschen. »Zu Weihnachten hat sie mir eine Karte geschickt, sie schrieb, daß sie wieder heiraten würde. Hilary hat gefragt: ›Joy? Kennen wir eine Joy?‹ Und ich habe gesagt: ›Nur eine Reisebekanntschaft.‹ «

»Hilary ist Ihre Frau?«

»Ja. Sie ist Eheberaterin. Macht ihre Sache übrigens sehr gut. Sie hat den Dempseys dabei geholfen, wieder zusammenzufinden. Erinnern sie sich an Robin Dempsey? Er war auf der Tagung in Rummidge.«

»Das freut mich«, sagte Persse. »Als ich ihn sprach, machte er keinen sehr zufriedenen Eindruck.«

»Soviel ich weiß, ist er im Sommer irgendwie total zusammengebrochen. Janet hat sich seiner erbarmt. So, ich glaube, ich bin da. Gute Nacht.«

»Gute Nacht.«

Persse sah Philip Swallow nach, der vor Müdigkeit oder vom Alkohol leicht schwankend über den Gang schritt, bis die Aufzugtüren sich schlossen.

Persse ging durch die Halle des Hilton und trat in die kalte, klare Nacht hinaus. Die Temperatur hatte wieder ihren normalen Stand erreicht, und der Wind wehte scharf durch die Avenue of the Americas. Er ging in Richtung der CVJM. Ein junger Schwarzer bewegte sich ein paar Zoll über dem breiten Gehsteig auf ihn zu. Aber er war nicht, wie Persse zunächst gedacht hatte, geflügelten Fußes unterwegs, sondern auf Rollschuhen, und was wie ein Helm ausgesehen hatte, war eine über die Kopfhörer eines Transistorradios gestülpte Wollmütze. Eingedenk der Stories über New Yorker Straßenräuber und der Tatsache, daß er zweihundert bare Dollar mit sich herumtrug, blieb Persse stehen und ging in Verteidigungsstellung. Doch der junge Mann schien freundlich gesinnt zu sein. Er lächelte vor sich hin und rollte mit den Augen. Seine Bewegungen waren rhythmisch, wie choreographiert, und er näherte sich Persse auf dem Umweg über zahlreiche Schleifen und Arabesken, die er auf dem breiten Gehsteig vollführte. Er tanzte, das war deutlich zu sehen, nach den unhörbaren Melodien in seinen Kopfhörern. Er hatte einen Stoß Handzettel bei sich und drückte im Vorbeirollen Persse geschickt einen in die Hand. Persse las ihn im Licht seines Schaufensters.

»Einsam? Geil? Kein Bock auf Fernsehen? Wir haben die Lösung. Girls Unlimited bietet einen umfassenden Service für New Yorks auswärtige Besucher. Begleiterinnen, Masseusen, Gespielinnen. Besuchen Sie unseren Paradise Island Club. Nehmen Sie ein Sprudelbad mit dem Planschmate Ihrer Wahl. Gönnen sie sich danach eine lange, entspannende Massage von ihrer Hand. Unsere Nacktdisko lädt sie ein. Lassen Sie mal so richtig alles raushängen. Zu abgeschlafft, um einen Fuß vor die Tür Ihres Hotels zu setzen? Unsere Masseusen kommen ins Haus. Oder vielleicht brauchen Sie nur ein bißchen pikantes Bettgeflüster als Absprung... in den Schlaf? Wählen Sie 74321 und sprechen Sie über Ihre wildesten Phantasien mit...«

Persse lief zurück in die Lobby des Hilton und warf einen Dime in den nächsten Münzfernsprecher. Er wählte die Nummer, und eine vertraute Stimme sagte etwas lustlos: »Hallo, du kleiner Schäker, hier Marlene. Wo drückt denn der Schuh?«

»Bernadette«, sagte Persse. »Ich habe eine wichtige Nachricht für dich.«

# Zwei

Am letzten Tag des Jahres landete Persse McGarrigle in einem Jumbojet der British Airways in Heathrow. Da er nur Handgepäck hatte – seine schäbige, abgewetzte Segeltuchtasche – passierte er als einer der Ersten Paß- und Zollkontrolle. Er begab sich auf dem schnellsten Wege zum nächsten Informationsschalter von British Airways. Das Mädchen, das dort saß, war nicht Cheryl. »Kann ich Ihnen helfen?« fragte sie.

»Sicher können Sie das. Ich suche ein Mädchen namens Cheryl. Cheryl Summerbee. Sie arbeitet für British Airways. Können Sie mir sagen, wo ich sie finde?«

»Solche Fragen dürfen wir eigentlich nicht beantworten.«

»Bitte«, sagte Persse. »Es ist wichtig.« Er legte alle verlangende Sehnsucht des Liebenden in seine Stimme.

Das Mädchen seufzte. »Na schön, mal sehen, was sich tun läßt.« Sie drückte die Tasten ihres Telefons und wartete schweigend. »Hallo, Frank«, sagte sie schließlich. »Hat Cheryl Summerbee heute vormittag Dienst? Wie? Was? Nein, das wußte ich nicht. Ach so. Nein? Verstehe. Na schön. Nein? Verstehe. Na schön. Nein, nichts weiter. Tschüß.«

Sie legte auf und musterte Persse neugierig und ein wenig mitleidig. »Wie es scheint, ist sie gestern gefeuert worden.«

»Was?« stieß Persse hervor. »Wie denn das?«

Das Mädchen zuckte die Schultern. »Sie hat wohl irgendeinem ekligen Fluggast eins auswischen wollen und ein S auf seine Bordkarte geschrieben – Verdacht auf Schmuggel. Die Leute vom Zoll haben ihn sich geschnappt, und er hat sich beschwert.«

»Und wo steckt sie jetzt? Wie komme ich an ihre Adresse?«

»Frank sagt, sie ist ins Ausland gegangen.«

»Ins Ausland?«

»Sie hat gemeint, daß ihr der Job sowieso zum Hals raushängt, und daß sie jetzt endlich mal die Chance hat zu reisen. Sie hatte sich offenbar was gespart. So hat's Frank jedenfalls gesagt.«

»Hat sie gesagt, wohin sie wollte?«

»Nein. Kann ich Ihnen helfen, Madam?« Sie wandte sich der nächsten Auskunftsuchenden zu.

Persse entfernte sich langsam. Vor der großen Anzeigentafel mit den Abfluginformationen blieb er stehen, die Hände in den Taschen, die Reisetasche zu seinen Füßen. New York, Ottawa, Johannesburg, Kairo, Nairobi, Moskau, Bangkok, Wellington, Mexico City, Buenos Aires, Bagdad, Kalkutta, Sydney... Die Zielorte des Tages gingen über vier Spalten. Alle paar Minuten erwachte die Tafel zu zuckendem Leben, die Namen flackerten und schnatterten und taumelten und rotierten vor seinen Augen wie in einem komplizierten Spielautomaten, einem gigantischen geographischen einarmigen Banditen, dann trat wieder Ruhe ein. Auf die Tafel projizierte Persse wie auf eine Kinoleinwand seine Erinnerung an Cheryls Gesicht und ihre Figur, das blonde schulterlange Haar, den tänzelnden Gang, den träumerisch-vagen Blick ihrer blauen Augen – und er fragte sich, wo um alles in der kleinen, engen Welt er anfangen sollte, nach ihr zu suchen.